VERLAG ANTJE
KUNSTMANN

Fabrizio Gatti

DER AMERIKANISCHE AGENT

Tatsachenroman

Aus dem Italienischen von
Friederike Hausmann und Rita Seuß

Verlag Antje Kunstmann

Angst ist etwas Gutes. Angst bringt dich dazu, zu handeln.
Fear is a good thing. Fear is going to lead you to take action.

Steve Bannon, Chefstratege und Berater des US-Präsidenten Donald Trump (2017)

Das Illegale erledigen wir sofort, das Verfassungswidrige dauert etwas länger.
The illegal we do immediately, the unconstitutional takes a little longer.

Henry Kissinger, amerikanischer Außenminister (1973–1977) und Friedensnobelpreisträger (1973)

Wer sich in den handelnden Personen dieses Buches wiedererkennt, besitzt ein Übermaß an Fantasie.

DER ANRUF

Eines Morgens meldet sich in der Telefonzentrale der Redaktion, in der ich arbeite, ein Mann und lässt sich meine Durchwahl geben.

»Bitte entschuldigen Sie, aber ich kann Ihnen meinen Namen nicht gleich nennen«, sagt er, nachdem er sich vergewissert hat, dass ich selbst am Apparat bin. »Ich habe schon mehrmals versucht, Sie zu erreichen, heute habe ich Glück. Ich freue mich, mit Ihnen zu sprechen.«

Er spricht perfekt Italienisch. Nur die Vokale sind etwas gedehnt wie bei Italienern, die schon lange in den Vereinigten Staaten leben.

»Ich bin beruflich viel unterwegs«, antworte ich. »Wie kann ich Ihnen helfen?«

»Ich hätte eine interessante Geschichte zu erzählen«, fährt er fort, »und möchte fragen, ob Sie sie hören möchten.«

»Wenn Sie wollen, jetzt gleich.«

»Nein, nicht am Telefon. Aber vorher möchte ich wissen, wie viel Ihnen eine Geschichte wert ist.«

»Sie meinen, wie viel ich Ihnen dafür zahle?«

»Verstehen Sie mich nicht falsch«, sagt der Unbekannte, »aber es ist eine Geschichte, die niemand kennt, und ich möchte mich absichern. An meine Zukunft denken, verstehen Sie?«

Er ist nicht der Erste, der anruft, um mir etwas zu verkaufen. Ich wimmele ihn sofort ab: »Ich verstehe. Aber wenn Sie mit mir sprechen wollen, dann nur, weil die Geschichte es wert ist, erzählt zu werden, und weil mehr Menschen Dinge erfahren sollten, die für sie wichtig sein könnten. Ich habe noch nie eine Nachricht gekauft.«

»Es geht nicht ums Kaufen.« Der Mann lässt nicht locker.

»Sie schlagen mir aber doch ein Tauschgeschäft vor. Danke, dass Sie mich kontaktiert haben, aber probieren Sie es bei jemand anderem.«

Ein paar Monate später, als ich zur Abendessenszeit in Rom unweit der Kirche San Pietro in Vincoli unterwegs bin, sehe ich, dass jemand auf meinem Handy angerufen hat, ohne eine Nachricht zu hinterlassen. Die Nummer beginnt mit 0048, der Ländervorwahl von Polen. Ich rufe zurück. Eine Männerstimme meldet sich. Der Mann spricht nur Polnisch. Er versteht mich nicht, ich verstehe ihn nicht. Im Hintergrund Kinderlachen. Ich bitte auf Englisch um Entschuldigung und beende unser absurdes Gespräch.

Kurz danach vibriert mein Handy erneut. Es ist dieselbe polnische Nummer. Ich gehe ran. »*Buongiorno*«, sagt eine Männerstimme am anderen Ende der Leitung in tadellosem Italienisch. »Oder vielmehr *buonasera*, denn bei euch ist ja jetzt Abend. Wir haben vor ein paar Monaten miteinander telefoniert. Ich wollte Ihnen sagen, dass ich bereit bin, Ihnen alles zu erzählen, ohne irgendetwas dafür zu verlangen. Ich teile das, was Sie mir über den Wert einer Geschichte gesagt haben. Und was ich erlebt habe, ist wirklich für alle wichtig.«

Es ist der Unbekannte, der in der Redaktion angerufen hatte.

»Aber von wo rufen Sie an? Um diese Uhrzeit ist es auch in Polen Abend«, sage ich verblüfft, und er fängt an zu lachen.

»Mit meinem Computer ist nichts unmöglich. Ich telefoniere über die Nummer einer ahnungslosen polnischen Familie«, erklärt mir der Mann, »aber ich bin nicht in Polen. Wenn Sie Telegram noch nicht auf Ihrem Mobiltelefon haben, installieren Sie es. Kennen Sie es? Es ermöglicht den Austausch verschlüsselter Nachrichten, die von niemandem abgehört werden können. Verzeihen Sie, aber ich habe mir unerlaubt Ihre Handynummer verschafft. Sobald Sie Telegram heruntergeladen haben, schreibe ich Ihnen über diesen Messaging-Dienst. Aber jetzt würde ich lieber Schluss machen, bevor der Pole merkt, dass ich seine Leitung gekapert habe.«

Ich lade mir die Telegram-App aufs Handy. Und er schreibt mir wie versprochen. Er stellt sich mit Vor- und Zunamen vor: Simone

Pace. Mehr nicht. Eine Minute nachdem ich die Nachricht gelesen habe, löscht sie sich automatisch. So hat es begonnen. Wir haben uns auch in den Vereinigten Staaten getroffen, in einer billigen Pension nahe dem Flughafen von Las Vegas. Was Simone Pace erzählt, entspricht dem, was wir Europäer gesehen, erlebt und erlitten haben. Sein Name ist garantiert falsch. Aber sein Leben ist eng mit unserem verknüpft. Zusammen ergeben wir ein perfektes Puzzlebild. Deshalb habe ich beschlossen, seine Geschichte aufzuschreiben: weil – und davon bin ich überzeugt – die amerikanische Erziehung existiert und bis heute im Verborgenen überall ihre Wirkung entfaltet.

PROLOG

Brahims Arme schlagen wie Flügel in der Luft. Er versteht nicht, warum es passiert ist. Der Schreck hat ihm den Atem geraubt. Seine Füße suchen einen Halt, die Hände etwas, wonach sie greifen können. Aber der Himmel über Paris ist so flüchtig. Eine Möwe gleitet vorüber und scheint ihn auszulachen mit ihrem Schrei.

Brahim fliegt an einem Frühlingsvormittag. Später wird ihm vielleicht kalt werden. Seine Bewegungen sind absolut lautlos. Die Angst erstickt seine Schreie. Eine Beklemmung in der Brust schnürt ihm die Kehle zu. Niemand hört ihn. Er wäre gern diese Möwe. Er möchte wieder aufsteigen und so ruhig wie sie durch die Luft gleiten. Er möchte das ferne Glitzern der Fenster am Quai Voltaire zu fassen bekommen. Sich am imposanten Louvre jenseits des Flusses festklammern. Oder sich sogar an die Wolken hängen, die den Himmel bis zum Horizont sprenkeln. Aber die Luft hier unten wird immer kühler. Und mit dem Geruch der Luft verschwindet das letzte Bild. Beim Aufprall zieht sich die Haut vor Kälte zusammen. Das Wasser trübt die Sicht. Die Seine schmeckt eklig. Verzweifelt rudert er mit den Armen, aber die Strömung reißt ihn fort. Während oben, über den Bögen des Pont du Carrousel, die Festparade und die blauen Fahnen des Front National vorüberziehen. Sie feiern den 1. Mai, aber zum Gedenken an Jeanne d'Arc. Die Verfluchten.

Brahim Bouarram ist neunundzwanzig Jahre alt. Er ist in Marokko geboren. Zu Hause warten zwei Kinder auf ihn. Aber der Fluss trägt ihren Vater weit weg. Das Wasser, grau wie Gewitterwolken, hat ihn aufgenommen. Es zieht bereits das Leben aus seinem Körper.

Und oben, zwischen den Fahnen der Parade auf der Brücke, beschleunigt der Mörder seinen Schritt.

Es ist kalt. Jetzt ist es dunkel und kalt. Wer war das? Warum hat er mich von der Brücke gestoßen? Warum? fragt sich Brahim immer und immer wieder. Er ist so auf diese Fragen fixiert, dass er seine junge Stimme zu hören glaubt. Einen Moment lang vergisst er sogar, dass sein Mund mit Wasser gefüllt ist, das er nicht ausspucken kann. Kaltes, ekliges Wasser. In diesem Moment gewinnt das Gehirn die Oberhand über den Körper. Das Gehirn verschafft immer Erleichterung. Es lässt einen an Dinge glauben, die gar nicht existieren. Brahim denkt, gleich wird er aufwachen und feststellen, dass er den Tod nur geträumt hat. Seine Hände greifen immer noch nach einer Materie, die keine Konsistenz besitzt. Seine Füße suchen nach einem Halt, ohne ihn zu finden. Aber was ist das für ein Geräusch? Es ist jetzt so laut, dass er das Gefühl hat, aus dem Abgrund hallten ihm seine eigenen Fragen entgegen.

Und das Tosen des Flusses verebbt ganz und gar.

»Die Anweisungen hatte ich zwei Wochen zuvor bekommen.« Simone Pace spricht leise und blickt geradeaus zum Altar. »Die Nachricht enthielt alles: die Route, der ich folgen, und das Datum, an dem ich mich in Langley in der CIA-Zentrale vorstellen sollte. Sie wollen nicht, dass man auf direktem Weg hingeht. Zuerst sollte ich nach Paris fahren …« Er hält inne und lächelt. Wie immer, wenn er den Namen dieser Stadt ausspricht, für ihn die schönste, die die Menschheit jemals erbaut hat.

Paris ist die erste Etappe seiner Reise in die Vereinigten Staaten. »Ich soll mich wie ein Tourist verhalten, und das tue ich. Dasselbe Drehbuch in London und in Madrid«, fährt er in seiner ruhigen, tiefen Stimme fort. »Niemand, der mich eventuell beschattet, soll vermuten können, dass ich auf dem Weg nach Langley bin. Es sind meine üblichen Augustferien. Jeder weiß, dass ich das Meer nicht mag. Und dass ich meinen Urlaub jedes Jahr in den schönsten Städten Europas verbringe und Museen und Restaurants besuche. Dass ich fünf Sprachen – Englisch, Französisch, Deutsch, Arabisch und natürlich Italienisch – fast perfekt spreche, macht das Ganze einfach.«

Am 30. August, so erzählt Simone Pace weiter, lande ich, wie verlangt, in Washington. Und wie üblich wundere ich mich nicht, als kaum eine Stunde nach meiner Ankunft in meinem Hotelzimmer das Telefon klingelt. *Sie* sind am Apparat. *Sie* heißen mich willkommen. Ich frage mich längst nicht mehr, woher sie sogar das wissen, was ich ihnen gar nicht mitgeteilt habe. Aber es ist nicht allzu schwer, sich die Passagierlisten eines Fluges oder die Hotelbuchungen zu beschaffen. Auch nicht, jemanden zum Flughafen zu schicken, der dich aussteigen sieht: um dich anschließend zu überraschen. Sie geben dir das Gefühl, dass du immer überwacht wirst. Das erhöht die Anspannung. Du hast keine Zeit für Ablenkungen. Damit verringert sich die Möglichkeit eines Fehlers. Denn du kannst es dir nicht leisten, einen zu machen. Wenn du einen Fehler machst, gibt es kein Zurück. Es ist ein Sprung ins Ungewisse, und du weißt, dass nichts deinen Sturz abfedern wird.

Am Nachmittag kommt Eduard, mein Controller, und holt mich ab. Er hat sich mir gegenüber immer freundschaftlich verhalten. Auch wenn in der Art von Beziehung, die uns verbindet, Freundschaft nicht existiert. Sie ist sogar verboten. Der Controller kontrolliert dich nicht nur, er weist dir Operationen zu, er sammelt die Informationen, die du ihm übermittelst, vor allem aber zahlt er dir Spesen und Gehalt. Der Controller ist der Einzige in und außerhalb des Milieus, der wirklich weiß, wer du bist und was du tust. Und nach drei gemeinsam verbrachten Jahren kennen wir einander ziemlich gut. An diesem Nachmittag bietet er an, mir die Stadt zu zeigen. Wir gehen in den wunderbaren Parks an den Straßen zwischen Kapitol und Weißem Haus spazieren. Es bleibt sogar Zeit für einen Besuch des National Air and Space Museum.

Am Abend bringt er mich ins Hotel zurück, und beim Abschied bestätigt er mir, dass ich am nächsten Tag die Ehre haben werde, im Hauptquartier in Langley empfangen zu werden. Weil es sich nicht gehört, mit dem Taxi zur CIA-Zentrale zu fahren, vor allem nicht als verdeckter Agent, der an Geheimoperationen beteiligt ist, sagt er, ich müsse allein hinfinden. Vor dem Eingang zum Park Hyatt, meinem Hotel in Washington, deutet er auf einen schwarzen SUV, einen Ford Escape. Er gibt mir die Schlüssel, aber ich weise ihn darauf hin, dass ich den Weg nicht kenne und das Autofahren in Washington … Er lässt mich den Satz nicht zu Ende sprechen. Er schaut mich mit einer Miene an, die mir zu verstehen gibt, dass er an alles gedacht hat. Ich bräuchte, sagt er, nur die Satellitennavigation einzuschalten und den Anweisungen zu folgen, die mich ans Ziel bringen werden.

Ich bin es gewohnt zu lügen und zu täuschen. Und ich bilde mir ein, dass nur ein Zuviel an Sonne meine Wangen erröten lässt. Aber bei der Vorstellung, nach Jahren des loyalen Dienstes im Hauptquartier empfangen zu werden, überkommt mich ein Schauder, der meinen Kopf heiß werden lässt. Vielleicht habe ich sogar die Augen aufgerissen. Eduard bemerkt es und klopft mir lächelnd auf die Schulter. So verabschieden wir uns.

Am Tag darauf sitze ich am Steuer des schwarzen SUV. Ich tauche in den Verkehr auf der Vierundzwanzigsten Straße ein. In südliche Richtung. Dann nach rechts in die K Street. Bis zum Potomac. Hat man die sechsspurige Brücke passiert, ist man im Bundesstaat Virginia. Die Straße durchschneidet das dichte Grün von Wiesen und Bäumen wie eine scharfe Klinge aus Asphalt. Man atmet spätsommerliche Feuchtigkeit, denn jenseits der Vegetation liegt der Fluss. Nach zwanzig Minuten habe ich das Gefühl, ich hätte mich verfahren. Doch plötzlich taucht zwischen den Bäumen ein Gebäude mit Schranken und Kabinenhäuschen auf, das an die Mautstelle einer europäischen Autobahn erinnert. Ich fahre darauf zu. Ein Mann in Uniform verlässt seinen Posten, um mich zu kontrollieren. Und nun? Ich lasse meinen Blick blitzschnell durch die Fahrerkabine gleiten, ob es nicht irgendwo einen Ausweis gibt, einen Passierschein. Nichts. Vor der Schranke bleibe ich stehen. Durch das Autofenster nuschle ich etwas auf Englisch, das nicht einmal ich verstehe.

Der Posten lächelt mich an. »Hier gleich nach links bitte. Halten Sie vor der Treppe zum Eingang an.« Er verlangt nichts von mir. Weder fragt er nach meinem Namen noch nach meinem Ausweis.

Ich bin im Herz und Hirn der Central Intelligence Agency. Ich wage es nicht einmal, mich umzuschauen.

Den Wagen parke ich vor einem imposanten Treppenaufgang. Fünf, sechs Stufen führen zu einem breiten Eingang mit einer automatischen Glastür. Ein bekanntes Gesicht kommt mir entgegen. Ich kann es kaum glauben. Es ist Patrick. Er passiert die lange Reihe Drehkreuze und kommt auf mich zu. In Filmen sieht der Eingangsbereich aus wie ein großes Atrium. Aber das entspricht nicht der Wirklichkeit. Patrick legt zur Begrüßung nach arabischer Art die rechte Hand auf sein Herz und neigt leicht den Kopf. Später erzählt er mir, in den Jahren, seit wir uns zum letzten Mal gesehen haben, sei er verdeckt im Irak tätig gewesen.

Patrick ist der Controller, der mich angeworben hat. Ich habe nur gute Erinnerungen an ihn. Aber den ungeschriebenen Regeln folgend, konnten wir, nachdem er mich an seinen Nachfolger übergeben hatte, unter keinen Umständen weiter miteinander in Kontakt bleiben.

»Ciao, ich freue mich, dich hier zu sehen«, sagt er in perfektem Italienisch, aber mit einem unverkennbaren Yankee-Akzent. »Du hast Karriere gemacht, ich hatte mich nicht in dir getäuscht«, fügt er zufrieden hinzu.

»Danke, Patrick, ich freue mich auch, dich zu sehen«, antworte ich, und wir drücken uns fest die Hand.

Leise sprechen wir weiter, und er erzählt mir, dass er befördert worden ist. Patrick ist jetzt der neue CIA-Direktor für den Nahen Osten. Wir warten etwa zehn Minuten. Ich betrachte ein dickes Buch auf einer Konsole rechts von uns, zwischen der Fahne der Vereinigten Staaten und der Fahne der Behörde vor der Marmorwand mit den vier Reihen silberner Sterne. Ihre Farbe lässt das metallische Licht, das uns umgibt, noch kälter erscheinen. »Zu Ehren der Mitarbeiter der Central Intelligence Agency, die ihr Leben im Dienst ihres Landes geopfert haben«, steht in den Stein über unseren Köpfen gemeißelt. Jede Buchseite dokumentiert die Jahre, in denen Geheimagenten ums Leben gekommen sind: neben jedem Jahr ein goldener Stern und die Namen. Oder, wenn ihre Identität geheim bleiben muss, nur der Stern. 2003, das Jahr meines Besuchs, verzeichnet bisher nur einen einzigen Namen: Helge P. Boes. Patrick erklärt mir, Boes sei in Afghanistan ums Leben gekommen, wo er als Offizier in der Terrorabwehr, dem Counterterrorism Center CTC, tätig gewesen war. Es gibt Jahre mit vielen kleinen Sternen, aber ich stelle keine Fragen. Vom Buch wandert mein Blick zu dem großen Wappen auf dem glänzend polierten Fußboden mit weißen und schwarzen Rechtecken. Er stellt ein Schachbrett dar und das weltumspannende Spiel, das von hier aus gespielt wird. Dann nähert sich von jenseits der Schranke eine Frau. Sie gibt dem Wachmann ein Zeichen, das Drehkreuz zu entsperren, damit wir eintreten können, und bittet uns, ihr zu folgen.

Die Frau stellt sich als Louise vor und begrüßt mich, als wären wir alte Freunde. Sie erkundigt sich nach dem Verlauf meiner Reise, fragt nach meinen Eindrücken von Washington und gratuliert mir zu meinem Englisch, das, wie sie versichert, exzellent ist. Dann wendet sie sich an Patrick: »Wir sollten gehen, wir werden erwartet«, sagt sie. Sie ist unsere Begleiterin.

Wir nehmen den Korridor rechts. Fast unmittelbar danach bleiben wir vor einem Aufzug stehen, einem jener schmalen Aufzüge, durch deren Tür immer nur eine Person eintreten kann. Er sieht aus wie ein kleiner Lastenaufzug. Louise legt die flache linke Hand auf ein Quadrat aus Glas, das sich an der Stelle befindet, wo bei allen Aufzügen der Welt die Knöpfe für die einzelnen Etagen sind. Der Druck ihrer Hand aktiviert einen Scanner zur Erkennung der persönlichen Daten. Patrick sagt zu mir, dass auch er zum ersten Mal diesen Aufzug nimmt, der direkt ins Büro des Direktors führt. Diese vertrauliche Mitteilung macht er so feierlich, dass »Direktor« in Großbuchstaben geschrieben scheint. Der Scanner erkennt Louises Handabdruck, und die Tür öffnet sich. Wir betreten die Aufzugskabine, und der Schauder einer Erregung, die dieses Wärmegefühl auslöst, kehrt zurück …

»Entschuldigen Sie, wenn ich Ihre Erzählung unterbreche«, falle ich Simone Pace ins Wort. »Ihr Besuch in Langley war für Sie gewiss bewegend, aber …«

»Ich bitte Sie um Geduld«, unterbricht er mich. »Ich möchte Ihnen alles ganz genau erzählen. Ich bitte Sie nur um etwas Geduld. Nicht alle Agenten, Informanten und operativen Phantome der CIA können sich rühmen, ins Hauptquartier nach Langley und ins Büro des Direktors gerufen worden zu sein. Wenn Sie das alles schreiben, wird es mit Sicherheit jemand nachprüfen. Und er wird feststellen, dass das, was ich sage, der Wahrheit entspricht. Wenn ich meinen Besuch in den Vereinigten Staaten so ausführlich schildere, dann nur, um Sie und das, was Sie veröffentlichen werden, zu schützen.«

»Wie Sie meinen. Fahren Sie fort, ich höre Ihnen zu.«

DAS VERSPIEGELTE ZIMMER

An diesem Punkt muss Simone Pace Simone Pace eliminieren. Eine andere Möglichkeit gibt es nicht. Nicht, dass ihm der Mut zum Töten fehlen würde. Das hat er öfter miterlebt. Aus der Nähe, aus allernächster Nähe. Er kennt den Ammoniakgeruch des Schießpulvers. Das *Plopp* des Schalldämpfers. Den letzten erstickten Klagelaut in der Luft. Das Opfer, das in sich zusammensackt wie ein Haufen leere Kleider. So wie an jenem Abend in Brüssel vor vielen Jahren. Ein leises *Plopp* ins Genick. Zwei. Beim dritten war Gerald Bulls Körper schon erschlafft. Das vierte und fünfte *Plopp* waren nur zwei Pinselstriche, dem Schauplatz des Verbrechens hinzugefügt. Dann nur noch das reglose, stumme Licht des Treppenabsatzes. Und die Geschichte nahm einen anderen Verlauf. Jerusalem war gerettet. Die Israelis waren gerettet. Die Palästinenser auch. Wir sind bis heute gerettet. Ein einziger, nicht Zehntausende von Toten. Ein einziger Toter, und Saddam Hussein stand nackt da. Die Superkanone sollte seine Geheimwaffe sein. Von großer Zerstörungskraft, treffsicher, zuverlässig. Sie hätte das Gleichgewicht der Kräfte verändert. Wer erinnert sich noch daran? Fünf schallgedämpfte Schüsse aus einer Pistole Kaliber 7,65 Millimeter. Und der Konstrukteur der tödlichen Waffe, der zynischerweise mit einem Baguette unter dem linken Arm überrascht wurde, den Schlüssel schon in der Tür seiner Wohnung, wanderte vom Schlachtfeld direkt auf den Friedhof. Ende der Geschichte.

Gerald Bull hat ihm immer leidgetan. Er hat ihn stets als ein Opfer betrachtet. Als Gefangenen seines Genies, seines Ehrgeizes, seines Projekts, das er in die falschen Hände legte. In die Hände des Diktators von Bagdad. Der Zug schießt aus dem Tunnel. Die plötzliche Helligkeit rüttelt Simone Pace aus seinen dumpfen Gedanken. Seine Augen sind geblendet. Die ins Licht der Morgensonne getauchte Landschaft löscht das Spiegelbild seines Gesichts im Fenster. Es scheint auf und verschwindet wieder. Ein Schlag so dumpf, als hätte er Stöpsel in den Ohren. Der Zug rast in einen neuen Tunnel. Zweihundertsiebzig Stundenkilometer, verrät der an der Decke aufgehängte Plasmabildschirm. Von Florenz nach Rom in eineinhalb Stunden. Licht. Sonne. Die toskanischen Hügel mit ihrem reinen Grün, die von Feuchtigkeit glitzernden Reflexe. Ein Morgen Ende November. Manchmal ist Töten keine Straftat.

Es muss nicht immer ein Verbrechen sein. Manchmal ist Töten die einzige Möglichkeit, den Frieden zu sichern. Der einzige Ausweg. Davon ist Simone Pace überzeugt. Damals in Paris war es anders. An jenem Vormittag auf dem Pont du Carrousel geschah zweifellos ein Verbrechen. Ein vorsätzlicher Mord. Punkt. Die abscheuerregende Szene, als der Amerikaner den jungen Mann in die Seine warf. Brahim Bouarram ertrank ohne jeden Grund. Am Ende des Tages konnte niemand sagen, die Welt sei sicherer geworden. Die Welt hatte nur ein unschuldiges Opfer mehr. Auf dem Pont du Carrousel sollten sie Ali Belkacem anwerben, einen Algerier mit Kontakten zur berüchtigten GIA, der Groupe Islamique Armé. Simone Pace weiß es genau, weil er an jenem Tag auf der Brücke zwischen dem Quai Voltaire und dem Louvre dabei war. Er war der Köder, um Belkacem an den Haken zu bekommen. Aber die Operation misslang. Und die Franzosen haben die Konsequenzen bis heute zu tragen. Seither haben die Terroristen nicht mehr aufgehört, Frankreich anzugreifen.

›Vielleicht haben wir Israel und Palästina gerettet. Aber die Rechnung bezahlt der Rest der Welt‹, sagt sich Simone Pace, zufrieden und zugleich erschrocken, dass ihn seine Überlegungen zu diesem Fazit geführt haben. Anerkennend betrachtet er sein Gesicht im Spiegel der Scheibe, als der Zug durch einen weiteren Tunnel fährt. Obwohl schon über fünfundfünfzig, hat Simone Pace kaum Falten.

Ein längliches Gesicht. Immer noch schwarze Haare, etwas schütter über der Stirn. Schmale Brille, das Gestell fast unsichtbar. In Wirklichkeit ist sein Sehvermögen ausgezeichnet. Die Brille hat ungeschliffene Gläser. Sie dient dazu, die Passanten abzulenken, die Neugierigen, den üblichen Voyeur, der sich gern in fremde Angelegenheiten einmischt. Er will keine Zeugen jetzt, wo er dem Ort des Verbrechens immer näher kommt. Denn falls er noch irgendeinen Zweifel hegte, hat er ihn beiseitegeschoben: Simone Pace muss Simone Pace eliminieren.

Mit schnaubenden Bremsgeräuschen fädeln sich die Waggons des Schnellzugs Frecciarossa 9509 durch das Gewirr der Gleise und zwischen den grauen Pfeiler unter den Viadukten hindurch, die Rom ankündigen. Türme schneeweißer Wolken wachsen in den azurblauen Himmel über den pastellfarbenen Fassaden der Vorstädte. Der Zug verlangsamt sein Tempo und fährt zwischen zwei Schutzdächern und Plattformen in den Bahnhof ein.

Das Hotel Mediterraneo, in dem Simone Pace für ein paar Nächte ein Zimmer reserviert hat, liegt in der Via Cavour 15, gegenüber dem Platz und dem multiethnischen Chaos vor der Stazione Termini. Ein zehnstöckiges Hochhaus, 1936 entworfen und im Art-déco-Stil eingerichtet. Er hat hier schon öfter übernachtet. Für ihn ist dieses Hotel eine Zeitmaschine. Mit dem Duft der Edelhölzer, dem Stil des Jahres 1925, als Paris die Kapitale des Fortschritts war und Rom in die dunkelsten Jahre des Faschismus stürzte, atmet er das Flair vergangener Epochen.

Er bekommt Zimmer Nummer 922 im neunten Stock mit Spiegeln und Holzvertäfelungen. Sein Lieblingszimmer. Nicht zu groß und nicht zu klein. Das vom Fenster hereinflutende helle Licht empfängt ihn. Er öffnet seinen Rucksack. Die alten Eichentüren des Einbauschranks quietschen wie immer. Er legt die vier weißen Hemden ins Regal, die einzigen Jeans zum Wechseln und das bisschen Unterwäsche, das er mitgenommen hat. Aus dem zweiten Rucksackfach holt er seinen Laptop heraus und versteckt ihn unter der

Matratze. Mehr aus Paranoia als aus Notwendigkeit. Er betrachtet sich im Spiegel, der die gesamte Wand mit dem Schreibtisch einnimmt. Er gefällt sich. Sein breiter Rücken wird von der verspiegelten Wand mit dem Doppelbett hinter ihm reflektiert. Er dreht sich zur Seite, um seinen Rücken besser zu sehen, aber die Spiegel vor und hinter ihm vollziehen die Bewegung seines gesamten Oberkörpers mit. Und verdecken ihn. Wenn er sich jedoch in die richtige Position bringt, spiegeln sich aufgrund der optischen Täuschung Gesicht, Augen und Hände, sein Körper, die große Stehlampe aus weißem Porzellan zu seiner Linken, das ganze Zimmer, das Bett, die beiden Wandleuchten, die grünen Karos des Bettüberwurfs, sein Lächeln und erneut sein Profil: tausendfach, millionenfach, in immer kleiner werdenden Quadraten. Er spielt damit jedes Mal wie ein Kind, sobald er sich in diesem endlosen Tunnel befindet, den die beiden einander unaufhörlich reflektierenden Spiegel bilden. Ein Schwindel erfasst ihn. Er konzentriert sich auf das Etikett der Flasche Rotwein neben dem Fernseher. Aglianico di Benevento, ein Geschenk des Hotels. Dann schaut er auf die stählerne Uhr an seinem Handgelenk. Es ist zwei Minuten nach elf. Jetzt darf er keine Zeit mehr verlieren. Er muss sofort einen Anruf erledigen. Er muss sich um den Tod von Simone Pace kümmern.

VOR DEM MOSES

Beim zweiten Handyklingeln gehe ich ran.

»*Buongiorno*, ich bin *Saimon Peis*«, höre ich eine tiefe Stimme am anderen Ende der Leitung.

»Wer bitte?«

»*Saimon Peis* … oder Pace, wie Sie wollen«, sagt er, als er merkt, dass ich die englische Aussprache seines Namens nicht sofort verstanden habe.

»Entschuldigen Sie, aber in Ihrer Nachricht auf Telegram hatte ich Simone Pace gelesen. Ich wusste nicht, dass es so ausgesprochen wird«, rechtfertige ich mich.

»Kein Problem. Wo sind Sie?«

»Ich bin da, wo Sie mich hinbestellt haben, vor dem Bahnhof Termini. Ich warte hier auf Sie.«

»Nein, besser nicht. Es ist nicht ratsam, sich im Bahnhof zu treffen. Wissen Sie, wo San Pietro in Vincoli liegt?«, fragt Simone Pace.

Ich zwinge mich, mir meinen Ärger über diesen Zeitverlust nicht anmerken zu lassen. Schließlich war er es, der mir in seiner letzten Nachricht den Bahnhof als Treffpunkt vorgeschlagen hat. »Natürlich weiß ich, wo San Pietro in Vincoli liegt«, antworte ich höflich.

»Dann treffen wir uns dort in einer halben Stunde. Warten Sie vor der großen Mosesstatue auf mich. Sie befindet sich vorne rechts, neben dem Altar.«

»Ich bin zu Fuß unterwegs, so lange werde ich brauchen.«

Ein schlanker Mann, der sich für sein Alter gut gehalten hat, erscheint mit entschlossenem Schritt auf der Treppe, die von der Via

Cavour zur Piazza San Pietro in Vincoli hinaufführt. Er trägt einen schwarzen Rucksack über einer gleichfalls schwarzen, wasserdichten Jacke mit Taschen und Reißverschlüssen und eine blaue Baseballkappe, deren Schirm fast sein ganzes Gesicht verdeckt. Er wirkt ruhig. Aber ich bin mir nicht sicher, dass es Simone Pace ist. Ich habe ihn noch nie gesehen. Er bleibt in der Säulenhalle am Eingang zur Basilika stehen. Bestimmt will er sehen, wie ich an ihm vorbeigehe. Er muss sich vergewissern, dass ich keine Dummheiten mache: dass ich keinen Fotografen vor der Kirche postiert habe und dass ich meinerseits nicht beschattet werde. Er hat sich mein Gesicht eingeprägt. Er hat es genau studiert, und er kennt meine Stimme aus den Interviews, die jeder im Internet finden kann. Diese paranoiden Angewohnheiten wird er mir eines Tages gestehen.

Touristengruppen kommen und gehen. Die Hautfarbe, die Sprache der Besucher bezeugen ihre Herkunft besser als ein Pass. Ich verlasse das Halbdunkel des Eingangsportals und trete vor ihm ein, aber er nimmt mich nicht wahr. Ich gehe auf den Altar zu. Ab und zu drehe ich mich um, weil ich ihn nicht aus den Augen verlieren will. Simone Pace greift zu seinem Handy. Er liest die Nachricht, die ich ihm soeben über Telegram geschickt habe: »Ich stehe vor dem Moses.« Aber das stimmt nicht. Ich warte in sicherer Entfernung. Ich möchte sehen, wer er ist. Kontrollieren, dass er wirklich allein ist. Da ist er.

Es dauert einen Moment, bis sich seine Augen an die Dunkelheit der Basilika gewöhnt haben, wo die Ketten aufbewahrt sind, mit denen der Legende zufolge der heilige Petrus im Gefängnis in Jerusalem und Rom gefesselt war. Giovanni Battista Parodis Deckenfresko mit dem Kettenwunder erstrahlt, von Stuck umrahmt, über dem Hauptschiff. Aber Simone Pace würdigt es keines Blickes. In dem großen Kirchenraum mit nur wenigen Reihen Knie- und Sitzbänken geht er zielstrebig auf Michelangelos monumentale Skulptur zu. Nur zwei Besuchergruppen umringen sie. Er blickt sich argwöhnisch um. Schließlich entdeckt er mich im gegenüberliegenden Schiff, wo ein Priester die Messe liest. Es ist offenkundig, dass ich kein Tourist bin, dafür stehe ich viel zu lange auf einem Fleck. Und ich bin auch nicht wegen der Messe hier, denn ich drehe der Kapelle den Rücken zu. Ich betrachte die mächtige Mosesstatue, aber die Skulptur interessiert mich nicht, sonst würde ich näher herantreten. Als sich die beiden Gruppen entfernen, bleibt Simone Pace allein zurück, während ich auf der anderen Seite des Raums stehe. Ich habe ihn zweifelsfrei identifiziert und bewege mich langsam auf ihn zu.

»Signor *Peis*?«, frage ich und wähle mit einem Anflug von Zynismus die englische Aussprache seines Namens. Ich strecke den rechten Arm aus, um ihm die Hand zu geben. Er mustert meine grüne Jacke, die mir an den Schultern etwas zu weit ist und mir bis zu den Oberschenkeln reicht. Ich trage Jeans, ein dunkelblaues Hemd und bequeme Halbstiefel aus braunem Leder. In dem kurzen Moment, in dem er seinen Arm zu einem energischen Händedruck ausstreckt, scheint Simone Pace jedes Detail meiner Kleidung zu studieren. Erst dann hebt er den Blick, um mir ins Gesicht zu sehen. »Wir sind in Italien, nennen Sie mich ruhig Pace oder noch besser Simone«, kommt die schnelle Antwort.

»Da bin ich«, sage ich zu ihm. Und drehe mich um, um mir die Skulptur genauer anzusehen. Ich war schon öfter hier. Aber der visuellen Faszination dieser Marmorstatue, modelliert, als wäre sie aus weichem Ton, den Gewandfalten, der Anatomie der Muskeln, der Bewegung des Körpers und der Strenge des Antlitzes kann man sich nicht entziehen.

»Warum sprichst du nicht?«, sagt Simone Pace und wiederholt die Frage, die der Überlieferung zufolge Michelangelo stellte, als er sein Meisterwerk vollendet hatte.

»Unglaublich, wie es ihm gelungen ist, Moses' Gesicht zu drehen.«

»Das wusste ich nicht. Drehen in welchem Sinn?«, fragt Simone Pace.

»Das Gesicht war auf einer Linie mit dem Bart. Wie Sie sehen, ist der Bart jetzt im Vergleich zum Gesicht nach rechts gewendet.«

»Während vorher …«

»Vorher hat Moses geradeaus geblickt. Fünfundzwanzig Jahre lang nahm er eine statische Position ein. Der Moses war die erste von vierzig Statuen, die das Mausoleum für Papst Julius II. schmücken sollten. Als dann das Projekt aus Kostengründen aufgegeben wurde, wies um 1540 ein Freund Michelangelo darauf hin, dass ein Moses in Bewegung realistischer gewesen wäre. Doch um den Kopf zu drehen, musste auch der Körper eine Drehung vollführen. Natürlich mit Hammer und Skalpell. Wenn Sie sich Moses' linkes Knie anschauen, werden Sie feststellen, dass es dünner ist als das rechte. Um den linken Fuß nach hinten zu bringen, musste der Künstler Marmor wegnehmen. Es ist eine Skulptur, keine Marionette. So etwas konnte nur der große Michelangelo zustande bringen.«

»Ich habe mich immer gefragt, warum Moses nicht zum Altar blickt«, sagt er.

»Das hat sich Sigmund Freud auch gefragt.« Ich wende mich Simone Pace zu und blicke zum ersten Mal direkt in seine Augen hinter der schmalen Brille. Mir fällt auf, dass die Gläser die Pupillen seiner grünen Augen nicht vergrößern. »Moses zürnt seinem Volk«, fahre ich fort, »weil es in seiner Abwesenheit angefangen hat, das Goldene Kalb anzubeten. Er ist im Begriff aufzustehen und zu gehen, aber er lässt sich Zeit. Zeige- und Mittelfinger seiner rechten Hand spielen ungeduldig mit den Bartlocken, sodass ihm die Gesetzestafeln zu entgleiten drohen. Er zögert, ist unschlüssig, was er machen soll. Er liegt im Widerstreit mit sich selbst. Noch hat er sich nicht entschieden, ob er bleiben oder gehen soll. Das ist allerdings nur die offizielle Lesart des Werks. Diejenige, die verhindert hat, dass Michelangelo gehängt wurde. Ich dagegen glaube, dass der Moses die Ansichten Michelangelos über die römische Kirche zum Ausdruck bringt.«

Simone Pace betrachtet schweigend das große Marmorantlitz.

»Sehen Sie sich die Statue von Papst Julius II. hier oben an, der die Skulptur in Auftrag gegeben hat. Er liegt ausgestreckt da und blickt fröhlich zu uns herunter. Finden Sie, das ist eine würdevolle Pose für einen Papst? Fast scheint es, als würde er vor sich hin pfeifen. Er sieht aus wie ein Gigolo nach einer Zecherei. Vielleicht entsprach dies Michelangelos Bild von der Kirche. Denken Sie nur an den Ablasshandel, mit dessen Geldern Julius II. die Bauarbeiten für Sankt Peter finanziert hat.«

»Ich wusste nicht, dass Julius II. etwas mit dem Bau der Peterskirche zu tun hat«, gibt Simone Pace zu.

»Verstehen Sie, warum Moses nicht zum Altar blickt und der Papst über ihm leicht angetrunken aussieht? Michelangelo hatte Mut, denn die Kirche duldete damals keine Kritik. Diese Statue zeigt einen rebellischen Geist. Michelangelos Darstellung ist satirisch. Jedenfalls möchte ich es so sehen. Aber kommen wir zur Sache. Warum hatten Sie um dieses Treffen gebeten?«

»Ich möchte mit Ihnen über die Zehn Gebote sprechen«, verrät Simone Pace.

Ich verschränke die Arme und sehe ihn schief an, ein Blick, der meine Enttäuschung ausdrücken soll. »Ich wüsste nicht, wie ich Ihnen helfen kann. Ich beschäftige mich nicht mit Religion.«

»Bis auf das vierte habe ich alle Gebote übertreten«, fährt Simone Pace fort. Ich seufze. Dann habe ich es also mit einem Mythomanen zu tun, der mir nur meine Zeit stiehlt.

»Nun gut, Sie wollen mir sagen, dass Sie Vater und Mutter geehrt haben, aber am Sonntag nicht zur Messe gegangen sind. Dann brauchen Sie wahrscheinlich einen Priester, keinen Journalisten. Den Feiertag nicht zu heiligen oder unkeusche Handlungen zu begehen ist heute nicht mehr von öffentlichem Interesse. Zum Glück sind wir frei.«

Der ironische Unterton meiner Stimme ist Simone Pace gewiss nicht entgangen. Vielleicht hat er mit dieser Reaktion gerechnet. Die Mauer muss übersprungen, die Grenze niedergerissen, die Waffe geladen werden, wenn er, wie ich am Ende verstehen werde, Simone Pace tatsächlich eliminieren will. Jetzt oder nie. Aber es fällt ihm leichter als gedacht. Meine Ironie stört ihn überhaupt nicht. Die Worte kommen wie von selbst aus seinem Mund: »Ich meine das achte Gebot: Du sollst kein falsches Zeugnis geben wider deinen

Nächsten. Ich meine das siebte: Du sollst nicht stehlen. Vor allem aber meine ich das fünfte Gebot: Du sollst nicht töten«, flüstert er.

Ich drehe mich kurz um und vergewissere mich, dass die Gesetzestafeln noch da sind, zwischen Moses' rechtem Arm und seiner rechten Hüfte. Dass er sie nicht hat fallen lassen. Der Blick des Propheten scheint sich auf uns zu senken. Eine Gruppe amerikanischer Touristen nähert sich.

»Setzen wir uns in eine der Bänke«, schlägt Simone Pace vor. »Da wird uns niemand hören. Dann erkläre ich Ihnen, warum ich mit Ihnen sprechen wollte.«

DIE PHANTOME WASHINGTONS

Wir setzen uns in eine leere Bank mitten im Hauptschiff. Von den drei großen Seitenfenstern über der linken Säulenreihe flutet das Novemberlicht herein. Das Strahlenbündel fällt im 45-Grad-Winkel vom Himmel direkt auf die Marmorskulpturen der Basilika. Nur von dieser Seite aus. An der rechten Wand gibt es kein einziges Fenster.

»Signor Pace, bevor Sie anfangen zu sprechen, muss *ich* Ihnen zwei Fragen stellen. Die erste: Warum haben Sie sich ausgerechnet an mich gewandt?«

»Das kann ich Ihnen sofort erklären«, sagt er, ohne zu zögern. »Sie begegnen mir zum ersten Mal, aber ich kenne Sie gut. Ich habe viele Ihrer Enthüllungen als verdeckt ermittelnder Journalist verfolgt. Besonders, als Sie sich als Migrant ausgegeben, die Sahara durchquert und sich in Lampedusa aus dem Meer haben fischen lassen. Ich kenne auch Ihre Bücher. Es waren fast militärische Operationen, die Sie da unternommen haben. Sie sind große Risiken eingegangen, und ich glaube nicht, dass Ihr Arbeitsvertrag das von Ihnen verlangt. Ich erkenne daraus Ihre Entschlossenheit, die Realität von innen zu erleben, Ihre Leidenschaft, und das Adrenalin spielt sicher auch …«

»Ich habe es nie wegen des Adrenalin-Kicks gemacht«, unterbreche ich ihn. »Adrenalin versuche ich zu meiden. Es lässt einen den Bezug zur Realität verlieren und ist gesundheitsschädlich. Wie Nikotin. In manchen Situationen führt Adrenalin zum Tod.«

»Ich bin jedenfalls überzeugt, dass ich Ihnen vertrauen kann, und ich denke, wir haben dieselbe Arbeitsmethode«, erläutert er.

»Dann sind Sie also Journalist?«

»Nein, haben Sie nur Geduld, ich werde Ihnen alles erzählen.« Simone Pace spricht immer noch gedämpft, und er blickt dabei geradeaus zum Altar. Inmitten all der Touristen sehen wir aus wie zwei Gläubige im Gebet. »Und Ihre zweite Frage?«, fragt er jetzt.

»Als Sie vorhin vom fünften Gebot sprachen, meinten Sie damit, dass Sie auch getötet haben?«

Simone Pace schüttelt den Kopf. »Nein, die Antwort ist Nein. Aber ich habe es aus nächster Nähe miterlebt. Ich war beteiligt und bin Zeuge von Operationen geworden, die mit einem Mord endeten. Operationen, gegen die ich nichts tun konnte. Besonders von einer haben Sie bestimmt gehört.«

Ich sehe ihn weiter schweigend an.

»Erinnern Sie sich an den Konstrukteur von Saddam Husseins Superkanone?«

»Gerald Bull? Ja, sicher. Er wurde in Brüssel ermordet. Man sprach von einer verdeckten Operation des Mossad.«

»Die Amerikaner waren auch dabei«, verrät Simone Pace und deutet ein Lächeln an. Er blickt weiter zum Altar. Der Einzige, der uns anzuschauen und uns zuzuhören scheint, ist der große Moses. Der bärtige Prophet beobachtet uns von der Seite, verborgen zwischen der neunten und der zehnten Säule, der vorletzten und letzten rechts vor der Statue.

»Und Sie, waren Sie aufseiten der Amerikaner oder der Israelis?« Ich werfe die Frage in den Ring und bin mir meines Wagnisses bewusst. Aber ich habe Gespräche um den heißen Brei herum stets gehasst. Und ich weiß immer noch nicht, wer dieser jugendlich wirkende Mittfünfziger wirklich ist, der eine geradezu manische Diskretion an den Tag gelegt hat, um sich mit mir zu treffen.

Simone Pace wendet sich ruckartig nach links, mir zu. Er sieht mich ein paar Sekunden an. »Aufseiten der Amerikaner«, sagt er dann und sucht meine Augen.

»CIA?«

»Ja«, sagt er und unterstreicht sein Geständnis mit einem Kopfnicken.

»Dann sind Sie also CIA-Agent?«

»Mehr als das. Operativer Agent.«

»Was macht das für einen Unterschied?«

»Einen großen. Der operative Agent agiert an vorderster Front. Er führt die Operationen vor Ort durch. Und von diesen Operationen möchte ich Ihnen erzählen.«

»Aber Sie sprechen perfekt Italienisch«, sage ich. »Sind Sie italienischer oder amerikanischer Staatsbürger?«

»Man muss nicht unbedingt Amerikaner sein, um mit der CIA zusammenzuarbeiten. Aber ich könnte es genauso gut sein.«

Ich sehe ihn schweigend an. Ich versuche herauszufinden, ob ich es mit einem der vielen Mythomanen zu tun habe, die sich einbilden, sie seien die Reinkarnation Jesu, Napoleons Erben oder Doppelgänger des Lawrence von Arabien. Simone Paces hellgrüne Augen sind reglos hinter seinen Brillengläsern, durch die sie nicht vergrößert werden. »Und warum sollte sich ein CIA-Agent an einen italienischen Reporter wenden statt an einen Starjournalisten der *New York Times*?«, frage ich unvermittelt.

Simone Paces Hände liegen ruhig auf seinen Oberschenkeln. Er wendet, nur ganz kurz, den Blick zu dem bärtigen Moses und dann wieder zu mir. »Ich kenne keinen Starjournalisten der *New York Times*«, erwidert er. »Und ich habe Ihnen schon gesagt, warum ich mich an Sie gewandt habe.«

»Dann frage ich Sie, warum Sie sich entschlossen haben, ausgerechnet jetzt zu reden?«

Wahrscheinlich hat Simone Pace mit all diesem Misstrauen gerechnet. Er antwortet aufrichtig, jedenfalls kommt es mir so vor. »Ich habe mich entschieden, meine Wahrheit zu erzählen, weil ich Italien für immer verlasse. Ich würde es bedauern, all das, was ich und Sie erlebt haben, mit fortzunehmen, ohne dass es jemand erfährt.«

»Ich und Sie?«

»Was ich getan habe, habt ihr erlitten. Ihr Bürger, meine ich. Wir haben dieselbe Geschichte erlebt«, fügt Simone Pace hinzu,

»wenn auch aus sehr unterschiedlichen Perspektiven. Außerdem bin ich bereits über fünfzig, und in diesem Alter muss man mit seiner Vergangenheit abschließen und an seine Zukunft denken.«

»Und Sie haben keine Angst, dass ich Sie verraten könnte? Ich könnte Ihren Namen veröffentlichen und Ihnen eine Menge Ärger machen.«

Zum ersten Mal zeigt er ein kaltes Lächeln. Er seufzt. »Wenn das Ihre Absicht ist«, sagt er, »dann verabschieden wir uns jetzt sofort, und Sie werden keine Möglichkeit haben, mich jemals wiederzufinden. Die Nummer, die ich in den Telefonaten mit Ihnen benutzt habe, läuft auf den Namen eines Chinesen, den es gar nicht gibt. Und falls Sie mich jemals aufspüren sollten, werde ich sagen, wir haben uns missverstanden oder alles war erfunden. Sie haben mich sicher nicht auf Tonband aufgenommen. Ich bin überzeugt, dass Sie nicht der Typ sind, der mit einem Aufnahmegerät in der Tasche zu einer Verabredung kommt.«

»Wenn ich Sie verraten wollte, würde ich es ganz am Ende tun, wenn Sie mit Ihrer Geschichte fertig sind. Nicht am Anfang.« Ich provoziere ihn. Ich möchte ihn auf die Probe stellen, sehen, wozu er fähig ist.

Simone Pace scheint genau zu wissen, was er antworten muss. Sein Ton, immer noch mit gedämpfter Stimme, klingt noch entschiedener als zuvor: »Das wird nicht passieren. Ich habe Ihnen nicht meinen richtigen Namen genannt, wenn ich überhaupt einen habe. Sie wissen nicht, wo ich wohne. Sie wissen gar nichts von mir. Ich bin für Sie nur ein Phantom. Und Phantome existieren nun mal nicht.« Er richtet den Blick wieder geradeaus auf den Altar, wo in einer beleuchteten Vitrine die Ketten liegen, mit denen der heilige Petrus gefesselt war. Er ist gewieft. Wenn er tatsächlich ein operativer CIA-Agent sein sollte, ist Simulation und Verstellung sein Beruf.

»Wenn Sie nicht überzeugt sind, lassen wir es bleiben«, beginnt Simone Pace erneut und blickt weiter geradeaus. »Hören Sie«, und jetzt sieht er mir entschlossen in die Augen. »Wenn Sie mir zugehört haben, werden Sie mich, glaube ich, nicht verraten. Sie sind an das Berufsgeheimnis gebunden. Sollte mich eines Tages tatsächlich jemand aufspüren, werde ich sagen, dass ich alles erfunden habe. Aber wenn Sie mir glauben, werden Sie erzählen können, was in den vergangenen Jahren in Europa tatsächlich passiert ist. In Italien, in Frankreich, in Belgien.«

»Werden Sie mir auch Beweise für das liefern, was Sie mir erzählen?«

Simone Pace lächelt erneut und schüttelt den Kopf. »Beweise sind etwas, das man konstruiert. Nein, für reale Vorkommnisse gibt es keine Beweise. Ich werde Ihnen die Wahrheit sagen. Bei den Operationen, an denen die Vereinigten Staaten beteiligt sind, agiert die CIA so, dass es keine Beweise gibt. Und wenn es welche gibt, werden sie getilgt.«

»Aus den CIA-Archiven?«

»Nein, überall. Auch in den italienischen Institutionen. Sie können sich gar nicht vorstellen, wie viele Leute eingeschleust wurden. Sie sind überall. Du klopfst an eine Bürotür und findest sie selbst da, wo du es nicht erwartest. Die CIA ist ihr Nebenberuf. Vielleicht aber auch ihr Hauptberuf. Nach einiger Zeit weißt du nicht mehr, wer dein wahrer Arbeitgeber ist, und du weißt auch nicht mehr, welches deine Fahne, deine Regierung, dein Staat, dein Volk ist.«

»Ihr treibt also ein doppeltes Spiel?«

»Wir sehen uns eher als Phantome.«

»Und in welchem Büro arbeitet Simone Pace noch, außer für die CIA?«, frage ich mit leiser Stimme.

Er wirkt überrascht. Er musste mit dieser Frage rechnen, hat sie aber offenkundig nicht so früh erwartet. »Ich arbeite für den öffentlichen Dienst«, sagt er. Er merkt, dass seine Antwort nicht präzise genug ist. »Beachten Sie, dass ich *für* und nicht *im* gesagt habe.« Er wird von lauten Stimmen in seinem Rücken unterbrochen.

Eine Schulklasse kommt herein, etwa sechzig Gymnasiasten. Sie sind so unkonzentriert und lärmend, dass ihre beiden schon etwas älteren Lehrerinnen schreien müssen, um sie zur Ordnung zu rufen.

Es sind keine Italiener, aber mir ist unklar, woher sie kommen. Drei Mädchen setzen sich in unsere Bank. Eine der Lehrerinnen ruft sie zurück, und dann bleibt die ganze Gruppe vor dem Moses stehen. Es wird wieder still.

»Von welchen Operationen wollen Sie mir erzählen?«, frage ich, als sich die drei Mädchen weit genug entfernt haben.

»Operationen in Italien, Frankreich, Belgien, der Schweiz, Österreich, Russland, Israel. Geldübergabe an politische Parteien. Diebstahl geheimer Dokumente. Anschläge der Mafia. Einschleusung von Informanten in feindliche Territorien. Rekrutierung weiterer operativer Agenten. Beschaffung der Kommunikationscodes von Moskau. Jagd auf Terroristen in Paris. Entführungen. Mindestens drei Morde. Aber Sie müssen Geduld haben. Ich liefere Ihnen kein Material für einen Artikel, sondern eine lange Geschichte in Fortsetzungen. Ich werde Ihnen nicht alles auf einmal erzählen. Es braucht Zeit. Sie müssen Schritt für Schritt herangeführt werden, sonst glauben Sie mir nicht. Ohne die Kenntnis der Vergangenheit können Sie die Gegenwart nicht verstehen.«

Ich fixiere ihn eine halbe Minute. Das reglose Licht der Basilika scheint sich in den Schatten der Säulenreihen aufzulösen wie Dunst. Meine nächste Frage ist nur ein leises Murmeln. »Kommen auch die Verbrecher vor, die die jüngsten Anschläge in Paris verübt haben?«

»Ihre großen Brüder kommen vor, ihre Lehrer, die vorige Generation. Bei ihnen muss man anfangen, um zu verstehen, wer die Terroristen von heute sind.«

»Und was riskieren wir, wenn die CIA erfährt, dass einer ihrer Leute redet?«

Simone Pace fällt sofort auf, dass ich im Plural gesprochen, dass ich »wir« gesagt habe: für ihn womöglich ein Zeichen, dass ich mich entschieden habe.

»Sie würde versuchen, uns zu stoppen«, ist seine trockene Antwort.

»Aber wenn Sie in die Vereinigten Staaten zurückkehren, landen

Sie im Gefängnis. Es gibt schwere Strafen für CIA-Agenten, die Geheimnisse …«

»Lassen Sie es mich erklären«, fällt mir Simone Pace ins Wort. »Ich war Teil eines geheimen Netzwerks, das die CIA für ihre schmutzigen Operationen in Europa benutzt hat. Wir arbeiten mit der Behörde zusammen, aber wir gehören nicht ganz zu ihr. Unsere Identität kennt nur unser Controller, so wird er genannt. Er gehört natürlich schon zur CIA. Die Gesetze der Vereinigten Staaten gelten für ihn, nicht für uns. Uns gibt es gar nicht. Deshalb habe ich Ihnen vorhin gesagt, dass es zwischen uns operativen Agenten und den CIA-Agenten einen gewaltigen Unterschied gibt. Auch der Geheimdienst hat eine Ethik. Bei bestimmten Dingen macht sich die CIA nicht die Hände schmutzig, das würde die Regierung in Washington kompromittieren. Also greift sie auf Leute wie mich zurück. Auf Phantome. Ich habe aufgehört. Aber viele andere, die mit mir zusammen angeworben wurden oder die ich rekrutiert habe, sind weiter im operativen Einsatz.«

»Dann existiert dieses geheime Netzwerk für schmutzige Operationen also immer noch?«

Simone Pace lächelt und nickt. »Es wird immer existieren, und wie! In Italien und in ganz Europa. Die Welt ist wie ein großes Gemälde, auf dem sich die ahnungslosen Bürger, die Regierungen und Staaten bewegen. Es sind Leute wie ich, die neue Figuren darauf malen und die Farben hinzufügen. Farben, die manchmal rot sind wie Blut. Und von diesem Gemälde möchte ich Ihnen erzählen.«

Ein paar Minuten verharren wir erneut in Schweigen und sehen dem Gewusel zu, als sich die Schulklasse wieder in Bewegung setzt. Hintereinander treten die Schüler und Schülerinnen in die kleine Vertiefung unter dem Altar, um die Ketten des heiligen Petrus aus der Nähe zu betrachten, bevor sie mit einem Höllenlärm von Stimmen und Schritten wieder herauskommen.

»Kennen Sie den Film *Insider* von Michael Mann mit Russell Crowe und Al Pacino?«, frage ich jetzt.

Simone Pace sieht mich an, ohne zu antworten.

»Er erzählt davon, wie die internationalen Tabakkonzerne die Inhaltsstoffe der Zigaretten falsch deklarieren.«

»Ich erinnere mich nur vage«, gesteht er. »Aber was hat dieser Film mit mir zu tun?«

»Sehen Sie ihn sich an, wenn Sie können. Er ist ein Lehrstück darüber, wie sich ein Journalist gegenüber seiner Quelle verhalten sollte. Und umgekehrt. Die Quelle muss alles über sich sagen, sie muss vertrauen und sich anvertrauen. Ein Fehler, ein Laster, eine Perversion der Quelle kann alle ihre Aussagen zunichtemachen. Das, was Sie mir vorschlagen, ist kein Interview, an dessen Ende jeder wieder in sein eigenes Leben zurückkehrt. Ich werde alles über Sie wissen müssen. Auch alles über Ihr Privatleben. Familie, Liebschaften, Geliebte, Laster, Vorstrafen.«

Simone Pace – wer weiß, was er befürchtet hat – lässt sich nicht aus der Ruhe bringen, seine Antwort kommt prompt. »Ich habe derzeit keine Liebesbeziehung und nicht einmal eine Geliebte. Aber ich werde Sie diesbezüglich auf dem Laufenden halten. Ich bin geschieden. Meine Frau wusste nichts. Wir haben sehr jung geheiratet. Irgendwann konnte sie meine ständige Abwesenheit nicht mehr aushalten. Und weil mir keine Ausreden mehr eingefallen sind, habe ich ihr eines Sonntagabends die Wahrheit gesagt. Ich sagte zu ihr: Ich bin ein Informant der CIA.«

»Und Ihre Frau?«

»Sie sagte, dann sei sie die Jungfrau Maria. Sie ging ins Schlafzimmer und räumte meine Hälfte des Kleiderschranks aus. Sie packte meine Hosen, Hemden und Schuhe in eine große Reisetasche und warf sie hinaus auf den Treppenabsatz. Das letzte Bild, das ich von meiner Familie habe, ist meine Frau auf der Türschwelle: Verschwinde, sagte sie immer wieder, verschwinde von hier, verschwinde, verschwinde. Als ich draußen war, schrie sie mir nach, ich solle zu meinen Huren gehen, mit denen ich ihrer Ansicht nach auch dieses Wochenende verbracht hatte.«

»Und gab es in Ihrem Leben Huren?«

»Keine einzige. Die Hure war ich.«

»Haben Sie Kinder?«

»Eine erwachsene Tochter, die heute nichts mehr von mir wissen will. Ihr habe ich nie etwas gesagt.«

»Sie haben einen hohen Preis bezahlt. Hatten Sie keine Angst, dass Ihre Frau Ihr Geheimnis herumerzählt?«

»Nein, denn sie hat mir ja nicht geglaubt. Vielen passiert es, dass sie ihre Familie opfern müssen. Wenn du all deinen Mut zusammennimmst und zu Hause die Wahrheit sagst, glaubt dir keiner. Deshalb lautet der Spitzname der CIA auch *die Mama*. Denn wenn du aus dem Haus geworfen wirst, nimmt sie dich in ihre Obhut wie eine Mutter. Und dann liegt dein Leben ganz in ihren Händen. Du wirst ihr Eigentum.«

»Irgendwelche Laster, die Sie in Misskredit bringen könnten? Vorstrafen?«

»Ich nehme keine Drogen, ich besaufe mich nicht, ich trinke keine hochprozentigen Sachen, ich rauche nicht. Wenn mir aber eine Frau gefällt, ziehe ich mich nicht zurück. Keine Vorstrafen. Oder vielmehr: Man hat mich nicht erwischt. Aber verlangen Sie kein polizeiliches Führungszeugnis von mir.«

»Das Problem ist nicht das polizeiliche Führungszeugnis. Sie waren es, der gesagt hat, Beweise kann man fälschen. Es geht darum, wie ich Ihre Aufrichtigkeit überprüfen kann. Aber das werde ich im Laufe unserer Treffen herausfinden. Also, wie machen wir's?«

Simone Pace ist jetzt wieder ganz in seinem Element. Er erklärt mir, wie wir verfahren. Wir werden uns jeden oder fast jeden Tag treffen. Und zwar hier, in San Pietro in Vincoli. Aufnahmegerät, Filmkamera und Fotoapparat sind nicht gestattet. Nur Kugelschreiber und Notizheft.

»Wenn Sie einverstanden sind, können wir gleich morgen früh anfangen«, sagt er.

»Morgen früh um neun hier auf dieser Bank.«

»Also dann bis morgen. Aber ich gehe zuerst hinaus. Sie warten zehn Minuten und folgen mir nicht«, weist Simone Pace mich an.

Er steht auf und geht hinaus in das gleißende Licht des geöffneten Hauptportals.

Die Welt der Phantome darf ihre Geheimnisse niemals dem Unterland der Ahnungslosen preisgeben. Wer es getan hat, bekam Schwierigkeiten. Manche wurden getötet. Hier, vor dem Moses der Basilika San Pietro in Vincoli, weiß Simone Pace ganz genau, dass er eine weitere Schwelle seines Lebens überschritten hat. Wie an jenem Sonntagabend vor vielen Jahren, als er für immer sein Zuhause verlassen hat. Und während er jetzt die Via Cavour hinunter zum römischen Hauptbahnhof zurückgeht, fühlt er sich nicht einmal erleichtert. Er empfindet Gleichgültigkeit, wie immer. Das Motto eines Frontkämpfers lautet *fight or flight*, kämpfe oder fliehe. Und er, der an der schmalen, unsichtbaren Grenze überlebt hat, die die Welt der Phantome vom Unterland der ahnungslosen Bürger, Regierungen und Staaten trennt, weiß genau, dass ein operativer Agent keine Fluchtmöglichkeit hat. Er kann nur kämpfen. Mit Vorsicht und Geduld, aber er muss kämpfen. Simone Paces Ermordung vollzieht sich sehr langsam.

Die vergoldete Statue von Christus dem Erlöser auf der Spitze des Campanile von Sacro Cuore steigt immer höher in den Himmel, je näher man kommt. Jetzt glänzt sie im Sonnenlicht hinter dem Bahnhofsplatz am Ende der Via Cavour. Dieser Christus ist nicht nur eine der zahllosen religiösen Ikonen, die auf Rom hinabblicken. Er ist auch seit Jahrzehnten ein Orientierungspunkt für Spione, Terroristen, Kriminelle und Geheimagenten, sobald sie aus dem Zug steigen. Das zumindest ist die Funktion, die Simone Pace der Statue zuschreibt, wenn er das Haus des Friedens sucht oder jemandem den Weg dorthin beschreiben muss.

Der doppelte Eingang aus verspiegeltem Glas befindet sich am Anfang einer kleinen Seitenstraße, nur ein paar Häuserblocks von Christus dem Erlöser entfernt. Eine abgelegene Kreuzung mit wenig Verkehr. Simone Pace rückt die blaue Baseballmütze auf seinem Kopf zurecht, schiebt die gefakte Brille auf der Nase zurück, ein

Tick von ihm, und überquert die Straße exakt gegenüber der Tür, die sein Spiegelbild immer größer zurückwirft. Das Haus sieht von außen aus wie eines der vielen eleganten Bed & Breakfast der italienischen Hauptstadt, wo Touristen und die Wasserträger der Politik übernachten. Innen ist es sehr viel mehr. Sein Luxus und seine Ruhe sind heute nur mit der VIP-Lounge am Flughafen von Dubai vergleichbar, die jenen Passagieren vorbehalten ist, für die Geld keine Rolle spielt. Auf dem Klingelschild aus Messing funkelt die gravierte Schrift in arabischen und lateinischen Buchstaben: Bait as-Salaam – Casa della pace. Haus des Friedens.

Simone klingelt und senkt den Blick auf seine Schuhe. Er weiß, dass die Videokamera läuft, sobald er den Finger auf den Knopf legt. Das winzige Objektiv befindet sich mit Sicherheit hinter den verspiegelten Eingangstüren, die sich gleich öffnen werden, eine nach der anderen. Aber niemand öffnet, niemand meldet sich. Er klingelt ein zweites Mal. Und erst jetzt nehmen seine Augen etwas wahr, was ihnen bisher entgangen ist. Die Glastür ist mit einer Staubschicht bedeckt und von unten bis oben hoffnungslos schmutzig. Unten links hat jemand seine Notdurft verrichtet, und das eklige Rinnsal auf der Türschwelle aus schwarzem Marmor verläuft bis zum Asphalt des Gehsteigs. Reste von Altpapier und aufgeweichtem Laub füllen den schmalen Spalt zwischen Schiebetür und Boden. Laub. Folglich wurde die Tür schon seit Wochen nicht mehr geöffnet. Das sagt ihm seine lange Erfahrung als Polizist sofort. Bei genauerem Hinsehen weist sogar das Messingschild dunkle Oxidationsflecken auf, es wurde also schon lange nicht mehr gereinigt. Er läutet ein drittes Mal. Und endlich merkt er, dass die Klingel, die ein aufmerksames Ohr auch hier draußen hören müsste, stumm bleibt. Der Strom ist abgeschaltet. Das Haus des Friedens existiert nicht mehr. Er bekommt ein flaues Gefühl im Magen. Er ist nicht enttäuscht, sondern erschrocken.

Simone Pace dreht sich auf dem Absatz um und geht. Die Brille auf der Nase, den Blick immer noch auf seine Schuhe gesenkt. Und jetzt ist da ein neuer Gedanke, der erste Schritt auf einem Weg, der bergauf führt. Er war sicher, sie hier anzutreffen. Nur sie könnte seine wahre Identität enthüllen und das Phantom wieder zum Leben erwecken. Soweit er weiß, ist sie wütend auf ihn. Bestimmt wegen dieser Verhaftung in Mali. Eine Frau, die in einer solchen Gegend der Welt wegen Terrorismus eingesperrt ist, hat, wenn sie bei ihrer Befreiung nicht stirbt, alles überlebt. Wirklich alles. Deshalb könnte sie von maßloser Wut erfüllt sein. Und deshalb könnte sie allein das Schweigen brechen und Simone Pace, wenn er tot und begraben ist, ins Leben zurückbringen. Er muss sie sehen. Er muss mit ihr sprechen. Er muss wissen, was sie vorhat. Seine ganze Angst spiegelt sich in der einzigen Frage, die seine Gedanken beherrscht: Wie finde ich Latifa?

Die Statue von Christus dem Erlöser immer noch im Blick, macht sich Simone auf den Weg zum Immobilienbüro des Viertels. Vor ein paar Tagen hat er im Internet die Anzeige für eine Zweizimmerwohnung im obersten Stock eines Altbaus gesehen. Zimmer, Wohnküche, Bad, Balkon und Fenster mit Blick auf den Sonnenuntergang und über die Dächer Roms. Er muss den Mietvertrag unterschreiben und die Kaution bezahlen. Fehlt nur noch die Anmeldung für Wasser, Gas und Strom, und er kann sein römisches Leben beginnen. Vorbei die Zeit, als er es sich leisten konnte, wochenlang zwischen den Edelholzmöbeln seines Lieblingshotels zu logieren.

Es bleibt sogar noch Zeit für einen langen Spaziergang in der frühlingshaften Sonne dieses ungewöhnlich warmen Novembertags. Wie ein Tourist, bis zum Forum Romanum. Dann das Warten auf den Sonnenuntergang in den Ruinen des antiken Rom. Und ein Abendessen im Restaurant der Schauspieler, im *La Matriciana* gleich gegenüber der Oper. Es ist berühmt für seine *Pasta all'amatriciana*, für seine *Mezze maniche* mit Muscheln und Pecorino und für viele andere Gerichte. In den Tiefen seines narzisstischen Bewusstseins fühlt sich Simone Pace wie ein großer Schauspieler. Nur dass die Filme, deren Hauptdarsteller er ist, immer live gedreht werden: ohne Double und ohne die Möglichkeit, eine Szene zu wiederholen. Wie im Theater.

Um Mitternacht liegt er schon in seinem Doppelbett und denkt nach, eingehüllt in die Duftessenzen von Zimmer Nummer 922. Das Licht gelöscht. Vom offenen Fenster das Rauschen der Stadt. Die Hände im Nacken verschränkt und noch einmal die Gewissheit, die Welt in der Hand zu haben. Er ist lange nicht mehr in Rom gewesen, und Rom fehlt ihm immer. Und so schläft er, noch angekleidet, ein.

Der Tag kündigt sich mit der Kühle der Morgendämmerung an, die vom offenen Fenster hereindringt. Simone Pace steht auf, um es zu schließen. Doch dann verharrt er am Fenster und betrachtet die beiden großen Kuppeln der Basilika Santa Maria Maggiore, wo Gian Lorenzo Bernini, der Bildhauer der Päpste, begraben liegt: zwei Kuppeln nebeneinander wie ein praller junger Busen, eine Hommage an die weibliche Fruchtbarkeit. Er wendet sich etwas nach rechts und nimmt zwischen den im ersten Tageslicht rosa schimmernden Ziegeln, den ausgedehnten, noch dunklen Terrassen und den schirmförmigen Kronen der Pinien das obere Gesims des Kolosseums in den Blick. Gleich dahinter, weit hinten in der Ebene, entdeckt er die Konturen des *Colosseo quadrato*, des E.U.R.-Palasts, die schönste und eleganteste architektonische Parodie aus der Zeit des italienischen Futurismus. Simone Pace findet das Bauwerk sogar eleganter als das Original. Ein Stück weiter rechts zeichnen sich am heller werdenden Himmel die Umrisse der Zypressen ab, hinter denen sich der Palatin verbirgt, die Residenz der römischen Kaiser. Und noch weiter rechts verschönert die Morgenröte eine chaotische Landschaft aus Dächern, Schornsteinen, Klimaanlagen, Antennen und Fernsehkabeln, die kreuz und quer aufgehängt sind. Über diesem Wirrwarr, höher als alles andere, bläht sich auf der Fahnenstange des Quirinalspalastes, dem Sitz des Präsidenten der Republik, die italienische Fahne im Wind. Gleich dahinter, isoliert und noch größer, scheint sie von der riesigen, unbewegten Halbkugel der Kuppel von Sankt Peter beobachtet zu werden. Erstaunt, als wäre es das erste Mal, bemerkt Simone, dass man von seinem Standort aus sogar den Dreiecksgiebel der Basilika sieht. Und daneben die Fassade mit dem Fenster der Papstwohnung. Von Zimmer Nummer 922 erfasst man mit einem einzigen Blick mehr als zweitausend Jahre Geschichte.

Tief einatmend, genießt er die Schönheit dieser Szenerie. Plötzlich ist ihm kalt. Er erinnert sich, dass er das Fenster schließen wollte, dann setzt er sich im perfekten Schneidersitz aufs Bett. So verharrt er fast eine Stunde. Er nimmt eine heiße Dusche. Dann geht er hoch zur Terrasse des Hotels. Frühstück im Freien mit einem Panoramablick über die Stadt. Fast wie im Frühling. Frisches Obst, Ziegenkäse, Brot, Honig. Und Espresso, sehr schwarz, sehr stark.

Um neun Uhr erstrahlt die Fassade von San Pietro in Vincoli in der Sonne. Das Portal ist bereits geöffnet und gibt das Halbdunkel des weiträumigen Kircheninnern frei. Erst nach vielen Schritten haben sich die Augen an den Dämmer gewöhnt. Wenige Bänke, wie am Tag zuvor. Ich sitze in der letzten gegenüber dem Altar. Ich drehe mich um. Simone Pace lässt seine Augen umherschweifen, eine letzte Kontrolle. Dann nimmt er neben mir Platz. Vor den Ketten des heiligen Petrus, Moses' gestrengem Blick ausgesetzt.

»Bevor wir anfangen«, sagt er leise, nachdem wir uns begrüßt haben, »möchte ich Ihnen sagen, dass ich meiner Geschichte keine in irgendeiner Weise religiöse Bedeutung geben will. Ich habe diese Kirche nur deshalb als Treffpunkt vorgeschlagen, weil man, während ich Ihnen meine Geschichte erzähle, die Umgebung besser im Auge behalten kann. Ich bin Gott sei Dank Atheist.«

»Ich bin kein Priester und könnte Sie von den Sünden, die Sie mir beichten werden, ohnehin nicht lossprechen«, erwidere ich, während ich Notizheft und Stift aus meiner Jackentasche hole, wie es mir unsere Abmachung gestattet. »Beginnen wir mit den Morden?«

»Nein«, sagt Simone Pace, »beginnen wir mit dem ersten Treffen. Und mit meiner Anwerbung.«

DAS ERSTE TREFFEN

»Nun lade ich Sie ein, mir bei diesem Sprung in die Vergangenheit zu folgen. Kehren wir nach Italien zurück, nach Mailand, auf den Corso Garibaldi. Ich war ein junger Mann, gerade einmal zwanzig Jahre alt. Kennen Sie den Corso Garibaldi?«

»Klar, die Gegend mit den angesagten Restaurants und Bars«, antworte ich.

»Ja. Vor dreißig Jahren war dieses neue Viertel längst nicht so en vogue wie heute. Ich schicke voraus, dass die Namen, die ich Ihnen nennen werde, Tarnnamen sind. Aber dahinter stehen real existierende Personen, von denen viele bis heute im Dienst sind.«

»Im Dienst der CIA?«

»Richtig. In der CIA, aber auch in staatlichen Behörden und privaten Institutionen, für die sie arbeiten. Aber damals war die CIA für uns nur eine Abkürzung, die wir aus Filmen kannten. Wir waren noch nicht angeworben worden. Nicht alle, glaube ich zumindest. Also, wir sind in Mailand, auf dem Corso Garibaldi.«

Auch an diesem Tag bin ich zu früh da, fährt Simone Pace fort. Wenn man als Erster zu einer Verabredung erscheint, ist man immer im Vorteil. Sie hatten mir den Namen des Lokals genannt, in dem wir uns treffen sollten. Das Restaurant war neu eröffnet, und ich kannte es nicht. Weiße Markise mit schwarzem Schriftzug: Ibiza, wie die Insel.

Ich sehe, wie sie hereinkommen, einer nach dem anderen. Als Letzter und ganz pünktlich trifft unser Gastgeber ein. Er ist der Anlass dafür, dass wir alle zusammenkommen, Kollegen und vertraute

Freunde. Ich sehe ihn zum ersten Mal und versuche sofort, ihn nach seiner Kleidung einzuschätzen. Eleganter grauer Anzug. Hellblaues Hemd mit weißem Kragen und weißen Manschetten, damals groß in Mode. Goldene Manschettenknöpfe. Kurz geschnittenes Haar und lange Koteletten. Das Auffälligste allerdings sind seine Schuhe: schwarze Lederschuhe Modell Oxford mit Verzierungen an der Vorderkappe, den Ösen und Nähten, garantiert Handarbeit. Sein Alter ist schwer zu schätzen, denn er trägt eine Brille mit dicken Gläsern: ein schwarzes rechteckiges Gestell, zu groß für sein Gesicht. Zwischen den Fingern der rechten Hand hält er eine dicke erloschene Zigarre, die bei der Begrüßung in die linke wechselt. Vom Aussehen her könnte Giacomo, mit diesem Namen stellt er sich vor, ein arroganter staatlicher Spitzenfunktionär, aber auch ein Stahlwerksbesitzer oder ein Zuhälter sein. Seine Kleidung hat etwas von allen dreien. Wie ich später erfahre, ist er der Direktor einer Bank. Einer sehr bekannten Bank.

Als wir im Restaurant Ibiza am Tisch sitzen, ist es Andrea, der ihn offiziell begrüßt: »Giacomo ist Piemontese wie ich. Wir sind in Turin zusammen aufgewachsen, und ich wollte ihn euch vorstellen, weil er ein großes Projekt hat.«

Giacomo wirkt verlegen. Eine einstudierte Verlegenheit. Seine Augen hinter den dicken Brillengläsern jedoch verraten einen raschen Verstand. In dem etwas schweren Körper wirkt sein Verstand wie der Motor eines Rennwagens unter der Haube einer alten Limousine.

»Danke, dass ihr gekommen seid, und danke für das, was ihr für unser Land tut«, sagt Giacomo schlicht. Dann greift er nach der Speisekarte und fängt an zu lesen.

Wir tauschen überraschte Blicke. War das alles? Warum hat er uns hier versammelt wie eine Bande von Verschwörern? Andrea, der Unternehmungslustigste der Gruppe und ihr Kopf, hat seine Sache gut gemacht. Er hat uns alle kontaktiert. Er sagte, Giacomo sei in Organisationen eingeschleust gewesen, die mit Kolumbien Drogenschmuggel betreiben. Ich hatte ihn mir groß, sportlich und muskulös vorgestellt und nicht diesen blassen, gespielt schüchternen Mann erwartet, der in die Speisekarte vertieft am Kopfende des Tisches sitzt.

Jedenfalls hatte Andrea unsere Neugier schnell geweckt. Er versteht es, andere mitzureißen, und kann es sich erlauben, mit dem Flugzeug zu reisen und teure Klamotten zu kaufen. Und er rühmt sich wichtiger Freunde. Ich beobachte ihn, wie er neben Giacomo sitzt. Auch diesmal wirkt er wie eingenäht in sein zweireihiges blaues Sakko über einem weißen Hemd ohne Krawatte. Dazu trägt er Jeans und braune Wildlederschuhe. Seine langen blonden Haare umrahmen sein Gesicht, als wären sie gemeißelt. Als er uns Giacomo vorstellte, hat er seine Stimme moduliert, um ihr mehr Nachdruck zu verleihen. Bei jeder Gelegenheit plustert er sich auf und dominiert alles und uns alle.

Im Gegensatz zu Andrea trage ich Sachen, die ich mir von meinem Polizistengehalt leisten kann: ausgewaschene Jeans, Sportschuhe von Nike, natürlich gefälscht und auf meinem Stadtteilmarkt gekauft, ein langärmeliges blaues Poloshirt von Lacoste. Das Poloshirt ist echt, darauf bin ich stolz. Aber es ist ein Geschenk meiner Frau. Ehrlich gesagt, mache ich neben meinen Freunden gar keine schlechte Figur. Filippo, der Älteste, der neben mir sitzt, trägt eine grüne Cordhose, die schon bessere Zeiten gesehen hat, und den üblichen Schal gegen seine Nackenschmerzen. Ohne das rot-blau karierte Baumwollhemd wäre seine Kleidung völlig aus der Mode. Tommaso mir gegenüber rutscht auf seinem Stuhl hin und her und wirft den Kopf herum. Er kann nicht still sitzen. Immer wieder kneift er die Augen zusammen, als durchzuckte ihn ein höllischer Schmerz. Aber wehe, man macht ihn auf diesen Tick aufmerksam. Tommaso fühlt sich als der Playboy seiner Abteilung und gibt sein ganzes Geld für Klamotten aus. Markenschuhe, Armani-Jeans, rosa Poloshirts von Ralph Lauren. Tommaso liebt Rosa, und immer, wenn er ein Poloshirt in dieser Farbe trägt, mustert ihn Giovanni, macht ihm Komplimente und fragt ihn, ob es solche Poloshirts auch für Männer gibt. Giovanni hat soeben links von Tommaso Platz genommen. Rechts von ihm sitzt Mattia, der Klon von Andrea. Die beiden sind unzertrennlich. Mattia versucht sogar, Andreas Kleidungsstil zu imitieren. Heute trägt er Jeans, ein weißes Hemd und ein zweireihiges Jackett in Blau, nur ein klein wenig dunkler als das seines besten Freundes.

»Sie müssen immer darauf achten, wie sich jemand kleidet. Die Kleidung ist der einzig echte Personalausweis«, sagt Simone Pace und wendet sich mir zu. »Aber ich weiß, dass ich anders bin als sie alle. Und der Unterschied besteht nicht in der Kleidung. Zu jener Zeit beschäftige ich mich mit Überwachung. Ich höre Telefonate ab, überprüfe bestimmte Tatbestände, solche Dinge. Manchmal schicken sie mich sonntags als Ordnungshüter ins San-Siro-Stadion, zu den Spielen zwischen Inter Mailand und AC Mailand. Ich bin nur ein Polizist, habe also feste Dienststunden und infolgedessen viel freie Zeit, in der ich das tue, was ich schon als junger Auszubildender in der Einsamkeit meines Kasernenzimmers getan habe. Ich lerne Sprachen. Als Autodidakt. Ich kaufe mir Sprachkassetten, Schnellkurse, Bücher in der Originalsprache. Zuerst perfektioniere ich mein Englisch und mein Französisch, dann beginne ich mit Arabisch und Deutsch. So baue ich mir eine Zukunft auf und das, was ich in späteren Jahren machen werde.« Simone Paces Blick geht erneut zum Altar, dann fährt er mit seiner Erzählung fort.

Als Giuda das Restaurant betritt, haben wir schon alle bestellt, und die Vorspeisen werden serviert. Seinen Spitznamen hat er sich mehr als verdient: Er betrügt regelmäßig alle Frauen, mit denen er ein Verhältnis hat. Seine Beziehung zu Andrea, der ihn für seine allzu starke Neigung zum schönen Geschlecht kritisiert, ist entsprechend konfliktgeladen. Giuda geht schnurstracks auf Giacomo zu und gibt ihm die Hand, denn Giacomo ist der Einzige am Tisch, den er nicht kennt. Er macht das so schnell, dass Giacomo gar keine Zeit hat, aufzustehen und ihn seinerseits zu begrüßen.

»Was machst du denn für ein Gesicht? Ist der Ehemann nach Hause gekommen und du musstest durchs Fenster türmen?«, spottet

Tommaso, als Giuda sich ans andere Ende des Tisches setzt, dem Gastgeber gegenüber. Als er hereinkam und uns alle hier sah, hat er ganz rote Backen bekommen. Vielleicht war er überrascht oder erschrocken. Keiner von uns wusste, dass die anderen auch da sein würden. Giuda ist der Einzige, den dieses Treffen nicht besonders interessiert. Er stammt aus einer wohlhabenden Familie, hat sich mit seinen fünfundzwanzig Jahren gerade einen weißen Golf gekauft und bewohnt ein sehr schönes Appartement in der Innenstadt von Mailand.

Das Restaurant ist neu eröffnet, das sieht man sofort. Es ist elegant, minimalistisch eingerichtet und wie geleckt. Die dominierenden Farben sind das Weiß der langen Tischdecken und das Hellblau der Vorhänge. Vielleicht liegt es daran, dass es kaum andere Gäste gibt, aber die Anzahl der Kellner scheint mir übertrieben. Allein für unseren Tisch sind es vier, immer sofort zur Stelle, um nachzuschenken, sobald ein Glas leer ist. Diese Aufmerksamkeit bringt einen fast in Verlegenheit. So wie vorhin, als ich nach der Toilette gefragt habe und einer der Kellner fast mit reingegangen wäre.

Ich beobachte Andrea in seinem eleganten Jackett und habe ein ungutes Gefühl. Giacomo und Andrea verständigen sich weniger durch Worte als durch einvernehmliche Blicke. Wenn Giacomo einen von uns ins Visier nimmt, beugt sich Andrea zu ihm hinüber und murmelt ihm etwas zu. Das Mittagessen oder vielmehr der Lunch, wie er es großspurig genannt hat, zieht sich über eineinhalb Stunden hin. Am Ende denkt keiner von uns auch nur im Traum daran, aufzustehen und die Rechnung zu bezahlen, die garantiert so hoch ist wie ein ganzes Monatsgehalt von uns. Wir sind fast alle im öffentlichen Dienst beschäftigt: als Polizeibeamte, Carabinieri, Ex-Carabinieri, Verwaltungsangestellte. Zwei Dinge verbinden uns: Wir alle haben an Gerichtsprozessen mitgearbeitet, und sei es nur als Eskorte der Angeklagten oder als einfache Hilfskräfte. Und bei uns allen ist das Geld knapp. Aus Höflichkeit deutet der eine oder andere an, dass er seinen Anteil bezahlen will. Aber Giacomo gibt uns mit einer Handbewegung zu verstehen, dass er das schon erledigt hat. Draußen auf dem Bürgersteig vor dem Restaurant reicht er jedem von uns die Hand. Der Rauch seiner Zigarre, die jetzt angezündet zwischen seinen Zähnen steckt, hüllt sein Gesicht mit Spezialeffekten ein. Lichtreflexe umspielen seine kastanienbraunen Augen. Giacomo fixiert mich so penetrant, dass ich gezwungen bin, meinen Blick abzuwenden.

»Danke, danke«, sagt er. Jetzt bin ich an der Reihe. »Du bist Simone, richtig?«

»Ja, ich bin Simone Pace.«

»Hier ist ein kleines Geschenk für dich. Dafür, dass du dir die Mühe gemacht hast zu kommen. Für deine wertvolle Zeit«, fügt Giacomo hinzu und reicht mir einen weißen Umschlag. Ich stecke ihn ein. Dieselbe Szene wiederholt sich bei den anderen. Tommaso will den Umschlag öffnen, aber Giacomo hält ihn zurück. »Nein, nicht jetzt. Ich möchte nicht, dass ihr noch mehr Zeit verliert.«

Der Reihe nach, wie wir gekommen sind, trennen wir uns wieder. Der eine oder andere bleibt unterwegs stehen, um sich eine Zigarette anzuzünden. Tommaso starrt ins Schaufenster eines leeren Geschäfts. So ist er nun mal. Ein Kontrollfreak. Er betrachtet nicht die Auslage im Schaufenster, sondern benutzt es nur, um die sich darin spiegelnde gegenüberliegende Straßenseite zu beobachten. Aber warum sollte uns jemand beschatten? Noch verstehe ich es nicht. Aber die Szene beunruhigt mich. Vielleicht weiß Tommaso etwas, das mir entgangen ist.

Erst als ich abends zu Hause bin und etwas Dickes in der Innentasche meiner Jacke spüre, fällt mir der Briefumschlag wieder ein. Ich lege ihn kurz auf die Ablage im Flur, aber dann stecke ich ihn zurück in die Jackentasche. Und vergesse ihn erneut. Jedenfalls öffne ich ihn nicht sofort. Ich erinnere mich erst wieder daran, als Filippo mich anruft, der älteste der Freunde im Restaurant: »Hallo. Hast du gesehen?« Er spricht so leise, dass ich seine Stimme nicht gleich erkenne.

»Wer ist am Apparat? Warum sprichst du so leise? Sprich lauter, ich versteh dich nicht.«

»Filippo. Ich bin Filippo. Hast du gesehen, was drin ist? Hast du ihn aufgemacht?«

»Was, Filippo? Wovon redest du?«

Und er, noch leiser: »Den Um… Das, was er uns gegeben hat.«

»Nein, Filippo«, antworte ich wahrheitsgemäß.

»Ich dachte … Na ja, reden wir morgen.« Er legt grußlos auf.

Langsam gehe ich zum Schlafzimmerschrank, in den ich die Jacke gehängt habe. Ich lasse meine Hand in die Innentasche gleiten, ziehe den Umschlag heraus und öffne ihn. Er enthält einen auf meinen Namen ausgestellten Scheck: eine Summe so hoch wie mein Jahresgehalt. Ich würde am liebsten zu meiner Frau laufen, die beim Kochen ist, um ihr die gute Nachricht mitzuteilen. Aber ich tue es nicht.

»Wer war das? Warum hast du am Telefon so geschrien?«, fragt sie, während ich mich zum Abendessen an den Tisch setze.

»Nichts Wichtiges«, antworte ich. »Filippo wollte mir sagen, dass ich morgen frühzeitig im Büro sein muss, und ich konnte ihn nicht richtig verstehen.«

»Papa, spielst du dann mit mir?«, fragt meine Tochter. Nach Feierabend mit ihr zu spielen ist meine einzige Ablenkung. Und so verschiebe ich die Sache mit dem Scheck auf später. Ich würde nachts im Bett darüber nachdenken.

Tags darauf, im Büro, ist Filippo außer sich vor Wut. »Wer zum Teufel ist das? Was erlaubt er sich eigentlich? Was will er von uns?« Filippo ist kaum zu bremsen. »Verstehst du? Ich will dieses Geld nicht haben. Es riecht nach Ärger.«

»Du hast ja recht«, sage ich und spüre in mir eine Leere, die ich nicht einmal mit den kühnsten Überlegungen füllen kann. »Aber hast du denn überhaupt die Adresse von diesem Giacomo?«

»Andrea hat sie mir gegeben«, sagt Filippo, »und ich habe ihm den Scheck bereits heute Morgen zurückgeschickt. Wenn er uns Geld hätte geben wollen, hätte er es uns doch in bar geben können. Aber ein Scheck auf meinen Namen? Ich hinterlasse keine Beweise.«

»Das hast du richtig gemacht. Gib mir die Adresse, ich schicke den Scheck auch zurück.«

Ich habe es nicht getan. Seit diesem Tag haben wir nicht mehr darüber gesprochen. Filippo ist ein Mensch mit unglaublichen Fähigkeiten, in vieler Hinsicht. Er hat ein Gedächtnis, das ins Guinnessbuch der Rekorde gehört, und vor allem besitzt er eine tiefe Menschlichkeit. Aber ich glaube, dass auch Filippo den Scheck nicht zurückgeschickt hat.

Ein paar Monate später wechselt Andrea den Job. Er gibt seine Tätigkeit bei der Gerichtspolizei* auf und übernimmt eine wichtige Aufgabe in der Sicherheitsabteilung eines großen Unternehmens. Tommaso wird den gleichen Weg gehen. Und Mattia schafft es sogar, sich zum italienischen militärischen Nachrichtendienst versetzen zu lassen, wofür ihn alle seine Kollegen bewundern und beneiden. Vor allem in so jungen Jahren ist ein derartiger Karrieresprung nicht einfach. Wer weiß, wer ihn empfohlen hat. Vielleicht haben Mattia und Andrea zum selben Heiligen gebetet. Zum heiligen Jakobus, San Giacomo, dem edlen Spender der Schecks. Davon bin ich fest überzeugt.

Andrea ist es, der die Gruppe zusammenhält. Uns verbindet eine besondere Freundschaft. Gewöhnlich haben Polizei und Carabinieri nichts miteinander zu tun. Das gegenseitige Misstrauen durchdringt auch das Privatleben. Bei uns ist es anders. Wir haben jahrelang rote und schwarze Terroristen gejagt, Kommunisten mit dem Revolver und Faschisten mit Sprengstoff. Wir haben dieselben Gefahren überstanden. Und deshalb haben wir gelernt, einander zu vertrauen. Tage- und nächtelang saßen wir Seite an Seite in den Büros der

* Neben den Staatsanwälten und dem Verwaltungspersonal verfügt jede Staatsanwaltschaft über eine Gruppe von Ermittlungsbeamten der verschiedenen Polizeikräfte, hauptsächlich der Staatspolizei, der Carabinieri und der Finanzwache. Sie bilden die Abteilung der Gerichtspolizei. Die Ermittlungsbeamten, die bei dieser Abteilung Dienst tun, sind dem Staatsanwalt direkt unterstellt und nehmen in seinem Auftrag die Ermittlungshandlungen vor, mit denen sie betraut werden. Die *polizia giudiziaria* übernimmt damit Aufgaben, wie sie in Deutschland die Kriminalpolizei innehat. (A.d.Ü.)

Staatsanwaltschaften halb Italiens. Eingesperrt in abhörsicheren Räumen, haben wir Berichte geschrieben, Telefonate abgehört und Informationen ausgetauscht. Wir waren die erste wirklich behördenübergreifende Einheit.

Jetzt, wo Andrea und Mattia weg sind, fühlen wir uns ein wenig allein. Als Vermächtnis haben sie uns Giacomo hinterlassen. Gelegentlich ruft er in der Dienststelle an. Ich finde heraus, dass er uns in regelmäßigem Wechsel anruft. Ich versuche, mich ihm zu entziehen. Giacomo bittet um Gefälligkeiten. Er will wissen, auf wen ein Wagen zugelassen ist, er möchte eine Telefonnummer. Und da er weiß, dass wir mit den Polizeibehörden ganz Europas in Kontakt stehen, möchte er vor allem Informationen aus dem Ausland.

Ich lege meine rechte Hand auf Simone Paces Arm, um ihn zu unterbrechen. In diesem Moment hören wir hinter uns das Geschnatter einer Gruppe von Rentnern und die um Ruhe bittenden Rufe ihrer Begleiterin. Die unschönen Stimmen stören das marmorne Gemurmel in der Basilika. Dann kehrt wieder die gedämpfte Mischung aus unverständlichen, leise gesprochenen Sätzen, Gebeten, Kommentaren und raschelnden Geräuschen ein. Wie auf einer Wasseroberfläche, nachdem man einen Stein hineingeworfen hat.

»Wenn ich es richtig verstanden habe, waren Sie und die anderen also Polizisten und Carabinieri?«, frage ich.

»Nicht alle. Giacomo nicht«, erwidert Simone Pace.

»Aber Sie waren Polizist.«

»Ja, ich war Polizeibeamter. Ich habe mich mit Beginn des Militärdiensts zur Polizei gemeldet* und bin eine Ewigkeit geblieben. Daher kenne ich die anderen alle. Ich gehörte bald zu einem Kreis unzertrennlicher Freunde: die Verschwörerbande, so nannte man uns in unseren Dienststellen.«

»Andrea, Mattia, Tommaso, Filippo … euer Mittagessen in Mai-

* Anfang der 1980er-Jahre wurden aufgrund fehlender Polizisten auch Militärrekruten für polizeilichen Aufgaben eingesetzt. (A.d.Ü.)

land kommt mir vor wie das Letzte Abendmahl. Ihr tragt Namen der zwölf Apostel. Ich frage mich, wer von euch Jesus ist.«

»Definitiv Andrea. Irgendwann haben wir angefangen, ihn *Gesù Bambino* zu nennen, Jesusknabe. Aber heute ist er sehr viel besser dran als der Sohn Gottes«, sagt Simone Pace und lächelt.

»Und wer ist Giuda? Judas, der Verräter?«

»Giuda war der Spitzname unseres Herzensbrechers.«

»Nein, ich meine den tatsächlichen Verräter«, sage ich.

Simone Pace dreht sich ruckartig zu mir und starrt mich durch seine Brille an, wie er es noch nie zuvor getan hat. »Sie denken bestimmt, das bin ich«, sagt er ohne jeden Grund. Seine Stimme ist jetzt noch tiefer und nachdrücklicher. »Lassen Sie sich nicht vom äußeren Schein täuschen. Die Aufeinanderfolge von Geschehnissen, so zufällig sie zu sein scheinen, ist das Ergebnis von Aktionen, an die wir geglaubt haben. Wenn ich mich entschlossen habe, Ihnen zu erzählen, was wir erlebt haben, dann deshalb, weil ich mich weder von meiner noch von unserer Vergangenheit jemals abgewandt habe. Die Verräter sind andere. Das werden Sie selbst sehen. Aber lassen Sie mich fortfahren. Vor uns liegt ein ganzer Tag.«

SCHNEE IN MAILAND

Ich erinnere mich noch an die Kälte. Am Sonntag, dem 13. Januar. In den Wochen zuvor ist die Temperatur auf mehr als fünfzehn Grad unter null gefallen. Der Frost scheint nicht mehr weichen zu wollen. Sogar in Rom hat es geschneit. Und am 13. Januar 1985 beginnt es auch in Mailand zu schneien. Glücklicherweise gehöre ich zu denen, die in den Abhörräumen des Justizpalastes der Telefonüberwachung zugeteilt sind. So bin ich wenigstens im Warmen.

Die Stimmen im Raum krächzen und vermischen sich. Wir hören mehr als dreißig Telefonnummern von Leuten ab, die der Terrororganisation Comunisti organizzati per la liberazione proletaria nahestehen. Ihre Gespräche werden von einem Magnetband aufgezeichnet, das lautlos zwischen den beiden Spulen von Tonbandgeräten des Modells Uher RT 2000 läuft, das heute jeden Sammler glücklich machen würde.

Die Köpfe der COLP sitzen im Gefängnis. Aber wie noch heute üblich, wurden ein paar weniger bedeutende Mitglieder nicht verhaftet. Um die Ermittlungen weiterzuführen, Spuren zu verfolgen und zu verstehen, wie die Gruppe reagiert und sich reorganisiert.

Meine Schicht hat gerade begonnen. Ich setze die Kopfhörer auf und fange an, die Telefonate zu transkribieren. Bei dieser Tätigkeit vergeht die Zeit wie im Flug, und um Mitternacht werde ich abgelöst. Von den Kollegen, die dann ihren Dienst antreten, kommt Talpa als Letzter herein. Der Maulwurf. Wir nennen ihn so, weil er sich auf Dauer in den Abhörraum hat versetzen lassen. Er hat es so gewollt. Es gefällt ihm. Wir dagegen hassen diese Arbeit. Wir sind junge Leute mit dem Wunsch, das Vaterland zu retten, und erpicht darauf, draußen zu sein, auf der Straße. Oder Überwachungsmaßnahmen durchzuführen und mutmaßliche Terroristen zu observieren, zu kontrollieren und zu beschatten. Stundenlang jemandem zu folgen, ohne dass er es merkt, das ist für uns das höchste der Gefühle. Wir wollen nicht herumsitzen und irgendwelches Geschwätz transkribieren.

Ich begrüße Talpa mit einem Klaps auf die Schulter. Alle Telefone schweigen, vielleicht weil tiefe Nacht ist. Talpa hat Glück, er wird eine ruhige Schicht haben.

»Was ist, gehst du?«, fragt er mich. »Bleib doch, lass uns eine Partie Karten spielen. Komm schon, ich werde dich beim Scopa schlagen.«

Es klingt wie ein Befehl. Übrigens ist er ein Stück älter als ich. Ich lehne ab. »Ich gehe. Es schneit. Ich bin müde, entschuldige.«

Ein andermal wäre ich dageblieben. Heute nicht. Ich kann nicht. Am Nachmittag, bevor ich zum Justizpalast aufgebrochen bin, war ich noch kurz im Büro. Und als ich gehen will, höre ich draußen im Flur, wie ein Kollege meinen Namen ruft.

»Andrea ist am Telefon, er will dich dringend sprechen«, sagt er, als er mich gefunden hat.

»Was hast du zu ihm gesagt?«

»Dass du hier bist«, gibt er zurück.

Andrea, das Jesuskind der Gruppe, versucht mich seit zwei Tagen zu erreichen. Bisher habe ich mich verleugnen und ausrichten lassen, dass ich im Außendienst bin. Aber nun hat er mich erwischt. »Ich komme gleich«, sage ich zu meinem Kollegen.

Wie immer spricht Andrea in einem Ton, der mich stört. Er ist seit ein paar Monaten nicht mehr bei der Gerichtspolizei, denkt aber immer noch, er wäre unser Chef. »Du bist der Einzige, der mich nie besucht, verflucht noch mal«, weist er mich zurecht. *Verflucht noch mal* ist seine Lieblingsfloskel, die er oft ins Gespräch einstreut.

»Entschuldige, Andrea, aber wir sind ständig draußen. Mir bleibt nicht mal Zeit zu schlafen.«

»Ich habe gehört, dass sie dich zum Dienst im Justizpalast verdonnert haben. Was hast du denn angestellt?«, fragt er lachend.

Es stimmt: Außer Talpa betrachten alle den Dienst im Abhörraum als eine Strafe. Ich antworte nicht.

»Ich muss mit dir reden«, sagt Andrea jetzt.

»Heute nicht. Ich bin spät fertig, um Mitternacht. Vielleicht ein anderes Mal«, versuche ich ihn zu vertrösten.

Aber er ignoriert meine Antwort und fährt fort: »Bist du zu Fuß da?«

»Nein, mit dem Auto.« Und mechanisch, ohne zu wissen, warum, nenne ich ihm das Modell und die Farbe, als wäre Andrea mein Vorgesetzter, dem ich Rechenschaft schuldig bin.

»Ich warte um Mitternacht in der Via Freguglia auf dich, vor dem Justizpalast. Ich muss mit dir sprechen.« Er lässt nicht locker. Und während ich noch nach einer Ausrede suche, hat er bereits aufgelegt.

Die Flure des Justizpalastes, menschenleer und nachts ziemlich unheimlich, verstärken den Widerhall meiner Schritte. Die Luft scheint dumpfer als sonst. Ich schaue durch die Fenster hinaus, bevor ich am Ausgang bin. Die riesige Statue der Justitia im Hof des Gerichtsgebäudes wirkt nicht so grau und streng wie sonst, sie hat sich in eine Dame ganz in Weiß verwandelt. Ich reiße die Augen auf, um das Bild scharfzustellen. Es muss eine Menge Schnee gefallen sein.

Der Haupteingang ist natürlich geschlossen. Ich wende mich nach links ins große Atrium und passiere die wachhabenden Carabinieri, die gewöhnlich am Einfahrtstor Posten stehen. Aber es ist zu kalt, und so haben auch sie sich ins Innere geflüchtet.

Ich grüße mit einer Bewegung des Kinns. Ich öffne die Glastür. Die Stufen sind kaum zu erkennen. Wo ist mein Auto? Ich war sicher, dass ich es vor dem Justizgebäude geparkt hatte. Ich fange an, mit den Händen dicke Schneeschichten von den Autos zu schaufeln. Endlich habe ich meines gefunden. Die Verabredung mit Andrea ist mir fast egal, so abgelenkt bin ich von dieser ungewohnten Szenerie.

Es sind dicke, gemächlich fallende Flocken. Aber bevor sie sich auf dem Weiß der Straße niederlassen, überlegen sie es sich noch einmal anders und steigen in lautlosen Kapriolen erneut auf. Ich puste in die Luft, um die Wirkung zu beobachten. In der Stadt habe ich es schon seit Jahren nicht mehr so stark schneien sehen. Es ist ein magischer Tanz. Ich hebe die Nase ins Gegenlicht der Laternen und sehe die Kristalle in den einzelnen Flocken glitzern. Es sind Kristalle von Sternen, Zuckerkörnchen, Quarzrhomben, die sich aneinander anlagern, bis sie Wolken aus schwebenden Blütenblättern bilden. Und wenn sie die Erde erreichen, bleiben sie mit ihren eisigen Reflexen liegen und warten darauf, von anderen Flocken überlagert zu werden.

Es schneit so stark, dass man zusehen kann, wie die Schneeschicht wächst. Ich setze mich mit dem Gedanken ans Steuer, wie ich am nächsten Morgen ins Büro kommen soll. Ich rutsche ein wenig, während ich in die Einbahnstraße Richtung Via San Barnaba einbiege. Und da steht er, mitten auf der Straße: Andrea ist schon da.

Die Gehsteige sind unpassierbar. Ich fahre so langsam, dass ich nicht einmal bremsen muss. Er öffnet die Beifahrertür, und beim Einsteigen bringt er einen Schwall Guerlain Vetiver mit. Er trägt immer so viel davon auf, dass wir, als er noch bei uns gearbeitet hat, schon an der Parfümwolke wussten, ob er da ist oder nicht. Durch die geöffnete Tür dringt auch ein eiskalter Luftzug in den Wagen, der mir von den Beinen bis in den Magen steigt, sodass ich fast einen Krampf bekomme.

Andrea grinst. Ich weiß nicht, was es zu grinsen gibt. Aber er ist immer fröhlich und selbstsicher. Ich biege nach rechts ab. Dann noch einmal nach rechts in die Via della Guastalla bei der Synagoge. Und dann noch mal nach rechts auf den Corso di Porta Vittoria. Auf der rechten Straßenseite, gleich hinter dem Haupteingang des Justizpalastes, halte ich an. Die große beleuchtete Uhr auf dem gegenüberliegenden Gebäude springt auf 00.15, die angezeigte Temperatur beträgt zwei Grad unter null. Sie ist stark gestiegen, verglichen mit der Kälte der vergangenen Nächte.

»Wie ist dein neuer Job?«, frage ich ihn. Er antwortet nicht sofort. Er wartet darauf, dass ich ihn mustere. Er will sicher sein, dass ich auch unter diesen Umständen seine Kleidung bemerke. Sportlich, aber elegant. Blauer Kaschmirmantel. In der Jackentasche unter dem Mantel der unverwechselbare Montblanc-Kugelschreiber. Und die Rolex Daytona, auf die er mächtig stolz ist und die mittlerweile mit seinem Handgelenk verwachsen sein muss.

»Mit einem Kugelschreiber fängt es an«, sagt Andrea, fast als könne er meine Gedanken lesen. Ich verstehe. Er versteht, dass die Botschaft angekommen ist. Und damit wechseln wir das Thema.

»Hör zu, Simone«, beginnt Andrea. »Giacomo hat in Mailand ein Büro aufgemacht, in der Via Turati, und am Donnerstag dem 17. ist die Eröffnung. Er möchte, dass du dabei bist. Und ich auch.«

Ein Büro? Sie haben sich also an mich erinnert. Vielleicht springt ja etwas dabei heraus. Vielleicht werde ich wie Andrea den Job wechseln und ein normales Leben führen können. Nicht wie heute, wo ich sonntags in einem Raum eingesperrt bin und Telefonate transkribiere, während der Rest der Welt sich amüsiert. Mir ist augenblicklich klar, dass ich nicht lange überlegen darf. Andrea wartet auf meine Antwort. Ich spüre, dass ich an einem Scheideweg stehe. Und wenn man sich verlaufen hat, wenn man nicht mehr weiß, wohin man unterwegs ist, ist es egal, welchen Weg man einschlägt. Auch wenn man keine Ahnung hat, wohin er einen führt. Auch wenn Giacomo mir überhaupt nicht gefällt.

»Ja, danke. In Ordnung«, sage ich und lege meine rechte Hand auf seine linke Schulter, wie um einen Pakt zu besiegeln.

»Also dann ciao«, verabschiedet sich Andrea. »Und komm nicht ins Rutschen«, fügt er hinzu und deutet auf die verschneite Straße. Er muss immer das letzte Wort haben. Er steigt aus und verschwindet hinter der Ecke der Via Manara.

Wohin geht er? Zu Fuß, bei dieser Kälte. Ich bin versucht, ihm zu folgen. Aber es ist eine Einbahnstraße, und ich stehe direkt unter dem Einfahrtsverbotsschild. Ich fahre um den Häuserblock herum. Auch ich möchte ihn überraschen. Aber Andrea ist verschwunden.

In der Ferne, in der vom stetigen Schneefall diesigen Luft, sieht man nur die Scheinwerfer eines Geländewagens. Das Bild ist verschwommen, und ich erkenne weder das Modell, noch kann ich das Nummernschild lesen.

Am Tag der Begegnung mit Giacomo, am Anfang der Via Turati, zwei Schritte vom amerikanischen Konsulat entfernt, laufe ich Filippo über den Weg. Er ist noch dicker eingemummelt als sonst und trägt wieder den Schal um den Hals, von dem er sich niemals trennt. Er scheint nicht überrascht, mich zu sehen. Ich bin es schon. Ich sehe ihn fragend an. Er hebt den Blick zu den Schneeflocken, die beharrlich vom Himmel fallen. Er zieht eine Grimasse, die ein Lächeln sein will, und schiebt mich in Richtung der Eingangstür des Hauses mit der Nummer, die Andrea mir genannt hat. Die Via Turati ist eine elegante Straße, die von der Piazza della Repubblica mitten ins Mailänder Modeviertel führt: Via Manzoni, Via della Spiga, Via Monte Napoleone, Lichter und Schaufenster, Mode und Milliarden – bis zur Statue des bärtigen Leonardo da Vinci, die die Piazza della Scala beherrscht.

»Schau«, sage ich, »da ist ein Schild: James & Brothers – sechster Stock.«

Filippo, der kein Englisch kann, will wissen, was das bedeutet.

»Gebrüder Giacomo«, sage ich.

Der Lift öffnet sich. Eine Etage mit blauem Teppichboden und dem gedämpften Licht von Wandleuchten. Eine der drei gepanzerten Türen ist halb geöffnet, von innen sind Stimmen zu hören. Eine ist unverwechselbar die von Mattia mit seinem süditalienischen Akzent. Ein starker Tabakgeruch überlagert fast das Parfüm. Natürlich Guerlain Vetiver. Andrea, unser Jesusknabe, ist also schon da.

Die Räume sind völlig kahl. Ein Konferenztisch. Ein paar Stühle. Telefon. Fax. Außer nach Rauch und Parfüm stinkt es nach nassem Hund, vielleicht der feuchte Teppichboden. Ein Geruch so ekelerregend, dass ich möglichst schnell wieder wegwill.

Giacomo hat sich zum Fenster gedreht, die brennende Zigarre

zwischen den Fingern. Und vor dem Fenster das Zentrum von Mailand, komplett weiß. Ich begrüße ihn mit einem festen Händedruck. Ich sehe ihm scharf in die Augen.

»Es hört nicht mehr auf«, sagt er und deutet auf den Schnee, der seit vier Tagen fällt. Auf den Straßen liegt er siebzig Zentimeter hoch, außerhalb der Stadt mehr als einen Meter. In den Zeitungen und im Fernsehen sprechen sie bereits von einem Jahrhundertschnee.

Ich bin überrascht. Fast alle, die bei dem ersten Treffen im Restaurant Ibiza dabei waren, sind hier versammelt. Damit ist klar: Sie haben sich weiterhin getroffen, aber mir hat niemand etwas gesagt. Trauen sie mir etwa nicht? Und warum beziehen sie mich jetzt wieder ein? Ich bemühe mich, meine Verblüffung zu verbergen. Das Gefühl der Übelkeit wegen des Hundegeruchs und die Nervosität, die mir vom Magen in den Kopf steigen, werden immer stärker. Aber wie ein versierter Schauspieler fange ich an, einen nach dem anderen zu betrachten, und versuche, jede Emotion zu kaschieren.

Wir setzen uns an den Tisch: Giacomo, Mattia, Tommaso, Filippo, Andrea und ich. Mattia, der Freund von Andrea, der zum militärischen Nachrichtendienst gewechselt ist, ist extra aus Rom gekommen. Andere fehlen, besonders Giovanni und Giuda. Wir behalten unsere Anoraks an. Die Heizung läuft nicht.

Giacomo lässt den Blick umherschweifen, er sucht einen Aschenbecher. Da keiner zur Hand ist, legt er seine Zigarre auf den Tischrand neben sich. Er öffnet einen bordeauxroten Aktenkoffer mit einer ovalen silbernen Plakette und dem Schriftzug »Cartier«. Mit theatralischer Geste nimmt er einen Stapel Papiere heraus. Es sind Mappen. Auf jedem Umschlag steht ein Name von uns. Bevor er sie uns aushändigt, überprüft Giacomo die abgehefteten Blätter und nickt gelegentlich zum Zeichen der Zustimmung. Er sieht sie offenbar auch zum ersten Mal. Währenddessen erzählt Andrea weiter von seinem neuen Job. Und endlich händigt Giacomo uns die Mappen aus. Einige hat er beiseitegelegt und schließt sie wieder in seinen Aktenkoffer. Vielleicht sind sie für die Abwesenden bestimmt.

»Bitte«, sagt Giacomo und fordert unser aller Aufmerksamkeit, »diese Informationen brauche ich so schnell wie möglich. Kontaktiert mich nicht. In der Mappe findet ihr eine Telefonnummer. Es schaltet sich ein Anrufbeantworter ein. Ihr hinterlasst eine Nachricht, und ich auch. Entschuldigt, aber ich muss gleich wieder los.« Und ohne uns Zeit für eine Antwort zu geben, hebt er die Hand zum Gruß und verschwindet.

Sprachboxen sind seit ein paar Monaten in Mode. Das haben auch die Kriminellen gemerkt. Es ist die sicherste Methode, um anonym Nachrichten zu senden und zu empfangen. Wir sind im Begriff aufzustehen und das Büro zu verlassen. Aber Mattia, der junge Geheimdienstler, hält uns zurück. »Wartet«, sagt er. Er breitet pathetisch die Arme aus und sagt mit halb ernster, halb amüsierter Miene: »Um die Sicherheit Italiens müssen *wir* uns kümmern.«

Wir schauen einander an. Jeder von uns, die wir hier sitzen, sucht in den Augen der anderen eine Erklärung für Mattias Worte. Doch was ich entdecke, ist eine Mischung aus Verwunderung und Angst.

Ich rolle die Mappe mit den Blättern zusammen und schiebe sie unter meinen Anorak. Filippo und ich gehen, ohne uns von den anderen zu verabschieden. Wir kehren zu Fuß in unsere Büros zurück. Wir versinken im Schnee und müssen aufpassen, dass wir nicht ausrutschen. Vor allem aber müssen wir uns vor den dicken Eiszapfen in Acht nehmen, die sich von Hausdächern und Dachgesimsen lösen. Während des langen Fußmarsches sage ich kein Wort. Ich möchte Filippo meine Verärgerung spüren lassen und gleichzeitig seinen Ärger anstacheln.

Abends, zu Hause, vernichte ich alle Spuren dieser Mappe. Ich reiße die Blätter in kleine Fetzen und weiche sie in dem mit heißem Wasser gefüllten Waschbecken ein. Den Papierbrei spüle ich ins Klo. Giacomo will, dass ich vertrauliche Informationen über ein hohes Tier des größten italienischen Chemiekonzerns sammle: Giuseppe Garofano, den späteren Finanzchef der Gruppe Ferruzzi-Monteison. Erst Jahre später, im Zuge der Korruptionsermittlungen von

Mani pulite, wird er zugeben, Schmiergelder in Höhe von 150 Milliarden Lire, fast 80 Millionen Euro nach heutigem Wert, gezahlt zu haben: an Abgeordnete und Vertreter verschiedener Flügel der Christdemokraten, Sozialisten, Sozialdemokraten, Liberalen und Republikaner, jener fünf Parteien, die zwischen 1990 und 1992 an der Macht waren. Aber im Jahr 1985 sagt mir der Name Garofano gar nichts. Laut den Unterlagen, die jetzt durch das Abflussrohr der Toilette in die Kanalisation hinunterrauschen, ist es meine Aufgabe, das herauszufinden. Nein, ich lasse es lieber bleiben. Der Aufwand lohnt sich nicht. Doch für wen arbeitet Giacomo? Und für wen sind diese Informationen bestimmt?

Es ist Tommaso, der eines Tages meine Zweifel bestätigt. Wir sitzen im Auto. Wir reden nie über Giacomo. Aber an diesem Tag nehme ich meinen Mut zusammen und frage ihn: »Hast du ihn angerufen?« Ich brauche nicht einmal den Namen zu nennen oder das Treffen in der Via Turati zu erwähnen.

»Nein, nein«, antwortet Tommaso, »und ich will auch nichts davon wissen. Das ist der Geheimdienst, der steckt dahinter.«

Eine hingeworfene Bemerkung, mehr nicht. Ich antworte nicht darauf.

In den folgenden Monaten lassen weder Andrea noch Giacomo mehr etwas von sich hören. Auch Giuda rutscht die Bemerkung heraus, dass er von den beiden nichts mehr wissen will. Aber was ist passiert? Alle scheinen besser informiert zu sein als ich. Kann es sein, dass ich nichts kapiert habe? Und warum interessiert sich niemand mehr für mich? Vielleicht hat mein Schweigen den Eindruck erweckt, ich hätte Angst. Ich sei nicht vertrauenswürdig. Vielleicht denken sie, ich sei der Aufgabe nicht gewachsen.

Ich bin enttäuscht. Aber ich kann mit niemandem darüber reden. Und in Anspruch genommen von der täglichen Arbeit im Abhörraum des Justizpalastes, komme ich zu dem Schluss, dass es besser ist, all das aufzugeben und zu vergessen. Erst im Lauf der Jahre werde ich lernen, dass nichts zufällig geschieht.

DER LÜGENDETEKTOR

Wenn in meinem Büro das Telefon klingelt, bekomme ich jedes Mal eine kleine Angstinjektion. Es ist der Kommandant. Ich nenne ihn nicht Leiter, Direktor oder Vizepolizeipräsident. Ich nenne ihn nach wie vor Kommandant, als wäre die Polizei immer noch militärisch organisiert.* Ich bin ein altmodischer Mensch.

»Geh bitte zum Eingang«, sagt er mir am Telefon. »Es sind zwei Amerikaner da. Trink mit ihnen einen Kaffee, und in zehn Minuten bringst du sie zu mir.«

In der angstgeschwängerten Atmosphäre jener Jahre, nach den Anschlägen des nationalen und internationalen Terrorismus, sind die Kontakte zu den ausländischen Polizeibehörden immer enger geworden. Da ich Englisch und Französisch kann und Giuda gut Deutsch spricht, wurden wir damit beauftragt, innerhalb unserer Dienststelle die Kontakte zu den ausländischen Behörden zu pflegen. Die amerikanischen Besucher hat man ins Wartezimmer gebracht.

»Guten Tag«, sage ich und gebe ihnen die Hand. Ich murmle meinen Namen so, dass sie ihn nicht verstehen. Um anonym zu bleiben, man muss immer anonym bleiben. Es sind typische Amerikaner. Dunkler Anzug, weißes Hemd. Der große Dünne mit blonden Haaren und sehr hellem Teint gibt mir seine Visitenkarte. Links erkenne ich sofort das geprägte Wappen eines Adlers. Darunter Name und Funktion: Er ist Konsul an der amerikanischen Botschaft in Rom.

* Erst mit der Reform 1981 wurde die italienische Polizei entmilitarisiert und erhielt ihren zivilen Status zurück, den sie im Faschismus verloren hatte. (A.d.Ü.)

Von diesem Tag an werden ihre Besuche häufiger. Manchmal kommt der Konsul allein. Immer bin ich es, der ihn empfängt und ins Büro geleitet. Zwischen uns entsteht eine gewisse Vertrautheit. Wir sprechen Englisch, und er freut sich darüber. Er erkundigt sich nach dem Leben, das ich führe: ob ich verheiratet bin, ob ich Kinder habe. Eines Tages vertraut er mir an, dass er heute Geburtstag hat, und klagt, er vermisse seine Familie. Ich lade ihn spontan zu mir nach Hause ein. Eigentlich nur aus Höflichkeit. Schließlich ist kaum zu erwarten, dass der Konsul der Vereinigten Staaten meine Einladung annimmt. Aber er fragt verwundert: »Würden Sie das für mich tun?«

Als ich meiner Frau sage, dass der amerikanische Konsul zu uns zum Abendessen kommt, gerät sie in Panik. Sie befürchtet, keinen guten Eindruck zu machen. Sie weiß nicht, was sie kochen soll. Aber an jenem Abend wird jeder Gang, den wir verkosten, zu einem Kompliment an die Köchin. An meine Frau. Er ist ein vollendeter Diplomat. Am Ende des Abends nennen wir uns beim Vornamen. Patrick, so heißt der Konsul, erzählt von seiner Familie, seiner Frau und seinen drei Töchtern. Er zeigt uns Fotos von ihnen, und wir müssen versprechen, dass wir, wenn sie zu ihm nach Italien kommen, ihre Gäste sind.

Ich hatte meine Frau gebeten, ein Geschenk für ihn zu besorgen. Und so überreiche ich Patrick nach dem Essen eine Krawatte mit Paisleymuster von Ermenegildo Zegna. Er betrachtet sie bewundernd. Dann steht er auf und umarmt zuerst meine Frau, dann mich. Er küsst uns auf die Wangen, eine ausgesprochen mediterrane Geste, die ich den Amerikanern gar nicht zugetraut hätte. Vielleicht studieren sie, bevor sie ins Ausland gehen, die lokalen Gepflogenheiten. Es ist jedenfalls eine Geste, die eine Beziehung besiegelt.

Während meine Frau den Tisch abräumt, will Patrick wissen, was ich über die blutigen Terroranschläge überall in der Welt denke. Ich fühle mich von dieser Frage geehrt: Jemand – und er ist schließlich nicht irgendwer – möchte meine Meinung hören. Ich gebe ihm zu verstehen, dass ich voll und ganz aufseiten der Amerikaner stehe.

Und dass wir, auch wenn wir wollten, nicht mehr tun können. Die Mittel und die zur Verfügung stehenden Gelder reichen nicht aus. Wenn etwas bewirkt wurde, dann nur aufgrund des täglichen Kampfes von Leuten, die das, was sie tun, als Mission begreifen.

Patrick nickt. Er scheint mir sehr genau zuzuhören. Ich habe das Gefühl, einer Prüfung unterzogen zu werden. Ja, einer Prüfung. An einem bestimmten Punkt schenkt er mir sein Vertrauen und enthüllt mir, dass seine Tätigkeit als Konsul nur Tarnung ist: In Wirklichkeit ist er Chef der CIA in Rom. Das Wort CIA benutzt er jedoch kein einziges Mal. Er spricht ganz allgemein von *Agency*. Ich zeige keine Regung. Ich sage nur: »Ja, ja, hab verstanden.«

Eines Tages treffen wir uns vor dem Castello Sforzesco in Mailand. Aber nur für einen kurzen Moment. Ich habe es eilig, sage ich, ich muss zum Flughafen Linate. Es ist der 12. Januar 1987. Ein Montag.

»Man hat einen Libanesen festgenommen, Baschir Khodr«, erzähle ich ihm. »Er hatte elf Kilo Plastiksprengstoff bei sich, versteckt in den Rahmen zweier Bilder und in vier großen Ostereiern aus Schokolade. Außerdem wurden sechsunddreißig Sprengzünder bei ihm gefunden, die in den Batterien eines Transistorradios versteckt waren.«

Patrick hört zu und meint lächelnd: »Klar, Ostereier im Januar …« Und mit seinem amerikanischen Akzent sagt er, man habe ihn soeben informiert.

Inzwischen sehen wir uns mindestens einmal alle zwei Wochen. Auch wenn wir nur einen Kaffee zusammen trinken. Er hat mich gebeten, zu Hause einen Anrufbeantworter zu installieren. Vor jedem Treffen hinterlässt er mir eine Nachricht, die immer mit demselben Satz beginnt: »*Ciao Diana, come stai?*« Und mit Ort, Tag und Zeitpunkt des Treffens endet. Eines Abends fragt mich Diana, meine Frau, warum Patrick sich an sie wendet. Aus Höflichkeit, antworte ich. Vielleicht möchte er ihr Hallo sagen und bringt die Dinge durcheinander, weil er nicht so gut Italienisch kann. Diana sieht mich an, als glaubte sie mir kein Wort.

Ich halte Patrick weiter über die Ergebnisse unserer Ermittlungen auf dem Laufenden. Seit einiger Zeit kommt er nicht mehr in die Dienststelle. Ich lege ihm meine Ansichten zu den Ereignissen der Woche dar, obwohl wir gar keine Kollegen sind. Aber ich gebe ihm zu verstehen, dass ich es gern werden würde. Ihm alle diese Informationen zu übermitteln ist der beste Weg, es ihn wissen zu lassen. Und seine Antwort ist jedes Mal, man habe ihn schon unterrichtet.

An diesem Montag im Januar, dem Tag, an dem der Libanese mit dem Sprengstoff am Flughafen Linate festgenommen wird, begrüße ich Patrick mit einiger Befangenheit. Nicht weit entfernt wartet meine Mannschaft in einem weißen Alfa Romeo auf mich, einer Alfetta, die unser Dienstwagen ist. Ich schicke mich an zu gehen. Patrick gibt mir die Hand und zieht gleichzeitig mit der Linken etwas aus seiner hinteren Hosentasche. Mit einer blitzschnellen Bewegung und einem festen Blick in meine Augen lässt er seine Finger in meine Hemdtasche unter der offenen Winterjacke gleiten. Ein Beobachter der Szene hätte es nicht einmal bemerkt, so schnell verlief die Übergabe. Mir dagegen kam sie vor wie eine Ewigkeit. Ich sage nichts. Ich drücke ihm die Hand noch fester und hoffe, keine Regung gezeigt zu haben. Ich möchte einen guten Eindruck machen.

Erst abends, zu Hause, sehe ich nach, was in der Brusttasche meines Hemds ist. Ich ziehe ein Stück Papier heraus. Es ist viermal gefaltet. Es hat merkwürdige Farben und fühlt sich für Papier ungewöhnlich an. Ich falte es auseinander und sehe das Porträt des Malers Michelangelo Merisi da Caravaggio. Es ist ein 100.000-Lire-Schein. Patrick und ich sind *Kollegen* geworden.

»Hunderttausend Lire, nach heutigem Wert mehr als 50 Euro, sind für einen Beamten wie mich kein Pappenstiel«, sagt Simone Pace. Ich schaue ihn an und nicke.

Meine Freundschaft mit Patrick entwickelt sich weiter. Er vertraut mir. Wir treffen uns in Mailand oder in Florenz, denn er kommt ja aus Rom. Und ich weiß mich nützlich zu machen. Ich informiere ihn immer detaillierter über die wichtigsten laufenden Ermittlungen.

Manchmal bittet er mich um Dokumente. Manchmal gebe ich sie ihm, ohne dass er darum bittet. Es sind Unterlagen, die ihm helfen zu verstehen, wie Italien funktioniert und welches die neuen terroristischen Bedrohungen sind. In jenen Jahren hat noch niemand einen Scanner zu Hause. Ich muss alles fotokopieren. Heimlich, ohne dass die Kollegen etwas merken. Auch Patrick trifft Vorkehrungen. Der CIA-Chef in Italien späht ein verbündetes Land aus, eine mit den Vereinigten Staaten befreundete Regierung. Es wäre nicht gut, wenn er sich dabei erwischen ließe. Es hätte schwerwiegende Konsequenzen für ihn. Und so erscheint er zu unseren Treffen mit einem Diplomatenkoffer. Er ist Konsul, er kann es sich erlauben. Ich nicht. Wenn sie mich schnappen, ist es mein Problem. Das sagt Patrick mir klar und deutlich.

Eines Nachmittags in Florenz gibt er mir einen Zettel. Die Bewegung geschieht so schnell und unvermittelt wie in Mailand, als er mir den ersten 100.000-Lire-Schein zugesteckt hat. Seitdem sind zwei Jahre vergangen. Der Zettel ist viermal gefaltet, wie immer. Ich entfalte ihn abends zu Hause. Er enthält eine handschriftliche Nachricht: »*Golden Door*, Innsbruck. Wir werden Dianas Geburtstag feiern, wenn auch einen Monat zu spät und einen Tag zu früh. Das Fest beginnt um 20.30 Uhr.«

Ich sitze in der Küche. Diana spielt im Kinderzimmer mit unserer Tochter. Ich höre die beiden singen. Diana hat eine wunderschöne Stimme, und die Kleine wiederholt die Strophen und bringt dabei manchmal die Wörter durcheinander. Ich trinke einen Schluck Tee aus der Tasse, die meine Frau mir auf den Tisch gestellt hat, und betrachte wie hypnotisiert die aus einem Notizblock herausgerissene Seite. Ich bin so versunken, dass ich Diana mit dem Kind auf dem Arm erst bemerke, als ich mich umdrehe. Sie versucht zu lesen, was auf dem Zettel steht. Instinktiv stelle ich die Tasse darauf, eine ungeschickte Geste. Ich verschütte etwas Tee, der auf den Zettel schwappt. Diana tut, als ob nichts wäre. Zwischen uns gibt es eine stillschweigende Vereinbarung: Ich spreche nicht über meine Arbeit, und sie stellt mir keine Fragen.

Aber trotz unseres Paktes merke ich, dass meine Geste sie geärgert hat. Eine Frau ist und bleibt eben eine Frau. Diana seufzt, um ihren Unmut zu bekunden. Wer weiß, was sie glaubt, das ich ihr verheimliche. Und ohne mir Zeit für eine Bemerkung zu lassen, drückt sie mir die Kleine in die Arme, dreht sich um und geht ins Wohnzimmer. Wie üblich murmelt sie etwas Unverständliches vor sich hin. Na gut, denke ich, dann hole ich sie eben und lasse sie die Nachricht lesen. Ich möchte nicht, dass es zwischen uns zu Misstrauen oder Unstimmigkeiten kommt. Als ich mich umdrehe, bemerke ich, dass der Zettel nahezu verschwunden ist. Er ist nur noch ein Faserbrei. Ich hebe ein noch intaktes Fetzchen mit Daumen und Zeigefinger hoch und führe es an die Lippen. Als es mit Spucke in Berührung kommt, löst es sich auf.

Ich habe nicht recherchiert. Ich war in keinem Reisebüro. Einen Monat minus einen Tag nach dem Geburtstag meiner Frau, dem Datum des Treffens in Innsbruck, breche ich um sechs Uhr morgens von zu Hause auf. Ich bin deshalb so früh dran, weil es nicht einfach ist, am Bahnhof einen Parkplatz zu finden. Ich lasse den Wagen auf der Piazza Duca d'Aosta, Ecke Via Napo Torriani stehen. Ich erinnere mich daran, als wäre es gestern gewesen. Es ist ein Samstag, doch es herrscht nicht viel Verkehr. Am Hauptbahnhof kaufe ich eine Fahrkarte nach Innsbruck. Ich zahle bar. Abfahrt 9.05 Uhr. Ankunft 14.32 Uhr. Fünfeinhalb Stunden Fahrt.

Der Zug der Österreichischen Bundesbahnen ÖBB ist bequem und sauber. Die Wagen sind fast leer. Ich suche mir ein freies Abteil in der Nähe des Ausstiegs. Eine Angewohnheit. So wie ich mich in Lokalen immer mit dem Rücken zur Wand setze, möglichst nahe am Ausgang. Das gibt mir größere Sicherheit. Man hat niemanden im Rücken, und notfalls kann man schnell verschwinden.

Als wir uns Bozen nähern, liegen mindestens zwanzig Zentimeter Schnee auf Straßen und Bäumen. Weil ich so früh aufgestanden bin oder vielleicht auch weil es im Abteil so wohlig warm ist, schlafe ich ein. Ich lasse mich vom Schaukeln des Waggons auf den Schienen wiegen. Es gelingt mir, fast komplett abzuschalten. Ich brauche nicht nachzudenken, nicht jetzt. Ich werde meine Ressourcen, meinen Verstand später einsetzen. Adrenalin schießt durch meinen Körper und verleiht mir ein Gefühl des Wohlbefindens. In diesem Moment bin ich überzeugt, dass jemand, der mir gegenübersäße, ein breites Lächeln sehen würde, von einem Ohr bis zum anderen.

Mich wecken das Kreischen der Bremsen und ein durchdringender Pfiff, der den Grenzübergang Brenner zwischen Italien und Österreich ankündigt. Die Waggontüren werden aufgerissen, ein eiskalter Wind fegt durch den Gang und dringt durch alle Ritzen bis ins Abteil. Ich habe nicht einmal Zeit, einen Blick aus dem Fenster zu werfen, als schon zwei Offiziere der Guardia di Finanza auftauchen, gefolgt von einem österreichischen Zollbeamten. Die drei tragen fast identische grüne Uniformen, und ich kann sie nur an den Emblemen auf ihren Mützen unterscheiden.

Die italienischen Finanzpolizisten öffnen die Schiebetür des Abteils.

»Den Ausweis bitte«, sagt der Erste.

Ich gebe ihm meinen italienischen Pass. Er ist sehr viel anonymer als ein Personalausweis, in dem Adresse und Beruf vermerkt sind.

Ein leichtes Jucken meiner Beine erinnert mich an die Papiere, die ich in meine Socken gesteckt habe. Es sind Fotokopien der Karteikarten zu den Terrorverdächtigen, für die wir uns in Italien interessieren. Ich möchte sie den Amerikanern übergeben. Dieses leichte Jucken warnt mich aber auch, dass ich keine Rechtfertigung habe, falls die Zollbeamten sehen wollen, ob ich etwas in meinen Socken habe. Es ist wirklich eine Dummheit, diese Dokumente über die Grenze zu bringen. Doch der Wunsch, bei Patrick gut dazustehen, und der schiere Nervenkitzel, der mich all die Jahre begleiten wird, haben über meinen gesunden Menschenverstand gesiegt. Und über die elementarsten Sicherheitsregeln.

Ich blicke hinaus auf die verschneite Landschaft. Die langen Güterzüge, die auf ihre Abfertigung warten. Die verschneiten Tannen auf den steilen Bergen oberhalb des Passes. Ich muss zeigen, dass ich nichts zu verbergen habe. Aber das könnte sie erst recht stutzig machen. Nur ein Dummkopf verhält sich so, wenn er etwas zu befürchten hat. Ich bin komplett unvorbereitet. Ich merke, wie sie mich mustern. Und dann fragt mich der Österreicher in seinem harten Akzent auf Italienisch: »*Nessun bagaglio?*« Kein Gepäck?

Von da, wo sie stehen, können sie es nicht sehen. Es befindet sich in der Ablage oberhalb der Tür, direkt über ihren Köpfen. Ich antworte nicht. Ich stehe auf, und mit dem Blick von jemandem, der zwar körperlich anwesend, in Gedanken aber ganz woanders ist, hole ich meine schwarze Reisetasche herunter und stelle sie auf den Sitz. Ich mache Anstalten, sie zu öffnen. Die beiden italienischen Finanzpolizisten sind schon weitergegangen. Der Österreicher, für dieses Entgegenkommen weniger empfänglich, mustert mich noch ein paar Sekunden. Dann gibt er mir meinen Pass zurück, überzeugt, dass er seine Pflicht getan hat, und seinem Instinkt vertrauend.

»*Va bene, buon viaggio*«, sagt er und schließt sich seinen Kollegen an.

In Innsbruck frage ich sofort nach dem Tourismusbüro. Man schickt mich in die Salurner Straße gleich gegenüber dem Bahnhof. Nach wenigen Schritten bin ich in der Tirol Tourism Information. Der Raum ist menschenleer, und ich gehe direkt zum Schalter. In tadellosem Deutsch frage ich, wie ich zum Goldenen Tor komme. Die Frau sieht mich verdutzt an.

»Goldenes Tor«, wiederhole ich und artikuliere die Worte überdeutlich.

Sie hat himmelblaue Augen. Blonde, zu einem perfekten Pferdeschwanz zusammengebundene Haare. Ihr magerer, wohlgeformter Körper steckt in einem grünen Tiroler Dirndl mit spitzenbesetzter Bluse und einer großen, an der Taille gebundenen Schleife. Sie nimmt einen Stadtplan aus einem Schubfach, breitet ihn auf der Theke aus und malt mit einer schnellen Bewegung aus dem Handgelenk einen roten Kringel um den Bahnhof.

»Sie befinden sich hier«, sagt sie. »Gehen Sie geradeaus Richtung Maria-Theresien-Straße. Hausnummer 46 an der Kreuzung Salurner Straße ist das Hotel Goldene Krone. Fünf Minuten zu Fuß. Immer geradeaus.«

»Ja, Verzeihung. Goldene Krone«, sage ich und denke, entweder habe ich einen Fehler gemacht oder Patrick hat schlecht aus dem Deutschen übersetzt. Ich lasse mir einen Stadtplan geben, bedanke mich und mache mich auf den Weg. Ich bin froh, dass ich kein Taxi nehmen muss. Einen Verdächtigen während einer Beschattung dazu zu bringen, in ein Taxi zu steigen, ist eine Methode, die auch von der Terrorabwehr benutzt wird. Zu jener Zeit haben wir in Mailand und Rom zwei Taxis zur Verfügung. Der Taxifahrer ist allerdings einer unserer Leute. Die Zielperson an Bord zu haben ist die beste Lösung. Man braucht ihr nicht zu folgen, vor allem nicht auf der Busspur, wo Zivilfahrzeuge allzu sehr auffallen. Und die Person selbst verrät dir ihr Ziel.

Nicht, dass ich in Innsbruck befürchtet hätte, man würde mich beschatten. Aber die Gewohnheit wird zur Routine. Dann zur Paranoia. Sie ist stärker als die Vernunft. Und deshalb ist es immer besser, zu Fuß zu gehen.

Den Schriftzug »Goldene Krone« auf der grünen Fassade des Hotels sieht man schon von Weitem. Das historische Haus mit den weiß umrahmten Fenstern ist ein Eckgebäude zwischen zwei Straßen. Die Weihnachtsferien und der Jahreswechsel sind vorbei, und ich bekomme problemlos ein Zimmer. Von den sechsunddreißig Zimmern liegt meines im ersten Stock. Ich habe keine Koffer auszupacken. Ich werfe mich angekleidet aufs Bett und warte. Ja, ich brauche nur zu warten.

In dem kahlen Raum frage ich mich, warum *sie* einen so riskanten Ort wie ein Hotel gewählt haben. Aber ich gebe mir sofort selbst die Antwort: Die Betreiber wissen nichts von uns. Wir sind ganz normale Hotelgäste, die einander nicht kennen. Sogar ich weiß ja nichts von ihnen. Und genau das ist der Punkt: Ich habe nicht die leiseste Ahnung, wie sie mich kontaktieren werden.

Ich beschließe, nicht rauszugehen, um etwas zu essen, sondern mich mit dem zu begnügen, was ich in der Hotelbar finde. Gesalzene Nüsse. Ein Sandwich. Eine Dose österreichisches Bier. Ich mache den Fernseher nicht an, weil ich jeden Augenblick damit rechne, dass es an der Tür klopft. Ich öffne das Fenster, und der Verkehrslärm flutet ins Zimmer. Erst jetzt fällt mir die perfekte Schalldämmung auf. Vom Fenster aus sieht man einen großen Bogen jenseits der Kreuzung, der auf dem Stadtplan als »Triumphpforte« verzeichnet ist. Ich bleibe stehen, bis ich keine Lust mehr habe, abwechselnd die Triumphpforte und das Telefon anzustarren. Nichts. Niemand meldet sich.

Um achtzehn Uhr beschließe ich, das Hotel zu verlassen. Ich gehe langsam. Bleibe stehen. Kehre um. Ich versuche, auf irgendeine Weise die Aufmerksamkeit dessen zu erregen, der mir vielleicht folgt. Fehlte nur noch, dass ich den Arm hebe und sage: »Huhu, hier bin ich.« Habe ich mich geirrt? Ist das gar nicht der richtige Ort?

Vom Hotel aus biege ich in die Maximilianstraße ein, und gleich nach Hausnummer 25 flüchte ich vor der eisigen Kälte in die Café-Konditorei Valier. Ich bestelle eine heiße Schokolade und frage nach dem »Goldenen Tor«.

Der Kellner schaut mich an und korrigiert mich: »Goldenes Dachl.«

Er hat recht. Ich hätte das Goldene Dachl, nicht das Goldene Tor suchen müssen. »Ja«, nickt er und lächelt mich freundlich an. Er erklärt mir, es sei das Wahrzeichen von Innsbruck. Der Habsburger Kaiser Maximilian I. ließ es 1420 auf Wunsch von Herzog Friedrich IV. an der Fassade der Residenz der Tiroler Landesfürsten anbringen. »Der Erker mit dem Dach wurde zwischen 1494 und 1496 gebaut«, sagt er, »anlässlich der Hochzeit Kaiser Maximilians mit Bianca Maria Sforza, der Tochter des Herzogs von Mailand. Das Dach wurde mit feuervergoldeten Kupferschindeln gedeckt. Insgesamt zweitausendsechshundertsiebenundfünfzig«, fügt er hinzu und betont die Ziffern dieser langen Zahl, als würde er jede einzelne Schindel zählen. Er serviert mir die heiße Schokolade.

»1494 lag die Entdeckung Amerikas gerade einmal zwei Jahre zurück«, fährt er fort. Und wegen eines amerikanischen Spions bin ich heute hier, füge ich still für mich hinzu. Der Kellner schaut mich an, ohne meine Gedanken lesen zu können. Mein Fehler ist der Tatsache geschuldet, dass das Goldene Dachl auf Englisch auch *Golden Door*, Goldenes Tor, genannt wird. Und ich habe es wortwörtlich aus dem Englischen ins Deutsche übersetzt.

»Herzog-Friedrich-Straße 15«, fügt der Kellner hinzu und schaut auf die Uhr an seinem linken Handgelenk. »Morgen, der Herr, heute ist es schon zu spät. Das Museum schließt um siebzehn Uhr.«

Ich fluche still in mich hinein. Wie, es schließt um siebzehn Uhr? Habe ich mich mit den Tagen verzählt? Haben sie sich mit dem Geburtsdatum meiner Frau vertan? Habe ich etwas falsch verstanden? Ich versuche, Ruhe zu bewahren. Ja, ich fange an zu lachen wie ein Trottel. Ich denke: Aber hätten sie denn nicht eine Stadt mit weniger Gold aussuchen können? Ich beschließe, zu Hause anzurufen. Ich kehre ins Hotel zurück und rufe von der Lobby aus an. Es ist keine richtige Lobby, nur ein kleiner Aufenthaltsbereich. Die Rezeption befindet sich rechts, gleich nach dem Eingang. Hinter der Theke die Postfächer der Zimmer mit den Schlüsseln und daneben, rechts von den Fächern, die Tür zum Büro mit einem Fenster, das auf Wadenhöhe zum Bürgersteig geht. Gegenüber der Rezeption die steile schmale Treppe mit einem abgewetzten roten Veloursläufer, auf der kaum zwei Personen nebeneinander Platz haben. Links von der Treppe liegt der Korridor, der als Frühstücksraum genutzt wird. Das ist alles. An der Wand am Ende des Korridors ist das große Telefon.

»Ciao. Alles in Ordnung? Hat jemand für mich angerufen?« Meine Frau antwortet mit einem Ja und einem Nein. Und legt auf. Als ich sie gebeten habe, diskret zu sein, meinte ich nicht, dass sie im Telegrammstil sprechen soll. Aber so ist sie eben.

Ich verlasse das Hotel und gehe los. Ich habe kein Ziel, und während ich überlege, was ich machen soll, verliere ich die Orientierung. Ich hebe den Blick. Schaue mich um. Ich bin ganz in der Nähe der Maria-Theresien-Straße 36, fast vor dem Café im Hof. Im Hotel lag ein Flyer mit diesem Namen. Man muss bei Hausnummer 38 den Bogengang eines historischen Gebäudes passieren und betritt einen ruhigen Innenhof. Die cremefarbenen Markisen mit dem Namen des Lokals überwölben die beleuchteten Bögen des Eingangs an der linken Fassade. Es ist zwanzig Uhr. Ich habe seit dem gestrigen Abendessen nichts Richtiges mehr zu mir genommen, und der Duft von Gebäck und frischem Brot weckt meinen Hunger.

Ich trete ein und gehe auf die Kasse am Ende des Ladentischs zu. Stelle mich in die Schlange. Vor mir sind zwei sehr junge Mädchen. Sie reden und lachen. Und vor ihnen ein Mann. Er hat mir den Rücken zugekehrt, ich kann sein Gesicht nicht sehen. Aber er kommt mir irgendwie bekannt vor. Die kurzen, im Nacken rechteckig geschnittenen Haare. Die leicht gerötete Haut, als hätte er sich frisch rasiert. Er trägt einen braunen Anzug, und unter dem Jackenkragen spitzt der Kragen eines babyblauen Hemds hervor. Eine furchtbare Kombination. Ich höre deutlich, wie er mit unverkennbar amerikanischem Akzent auf Deutsch einen Kaffee bestellt. Als er zur Kasse weitergeht, dreht er den Kopf zu den beiden Mädchen hinter sich. Und zu mir. Diese Krawatte würde ich unter tausend anderen wiedererkennen. Für einen Moment kreuzen sich unsere Blicke. Ich kenne ihn nicht. Wer ist dieser Mann? Und warum trägt er die Krawatte, die ich Patrick geschenkt habe?

Auch ich bestelle einen Kaffee und suche mir rechts von ihm, auf die Theke gestützt, einen Platz. Er dreht sich nicht um, er schaut mich nicht an. Er trinkt seinen Kaffee und geht. Ich bleibe noch ein paar Augenblicke und denke nach. Versuche, Ordnung in meine Gedanken zu bringen. War das Zufall? Eine banale Koinzidenz? Nein, nichts geschieht zufällig. Ich kann nicht ausgerechnet jetzt meiner Lebensphilosophie abschwören.

Ich verlasse gleichfalls das Café und wende mich nach rechts, um ins Hotel zurückzukehren. Es ist so kalt, dass ich die Augen zusammenkneifen muss. Ich sehe ihn erst, als ich nur noch wenige Schritte von ihm entfernt bin. Er kommt mit ausgestreckter Hand auf mich zu.

»Ciao, ich bin Enrique. Der Besitzer der Krawatte lässt dich grüßen.«

Ich reiche ihm meine Hand, die schon anfängt zu erfrieren.

»Wir sind zu früh, aber umso besser, nicht wahr?«, sagt Enrique. »Verzeih mein Italienisch. Ich bin Venezolaner.« In Wirklichkeit spricht er ausgezeichnet Italienisch. Wir gehen am Hotel vorbei und biegen in die Maximilianstraße ein. An seinem geröteten Gesicht merke ich, dass auch er anfängt zu frieren. Und fast als würde er meine Gedanken lesen, schlägt er vor, uns wiederzusehen.

»Frühstücken wir doch morgen zusammen«, sagt er.

»Ja, gern. Wo treffen wir uns?«

Er hebt den Kopf und deutet auf die Triumphpforte. »Hier, am Goldenen Tor. Um zehn.«

Ich möchte ihm am liebsten einen Kopfstoß auf die Nase geben. Sie haben den Namen durcheinandergebracht und meinten die Triumphpforte. Aber ich schlucke meinen Ärger hinunter und sage nichts.

»Also dann bis morgen«, verabschiede ich mich. Zwei Schritte, und schon ist er meinen Blicken entschwunden, vom eisigen Nebel verschluckt.

Ich kehre ins Café im Hof zurück. Ich muss etwas essen. Die Wärme des Lokals umfängt mich. Es sieht nicht aus wie ein Café, eher wie eine Wohnung. Alte Gemälde an den Wänden. Ein sechsarmiger Leuchter erhellt den durch einen Bogen geteilten Raum. Ich steuere auf das Tischchen mit zwei Stühlen linker Hand zu, in der Nähe des großen Fensters. Es geht auf den Hof hinaus, wo im Sommer wahrscheinlich Tische und Stühle stehen. Ich entspanne mich und schaue mich um, und mein Blick fällt auf eine junge Frau, die mir den Rücken zudreht. Sie sitzt an dem Tisch direkt am Eingang. Auch sie kommt mir irgendwie bekannt vor. Wo habe ich sie schon einmal gesehen? Während ich noch überlege, dreht sie sich um. Sie fixiert mich für einen kurzen Moment.

»Haben Sie das Goldene Tor gefunden?«, fragt sie mit einem reizenden Lächeln.

Ja natürlich, es ist die Frau vom Tourismusbüro. Sie trägt die blonden Haare offen. Schwarze Satinhose und weiße Bluse. Ich stehe auf und gehe zu ihr.

»Du bist vom Tourismusbüro?«, frage ich, weil mir nichts anderes einfällt, um ein Gespräch zu beginnen.

Auch sie steht auf. »Ja«, sagt sie. Und breitet die Arme aus, mit den Handflächen nach oben, als wollte sie sagen: Klar, erkennst du mich nicht?

»Bist du … bist du Österreicherin?«, frage ich. Ihre Schönheit bringt mich etwas in Verlegenheit.

»Österreicherin? Sehe ich aus wie eine Österreicherin? Ich bin Italienerin aus Vipiteno, Sterzing. Ich heiße Lena. Sieht aus, als wärest du auch allein hier. Willst du dich zu mir setzen?«

Ich nehme die Einladung gern an, froh, nicht Deutsch sprechen zu müssen.

Die Kellnerin ist gekommen, ihren Bestellblock in der Hand.

»Bitte sehr«, sagt sie.

Ich antworte nicht, weil ich nicht weiß, was ich bestellen soll.

»Lass mich machen«, mischt sich Lena ein, »darf ich?«

»Ja natürlich«, sage ich, amüsiert über diese neue Situation.

Wenig später kommt ein Teller Knödel mit Salat und als Nachtisch der obligatorische Apfelstrudel. Lena und ich sind jetzt die einzigen Gäste.

»Möchtest du einen Schnaps. Einen Grappa, wie es bei euch heißt?«

»Okay«, antworte ich etwas verlegen, »aber du bist eingeladen.«

»Nein, nicht hier«, sagt sie. »Du hast doch ein Zimmer hier ganz in der Nähe, oder? Gehen wir zu dir. Ich habe eine Flasche im Auto.«

Ohne meine Antwort abzuwarten, steht sie auf und begibt sich zur Kasse.

»Bitte, lass. Gestatte mir, dass ich zahle. Du warst so nett, mir Gesellschaft zu leisten«, sage ich.

»Danke«, antwortet Lena und fixiert mich lange. Wir verlassen gemeinsam das Lokal.

Ihr Mini Cooper steht gegenüber dem Lokal. Sie holt eine Tasche aus dem Kofferraum und rennt auf ihren hohen Absätzen zu mir zurück. In der Hotellobby ist niemand mehr, umso besser. Wir gehen hinauf in mein Zimmer im ersten Stock. Ich überlasse ihr den Stuhl neben dem Schreibtisch und setze mich aufs Bett. Sie schaut sich um und entdeckt zwei Gläser auf dem Serviertablett der Minibar. Sie öffnet die Flasche und fängt an, Grappa einzuschenken. Dabei erzählt sie, dass sie fast zweiundzwanzig Jahre alt ist. Vater Italiener, Mutter Österreicherin. Sie hat die Hotelfachschule abgeschlossen und in ihrem Drang nach Unabhängigkeit diese Arbeit im Tourismusbüro von Innsbruck gefunden. Sie erzählt, dass sie mit zwei anderen Mädchen zusammenwohnt. Aber sie scheint keine Lust zu haben, gleich wieder nach Hause zu gehen. Sie fragt mich aus. Wie ich heiße. Was ich in Innsbruck mache. Ob ich verheiratet bin. Was für einen Beruf ich habe. Es fällt mir nicht schwer zu antworten.

»Ich heiße Gianni. Ich bin Junggeselle, arbeite für eine Schreibmaschinenfirma und bin zur Fortbildung in Innsbruck.«

Das ist mehr oder weniger die Geschichte, die ich immer erzähle, wenn jemand wissen will, wer ich bin und was ich mache. Natürlich abgewandelt, je nach Situation. Man muss auf diese Fragen immer antworten, sonst erregt man unnötig Verdacht und Misstrauen bei seinem Gegenüber. Es sind ritualisierte Fragen, das weiß ich aus Erfahrung, und der Fragesteller, wenn er nicht wirklich motiviert ist, hört der Antwort nicht einmal zu. Wenige Minuten später hat er ohnehin alles wieder vergessen.

Lena möchte nur Freundschaft schließen. Sie redet immer weiter über sich. Und schenkt Grappa nach. Sie ist bestimmt mehr daran gewöhnt als ich, sie verträgt den Alkohol ausgezeichnet. Bald geht mein Blick ins Leere, mein Mund ist halb geöffnet, als wollte ich alles schlucken, was sie sagt. Aber ich achte gar nicht mehr auf ihre Worte. Sie ist so schön. Sie hat eine wunderbare Stimme, fast als würde sie singen. Und ich lasse mich einlullen von diesem Wiegenlied. Ich versuche, mich zusammenzureißen, aber inzwischen liege ich bereits ausgestreckt auf dem Bett.

Sie bemerkt es nicht sofort.

Ich schaue auf die Uhr. »Es ist eins.«

»Willst du, dass ich gehe? Bist du müde?«, fragt sie enttäuscht.

»Ja, danke für die nette Gesellschaft.«

Lena steht auf. Sie dreht sich mit ihrem federleichten Körper schwungvoll auf einem Fuß um und steuert auf die Tür zu. Ich höre, wie sie sich am Lichtschalter zu schaffen macht, und im nächsten Moment ist es dunkel. Ich sehe nichts mehr. Ich kapiere nichts. Ich höre nur ein Rascheln. Es sind ihre Schritte auf dem Boden. Sekunden später umhüllt ihr warmer Atem meinen Körper. Sie setzt sich auf mich. Ich klammere mich an sie. Sie ist nackt. Im raschelnden Dunkel hat sie ihren Pullover, die weiße Bluse, die Satinhose und alles ausgezogen, was sie sonst noch anhatte.

Blitzschnell streift Lena mir die Hose herunter. Jetzt bewegt sie sich langsam. Ich spüre, wie ihr magerer Körper sich meiner Wärme öffnet. Ihre Haut ist so dünn, dass ich, während sie sich schlängelnd und gleitend bewegt, das Gefühl habe, es wäre meine eigene. Ich drücke mit den Daumen auf ihren grazilen Oberkörper und ertaste ihre Rippenbögen. Ich fange ihren Atem in meinen Händen ein und umfasse ihre Brüste. Plötzlich gleiten die Scheinwerfer eines Autos über die zugezogenen Vorhänge hinweg. Für einen kurzen Moment taucht ihr Gesicht aus der völligen Dunkelheit auf. Ihr Kopf ist nach hinten gebeugt. Ihre Pupillen wirken starr unter dem Weiß der Lider. Die offenen Haare kleben ihr an den glühend heißen Wangen und umhüllen ihre Schultern wie der blonde Mantel einer Prinzessin. Sie keucht und bewegt sich, bis der Rhythmus ihres Atems sehr lange stockt. Ich spüre, wie mir das Blut in die Venen schießt, während Lena, nun wieder im Dunkeln, meine Arme noch fester umklammert. Ihre Fingernägel, ihre Finger übertragen das Pochen ihres Herzens tief in meinen Körper. Es gibt tatsächlich Engel. Als sich ihr Griff lockert, versuche ich, mir diesen Moment unauslöschlich einzuprägen.

»Wenn Sie mit den Schilderungen Ihres Liebesabenteuers noch lange fortfahren«, unterbreche ich ihn, »wird Moses uns seine Marmortafeln um die Ohren hauen, dass es uns unauslöschlich in Erinnerung bleiben wird.«

»Es gibt Momente, Fotografien des Lebens, die uns auf ewig begleiten«, gibt Simone Pace ernst zurück, aber ich muss lachen.

»Fahren Sie ruhig fort.«

Der nächste Tag ist ein Sonntag. Das dumpfe Läuten von Kirchenglocken weckt mich. Ich liege allein im Bett und habe den Verdacht, dass ich alles nur geträumt habe. Ein wunderschöner Traum. Ich gehe ins Bad. Was habe ich da im Gesicht? O Gott, ist es Blut? Bin ich verletzt? Ich stelle mein Bild im Spiegel scharf. Reibe mir die Augen, um vollständig wach zu werden. Betaste meinen Kopf, mein Gesicht. Erfreut sehe ich, dass es Lippenstift ist. Dann war es also kein Traum. Alles ist wahr. Zufrieden betrachte ich mich im Spiegel.

Ich erledige alles in Ruhe. Doch als Erstes möchte ich die Papiere, die ich aushändigen wollte, ins Klo spülen. Die Blätter mit den Daten der Terrorverdächtigen sind nutzlos geworden. Nach meiner Ankunft im Hotel habe ich sie zwischen den Seiten der Bibel versteckt, die ich in der Nachttischschublade gefunden habe. Patrick wird nicht nach Innsbruck kommen, so viel ist klar. Ich bin ein unnötiges Risiko eingegangen, das muss ich mir immer vor Augen halten.

Gut, aber ich rauche nicht. Wie soll ich die Blätter verbrennen? Ich kann sie nur in winzig kleine Schnipsel reißen. Ich lasse das Waschbecken mit heißem Wasser volllaufen und weiche sie ein, bis sie zu einem Papierbrei geworden sind. Den schütte ich ins Klo und spüle ihn hinunter. Diese alte Methode funktioniert immer.

Es ist ein herrlicher Tag. Die Sonne hat den Nebel besiegt. Und obwohl es eisig ist, öffne ich das Fenster und lasse die würzige Gebirgsluft in meine Lungen strömen. Der kalte Sauerstoff explodiert förmlich in meinem Körper, dringt mir bis ins Gehirn und reinigt das Blut. Meine Sinne sind erneut hellwach.

Ich bemerke Enrique sofort auf dem Bürgersteig. Jetzt trägt er eine beige Breitcordhose und eine feine cremefarbene Strickweste, darüber einen eleganten, leichten weißen Anorak, den er trotz der Temperatur vorne ein wenig offen gelassen hat. Ich kenne diese Daunenjacke. Es ist das Modell Moncler aus einer limitierten Auflage, die von 1986 bis 1987 produziert wurde.

»*Guten Tag*, gut geschlafen?«, fragt Enrique. Und dann flüstert er mir ins linke Ohr: »Ist es spät geworden heute Nacht?« Er zwinkert mir zu und gibt mir einen Klaps auf die Schulter.

»Ja, danke. Alles bestens«, antworte ich.

Ich denke kurz über seine Frage nach: »Ist es spät geworden?« Will er auf irgendetwas anspielen? Haben sie mir nachspioniert? Ehrlich gesagt, hoffe ich es nicht. Die Amerikaner sind sehr puritanisch, jedenfalls nach außen hin. Familienwerte, Moral. Und außerdem weiß ich nichts über diesen Enrique. Ich tue so, als hätte ich seine Anspielung nicht gehört.

»Kennst du ein Café, wo wir frühstücken können?«, frage ich ihn. Aber er schlägt unvermittelt einen anderen Ton an. Er schaut auf die Uhr.

»Würde es dir etwas ausmachen, wenn wir sofort in dein Zimmer gehen? Wir sind spät dran, er wird gleich da sein«, sagt er.

Dann also auch heute kein Frühstück. Außerdem: Spät dran wofür? Wer wird gleich da sein? Die Hotellobby ist voller Menschen im Aufbruch, die mit ihren Koffern Schlange stehen, um zu zahlen. Keiner achtet auf uns, als wir die Treppe hochsteigen. Kaum sind wir in meinem Zimmer, stürzt Enrique zum Fenster, zieht den Vorhang zu und schaltet den Fernseher ein. Die BBC überträgt eine Sondersendung anlässlich der Vereidigung von George Herbert Walker Bush in Washington. Geboren am 12. Juni 1924 in Massachusetts, war er Vorsitzender der Republikanischen Partei, Direktor der CIA und Vizepräsident von Ronald Reagan. Er gehört der Episkopalkirche an und ist nun der einundvierzigste Präsident der Vereinigten Staaten von Amerika.

Enrique dreht sich zu mir um und hebt den Daumen. »Es wurde Zeit. Für uns brechen jetzt bessere Zeiten an«, sagt er leise.

Ich quittiere seine Zufriedenheit mit einem Lächeln. Ich frage nicht, warum, aber er meint wahrscheinlich, dass Bush als ehemaliger CIA-Direktor dem Auslandsgeheimdienst seine Wertschätzung zeigen wird.

Jemand trommelt mit den Fingerknöcheln an die Tür. Enrique öffnet. Es ist ein etwa dreißigjähriger Mann. Groß. Kräftig. Brillenträger. Braune Cordhose und unter der Winterjacke ein Flanellhemd mit roten und gelben Karos. Draußen ist es kalt, aber er hat Schweiß auf der Stirn.

»Sehr erfreut, Logan«, stellt er sich vor. »Man hat mir gesagt, dass du Englisch sprichst. Das ist gut.«

Ich drücke ihm die Hand, die noch verschwitzter ist als seine Stirn. Enrique ist im Bad verschwunden und kommt mit sämtlichen Handtüchern im Arm wieder heraus. Er hat sie befeuchtet und legt sie unten an die Tür und unters Fenster, um jeden Spalt abzudichten, der uns mit der Außenwelt verbindet.

Logan kramt unterdessen in einem riesigen Rucksack, den er aufs Bett gestellt hat. Ich stehe mitten im Zimmer und verfolge die Szene, ohne zu verstehen, was vor sich geht. Endlich beruhigen sich die beiden.

»Er ist von der NSA, der National Security Agency«, erklärt Enrique mit Blick auf Logan. »Er ist aus Washington gekommen, um dir beizubringen, wie du mit uns kommunizieren kannst. Aber vorher muss er etwas anderes machen. Simone, weißt du, was ein Polygraf ist?«

Ich bin so überrumpelt, dass ich gar nicht verstehe, was Enrique sagt. Und ich verneine instinktiv. Die beiden sehen mich verwundert an. Stehe ich jetzt als Dummkopf da?

»*La macchina della verìta*«, sagt Logan auf Italienisch, aber mit einer falschen Betonung.

»Ach so, natürlich, der Lügendetektor«, wiederhole ich auf Englisch.

»Weißt du, wie er funktioniert?«, fragt Enrique.

»Ja. Das heißt, nein.«

»Ich muss dich fragen, ob du dich diesem Test unterziehen willst«, mischt sich Logan ein.

Was kann ich antworten? Habe ich eine Wahl? Ist das die Prozedur, die man durchlaufen muss, um bei der CIA arbeiten zu dürfen?

»Klar, ich bin einverstanden«, sage ich, als hätten sie mich aufgefordert zu gehen und nie mehr zurückzukommen.

Ich weiß wenig über Lügendetektoren. Mir fällt ein, was der Mossad-Mann in Rom bei einer Sitzung gesagt hat: »Ihr müsst euch bewusst sein, dass alles, was ihr tut, beobachtet wird, sobald ihr euch an den Ort begebt, wo der Test stattfindet. Im Wartesaal und in den Toiletten könnten versteckte Videokameras installiert sein. Und der Raum mit dem Lügendetektor hat ziemlich sicher eine Videokamera oder einen Einwegspiegel. Der Test beginnt, lange bevor ihr an den Apparat angeschlossen werdet, und er endet erst, wenn ihr wieder gegangen seid.«

Ist das tatsächlich so? Die Sache macht mich etwas nervös. Aber mir bleibt keine Zeit zu überlegen. Logan verkabelt mich bereits überall. Auch auf der Stirn. Der Instrukteur von der Nationalen Sicherheitsbehörde gibt sich jetzt nicht mehr freundlich und zugewandt. Er hat etwas Bedrohliches. Als wollte er mir Angst einjagen. Im Gespräch mit Enrique wiederholt er mehrmals, dass sich die Maschine niemals irrt. Vielleicht sagt er das, um mich unter Druck zu setzen. Je größer die Angst, bei einer Lüge ertappt zu werden, desto stärkere körperliche Reaktionen zeigt man normalerweise, wenn man gezwungen ist zu lügen.

»Wenn du willst, kannst du dir die Hände waschen, bevor wir anfangen. Dann wird die Maschine deine Schweißabsonderungen präzise messen«, sagt Logan zu mir. Sofort kommt mir der Gedanke, dass im Bad womöglich eine Videokamera installiert ist, die dokumentiert, dass ich mich für das Händewaschen entschieden habe: der Beweis, dass ich, noch ehe der Test begonnen hat, Angst vor meinen Reaktionen habe.

»Nein, muss nicht sein«, sage ich, »wir können anfangen.«

Enrique ist jetzt hinter mir. Ich sehe ihn nicht. Und um keine emotionale Regung zu zeigen, konzentriere ich mich auf meinen Atem. Ich muss einen Rhythmus von zehn, höchstens fünfzehn Atemzügen pro Minute beibehalten.

»Wie heißt du?«, fragt Enrique.

»Simone.«

»Hast du schon einmal Nudeln gegessen?«

»Ja.«

»Hast du jemandem von dieser Reise erzählt?«

»Nein.«

»Hast du jemals gestohlen?«

»Ja, als Kind.«

»Nein, nein, Simone. Du darfst nur mit Ja oder Nein antworten«, ermahnt mich Logan.

»Hast du jemals mit Drogen gedealt?«

»Nein.«

»Hast du Kinder?«

»Ja.«

»Hast du jemals deine Frau betrogen?«

»Nein.«

»Hast du gestern Abend Alkohol getrunken?«

»Nein«, antworte ich trocken. Ich möchte kein schlechtes Bild von mir abgeben. Deshalb habe ich die beiden letzten Fragen mit Nein beantwortet. Mich jetzt zu korrigieren wäre schlimmer.

»Bist du ein Spion?«, fragt Enrique weiter.

»Nein.«

So geht es zehn Minuten. Nicht länger. Aber mir kommt es vor wie eine Ewigkeit. Ich bin so angespannt, wie ich auf dem Bett sitze, dass mir der Rücken wehtut. Vielleicht lassen sie mich ganz bewusst in dieser unbequemen Position verharren. Und dann ist der Test zu Ende.

Logan befreit mich von den Sensoren. Er nimmt etwas zur Hand, das aussieht wie ein PC, und während er das Ergebnis des Tests liest, brummelt er vor sich hin.

»Enrique, komm mit ins Bad. Ich muss mit dir sprechen«, wendet er sich an seinen Kollegen.

Gut. Und was passiert jetzt? Gehört dieses Theater zum Test? Ich bleibe in meiner unbequemen Position auf dem Bett sitzen und erwarte das Urteil. Enrique kommt als Erster aus dem Bad.

»Du bist NDI«, verkündet er.

»NDI?«, frage ich besorgt.

»*No Deception Indicated*«, erläutert Enrique. Es gibt keine Hinweise auf Täuschung.

Ich entspanne mich.

»Bis auf eine Antwort, die nicht klar ist«, sagt Logan hinter ihm.

»Welche?«, frage ich.

»Kannst du es dir nicht denken?«, stellt Enrique die Gegenfrage. Und ich fange an, etwas vor mich hin zu brabbeln.

»Macht nichts«, beendet Logan das Gespräch und lässt mich, wohl absichtlich, im Ungewissen.

»Jetzt erkläre ich dir, mit welchem System du sicher mit uns kommunizieren kannst. Wir fangen heute an und machen morgen Vormittag weiter«, fügt er hinzu.

Morgen? Ist es wirklich so kompliziert, frage ich mich. Ich möchte nicht gleich sagen, dass ich noch heute Abend zurückfahren muss, wie ich es meiner Frau versprochen habe. Und auch nicht, dass ich übermorgen zur Arbeit muss. Aber einen Tag länger in Innsbruck zu bleiben wäre tatsächlich ein Problem. Es klopft an der Tür. Ich erstarre.

»Wer ist da?«, frage ich. Meine Kehle ist wie zugeschnürt.

»Enrique.«

Er kommt mit drei belegten Brötchen in einer Papiertüte herein. Ich habe gar nicht gemerkt, dass er das Zimmer verlassen hat.

»Da ist Käse drauf, ist das okay?«, fragt er.

Nach zwei Stunden habe ich kapiert, wie die Methode funktioniert. Wir machen mehrere Kommunikationsversuche, um sicher zu sein, dass ich es auch wirklich verstanden habe. Aber ich brauche keinen

Tag länger zu bleiben. Enrique und Logan gratulieren mir zu meiner schnellen Auffassungsgabe. Dann lädt sich Logan den riesigen Rucksack mit den Geräten auf die Schulter und geht. Enrique fragt, wann mein Zug nach Mailand fährt. Ich schaue auf die Uhr, und obwohl ich noch fast drei Stunden Zeit habe, sage ich, dass ich sofort aufbrechen werde, wenn er gegangen ist. Mehr nicht. Und so verabschiedet sich auch Enrique und verlässt das Zimmer.

Um die Wahrheit zu sagen, habe ich vor der Abfahrt meines Zuges noch etwas zu tun. Ich gehe ins Tourismusbüro. Eine Gruppe von Jugendlichen, beladen mit jeder Menge Gepäck, verhindert, dass ich mit einem Blick sehe, ob Lena da ist. Obwohl ich weiß, dass sie mich halblaut beschimpfen werden, gehe ich an der Schlange vorbei nach vorn. Das missbilligende Gemurmel über mein Verhalten weckt die Aufmerksamkeit eines Angestellten hinter dem Schalter. Und noch bevor ich ihn sehe, steht er auf, richtet den Zeigefinger auf mich und weist mich an, mich wieder in die Schlange zu stellen.

Mit gesenktem Blick trete ich den Rückzug an. Ich habe keinen Grund, länger zu bleiben. Lena ist heute nicht im Dienst. Aber ich möchte nicht gehen, ohne sie wiederzusehen. Und obwohl die Wahrscheinlichkeit nicht besonders groß ist, beschließe ich, die Straßen im Umkreis des Hotels abzulaufen. Und stehe unversehens vor dem historischen Bogengang in der Maria-Theresien-Straße Nummer 38. Ich passiere ihn, durchquere den Hof und öffne langsam die gläserne Eingangstür zum Café im Hof. Der Duft von Zimt und frischem Brot steigt mir in die Nase. Bevor ich etwas bestelle, werfe ich einen Blick auf die Kuchen in der Vitrine. Ich schwanke zwischen dem köstlichen Apfelstrudel und einem Stück Sachertorte.

»Kann ich Ihnen helfen?«, fragt das Mädchen an der Kasse.

»Ja, danke. Ich möchte …« Ich deute auf den Apfelstrudel. Ein Lachen von jenseits der Wand, die den Gästeraum abtrennt, lenkt mich ab. Ein unverwechselbares Lachen. Ich entferne mich von der Theke, während ich weiter auf den Apfelstrudel deute. Eine unwillkürliche, schwungvolle Bewegung. Und als ich Lena am selben

Tisch, an dem ich am Abend zuvor mit ihr saß, jetzt mit Enrique sitzen sehe, halte ich instinktiv inne. Die beiden sehen mich nicht.

Ich mache kehrt. Ich werfe dem Mädchen an der Kasse einen entschuldigenden Blick zu und gehe. Mir ist bewusst, dass ich weglaufe. Als hätte ich ein schlechtes Gewissen, dass ich nicht sofort zum Bahnhof gegangen bin, wie ich es Enrique gesagt hatte. Erst als der Zug die Grenze nach Italien überquert hat, scheint mein Gehirn wieder zu funktionieren. Vielleicht weil es spürt, dass ich auf italienischem Boden nicht mit neuen gefährlichen Situationen konfrontiert bin. Der Wunsch, Lena wiederzusehen, hätte mich fast dazu verleitet, die beiden zu begrüßen, ihre Reaktion zu beobachten und Enrique klarzumachen, dass ich alles durchschaut habe und kein Dummkopf bin. Aber das wäre ein schwerer Fehler gewesen. Ich sage mir, dass ich das Richtige getan habe. Im Besitz einer Information zu sein, die andere geheim halten, gibt dir eine Waffe in die Hand, die dir immense Vorteile verschaffen kann. Ich lächle in die Dunkelheit vor dem Fenster, als ich merke, dass ich anfange zu denken wie *sie*.

Zu Hause steht das Essen schon bereit.

EIN KOFFER FÜR DEN ABGEORDNETEN

Ich sperre die Tür auf. Kontrolliere das Protokoll der Alarmanlage auf dem Gerät an der Wand und vergewissere mich, dass niemand in die Wohnung eingedrungen ist. Dann schalte ich den Videorekorder ein.

Handgriffe, die ich inzwischen ganz mechanisch ausführe. Ich habe einen lautlosen Alarm installiert. Ohne Sirene. Mir genügt es zu wissen, ob jemand durch die Wohnungstür oder die Fenster eingedrungen ist oder es versucht hat. Die Sensoren sind hinter den Bilderrahmen und im Blumentopf am Eingang versteckt. Werden sie aktiviert, filmen vier Minikameras den Eindringling, sodass ich Gegenmaßnahmen ergreifen kann.

Ich strecke mich auf dem Sofa aus, während Musik das Wohnzimmer erfüllt. Diana und die Kleine sind in den Ferien. Die moderne Technik ist mir eine große Hilfe. Ich habe den Videorekorder mit dem Musikkanal MTV synchronisiert, der in Italien von einem Privatsender übertragen wird. Und ich habe den Zeitraum eingestellt, der mich interessiert. Ich nehme nur von Uhrzeit x bis Uhrzeit y auf.

Was für eine grandiose Methode. Auf diese Weise kommunizieren wir schon seit ein paar Monaten. Die Zuschauer können jemandem einen Song widmen, Freunde grüßen oder eine Liebeserklärung machen, und MTV übermittelt die Nachricht als Text unter dem Videoclip. Wenn ich nach Hause komme, spule ich das Band zurück und schaue mir die Aufnahme an. Wenn es eine neue Nachricht für mich gibt, habe ich sie in wenigen Minuten gefunden.

Ich lese die Sätze, die über den Bildschirm laufen. Ein Song folgt auf den anderen. Ich muss auf Nachrichten achten, die mit einem Tiernamen und einem Datum beginnen und enden. Jedem Tier entspricht eine ganz bestimmte Stadt. Falke ist Florenz, Rabe ist Rom. Die Adresse ist stets dieselbe und war von Anfang an festgelegt. Das tatsächliche Datum des Treffens jedoch verschiebt sich gegenüber dem im Fernsehen angezeigten um eine Woche. Die Uhrzeit bleibt gleich. Eine einfache und sichere Methode. Keine Telefonate. Keine Gefahr, abgehört zu werden.

Auch für dringende Treffen gibt es ein Verfahren. Wenn wir uns kurzfristig treffen müssen, befestigen *sie* ein schwarzes Klebeband am Laternenpfahl an der Ecke meiner Straße. Um sie wissen zu lassen, dass ich es entdeckt habe, muss ich es herunterreißen und auf den Abfalleimer am selben Laternenpfahl kleben. Von dem Moment an habe ich zwölf Stunden Zeit, um in dem privaten Anzeigenblatt *Secondamano*, Aus zweiter Hand, eine Verkaufsanzeige für eine kaputte Waschmaschine aufzugeben, in der ich Ort, Tag und Uhrzeit der Abholung nenne. Meinen Controller treffe ich dann drei Tage und drei Stunden später als zu dem in der Anzeige genannten Datum.

Und bei einem solchen über MTV festgesetzten Treffen erhalte ich meinen ersten richtigen Auftrag. Am Tag der Operation stehe ich im Morgengrauen auf. Ich gehe unter die Dusche, wenn das Bad schon voller Dampf ist. Das heiße Wasser rinnt über meinen Körper. Ich schließe die Augen und bleibe zehn Minuten. Das mache ich immer, wenn ich mich entspannen und nachdenken will. Ich kleide mich gepflegt. Weißes Hemd. Blauer Nadelstreifenanzug. Klassische Krawatte mit weißen und blauen Streifen. Ich schnüre die schwarzen, in der Schweiz handgefertigten Schuhe der Marke Bally, Modell Flabber, zu. Inzwischen kann ich mir schöne Dinge gönnen. Mit dem Föhn erwärme ich ein paar Sekunden die ghanaische Sheabutter, die meine gebräunte Gesichtshaut glatt und glänzend macht. Der Duft von Morris, meinem Lieblingsparfüm, legt sich auf jede Faser meines Anzugs. Ich rufe in der Taxizentrale an.

»Zehn Minuten, Pisa 49«, sagt die Vermittlerin.

Ich öffne das Etui mit dem Geschenk, das ich mir mit dem ersten Geld von der Agency selbst gemacht habe: eine Rolex Cellini Date. Ich lege sie voller Stolz an. Ich überprüfe, ob die beiden Steckdosen mit der Zeitschaltuhr richtig eingestellt sind, um abwechselnd den Fernseher und die Stehlampe ein- und auszuschalten. Auf diese Weise sieht es aus, als wäre jemand zu Hause. Ich ziehe die Rollläden hoch. Mache die Vorhänge zu. Dann verlasse ich das Haus.

Ich werfe einen letzten Blick auf die gepanzerte Tür, die ich soeben abgeschlossen habe. Als könnte sie mir bei meiner Rückkehr wichtige Details verraten. Die Aufzugstür ist offen. Letzte Nacht bin ich um halb vier nach Hause gekommen, und ich weiß genau, dass ich wie immer den Lift wieder ins Erdgeschoss hinuntergeschickt habe. Ich drehe das Handgelenk und sehe, dass es 6.25 Uhr ist. Es muss also jemand in meine Etage hochgefahren sein, nachdem ich nach Hause gekommen bin. Und das war bestimmt nicht meine neunzigjährige Nachbarin. Ein elektrisierender Schauder läuft mir über den Rücken. Meine Beinmuskeln spannen sich an. Gefahr. Das ist das Signal, das mein Verstand in meinen ganzen Körper schickt.

Ich schlucke. Renne die Treppe hoch in die oberste Etage. Ich erwarte, dort jemanden zu finden, der sich auf dem Treppenabsatz versteckt hält. Von dort gelangt man auf die große Terrasse. Nichts. Der Durchgang zum Dach ist abgesperrt. Ich kehre in mein Stockwerk zurück, wo ich den Lift durch die geöffnete Tür blockiert habe. Ich ziehe meine Jacke aus und stelle fest, dass ich Schweißflecken unter den Achseln habe. Gewiss, wir haben August, und es ist schon früh am Morgen recht heiß. Ich ärgere mich über mich selbst. Ich gebe meiner Paranoia die Schuld, die mich inzwischen Tag und Nacht verfolgt.

Das Taxi ist schon da. Bevor ich einsteige, schaue ich mich in alle Richtungen um.

»*Buongiorno*, zum Flughafen Linate bitte«, sage ich zu dem Fahrer. Er dreht sich um und begrüßt mich mit einem Lächeln. Er ist nicht älter als dreißig. Wenn man sieht, wie viel Platz er auf dem Sitz einnimmt, kann er nicht besonders groß sein. Bürstenhaarschnitt. Graue Kapuzenjacke. Eine Kapuzenjacke im sommerlichen Mailand?

»Gern, Signore«, antwortet er.

Ich spanne sämtliche Muskeln an. Drücke das linke Bein zwischen die beiden Vordersitze, bereit, dem Taxifahrer mit der Faust ins Gesicht zu schlagen, falls er der Köder einer Falle ist. Meine rechte Hand umklammert den Griff der Autotür. Ich würde nicht zögern, die Tür zu öffnen und zu fliehen. Auf dem Autobahnring ist kein Verkehr. Alle sind im Urlaub. Aber ich bin in der Stadt und arbeite. Je näher wir dem Flughafen kommen, desto mehr entspanne ich mich. Keine Straßensperre. Keine Kontrolle durch meine Kollegen, die vielleicht kein bloßer Zufall wäre. Nicht einmal der Taxifahrer hat mich eines zweiten Blickes gewürdigt. Auch nicht durch den Rückspiegel. In der Ablage zwischen den beiden Sitzen hinter dem Schaltknüppel liegt eine Packung Levothyroxin-Kapseln. Ich kenne die Tabletten, weil ich sie meiner neunzigjährigen Nachbarin besorge, die an Schilddrüsenunterfunktion leidet. Wer diese Krankheit hat, friert ständig. Auch im August. Deswegen trägt der Taxifahrer eine Kapuzenjacke. Nicht, um eine Pistole darunter zu verstecken. Ich muss über meinen Argwohn schmunzeln.

Ich entspanne mich vollständig und mache es mir auf dem Sitz bequem. An die Kopfstütze gelehnt, sehe ich mein Gesicht im Rückspiegel. Ich betrachte mich, als wäre ich eine fremde Person. ›Hör auf, dich wie ein Idiot zu verhalten‹, sage ich zu meinem Spiegelbild. ›Ein Idiot wäre ich, wenn ich mich nicht so verhalten würde‹, gebe ich mir zur Antwort.

Solche Selbstgespräche werden mir allmählich zur Gewohnheit. Sie helfen mir, nachzudenken und zu verstehen. Man könnte mich für schizophren halten, aber es ist eine mentale Übung. Geboren aus der Notwendigkeit, mit jemandem zu sprechen, ohne dass ich Gefahr laufe, verraten zu werden. Mit jemandem, der mir Ratschläge für das erteilen kann, was ich jeweils gerade mache. Und dieser Jemand bin ich.

»Lassen Sie mich beim Abflug raus«, sage ich zu dem Taxifahrer.

Die Klimaanlage im Innern des Flughafens ist eine Wohltat. Ich warte ein paar Minuten. Gehe wieder hinaus, um zu überprüfen, ob das Taxi weggefahren ist. Levothyroxin hin oder her, Vorsicht ist immer besser. Ich kehre ins Flughafengebäude zurück und begebe mich zum Zeitungsstand, nur um sicher zu sein, dass niemand mich beschattet. Dann gehe ich zur Rolltreppe und fahre einen Stock tiefer in die große Ankunftshalle. Ich muss auf einen Koffer warten, der von Las Vegas über Rom nach Mailand unterwegs ist. Ich werfe einen Blick auf die Anzeigetafel. Das Flugzeug ist vor wenigen Minuten gelandet.

Ich begebe mich zu dem der Polizei vorbehaltenen Eingang. Aus dem Augenwinkel sehe ich zwei Polizisten in Uniform vor dem Gepäckscanner. Ich wende mich ihnen nicht zu, sondern hebe nur beiläufig die rechte Hand zum Gruß. In der Linken habe ich die elektronische Karte, die die Betreibergesellschaft des Flughafens meiner Dienststelle vor sechs Monaten im Rahmen der Ermittlungen zu einem Terrornetzwerk zur Verfügung gestellt hat. Diese Karte habe ich noch nie benutzt und weiß nicht einmal, ob sie überhaupt noch aktiviert ist. Ich stecke sie in den Schlitz und hoffe, sie richtig herum hineingeschoben zu haben, sodass das Magnetband gelesen werden kann. Nichts. Nervös drehe ich die Karte mehrmals um, ohne Erfolg. Ich bemerke, dass einer der Polizisten mich beobachtet. Jetzt kommt er auf mich zu. Es sind nur fünf oder sechs Meter. Ich könnte mich umdrehen und gehen. Aber von hinten steigt mir zuerst ein starker Knoblauchgeruch in die Nase, dann spüre ich seinen warmen Atem.

»Dottore, hier funktioniert nichts. Geben Sie sie mir«, sagt er. Er arbeitet vermutlich seit Jahren in Mailand, doch seinen sizilianischen Akzent hat er nicht abgelegt. Er nimmt mir die Karte aus der Hand und reibt sie an der Hose seiner Uniform. Dann schaut er mir in die Augen, steckt den Ausweis in den Schlitz, und die Tür öffnet sich.

Er sieht mich an, als hätte er ein Zauberkunststück vorgeführt.

»Danke, danke«, sage ich zu ihm und deute eine Verbeugung an.

Ich muss mir ein Schmunzeln verkneifen, weil er mich für einen seiner Vorgesetzten hält. Auch diesmal haben mein eleganter Anzug, die Schuhe und die Rolex Wirkung gezeigt. Kleider machen eben Leute. Ich agiere wie ein Schauspieler auf der Bühne. Vielleicht ist genau dies das Leben.

Die Halle mit den Gepäckbändern ist fast menschenleer. Eine Reisetasche. Zwei Koffer. Ein roter, in Zellophan eingewickelter Trolley. Sie drehen auf dem Gepäckband ihre Runden, aber niemand nimmt sie herunter. Ich warte eine weitere Runde ab, blicke mich nach allen Seiten um und greife dann nach dem Trolley, um den am Griff angebrachten Anhänger zu entziffern. Das ist er. Ich ziehe das Namensschild heraus. Auf der Rückseite stehen mein Name und eine fiktive Adresse. Ich stecke das Namensschild wieder in den Anhänger und begebe mich zum Ausgang.

Den Koffer hinter mir herziehend, passiere ich den Zoll. Im kalten Neonlicht ist ein Beamter der Finanzpolizei mit einem Drogenspürhund an der Leine damit beschäftigt, einen Chinesen zu kontrollieren. Ein anderer Zollfahnder hinter dem Tisch, auf dem das Gepäck zur Kontrolle geöffnet wird, nimmt mich in den Blick. Ich spüre, wie die Schweißflecken unter meinen Achseln immer größer werden. Und wenn man mich anhält?

Blitzartig kommt mir eine Idee. Ich fange an, mit dem Hintern zu wackeln und den rechten Arm hin und her zu schlenkern. Ich verlangsame meinen Schritt und schaue den Zollbeamten an, wie ihn mit Sicherheit keine Frau jemals angeschaut hat. Mit einem Umweg von ein paar Metern gehe ich auf ihn zu. Er ist jung. Er errötet und schlägt die Augen nieder. Jetzt bin ich zwei Meter vom Ausgang entfernt. Im Spiegelbild der automatischen Glasschiebetür sehe ich, dass er zu seinem Kollegen getreten ist und lachend und mit ausgestrecktem Arm auf mich zeigt. Ich entdecke die Videokameras an den Pfeilern der Flughafenhalle und fange an, mich wieder normal zu bewegen. Im Sommer ist die Luft in Mailand klebrig. Aber jetzt spüre ich voller Erleichterung, wie sich die schwüle Hitze auf mein Gesicht legt. Ich bin draußen.

Nur ein paar Meter entfernt steht der Bus. Alle zwanzig Minuten fährt einer in Richtung Hauptbahnhof. Ich warte, bis der Fahrer den Kofferraum geschlossen hat. Jetzt ist der Koffer in Sicherheit. Mit drei Schritten bin ich bei seinem Kollegen, der die Tickets verkauft. Er hat sich neben dem vorderen Einstieg postiert. Ich spreche ihn auf Englisch an, aber er registriert es gar nicht. Er nimmt das Geld und reicht mir das Ticket. Ich steige ein und finde einen freien Platz ganz hinten, die Tür im Blick. Der Bus fährt los. Nach mir ist niemand mehr eingestiegen.

Ich entspanne mich. Die letzte Kontrolle werde ich machen, wenn wir in der Stadt sind, auf der Busspur. Erst dann weiß man, ob man von einem Auto verfolgt wird. Ich schalte das Aufnahmegerät ein, das ich in der Tasche habe. Ich befestige das kleine Mikrofon am Aufschlag meiner Jacke und fange an, alle Modelle der Autos zu diktieren, die ich vom Fenster aus sehe, dazu die Autonummern. Die Erfahrung hat mich gelehrt, dass es extrem schwer ist, Dutzende Modelle und Nummernschilder im Kopf zu behalten. Ich werde die so gesammelten Daten transkribieren und dann beurteilen, ob man mich beschattet hat.

Am Hauptbahnhof steige ich aus. Wie immer wimmelt es von Menschen. Das kann mir nur recht sein. Ich betrete die Halle mit dem monumentalen Gewölbe. Ich gehe langsam und gemächlich. Nach wenigen Schritten stehe ich in der Schlange vor dem Zugschalter. Kurz bevor ich an der Reihe bin, trete ich aus der Schlange heraus und begebe mich zum Taxistand. Ich lasse mich in die Via Brusuglio, Ecke Via Pietro Bembo fahren. An der äußersten Peripherie. Unter anderen Umständen hätte ich mich weit entfernt vom Treffpunkt absetzen lassen. Aber es ist heiß, ich bin müde, und ich will den roten Rollkoffer endlich loswerden. Im Kopf überschlage ich die Entfernung, die mich noch von meinem Ziel trennt. Dreihundertzwanzig Meter zu Fuß. Ich bringe sie zügig hinter mich, den Koffer hinter mir herziehend. Es ist elf Uhr. Um Viertel nach elf muss ich am Treffpunkt sein. Das Ziel ist ein riesiges Gebäude, möglicherweise eine ehemalige Fabrik. Ich habe es schon auf der Schnellstraße Viale Enrico Fermi vom Taxi aus gesehen.

Im Geist rekapituliere ich die Anweisungen. An der Ecke Via Camillo Colombi entdecke ich das weiße Auto, einen Alfasud. Er ist exakt da geparkt, wo man es mir gesagt hat. Das Nummernschild stimmt. Ich nähere mich dem Wagen. Öffne den Kofferraum, der, wie erwartet, unverschlossen ist. Ich hebe den roten Trolley in den Kofferraum, mache ihn wieder zu, und als ich mich umdrehe, bemerke ich einen Mann. Ein junges Gesicht der Politik. Ein Versprechen aus dem Mitte-Rechts-Lager. Seit Monaten sehe ich ihn immer mal wieder im Fernsehen, vor allem in lokalen Sendern. Jetzt weiß ich, dass er Karriere machen wird. Ich gehe weiter, ohne mich noch einmal umzudrehen. Höre, wie er die Wagentür öffnet. Und wieder schließt. Vor allem aber höre ich das Knirschen der Gangschaltung. »Er ist ganz schön nervös«, denke ich.

»Wer ist der Politiker?«

Simone Pace lächelt. Seine Stimme ist noch leiser, als er sagt: »Einer, der damals noch ganz am Anfang stand. Und der den Amerikanern offenkundig gefallen hat.«

»Und hat er dann Karriere gemacht?«

»Ja.«

»Wo ist er heute?«

»Er ist immer noch in der Politik«, antwortet Simone Pace und sieht mir in die Augen.

»Sein Name?«

»Sehen Sie, wie ich schon gesagt habe, handelt es sich um verdeckte Operationen. Es existiert kein einziges Dokument, kein einziger Beweis, der belegt, was geschehen ist. Den Namen sage ich Ihnen nicht. Zu Ihrer eigenen Sicherheit. Und zu meiner. Es gibt nicht viele Zeugen. Ich weiß, wer dieser Politiker ist. Er weiß es. Die Amerikaner, die die Operation genehmigt haben, wissen es. Auf der ganzen Welt gibt es drei, vier, höchstens fünf Personen, die den Namen kennen«, bemerkt Simone Pace. Er hat recht.

»Er ist also ein erpressbarer Politiker«, bohre ich nach. Das ist schließlich meine Aufgabe als Journalist.

»Sicher, aber erpressbar nicht durch mich. Das ist nicht mein Stil. Und wie gesagt, es gibt kein einziges Dokument, das belegt, was geschehen ist. Vielleicht haben Sie es noch nicht bemerkt, aber ein großer Teil der zeitgenössischen Geschichte ist auf Wasser geschrieben. Und zwar mit voller Absicht. Was man uns erzählt, ist nur die offizielle Version. Die Wahrheit lautet oft anders und ist gut versteckt. Die Demokratie oder vielmehr die im Verfall begriffene Demokratie der medialen Welt, in der wir heute leben, braucht die Lüge. Wenn die Wähler die ganze Wahrheit kennen würden, wie könnten dann die Herrschenden den Konsens aufrechterhalten?«

»Ich verstehe, was Sie meinen. Aber was war in dem roten Trolley? War er schwer?«

»Schwer? Wenn Sie glauben, es waren Waffen drin, lautet die Antwort Nein«, sagt Simone Pace und muss lachen.

»Nicht unbedingt Waffen, aber …«

»Ich habe den Koffer nicht geöffnet, er war mit einem Vorhängeschloss gesichert. Aber es war Geld drin. Ich weiß nicht, wie viel, aber dieser Trolley war voller Geld«, verrät mir Simone Pace. »Patrick hat es mir gesagt, als er mir die Operation zugewiesen hat. Es ist Sommer 1989. Die Welt steht vor einem epochalen Umbruch: Fall der Berliner Mauer, Ende des Kalten Kriegs, Kapitulation der Sowjetunion. Und auch in Italien, das aufgrund seiner strategischen Lage am Mittelmeer ein wichtiger Verbündeter der Vereinigten Staaten ist, muss dieser Umbruch unterstützt werden. Nachdem die Amerikaner den Kalten Krieg gewonnen haben, denken sie vielleicht schon darüber nach, der korrupten Politik der Ersten Italienischen Republik ein Ende zu bereiten.«

»Ich verstehe.«

Simone Pace lacht. »Ja, aber diejenigen, die diesen Umbruch finanzieren und steuern, sind dieselben wie zuvor.«

»Wie ist der Koffer zum Flughafen Linate gelangt?«, frage ich.

»Das weiß ich nicht. Ich habe niemanden getroffen. Ich habe

den Koffer vom Gepäckband dieses Fluges aus Rom genommen. So lautete die Anweisung.«

Niemand, fährt Simone Pace fort, sagt mir, ob meine Mitarbeit wertgeschätzt wird. Aber *sie* bezahlen mich weiter, und dafür muss es einen Grund geben. In meiner Dienststelle wird der Arbeitsrhythmus immer hektischer. Inzwischen fotokopiere ich fast alle Dokumente, die dann direkt nach Langley gehen. So stelle ich es mir jedenfalls vor.

Einmal im Monat, manchmal auch öfter, treffe ich mich mit Enrique. Der Venezolaner, der mich in Innsbruck dem Test unterzogen hat, hat Patricks Posten übernommen. Wir treffen uns jedes Mal in einem anderen Land oder einer anderen Stadt. Immer Samstagnachmittag oder Sonntag. Nie in der Schweiz. Eines Tages erklärt mir Enrique, dass aufgrund irgendwelcher Abkommen die Schweiz das einzige Land Europas ist, in dem die CIA nicht operieren kann.

Wenn ich die Instruktionen zu einem Treffpunkt erhalte, hoffe ich jedes Mal, dass er nicht allzu weit entfernt liegt. Denn je länger ich unterwegs bin, desto größer ist das Risiko. Wenn ich das Haus verlasse, bin ich unerreichbar. Nicht einmal zu Diana sage ich, wohin ich gehe. Falls etwas schiefgeht, darf meine Frau, selbst wenn sie unter Druck gesetzt wird, nichts zu erzählen haben. Diana weiß nichts von meinem zweiten Job. Ich schätze ihre Zurückhaltung. Im Lauf der Zeit jedoch merke ich, dass sie eine Erklärung für meine ständige Abwesenheit möchte. Manchmal bin ich nahe daran, ihr die Wahrheit zu sagen. Aber sie fragt nie nach. Und ich sage nichts. Bis heute bin ich überzeugt, dass ich mich richtig verhalten habe. Im Moment nimmt sie die Situation hin, wie sie ist. Wir haben keine Geldsorgen mehr. Und das hilft, die vielen Unstimmigkeiten zwischen uns zu lösen.

Nur die ersten Male, als ich verschwinde, sagt Diana: »Und wenn jemand nach dir fragt?« Ich erkläre ihr, sie solle sagen, wir hätten uns gestritten und ich sei rausgegangen. Aber es hat nie jemand nach mir gefragt. Wenn ich gezwungen bin, länger als einen Tag von zu Hause fortzubleiben, vermeide ich es anzurufen. Aber in einer Familie kann immer etwas passieren. So wie an jenem Abend, als ich die Tür öffne und niemand da ist. Auf dem Tisch liegt ein Zettel: »Mach dir keine Sorgen. Ich bin mit der Kleinen in der Notaufnahme.«

Ich soll mir keine Sorgen machen? Ich setze mich ins Auto und rase ins Krankenhaus. Ich hätte fast drei Unfälle gebaut und eine Frau auf dem Zebrastreifen überfahren. Die Kleine hat hohes Fieber. Sie erbricht. Nichts Ernstes, gewiss. Beschwerden, wie sie Kleinkinder öfter haben. Ich betrachte sie in ihrem Bettchen auf der Kinderstation des Krankenhauses und zittere und bange, von Schuldgefühlen gepeinigt.

GERALD BULL MUSS STERBEN

Enrique muss ganz plötzlich abreisen. Er verlässt Europa. Das teilt er mir an einem Sonntag Ende November in Florenz mit. Unser Treffpunkt ist die Piazza della Signoria. Bevor wir miteinander sprechen, gehen wir zwei Mal aneinander vorbei, ohne uns zu beachten. Wir wollen sichergehen, dass wir nicht beschattet werden. Das ist nicht leicht zu beurteilen. Der Platz wimmelt von Leuten unterschiedlichen Aussehens und unterschiedlicher Herkunft. Aber wir bauen auf unsere Erfahrung. Ich folge ihm, als ich ihn in die Via Chiasso dei Baroncelli einbiegen sehe, eine schmale Gasse zwischen der Loggia dei Lanzi und den sechs Fenstern einer schmalen, dreistöckigen Fassade. Es ist halb zwölf Uhr Mittag, und das Echo unserer Schritte erfüllt die kühle Luft. Plötzlich verlangsamt Enrique seinen Schritt, sodass ich ihn einholen kann. Er dreht sich um und begrüßt mich herzlich. Wir gehen nach links in die Via Lambertesca und dann gleich wieder nach rechts in die Via dei Georgofili. Hier übergebe ich ihm ein Konvolut mit Informationen über die Politiker der Sozialistischen Partei PSI in Mailand und über Spitzenfunktionäre der Industrie, die mit dieser Partei verbunden sind. Jetzt erreichen wir den Lungarno degli Archibusieri und wenden uns erneut nach rechts zum Arkadengang des Corridoio Vasariano.

»In welchem Jahr sind wir?«, frage ich ihn.

»1989«, antwortet Simone Pace.

»Die CIA interessiert sich also für den PSI und deren Vorsitzenden Bettino Craxi bereits drei Jahre vor Beginn der Ermittlungen wegen Korruption in den Parteien? Diese Untersuchungen, die Italien erschüttern, beginnen am 17. Februar 1992.«

»Ja«, bestätigt Simone Pace, »drei Jahre vor den Ermittlungen von Mani pulite. Bedenken Sie, wir haben Ende November 1989. Die Berliner Mauer ist am 9. November gefallen. Der Kalte Krieg ist zu Ende, und zu unserem Glück stehen wir aufseiten der Sieger. Es gilt, die Welt neu zu gestalten. Sie dürfen sich die CIA nicht als einen Spionagedienst vorstellen. Die CIA ist viel mehr als das, war es jedenfalls damals. Es gibt nicht nur operative Agenten wie mich. Ganz oben steht ein Kreis von Historikern, die imstande sind, Geschichte zu schreiben, bevor sich die Geschichte manifestiert. Fähige und kluge Historiker, die der Politik und dem Wählerkonsens wie Bulldozer den Weg ebnen, damit sich in den verbündeten Staaten der Wandel vollzieht, ohne dass Washington die Kontrolle darüber verliert. Diese Führungsspitze ist der Thinktank der CIA, die Denkfabrik, die Expertengruppe. Wir vor Ort sind die Ausführenden … die Ausführenden eines Plans, der uns nicht einmal enthüllt wird. In den Vereinigten Staaten gibt es viele öffentliche und private Thinktanks.«

Der große Moses hört ihm zu und beobachtet uns mit merkwürdigen Augenbewegungen. Das unablässig wechselnde Licht, das durch die großen Fenster fällt, ein Spiel von Sonne und Wolken, verwandelt die Reflexe auf dem behauenen Marmor in einen lebendigen Blick. Simone Pace fährt mit seiner Erzählung fort.

Enrique steckt das Dossier zur Sozialistischen Partei in einen Umschlag und klebt ihn zu. Dann legt er ihn in seinen Diplomatenkoffer aus schwarzem Leder. Wenn er angehalten wird, schützt ihn seine Immunität. Niemand darf seinen Koffer öffnen und nachschauen, was er darin versteckt hat.

»Wir müssen zu einer Trattoria in der Nähe, beim Ponte Vecchio, vor der wir verabredet sind«, sagt er dann.

Auf dem Gehsteig, nur wenige Meter entfernt, stehen zwei Männer. Sie haben uns den Rücken zugedreht und sehen uns nicht kommen.

»*Buongiorno*«, begrüßt Enrique sie und berührt flüchtig den linken Arm des Größeren der beiden in einem weißen Trenchcoat. Sie drehen sich gleichzeitig um. Ich weiß nicht, was ich für eine Grimasse schneide. Meine Gesichtszüge entgleiten mir. Mein Mund wird schlagartig trocken, und ich muss schlucken. Es ist unglaublich, wie in manchen Situationen die Zeit ihre Bedeutung verliert. Die Geräusche werden unscharf, gedämpft, wie durch Watte. Der Körper hat keine Bodenhaftung mehr. Giacomo? Die unvermeidliche Zigarre im Mund. Die Brille viel zu groß für sein Gesicht. Der Körper noch etwas schwerer als damals. Ja, er ist es. Der Ehrengast des Mittagessens im Restaurant Ibiza in Mailand. Der finstere Verschwörer, der uns am Tag des Jahrhundertschnees in das Büro in der Via Turati bestellt und mich gebeten hat, Informationen über einen Topmanager des größten italienischen Chemiekonzerns zu sammeln. Jenes Treffen, bei dem Mattia, der im militärischen Nachrichtendienst Karriere macht, feierlich und von sich eingenommen erklärt, wir seien es, die sich um die Sicherheit Italiens kümmern müssten. Enriques Stimme holt mich in die Gegenwart zurück.

»Darf ich dir Martin vorstellen?«, fragt er, und mein neuer Controller, der Kommandant, der von Langley geschickte Operationschef, schüttelt mir die Hand.

Ich versuche, mich auf ihn zu konzentrieren, um mein Unbehagen zu verbergen. Doch Giacomo entfernt sich, als ob nichts wäre und ohne uns vorgestellt worden zu sein. Er geht den Arno entlang in die Richtung, aus der wir gekommen sind. Weder Martin noch Enrique sagen etwas. Ich suche bei ihnen nach Anzeichen der Verlegenheit, nach einvernehmlichen Blicken. Nichts. Es scheint, als wäre ich der Einzige, der Giacomo überhaupt gesehen hat.

Es ist ein kurzes Treffen. Plötzlich geben sie mir zu verstehen, dass sie es eilig haben. Enrique verabschiedet sich und sagt, er müsse nach Rom weiterfahren. Und sobald ich mit Martin allein bin, gesteht er mir, dass er alles andere als glücklich darüber ist, sonntags arbeiten zu müssen. Er möchte schnellstmöglich zu seiner Familie nach Mailand zurück. Ja, er bietet mir sogar an, mich mitzunehmen.

Und was ist mit unseren Sicherheitsregeln? Natürlich lehne ich ab. Für einen so kurzen Austausch hätten wir uns, statt in Florenz, auch in Mailand treffen können.

Die Zugehörigkeit zu einer Behörde, einer Firma oder einer Mannschaft reicht nicht aus, um alle ihre Eigenschaften zu repräsentieren. Es sind die Menschen, die den Unterschied machen. Und jeder Mensch ist anders. Deshalb versetzt mich Martin, mein neuer Controller, von der ersten Minute unserer Begegnung an in Angst. Und das ändert sich auch nicht, als wir uns häufiger sehen. Aber ich sage nichts. Bevor wir uns verabschieden, beschließen wir, an dem mit Enrique abgesprochenen Terminplan für unsere Treffen festzuhalten.

Als auch Martin gegangen ist, bleibe ich noch ein paar Minuten und schaue vom Ponte Vecchio auf den Fluss hinunter. Auf das in Strudeln wirbelnde Wasser. Jahrhunderte der Geschichte und der Kunst haben den Arno auf seinem Weg ins Tyrrhenische Meer begleitet. Ich lasse den Blick langsam nach rechts und links schweifen. Als würde ich erwarten, dass etwas geschieht. Aber es geschieht nichts. Giacomo taucht nicht wieder auf.

Meine Rückfahrt habe ich für fünfzehn Uhr gebucht. Mir bleibt also noch Zeit für einen Spaziergang und ein kurzes Mittagessen. Ich schlendere zwischen den Ständen umher, an denen Krimskrams für Touristen ausgestellt ist, aber ich könnte auch irgendwo anders sein. Ich bin ein Gefangener meiner Gedanken.

Giacomo arbeitet für die CIA? Mir fällt ein, was Tommaso an dem Tag gesagt hat, als ich mit ihm im Auto fuhr: »Das ist der Geheimdienst, der steckt dahinter.« Aber welcher Geheimdienst? Die Italiener oder die Amerikaner? Und meine Deckung? Weiß Giacomo über meine Doppeltätigkeit Bescheid? Und wie viele wissen sonst noch davon?

Während der Zugfahrt überlege ich, dass es vielleicht klüger wäre, ganz aufzuhören. Dass es besser ist, dieses Spiel zu beenden, um mich und meine Familie zu schützen. Aber ich bin nicht jemand, der aufgibt. Und noch bevor der Zug in den Hauptbahnhof von Mailand einfährt, bin ich zu dem Schluss gekommen, dass eigentlich gar nichts Ungewöhnliches passiert ist. Dass *sie* wissen, was ich mache. Und dass ich, wenn ich manche Dinge nicht wissen darf, sie eben einfach nicht wissen darf, und Schluss.

Die Wochen vergehen, und Martin scheint das Interesse an mir ganz verloren zu haben. Womöglich liest und gibt er ja nicht einmal die Informationen weiter, die ich ihm übermittle. Ich bin ziemlich enttäuscht. Aber auf diese Weise sind die Risiken, die ich eingehe, wenigstens nicht ganz so groß. Patrick hat einmal zu mir gesagt, dass es für alles eine Erklärung gibt. Und dass es für die CIA wichtig ist, vertrauenswürdige Leute zu haben, auf die man im richtigen Moment zählen kann.

Dieser Moment kommt an einem Spätnachmittag kurz vor Weihnachten, am 22. Dezember. Das Telefon auf meinem Schreibtisch klingelt.

»Hallo?«

»Ciao, wie geht's?«, fragt er. Er braucht sich gar nicht vorzustellen. Sein Italienisch mit halb amerikanischem, halb abruzzischem Akzent ist unverwechselbar. Ich habe Wochen gebraucht, um dahinterzukommen, was es für ein Akzent ist. Martin ist am Apparat. Ich denke, er muss verrückt geworden sein, mich im Büro anzurufen. Oder es ist etwas wirklich Ernstes passiert.

»Sag bloß nicht, dass wir keine Zeit haben, uns schöne Weihnachten zu wünschen. Wir sehen uns heute Abend um sieben zu einem Aperitif. Bis dann«, sagt er und legt auf.

Ich sitze da, den Hörer in der Hand. Dann hebe ich den Kopf und bemerke, dass mein Kollege am Schreibtisch mir gegenüber mich ansieht.

»Ist etwas passiert?«, fragt er.

»Nein. Mir ist nur gerade eingefallen, dass ich noch das Geschenk für Diana kaufen muss. Wir machen an Heiligabend Bescherung, und so bleibt mir nicht mehr viel Zeit. Jetzt ist es schon sechs. Würde es dir etwas ausmachen, wenn ich gehe?«

»Wo hast du bloß deinen Kopf, Simone? Du willst doch nicht, dass sie sauer auf dich ist? Also dann bis morgen.«

Auf den Straßen herrscht viel Verkehr. In zwei Tagen ist Weihnachten. Ich beschließe, die U-Bahn zu nehmen. Ich bin fast zwanzig Minuten zu früh am vereinbarten Treffpunkt. Wie immer in solchen Fällen nutze ich die Zeit, um mich abzusichern: mir ein Alibi zu konstruieren und zu kontrollieren, ob ich beschattet werde. Das ist inzwischen zu meinem Lebensstil geworden. Egal, wohin ich gehe, erfindet mein Verstand eine Ausrede, eine Rechtfertigung dafür, dass ich an diesem Ort bin. Und ich lasse niemals zu, dass ein Auto oder eine Person mir längere Zeit folgt. Nach ein paar Kreuzungen ändere ich die Richtung oder halte an. Und wenn der Betreffende immer noch hinter mir ist, lasse ich ihn überholen.

Es ist neunzehn Uhr. Niemand ist zu sehen. Mir kommen Zweifel, ob ich nicht vielleicht die Stunden hinzurechnen muss, die wir für dringende Treffen einkalkulieren. Martin hat deren Anzahl von drei auf zwei verkürzt. Nach einer halben Stunde beschließe ich, meinen Standort zu wechseln. Der Notfallplan tritt immer eine Stunde später in Kraft.

»Ach so, ich muss Ihnen erklären, was ich mit *Notfallplan* meine«, sagt Simone Pace und wendet den Kopf zu mir.

»Ich kann es mir denken: Wenn einer der beiden das Treffen aus irgendeinem Grund verpasst, probiert man es eine Stunde später noch einmal.«

»Richtig.«

Ich setze mich an der Trambahnhaltestelle auf eine Bank, von der aus ich die Straße gut im Blick habe. Nacheinander erlischt die Beleuchtung der Ladenschilder und Schaufenster. Es ist acht Uhr vorbei. Gegen alle Regeln beschließe ich, noch etwas länger zu warten. Ich sehe Martin aus einem Taxi steigen und loslaufen. Er käme auch für den Notfallplan zu spät. Ich bin nicht einmal zwanzig Meter entfernt. Aber er sieht mich nicht sofort. Er sucht in der Menschenmenge. Ich stehe auf. Gehe ihm entgegen. Endlich entdeckt er mich.

»Entschuldige«, sagt er, »aber es ist ein Wahnsinnsverkehr. Ich musste das Auto stehen lassen und ein Taxi nehmen. Danke, dass du gewartet hast.«

»Was ist denn los?«, frage ich. Ich möchte wissen, warum er mich so dringend sehen will.

»Reden wir in einer Bar«, sagt Martin und senkt dabei die Stimme.

Wir suchen uns einen kleinen Tisch ganz hinten. Die Bar ist leer, bis auf den Mann am Tresen. Wir bestellen zwei Espressi und setzen uns.

»Simone, du hast doch in Belgien gearbeitet, stimmt's?« Offenkundig kennt er bereits die Antwort.

»Ja«, sage ich.

»Hast du noch Freunde dort?«

»Ja, sicher. Ich habe immer noch Kontakt zu meinen Informanten.«

»Ausgezeichnet, Simone.« Martin lächelt. »Du musst so schnell wie möglich nach Brüssel.«

»Aber wie soll ich jetzt sofort vom Büro wegkommen?«

»Keine Sorge, nicht sofort«, sagt Martin beschwichtigend. »Wir werden dem italienischen Innenministerium mitteilen, dass sich in Brüssel mutmaßliche Terroristen aufhalten, die in Anschläge in Italien verwickelt sind. Wir werden dafür sorgen, dass die Ermittlungen …«

»Lass nur. Ich kann problemlos ein paar Tage Urlaub nehmen und nach Belgien fahren«, schlage ich vor.

»Simone, hast du schon mal von der Superkanone gehört?«, fragt er und schwenkt mit einer leichten Bewegung des Handgelenks den Espresso in seinem Tässchen, um ihn abkühlen zu lassen.

»Ich habe in der Zeitung darüber gelesen.«

»Wir können nicht tatenlos zusehen«, sagt Martin ernst und kippt seinen Espresso hinunter. »Die Israelis haben uns um Hilfe gebeten. Die Reichweite der neuen Waffe würde Israel zu einem Angriffsziel machen. Und ich bin überzeugt, dass die Israelis, wenn sie sich bedroht fühlen, nicht zögern werden, die Atombombe einzusetzen. Das hätte unabsehbare Folgen, weltweit.«

»Und?«, unterbreche ich ihn. »Was kann ich tun, was die beiden mächtigsten Geheimdienste der Welt nicht tun können? Martin, willst du mich auf den Arm nehmen?«

»Wir müssen den Ingenieur ausschalten, der die Superkanone konzipiert. Die Operation wurde in Washington beschlossen. Aber der Kongress verbietet uns, zu töten und zu foltern. Außerdem ist der Ingenieur ein Bürger Kanadas, eines verbündeten Staates.«

»Dann sollen es doch die Israelis machen«, antworte ich und hoffe, dass dieses ganze Theater bald ein Ende hat.

»Sie werden es ja machen«, verrät Martin. »Aber sie wollen uns in Brüssel dabeihaben. Als Zeugen gewissermaßen. Wir können nicht kneifen. Du sprichst Englisch wie ein Amerikaner. Die Israelis werden denken, du bist einer von uns. Und wenn etwas passiert, wenn irgendetwas schiefgeht, werden die Vereinigten Staaten nicht involviert sein. Du bist kein amerikanischer Staatsbürger.«

»Noch nicht«, sage ich und trinke meinen inzwischen fast kalten Espresso.

Ich weiß: Ich könnte vom Tisch aufstehen und gehen. Ich bin im Begriff, alles aufs Spiel zu setzen. Mein Leben. Meine Familie. Aber um bestimmte Entscheidungen zu treffen, braucht man ein überdimensionales Ego. Und in jenen Jahren habe ich das leider.

»Denk darüber nach. Wir werden uns erkenntlich zeigen«, sagt Martin und führt das Tässchen noch einmal an den Mund, als er entdeckt, dass noch ein letzter Tropfen Kaffee drin ist.

Er lügt, das ist offenkundig.

»Ich möchte nur, dass ihr euch um meine Familie kümmert, wenn etwas passiert«, sage ich und senke den Blick auf die leeren Espressotässchen in der Tischmitte. Mir ist klar, dass meine Bitte ins Leere läuft.

Es vergehen drei Monate, bevor der von Martin angekündigte Plan umgesetzt wird. Zu Hause habe ich gesagt, ich sei mit einer Auslandsmission betraut. Als ich in Brüssel aus dem Bahnhof trete, sehe ich ihn sofort. Charles, mein belgischer Freund, hat Falten im Gesicht, er ist alt geworden. Seit unserer letzten Begegnung sind Jahre vergangen; die Kinder und eine gescheiterte Beziehung haben ihre Spuren hinterlassen. Wir umarmen uns wie alte Freunde. Er begleitet mich ins Hotel und sagt, er komme abends wieder, damit wir gemeinsam essen gehen.

»Um halb neun in der Lobby«, wiederhole ich, bevor wir uns verabschieden.

Ich gehe hoch in mein Zimmer. Ich schaue auf die Uhr. Erst zwei Uhr Nachmittag. Ich lasse meinen Blick herumschweifen. Mein Magen ist leer, und ich habe rasende Kopfschmerzen. Angst ist etwas, was dich packt, ohne dass du es merkst. Du kannst so tun, als ob nichts wäre. Versuchen, dich abzulenken. An schöne Dinge denken. Doch die Angst ist immer da und wartet auf dich. Du glaubst, wenn du nicht daran denkst, verschwindet sie. Aber das stimmt nicht. Ich möchte wieder ein Kind sein und glauben können, dass mich niemand sieht, wenn ich die Augen schließe.

Ich bewege mich so langsam wie möglich und versuche, die Kontrolle über mich wiederzugewinnen. Schließlich schalte ich den Fernseher ein, ziehe den Vorhang zu und lege mich angekleidet, wie ich bin, aufs Bett. Jemand hat mir erklärt, Ohnmacht sei eine Reaktion des Körpers, um nicht von Schmerzen oder von unerträglichem Stress überwältigt zu werden. Beim Aufwachen habe ich das Gefühl, ich wäre ohnmächtig gewesen.

Als ich die Augen öffne, spüre ich Kälteschauder. Ich habe versehentlich die Klimaanlage eingeschaltet und liege mitten in der kalten Luftströmung. Meine Arme, die ich hinter dem Kopf verschränkt habe, sind eingeschlafen. Ich spüre sie nicht mehr. Es vergehen ein paar Minuten, bevor ich es schaffe aufzustehen. Ich trete ans Fenster und entdecke in der Ferne das zur Weltausstellung 1958 errichtete Atomium. Die neun Stahlkugeln von jeweils achtzehn Meter Durchmesser schweben scheinbar frei in der Luft. In meiner Nähe die Scheinwerfer vorbeifahrender Autos, erleuchtete Fenster, Straßenlaternen und gleichmäßiges Verkehrsrauschen. Es ist schon Abend.

Fast acht. Ich ziehe mich aus und drehe die Dusche auf. Erst, als sich der Dampf auch im Zimmer ausbreitet, betrete ich die Duschkabine. Ich seife mich ein und genieße den heißen Regen, der mir den Kopf massiert, bevor er über meinen Körper rinnt. Ab und zu hebe ich den Kopf, um die Wärme auf meinem Gesicht zu spüren. Ich sagte bereits, wie sehr mir all das hilft, in Momenten der Anspannung meine Verkrampfung zu lösen. Und nachzudenken. Es ist die kleine Barriere, die mich von der Welt abschirmt.

Ich rekapituliere alle Informationen, die Martin mir übermittelt hat. Der Mann ist zweiundsechzig Jahre alt. Kanadier. Ingenieur. Verheiratet. Martin hat mir sogar Fotos von ihm gezeigt. Der Ingenieur erinnert mich an den Schauspieler Alberto Sordi. Sie sehen sich ähnlich.

Eingehüllt in ein kratziges weißes Handtuch, das nach Bleichmittel riecht, betrachte ich mich im Spiegel. Das Einzige, was mir auffällt, sind meine halb geschlossenen, vom heißen Duschwasser und von der Seife geröteten Augen.

Wenn die Augen der Spiegel der Seele sind, kann ich in diesem Moment meine Seele nicht sehen.

Simone Pace verstummt für eine Weile. Sein Blick geht zum Moses. Aber wahrscheinlich nimmt er ihn gar nicht wahr. Er stößt einen Seufzer aus, dann fährt er fort.

Charles kommt auf die Minute pünktlich. Brüssel ist eine Stadt, die mich traurig stimmt. Immer grau. Aber der Abend mit Miesmuscheln und Pommes frites, dazu Charles' Zugewandtheit, ist wirklich angenehm. Gegen elf Uhr liege ich schon wieder im Bett.

Am nächsten Morgen wache ich spät auf. Ich trödle in meinem Zimmer herum und verlasse es erst am Nachmittag, um mich mit Charles zu treffen. Wir machen einen kleinen Spaziergang. Trinken irgendwo einen Kaffee. Er möchte, dass wir bis zum Abend draußen bleiben und dann zusammen essen gehen.

»Danke, Charles, aber ich würde lieber ins Hotel zurückkehren. Ich esse heute nicht zu Abend.«

»Ist alles in Ordnung?«, fragt er.

»Ich würde gerne wissen, was ich da gestern Abend zu mir genommen habe. Die Muscheln waren vergiftet«, antworte ich. »Ich habe die ganze Nacht auf der Toilette verbracht und bin wie zerschlagen. Ich habe keinen Hunger, nur das Bedürfnis, mich wieder hinzulegen.«

Er schaut mich besorgt an. Dann belustigt. Und fängt an zu lachen. »Mir geht es blendend. Was redest du da? Die belgischen Moules Frites sind die besten der Welt.« Und auf Flämisch fügt er etwas hinzu, das ich nicht verstehe, mit Sicherheit etwas Kränkendes.

»Ich reise morgen sehr früh ab. Mach dir keine Umstände, Charles. Ich komme allein zurecht, ich werde ein Taxi nehmen.«

Charles insistiert nicht. Er umarmt mich, jetzt erneut ernst. So trennen wir uns.

In der Hotellobby spricht mich der Portier an. Er gibt mir einen verschlossenen weißen Umschlag, auf dem nichts steht. Ich bedanke mich, und sobald sich die Aufzugstüren hinter mir geschlossen haben, öffne ich ihn. Auf dem Blatt Papier, das ich mit zwei Fingern langsam aus dem Umschlag ziehe, steht nicht viel. Nur eine Adresse, Datum und Uhrzeit, maschinengeschrieben.

Am nächsten Morgen frühstücke ich in einer Bar auf dem Grand-Place, dem historischen Marktplatz der Stadt. Ich betrachte die gotischen Fassaden der Maison du Roi und des Rathauses mit seiner Tour Inimitable, dem Turm, der sich wie ein Zeigefinger in den wolkenverhangenen Himmel reckt. Ich frage eine sehr nette Kellnerin, wie man mit öffentlichen Verkehrsmitteln nach Uccle kommt, einer Gemeinde im Großraum Brüssel. Sie nennt mir die Haltestelle, von der alle zehn Minuten ein Bus fährt. Die Fahrt dauert zwanzig Minuten.

Ihre Freundlichkeit und die Präzision ihrer Information genügen schon, damit ich mich besser fühle. Ich habe nicht die Absicht, ein Taxi zu nehmen und Spuren zu hinterlassen. Zeugen, die wissen, wohin ich unterwegs bin. Der Taxifahrer wäre bestimmt ein Physiognomiker, von Natur aus argwöhnisch und mit einem Polizisten befreundet. In meinem Leben war nie etwas einfach. Auch nicht in den kleinen Dingen des Alltags. Und es gibt keinen Grund anzunehmen, dass diese Operation, die man mir zugewiesen hat, einfach sein wird.

Ich nehme den Stadtplan zur Hand und finde problemlos die verabredete Adresse. Vor einem kleinen Eisentor, das erst vor Kurzem schwarz gestrichen worden ist, bleibe ich stehen. Ich schaue nach oben. Das Gebäude ist schmal, eingezwängt zwischen zwei anderen Häusern. Eine Fassade aus weißem Marmor. Zwei Stockwerke und vielleicht eine Mansarde. Im ersten Stock vier Fenster. Im zweiten Stock ein halbkreisförmiger kleiner Balkon und daneben, über der Tür, ein großes Fenster.

Keine Klingel. Und während ich noch versuche herauszufinden, wie man hineinkommt, höre ich das metallische Klacken des sich öffnenden Schlosses. Ich hebe erneut den Kopf und entdecke hinter dem dunklen Fenster im zweiten Stock das Gesicht einer Frau. Ich lege etwa drei Meter zurück. Acht Treppenstufen trennen mich vom Eingang. Ich steige hoch und bleibe vor der angelehnten Haustür stehen, überzeugt, dass man mich beobachtet und dass jemand kommen und die Tür vollständig öffnen wird. Links an der Fassade entdecke ich ein Schild in derselben Farbe wie die Marmorplatten. Vielleicht habe ich es deshalb nicht gleich bemerkt. Während ich noch versuche, die Schrift zu entziffern, geht die Tür ganz auf.

Die Person, die mich hereinlässt, bleibt im Dunkel des Eingangs verborgen. Sie wahrt ihre Deckung und rührt sich nicht vom Fleck. Sie streckt die Hand aus, um meine Hand zu drücken, und schließt hinter mir sofort wieder die Tür. Sie trägt eine schwarze Hose und ein weißes Hemd. Das bemerke ich sofort, obwohl der Flur im Halbdunkel liegt. Der Mann dreht sich um und geht die Treppe hoch. Ich folge ihm und sehe, dass er eine Kippa trägt, das Scheitelkäppchen der frommen Juden. Im ersten und zweiten Stock höre ich Stimmen. Eine Tür öffnet sich. Eine Frau mit Aktenmappen in der Hand kommt heraus. Und ohne uns eines Blickes zu würdigen, verschwindet sie hinter mir. Eine weitere spaltbreit geöffnete Tür gibt den Blick frei auf Büros mit Leuten, die an Tischen sitzen. Ich höre das Klappern ihrer Schreibmaschinen.

Die Stufen sind aus Holz und knarren bei jedem Schritt. Der dritte Stock, der von außen aussah wie eine Mansarde, ist ein Raum ohne trennende Wände und mit einem Parkettboden, der schon bessere Zeiten gesehen hat. Der Mann mit weißem Hemd und Kippa, der an der Tür war, streckt den rechten Arm aus und lässt mich vorbei. Mit der linken Hand, vielleicht eine mechanische Geste, streicht er sich über den langen rötlichen Bart, dann dreht er sich um und geht schnell wieder die knarrende Treppe hinunter.

Rechts brennt eine große Stehlampe, die kaum Licht spendet. Vor den Fenstern dichte, dunkle Vorhänge. Ein kräftig gebauter Mann hat mir den Rücken zugekehrt und blickt hinaus, indem er mit der Rechten den Vorhang etwas zur Seite schiebt.

»Willkommen, nehmen Sie Platz«, sagt er, ohne sich umzudrehen, in tadellosem Italienisch mit einem leichten römischen Akzent.

Mir fällt ein, was Martin gesagt hat, als er mir die Operation übertrug: »Du sprichst Englisch wie ein Amerikaner. Die Israelis werden denken, du bist einer von uns.« Und dieser Gorilla, der sich nicht einmal umdreht, begrüßt mich sofort auf Italienisch. Dieser Ort gefällt mir nicht. Die Art und Weise, wie sie meine Beteiligung geplant haben, gefällt mir nicht. Martin gefällt mir nicht.

Im nächsten Augenblick höre ich schnelle Schritte, begleitet vom Ächzen der Treppe. Bevor ich ihn sehe, streift ein Arm meine Schulter, um den Lichtschalter zu drücken.

Endlich dreht sich der Mann um.

»Bitte«, sagt er und deutet auf einen großen Sitzungstisch aus schwerem, dunklem Holz, den ich im Finsteren nicht bemerkt habe. Rechts von mir taucht die Frau auf, die ich vorhin im zweiten Stock gesehen habe. Sie war es, die das Licht eingeschaltet hat. Sie hält immer noch eine Aktenmappe in der Hand. Auf dem dicken gelben Umschlag, gut lesbar mit rotem Filzstift, der Schriftzug »Babylon«.

Jetzt kann ich auch sie genauer betrachten. Man muss sie einfach anschauen. Schwarze, lange, zu einem Pferdeschwanz gebundene Haare. Graues Kostüm aus tasmanischer Merinowolle. Schwarze Satinbluse und schwarze, hochhackige Schuhe. Bernsteinfarbener Teint und große Augen. Sie sehen aus wie gemalt, so perfekt sind sie, die Iris smaragdgrün. Sie sieht mich ausdruckslos an. In Habtachtstellung, die Beine leicht gespreizt, als würde sie auf Befehle warten. Sie ist bestimmt beim Militär, denke ich. Soldatin oder Offizierin.

»Simone, darf ich Ihnen Adina vorstellen?«, sagt der Mann. »Sprechen Sie auch Hebräisch?«

»Nein, nein«, antworte ich.

»Adina bedeutet schlank, zart, elegant«, fährt er fort, »und ich finde, der Name ist in diesem Fall absolut treffend. Wie ich sehe, ist Ihnen das schon aufgefallen. Natürlich, Sie sind ja Italiener.«

Der letzte Satz klingt vorwurfsvoll und gibt mir das Gefühl, ich sei ein Trottel, der sich nicht unter Kontrolle hat. Sie dagegen entspannt sich bei der Nennung ihres Namens. Sogar ihre Gesichtsmuskeln scheinen sich zu lockern, was ihr etwas Menschlicheres gibt.

»*Nice to meet you*«, sagt Adina und reicht mir ihre schmale Hand. Ihre langen Finger drücken meine Hand so unerwartet fest, dass ich vor Schmerz das Gesicht verziehe, während ich antworte: »Ganz meinerseits.« Das Vergnügen ist aber mit Sicherheit auf ihrer Seite. Das verrät ihr zufriedener Blick, den sie mir bei diesem kleinen Racheakt zuwirft.

»Unsere amerikanischen Freunde haben sehr positiv von Ihnen gesprochen«, fährt der Mann auf Italienisch fort. »Die Amerikaner machen ja einen prima Eindruck. Feiglinge!«

Als er meine erstaunte Miene sieht, schiebt er eine Entschuldigung nach: »Keine Sorge, ich habe nichts gegen Sie.«

Er studiert mich schweigend, während er uns am Tisch Platz nehmen lässt. Er setzt sich als Letzter und fährt dann fort: »Und ich habe nichts gegen Italien, ein Land, das ich liebe und in dem ich aufgewachsen bin. Aber jetzt ist mein Land Israel. Und für Israel kämpfen wir hier: damit meine Kinder in ihrem Schulranzen außer den Schulbüchern nicht auch noch eine Gasmaske dabeihaben müssen; damit die Fenster der Häuser und Klassenzimmer nicht versiegelt und mit Klebeband abgedichtet werden müssen, um die Druckwelle der Explosionen aufzuhalten. Wir kämpfen für eine gerechtere Welt. Keiner von uns liebt Krieg und Gewalt. Aber wenn es das einzige Mittel ist, um das Übel zu beseitigen …«

Der Mann fixiert mich weiter, jetzt wieder schweigend. Er scheint meine Gedanken lesen zu wollen. Er atmet langsam, ich sehe es an der rhythmischen Bewegung seines taubenblauen, viel zu engen Pullovers.

»Du stimmst mir doch zu, oder?«, fragt er plötzlich und wechselt unvermittelt ins Du. Auch Adina schaut mich jetzt mit ihren großen Augen an.

»Sicher«, murmle ich, etwas anderes fällt mir nicht ein.

»Morgen Abend«, fährt der Mann fort, »wirst du eine Tat vollbracht haben, auf die du stolz sein kannst. Außer uns wird niemand es jemals erfahren. Mein Land wird dir auf ewig dankbar sein.«

Bei seinen Worten kehrt die Angst zurück. Sie überfällt mich ohne Vorwarnung. Ich spüre, wie sich mein Körper in drei Teile teilt. Schwerer Kopf. Flauer Magen. Gelähmte Beine.

»Adina wird dir den Plan erklären. Wir beide werden uns nicht mehr sehen. Aber ich danke dir schon jetzt im Namen des ganzen Volkes des Gelobten Landes Israel.«

Dann steht er auf. Im Vorbeigehen legt er seine Hand auf Adinas rechte Schulter wie eine Segensgeste. Und ohne sich noch einmal umzudrehen, verlässt er das Zimmer und schließt die Tür hinter sich. Ich warte auf das Knarren der Treppe, aber es bleibt aus. Als hätte sie meinen Gedanken erraten, gibt Adina mir die Erklärung: »Der Raum ist schallgedämpft.« Sie sagt es in perfektem Italienisch. Auch sie spricht also Italienisch.

»Wo ist dein Gepäck?«, fragt sie dann.

»Mein Gepäck? Im Hotel.«

»Du übernachtest heute hier. Im ersten Stock ist ein Zimmer für dich hergerichtet. Um das Gepäck kümmern wir uns. Du wirst eine Tüte mit belegten Brötchen finden. Es ist besser, du gehst heute Abend nicht raus.«

Ich habe das deutliche Gefühl, bis alles vorbei ist, bin ich für sie eine wertvolle Geisel. Adina bemerkt meine Verstimmung.

»Es ist zu deiner eigenen Sicherheit«, sagt sie und bringt mich in den ersten Stock.

Es ist ein freundliches Zimmer. Bad, Fernseher, sogar ein Korb mit frischem Obst. Adina geht. Ich fühle mich wie ein Verurteilter am Tag vor der Hinrichtung. Auch wenn nicht ich es bin, der sterben muss.

Vor dem Fenster steht ein kleiner Schreibtisch. Ich öffne die Schublade und finde ein Buch darin. Es ist die Thora. Ich schalte den Fernseher ein, auf niedriger Lautstärke. Auf dem Bildschirm erscheinen Gesichter von Leuten, die ich nicht kenne. Sie diskutieren über den Ölpreis. Kuwait und die Vereinigten Arabischen Emirate haben die Erdölförderung über die von der OPEC festgelegte Höchstmenge hinaus erhöht; die OPEC ist die Organisation Erdöl exportierender Länder. Dadurch bricht der Ölpreis zusammen. Der Irak, von seiner Schuldenlast erdrückt, ist nicht mehr in der Lage, nach dem Krieg gegen den Iran den Wiederaufbau zu finanzieren. Auch seine Streitkräfte kann er nicht demobilisieren. Die Soldaten nach Hause zu schicken würde die rezessionsbedingte Arbeitslosigkeit weiter verschärfen. Darum geht es in der Diskussion. Ein Historiker sagt, dass Saddam Hussein, der zu diesem Zeitpunkt mit den Vereinigten Staaten verbündete irakische Diktator, von Kuwait und Saudi-Arabien einen Kredit in Höhe von zehn Milliarden Dollar erhalten hat. Ein anderer Diskussionsteilnehmer meint, die Beziehungen zwischen dem Irak und dem Westen würden sich zusehends verschlechtern. Der Beweis dafür sei eine Erklärung des irakischen Wirtschaftsministers, der den Amerikanern vorgeworfen hat, den Ölpreis zu manipulieren, um sein Land zu schwächen. Im Moment kommt mir das Gespräch vor wie eine der üblichen fruchtlosen Debatten. Aber im Sommer des folgenden Jahres, im August, als der Irak Kuwait überfällt und damit den Ersten Golfkrieg auslöst, werde ich mich daran erinnern.

Ich habe mich mit der Thora in der Hand aufs Bett gesetzt. Es ist eine englische Übersetzung. Ich schlage das Buch an der Stelle auf, die mit einem Lesezeichen und mit Unterstreichungen markiert ist. »Genesis 4 … Und Adam erkannte seine Frau Eva, und sie ward schwanger und gebar den Kain. Danach gebar sie Abel, seinen Bruder. Und Abel wurde ein Schäfer, Kain aber wurde ein Ackermann. Es begab sich aber nach etlicher Zeit, dass Kain dem Herrn Opfer brachte von den Früchten des Feldes. Und auch Abel brachte von den Erstlingen seiner Herde und von ihrem Fett. Und der Herr sah gnädig an Abel und sein Opfer, aber Kain und sein Opfer sah er nicht gnädig an. Da ergrimmte Kain sehr und senkte finster seinen Blick …«

»Ich hoffe, Sie rezitieren mir nicht die ganze Thora auswendig«, unterbreche ich ihn. Simone Pace kann seine Enttäuschung kaum verhehlen. Und an dem Schatten, der über sein Gesicht huscht, erkenne ich seine Aufrichtigkeit in diesem für ihn entscheidenden Moment. Einem der wenigen Momente des Lebens, in denen man mit der eigenen Vergangenheit abschließt, um seine Zukunft zu rechtfertigen. Ein Wendepunkt im Leben eines Menschen.

»Keine Sorge«, sagt er und schaut mich an. »Ich bitte Sie nur um die Geduld, auch noch die letzten Sätze dieses berühmten Passus zu hören, in dem Abels Ermordung durch Kain beschrieben wird.«

»Kain aber sprach zu dem Herrn: Meine Strafe ist zu schwer, als dass ich sie tragen könnte. Siehe, du treibst mich heute vom Acker. So wird mir's gehen, dass mich totschlägt, wer mich findet. Aber der Herr sprach zu ihm: Nein, sondern wer Kain totschlägt, das soll siebenfältig gerächt werden. Und der Herr machte ein Zeichen an Kain, dass ihn niemand erschlüge, der ihn fände.« Genau so: »dass ihn niemand erschlüge, der ihn fände«.

Ich klappe das Buch zu. Stehe auf und lege es in die Schublade zurück. Ich bin verwirrt von dem, was ich gerade gelesen habe, und frage mich, wer Kain und wer Abel ist. Es klopft zwei Mal. Ich öffne, es ist Adina. Sie trägt ein Sweatshirt und weiße Leggings, so eng anliegend und hauchdünn, dass ich meine Fantasie nicht bemühen muss.

»Alles in Ordnung?«, fragt sie.

»Ja, alles in Ordnung. Danke«, antworte ich und kann meinen Blick nicht von ihrem Körper lösen.

»Ich muss dich darüber informieren, dass die Operation womöglich annulliert wird«, sagt sie und setzt sich aufs Bett.

»Das heißt?«, frage ich, auf den kleinen Schreibtisch gestützt.

»Die Amerikaner werden morgen versuchen, ihn zur Zusammenarbeit zu bewegen. Wenn er zusagt, ist es für alle besser. Wenn der Plan misslingt, sind wir bereit. Hier sind die neuesten Fotos des Ingenieurs, und hier ist der aktuelle Beschattungsbericht.«

Die zusammengerollten Blätter in ihrer Hand hatte ich gar nicht bemerkt. Sie reicht mir die Dokumente, erhebt sich ohne ein weiteres Wort von meinem Bett und geht zur Tür. Dort bleibt sie stehen, und bevor sie das Zimmer verlässt, sagt sie ernst: »Ich werde dir morgen das Frühstück bringen. Gute Nacht.«

Die Nachricht, dass vielleicht gar nichts passieren wird, lässt meinen Appetit wiederkehren. Ich öffne die Papiertüte neben dem Obstkorb. In einem Plastikbehälter mit mehreren Schalen sind Falafelbällchen, Tomatensalat und der obligate Hummus aus pürierten Kichererbsen und Sesampaste. Gut gesättigt schlafe ich ein. Und ich schlafe die ganze Nacht durch. Ja, ich schlafe.

Als ich aufwache, bemerke ich, dass jemand mir eine Kanne Filterkaffee und einen Teller Hamantaschen ins Zimmer gebracht hat.

»Das sind Gebäckstücke aus Mehl, gemahlenen Walnüssen und Zimt«, sagt Simone Pace, als er meinen irritierten Blick bemerkt. »Süße Kekse, die am jüdischen Purim-Fest gegessen werden. Sie hatten es ein paar Tage vorher gefeiert.«

Bis vier Uhr Nachmittag passiert nichts. Dann kommt Adina in mein Zimmer, in hautengen Jeans, Turnschuhen und einer schwarzen Lederjacke.

»Gehen wir, ich warte draußen auf dich«, sagt sie im Befehlston und lässt die Tür halb offen.

Fünf Minuten später bin ich fertig. Ich trete hinaus in den Flur. Alle Türen stehen offen, die Zimmer sind leer und verlassen. Vor dem Hauseingang wende ich den Kopf nach rechts, um das Schild zu betrachten, das ich am Tag zuvor nicht richtig lesen konnte. Aber auch das Schild ist verschwunden.

Ich gehe die Stufen hinunter, das Eisentor ist offen. Adina wartet mit laufendem Motor am Steuer eines grauen Renault 4. Ein Tag Ende März, kalt und feucht, obwohl der Frühling schon begonnen hat. Ich bin noch keine dreißig. Was geht einem in diesem Alter nicht alles durch den Kopf. Man ist zu alt, um sich noch als junger Mann zu fühlen. Aber für einen reifen Menschen ist man noch zu wenig abgeklärt. Ist das der Grund dafür, dass ich nicht aussteige und davonlaufe?

»Ich habe deinen Koffer in den Kofferraum gelegt, vergiss ihn nicht«, ermahnt mich Adina, als ich mich neben sie setze.

Wenige Minuten später fahren wir auf einen kleinen Parkplatz. Jetzt brauchen wir nur noch zu warten. Adina steckt sich einen Kopfhörer ins linke Ohr. Er ist mit einem Funksprechgerät verbunden, das sie aus ihrer Handtasche genommen hat. Ich werde allmählich nervös. Sie sagt nichts zu mir. Sie behandelt mich wie eine Marionette.

»Also, wie ist das Programm?«, frage ich.

Adina antwortet, ohne den Blick vom Eingang eines fünfzig Meter entfernten Gebäudes zu wenden.

»Das ist sein Büro.« Sie zeigt auf ein Fenster im ersten Stock. »Das mit den weißen Vorhängen. Hoffen wir, dass zwanzigtausend Dollar ihm reichen, um sein Leben zu retten. Die Amerikaner sprechen immer noch mit ihm. Wenn er akzeptiert, ist unsere Mission hier zu Ende.«

Ich merke, dass sie gleichfalls nervös ist. Sie streut englische Wörter in ihre italienischen Sätze ein. Plötzlich treten zwei Männer aus dem Gebäude. Ihr Anblick rüttelt mich aus der Trägheit des Wartens. Aber aus unserer Entfernung kann man unmöglich die Gesichter erkennen.

»Ist er das?«

»Nein, das sind deine amerikanischen Freunde«, sagt Adina mit verächtlicher Miene.

Wir verbringen eine weitere Stunde schweigend und warten darauf, dass etwas passiert. Dann Stimmen in Adinas Kopfhörer. Sie antwortet auf Hebräisch.

»Er kommt jetzt raus«, teilt sie mir nach dem Ende des Gesprächs mit.

Tatsächlich treten ein Mann und eine Frau aus dem Gebäude. Der Mann bleibt auf dem Gehsteig stehen. Die Frau verschwindet und taucht wenig später am Steuer eines Autos wieder auf. Der Ingenieur schiebt seinen massigen Körper in den Wagen. Ich sehe seinen Mantel Falten bilden, als er sich auf den Beifahrersitz fallen lässt. Ich beobachte, wie er die schwarze Tasche, eine Art Rucksack, zwischen seinen Beinen abstellt. Ich denke an die Geldbündel, die er darin versteckt hat. Zwanzigtausend Dollar, der Preis für sein Leben. Meine amerikanischen Freunde, wie Adina sie nannte, wollten nicht mehr ausgeben. Die Autotür schließt sich.

»Wer ist die Frau?«

»Seine Sekretärin«, sagt Adina.

»Aber wenn er nicht allein ist, können wir nichts machen, oder?«, frage ich in der Hoffnung, dass sich die Dinge so entwickeln, wie ich es gern hätte. Adina hat, glaube ich, meine Frage nicht einmal gehört. Sie spricht weiter über Funk. Auf Hebräisch. Dass ich nicht verstehe, was sie sagt, und damit auch nicht weiß, was vor sich geht, steigert meine Nervosität.

»Und?«

Adina nimmt den Kopfhörer aus dem Ohr und legt ihn zusammen mit dem Funkgerät unter ihren Sitz.

»Und?«, frage ich noch einmal.

»Er hat so getan, als würde er akzeptieren. Aber kaum waren die Amerikaner weg, hat er mit dem Irak telefoniert. Zum Glück haben wir darauf bestanden, auch heute sein Telefon abzuhören. Alles wie gehabt«, sagt sie, fast glücklich.

Schwerer Kopf, ein flaues Gefühl im Magen, Beine wie Blei: auch bei mir alles wie gehabt. Nach ein paar Hundert Metern bleibt unser Renault stehen. Der Ingenieur steigt aus dem Auto seiner Sekretärin und betritt eine Bäckerei. Wenig später verlässt er sie mit einer Papiertüte, aus der ein Baguette herausschaut.

»Hier, das ist das Haus, in dem er wohnt«, sagt Adina und parkt ein paar Meter weiter. »Los, steig aus. Die Wohnung ist im sechsten Stock. Wir müssen vor ihm da sein.«

Der Wagen mit der Sekretärin am Steuer steht in der zweiten Reihe. Wir überholen ihn, und ich sehe dem Ingenieur ins Gesicht. Über seiner rechten Schulter trägt er die große Tasche aus schwarzem Stoff. Er steht auf der Fahrerseite des Wagens, das Fenster ist heruntergekurbelt. Der Ingenieur und seine Sekretärin plaudern.

Die Haustür ist zu, aber Adina hat den Schlüssel schon in der Hand. Wir treten in den Hausflur, und ich sehe, dass der Aufzug da ist. Ich stürze buchstäblich darauf zu, um die Tür zu öffnen, bevor jemand von einem oberen Stock ihn ruft. Adina ist hinter mir. Sie schließt die Tür und drückt den Knopf zur fünften Etage.

Wir treten auf den Treppenabsatz hinaus. Adina lehnt sich an die Wand neben dem Eingang einer Wohnung, legt mir die Arme um den Hals und umarmt mich innig.

»Wenn du mich küssen willst, würde es noch echter wirken, falls jemand uns sieht«, flüstert sie mir ins linke Ohr.

Ich lege meine Wange auf ihre, mit allen Sinnen wach für jedes Anzeichen von Gefahr. Wir sind einander so nah, dass ich zwischen mir und ihr einen Fremdkörper wahrnehme. Mit einem instinktiven Ruck weiche ich ein paar Zentimeter zurück. Ich blicke nach unten und sehe, dass sie eine Pistole im Hosengürtel hat. In dem Moment bemerke ich aus dem Augenwinkel, dass der Aufzug wieder nach unten fährt. Und dann sofort wieder nach oben. Adina nimmt meine Hand, und wir gehen einen Treppenabsatz höher.

Er hat uns den Rücken zugekehrt. Ich glaube, er hat soeben den Schlüssel ins Schloss gesteckt, um die Wohnungstür zu öffnen. Sein Mantel verdeckt die Bewegung seiner Hände wie ein Vorhang. Von seiner rechten Schulter baumelt die Tasche aus schwarzem Stoff. Unter seiner linken Achsel schaut zwischen den Mantelfalten das knusprig gebackene Baguette hervor. Ich starre darauf. Es ist surreal, dass sich der Konstrukteur von Saddam Husseins Superkanone mit einem Baguette unter der Achsel überraschen lässt. Noch zwei Stufen. Unsere letzten lautlosen Schritte.

Adina ist vor mir und zieht die Pistole. Ich sehe, sie ist Kaliber 7,65. Mit Schalldämpfer. Das edle Holz von Türen und Aufzug verströmt einen beruhigenden Bienenwachsduft. Nach dem ersten leisen Plopp erscheint wenige Zentimeter unterhalb des Schädels ein kleiner roter Fleck. Zwei weitere schnell und präzise abgefeuerte Schüsse, und der breite Rücken sackt in sich zusammen. Nahezu geräuschlos. Der Schalldämpfer hat seinen Zweck erfüllt. Die Wohnungstür entlanggleitend, sinkt Gerald Bull langsam zu Boden. Das fahle Licht auf dem Treppenabsatz scheint jede Bewegung zu dehnen. Vielleicht ist es auch nur meine Angst.

Adina wendet sich mir zu. Mit einer resoluten Geste reicht sie mir die Pistole.

»Du bist dran«, sagt sie.

Ich schaue sie an, ohne zu reagieren. Meine Arme sind zentnerschwer. Die Finger meiner Hand krampfen sich in einer unfreiwilligen Bewegung zusammen. Ich spüre ein seltsames Pfeifen in den Ohren. Ich schaue Adina an. Dann den toten Körper am Boden. Die Tasche aus schwarzem Stoff. Die weggerollte Weißbrotstange. Keine Tür hat sich geöffnet, kein neugieriges Gesicht ist aufgetaucht. Es gibt keine Störung. Bei jedem Atemzug spüre ich den Ammoniakgeruch des Schießpulvers in der Nase. Plötzlich wird es kalt.

Ich ziele auf die Falten des Mantels. Feuere zwei Schüsse ab und gebe Adina die Pistole zurück.

»Die Treppe runter«, befiehlt sie, während sie die Waffe in ihren Hosengürtel steckt.

In dem Moment sehe ich einen jungen Mann die Treppe hochkommen. Das Blut stockt mir in den Adern. Ich bleibe auf der Stelle stehen, wie erstarrt, und überlege, was ich tun soll. Mein Atem steht still. Adina zieht mich am Arm.

»Ganz ruhig«, flüstert sie. Er gehört zu uns. Er ist wegen der Fotos hier.«

Wir gehen aneinander vorbei. Ein sehr junger Mann. Um den Hals trägt er gut sichtbar das Dienstabzeichen der belgischen Polizei. In der rechten Hand den Fotoapparat.

»Gute Arbeit«, sagt er leise auf Englisch, während wir uns, nur für ein paar Schritte, auf der Treppe begegnen.

Draußen empfängt uns der Abend. Wir gehen seelenruhig auf den Renault 4 zu. Adina lässt den Motor an und fährt los. Mit der Selbstverständlichkeit einer Angestellten, die aus ihrem Büro nach Hause zurückkehrt. Ich betrachte die in der Windschutzscheibe funkelnden Lichter der Stadt. Der Himmel über Brüssel ist schwarz und dunstig. Langsam fließt der Verkehr. Wir sprechen nicht. Kein einziges Wort. Am Bahnhof lässt sie mich aussteigen. Ich öffne den Kofferraum und nehme mein Gepäck heraus. Schließe ihn mit einem resoluten Knall. Adina steigt nicht aus, sie dreht sich nicht einmal um. Eine leichte Bewegung der Schulter, als sie mit der Spazierstockschaltung am Armaturenbrett den ersten Gang einlegt. Sie blickt geradeaus und verschwindet für immer. Ich muss nicht lange warten. Nicht mehr als zwanzig Minuten. Sie haben die Operation so geplant, dass ich den Abendzug bequem erreiche.

Ich habe nie mehr darüber nachgedacht, was an jenem Tag, dem 22. März 1990, geschehen ist. Das tue ich erst jetzt. Der Geruch der Schüsse. Die Fahrt zum Bahnhof. Die Rückreise. Die Ankunft zu Hause. Mein Gehirn hat alles gelöscht. Tagelang lese ich keine Zeitungen und höre keine Nachrichten. Ich habe nichts getan, ich bin nie in Brüssel gewesen, wiederhole ich mir immer und immer wieder. Der einzige Gemütszustand, der mir diese Situation auf der Treppe mit Adina wieder nahebringt, ist, wenn es mir gut geht: wenn ich das Gefühl habe, das Leben ist wunderschön, wenn ich die Farben und die Gerüche, die mich umgeben, genießen kann. Dann bin ich traurig – für einen kurzen Moment, der mir unendlich lang vorkommt. Ich frage mich, warum. Und weiß es nicht mehr.

Endlich dreht Simone Pace den Kopf und merkt, dass ich ihn anschaue. Seit unserer ersten Begegnung vor ein paar Wochen haben wir unsere Plätze auf der Bank vor dem Altar der Kirche San Pietro in Vincoli kein einziges Mal getauscht. Er sitzt rechts, ich sitze links von ihm. Den Stift zwischen Daumen und Zeigefinger, das Notizheft auf den Knien, den Kopf etwas vorgebeugt, um gleichzeitig hören und schreiben zu können. An diesem Abend scheint auch Moses, bedrückt vom Dämmerlicht, aufstehen und den Thron verlassen zu wollen, auf den Michelangelo ihn gebannt hat.

»Für heute ist es genug«, sage ich und gehe. Ohne, wie sonst, zu warten, bis Simone Pace aufsteht und ein paar Minuten vor mir die Kirche verlässt.

DIE GEHEIMNISSE DES PIO ALBERGO

Ich sehe Martin jetzt wieder regelmäßig, erzählt Simone Pace am nächsten Morgen. Aber auch Martin spielt nie auf die Episode in Brüssel an.

»Episode?«, unterbreche ich ihn leise und schaue von meinem Notizheft hoch. »In Langley nennt man Mord eine Episode?«

»Nennen Sie es, wie Sie wollen. Aber es ist unbestreitbar, dass die Operation in Brüssel der Welt einen Krieg mit verheerenden Folgen erspart hat. Stellen Sie sich vor, was passiert wäre, wenn der Diktator in Bagdad die Superkanone fertig gebaut hätte, mit der Israel, aber auch der Iran und Syrien hätten bombardiert werden können.«

»Wollen Sie mir weismachen, dass die Israelis und die Amerikaner den Ingenieur der Superkanone ermorden ließen, um das iranische Regime der Ajatollahs zu schützen?«

Simone Pace geht auf meine Provokation gar nicht ein. »Die Liebe zum Wissen und zur Erkenntnis verlangt Empathie und die Bereitschaft, auf das Blut der Welt zu blicken«, sagt er wenig später. »Nur die ewigen Bedenkenträger verteidigen ihre vermeintliche Unschuld. Aber um sich ihre Unschuld zu bewahren, weigern sie sich, den Tatsachen ins Gesicht zu sehen, sich einzufühlen, zu verstehen. Wir können, wenn Sie wollen, an dieser Stelle Schluss machen. Wir verabschieden uns und sehen uns nie wieder.«

»Reagieren Sie nicht so empfindlich. Erzählen Sie weiter.«

Ich sagte gerade, fährt er nach einem tiefen Seufzer fort, dass selbst Martin, mein Controller, den … Mord nie mehr erwähnen wird.

Auf Simone Pace fällt jetzt das Morgenlicht, das von den beiden Fenstern der Apsis hereinflutet. Ich bemerke aber, fügt er hinzu, dass Martin mir jetzt irgendwie anders begegnet. Er ist argwöhnisch geworden. Fast paranoid. Was ist das für eine eigenartige Welt, in der du keine Fragen stellen kannst und, wenn du fragst, keine Antwort bekommst? Die einzige Reaktion ist ein Gedankengang deines Gegenübers, der in etwa so lautet: Warum fragst du, begreifst du denn nicht, dass ich so tun muss, als hätte ich die Frage nicht gehört? Verstehst du nicht, dass ich es dir bereits gesagt hätte, wenn du es wissen müsstest? Wer bist du, dass du Fragen stellst? Du wirst bezahlt, also bleib an deinem Platz. Das Leben eines Spions kennt nur seelenlose Menschen. Und in einer Welt der Gerüchte ist das Schweigen fundamental.

Eines Tages beschließt Martin, die Regeln komplett zu ändern. Unsere Treffen sollen ab jetzt um fünf Uhr früh stattfinden. An verlassenen Orten. Und das Schlimmste für mich: Martin setzt die Zahlungen aus.

»Wir wissen, dass gegen jemanden in deiner Abteilung Ermittlungen laufen, weißt du etwas darüber?«, fragt er mich eines Morgens, während wir eine Straße in dem Industriegebiet unweit des Flughafens Linate entlanggehen.

Ich sehe ihn überrascht und erschrocken an. Die Morgendämmerung des Spätfrühlings färbt den Himmel im Osten rosarot, während ein riesiger Lkw mit Anhänger am Ende der Straße die Scheinwerfer einschaltet und zu einer neuen Fahrt aufbricht. Martin wartet schweigend auf meine Antwort. Von wem kann er eine solche Information haben? Von jemandem aus meiner Abteilung? Sicher nicht. Und um welchen Vorwurf geht es? Wer hat es ihm gesagt? Ich versuche, Ruhe zu bewahren. Ich sage ihm die Wahrheit: dass ich nichts davon weiß. Martin schaut mich bedauernd an, als müsse er sich von jemandem verabschieden, den er nie mehr wiedersehen wird.

»Vergiss es und denk nicht mehr dran«, sagt er. Dann teilt er mir mit, dass er bald versetzt wird und er mir seinen Nachfolger vorstellen will.

Es vergehen fast zwei Monate ohne jeden Kontakt zwischen uns. Nachdem zwei Treffen ins Leere gelaufen sind, fange ich wirklich an, mir Sorgen zu machen. Vielleicht ist etwas Schwerwiegendes vorgefallen? Wollte Martin mich mit seiner Frage warnen, dass ich es bin, gegen den ermittelt wird? Und weswegen? Vielleicht hat man mich enttarnt. Um mich selbst zu überzeugen, sage ich mir immer und immer wieder, dass ich stets vorsichtig gewesen bin. Aber so sicher bin ich meiner Sache nicht. Klar, Belgien. Habe ich Spuren hinterlassen? Hat mich jemand erkannt? Haben mich die Amerikaner verkauft? Hat mir Martin deshalb nicht seinen Nachfolger vorgestellt?

Ich fange an, alle und jeden zu verdächtigen. Ich vernichte die Unterlagen, die ich bereits fotokopiert habe. Auch Diana fällt auf, wie nervös ich bin. Eines Abends sieht sie, wie ich die Kassette des Anrufbeantworters herausnehme. Ich ziehe das Band Meter um Meter heraus und schneide es in kleine Stücke. Die Schnipsel tue ich in eine Plastiktüte und werfe sie in einen Mülleimer zwei Straßen weiter.

Nachts liege ich stundenlang wach. Ich betrachte meine Tochter in ihrem Bett und meine Frau, die schon schläft. Jeden Abend bin ich nahe daran, ihr die Wahrheit zu sagen. Ich möchte sie warnen, dass ich verhaftet werden könnte. Ich möchte sie um Verzeihung bitten, ohne jedoch recht zu wissen, wofür. Aber ich habe nie den Mut dazu gefunden. Was hätte ich ihr sagen können? War das Geld Rechtfertigung genug für meine Entscheidung und dafür, eine Gefängnisstrafe zu riskieren? Sie hätte mein Leben zerstört. Und nicht nur meines.

Ich analysiere alles, was um mich herum passiert: die Bemerkungen meiner Kollegen, die Unterlagen, die sie an mich weitergeben, die Aufgaben, die man mir zuweist. Ich bin hellhörig für jedes Gefahrensignal. Ich kaufe die wichtigsten Tageszeitungen und lese alle Meldungen über laufende Ermittlungen. Es ist Sommer geworden.

Diana will wissen, wann und wohin wir in Urlaub fahren. Ich fertige sie mit der Entschuldigung ab, dass wir aus dienstlichen Gründen dieses Jahr keinen Urlaub bekommen. Eines Sonntags, während ich zu Hause weiter nach Zetteln und Notizen suche, um sie zu vernichten, finde ich in einer Schublade Patricks Visitenkarte. Sie enthält seine Direktdurchwahl in der amerikanischen Botschaft in Rom. Wenn Martin seinen Posten übernommen hat, ist die Büronummer womöglich gleich geblieben. Ich notiere sie mir auf einen anderen Zettel und zerreiße Patricks Visitenkarte in kleine Stücke.

Sie wollen nicht, dass man in der Botschaft anruft. Aber könnte man mir einen Vorwurf machen, wenn ich es täte? Die Ungewissheit jedenfalls halte ich nicht länger aus. Ich parke mein Auto neben einer Telefonzelle in einem Viertel an der nördlichen Peripherie Mailands. Es ist fünf Uhr Nachmittag, und ich hoffe, das Büro, in dem Patrick war und jetzt vielleicht Martin ist, hat die klassischen Arbeitszeiten. Mir bleibt noch etwa eine halbe Stunde. Auf dem Gehsteig stehen zwei Telefonzellen nebeneinander. Eine ist besetzt. Die Nummer, die ich wählen muss, habe ich auf das letzte Blatt eines Notizblocks geschrieben. Die anderen Blätter habe ich in den Mülleimer geworfen. Der Notizblock ist von ihnen. Von meinen Controllern. Es ist kein handelsübliches Papier.

Mist, die freie Telefonzelle ist kaputt. Diese elenden Vandalen. Ich seufze tief, trete heraus und stelle mich vor die andere Kabine. Der Mann, eingezwängt zwischen Glasscheibe und Apparat, hat mir den Rücken zugekehrt. O Gott, denke ich, hoffentlich telefoniert er nicht mit seiner Geliebten. Es ist einer jener Momente, in denen man eine schnelle Entscheidung treffen muss. Soll ich ins Auto steigen und mir eine andere Telefonzelle suchen? Oder soll ich dem Mann ein Zeichen geben, dass er sich beeilen soll? Am liebsten würde ich die Tür aufreißen und ihn mit Gewalt herauszerren. Aber ich darf keine Dummheit machen und Aufmerksamkeit erregen.

Es ist, wie wenn man auf einen Bus wartet, der einfach nicht kommt. In dem Moment, wenn du dir eine Zigarette angezündet hast, taucht er am Ende der Straße auf. Es vergehen zwei Minuten. Als ich beschließe, mir eine andere Telefonzelle zu suchen, dreht sich der Mann um und bemerkt mich endlich. Aber sobald er mich erblickt, reagiert er abwehrend. Er zuckt zusammen, ich sehe es an seinen Händen, an einem Ruck seiner Schultern, als hätte er Angst vor mir. Sehe ich denn so schrecklich aus? Er senkt den Blick, hängt den Hörer auf die Gabel und rennt blitzschnell hinaus.

Während er sich entfernt, bemerke ich, dass er seine Hose zurechtrückt. Er hat seine Telefonmünzen auf dem Apparat vergessen. Ich drehe mich um und will es ihm sagen, aber er ist schon verschwunden. Ich wähle die Nummer. Es läutet. Einmal, zweimal, dreimal …

»Hallo?«, sagt eine Frau.

Ich zögere kurz. »Kann ich mit Martin sprechen?«, frage ich auf Englisch.

»Martin? Wer ist am Apparat?«, fragt sie.

»Ich bin ein Freund von ihm. Ich habe seit Langem nichts mehr von ihm gehört.«

Es ist ein gewagtes Spiel. Mir kommt es vor, als würde die Frau den Hörer mit der Hand abdecken, denn die Geräusche im Hintergrund sind plötzlich verstummt. Vielleicht spricht sie mit jemandem und möchte nicht, dass ich mithöre.

»Tut mir leid, Sie haben sich verwählt«, sagt sie jetzt. Und legt auf.

Zu dem Gefühl, am seidenen Faden zu hängen, gesellt sich Enttäuschung. Aber was hatte ich eigentlich erwartet? Immerhin wird jetzt irgendjemand in der Botschaft in Rom alarmiert sein. Jetzt wissen *sie*, dass sie mir nicht länger verschweigen können, was los ist. Es ist ein warmer Nachmittag Ende Juni, die Sonne steht noch hoch am Horizont. Es ist so hell, dass ich das Blaulicht des Polizeiwagens, der sich langsam und lautlos nähert, nicht gleich sehe.

Sie sind mir also gefolgt. Die Telefonzelle wird überwacht. Die Nummer, die ich gewählt habe, wird überwacht. Sie wollten einen Beweis, und ich Trottel habe ihn ihnen geliefert. Ich stecke die Hände in die Tasche, um meinen Autoschlüssel herauszuholen, und ertaste den Zettel mit Patricks Durchwahl, die vielleicht jetzt Martins Nummer ist. Unbemerkt stecke ich ihn in den Mund. Ich habe vorhin erwähnt, dass es Papier ist, das man nirgendwo kaufen kann. Es sieht aus wie das Blatt eines ganz normalen Notizblocks. Aber wenn es mit Spucke in Berührung kommt, löst es sich im Nu auf. Kurz denke ich, wie genial diese Erfindung doch ist.

Bis zuletzt hoffe ich, dass es sich um einen dummen Zufall handelt. Dass die Polizei nicht meinetwegen hier ist. Dass sie mich, während ich auf meinen Wagen zugehe, einfach nur überholt und ich meine Paranoia verfluchen kann. Doch als ich den Schlüssel ins Türschloss meines Wagens stecken will, beschleunigen sie. Das Zivilfahrzeug hinter ihnen überholt die Streife mit dem Blaulicht und kommt mit quietschenden Bremsen vor mir zum Stehen. Blitzschnell steigen zwei Polizisten in Zivil aus.

»Stehen bleiben und Hände hoch«, brüllt einer der beiden. »Keine Bewegung.«

Auch das Auto mit Blaulicht ist jetzt hinter dem anderen Fahrzeug zum Stehen gekommen. Die beiden Uniformierten an Bord sind ausgestiegen und positionieren sich so, dass mir jede Fluchtmöglichkeit versperrt ist. Ich wundere mich über meine Ruhe. Ich bin absolut entspannt. Ich bin erledigt. Mir könnten alle möglichen Gedanken durch den Kopf gehen, aber mir fällt nur ein Film ein, den ich vor vielen Jahren gesehen habe, *Der Falke und der Schneemann* nach einem Buch von Robert Lindsey. Es ist die Geschichte zweier Amerikaner, die für die Sowjets spionieren und sich auf ein Spiel einlassen, das sie nicht mehr beherrschen können. Sie werden zu lebenslanger Freiheitsstrafe verurteilt. Ich weiß noch, dass ich, als ich den Film damals sah, dachte, wie dumm die beiden doch sind. Und während mich die Zivilpolizisten mit ihren Pistolen weiter in Schach halten, fällt mir das berühmte Lied aus dem Film ein: *This is not America* von David Bowie und Pat Metheny. Sie sind im Begriff, mich festzunehmen, und ich denke an den Soundtrack des Films, der mich ins Gefängnis begleiten wird. Lächerlich, nicht?

»Ich bin ein Kollege«, sage ich plötzlich laut und vernehmlich.

Im selben Moment schrillt die Sirene eines weiteren Polizeiautos auf der Straße. »Fahren wir, sie haben ihn«, ruft der Polizist in Zivil, den Kopfhörer des Funkgeräts im Ohr. Als die Streife mit der Sirene auf uns zukommt, verlangsamt sie ihre Fahrt, und ich erhasche gerade noch das Bild des Mannes auf dem Rücksitz, der vorhin aus der Telefonzelle gekommen war.

Meinen Dienstausweis gut sichtbar in der Hand, gehe ich auf die Uniformierten zu, die mich an der Flucht gehindert haben.

»Was ist passiert?«

»Entschuldigen Sie«, sagt einer der beiden. »Ein Triebtäter. Wir sind schon seit Tagen hinter ihm her. Alle Telefonzellen der Gegend werden überwacht. Entschuldigen Sie bitte«, sagt er noch einmal. Er steigt ein, und sie brausen davon.

Stress hat einen wichtigen Effekt: In Sekundenschnelle wird eine ganze Kette von Reaktionen und Bewertungen in Gang gesetzt, die in einer Situation der Ruhe und Klarsicht undenkbar sind. Wenn dann der kritische Moment vorüber ist, können wir uns selbst wieder nüchtern betrachten und die begangenen Fehler gelassen analysieren, bereit, neuen Gefahren furchtlos zu begegnen.

»Ich nenne das Risikobewusstsein«, sagt Simone Pace und wendet sich kurz mir zu.

Das ist meine innere Verfassung, als die Sekretärin unserer Abteilung uns mitteilt, keiner dürfe gehen, wir alle müssten an unseren Schreibtischen sitzen bleiben. Das ist keineswegs ungewöhnlich. Es passiert immer wieder, dass wir zu einem dringenden Einsatz gerufen werden: um jemanden zu beschatten, um auf Ersuchen der Polizeibehörde einer anderen Stadt eine Durchsuchung oder eine Verhaftung durchzuführen. Aber diesmal gehen fremde Leute in Begleitung unseres Chefs durch unsere Büros. Draußen im Flur stellt jemand Fragen, erhält aber nur vage Antworten. Die Ungewissheit weicht erst, als einer unserer Inspektoren, der immer alles weiß, mich anruft und mir sagt, dass die Besucher Kollegen von außerhalb sind. »Sie führen gerade einen Polizisten ab, der versucht hat, einen Mafiaboss über seine bevorstehende Verhaftung zu informieren.«

Ich bin erleichtert. Sie haben also nicht nach mir gesucht.

Sofort fällt mir wieder Martins Bemerkung ein. Den hat er also gemeint: den Kollegen, gegen den ermittelt wurde. Martin hatte zwar die richtige Information erhalten, aber sie war unvollständig. Und da er Zweifel hatte, wollte er kein Risiko eingehen. Deshalb haben *sie* jeden Kontakt zu mir abgebrochen. Nur zwei Tage nach der Festnahme des Polizisten entdecke ich am Laternenpfahl das übliche Signal. Ich löse den Streifen und klebe ihn auf den Abfalleimer. Ich gebe in *Secondamano* die Verkaufsanzeige für die Waschmaschine auf und folge den gewohnten Regeln.

Ich bin vierzig Minuten zu früh am vereinbarten Treffpunkt. Drei Mal bin ich in den Bus ein- und wieder ausgestiegen, bevor ich den Piazzale Lodi erreiche. Meine Freude ist groß, dass Martin sich in Bezug auf mich geirrt hat. Ich werde ihm klarmachen, dass er es sich nie mehr erlauben darf, an meiner Professionalität zu zweifeln. Es ist 17.27 Uhr. Von meinem Standort aus habe ich den gesamten Platz im Blick, von der Einfahrt zum Viale Isonzo bis zum Corso Lodi. Die Sonne steht immer noch hoch, und es ist brütend heiß. Ich erwarte, dass Martin aus der U-Bahn kommt. Ich will ihn überraschen. Ihm ein paar Meter folgen. Beobachten, wie er mich in der Menge sucht, und dann mit einem Gruß neben ihn treten. Ich trage ein leichtes Sweatshirt mit Kapuze, die ich mir über den Kopf ziehe, um mein Gesicht zu verbergen. Die drei Minuten bis zum vereinbarten Zeitpunkt vergehen schnell. Aber mit der Kapuze auf dem Kopf ist die Hitze noch unerträglicher.

Da ich ihn nicht aus dem U-Bahn-Ausgang kommen sehe, vermute ich, dass er ein Taxi genommen hat. Aber jetzt ist es bereits achtzehn Uhr. Ich umrunde den Piazzale Lodi ein letztes Mal, fast sicher, dass niemand mehr kommen wird. Und dann sehe ich ihn den Gehsteig rechts vom Viale Isonzo entlanggehen. Ich ärgere mich über seine Verspätung, bin aber zugleich erleichtert. Ich gehe in seine Richtung.

Ich versuche, nicht zu rennen. Einen Meter von ihm entfernt, merke ich, dass er mich gar nicht anschaut. Er kommt auf mich zu und geht weiter. Ich mache nicht kehrt, um ihm zu folgen. Vielleicht will er sicher sein, dass wir nicht beschattet werden. Ich beschließe, die Straße zu überqueren und auf die andere Seite des Piazzale Lodi zu wechseln. Jetzt komme ich aus der Gegenrichtung auf ihn zu. Ich gehe langsam, damit er mich zwischen den Passanten entdecken kann. Ich bleibe stehen und warte fast eine Dreiviertelstunde. Er ist verschwunden. Martin ist verschwunden.

Es war nicht leicht, mit dem Unbehagen zurechtzukommen, das mich die letzten Tage beherrscht hat. Aber jetzt fühle ich mich noch miserabler.

Enttäuscht und nervös kehre ich nach Hause zurück. Warum ist Martin nicht stehen geblieben? Warum ist er zu dem Treffen gekommen und dann wieder gegangen? Wurde ich beschattet, und er hat es gemerkt? Tagelang rekapituliere ich die Szene. Als würde ich einen Film anschauen, immer und immer wieder. Wie ich viel zu früh vor Ort bin. Wie ich die Straßen um den Platz herum ablaufe. Die Schaufenster betrachte. Mich an das Geländer des U-Bahn-Ausgangs lehne. Den Blicken von Männern, Frauen und Kindern begegne. Nein, nein, nichts und niemand hat mich in Alarmbereitschaft versetzt. Niemand hat mich beschattet.

Monatelang bin ich auf der Suche nach irgendeinem Signal. Aber niemand kontaktiert mich. Abend für Abend, wenn ich nach Hause komme, frage ich meine Frau, ob jemand angerufen hat. Einmal sagt sie: ja, es sei ein merkwürdiger Anruf gekommen. Ein stummer Anruf. Ich unterbreche sie aufgeregt: Was heißt *stumm*? Bist du nicht rechtzeitig rangegangen? Bist du sicher, dass du nichts gehört hast? Wie oft hat es geläutet? Hat niemand nach mir gefragt? Es ist noch mal passiert, ein paarmal. Und eines Abends explodiert Diana, genervt von meiner Fragerei. »Simone, bist du verrückt geworden? Es wird sich jemand verwählt haben. Oder erwartest du einen Anruf deiner Geliebten?«

Ich habe nie verstanden, warum für eine Freundin, eine Partnerin oder eine Ehefrau hinter jedem Problem, jeder Verstimmung und jedem Schweigen unbedingt eine andere Frau stecken muss.

Aber an jenem Abend platzt Diana der Kragen, sie fährt aus der Haut. Ich weiß, dass mein Verhalten nicht normal ist. Aber ich kann ihr unmöglich die Wahrheit sagen, und das lähmt mich und hindert mich daran, die Spannung zu lösen. Mich mit ihr auseinanderzusetzen und zu versöhnen. Ich kann nicht, ich schaffe es einfach nicht. Ich schweige, sonst nichts. Und für Diana ist mein Schweigen ein Schuldbekenntnis. Schlimmer noch: eine Provokation. Überzeugt, dass zwischen ihr und mir tatsächlich eine Geliebte steht, fängt sie an, Sätze zu murmeln, die ich nicht verstehe und die nicht gerade wie Komplimente klingen. Sie läuft durch die Wohnung, vom Wohnzimmer ins Schlafzimmer und dann in die Küche. Sie macht Krach mit allem, was ihr in die Finger kommt, knallt mit der Tür, mit den Schranktüren, mit den Schubladen, mit einer anderen Tür. Ich rühre mich nicht aus dem Wohnzimmer. Ich bin nach einem weiteren miesen Tag soeben nach Hause gekommen und habe keine Kraft zu reagieren. Ich stehe da und schweige. Diana kommt wieder herein, schaut mich an, schreit. Ihr schönes Gesicht ist von Tränen entstellt. Ihre Stimme von Verzweiflung gebrochen.

An diesem Abend schaffe ich es nicht einmal mehr, die Kleine zu begrüßen. Sie kommt erschrocken aus ihrem Zimmer gelaufen. Verängstigt mustert sie erst mich, dann ihre Mutter. Und weiß sofort, auf wessen Seite sie sich stellt. Sie steckt den Kopf zwischen die Beine ihrer Mutter und schlingt weinend die Arme um ihre Knie. Es sind die Tränen eines Kindes, das Schutz sucht. Diana nimmt sie hoch. Die Kleine schlingt die Arme um ihren Hals. Diana bringt sie sofort in ihr Zimmer, aber meine Tochter hebt kurz den Kopf und schaut mich an. In ihrem Blick liegt Verachtung: Ich bin zu dem Ungeheuer geworden, das in ihrer Fantasie lebt.

Wie an jenem Abend in Brüssel habe ich erneut einen Punkt erreicht, an dem es kein Zurück mehr gibt. Es betrifft meine Familie, mich selbst, mein Leben. Die Anspannungen nehmen zu. Und allmählich fehlt uns das zusätzliche Gehalt.

Ein paar Tage später, es ist Hochsommer, nimmt Diana die Gelegenheit wahr und verschwindet mit unserer Tochter möglichst weit weg. Sie fährt zu ihren Eltern in den Süden. Das sagt sie jedenfalls zu mir. Und ich bin allein. Am Abend des 8. Juli nehme ich Giudas Einladung an, bei ihm zu Hause ein paar Bier zu trinken und mit ihm das Endspiel der Fußballweltmeisterschaft anzuschauen: Deutschland gegen Argentinien. Es findet im Olympiastadion in Rom statt. Mit Giuda langweile ich mich nie. Die Mühsal der Ermittlungen verbindet uns. Im Grunde tun wir genau das Gleiche, auch wenn wir in verschiedenen Dienststellen arbeiten. Giuda ist immer witzig und guter Dinge. Brehmes Tor zehn Minuten vor Schluss zeigt mir, für wen sein Herz schlägt. Eigentlich kein Wunder, schließlich ist er in Südtirol geboren, und seine Muttersprache ist Deutsch. Er sitzt vor dem Fernseher und brüllt »Tooor« wie ein Geisteskranker, drückt mir die x-te Flasche eiskaltes Bier in die Hand und umarmt mich. Er schwitzt mehr als Diego Maradona. Eins zu null für Deutschland. So endet die Fußball-WM 1990.

Nach dem Spiel und der Ehrung der neuen Weltmeister geht Giuda in die Küche und macht Spaghetti mit Garnelen und Kapern. Er bereitet sie so gut, dass ich den köstlichen Geschmack bis heute auf der Zunge spüre. Seine Freundin ist verreist, und er fängt an, mir vertrauliche Dinge zu erzählen. Ich weiß nicht, ob es dem Alkohol oder der Euphorie nach Brehmes Tor geschuldet ist oder ob er dieses Gespräch geplant hat. Ich schaue zu, wie er das Gas unter dem Nudeltopf reguliert und sagt, dass ich zu gut dafür sei, als Polizist zu arbeiten. Er sagt, allein aufgrund meiner Sprachkenntnisse würde ich mit Leichtigkeit einen angesehenen Job in einem privaten Unternehmen bekommen wie Andrea oder sogar eine Stelle im militärischen Nachrichtendienst wie Mattia. Um die Wahrheit zu sagen, macht mich der Alkohol nur schläfrig. So auch an jenem Abend. Giuda ist wie ein Vulkan. Er redet und redet, voll überbordender Begeisterung. Mir dagegen fallen die Augen zu, fast sinkt mir der Kopf auf die Brust. Als Antwort lächle ich ihm zu, nicke und unterdrücke ein Gähnen.

»Hättest du Lust, für die Amerikaner zu arbeiten?«, fragt er unvermittelt, als wir am Tisch sitzen.

Die Frage ist für mich wie eine Ohrfeige. Adrenalin schießt durch meinen Körper und löst die übliche Reaktion aus: kämpfen oder fliehen. Die Bronchien erweitern sich, das Blut pulsiert im Kopf, das Herz schlägt schneller. Ich betrachte die Spaghetti im Sugo. Die Garnelenbeine und die auf dem Teller verstreuten grünen Kapern. Aber das tue ich nur, um den Kopf gesenkt zu halten. Ich fülle meine Lungen und versuche, keine Reaktion zu zeigen. Dann hebe ich langsam den Kopf, blicke in seine blauen Augen und setze eine gespielt dumme Miene auf. »Schön wär's«, sage ich. Und atme mit einem schallenden Gelächter aus.

Auch Giuda lacht und scheint sich zu entspannen. Er steht auf, verschwindet und kommt mit einem kleinen Gerät zurück. Es sieht aus wie ein Taschenrechner und lässt sich aufklappen wie ein Buch. Fünfzehn mal zehn Zentimeter Seitenlänge. Giuda hält es wie eine Reliquie. Instinktiv strecke ich die Hand danach aus, aber er dreht sich zur Seite. Seine Miene ist todernst geworden.

»Nein, nicht anfassen. Warte«, sagt er leise. »Erinnerst du dich an diesen Amerikaner, der ins Büro im Justizpalast kam?«

»Nein, wen meinst du?«

»Den Konsul«, sagt er.

»Ah, den Kleinen«, erwidere ich und blicke erneut in seine blauen Augen, um ihm vorzutäuschen, dass ich mich nicht an den Konsul erinnere.

»Nein, nein, der andere. Der Große. Patrick«, korrigiert er mich. »Komm schon, er war so oft da, weißt du das wirklich nicht mehr?«

»Ach doch, klar. Patrick. Der Blonde.«

»Sein Posten als Konsul war nur Tarnung«, sagt Giuda. »Er war der Verantwortliche für die CIA.« Er spricht das Kürzel so leise aus, dass ich es, wenn ich nicht gewusst hätte, wovon er spricht, gar nicht verstanden hätte.

»Ich arbeite für sie«, verrät mir Giuda. »Das ist etwas ganz anderes als das Netzwerk von Giacomo, Andrea und Mattia.«

Er also auch, denke ich.

»Wenn du willst, rede ich mit ihnen. Sie brauchen Leute wie uns«, fügt er hinzu.

Ich sage nichts. Aber mein Blick und eine Bewegung meines Kinns gehen auf das Gerät, das er immer noch in der Hand hält.

»Und was ist das?«

»Ich weiß nicht«, sagt Giuda. »Ich soll es auf dem Fensterbrett liegen lassen, ohne es anzufassen. Ich glaube, es ist ein Loyalitätstest. *Sie* wollen sehen, ob ich den Anweisungen folge. Meiner Meinung nach ist es gar nichts Besonderes. Aber wenn ich es aufklappe, werden sie es natürlich merken. Vielleicht wollen sie sehen, ob sie wirklich auf mich zählen können.«

Mir ist nicht klar, ob Giuda mir das alles erzählt, weil er mir vertraut, weil er einen Rat von mir will oder weil er wirklich möchte, dass ich mitmache. Ich beschränke mich jedenfalls darauf zu nicken. Er muss mich für völlig desinteressiert halten. Tatsächlich beendet Giuda das Gespräch ziemlich schnell. Und mit dem gemessenen Schritt von jemandem, der einen Sarg oder eine Bombe trägt, verschwindet er mit seiner Reliquie, die er vorsichtig in beiden Händen hält, ins Zimmer nebenan.

In jener schwülen und einsamen Nacht kann ich nicht sofort einschlafen. Seit dem ersten Treffen mit Giacomo sind fünf Jahre vergangen. Und jetzt bin ich mir sicher: außer Giacomo und mir wurden auch Andrea, Mattia, Filippo, Tommaso und Giuda von den Amerikanern angeworben. Den Beweis dafür werde ich später noch mehrmals erhalten, wenn die CIA mich um die Überprüfung von Informationen zu Vorkommnissen, Personen und Sachverhalten bittet, die nur unseren Dienststellen bekannt sind.

Ich dagegen bin aus dem Spiel. Seit fast einem Jahr kontaktiert mich niemand mehr. Wirklich niemand. Seit dem Treffen auf dem Piazzale Lodi, als Martin nicht stehen geblieben, sondern an mir vorbeigegangen ist, ist fast ein Jahr vergangen. Ein Jahr des Schweigens. Bis zu einem Samstag. Das Datum ist wichtig für das, was danach geschieht. Es ist der 15. Juni 1991, halb neun Uhr abends, als zu Hause das Telefon läutet.

»Ja, einen Moment«, sagt Diana, die schnell vor mir zum Telefon gelaufen ist.

»Wer ist dran?«, frage ich sie.

Diana drückt mir wortlos den Hörer in die Hand.

»*Pronto?* Guten Abend, ich rufe aus London an. Wir führen im Auftrag von Duracell eine Marktumfrage durch. Welche Batterien verwenden Sie? Sind Sie bereit, ein paar Fragen zu beantworten?«

London? Marktumfrage? Am Samstagabend um halb neun? Ich atme tief ein und sage mir, das können nur *sie* sein.

»Klar. Fragen Sie.«

Die Frau spricht Italienisch mit einem starken englischen Akzent. Es ist ein Bombardement von Fragen: Vor- und Zuname, Geburtsdatum, Adresse. Ob ich verheiratet bin, ob ich Kinder habe und so weiter. Die geheimnisvolle Stimme fragt Dinge, die mit Batterien nichts zu tun haben. Und ich antworte nach kurzem Überlegen. Diese unpersönliche Stimme weckt die Vorstellung, die Frau sitze vor einer Tastatur, auf die ich tatsächlich ihre Finger hämmern höre. Sie liest gleichgültig Fragen vom Blatt ab, die man ihr vorgegeben hat. Unbeeindruckt von meinen Antworten. Beiges Kostüm und Bluse, die Haare hinten zusammengebunden, der Nacken kerzengerade, wie man es ihr auf der Militärschule beigebracht hat. Der trainierte Körper aufrecht auf einem schönen Bürostuhl aus Leder, froh, dass die Aufgabe, die sie zu erledigen hat, diesmal keine Schwierigkeiten oder Risiken birgt. So stelle ich sie mir jedenfalls vor.

Ich kehre ins Wohnzimmer zurück, um den schnurlosen Hörer auf die Basisstation zu legen. Diana schaut mich streng an. »Warum schreist du am Telefon? Willst du, dass die Nachbarn dich hören?«

»Na und?«, unterbreche ich sie wütend. »Ich habe nichts zu verbergen.«

Diana zieht sich ins Schlafzimmer zurück, argwöhnischer und distanzierter als jemals zuvor. Wie schon seit Monaten versuche ich, auf dem Sofa einzuschlafen. Es ist nicht einfach, aber ich bin glücklich wie ein Kind an Heiligabend.

Die Bestätigung erhalte ich kaum achtundvierzig Stunden danach, am Montag. Ich bin an jenem Abend früh zu Hause. Und das Klingeln des Telefons lässt mich zusammenzucken.

»*Pronto*, Simone?«

»Ja, am Apparat.«

»Morgen bin ich in Mailand. Wir sehen uns um neunzehn Uhr auf dem Largo Treves. In der Mitte gibt es eine Verkehrsinsel mit einem Kiosk. Ich trage eine Ausgabe der Zeitschrift *Airone* bei mir. Können wir uns treffen?«

Wenn er mein zufriedenes Gesicht hätte sehen können, hätte er mir die Frage gar nicht gestellt. Diese Verabredung würde ich um nichts auf der Welt verpassen. Stimmt schon, ich weiß nicht einmal, mit wem ich gesprochen habe, und es war unvorsichtig von ihm, mich zu Hause anzurufen. Aber der Ton und die Umstände lassen keinen Zweifel. Es sind *sie*.

Simone Pace blickt mich an, während ich im Nachmittagslicht, das durch die großen Fenster still hereinflutet, den letzten Satz aufschreibe.

»Vor ein paar Tagen habe ich mich gefragt, wie man ein Spion wird«, sagt er jetzt. »Die Antwort fiel mir nicht schwer: Es ist eine Liebesbeziehung. In einer solchen Situation musst *du* es sein, der sich hingibt. Nur so kann der andere, dein Controller, wenn er begriffen hat, dass du dir aller Konsequenzen bewusst bist, dich akzeptieren und in seine Arme schließen. Nur in diesem Fall sind die Voraussetzungen für eine dauerhafte Beziehung gegeben. Vielleicht sogar eine lebenslange Beziehung.«

»Kehren wir zu dem Treffen zurück«, unterbreche ich ihn.

Zum Zeitpunkt der Verabredung, fährt Simone Pace fort, umrunde ich zweimal die Piazza. Aus Gewohnheit, aber auch, weil ich keinen Parkplatz finde. Ich konnte nicht früher da sein, und ich will nicht riskieren, den Kontakt zu verlieren. Also beschließe ich, in der zweiten Reihe zu parken, direkt vor dem Zeitungskiosk auf dem Largo Treves. Ich steige aus. Gehe auf den Kiosk zu. Weniger, um die Person zu entdecken, mit der ich verabredet bin, denn ich habe nicht die leiseste Ahnung, um wen es sich handelt. Sondern um mich bemerkbar zu machen. Der neue Controller hat mit Sicherheit ein Foto von mir gesehen.

Eine Mutter mit zwei Kindern. Ein älteres Paar mit einem Eisbecher in der Hand. Drei Jungs auf der anderen Straßenseite. Der Platz ist nicht groß und von allen Seiten einsehbar. Nein, da ist niemand, der eine Zeitschrift in der Hand hält. Ich setze mich wieder ins Auto und warte.

Nach ein paar Minuten sehe ich einen alten weißen Fiat 127. Er fährt extrem langsam. Fährt an mir vorbei. Am Steuer sitzt ein etwa vierzigjähriger Mann. Praktisch kahl. Er trägt eine braune Jacke aus Rentierleder. Vielleicht sucht auch er einen Parkplatz. Jetzt fährt er zum dritten Mal an meinem Auto vorbei. Ein Stück vor mir bleibt er mitten auf der Straße stehen und drückt mehrmals auf die Bremse, als wolle er meine Aufmerksamkeit wecken. Die roten Lichter des Fiat 127 leuchten auf. Aber ich rühre mich nicht vom Fleck. Er fährt weiter und biegt an der ersten Abzweigung nach rechts. Wenige Minuten später kommt er zu Fuß auf mich zu. Ich kurble das Fenster herunter. Eins fünfundsiebzig groß, vielleicht etwas weniger. Unter seiner Lederjacke trägt er Jeans und ein hell- und dunkelblau kariertes Hemd. Helle Haut, ungepflegter Dreitagebart, unsportlicher Körperbau. Er ist nicht dick, hat aber einen kleinen Bauch.

Als er vor mir steht, blickt er sich um. Über der rechten Schulter trägt er einen schwarzen Rucksack mit einem kleinen grauen Reflektorstreifen. Er zieht einen Reißverschluss auf und nimmt eine Zeitschrift heraus. Er hält sie in der einen Hand, mit der anderen macht er den Rucksack wieder zu. Er hält die Titelseite an mein Autofenster. Ich erkenne den Schriftzug *Airone*, den gelben Rahmen und das Foto eines merkwürdigen, zerzausten Vogels. Ich schicke mich an auszusteigen. Aber er geht um das Auto herum, öffnet die Beifahrertür und steigt ein.

»Besser, wir fahren weiter«, sagt er in perfektem Italienisch mit einem leichten sizilianischen Akzent. »Freut mich, ich heiße Victor, Vittorio«, und er gibt mir die Hand.

»Freut mich, Simone. Wohin fahren wir?«, frage ich. Und nachdem ich ihm die Hand geschüttelt habe, lege ich den ersten Gang ein.

»Nimm die Autobahn Richtung Turin. Wir fahren an einen Ort, den ich kenne, ein Stück entfernt.«

Um diese Uhrzeit herrscht dichter Verkehr. Sobald wir auf der Autobahn sind, schaltet er das Autoradio ein. Kate Bush singt *Rocket Man*, die Reggae-Version eines Lieds von Elton John. Victor dreht die Lautstärke auf. Dann zieht er einen Notizblock aus der Tasche und fängt an, schweigend etwas aufzuschreiben. Ab und zu hebt er den Kopf, um zu sehen, wo wir sind, und sagt, ich solle weiterfahren. Nach fast fünfundvierzig Minuten fordert er mich unvermittelt auf, in Arluno von der Autobahn herunterzufahren. Er sagt es im allerletzten Moment, sodass ich fast die Ausfahrt verpasse.

»Entschuldige, ich war abgelenkt. Wir sind fast da«, fügt er hinzu. Er erteilt mir weitere Anweisungen. Bieg hier ab. Fahr geradeaus. Die nächste links. Und ein paar Minuten später: »Halt an, wir sind da.«

Es ist ein Restaurant mitten auf dem Land. An einem dieser künstlich angelegten Seen für Sportangler. Mit den Holzbalken und alten Korbstühlen sieht es aus wie eine Osteria. Als wir Platz genommen haben, holt er den Notizblock hervor und reicht ihn mir.

»Hier musst du überall unterschreiben. Für die Monate, in denen wir uns nicht getroffen haben«, sagt Victor. »Das Geld findest du in der Zeitschrift, die ich in deinem Auto unter den Sitz gelegt habe.«

Großartig. Das ist immerhin eine gute Nachricht.

»Simone, wir brauchen dich«, beginnt Victor erneut, als ich mit dem Unterschreiben fertig bin. »Erinnerst du dich an die Informationen zu den Vertretern der Sozialistischen Partei, die du uns vor einiger Zeit geliefert hast?«

»Ja, klar.«

»Wir brauchen einen detaillierten Bericht über weitere Personen, deren Namen auf diesem Zettel stehen«, sagt er und reicht mir eine Seite aus seinem Notizblock.

Es ist ein angenehmes Abendessen.

»Fährst du mit mir nach Mailand zurück?«

»Nein, ich bin am Ziel«, antwortet Victor, »keine Sorge. Danke, danke, danke«, sagt er dann, als wollte er sich für all die Zeit entschuldigen, in der sie mich vergessen haben. »Wirklich, vielen Dank, Simone.«

Draußen steige ich in meinen Wagen und tue so, als würde ich wegfahren. Fingieren ist eine Berufskrankheit. Etwa hundert Meter vom Restaurant entfernt, in einer Seitenstraße unter einer riesigen Trauerweide, bleibe ich stehen. Es ist dunkel, und es gibt keine Laternen entlang der Straße. Ich muss nicht lange warten. Wie ich es mir dachte, fährt der weiße Fiat 127 auf den Restaurantparkplatz. Sie sind zu weit entfernt, als dass ich ihre Gesichter erkennen könnte. Einer sitzt am Steuer, ein anderer steht wartend im Licht der Autoscheinwerfer, und auf dem Rucksack des Mannes, der jetzt einsteigt, erkenne ich den grauen Reflektorstreifen. Es ist Victor. Dann war er also nicht allein in Mailand. Jemand ist uns in dem weißen Fiat 127 bis nach Arluno gefolgt. Ich ducke mich tiefer in meinen Sitz. Lasse den Motor an, lege den Rückwärtsgang ein und stoße ein Stück zurück. Ich befürchte, sie sehen mich, wenn sie ein paar Meter von mir entfernt vorbeifahren. Da ich die Scheinwerfer nicht einschalten kann, donnere ich gegen einen frisch gefällten Baum. Obwohl ich sehr vorsichtig zurückgestoßen bin, lassen mich der Aufprall und das knirschende Geräusch der Rückleuchte zusammenzucken, und ich schlage mit der Stirn gegen die Sonnenblende, die ich zur Tarnung heruntergeklappt hatte.

Durch den Aufprall ist die Zeitschrift unter dem Sitz verrutscht. Die Geldscheine zwischen den Seiten sind jetzt auf der Fußmatte verstreut. Als ich mich bücke, um sie aufzuheben, kreuzt mein Blick den des merkwürdigen Vogels. *Aquila delle Filippine*, Philippinenadler, lautet der Schriftzug unter dem Zeitschriftentitel *Airone*.

Zu Hause gehe ich Victors Liste durch. Es handelt sich um hochrangige Geschäftsleute und ein paar Namen aus der Politik: Primo Greganti, Funktionär der italienischen Kommunistischen Partei PCI; Calogero Mannino, mehrmals Minister der Democrazia Cristiana; Giuseppe Garofano, damals auf dem Gipfel seiner Karriere, bevor sie ins Wanken geriet; Lorenzo Panzavolta, sein Kollege in der Ferruzzi-Gruppe an der Spitze von Calcestruzzi, dem größten staatlichen Zementlieferanten für öffentliche Bauarbeiten von Norditalien bis Sizilien; und Enzo Papi, Manager des Bauunternehmens innerhalb der Fiat-Gruppe. Ich lese die Namen und Funktionen immer und immer wieder. Von den fünf Genannten kenne ich damals nur den Minister Mannino sowie Garofano, über den zu recherchieren Giacomo mich seinerzeit im verschneiten Mailand gebeten hat, was ich jedoch abgelehnt habe. Die anderen Namen habe ich noch nie zuvor gehört. Plötzlich bekomme ich kalte Hände. Ich verstecke den Zettel in meinem Portemonnaie, ziehe mich aus und gehe im Dunkeln ins Schlafzimmer, um Diana nicht zu wecken. Aber ich kann nicht einschlafen. Ich denke an die Liste. Ich denke an Victor und seinen geheimnisvollen Chauffeur. Was geht vor?

Ein paar Tage später treffe ich Giuda auf einen Kaffee in der Bar des Justizpalastes. Er erzählt mir, dass in seinem Büro schon den ganzen Vormittag helle Aufregung herrscht. Er sagt, Tommaso habe in der Meldebehörde angerufen und Informationen über eine gewisse Laura Sala erbeten.

»Hast du viel zu tun, Simone?«, fragt er unvermittelt.

Ich könnte sagen, dass ich heute keine Zeit habe. Aber meine Neugier ist zu groß. Und meine Antwort ist eine Aufforderung, meine Mitarbeit in Anspruch zu nehmen: »Nein. Brauchst du mich?«, sage ich.

»Ich muss in der Via Trivulzio eine Überprüfung durchführen, es geht schnell«, sagt Giuda. »Kommst du mit?«

Ich will mehr aus ihm herauskitzeln: »Überprüfung? Worum geht es?«

Aber Giuda reißt die Augen auf und hebt dazu bedeutungsvoll

die Augenbrauen. Die klare Aufforderung, zu schweigen und ihm zu folgen. Ich nehme auf dem Beifahrersitz Platz und warte, dass er redet. In Höhe des Viale Cassala, auf der Ringstraße um das Stadtzentrum von Mailand, gibt er sich endlich einen Ruck.

»Simone, du musst mir helfen. Sie haben mich um Informationen gebeten, und ich weiß nicht, wo ich anfangen soll. Sieh mal«, sagt er und zieht mit Mühe einen Zettel aus seiner Hosentasche, den er so oft gefaltet hat, dass er nur ein paar Quadratzentimeter groß ist. Noch bevor ich ihn ganz gelesen habe, wird mir flau im Magen. Angst beschleicht mich. Es ist dasselbe Blatt, das Victor mir gegeben hat. Ich schlucke, hole Luft und versuche, keine Regung zu zeigen. Ich überfliege die Namensliste.

»Was sind das für Leute?«, frage ich, obwohl die meisten ganz bekannte Namen der Sozialistischen Partei sind.

»Wie, was sind das für Leute, Simone! Sie legen großen Wert darauf. Ich weiß nicht, warum, aber sie wollen alle erdenklichen Informationen über die.«

Ich wage einen riskanten Schritt. »Lass dir doch von Tommaso helfen«, schlage ich vor.

»Wir haben uns die Namen aufgeteilt«, erklärt mir Giuda. »Tommaso, Giovanni und ich«, fügt er hinzu. Als wäre es die normalste Sache der Welt, der CIA Informationen über eine Partei zu liefern, die seit Jahren in Italien an der Macht ist.

»Aber als ich die Namen der Politiker gesehen habe, hätte ich mir vor Angst fast in die Hose gemacht«, fährt Giuda fort. »Und ich habe den anderen beiden gesagt, dass ich mich nur mit dieser Laura Sala und ihrem Ex-Mann beschäftigen werde, einem gewissen Mario Chiesa.«

Wir stehen vor Hausnummer 15 in der Via Trivulzio. Zwei verschnörkelte Lampen und ein hohes schmiedeeisernes Tor begrenzen den Zugang zu einem Gebäudekomplex, der das gesamte Karree einnimmt. Die hellgelbe Fassade, deren Putz, dem Smog und dem Alter geschuldet, stark abblättert, hat hohe schmale Fenster mit symmetrischen Rahmen. Oben, in dem großen zentralen Giebelfeld, steht in Großbuchstaben PIO ALBERGO TRIVULZIO. Aber weder Giuda noch ich wissen, was das sein soll.

Wortlos steige ich aus und gehe in die Bäckerei gegenüber dem Tor. Eine distinguierte ältere Dame ist im Begriff zu zahlen. Der Mann hinter dem Ladentisch begrüßt mich mit einem Kopfnicken und sagt: »Bitte sehr.«

»Zwei Stück Pizza bitte. Wenn möglich warm. Verzeihung, aber was ist dieses Pio Albergo Trivulzio hier drüben?«

Der Mann sieht mich zuerst mit der genervten Miene desjenigen an, der überzeugt ist, dass ich ihn verarsche. Dann, vielleicht als er merkt, dass ich einen süditalienischen, für ihn fremden Akzent habe, sagt er geduldig: »Wie sagt man bei euch? *Ospizio*. Wo die Alten hingehen.«

»Ah, ich verstehe. Danke. Ich war bloß neugierig.«

Vor der Bäckerei sehe ich, dass die ältere Dame vor mir im Laden auf mich gewartet hat.

»Bist du Polizist?«, fragt sie leise. Ich bleibe sprachlos und wie erstarrt stehen. Als sie meine Verlegenheit erkennt, senkt sie den Blick auf Höhe meines Gürtels. Instinktiv schaue auch ich hinunter und bemerke, dass sich der Saum meiner Jacke im Knauf meiner Pistole verfangen hat, sodass man die Waffe sieht.

»Ja, Entschuldigung«, antworte ich und rücke meine Jacke zurecht.

»Es wird Zeit, dass ihr ihn einbuchtet«, sagt sie und hebt die rechte Hand zum Himmel.

»Wen?«

»Mario. Der denkt an alle, nur nicht an die Alten. Die Sozialisten haben ihm den Posten gegeben. Fragt seine Frau Laura. Sie ist eine Heilige.«

Was für ein glücklicher Zufall. Das ist ein Wink des Schicksals. Die Gelegenheit kann ich mir nicht entgehen lassen. »Signora, Sie sollten mit uns zusammenarbeiten. Alle diese Dinge wissen wir zwar, aber wir haben keine Beweise …«, sage ich in der Hoffnung, dass sie erzählt, was sie weiß.

»Beweise? Der verlangt Geld …« Die Signora lächelt.

Das Hupen eines Autos lässt mich herumschnellen. Es ist Giuda, der mir ein Zeichen gibt einzusteigen.

»Ich muss gehen, entschuldigen Sie bitte. Aber woher wissen Sie alle diese Dinge?«, frage ich sie.

Erst jetzt bemerke ich in ihren Augen einen Anflug von Angst. Sie drückt die Papiertüte mit dem Brot fest an sich, als wollte ich sie ihr entreißen. Und dann, sicher und fest auf ihren Beinen stehend, zitiert sie eine Redensart im Mailänder Dialekt: »*Quand el sul el turna indrèe, a la matina a ghèm l'acqua fin 'ai pèe.*« Blickt abends die Sonne durch ein Loch in den Wolken, reicht am Morgen das Wasser bis an die Knöchel. Damit dreht sie sich um und geht.

Ich weiß nicht, wer diese Frau war, der ich zwischen Montag, dem 17., und Freitag, dem 21. Juni, in der letzten Frühlingswoche des Jahres 1991, zufällig begegnet bin. Und auch nicht, was sie mir mit diesem schönen Sprichwort sagen wollte. Acht Monate später, am 17. Februar 1992, nach der Festnahme Mario Chiesas, werde ich mich an ihre Mahnung erinnern: »*A la matina a ghèm l'acqua fin 'ai pèe*«: ein sintflutartiger Regen. Tatsächlich wird nach Mario Chiesas Geständnis der gesamte Macht- und Korruptionsapparat der Sozialisten von einer Sintflut hinweggeschwemmt. Damit beginnen die staatsanwaltschaftlichen Ermittlungen Mani pulite und das Ende der Ersten Republik, die Italien in den Jahrzehnten des Kalten Krieges gegen den Kommunismus, die Sowjetunion und den Warschauer Pakt fest im Atlantischen Bündnis verankert hatte.

Ich, Giuda und die anderen Kollegen sind somit Zeugen, dass die CIA bereits acht Monate, bevor der Skandal publik wurde, mit unserer Hilfe Informationen über jene Leute gesammelt hat, die später vor Gericht gestellt wurden. Ihnen wird vorgeworfen, dass sie ihre politische Macht mithilfe von Schmiergeldern aufgebaut haben, die sie für die Verteilung öffentlicher Aufträge kassiert haben. Die Zeitungen sprachen von Tangentopoli, dem Schmiergeldsystem.

»Ich bin alt genug, auch ich habe diese Zeit miterlebt«, sage ich.

Simone Pace lächelt und fährt mit seiner Erzählung fort.

Ich kehre ins Auto zurück, wo Giuda auf mich wartet.

»Simone, was ist los, warum hältst du dich mit dieser Alten auf? Man hat mich über Funk benachrichtigt, dass im Büro eine dringende Sitzung stattfindet.« Er hat nichts gehört. Und nichts begriffen.

»Das Pio Albergo Trivulzio ist ein Altersheim«, sage ich und verrate ihm kein weiteres Wort von dem, was ich erfahren habe. Ich will der Sache allein auf den Grund gehen.

In den folgenden Tagen erstelle ich eine detaillierte Karteikarte mit Informationen über Mario Chiesa und seine Ex-Frau Laura Sala. Ich entdecke, dass die Frau nach der Trennung einen Rechtsstreit wegen Unterhaltszahlungen begonnen hat. Vielleicht ist sie deshalb bereit, den Justizbehörden zu erzählen, was sie über die Geheimnisse ihres Ex-Mannes weiß. Ich gehe ins Archiv, ins Polizeiarchiv, und suche die Akte »P di Chiesa« heraus. P bedeutet »Personale«, persönlich. Ich kopiere mir seinen politischen Werdegang: Fraktionsvorsitzender der Sozialistischen Partei im Provinzrat von Mailand, Technischer Leiter des Krankenhauses Sacco, Referent für Öffentliche Arbeiten in der Kommune, Direktor des Pio Albergo Trivulzio etc. Ich schreibe auch, dass er Paolo Pillitteri nahesteht, dem Bürgermeister von Mailand und Schwager des PSI-Vorsitzenden Bettino Craxi. Und am Ende füge ich noch hinzu, dass Mario Chiesa Schmiergelder verlangt. Ich sage, es handle sich um Informationen aus einer vertraulichen Quelle, deren Zuverlässigkeit erwiesen ist.

In Wahrheit weiß ich nichts über die Zuverlässigkeit dieser alten Dame, der ich in der Bäckerei begegnet bin. Bei unserem ersten Treffen händige ich diese Informationen meinem Controller Victor aus. Er liest sie und scheint zufrieden.

»Sehr gut, das bestätigt unsere Vermutungen«, sagt er und verzieht den Mund, als würde er lächeln. Ich frage nicht nach. Und er fügt nichts weiter hinzu.

Eines Nachmittags, ich stecke mit dem Auto im Verkehr, sehe ich Tommaso und Giuda zu Fuß auf dem Bürgersteig. Sie haben einen Fotoapparat bei sich. Sie sehen mich nicht. Fotos macht man bei einer Beschattung. Bei dem Gedanken, dass man sie wahrscheinlich losgeschickt hat, um meine Informationen zu bestätigen, muss ich grinsen. Wer weiß, ob sie das für uns machen. Oder für *sie*.

BÜRGERKRIEG IN ITALIEN

Die Präsenz der CIA in Mailand ist alles andere als streng geheim. Seit ein paar Jahren lädt kurz vor Weihnachten deren Sektionschef die Kollegen von Polizei und Carabinieri, mit denen die Amerikaner ganz offen zusammenarbeiten, zu einem Mittagessen ein. An das Treffen vom 20. Dezember 1991 kann ich mich noch gut erinnern. Die Einladung zum Austausch von Glückwünschen erfolgt jedoch nie offiziell. Wir werden mit der üblichen Mundpropaganda benachrichtigt. Und wir treffen uns unweit der Via Solferino im Stadtzentrum, nur ein paar Schritte vom deutschen Konsulat entfernt. An der Via Solferino biegt man in die Via Marsala ein. Noch ein paar Meter, und linker Hand liegt das Restaurant La Briciola. Der Besitzer des Lokals weiß selbstverständlich nicht, wer wir sind. Und so gibt es ein Wiedersehen mit Giacomo, der eigens aus Turin gekommen ist, die übliche Zigarre im Mund; mit Filippo und seinem Schal gegen Nackenschmerzen; mit Giovanni, Tommaso und Giuda. Und mit Andrea, der bereits seit geraumer Zeit nicht mehr bei uns arbeitet. Andrea, der teure Anzüge trägt wie ein CEO, richtet uns Grüße von Mattia aus, der nicht kommen kann. Er hat an seinem neuen Arbeitsplatz beim militärischen Nachrichtendienst zu viel zu tun. Der Junge macht Karriere.

Alle sitzen bereits am Tisch. Der gesamte Mitarbeiterstab der CIA ist gekommen, jedenfalls diejenigen, die sich in der Öffentlichkeit zeigen können: eine Frau und drei Männer, alle Amerikaner. Oder vielmehr vier Männer. Den vierten stellt Giuda mir vor, doch die Kollegen scheinen ihn bestens zu kennen.

»Simone, das ist Mario, den ich Doppel-Mike nenne«, sagt Giuda in scherzhafter Anspielung auf die identischen Anfangsbuchstaben seines Vor- und Nachnamens. Im Buchstabier-Alphabet der NATO entspricht Mike dem Buchstaben M. Doppel-Mike bedeutet Doppel-M. Er könnte Mario Messina, Mario Marino oder Mario Milano heißen, aber seinen Nachnamen werde ich nie erfahren. Und auch Mario könnte ein Tarnname sein.

»Simone Pace, angenehm«, sage ich und gebe ihm die Hand.

Manchmal, wenn ich jemanden zum ersten Mal sehe, habe ich das Gefühl, ihn schon zu kennen. Mario ist über eins achtzig groß. Rundes Gesicht, keine allzu helle Haut. Kurze schwarze Haare und ein dicker Schnurrbart. Dunkelgrüne Cordhose, Flanellhemd, Lederjacke und als Einziger der Anwesenden ohne Krawatte. Kräftiger, durchaus athletischer Körperbau. Er mustert mich mit schnellen Kopf- und Augenbewegungen. Er hat sich zwischen Giuda und Andrea gesetzt, mit dem er sehr vertraut zu sein scheint.

»Wer ist das? Ich habe ihn noch nie gesehen«, flüstere ich Giuda neben mir zu.

»Ein hohes Tier aus einer sehr wichtigen Detektei«, flüstert er mir ins rechte Ohr.

»Wie bitte? Was sucht ein Ziviler hier bei uns?«

»Nein, nein, er arbeitet für *sie*«, sagt er mit einer Kopfbewegung zu den anderen Amerikanern gegenüber am Tisch. »Keine Sorge«, fügt er hinzu und drückt meinen Oberschenkel.

Mario ist Alleinunterhalter. Er sieht nicht aus wie ein Geheimagent, sondern eher wie ein Auswanderer aus Süditalien. Auch sein Akzent verrät ihn, ob er nun Italienisch oder Englisch spricht. Die gedehnten Vokale und das »R« sind typisch für jemanden, der mit Amerikanern zu tun hat. Das Essen endet mit dem Austausch von Geschenken. Der Sektionschef der CIA überreicht jedem von uns eine Flasche kalifornischen Wein. Wir wiederum haben für die CIA-Leute Briefbeschwerer mit dem Wappen unserer Dienststellen gekauft. Keiner am Tisch spricht über die Arbeit. Für Außenstehende bieten wir alle dasselbe Bild: Wir sind schlicht und einfach Kollegen, die sich zum Weihnachtsessen treffen.

Während sich die anderen noch verabschieden, verschwinde ich in der Toilette. Ohne einen bestimmten Grund trödle ich herum und drücke immer wieder den Knopf des Händetrockners, um noch mehr Zeit verstreichen zu lassen. Als ich herauskomme, ist niemand mehr da. Ich trete hinaus auf die Straße und gehe nach rechts den Bürgersteig entlang, gegen die Fahrtrichtung der Einbahnstraße. Als ich den Zebrastreifen überquere, höre ich quietschende Bremsen. Die Passanten neben mir drehen sich um und wettern gegen den Mann am Steuer, der offenkundig viel zu schnell gefahren ist. Auch ich drehe mich um. Es ist ein weißer Fiat 127, und am Steuer sitzt Mario, der sich mit erhobenem rechtem Arm und offener Handfläche entschuldigt. Ihn jetzt am Steuer eines weißen Fiat 127 zu sehen, lässt eine Erinnerung wiederaufleben. Meine Gedanken kehren zu der Trauerweide in Arluno zurück. Das Bild des Fahrers, der Victor vom Restaurant abgeholt hat, steht mir jetzt klar vor Augen. Dieser Fahrer ist hier, vor mir. Es ist Mario Doppel-Mike.

Victor war natürlich nicht beim Mittagessen mit seinem Sektionschef dabei. Am nächsten Abend teilt er mir mit, dass er über die Feiertage zu seiner Familie in die Vereinigten Staaten fliegt. So bin ich sehr überrascht, als ich zwei Tage vor Weihnachten am Laternenpfahl neben meinem Haus das Klebeband entdecke. Ich habe fast Angst, es herunterzunehmen und auf den Abfalleimer zu kleben. Nein, es kann kein Zufall sein. Es ist bestimmt etwas Dringendes. Victor war schon weg, und *sie* haben ihn nach Italien zurückbeordert. Hat es etwas mit mir zu tun?

Diese Frage geht mir im Kopf herum, als ich die Pizzeria betrete, wo wir die letzten Male unsere abendlichen Treffen abgehalten haben. Zu den Neuerungen gehört auch, dass ich nicht mehr die Anzeige für die Waschmaschine aufgeben muss. Ich verbringe also nicht mehr ganze Tage in Angst. Victor hat das Prozedere für dringende Treffen geändert. Jetzt geht es schneller. Solange ich keine neue Anweisung erhalte, muss ich mich am darauffolgenden Abend an dem üblichen Ort am Stadtrand einfinden. Außer Pizza bekommt man dort auch ausgezeichneten Fisch, auf den er geradezu versessen ist. In der Regel treffen wir uns vor dem Lokal und gehen dann gemeinsam hinein. Da ich ihn nirgends sehe, werfe ich einen Blick ins Innere. Er sitzt bereits am Tisch und verfolgt die Nachrichten in dem Fernseher an der Wand des noch leeren Lokals.

Wir haben vereinbart, dass es besser ist, zu einer unüblichen Uhrzeit zu essen, wenn das Restaurant gerade erst aufgemacht hat. Wenn man zu viele Gesichter auf einmal zu bewerten hat, ist es schwieriger zu entscheiden, ob der Gast neben einem eine Gefahr darstellt oder nicht. Wenn keine oder nur wenige Gäste da sind, ist die Kontrolle einfacher.

Victor begrüßt mich flüchtig. Er macht mir ein Zeichen, mich zu setzen, und konzentriert sich weiter auf die Abendnachrichten. Sie bringen ein Interview mit dem italienischen Ministerpräsidenten Giulio Andreotti, dem es immer noch nicht gelungen ist, den Haushalt zu verabschieden. Und auf die Frage des Journalisten zur Zukunft der Regierung antwortet er ironisch: »Jetzt denke ich erst einmal an die Weihnachtskrippe.«

Entschlossen, Victors Aufmerksamkeit auf mich zu lenken, sage ich: »Da wird sich nie etwas ändern. Es wird auf die übliche Kabinettsumbildung hinauslaufen. Sie werden so tun, als würden sie streiten, und verständigen sich insgeheim über die weitere Aufteilung von Geldern und Posten.«

Wir sitzen einander gegenüber. Endlich wendet sich Victor mir zu. Lächelnd schüttelt er den Kopf. Dann wird seine Miene ernst, und er greift nach meinem Unterarm. »Nicht mehr lange, Simone«, sagt er. Und dann noch einmal: »Nicht mehr lange.«

Ich warte darauf, dass er mir den Grund für dieses außerplanmäßige Treffen nennt, aber er sieht mich schweigend an und fügt dann hinzu: »Simone, wir müssen einen Notfallplan entwickeln, der unter allen Umständen Gültigkeit besitzt. Es darf nicht mehr passieren, dass unser Kontakt monatelang unterbrochen ist.«

Na endlich, denke ich. Dann haben sie also gemerkt, dass etwas schiefgelaufen ist. Und das war bestimmt nicht meine Schuld.

»Und der wäre?«, entgegne ich mit einer Miene, die zeigt, dass ich Klarheit haben möchte. Ich will genau wissen, wie die neuen Anweisungen lauten, um Fehldeutungen und Missverständnissen ein für alle Mal ein Ende zu setzen.

»Unter allen Umständen«, fährt er fort, »egal, was passiert. Selbst im Fall eines Bürgerkriegs. Wir vereinbaren, dass an jedem ersten Sonntag eines Monats am Goldenen Dachl in Innsbruck jemand auf dich wartet. Du weißt, was ich meine, oder?«

Meine Hände fangen an zu kribbeln, und ich wiederhole emotionslos, was er gesagt hat: »Egal, was passiert, findet an jedem ersten Sonntag im Monat am Goldenen Dachl in Innsbruck ein Treffen statt.«

Victor ist ungewöhnlich ernst und düster. Fast als stehe der Weltuntergang bevor. Von welchen schrecklichen Dingen besitzt er Kenntnis? Welche Ereignisse befürchtet er?

»Fährst du nicht nach Amerika?«, frage ich ihn.

Er schaut von seinem Teller hoch und fixiert mich lange, aber obwohl er zu einer Antwort bereit zu sein scheint, senkt er den Blick und isst weiter. Spaghetti mit Venusmuscheln. Zum Abschied wünschen wir uns frohe Weihnachten. Victor umarmt mich und streicht mir mit der Hand über die Schulter. Es wirkt aufrichtig.

Die Tage nach Weihnachten sind wie immer nasskalt und still. Niemand ahnt, was passieren wird. Doch ab Februar beschäftigen sich Zeitungen und Fernsehnachrichten mit einem Namen, über den die Amerikaner bereits acht Monate zuvor Informationen zusammengetragen haben. Am 17. Februar, einem Montag, wird Mario Chiesa von den Carabinieri verhaftet, als er Schmiergeld in Höhe von sieben Millionen Lire, nach heutigem Wert etwa 3500 Euro, von einem Unternehmer entgegennimmt, der den Auftrag für die Reinigungsarbeiten im Pio Albergo Trivulzio erhalten hat.

Zunächst scheint es eine der üblichen kleinen Meldungen zu sein, wie sie regelmäßig in der Zeitung zu lesen sind. Mario Chiesa jedoch bekennt sich schuldig und löst damit einen Dominoeffekt aus. Bekannte Unternehmer, Lokal- und Landespolitiker kommen ins Gefängnis und packen ihrerseits aus. Es ist der Anfang der Justizrevolution Mani pulite. Eine politische Welt, die unsterblich und unantastbar zu sein schien, bricht vor unseren Augen zusammen. In Mailand stürzt die Sozialistische Partei, in Palermo die Democrazia Cristiana. Dazu die Morde und Blutbäder der Mafia. Der Bombenanschlag von Capaci, bei dem Staatsanwalt Giovanni Falcone getötet wird. Das Attentat in der Via D'Amelio, dem Falcones Kollege Paolo Borsellino zum Opfer fällt. Craxi und Andreotti, Führer der Sozialisten beziehungsweise Christdemokraten, müssen abtreten. Bruno Contrada wird verhaftet, ein hoher Geheimdienstfunktionär. Der dritthöchste Mann des italienischen Inlandsgeheimdienstes SISDE wird beschuldigt, die Interessen der Mafia geschützt zu haben.

»Weitere Ereignisse, die Sie sicher kennen, werde ich Ihnen ersparen«, sagt Simone Pace und dreht sich kurz zu mir, bevor er sich erneut dem Altar zuwendet. Regungslos und beherrscht sitzt er da und fährt unter Moses' steinernem Blick mit seinem umfassenden Geständnis fort.

Ist es das, was Victor andeuten wollte? Egal, was passiert? Im Verlauf des Jahres treffen wir uns immer öfter. Die Bitten um Informationen über laufende Ermittlungen und über die Stimmungslage der Staatsanwälte und der Ermittlungsbeamten bei der Gerichtspolizei werden immer nachdrücklicher. Eine Carabinieri-Dienststelle schickt uns sogar einen Ermittlungsbericht über einen möglichen Anschlag auf einen Mailänder Staatsanwalt. Woher dieses Schreiben stammte, habe ich nie erfahren. Aber bereits einige Zeit vorher hatte Victor mich genau darum gebeten: einen Bericht über ein mögliches Attentat zu schreiben, in dem ich eine nicht genauer benannte vertrauliche Quelle, wie es bei uns heißt, hätte zitieren sollen. Ich hatte mich mit einer Ausrede gedrückt. Vielleicht haben ihn an meiner Stelle andere CIA-Mitarbeiter geschrieben. Die Kollegen, die solche Berichte unterzeichnen, trifft selbstverständlich keine Schuld. Sie sind verpflichtet, alles weiterzugeben, was die vertraulichen Quellen erzählen.

Und die Risiken, die Richter und Staatsanwälte zu jener Zeit eingehen, sind keineswegs aus der Luft gegriffen.

Das Klima wird aufgeheizt von dem Gefühl der Italiener, gegen diese übermächtigen, bis jetzt als unantastbar geltenden Männer endlich zum Schlag ausholen zu können. Es entsteht ein Vakuum, das früher oder später jemand füllen muss.

»Ciao Simone, gehst du nach Hause? Warte auf mich und spendier mir einen Kaffee«, sagt Giuda eines Abends, als wir uns zufällig vor seinem Büro begegnen. Ich schließe daraus, dass er mit mir reden will.

»Wie geht's mit …?«, fragt er, als wir in der Bar sind, ohne den Satz zu vollenden.

»Mich hat niemand mehr kontaktiert«, antworte ich.

»Wie kann das sein?«, fragt er überrascht.

Ehrlich gesagt, weiß ich nicht, was für Informationen Giuda über mich hat, und ich möchte kein schlechtes Bild abgeben. »Oder vielmehr doch. Patrick hat mir jemanden von seinen Leuten vorgestellt, bevor er wegging. Aber der hat sich dann nicht mehr blicken lassen«, sage ich wahrheitswidrig. Giuda reißt ungläubig die Augen auf.

»Hast du denn versucht, ihn erneut zu kontaktieren?«

»Hab ich. Aber ohne Erfolg.«

»Hör mal, ich kann dir helfen«, bietet Giuda an. »Morgen Abend kommst du mit zum Abendessen, wenn ich meinen Kontakt treffe. Ich soll denen einen Gefallen tun, und ich habe gesagt, dass ich nur dir vertraue.«

Wir haben die Bar verlassen und stehen jetzt einander gegenüber an meinem Auto. Ich ziehe den Autoschlüssel heraus. Öffne die Tür. Steige ein und lasse den Motor an. Doch erst kurz bevor ich die Tür schließe, sage ich: »Nein, lieber nicht.«

Giuda sieht mich unverwandt an. »Simone«, sagt er, »*sie* haben beschlossen, sich der korrupten und unzuverlässigen politischen Klasse Italiens zu entledigen. Siehst du, was passiert? Sie brauchen Leute wie uns.«

Will er mich provozieren? Ist es eine Falle, um zu testen, wie gut ich dichthalten kann? Ich schaue ihn an und sage mir: Nein, Giuda weiß nichts von mir.

»Lieber nicht«, sage ich noch einmal. Und fahre los.

Die Revolution und die Abrechnung mit der politischen Klasse gehen in Italien auch im nächsten Jahr weiter. Das Jahr 1993 beginnt mit der spektakulären Festnahme des obersten Mafiabosses Salvatore Riina. Und setzt sich fort mit der Festnahme weiterer Politiker, Strippenzieher und Industriekapitäne.

Bei jeder neuen Verhaftung muss ich an Victor denken. Als wir uns treffen, sagt er, ihm sei unbegreiflich, warum die Leute nicht rebellieren, warum den Italienern alles so normal erscheint. »Niemand hatte geglaubt, dieser Umbruch könne stattfinden, ohne dass die Bevölkerung auf die Barrikaden geht«, sagt er. Und immer, wenn er das zu mir sagt, würde ich ihn am liebsten fragen: »Wen meinst du mit ›niemand‹?«

Victors Worte fallen mir jedes Mal ein, wenn ich in der Zeitung von neuen Haftbefehlen lese. Keiner kommt mit heiler Haut davon. Weder Fiat noch die Mautbetreiber, die Wasser- und Stromversorgungsunternehmen, die kleinen Parteien, die Bürgermeister …

Das Telefon auf meinem Schreibtisch klingelt. Ein externer Anruf. Überrascht werfe ich einen Blick auf die Uhr. Es ist der 17. April 1993, ein Samstagmorgen. 9.35 Uhr. Woher wissen sie, dass ich samstags im Büro bin?

»*Pronto … Pronto*?«

Nach einer kurzen Pause, die er vielleicht benötigt, um meine Stimme zu identifizieren, höre ich Victors unverwechselbaren sizilianischen Akzent. Er verzichtet mir gegenüber inzwischen auf jegliche Vorsichtsmaßnahme.

»Ciao, ich warte um dreizehn Uhr an der Ecke Via Turati auf dich. Wir gehen zusammen mittagessen, passt dir das?«

»Okay«, antworte ich knapp.

Ich werfe einen Blick auf die Uhr. Dreizehn minus drei ist zehn. Wir treffen uns also um zehn. Mir bleibt weniger als eine Viertelstunde Zeit, um den Treffpunkt zu erreichen. Das kann ich schaffen.

Schon von Weitem sehe ich ihn vor der Banca Popolare an der Ecke gleich gegenüber dem amerikanischen Konsulat, wo er arbeitet. Ich überquere die Straße, ohne auf die Tram zu achten, die soeben von der Haltestelle losgefahren ist. Das mehrmalige Klingeln der Straßenbahnglocke lässt mich zusammenzucken. Zwanzig Zentimeter vor den Gleisen bleibe ich wie versteinert stehen, gerade noch rechtzeitig, um nicht von der Tram erfasst zu werden, die jetzt an mir vorbeifährt. Als ich den Kopf drehe, entdecke ich im letzten Fenster ein bekanntes Gesicht. Er schaut Richtung Straße, muss mich also gesehen haben. Es ist Andrea. Er schaut mich weiter an. Ich rühre mich immer noch nicht vom Fleck. Die Tram hat schon fast die Piazza della Repubblica erreicht, als ich Victor neben mir bemerke.

»Alles in Ordnung?«, fragt er.

»Ja, ja, diese Trambahnfahrer sind verrückt«, antworte ich.

Ohne ein weiteres Wort biegt Victor in die Via della Moscova ein und steuert auf den Park in der Via Palestro zu. Ich folge ihm. Ich weiß nicht, ob er diese ernste und besorgte Miene macht, weil er ahnt, dass ich Andrea gesehen habe. Ich erwähne es nicht. Aber für mich steht außer Zweifel: Andrea war in der Tram, weil er sich kurz zuvor mit Victor getroffen hat.

Victor geht zügig. Als er an der Fußgängerampel warten muss, bis es grün wird, hole ich ihn endlich ein. Vielleicht hatte er bloß Angst, dass jemand uns zusammen sieht, schließlich sind wir ganz in der Nähe seines Büros. Wir betreten den großen Park an der Porta Venezia. Victor verlangsamt sein Tempo, nicht zuletzt, um ein paar Wasserpfützen auf dem Kiesweg auszuweichen. Es ist ein schöner, sonniger Tag, aber die laue Frühlingsluft dringt nicht durch die Baumwipfel, die bereits voller Blätter sind. Er geht immer weiter. Ich folge ihm, ohne sein Ziel zu kennen. Wir gelangen an ein großes altes Tor, den Ausgang an der Via Palestro, und jetzt spüren wir endlich die Wärme der Sonne.

»Weißt du, was das ist?«, fragt Victor und deutet auf die alte Villa auf der gegenüberliegenden Straßenseite.

»Ja, ich glaube, hier finden die standesamtlichen Trauungen statt.«

Er hat mir, so scheint es, gar nicht zugehört. Als ich mich umdrehe, sehe ich, dass er auf den Corso Venezia zusteuert. Er geht mit langen Schritten, als wollte er eine Strecke ausmessen. Ich bleibe stehen und beobachte, wie er zu mir zurückkommt. Er trägt eine über den schwarzen Lederstiefeletten umgeschlagene Jeans. Grauer Gürtel, ein Hemd mit Längsstreifen und eine schwarze, ärmellose Windjacke. Dazu eine violett getönte Ray-Ban-Sonnenbrille. Und vielleicht wegen seines Dreitagebarts wirkt sein Gesicht schmaler. Als er bei mir ist, sehe ich, dass er ein Blatt Papier und einen Stift in der Hand hält.

»Komm, setzen wir uns«, sagt er und geht auf eine lange Reihe von Bänken neben dem Tor zu.

»Simone«, sagt er, als wir uns gesetzt haben, »du musst etwas für mich besorgen. Das Geld bekommst du von mir.«

Die erste Frage, die mir einfällt, ist, ob es dringend ist. Ich weiß nicht, worum es geht, aber wenn die CIA mich braucht, um etwas zu kaufen, ist es bestimmt nicht leicht aufzutreiben. Und deshalb mache ich mir wohl besser Notizen. Ich bitte ihn, mir seinen Stift zu leihen.

»Besser nicht«, antwortet Victor und zieht seine Hand zurück. »Es sind nur drei Dinge. Merk sie dir.«

»Dann sag's mir.« Ich konzentriere mich, um mir alles einzuprägen.

»Kaliumnitrat, Schwefeldünger und Holzkohle. Jeweils hundert Gramm. Kannst du dir das merken?«

»Kaliumnitrat, Schwefeldünger und Holzkohle. Jeweils hundert Gramm«, wiederhole ich zwei Mal hintereinander.

Victor klopft mir auf die Schulter. »In zwei Wochen, am Samstag, dem 1. Mai, warte ich um zwölf vor dem Restaurant in Arluno auf dich und nehme die Sachen in Empfang. Wirst du hinfinden? Erinnerst du dich?«

»Ja, ja, klar«, sage ich etwas besorgt, weil ich nicht weiß, ob ich alle diese Sachen auftreiben werde.

»Aber das sind doch die Bestandteile von Schwarzpulver«, unterbreche ich Simone Pace. Mit einer Handbewegung bittet er mich um Geduld.

ZWEI MINUTEN UND NEUN SEKUNDEN

Meine Zweifel verfliegen, als ich in der Enzyklopädie nachschlage und erfahre, dass alle drei Bestandteile in der Landwirtschaft verwendet werden, fährt Simone Pace fort. Gleich am Montag fahre ich zu einer landwirtschaftlichen Genossenschaft außerhalb der Stadt, wo ich alles finde. Der Schwefel wird praktischerweise in Hundert-Gramm-Packungen verkauft. Holzkohle ist nichts anderes als Grillkohle, und ich kaufe eine Drei-Kilo-Packung. Schwieriger ist es mit dem Kaliumnitrat. Es gibt nur Säcke mit dreiundzwanzig Kilo, keine kleineren. Ich lade alles in den Kofferraum meines Wagens und kehre nach Mailand zurück.

Am 1. Mai, wir sind immer noch im Jahr 1993, fahre ich zu dem Restaurant am See für Sportangler, das wir als Treffpunkt vereinbart haben. Ich bin eine halbe Stunde zu früh dran. Den Weg finde ich problemlos, ich habe die Straße im Telefonbuch von Arluno nachgeschlagen. Victor ist schon da, er sitzt in seinem Wagen und wartet auf mich.

»In dem weißen Fiat 127?«, frage ich dazwischen.

»Nein, es ist ein anderes Auto, das ich nur dieses eine Mal gesehen habe. Ich erinnere mich nicht mehr an das Modell«, antwortet Simone Pace und verrät mir flüsternd die Adresse des Restaurants.

Victor sieht mich, und ohne auszusteigen, macht er mir ein Zeichen, ihm zu folgen. Er kurvt kreuz und quer durch Arluno, und irgendwann denke ich, dass er das nur macht, damit ich die Orientierung verliere. Was ihm auch tatsächlich gelingt. Nach zwanzig Minuten fährt er durch ein Tor in einen großen Hof. Es gibt freie Parkplätze. Ich öffne den Kofferraum und hebe den Sack Kaliumnitrat heraus. Er nimmt die beiden anderen Packungen. Die Anlage sieht aus, als wären es Sozialwohnungen. Der Hof ist mit großen weißen und grauen Steinen gepflastert. Den Treppenaufgang erreicht man über einen rot gefliesten Vorbau. Weit und breit kein Mensch. Es ist der 1. Mai, ein Feiertag, und die Sonne scheint. Ein Samstag. Viele sind aufs Land oder an einen See gefahren. Weder die Mittagszeit noch der Tag unseres Treffens sind also zufällig gewählt.

Der Aufzug ist eng. Der bordeauxrote Teppichboden verströmt einen unerträglichen Hundegeruch. Victor drückt den Knopf in den dritten Stock. Vom dunklen Flur gehen drei Türen ab. Wir steuern auf die linke zu. Victor hat bis jetzt noch kein Wort gesagt. Er stellt die Packungen mit Schwefel und Holzkohle auf den Boden und holt die Schlüssel aus der Tasche. Ich stehe hinter ihm, die dreiundzwanzig Kilo Kaliumnitrat im Arm. Mir bleibt Zeit zu sehen, dass die Klingel kein Namensschild trägt. Eine merkwürdige Tür. Sie ist in zwei ungleiche Hälften geteilt: zwei Drittel zu einem Drittel in der Breite. Sie ist auch nicht in der Wand verankert, sondern in einem anderen Holzpaneel. Der Türgriff befindet sich links.

Beim Eintreten blendet mich nach der Dunkelheit im Hausflur eine gleißende Helligkeit. Das von einem großen Fenster hereinflutende grelle Licht wird durch den weißen Baumwollvorhang zusätzlich verstärkt. Sandfarbener Steinfußboden, darauf ein abgenutzter rechteckiger Teppich. An der Wand links drei Bilder, ein dreiarmiger Kleiderständer aus Holz, eine Truhe mit dem Telefon. Rechts ein Wandleuchter mit zwei Lampen in Kerzenform.

Von der Diele gelangt man in einen Raum mit einem grün bezogenen Sofa, einem kleinen Holztisch mit Aschenbecher und einem runden Esstisch mit vier Stühlen. Dahinter Küche, Bad und Schlafzimmer. Victor geht geradewegs in die Küche und gibt mir ein Zeichen, den Sack auf dem Boden abzustellen. Auch er legt die Packungen ab, die er noch in der Hand hat.

»Setz dich, entschuldige, ich muss mich umziehen«, sagt er. Und verschwindet im Schlafzimmer. Ich nutze die Gelegenheit und gehe ins Bad.

Als ich in die Küche zurückkomme, ist Victor gerade dabei, einen Topf mit Wasser zu füllen.

»Simone, tut mir leid für dich, aber heute musst du dich mit meinen Spaghetti aglio e olio begnügen.«

»Mach dir keine Umstände«, sage ich, hauptsächlich aus Höflichkeit.

Überhaupt kein Problem, denke ich. Bis ich sehe, wie er die Nudeln ins kalte Wasser legt. Er stammt zwar aus Sizilien, ist aber sicher in den Vereinigten Staaten aufgewachsen: Nur ein Amerikaner bringt es fertig, Spaghetti in kaltes Wasser zu legen. Aber ich muss anerkennen, dass er sich bemüht, so zu tun, als wäre nichts dabei. Er nimmt zwei Dosen Bier aus dem Kühlschrank und reicht mir eine. Dann gießt er die Nudeln ab, würzt mit Öl und Knoblauch und verteilt sie auf Tellern. Als wir am Tisch sitzen, bin ich unschlüssig, wie ich die zu einem Klumpen zusammengeklebten Spaghetti essen soll.

»Ich soll dir also bei der Gartenarbeit helfen?«, frage ich ihn unvermittelt und mache mir die ungezwungene Atmosphäre zunutze.

Wider Erwarten fängt Victor an zu lachen. »Gartenarbeit, *very nice*, ja, Gartenarbeit, sehr schön«, sagt er, und wir essen weiter.

Sein Caffè americano ist ganz passabel. Danach räumt er das schmutzige Geschirr in die Spülmaschine und wischt mit einem Schwamm sorgsam den Tisch sauber.

Dann wird seine Miene erneut ernst. Er verlässt die Küche und kommt mit einer digitalen Präzisionswaage zurück, wie sie Goldschmiede benutzen. Er stellt sie auf den Tisch und nimmt ein festes Blatt Papier im DIN-A2-Format und einen Mörser aus Messing von einer Konsole.

»Simone«, sagt er, »ich wiege den Schwefel und die Holzkohle ab, du öffnest den Sack Kaliumnitrat. Dort ist ein Glas. Ich brauche fünfundsiebzig Gramm. Zerstampfe es so fein wie möglich mit dem Mörser.«

Während er mit der Waage hantiert, sagt er laut vor sich hin: »Zehn Gramm Schwefel.« Er wiegt die Menge ab und verteilt sie auf dem weißen Blatt Papier.

»Gut, das reicht«, sagt er. Dann wiegt er erneut das Kaliumnitrat ab und streut es auf den Schwefel. »Jetzt machst du den Mörser sauber und zerstampfst diese fünfzehn Gramm Kohle«, weist er mich an und wartet, bis ich damit fertig bin.

Er gibt die Kohle zu den beiden anderen Substanzen und mischt alles vorsichtig.

»Simone, unter dem Spülbecken ist ein zusammengerollter Gummischlauch. Hol ihn mir.«

Ich finde den Schlauch sofort, denn er ist orangerot. Ich entrolle ihn. Er ist etwa fünf Meter lang. Durchmesser fünf Millimeter.

»Ja, sehr gut. Schneide ihn bitte in der Mitte durch«, sagt Victor.

Im Spülbecken liegt ein Messer, das benutze ich. Ich reiche ihm die eine Hälfte des Schlauchs und verfolge fasziniert das Geschehen. Ich bin gespannt auf das Ergebnis seines Tuns. Er merkt, dass ich ihm zuschaue, und hantiert demonstrativ, als wäre er ein Chemielehrer. Aus einer Schublade holt er eine ungeöffnete Packung Papierservietten und nimmt eine heraus. Er zieht die einzelnen Lagen auseinander, zerreißt eine und stopft mithilfe eines Schraubenziehers ein Stück davon wie einen Korken in den Schlauch. Dann dichtet er das verschlossene Schlauchende mit schwarzem Klebeband ab. Mit einem flachen Stäbchen schiebt er das Schwarzpulver zusammen, füllt es in den Schlauch, bis er ganz voll ist, und presst es mit dem Zeigefinger fest hinein. Es ist kein besonders heißer Tag, aber sein Hemd ist klatschnass, vor allem unter den Achseln.

Als er mit der Operation fertig ist, breitet er eine Rolle Alufolie zu einem zweieinhalb Meter langen Teppich am Boden aus. Darauf legt er den Schlauch in seiner ganzen Länge.

»Auf dem Nachttisch im Schlafzimmer ist eine Stoppuhr«, sagt er. »Hol sie bitte.«

Während Simone Pace spricht, blickt er geradeaus vor sich hin, als hätte er Angst, sich in fremden Augen zu spiegeln.

Das Schlafzimmer ist in Schatten getaucht. Es ist fast dunkel. Die Fensterläden sind zu, kein Sonnenstrahl dringt herein. Ich spüre einen weichen Teppichboden unter den Füßen. Jetzt mache ich Licht und sehe, wie abgewetzt und fleckig er ist. Beiderseits des ungemachten Doppelbetts zwei kleine, mit beigem Samt überzogene Sessel. Auf der hellen Holzkommode ein kleiner Fernseher und eine Zimmerantenne. Mir ist nicht sofort klar, warum, aber mir läuft es kalt den Rücken hinunter, und plötzlich erstarre ich in der Bewegung. Irgendetwas bereitet mir Übelkeit, aber ich weiß nicht, was. Dann, ganz allmählich, kann ich es identifizieren. Es ist ein Aasgeruch, unverkennbar. Er entsteht bei der Zersetzung von Eiweiß und ist die Folge der Verwesung von Fleisch.

»Was machst du denn? Siehst du nicht, hier ist sie.«

Victor ist hinter mir hereingekommen und deutet auf die Stoppuhr auf dem rechten Nachtkästchen. Er fixiert mich kurz. Dann stürzt er zum Fenster und reißt es auf. Er öffnet auch die Fensterläden.

»Es riecht feucht, oder?«

Ich antworte mit einer Grimasse, die ein Lächeln sein soll.

»Hier, nimm, wir gehen in die Küche.« Er drückt mir die Minerva-Stoppuhr in die Hand. Sie hat die Größe einer großen Armbanduhr.

»Wenn ich anzünde, drückst du die Stoppuhr, okay?«, weist Victor mich an, als wir zu unserer Versuchsanordnung zurückgekehrt sind.

Neben dem Herd liegt eine Schachtel Streichhölzer. Er zündet eines an und nähert es seiner Vorrichtung. Der mit Schwarzpulver gefüllte Schlauch fängt sofort Feuer und beginnt langsam zu verbrennen. In der Luft bleiben ein dünner Rauchstreifen und ein beißender Geruch zurück. Als ich die Stoppuhr anhalte, zeigt sie zwei Minuten, neun Sekunden und einundvierzig Hundertstelsekunden.

»Sind zwei Minuten vergangen?«, will Victor wissen.

»Ja, sogar etwas mehr.«

»Gut, dann können wir gehen«, sagt er. Er hebt einen Arm und beschnüffelt seine Achsel. Er besitzt die Eleganz eines Pavians, denke ich. »Ich stell mich vorher noch ganz kurz unter die Dusche«, fügt er hinzu. »Gib mir fünf Minuten Zeit, im Kühlschrank ist noch Bier.«

»Nein, danke, alles bestens. Ich warte auf dich.«

Ich höre das Wasser in der Dusche rauschen. Ich lasse zwei Minuten vergehen und kehre schnell ins Schlafzimmer zurück. Schalte das Licht ein, um besser unters Bett sehen zu können, und bücke mich. Nichts. Das Zimmer ist praktisch leer. Es gibt keine Schlupfwinkel. Instinktiv gehe ich auf die große Kommode zu und versuche, die oberste Schublade zu öffnen. Sie bewegt sich nicht, sie will nicht aufgehen. Ich packe die Messinggriffe mit beiden Händen und ziehe ganz fest. Der Geruch, der mir entgegenschlägt, ist unerträglich.

Die Schublade ist mit einer dicken Plastikplane ausgelegt. Darauf zwei Fleischstücke von dunkler Farbe. Aber es sieht gar nicht aus wie Fleisch. Ich muss es eine Weile betrachten, bevor ich es identifizieren kann, aber in der Schublade darunter finde ich sofort des Rätsels Lösung: Beine. Es sind zwei leicht im Knie gebeugte, abgetrennte Beine und seit ein paar Tagen hier versteckt. Das sieht man an der schwarz verfärbten, aufgedunsenen Haut.

Simone Pace bemerkt, dass ich angewidert das Gesicht verziehe.

Aber ich schaffe es nicht mehr rechtzeitig, die dritte Schublade zu öffnen. Das Wasser rauscht nicht mehr. Victor hat den Duschhahn zugedreht. Um meine körperliche Anspannung loszuwerden, hole ich tief Luft. Und atme dabei den Gestank ein. Während ich gegen den Brechreiz ankämpfe, merke ich, wie mir schummrig wird. Ich schalte das Licht aus. Schließe die Augen, verlasse das Zimmer und steuere auf die Küche zu. Victor kommt herein, während ich im Kühlschrank stöbere.

»Danke, ich will auch eines«, sagt er in meinem Rücken. Er steht auf der Türschwelle, ein strohgelbes Handtuch um die Hüften. »Alles in Ordnung? Du bist ja kreidebleich.«

Ich gebe keine Antwort. Ich reiße die Bierdose auf und reiche sie ihm.

»Hör mal, Simone, würde es dir etwas ausmachen, wenn ich dich nicht begleite? Ich bin müde und habe noch einiges zu erledigen. Du fährst am besten auf direktem Weg nach Mailand zurück, sonst stehst du im Stau und verlierst eine Menge Zeit.«

Damit verabschieden wir uns. Ich will nur noch weg. Aber eine Frage habe ich noch. »Du hast recht«, sage ich zu ihm, »aber darf ich erfahren, wozu das dient, was du da vorbereitet hast?«

Als hätte ich die Frage gar nicht gestellt, geht Victor auf die Wohnungstür zu. Er öffnet sie und bedeutet mir mit einer Handbewegung, schnell hinauszugehen, weil ihm, wie er sagt, nur mit dem Handtuch bekleidet kalt ist.

Ohne zu wissen wie, sitze ich am Steuer meines Wagens. Ich kurble alle Fensterscheiben hinunter, aber der schreckliche Geruch geht mir nicht mehr aus dem Kopf.

»Ist die Dauer von Victors Experiment nur eine ungefähre Angabe?«, frage ich ihn.

»Nein, ich erinnere mich ganz genau. Es waren zwei Minuten, neun Sekunden und einundvierzig Hundertstelsekunden. Wenn ich eine präzise Angabe mache, dann, weil ich mich hundertprozentig daran erinnere. Andernfalls bleibe ich vage.«

»Zwei Minuten und neun Sekunden ist etwas kurz für eine Zündschnur«, sage ich.

»Kommt darauf an, was man damit vorhat. Zwei Minuten ist nicht kurz«, antwortet Simone Pace.

Als man zwei Wochen später, am 14. Mai, in Rom versucht, den Journalisten Maurizio Costanzo, seine Lebensgefährtin und seine Eskorte mit einer Autobombe zu töten, bringe ich diesen Anschlag nicht mit Victors Experiment in Zusammenhang. Nicht zuletzt deshalb, weil aufgrund glücklicher Umstände niemand ums Leben kommt, fährt Simone Pace fort. Auch den Anschlag in der Nacht zum 27. Mai, als in der Via dei Georgofili im historischen Zentrum von Florenz, nur ein paar Schritte von den Uffizien mit ihren Meisterwerken entfernt, eine Autobombe explodiert, bringe ich nicht mit Victor in Verbindung. Fünf Personen werden getötet, darunter zwei Kinder: Caterina Nencioni, fünfzig Tage alt, und ihre achtjährige Schwester Nadia, die aus ihren Bettchen gerissen werden. Die Via dei Georgofili ruft mir den Tag in Erinnerung, an dem Enrique mir Martin vorgestellt hat, nachdem ich ihm das erste Dossier zur Sozialistischen Partei übergeben habe. Aber nur, weil wir nach unserem Treffen auf der Piazza della Signoria dort vorbeigekommen sind. Aus keinem anderen Grund.

Um die Hintergründe eines Verbrechens zu verstehen, auch die der Anschläge von 1993, muss man nach einem Motiv suchen. Anders als bei dem Attentat gegen Maurizio Costanzo, der in jenen Monaten die Mafia in den Fokus nimmt, ist nicht sofort klar, in welchem Kontext das Blutbad von Florenz steht. Zu dem Anschlag mitten im Stadtzentrum bekennt sich eine Organisation, die sich Falange Armata, Bewaffnete Falange, nennt.

Eine Organisation dieses Namens war erstmals drei Jahre zuvor, am 27. Oktober 1990, mit einem Anruf in der Telefonzentrale der

Nachrichtenagentur ANSA in Bologna in Erscheinung getreten. Der Anrufer reklamierte die rätselhafte Ermordung von Umberto Mormile am 11. April jenes Jahres für die Falange Armata. Mormile war Gefängnispädagoge in der Haftanstalt Opera bei Mailand. Erst in den letzten Jahren kam heraus, dass er sterben musste, weil er die Kontakte und damit die Zusammenarbeit der italienischen Geheimdienste mit den inhaftierten Bossen der kalabrischen Mafia 'Ndrangheta offengelegt hatte. Die Falange Armata wird sich zu weiteren Morden an hochrangigen Persönlichkeiten sowie zu den nachfolgenden Anschlägen bekennen. Auch zu dem von Pilastro, einer Sozialsiedlung in einem Vorort von Bologna, bei dem am 4. Januar 1991 drei Carabinieri ermordet werden. Der in den Gerichtsurteilen festgehaltenen offiziellen Version zufolge gehen die Morde auf das Konto abtrünniger Polizisten, die als Uno-Bianca-Bande, benannt nach ihrem weißen Fiat Uno, in Italien bereits eine ganze Serie von Entführungen und Morden verübt hatten: eine Rekonstruktion der Geschehnisse, die mich nie überzeugt hat. Der Anschlag von Bologna ist somit bis heute ein dunkles Kapitel der italienischen Geschichte. Meiner Ansicht nach wurde er auf Geheiß der proamerikanischen Geheimdienste von der sizilianischen Mafia verübt, zu einer Zeit, als die CIA-Führung Chaos und Angst verbreiten wollte.

Ja, im Laufe der Jahre habe ich die Überzeugung gewonnen, dass die Falange Armata gar keine eigenständige Terrororganisation war, sondern der Codename einer Geheimoperation. Ein Name, der nur Insidern verständlich war, die ihre Mission ausführten. Sich zu den Anschlägen zu bekennen, diente nicht nur dazu, den Urhebern einen Namen zu geben. Es diente vor allem der Kommunikation zwischen Eingeweihten: zwischen der Handvoll Personen, die nicht direkt miteinander sprechen konnten, weil die Gefahr, abgehört zu werden, zu groß war. Sie benutzten dieses Kürzel, um ihre überall eingeschleusten Komplizen zu benachrichtigen. Als wollten sie sagen: Keine Sorge, der weiße Fiat Uno, die Morde der Mafia, die Hinrichtungen auf offener Straße wie beispielsweise die unerklärliche Tötung von Roberto Klinger, dem Mannschaftsarzt von Inter

Mailand, am 18. Februar 1992, all das geht auf unser Konto. Das Bekenntnis zu diesen Verbrechen erfolgte stets entweder durch ein Telefonat oder durch ein Flugblatt. Und immer war es die Falange Armata, die die Urheberschaft für sich reklamierte.

»Inzwischen ist Ihnen sicher klar, dass in einem so trüben Klima nicht alle staatlichen Strukturen im Dienst von Recht und Gesetz und im Dienst der Bürger stehen. Und dann …«

Simone Pace unterbricht sich. Er vergewissert sich, dass Touristen und Gläubige weit genug entfernt sind. Dann schaut er mich an.

»Und dann?«, frage ich.

»Und dann explodiert in der Nacht zum 27. Juli die Autobombe in der Via Palestro. Vor der kommunalen Villa, in der die standesamtlichen Trauungen stattfinden.«

Simone Pace verstummt eine gute halbe Minute. Er seufzt tief. »Erneut fünf Tote und zwölf Verletzte«, sagt er, als er sich entschließt weiterzuerzählen. »Und Italien versinkt im Chaos. Es sterben drei Feuerwehrleute, ein Stadtpolizist und ein marokkanischer Einwanderer, der auf einer Parkbank geschlafen hat. Vielleicht dieselbe Bank, auf der Victor und ich saßen, die Bank, die der Via Palestro am nächsten liegt. Die Explosion lässt den Padiglione d'Arte Contemporanea, die Galerie für zeitgenössische Kunst, einstürzen und reißt ein tiefes Loch in die Straße, sodass die Gasleitungen bersten und zu brennen anfangen. In derselben Nacht, Sie werden sich bestimmt erinnern, explodieren hier in Rom zwei weitere Autobomben: vor der Basilika San Giovanni in Laterano und vor der Kirche San Giorgio in Velabro. Dabei gibt es keine Toten.«

Am nächsten Morgen, fährt Simone Pace fort und richtet den Blick wieder auf den Altar, begegne ich in der Nähe des Justizgebäudes Bartolomeo, einem Carabiniere aus Florenz, den ich seit Jahren kenne. Er kommt gewöhnlich übers Wochenende nach Mailand zu seiner Freundin. Er ist das, was ich hyperaktiv nennen würde. Er redet alle mit Vornamen an, sogar Staatsbeamte, Offiziere, Richter und

Staatsanwälte. Von wichtigen Operationen zur Terrorbekämpfung erzählt er gern in der ersten Person. Auch auf die Gefahr hin, sich lächerlich zu machen, denn selbst wenn er gar nicht beteiligt war, redet er darüber im Beisein von Leuten, die dabei waren. An diesem Morgen ist Bartolomeo nicht so gesprächig wie sonst. Kurze kastanienbraune Haare, braune Augen. Jeans, ein leichtes dunkelblaues Hemd und Sportschuhe. So gekleidet kommt er auf mich zu.

»Ciao, hast du gehört, was heute Nacht passiert ist?«, sage ich. »Der Terrorismus ist zurück, du wirst dich freuen.« Ich will ihn nur auf den Arm nehmen.

Doch seine Miene verdüstert sich. Er senkt den Blick und sagt leise: »Ich war dort.«

»Wie: du warst dort? Heute ist Mittwoch, hast du Urlaub?«

Bartolomeo stottert herum, aber er gewinnt seine freche Selbstsicherheit sofort wieder zurück. Er hakt sich bei mir unter. »Ich habe dort geschlafen«, sagt er leise, »ich habe die Explosion gehört und war als Erster vor Ort.«

Instinktiv befreie ich mich aus seinem Griff und schaue ihm in die Augen. Ist das eine seiner erfundenen Wahrheiten, oder war er tatsächlich am Ort des Anschlags? Ich verabschiede mich mit einer Entschuldigung, während er weiter seine Runde dreht, um in den verschiedenen Abteilungen Informationen, aber auch Klatsch und Tratsch zu sammeln. Ich traue niemandem mehr. Die ganze Stadt ist unterwandert, ich selbst bin der Beweis.

Jüngsten Gerichtsurteilen zufolge wollten die Mafiosi der Cosa Nostra mit ihren wahllosen Morden den Staat zwingen, die verschärften Haftbedingungen* zu lockern, das Gesetz zur Kronzeugenregelung zu modifizieren und die Gefängnisse auf den Inseln Asinara und Pianosa zu schließen, deren Abgeschiedenheit die Kommunika-

* Die Haftbedingungen für Angehörige mafiöser Vereinigungen wurden 1992 nach der *strage di Capaci*, der Ermordung des sizilianischen Staatsanwalts Falcone, verschärft, um die Kommunikation zwischen Häftlingen, die kriminellen Organisationen angehörten, sowohl innerhalb von Gefängnissen als auch mit anderen Kriminellen außerhalb zu unterbinden. (A.d.Ü.)

tion zwischen den inhaftierten Mafiabossen und ihren Komplizen in Freiheit erschwerte. So jedenfalls lautet die offizielle Version, erklärt Simone Pace abschließend.

»Und Sie glauben tatsächlich, dass dies die ganze Geschichte der blutigen Anschläge ist?«, frage ich ihn jetzt.

Simone Pace bemerkt, dass ich erneut den Stift zücke, um seine Antwort zu notieren, nachdem ich ihm minutenlang regungslos zugehört habe.

»Glauben Sie das wirklich?«, hake ich nach.

»Drei Monate vor diesen Anschlägen«, antwortet er nach einer Weile, »hat mich Victor – ausgerechnet – in die Via Palestro gebracht. Und selbst wenn ich es gar nicht will, muss ich alle diese Episoden mit dem Anschlag in Verbindung bringen.«

»Auch das Experiment mit der Zündschnur?«

Simone Pace schließt halb die Augen und nickt.

»Aber mich überzeugt die Vorstellung nicht, dass die Mafia Victor brauchte, um eine Autobombe zu präparieren«, sage ich. »Der Sprengstoff für die Via Palestro«, erinnere ich ihn, »kam per Lkw aus dem Süden. Das wurde im Verlauf der Gerichtsprozesse rekonstruiert. In Sizilien sind ganze Steinbrüche unter der Kontrolle der Cosa Nostra. Die Mafia hat kilometerweise Zündschnüre zur Verfügung. Warum sollte man ausgerechnet Sie losschicken, um Schwefeldünger zu besorgen und einen Plastikschlauch damit zu füllen, auf die Gefahr hin, dass es nicht funktioniert?«

»Ihre Einwände sind völlig berechtigt. Aber vielleicht ist es die CIA, die die Mafia braucht, um die Autobombe zu präparieren. Vielleicht macht Victor dieses Experiment mit der Stoppuhr, um die Ergebnisse an irgendjemanden weiterzugeben. Oder vielleicht legt er nur parallele Fährten.«

»In welchem Sinn?«

»In dem Sinn, dass ich nicht weiß, wie viele Victors es gibt und wie viele operative Agenten wie ich in jenen Tagen losgeschickt wurden, um Düngemittel zu kaufen. Was ich bei der CIA gesehen habe, ist, dass sie nicht nur die Operation selbst plant. Sie bereitet parallel dazu weitere Operationen vor. Alle ganz ähnlich. Und wenn dann etwas schiefgeht, wenn die Gefahr droht, dass ein amerikanischer Agent ins Visier der Justiz gerät, lenken sie die Ermittlungen mit – in Anführungszeichen – vertraulichen Informationen auf parallele Fährten. Denken Sie an meine Anwesenheit in Brüssel. Wenn man uns erwischt hätte, wäre jedenfalls nicht die Regierung der Vereinigten Staaten in den Skandal hineingezogen worden. *Sie* sind richtig gut darin, die Dinge zu organisieren. Oder vielleicht benötigte Victor diese Zündschnur nur als *agent provocateur*, als Lockmittel, um eine Falle aufzustellen, damit jemand mit dem Sprengstoff festgenommen wird.«

Ich sehe ihn ungläubig an. »Aber in Wahrheit haben sie niemanden festgenommen und das Attentat nicht verhindert. Glauben Sie tatsächlich, dass Victor auf der Seite von Recht und Gesetz steht?«

»Nach dem Anschlag in der Via Palestro sicher nicht. Vorher habe ich mir diese Frage gar nicht gestellt«, gibt Simone Pace zu, ohne auch nur eine Sekunde zu überlegen.

»Aber warum kauft Victor die Sachen nicht selbst, sondern schickt Sie los, wo Sie doch ein unbequemer Zeuge sein könnten?«

»Weil Victor einen starken sizilianischen Akzent hat und Italienisch mit amerikanischem Tonfall spricht. Außerdem weiß er nicht, wie es in Italien läuft. Womöglich denkt er, die Verkäufer von Düngemitteln wollen einen Ausweis sehen, und wendet sich an mich, weil ich einen italienischen Ausweis habe.«

»Dann sind Sie also italienischer Staatsbürger?«

»Damals ja, ich war auch italienischer Staatsbürger«, gibt Simone Pace trocken zurück. »Und ich lese in Ihren Augen die Frage, die Sie mir gleich stellen werden. Die Antwort lautet: Nein, heute besitze ich nicht mehr die italienische Staatsbürgerschaft. Aber stellen Sie mir diesbezüglich keine Fragen mehr. Sie werden es selbst herausfinden.«

»Gehörte Victor Ihrer Ansicht nach zur Cosa Nostra?«

»Das weiß ich nicht, aber ich tendiere dazu, es auszuschließen. Aber zur CIA gehörte er garantiert.«

»Sind Sie ganz sicher?«

»Ja, das weiß ich ganz genau. Aufgrund der Art und Weise seiner Kontaktaufnahme zu mir. Seiner Organisation der nachfolgenden Treffen. Und vor allem aufgrund des weißen Fiat 127, den er, aber auch dieser Mario Doppel-Mike benutzt hat, der beim Weihnachtsessen der CIA dabei war. Vielleicht haben *sie* Victor damals, in dieser besonderen Zeit, nach Italien geschickt, weil er Sizilianer ist. Oder besser gesagt: Er ist mit Sicherheit ein Italoamerikaner sizilianischer Herkunft. Und er steht in so engem Kontakt mit anderen Sizilianern, dass er einen starken sizilianischen Akzent beibehalten hat. Die Vereinigten Staaten sind mächtig und groß genug, um der CIA je nach Bedarf Leute bestimmter Herkunft und Muttersprache und mit einem ganz bestimmten Dialekt zur Verfügung zu stellen. Wenn ein afghanischer Paschtune gebraucht wird, finden sie ihn. Wenn ein Sizilianer gebraucht wird, der die Mafia infiltrieren soll, rekrutieren sie Victor.«

»Haben Sie über diese Erkenntnisse einen Bericht geschrieben? Meldung gemacht oder Anzeige erstattet?«

Simone Paces Blick geht zum Moses. Dann schüttelt er den Kopf.

»Sie hätten eine vertrauliche Quelle zitieren können, ohne sie zu verraten. Sich selbst«, hake ich nach.

»Nein, das war nicht möglich«, antwortet er, »schließlich arbeitete ich in jenen Jahren in einer nachgeordneten Abteilung, nicht an vorderster Front. Ich war also nicht an Ermittlungen beteiligt, ich hielt sogar Abstand dazu.«

»Aber wie konnten Sie Abstand halten? Es sind zehn Menschen ums Leben gekommen. In Florenz wurden zwei Kinder, deren Eltern und ein Student getötet. In Mailand ...«

»Hören Sie, wenn Sie nicht wollen, dass ich fortfahre, lassen wir es bleiben. Dann mache ich an dieser Stelle Schluss. Aber Sie sollten wissen, dass Sie, wenn Sie die Realität der Dinge kennenlernen wollen – ich bin nicht so vermessen, von Wahrheit zu sprechen, deshalb sage ich Realität –, wenn Sie sie also kennenlernen wollen, müssen Sie mich so akzeptieren, wie ich bin. Sie können Staatsanwälte befragen, meine rechtschaffenen Kollegen, Ärzte, Geistliche, unbescholtene Bürger: Keiner von ihnen wird imstande sein, Ihren Wissensdurst zu stillen. Denn sie alle kennen die Realität der Dinge nicht, sie haben sie nicht erlebt. Ich schon. Wenn ich anders wäre, unbescholten und loyal, hätte auch ich die Realität der Dinge nicht kennengelernt. Und dann hätte ich absolut nichts zu erzählen. Sie haben die Wahl«, sagt Simone Pace. Und lässt nervös die Gelenke aller zehn Finger knacken.

»Machen wir weiter.«

»Dann beantworte ich also Ihre Frage. Sie haben Schwierigkeiten, meine Haltung zu verstehen, weil Sie ein Idealist sind und Ihre Ideale über alles stellen. Ich nicht, ich bin Realist. Und als Realist sage ich Ihnen: Stellen Sie sich vor, ich würde einen Dienstbericht über Victor, über sein Experiment und seine Kontakte schreiben. Dann müsste ich auch über Giacomo, Andrea und Mattia schreiben, der im Übrigen im italienischen militärischen Nachrichtendienst immer weiter aufsteigt. Vielleicht auf Empfehlung der Amerikaner. Und ich müsste von Giuda erzählen und von allen anderen. Ich müsste melden, dass eine Gang von Beamten im öffentlichen Dienst von der CIA infiltriert und bestochen wurde, die immerhin der Geheimdienst eines verbündeten Landes ist. Und ich müsste zugeben, dass mit mir genau dasselbe passiert ist. Und all dies ohne irgendein Beweisdokument, ohne einen Ausweis oder ein Foto. Von Victor und von Doppel-Mike kenne ich nicht einmal die richtigen Namen. Meine Beschuldigung ginge ins Leere und würde eine heftige Reaktion von Giacomo, Andrea, Mattia, vom militärischen Nachrichtendienst und von anderen wie Giuda provozieren. Als Realist weiß ich, dass ich verurteilt werden würde, im besten Fall wegen Verleumdung, vielleicht auch wegen Hochverrat. Deshalb habe ich mich an Sie gewandt und nicht an einen Staatsanwalt. Die Realität existiert von dem Moment an, in dem du in der Lage bist, sie zu dokumentieren. Aber die dokumentierte Realität ist nur die offizielle Version: geschrieben von Richtern, von Historikern, von Ihren Journalistenkollegen, die sich mit wohlfeilen Beweisen zufriedengeben. Versetzen Sie sich in meine Lage. Die CIA, unsere Zugehörigkeit zu ihr, unser Leben, unsere verdeckten Operationen sind so aufgebaut, dass man sie nicht dokumentieren kann. Es ist eine ganz bewusst spiegelbildlich konstruierte Welt mit Doppelrollen, mit Phantomen, mit Leichen. Das ist die amerikanische Erziehung, die wir erhalten. Hätte ich früher geredet, dann hätte man meine Beine in irgendeiner Schublade gefunden wie die in Victors Wohnung. Ich gebe zu, ich hatte Angst. Deshalb rede ich erst jetzt. Zum ersten Mal.«

»Ich verstehe. Fahren wir fort. Wer kann dieser Tote gewesen sein?«

»Das weiß ich nicht, und Victor habe ich nicht gefragt«, antwortet Simone Pace und verzieht den Mund zu einem schmalen Lächeln.

»Ich möchte noch einmal auf ihn zurückkommen, auf Victor, auf das erste Abendessen mit ihm, seine Wohnung und das Experiment zur Abbrenngeschwindigkeit der Zündschnur.«

»Bitte.«

Damit kommen wir endlich zur wichtigsten Frage. »Sie sprechen von Arluno. Bestätigen Sie, dass es das Städtchen in der Nähe von Mailand ist, an der Autobahn nach Turin?«

»Ja, richtig«, bekräftigt Simone Pace.

Es ist die Antwort, die ich erwartet hatte. »In Arluno«, fahre ich fort, »haben die Mafiosi der Cosa Nostra den Sprengstoff versteckt, den sie mit einem Lkw aus Sizilien hochgebracht hatten. Und in Arluno, in einer Wohnung auf dem Land, haben sie die Autobombe gebaut. Der Fiat Uno, der am Abend des 27. Juli in der Via Palestro in die Luft geflogen ist, fuhr von Arluno los.«

Simone Pace zuckt erschrocken zusammen.

»Wussten Sie das? Es steht in den Gerichtsurteilen.«

»Nein, das Detail mit Arluno war mir entgangen«, antwortet er.

»Es stand auch in den Zeitungen.«

»Ich habe keine Zeitung gelesen. Alles, was mit der Via Palestro zu tun hatte, wollte ich nicht lesen.«

»Das war ein großer Fehler.«

»Aber ich weiß, dass die beiden Personen, die von Zeugen gesehen wurden, als sie das mit Sprengstoff beladene Auto am Tatort abgestellt haben, nie identifiziert worden sind«, sagt Simone Pace.

»So wenig wie derjenige, der die Terroristen der Mafia logistisch unterstützt hat. Vielleicht weiß Victor etwas darüber«, spekuliere ich.

Simone Pace sagt nichts.

»Wo kann ich diesen … Victor finden?«, sage ich unvermittelt. Er dreht sich so ruckartig zu mir, dass ich Angst habe, er bricht sich das Genick. »Wo finde ich ihn?«, wiederhole ich meine Frage.

»Im August, ein paar Tage nach dem Bombenanschlag in Mailand und nach den beiden anderen Anschlägen in Rom, teilt mir Victor bei unserem letzten regulären Treffen mit, dass er im Begriff ist, Italien zu verlassen. Er will mir sogar sein Auto verkaufen, das er, wie er sagt, steuerfrei gekauft hat. Ich habe nie wieder etwas von ihm gehört. Und ich bin nicht mehr zu dem Haus in Arluno zurückgekehrt. Auch wenn seine Wohnung dort meiner Ansicht nach lediglich die Operationsbasis war, sein Büro. Victor wohnte mit Sicherheit woanders. Man schläft nicht am selben Ort, an dem man eine Leiche versteckt hat.«

»Würden Sie es wiederfinden?«

»Das Haus in Arluno? Leider nicht. Bei der Hinfahrt hat Victor alles getan, damit ich die Orientierung verliere, das habe ich schon erwähnt. Und bei der Rückfahrt war ich von diesem Geruch und von dem, was ich gesehen hatte, so erschüttert, dass ich mir den Weg nicht gemerkt habe. Seither sind Jahre vergangen. Die Hausfassade könnte in einer anderen Farbe gestrichen, die Pflasterung im Hof erneuert worden sein. In dieser Schlafstadt gibt es Hunderte Wohnblocks, die alle gleich aussehen. Tut mir leid, ganz ehrlich, ich kann Ihnen nicht helfen.«

Ich sehe, dass das Aufsichtspersonal die Kirche schließen möchte.

»Wir sehen uns morgen wieder«, sage ich zu Simone Pace. Ich stehe auf und gehe, ohne aus Höflichkeit und Vorsicht zu warten, dass er als Erster die Kirche verlässt. Das geschieht nun schon zum zweiten Mal. Und es ist das Mindeste, was er verdient hat.

Draußen, vor der Säulenhalle, gehe ich nach links, um in meine Redaktion zurückzukehren. Nur ganz kurz drehe ich mich um. Simone Pace, die Hände in den Taschen seiner Winterjacke vergraben, steigt die Treppe zur Via Cavour hinunter. Er hat mir verraten, dass er sich an diesem Abend sein Lieblingsessen gönnen will: Nudeln mit Miesmuscheln und Pecorino, aber ohne Tomatensauce. Ich hoffe, dass auch ihm der Appetit vergangen ist. Und dass er den Tag mit einem langsamen Spaziergang beschließt, ohne Abendessen, gepeinigt von seinen Phantasmen. Der Himmel ist bereits dunkel.

TERRORISTEN AUF FREIEM FUSS

Um diese Uhrzeit am Mittwoch ist niemand mehr in der Redaktion. Vor den großen hohen Fenstern mit Panoramablick über die Stadt sieht man die Lichter des Verkehrs an den beiden Tiberufern. Unter den kahlen Ästen riesiger Platanen funkeln lange, bewegungslos wirkende Ketten von Autoscheinwerfern. Die Strudel des Flusses reflektieren die Spiegelungen im Wasser als schwache Flämmchen. Eine chaotische Szenerie. Mir schenkt sie jedes Mal innere Ruhe. Ich stehe im Dunkeln, mit verschränkten Armen, die rechte Wange am Fensterglas. Dann rufe ich zu Hause an. »Es wird spät werden«, sage ich. Ich knipse meine Schreibtischlampe an, setze mich an den Computer, schalte ihn ein und öffne den Ordner mit den Dokumenten zum Bombenanschlag in der Via Palestro. Ich lese und schließe eine Datei, öffne eine andere. So verbringe ich fast eine Stunde, ohne zu merken, wie die Zeit vergeht.

Schließlich finde ich, wonach ich gesucht habe. Es ist ein Dossier der Justizbehörde Mailand mit sämtlichen Strafurteilen gegen Mafiamitglieder, die im Zusammenhang mit den Anschlägen in Mailand, Florenz und Rom vor Gericht gestellt und rechtskräftig verurteilt wurden. Stand: 7. Januar 2014, also relativ aktuell. Die Betitelung ist typisch für ein Rechtsdokument. Ich lese halblaut mit, wie immer, wenn ich mir die Worte ins Gedächtnis einprägen will. Ab und zu schaue ich in mein Notizheft mit Simone Paces Schilderungen. Ich halte inne, um darüber nachzudenken, wo ich einen Anhaltspunkt finden könnte. Ich suche die entsprechenden Stellen und finde sie schließlich.

Auf Seite 13 des Gerichtsdokuments heißt es: »Das Ergebnis der diversen Ermittlungen lässt die Schlussfolgerung zu, dass in der Via Palestro in Mailand mit hoher Wahrscheinlichkeit ein Sprengsatz von ca. 90–100 Kilogramm Sprengstoff verwendet wurde.« Und dann geht es sofort weiter mit der Frage nach der Zündvorrichtung: »In der Via Palestro sowie an den anderen oben genannten Tatorten wurde nichts gefunden, was Aufschluss über das Zündsystem zur Aktivierung des Sprengsatzes hätte geben können. Doch der Rauch, der zuerst von Passanten und dann von der Stadtpolizei bemerkt wurde, die von mehreren Zeugen beschriebenen Schnüre sowie schließlich die Ergebnisse einer am 8. Oktober 1993 von der Staatsanwaltschaft Mailand durchgeführten gerichtlichen Sachverhaltsnachstellung haben die Gutachter (und durch sie auch dieses Gericht) davon überzeugt, dass im vorliegenden Fall eine Zündschnur mit langsamer Abbrenngeschwindigkeit verwendet wurde, die entweder plastikummantelt oder geteert oder beides war.«

Wer sich mit der Mafia beschäftigt, muss sich über die Verwendung von Sprengstoff kundig machen. Er wird also wissen, dass »plastikummantelt« bedeutet, dass die Zündschnur außen aus Kunststoff besteht und mit Schwarzpulver gefüllt ist. Bei der Verbrennung entsteht dichter grauer Rauch und ein beißender Geruch nach verbranntem Plastik. Es ist die Art von Zündschnur, die Victor in der Wohnung in Arluno präpariert hat. Die geteerte Zündschnur dagegen ist außen aus Teer und innen mit Schwarzpulver gefüllt. Bei der Verbrennung entsteht weißer Rauch mit dem charakteristischen Geruch nach verbranntem Bitumen. Die Zeugen, die den Anschlag überlebt haben, waren bei einem in der Via Palestro durchgeführten Simulationsexperiment anwesend. Und diese »zweite Überprüfung«, so heißt es in dem Gerichtsdokument auf Seite 14, gab den Zeugen die Möglichkeit, »Ähnlichkeiten bezüglich des Geruchs, der Dichte und der Farbe des Rauchs festzustellen«. Ihnen zufolge war die Zündschnur mit Teer überzogen, auch wenn Gutachter und Richter die Verwendung des anderen Zündschnurtyps nicht ausschließen.

Ich hebe den Kopf aus der blendenden Helligkeit des Computers ins dunkle Zimmer. Dann lese ich weiter.

»All dies«, heißt es auf Seite 29 desselben Dokuments, »veranlasste die Richter in ihrem Urteil von 1998 zu der folgenden bitteren Feststellung: ›Bedauerlicherweise wurden weder die Operationsbasis in Mailand noch die Individuen entdeckt, die den Anschlag in dieser Stadt mit Sicherheit logistisch unterstützt und Handlangerdienste geleistet haben, sodass die Sachverhalte nicht bis ins Letzte aufgeklärt werden konnten [...].‹ Auch im Urteil des Mailänder Berufungsgerichts vom 7. Mai 2005 wird darauf hingewiesen, dass es hinsichtlich der Durchführung des Anschlags in der Via Palestro zahlreiche dunkle Punkte gibt.«

Operationsbasis? Logistische Unterstützung? Simone Paces Erzählung bietet Antworten auf bisher offene Fragen. Zu Victor, den Mitarbeitern der CIA in Mailand und Rom in jenen Monaten und deren geheimem Netzwerk wurden nie Ermittlungen geführt. Und vielleicht wird es nie Ermittlungen geben. Denn Hypothesen, Beweise, Namen und mutmaßliche Komplizen sind durch die Regeln der Diplomatie und die Verträge der Atlantischen Allianz geschützt.

Der Name einer anderen Datei ruft mir in Erinnerung, dass nach der Urteilsverkündung des Schwurgerichts eine Einheit der Antimafia-Direktion Mailand damit beginnt, in Arluno nach Bewohnern zu fahnden, die mit der sizilianischen Mafia in Kontakt stehen. Nach monatelangen Ermittlungen finden sie schließlich einen Verdächtigen. Die Spuren führen zu einem kleinen Haus. Laut den späteren Gerichtsurteilen befand sich hier eine Operationsbasis der Terroristen von Cosa Nostra, die den Sprengstoff in Empfang nahmen und den Fiat Uno, der für den Anschlag in der Via Palestro gestohlen wurde, zu einer Autobombe umbauten.

Dass der Plastiksprengstoff nach Arluno gebracht wurde, gilt mittlerweile als sicher. Der Erste, der dies enthüllte, war der Lkw-Fahrer, der die Ladung transportierte. Er heißt Pietro Carra und legt am 31. August 1995 ein Geständnis ab. Er sei, so gibt er zu Protokoll, mit seinem Lastwagen von Palermo losgefahren, begleitet von dem Mafioso Cosimo Lo Nigro. Sie starten am 21. Juli 1993 gegen halb zehn Uhr abends und treffen am Vormittag des 23. Juli in Arluno ein: vier Tage vor dem Bombenanschlag. Ich suche die Datei. Ich klicke auf den Titel *Procura della Repubblica presso il Tribunale di Firenze – Trascrizione dell'interrogatorio di Carra Pietro*. Staatsanwaltschaft bei der Justizbehörde Florenz – Protokoll der Vernehmung von Pietro Carra. Die Worte des Lkw-Fahrers erscheinen auf dem Bildschirm: »Bevor wir die Ausfahrt Arluno erreichten, rief Cosimo Lo Nigro jemanden an«, erklärt Pietro Carra zehn Minuten nach Mitternacht in einem abhörsicheren Raum des Gefängnisses in Sollicciano bei Florenz, wo er einsitzt. »Cosimo sprach mit einer mir unbekannten Person, um Bescheid zu geben, dass wir gleich da sind. Als wir da waren, habe ich den Anhänger abgekoppelt, weil der Mann, der uns abholen wollte, auf sich warten ließ. Wir saßen eineinhalb Stunden da und warteten. An der Ortseinfahrt gibt es eine kleine Piazza mit Bänken, die ich jederzeit wiedererkennen würde.

Nach einer Weile«, fährt der Lkw-Fahrer fort, »kam ein Mann, so etwa vierzig Jahre alt, ich möchte nichts Falsches sagen, aber ich glaube, er hatte eine Halbglatze, er sah ein bisschen glatzköpfig aus. Ich bin zum Lkw gegangen. Der Mann fing an, mit Cosimo zu reden. Sie haben miteinander gesprochen, aber ich habe nichts gehört [...]. Ich war zum Lkw gegangen. Dann kam Cosimo, stieg ein und sagte, ich soll diesem Auto folgen. Er hat mir ein Zeichen gegeben [...]. Es war ein weißes Auto, ich möchte nichts Falsches sagen, aber es könnte ein weißer Fiat 127 gewesen sein [...]. Wir fuhren über eine Brücke, unter der Prostituierte standen, und dann gleich nach links in ein Wäldchen mit hohem Schilf. Ich bin mitten hineingefahren in dieses Schilf, habe die Ladefläche gekippt [...] und diese Pakete auf den Boden abgeladen, ich habe auch Cosimo dagelassen und bin weggefahren.«

Die Pakete enthalten die Sprengladung. Ich nehme erneut mein Notizheft zur Hand, das aufgeschlagen auf dem Schreibtisch liegt. Ich blättere die Seiten durch. Gehe an die Stelle, wo Simone Pace Victors äußere Erscheinung und seine erste Begegnung mit ihm beschreibt. Ich lese die Passage, und mir ist, als hörte ich seine Stimme: »Ich sehe einen alten weißen Fiat 127. Er fährt extrem langsam.

Fährt an mir vorbei. Am Steuer sitzt ein etwa vierzigjähriger Mann. Praktisch kahl.«

Ich führe in meinem Ordner zu den Anschlägen in Mailand, Florenz und Rom einen automatischen Suchlauf durch, gebe den Namen »Pietro Carra« ein und warte auf das Ergebnis. Aus der langen Liste von Dokumenten zu den jahrelangen Ermittlungen und Prozessen öffne ich nach mehreren Anläufen die PDF-Datei *Motivazione sentenza Corte Assise Firenze*. Urteilsbegründung des Schwurgerichts Florenz. Es sind tausendfünfundachtzig Seiten. Ich tippe »Arluno« ein und warte, bis der Computer das Dokument durchsucht hat. Die Antwort kommt nach wenigen Sekunden. Auf Seite 136 schreiben die Richter: »Pietro Carra kommt erneut auf die Fahrt nach Arluno zu sprechen und sagt, Cosimo Lo Nigro habe, als sie zu diesem Ort aufbrachen, eine Tasche bei sich gehabt, in der er vielleicht seine Kleidung aufbewahrte. Er hatte auch andere Dinge dabei: ›Er hatte eine Schnur und eine Zange, er reichte sie mir von seinem Sitz aus. Ich legte die Sachen unter den Fahrersitz. Die Schnur, die er mir gab, war eine Art Zündschnur. Sie war mit einer Art Klebeband überzogen. Die Schnur war zu einem Strang zusammengerollt. Sie könnte eineinhalb bis zwei Meter lang gewesen sein. Mit einem Durchmesser von etwa fünf Millimeter.‹«

Fünf Millimeter auf zwei Meter: die von Victor am 1. Mai 1993 präparierte Zündschnur hat denselben Durchmesser und fast dieselbe Länge.

Die Frage, die sich jetzt stellt, ist sehr einfach: Wie weit ist das Restaurant, das der Chef des geheimen CIA-Netzwerks besucht hat, von dem Häuschen in Arluno entfernt, dass die Mafiaterroristen für den Anschlag als Basis benutzten?

Die Adresse des Häuschens steht auf Seite 103, in derselben Urteilsbegründung: Via Giovanni Bosco 9. Jetzt genügt Google Maps. Simone Pace hat mir den Namen des Restaurants genannt. Auf dem Bildschirm öffnet sich eine grüne Karte neben den Fotos eines hellen, einladenden Lokals mit Garten. Es existiert immer noch. Ein Klick auf die Karte. Ein Klick auf das Icon mit dem Straßenverzeichnis. Jetzt muss ich nur noch die Adresse des Häuschens hinzufügen. Ich tippe sie ein.

Donnerwetter!

Vom Restaurant bis zur Operationsbasis des Bombenanschlags in der Via Palestro sind es gerade einmal siebenhundert Meter: zehn Minuten zu Fuß, drei mit dem Auto. Auch Victor hat in dieser Gegend gewohnt: »Ich bin am Ziel«, sagte der Operationschef der CIA am Ende eines ersten Treffens zu Simone Pace. Mag sein, dass dies alles nur unglaubliche Zufälle sind. Aber sie verdienen es, dass man ihnen nachgeht.

Ich schließe alle noch geöffneten Dateien, klicke auf das Icon unten rechts und gehe erneut ins Internet. Die Hand auf der Maus sucht die Homepage der Bahn. Hier, Trenitalia. Von Rom nach Mailand. Um diese Uhrzeit. Wenn ich mich beeile, erreiche ich den letzten Zug. Den Intercity-Nachtzug um 23.55 Uhr vom Bahnhof Tiburtina zum Bahnhof Porta Garibaldi. Ankunft um 7.11 Uhr morgen früh, 53 Euro in der zweiten Klasse. Ich hole meine Tasche mit dem Laptop aus dem Schrank. Rufe ein Taxi. Der Aufzug lädt mich vor dem Empfangstresen des Nachtpförtners aus.

»Ich mache Schluss für heute, auf Wiedersehen«, sage ich zu ihm und gehe hinaus.

Der Nachtzug befördert jenen Teil der Bevölkerung, der sich eine Zugfahrt tagsüber nicht leisten kann. Eine Frau mit einem riesigen, orangeroten Koffer. Eine Mutter mit zwei völlig erschöpften Kindern. Und ein Heer von Männern jeder Herkunft und Hautfarbe. Aber neben jedem Sitz gibt es eine Steckdose, und das genügt mir. Der Zug fährt mit fünf Minuten Verspätung los. Ich nehme meine Recherchen wieder auf.

Ich schließe meinen mobilen Router an, verbinde ihn mit dem Internet. Wer weiß, wem das Häuschen heute gehört. Das Satellitenfoto und Street View von Google zeigen ein typisches Einfamilienhaus in der italienischen Provinz. Fassade aus grob verputztem Zement. Hochwertige Holzfensterläden. Kleiner Garten mit einem

Kirschbaum rechts, einer Magnolie links. Ein efeuüberwachsener Zaun und Jasminranken über dem mit Ziegeln gedeckten Vordach, das den Eingang vor Regen schützt.

Über die Plattform *Sister* der Steuerbehörde gelange ich zur Datenbank des Vermessungsamts. Kurz vor dem Bahnhof Orvieto, auf halber Höhe zwischen Rom und Florenz, bleibt der Zug lange stehen. Der Internetempfang scheint gut zu sein. Alle um mich herum schlafen. Ich muss einen Onlineantrag ausfüllen: Einsicht in den Liegenschaftskataster. Provinzverwaltung Mailand-Land. Die Suche erfolgt nach Adressen. Die Adresse: Arluno, Via Giovanni Bosco. Hausnummern: von 9 bis 9. Begründung? Es fehlt noch die Begründung für meinen Antrag. Es genügt, irgendetwas einzutippen: »Nutzung innerhalb des gesetzlichen Rahmens«, die magische Formel der italienischen Bürokratie. Jetzt kann ich meine Anfrage abschicken. Es dauert fast eine Minute. Vielleicht gibt es Interferenzen mit der Stromleitung der Bahn. Dann erscheint die Antwort auf dem Bildschirm. Nur wenige Zeilen Text. Kataster: Gebäude. Gemeinde: Arluno. Ermittelte Liegenschaften: 0. Verzeichnis der Liegenschaften: keine Entsprechung gefunden.

Wie kann das sein? Das Häuschen existiert. Der Satellit und die Kamera Dodeca 2360 mit elf Objektiven von Google haben es aufgenommen.

Ich versuche es noch einmal. Tippe erneut die Adresse ein: Via Giovanni Bosco. Aber diesmal rufe ich die Hausnummern 7 bis 11 auf. Es sind die Katasterauszüge der beiden Häuser daneben. Nummer 9 liegt zwischen beiden, und wenn es registriert ist, muss es auftauchen. Ich schicke meine Anfrage ab. Eine weitere Minute lang tut sich nichts. Als die Antwort auf dem Bildschirm erscheint, höre ich das summende Geräusch des Lüfters. Nichts. Von Hausnummer 7 geht es direkt weiter zu Hausnummer 11. Das Haus mit der Nummer 9, das als Operationsbasis für den Anschlag in der Via Palestro benutzt wurde, ist laut Kataster des italienischen Staates inexistent.

Ich schalte Internet und Computer aus und verstaue beides wieder in der Laptoptasche. Ich verberge mein Gesicht unter meiner

Jacke, die ich an einen Haken neben dem Zugfenster gehängt habe, und schlafe ein. Plötzlich spüre ich, dass mich jemand berührt. Mit einem Ruck ziehe ich mir die Jacke vom Gesicht weg. Der Besitzer der Hand schreit auf und empfiehlt sich der Gnade der Muttergottes. Er zuckt so erschrocken zurück, dass er fast gegen einen Sitz geprallt wäre.

»Was ist los?«, frage ich schlaftrunken.

»Ich dachte, Sie sind tot. Was machen Sie hier?«, fragt der Schaffner und versucht, sich seinen Schock nicht anmerken zu lassen.

»Wie: Was ich hier mache. Ich fahre nach Mailand.«

»Wir sind schon seit fast einer Stunde in Mailand. Der Zug ist auf dem Weg ins Depot. Herrgott, kommen Sie, ich muss ihn anhalten.« Er zieht sein Handy aus der Tasche und spricht mit dem Lokführer.

Die Wagen sind leer. Erst jetzt wird mir klar, dass nur noch ich an Bord bin.

»Tut mir leid«, entschuldige ich mich. »Aber wie kann es sein, dass keiner der Fahrgäste mich geweckt hat, bevor er ausgestiegen ist?«

»Kommen Sie, kommen Sie, der Zug bleibt gleich stehen. Wir müssen zu den hinteren Waggons, hier sind wir schon außerhalb des Bahnsteigs.«

Ich steige aus. Der Zug setzt sich erneut Richtung Depot in Bewegung. Zwischen den Schutzdächern entlang der Gleise taucht der begrünte Hochhausturm Bosco Verticale auf, dessen Bäume sich an die Luxusapartments klammern. Gleich gegenüber blinken weit oben die Signallichter des Unicredit-Wolkenkratzers Il Siringone. Im Himmel seiner geschwungenen Fassade spiegeln sich die Wolken eines grauen Morgens. Vor dem Bahnhof müsste es einen Autoverleih geben. Da ist er.

»Wie viele Tage brauchen Sie den Wagen?«, fragt die Angestellte.

»Nur heute. Mit Navigationsgerät bitte.«

Corso Sempione. Viale Certosa. Auf dem Autobahnring stecke ich im Stau. Nach mehr als einer Stunde bringt das Navi mich und den gemieteten Fiat 500, der zufällig weiß ist wie der Fiat 127 von damals, in die Via Giovanni Bosco, Ortsteil Rogorotto, Gemeinde Arluno. Die Straße ist menschenleer. Rechter Hand alte Lagerhallen von Fabriken, die der Rezession zum Opfer gefallen sind. Linker Hand eine Reihe hübscher kleiner Häuser. Am Straßenrand ist nur ein einziges Auto geparkt. Ein blauer BMW. Er steht vor Hausnummer 9. Ein Zeichen dafür, dass das Haus bewohnt ist. Auf dem Briefkasten vier osteuropäische Vor- und Zunamen. Wahrscheinlich Vater, Mutter und zwei Kinder. Mein Zeigefinger drückt fest auf den Klingelknopf. Eine krächzende Stimme meldet sich über die Sprechanlage.

»Guten Tag, verzeihen Sie die Störung, ich führe eine Umfrage durch. Ich möchte wissen, ob Ihre Heizanlage mit Gas oder Öl betrieben wird.« Eine andere Lösung zur Verschleierung meiner Identität ist mir nicht eingefallen. Dieses Haus war die Operationsbasis eines Terrorkommandos der Mafia. Ich weiß nicht, wer heute hier wohnt. Und es ist besser, vorsichtig zu sein.

Die Haustür geht auf, aber nicht das Gartentürchen. Ein Junge erscheint.

»Guten Tag. Ich weiß es nicht, ich muss meinen Vater fragen«, sagt er und kehrt ins Haus zurück. Kurz darauf taucht er mit dem Smartphone in der Hand wieder auf, nähert sich dem Gartentürchen und ruft seinen Vater an.

»Mit Gas«, sagt er, als er fertig ist.

»Danke. Sind Sie die Eigentümer?«

»Nein«, antwortet der Junge, »wir wohnen zur Miete.«

»Kennen Sie den Namen des Besitzers?«

»Nein, tut mir leid. Ich müsste in den Mietvertrag schauen, aber wo der ist, wissen nur meine Eltern.«

»Ist nicht weiter wichtig«, sage ich und entschuldige mich für die Störung. Ich habe einen ahnungslosen Jungen belästigt, der 1993 noch nicht einmal geboren war. Aber ich habe die Sache überprüft.

Ich kehre zu dem Fiat 500 zurück, den ich am Anfang der Straße geparkt habe. Ich setze mich ans Steuer und gebe »Arluno, Piazza

De Gasperi« in das Navi ein. Das ist der kleine Platz mit den Bänken, wo der Lkw-Fahrer Pietro Carra und der Mafioso Cosimo Lo Nigro auf den etwa vierzigjährigen kahlköpfigen Mann mit dem weißen Fiat 127 gewartet haben. Ich stelle fest, dass es von der Via Giovanni Bosco nur tausendachthundert Meter sind. Vier Minuten mit dem Auto.

Vor dem Rathaus kann man bequem parken. Die Piazza Alcide De Gasperi bildet ein Dreieck zwischen der Provinzstraße, die mitten durch die Stadt führt, und einer Gasse, die sich in ein Straßengewirr verzweigt. Die beiden Schaufenster einer Immobilienagentur, ein verrostetes Tor, eine Tür, zwei Fenster, eine Uhr auf einer Säule, die Glastür einer Bar. Die Bänke sind nicht mehr da. Mir bleibt noch Zeit für einen Spaziergang, bevor der Moment kommt, den ich mit größter Spannung erwarte.

Das Restaurant, in dem Victor sich mit seinen operativen Agenten getroffen hat, erreicht man über einen asphaltierten Weg. Ringsum gepflügte Felder, die gleich hinter den letzten Häusern von Rogorotto beginnen, dem Ortsteil mit dem Häuschen siebenhundert Meter von hier entfernt. Jenseits der Einfriedung ein einstöckiges Gebäude, umgeben von einem sehr gepflegten Garten.

»Bitte«, sagt der Ober höflich.

»Ich bin allein.«

»Folgen Sie mir.«

In dem hellen Raum, dessen Foto auch im Internet zu finden ist, gibt es nur noch einen freien Tisch in der Ecke links gleich am Eingang. Die Tischgesellschaft neben mir mit ihren sehr unterschiedlich gekleideten Teilnehmern lässt ein Arbeitsessen vermuten. Zwei Männer an einem etwas weiter entfernten Tisch sprechen vielleicht über geschäftliche Dinge. Dasselbe Bild müssen Victor und Simone abgegeben haben, als sie zum Abendessen hier waren. Am Dienstag, dem 18. Juni 1991. Und die CIA schmiedete bereits Pläne zum Sturz der Parteien, die Italien regierten.

»Haben Sie gewählt?«, fragt der Ober.

»Noch nicht, geben Sie mir noch ein paar Minuten.«

Die Speisekarte bietet viele Spezialitäten: Risotto al Barbera, hausgemachte Tagliatelle mit Wildschweinragout, Lasagne alla bolognese, Gemüsesuppe. Und als Hauptgericht: gebratenen Schweinekamm mit Ofenkartoffeln, Rinderschmorbraten mit weicher Polenta, Käseomelette mit Brokkoli in Öl. Auch die Weinkarte ist exquisit.

Schließlich bestelle ich Rotwein-Risotto und ein Mineralwasser ohne Kohlensäure. »Ich muss leider Auto fahren und kann deshalb keinen Wein trinken«, füge ich hinzu. Als ich mit dem Essen fertig bin, stehe ich auf und gehe zur Kasse.

»Sind Sie der Besitzer?«, frage ich einen etwa fünfzigjährigen Mann.

»Ja«, sagt er.

»Hier war einmal ein Baggersee, oder?«

»Ja, man konnte sportangeln, und die Trattoria war gleich daneben.«

»Und das ist alles verschwunden?«

»Der See ist verschwunden. Wir haben ihn zuschütten lassen, als wir beschlossen haben, die Trattoria zu einem Restaurant umzugestalten.«

»Haben Sie das Lokal geführt?«

Der Besitzer lächelt. »Nein, mein Vater und meine Mutter. Meine Mutter hat gekocht.«

Er sieht aus, als wäre er ein anständiger Mensch. Das spürt man instinktiv. Er und seine Eltern hatten garantiert keine Ahnung von dem, was vor sich ging. Und so beschließe ich, die Karten auf den Tisch zu legen, und erkläre ihm, warum ich diese Fragen stelle.

»Ah«, ruft der Besitzer aus.

»Vielleicht erinnert sich Ihr Vater an einen amerikanischen Gast, der zwischen 1991 und 1993 zum Essen hierherkam.«

»Mein Vater ist vor einem Monat gestorben, aber er hat sich schon seit einem Jahr an nichts mehr erinnert.«

»Das tut mir leid. Haben Sie damals hier gearbeitet?«

»Nein, ich war in jenen Jahren im Ausland tätig. Was hat dieser Amerikaner beruflich gemacht?«

»Er war ein Amerikaner sizilianischer Abstammung. Sein Italienisch hatte einen sizilianischen Akzent. Er nannte sich Victor oder Vittorio und könnte Verbindungen zu den Sizilianern in dem Haus in der Via Giovanni Bosco gehabt haben, die wegen des Bombenanschlags in der Via Palestro verhaftet wurden.«

»Tatsächlich?«, sagt der Besitzer. »Zu denen von Rogorotto?«

»Ja.«

»Darüber habe ich damals in der Zeitung gelesen. Ich kenne keinen der Verhafteten, und ich glaube nicht, dass sie unsere Gäste waren. Hier gab es einen Verein für Sportangler. Die Gäste kamen zum Angeln hierher und aßen oft hier zu Mittag oder zu Abend.«

»Der Name Victor sagt Ihnen nichts? Vielleicht haben Ihre Eltern Ihnen von einem Amerikaner erzählt, der zu ihnen zum Essen kam. Könnte sein, dass er sich als Mitarbeiter des Konsulats vorgestellt hat.«

»Nein, nie«, antwortet der Besitzer entschieden. »Ich kann meine Mutter fragen. Aber es ist schon so lange her, und auch ihr Gedächtnis hat im Alter nachgelassen.«

Jetzt, da ein Fünkchen Vertrauen zwischen uns aufkeimt, kann ich tiefer bohren.

»Ich möchte Ihnen gern alle Fragen stellen, die für mich noch offen sind. Kann es sein, dass zu der Zeit, als Sie den See zugeschüttet haben, jemand ohne Ihr Wissen Lkws entladen hat? Vielleicht, um Abfall beiseitezuschaffen oder Sprengstoffpakete zu verstecken?«

»Nein, nein, das ist unmöglich. Das schließe ich definitiv aus«, sagt der Besitzer. »Wir haben die Erde selbst hierherschaffen lassen. Jede Ladung war von der Umweltbehörde zertifiziert und genehmigt. Wir haben den See zugeschüttet, weil das Sportangeln uns nichts mehr einbrachte und wir die Qualität unserer Küche anheben wollten. Entweder man macht das eine oder das andere. Wir haben uns für das Restaurant entschieden. Aber rufen Sie mich heute Abend an oder kommen Sie noch einmal vorbei. Ich frage meine Mutter, ob sie sich an einen Amerikaner unter ihren Gästen erinnert.«

»Danke, aber ich muss leider nach Hause zurückfahren. Ich rufe Sie vom Zug aus an«, sage ich und lasse mir seine Telefonnummer geben. Ich zahle und gehe hinaus auf den Parkplatz. Die Vibration meines Handys und eine SMS erinnern mich daran, dass ich nach meinem »Es wird spät werden« von gestern Abend nicht mehr zu Hause angerufen habe. Und wie immer, wenn das passiert, fühle ich mich mies.

Auch am nächsten Morgen ist Simone Pace bereits vor mir in San Pietro in Vincoli. Wie immer hat er sich in die letzte Bank der rechten Reihe gesetzt. Er betrachtet nachdenklich die reglosen Lichtbündel, die von den großen Fenstern links oben auf den Fußboden fallen. Ich gehe auf ihn zu und setze mich neben ihn, aber er nimmt es kaum wahr.

»Ich war gestern zu allen Nachholterminen hier. Vergeblich«, beginnt er vorwurfsvoll.

»Sie haben mir gesagt, ich soll Sie nicht anrufen und Ihnen keine Nachrichten schicken.«

»Sie hätten bloß herzukommen und mir Bescheid zu geben brauchen. Aber es ist nicht weiter wichtig. Ich hoffe, es ist nichts Schlimmes passiert.«

Ich schaue ihn an und lächle. »Wenn Sie wüssten, wo ich war, wären Sie nicht so ärgerlich.«

»In Innsbruck?«, fragt Simone Pace.

»Nein.« Ich halte ein paar Augenblicke inne, um seine Reaktion zu studieren. »In Arluno.«

Er starrt auf den Altar mit den Ketten des heiligen Petrus, ohne auch nur eine Miene zu verziehen. Er versteht es wirklich, seine Emotionen zu kaschieren.

»Als wir am Mittwochabend auseinandergegangen sind, war ich noch in der Redaktion, um in den Prozessakten zu den Bombenanschlägen von 1993 zu lesen. Und dann bin ich mit dem Intercity-Nachtzug nach Mailand gefahren. Trösten Sie sich, meine Frau war auch verärgert. Ich habe auch sie zu benachrichtigen vergessen.«

»Und haben Sie interessante Dinge entdeckt?«

»Ich habe alles wiedergefunden. Bis auf die Wohnung, in der Victor das Experiment gemacht hat.«

»Ich habe gestern auf Google gesucht, auch mit Street View«, verrät mir Simone Pace. »Ich habe mir zig Häuser angesehen. Nichts, ich habe keines wiedererkannt. Aber ich habe im Internet gesehen, dass es immer noch ein Restaurant dieses Namens gibt.«

»Ja, ich habe dort zu Mittag gegessen.«

Jetzt dreht er sich neugierig zu mir. Er hört mir aufmerksam zu. »Gestern Abend habe ich dann auch noch mit dem Besitzer telefoniert. Auch seine Mutter erinnert sich an keinen amerikanischen Gast. Aber er hat gesagt, dass ihr Gedächtnis im Alter nachgelassen hat«, sage ich zum Schluss.

»Womöglich hat Victor sich nie als Amerikaner vorgestellt«, meint Simone Pace. »Aber in der Gegend hat er mit Sicherheit gewohnt. Apropos, was für einen Eindruck hatten Sie von den Restaurantbesitzern?«

»Ich habe nur den Sohn gesehen, aber es sind anständige Leute. Und das Essen ist ausgezeichnet. Denken Sie nur an uns: Wir treffen uns nun schon seit Wochen in dieser Kirche. Aber haben wir jemals einen Geistlichen angesprochen und ihm gesagt, wer wir sind und warum wir uns hier treffen? Wenn Sie sich mit einem Ihrer Kontakte in einem Restaurant getroffen haben, haben Sie dann den Besitzer darüber informiert oder ihn ins Vertrauen gezogen?«, frage ich, obwohl ich seine Antwort kenne.

»Natürlich nicht.«

Wir sitzen lange schweigend da, versunken in Moses' steinernen Blick.

Irgendwann sagt Simone Pace: »Und was denken Sie jetzt über diese ganze Geschichte, nachdem Sie vor Ort waren?«

»Haben Sie *Ein amerikanischer Thriller* von James Ellroy gelesen?«

»Nein.«

»Lesen Sie es«, sage ich zu ihm, »es wird Ihnen helfen zu verstehen. Das Buch erzählt von den Vorbereitungen zur Ermordung Präsident Kennedys und von den Verbindungen zwischen der CIA, der italoamerikanischen Mafia und den Exilkubanern nach dem Machtantritt Fidel Castros. Es erzählt auch vom Kokainhandel und von den Kontakten zwischen Kriminellen und den Institutionen, Kontakte, wie sie in Italien jahrzehntelang existierten. Ein Kollege in New York meinte, Ellroy sei derjenige Autor, der den erschütterndsten Mord in der jüngeren Geschichte der Vereinigten Staaten am besten erzählt hat. Im Kern zeigt das Buch, dass es nicht nur den einen Plan gab, der vor den Augen der Weltöffentlichkeit am 22. November 1963 in Dallas umgesetzt wurde. Es gab weitere Pläne, auch wenn nur einer bis zum Äußersten vorangetrieben wurde. Ausgeführt von korrupten Polizisten und Erpressungskünstlern. Wäre deren Leben auch nur für eine Sekunde anders verlaufen, sähe die Geschichte, wie wir sie kennen, anders aus, schreibt James Ellroy. Sie waren Protagonisten eines schmutzigen, geheimen Kriegs, der in die Hände von Spionen und Drogenschmugglern gelegt wurde.«

»Und?«, fragt Simone Pace.

»Solchen wie euch«, antworte ich mitleidlos. »Wie auch immer es im Detail gelaufen ist, Victor war bei der Planung der Operation der verlängerte Arm der Regierung der Vereinigten Staaten. Und ohne die Mitwirkung der Regierung in Washington werden wir seinen wirklichen Namen nie erfahren. Es sei denn, wir verschaffen uns Zugang zum Geheimarchiv in Langley, wo die Unterlagen zu den verdeckten Operationen archiviert sind und für alle Zeiten aufbewahrt werden.«

Simone Pace lächelt über diese absurde Idee. »Kennen Sie dieses Archiv?«

»Ich habe den Film *Argo* gesehen. Ben Affleck, die Hauptfigur, übergibt am Schalter des Archivs alles, was er von seiner Geheimoperation im Iran mitgebracht hat. Alles bis auf eine Skizze.«

»Sie haben recht: Ohne die Hilfe Washingtons werden wir nichts über Victor erfahren. Kann ich mit meiner Geschichte weitermachen?«

»Bitte«, sage ich und schlage mein Notizheft auf, um weiter mitzuschreiben.

DANK VON BILL CLINTON

Michael, mein neuer Controller und Victors Nachfolger, ist, wie sich herausstellt, ein gelassener Mensch, fährt Simone Pace fort. Auch körperlich – er hat ein paar Kilo zu viel – strahlt er Ruhe aus. Er ist stets zwanglos gekleidet. Zu unseren regelmäßigen Treffen kommt er sogar im Trainingsanzug. Er fährt mit öffentlichen Verkehrsmitteln und versetzt mich nie in Angst und Sorge. Michael behandelt mich mit einem gewissen Respekt. Er deutet an, dass ich höher eingestuft worden bin. *Sie* haben mich befördert. Wie immer nicht offiziell, aber die Bestätigung dafür ist eine beträchtliche Gehaltserhöhung. So geht das tragische Jahr der Mafiaanschläge zu Ende.

Der neue Operationschef interessiert sich nicht besonders für Informationen. Er will, dass ich mich auf die Suche nach potenziellen Mitarbeitern in ganz Italien konzentriere. Möglichst Beamte, die in sensiblen Bereichen tätig sind, beim Militär, bei der Polizei oder im öffentlichen Dienst. Ich habe freie Hand, sagt er. Sie vertrauen mir also nach wie vor. Die Suche und Auswahl neuer Mitarbeiter obliegt mir, deren Einstellung ihm.

Ich reime mir zusammen, dass die CIA nach der Zeit der Bomben im Begriff ist, ihr Netzwerk vor Ort aufzulösen und umzugestalten, und deshalb neue Leute sucht, die sie rekrutieren können. Auch weil die Macht in Italien nicht mehr in den Händen der alten politischen Klasse liegt, die im Zuge von Verhaftungen wegen Korruption oder Verbindungen zur Mafia untergegangen ist. Jetzt treten neue Namen auf den Plan, neue Gesichter und neue Parteien. Zu ihnen gehört der neue italienische Ministerpräsident Silvio Berlusconi, der König des kommerziellen Fernsehens.

Ich fühle mich durch die Aufgabe eines Rekruteurs belohnt und motiviert. Die wichtigste Regel, der ich folgen muss, lautet wie immer, den Anschein zu erwecken, als geschähe alles ganz beiläufig. Spion zu werden hat in der Welt der öffentlichen Angestellten, besonders bei der Polizei, den Carabinieri und der Finanzpolizei, zwei nicht zu unterschätzende Konsequenzen. Zum einen wird dein Ego enorm gestärkt, wenn du bei Recherche, Infiltration und Informationsbeschaffung deine Fähigkeiten optimal nutzt, um schwierige Aufgaben zu bewältigen. Das Zweite ist natürlich die finanzielle Gratifikation. Im öffentlichen Dienst gibt es viele, die sich wichtig fühlen und ihr Gehalt aufbessern wollen. Die Hauptschwierigkeit eines Anwerbers besteht darin, sich herauszuhalten und als zufälliger Kontakt betrachtet zu werden. Nicht als Anstifter.

Ich weiß nicht, ob ich dafür eine natürliche Begabung besitze. Aber ich nehme Nuancen des Verhaltens, der Gesten und Worte wahr, die mir jenseits aller vernünftigen Zweifel sagen, ob es sich um eine geeignete Person handelt, die ich Michael vorschlagen kann. Dabei hilft es mir, dass ich von Natur aus nicht sehr gesprächig bin. Aber ich bin ein guter und geduldiger Zuhörer. Die Leute mögen es, wenn man ihnen zuhört, wenn sie jemandem ihr Herz ausschütten und sich ihm anvertrauen können, ohne mit dessen eigenen Sorgen und Ängsten behelligt zu werden. Für solche Leute bin ich der ideale Gesprächspartner. Und wenn sie merken, dass ich ihnen interessiert zuhöre, ohne sie zu verurteilen, können sie schon bald nicht mehr auf mich verzichten. Sie suchen den Kontakt zu mir. Wenn man gut zuhören kann, weiß man schnell, was ein Mann oder eine Frau hören möchte. Und wenn man alle diese Fähigkeiten verfeinert, gewinnt man irgendwann die volle Kontrolle über ihre Persönlichkeit. Dann werden sie tun, was man will, obwohl sie fest überzeugt sind, eine freie Entscheidung getroffen zu haben. Für diese Leute bin ich jemand, der ihnen genau das gibt, was sie sich sehnlichst wünschen. Und nach jahrelanger Erfahrung bin ich überzeugt, dass die Leute keine Gewissheiten, sondern bequeme Illusionen wollen. Und nicht begreifen, dass der Erfolg, egal in welchem Bereich, nichts anderes ist als der Gipfel eines Sklavenlebens.

Meine neue Aufgabe jedenfalls kommt meinem Egoismus und meiner Überheblichkeit entgegen. Die hohe Meinung, die ich von mir selbst habe, erreicht neue, ungeahnte Höhen. Durch mich werden Dutzende Personen angeworben. Männer und Frauen jeden Alters. Jeder von ihnen in einer Schlüsselposition der staatlichen Verwaltung. Es macht mir Spaß, den Kontakt herzustellen. Immer scheinbar ganz beiläufig. In manchen Fällen hält Michael mich über die weitere Entwicklung auf dem Laufenden. Wenn ich dann allerdings der angeworbenen Person begegne, tut sie, als ob nichts wäre, und verheimlicht mir vor allem, was bei ihren Gesprächen mit unserem Controller herausgekommen ist. Damit aber entblößt sie sich vor meinen Augen: Wenn man genau weiß, wann jemand lügt, weiß man auch, wann er die Wahrheit sagt. Und das ist ein nicht zu unterschätzender Vorteil.

Um ehrlich zu sein, verrät auch Michael mir nicht immer, ob eine von mir empfohlene Person auch tatsächlich angeworben wurde. Aber was nach dem ersten Kontakt geschieht und was ich beobachte, ist wie eine Bestätigung für mich. Ich will hoffen, dass zumindest die geistig Aufgeweckten, um es einmal so zu nennen, wenigstens für einen kurzen Moment den Verdacht haben, dass ich es bin, der hinter dieser radikalen Veränderung ihres Lebens steckt. Besonders einer von ihnen ist innerhalb des Netzwerks in eine Schlüsselposition aufgestiegen. Er nennt sich Pietro, ist motiviert und bescheiden, aber auch sehr selbstsicher. Bis heute arbeitet er unter einem Decknamen für die italienischen Geheimdienste. Und von Anfang an betrachtet die CIA ihn als einen ihrer besten von mir empfohlenen Mitarbeiter. Man könnte sagen, Pietro dient gleichzeitig zwei Regierungen.

»Und welche von beiden gewinnt das Spiel?«, frage ich.

»Das hängt davon ab, wohin mehr Informationen fließen.«

»Ich verstehe, aber wohin fließen mehr von Pietros Informationen? Nach Rom oder nach Washington?«

»In die Vereinigten Staaten natürlich.«

Ein paar Monate nach den Anschlägen in Florenz, Mailand und Rom, so erzählt Simone Pace weiter, erfahre ich, dass die Kollegen einer Ermittlergruppe die sensationellen Aussagen eines Zeugen zu Protokoll genommen haben, der bereit war auszupacken. Der Zeuge ist ein gewöhnlicher Krimineller, der mit der Mafia in Kontakt steht. Sie haben seine Aussagen auch heimlich auf Tonband aufgezeichnet. Ihr Bericht geht an verschiedene Polizeidienststellen, die zu den Anschlägen ermitteln. Eine Kopie gelangt auch in das Sekretariat der Abteilung, in der ich arbeite.

Der Kriminelle erzählt, er habe erfahren, dass in Silvio Berlusconis Villa ein Sizilianer arbeitet, der mit Mafiosi befreundet ist. Ein gewisser Vittorio Mangano. Und vor allem enthüllt er, dass einer der Gründer der Partei des Ministerpräsidenten lange Zeit Beziehungen zu wichtigen Mafiabossen unterhielt. Die Partei ist natürlich Forza Italia und ihr Gründer ein Manager aus Palermo, der nach Mailand ausgewandert ist, um in den mit Berlusconi verbundenen Firmen zu arbeiten: Marcello Dell'Utri, der mir damals völlig unbekannt war. Der Informant sagt, Dell'Utri habe vor seinem Eintritt in die Politik enge Kontakte zur Mafia gehabt. Erst zwanzig Jahre später wird Dell'Utri vor Gericht gestellt und wegen externer Beteiligung an einer mafiaartigen Vereinigung zu sieben Jahren Gefängnis verurteilt. Er war einer der mächtigsten Männer Italiens, vielleicht sogar mächtiger als Berlusconi. Es wundert mich nicht, dass es zwanzig Jahre gedauert hat, seine Schuld zu beweisen.

Wir befassen uns mit vertraulichen Angelegenheiten, und damals ist es unsere Aufgabe, die internen Abläufe zu überprüfen. Es ist nur eine Frage von Tagen. Eines Nachmittags fange ich das Protokoll mit den Aussagen des Informanten ab. Ich fotokopiere es. Mehr noch: Unter einem Vorwand schaffe ich es, mir auch den Tonbandmitschnitt zu besorgen. Noch am selben Abend schicke ich Michael eine Nachricht. Wir verwenden eine anonyme Adresse und nutzen dafür den ersten E-Mail-Service von Microsoft. Ich bitte ihn um ein dringendes Treffen, um ihm wichtige Informationen über den neu gewählten italienischen Ministerpräsidenten zu übergeben. Genau das schreibe ich: über den neuen Regierungschef Silvio Berlusconi.

Ich höre das Antwortsignal, als ich schon im Halbschlaf bin. Ich liege im Bett auf der linken Seite, mit Blick auf den Bildschirm des Laptops neben mir auf dem Nachttisch. Es ist Mitternacht, sechs Uhr abends in Washington. Ich bleibe liegen. Ich will erst einmal darüber schlafen. Aber schon fünf Minuten später sitze ich auf dem Bett, den Computer auf den Beinen. Meine Neugier hat gesiegt. Ich drücke wahllos eine Taste. Der Bildschirm mit Michaels Nachricht leuchtet auf:

»Sunday 11:00 H – Hoeheweg 211 Interlaken.«

Interlaken? Aber das liegt doch in der Schweiz. War es nicht verboten, in der Schweiz zu operieren? Aber vielleicht wurden inzwischen andere Vereinbarungen getroffen. Wie dem auch sei, es ist ein Befehl, und ich muss ihn befolgen. Ich präge mir Uhrzeit und Adresse ein. Sobald ich den Computer ausschalte, verschwinden die Zahlen und Wörter für immer. Wir müssen uns keine Codes mehr ausdenken, um ein Datum und eine Uhrzeit zu verschleiern. Und ich brauche nach dem Lesen keine Zettelchen mehr zu schlucken und mit Spucke aufzulösen. Wenn die Telefonverbindung gut ist, funktioniert es folgendermaßen: Einfache Nachrichten wie diese erscheinen im Klartext auf dem Bildschirm und werden automatisch gelöscht, sobald ich den Computer ausschalte. Dokumente, Fotos, Tonbandaufnahmen dagegen werden persönlich übergeben. Das Internet ist noch in der Steinzeit.

Ich nehme den Zug nach Interlaken. Wir kommen auf die Minute pünktlich an: um halb elf Uhr vormittags. Ich steige aus und stehe in der Bahnhofstraße. Wenig fantasievoll und mit frappierender Schlichtheit tragen in der Schweiz alle Straßen, die zu einem Bahnhof führen, denselben Namen. Es ist ein herrlicher Tag im Spätfrühling, kühl und sonnig. Interlaken mit seinen wenigen Tausend Einwohnern liegt im Kanton Bern zwischen dem Thuner- und dem Brienzersee. Ich schaue hinauf zu den Berggipfeln mit ihrem letzten Schnee und mache mich auf den Weg zu unserem Treffpunkt. Ich biege instinktiv nach links ab und erreiche nach hundert Metern einen Kreisverkehr. Ich verlangsame meinen Schritt, blicke mich um wie ein Tourist, der sich zu orientieren versucht. Den Touristen zu spielen ist die einfachste Tarnung, es kostet keine Mühe. Auf dem Gehsteig gegenüber entdecke ich ein Uhrengeschäft. Ich überquere die Straße und bleibe stehen, um das Schaufenster zu betrachten. Nach ein paar Minuten trete ich ein. Hinter dem Ladentisch erscheint ein groß gewachsener Mann, leicht gebeugt, Geheimratsecken, eingefallene Wangen, harter Blick. Vielleicht hält er mich für einen Störenfried oder einen Dieb. In perfektem Deutsch frage ich ihn nach dem Höheweg. Er entspannt sich sichtlich.

»Wenn Sie nach rechts gehen, fängt schon der Höheweg an«, sagt er.

Gut so. Dann brauche ich kein Taxi zu nehmen. Ich verabschiede mich und trete hinaus auf die Straße. Zwischen den niedrigen Häusern kann man die Berge sehen. Nach fünfhundert Metern stehe ich vor Hausnummer 211. Ich erinnere mich nicht mehr an den Namen, aber es ist ein elegantes Hotel mit Garten. Ich bleibe stehen, unschlüssig, ob das wirklich der Ort ist, an dem wir verabredet sind. Ich werfe einen Blick auf die Uhr, es ist Punkt elf. Fünfzig Meter weiter ist ein Café mit Tischen auf dem Gehsteig. Im Freien sitzt nur ein einziger Gast. Während ich noch versuche, sein Gesicht genauer in den Blick zu nehmen, winkt er schon mit dem Arm. Ich gehe auf ihn zu, und nach ein paar Schritten erkenne ich ihn. Es ist Michael.

Er steht auf und küsst mich zur Begrüßung auf die Wangen wie ein echter Italiener. Aber das dient nur dazu, mir flüsternd eine Botschaft zu übermitteln.

»Ich habe nicht viel Zeit. In der Stadt findet zwischen uns und den Schweizern eine wichtige Besprechung statt«, sagt er, bevor er seine Wange von meiner zurückzieht. Das ist seine Art, den Geheimdienstagenten zu spielen.

Ich nicke und denke, wenn er mein Dossier gelesen hat, wird er andere Prioritäten setzen. Wir suchen uns einen Platz im Innern und bestellen einen Kaffee.

»Was gibt's?«

»Ich habe ein Dokument, das ich dir aushändigen muss«, sage ich. »Es enthält wichtige Enthüllungen über den italienischen Regierungschef und über die Verbindungen eines seiner engsten Mitarbeiter zur Mafia. Es ist eine sehr zuverlässige Zeugenaussage, und ich habe auch den Mitschnitt.«

»Bist du sicher? Vom wem hast du diese Informationen? Wer besitzt Kenntnis davon?« Er bombardiert mich mit Fragen.

»Die Staatsanwaltschaft Mailand wurde vor ein paar Tagen informiert«, antworte ich, obwohl ich genau weiß, dass es nicht stimmt: Die Ermittlungen zu Berlusconis Mitarbeitern werden in Sizilien geführt, vermutlich in Palermo. Nicht in Mailand.

»Glaubst du, sie werden ihn verhaften?«, fragt Michael und reißt die Augen auf.

Ich beschließe zu bluffen. Ich mag es nicht, wenn man mich unterschätzt. Außerdem ärgert mich diese Eile, die Michael an den Tag legt. »Du weißt ja, dass man sagt, die Staatsanwaltschaft Mailand bestehe aus linken Richtern und Staatsanwälten, denen Berlusconis Sieg ganz und gar nicht passt.« Und dann setze ich noch eins drauf und behaupte kühn: »Sie werden mit Sicherheit versuchen, ihm zu schaden.«

Michael reagiert nachdenklich. Ein paar Minuten lang sitzt er in sich versunken da, um seine Gedanken zu ordnen. Dann steht er auf, langsam und fast wie in Trance, als hätte er soeben eine schlechte Nachricht erhalten, und bedeutet mir, ihm zu folgen. Er zahlt und führt mich in das Hotel mit der Hausnummer 211. Die Lobby ist wunderschön, alles ist sehr gediegen. Die Mitarbeiter an der Rezeption nehmen kaum Notiz von uns. Wir gehen in den dritten Stock hinauf. Das Zimmer hat einen kleinen Balkon mit Blick auf die Berge. Eine tolle Aussicht.

»Kann ich die Aufnahme hören?«, fragt Michael.

»Es ist eine Mikrokassette für Olympus-Tonbandgeräte, aber das Gerät habe ich nicht dabei. Du kannst die Mitschrift lesen«, schlage ich ihm vor. Ich ziehe meine Jacke aus. Ich hatte die Naht der Innentasche vorsorglich aufgetrennt, damit der Tascheninhalt ins Futter fällt. Ich betaste den Stoff, um den Umschlag Richtung Taschenöffnung zu schieben, und gebe ihm das Dokument.

Michael öffnet einen Aktenkoffer auf dem schwarzen Sofa gegenüber dem Bett. Er ist voller Papiere. Auf einem beigen Umschlag kann ich in roten Buchstaben »Onyx« entziffern. Doch meine Körperbewegung, als ich mich vorbeuge und schaue, bleibt nicht unbemerkt. Michael dreht sich ruckartig um und ertappt mich. Ich setze eine so unschuldige Miene auf, dass er mir keinen Vorwurf macht. Er legt meinen Umschlag in den Aktenkoffer. »Das ist ein Diplomatenkoffer, niemand darf ihn öffnen«, sagt er, während er ihn schließt. »Ich werde dein Dossier in Ruhe lesen.«

Er scheint es wirklich eilig zu haben, mich wieder loszuwerden. Ich bin enttäuscht, dass er das Dokument nicht sofort lesen will, und bitte ihn um eine Bestätigung für die bereits vereinbarten künftigen Treffen.

»Die müssen wir verschieben. Ich werde dir schreiben. Wenn du etwas Dringendes hast, weißt du ja, wie du mich kontaktieren kannst. Wir sind im Moment alle damit beschäftigt, Präsident Clintons Europabesuch vorzubereiten«, erklärt mir Michael mit einem Gesichtsausdruck, als müsste er die Verantwortung für die ganze Menschheit tragen.

»Ach ja«, sagt er, »unterschreib hier bitte.« Und er reicht mir den üblichen Notizblock. Meine Enttäuschung verschwindet. Die Unterschrift ist die Prozedur, die der Geldübergabe vorausgeht.

»Das ist für die nächsten beiden Monate«, sagt Michael und drückt mir ein Bündel Dollarnoten in die Hand.

Und so verabschiede ich mich zufrieden. Ist schon okay, denke ich, zumindest haben sie mich bezahlt. Auf dem Weg zum Bahnhof komme ich am Spielcasino vorbei. Ich betaste das Bündel Geldscheine in der Tasche, verlockt von der Vorstellung, mein Glück herauszufordern. Aber ich verzichte und gehe direkt zum Zug.

Zwei Monate später kommt Präsident Bill Clinton zum zwanzigsten G7-Gipfel nach Neapel. Die Regierungschefs der sieben wichtigsten Staaten der Welt treffen sich hier vom 8. bis zum 10. Juli 1994. Und im September, bei unserem ersten Treffen nach dem Gipfel in Neapel, kommt Michael auf das Verhörprotokoll und die Tonbandaufzeichnung zu sprechen, die ich ihm in Interlaken gegeben habe: »Der Präsident der Vereinigten Staaten persönlich spricht dir seinen Dank aus«, sagt er mit einem Anflug von Stolz in der Stimme, denn auch Michael hat in Langley sicher gepunktet. Dann wurde Clinton also über die Zeugenaussage zur Vergangenheit Berlusconis und seines Freundes Dell'Utri in Kenntnis gesetzt.

Es ist der 2. September, ein Freitag. Ich weiß es noch genau, weil ich in Urlaub war, als ich Michaels Aufforderung zu einem Treffen erhielt. Auch diesmal soll es in der Schweiz stattfinden. Ich erfinde eine Ausrede, lasse meine Frau und meine Tochter allein und verspreche, am Sonntag wieder da zu sein. Wie immer hatte ich *ihnen* mitgeteilt, dass ich nicht zu Hause bin, *sie* wussten also, dass ich Ferien mache. Folglich muss es sich um etwas sehr Dringendes handeln.

Ich passiere die Zollstelle Ponte Chiasso bei Como zu Fuß, meinen Wagen habe ich am Straßenrand kurz vor der Grenze stehen gelassen. Ich trage nichts Kompromittierendes bei mir. Irgendwo läuten von einem Kirchturm die Mittagsglocken. Ich passiere die Grenze und wünsche mir fast, dass man mich anhält. Nur um meine Fähigkeit zur Selbstkontrolle zu testen. Aber sofort fällt mir ein, dass jede Überprüfung des Ausweises in der polizeilichen Datenbank registriert wird. Ich würde eine Spur hinterlassen, und da ich nicht weiß, weshalb sie mich sehen wollen, ist es besser, nicht aufzufallen. Tatsächlich werde ich nicht angehalten. Weder von den Italienern noch von den Schweizern.

Nach den ersten Schritten auf ausländischem Boden wende ich mich nach links. An der in der Nachricht erwähnten Tankstelle bleibe ich stehen, um herauszufinden, wo Michael auf mich wartet. An den Zapfsäulen ist niemand. Ich gehe daran vorbei, und während ich im Geist die Anweisungen durchgehe und fürchte, irgendein Detail vergessen zu haben, lässt mich ein kurzes Hupen in meinem Rücken zusammenzucken. Links von mir taucht ein dunkelgrüner VW Golf auf. Aus dem Augenwinkel sehe ich, dass eine Frau am Steuer sitzt. Ich blicke geradeaus und gehe weiter. Doch der Golf beschleunigt und überholt mich ein paar Meter, bevor er abrupt stehen bleibt. Das Fenster auf der Beifahrerseite geht herunter. Meine instinktive Reaktion ist, mich zu entfernen, aber ich sage mir, dass ich vor einer Frau doch gewiss keine Angst zu haben brauche. Außerdem ist helllichter Tag.

Als ich das offene Autofenster erreiche, höre ich eine kristallklare Stimme »Simone« rufen. Oder vielmehr »Zimone«. Ich bücke mich leicht, um in den Wagen zu schauen. Eine zierliche Frau mit vollen weißen Haaren schaut mich mit ihren hellblauen Augen an. Sie ist mindestens sechzig Jahre alt.

»Zimone, steig ein, Michael wartet auf uns«, sagt sie.

Meine Skepsis ist verflogen. Sie ist meinetwegen hier. Ich springe ins Auto und gebe ihr zur Begrüßung die Hand. Sie ist so klein, dass ich mich frage, wie sie mit den Füßen an die Pedale kommt. Ihr lebhafter Blick und ihre schnellen Bewegungen verraten jedoch einen wachen Geist.

Sie chauffiert mich souverän, ist aber unablässig in Aktion. Ihre Augen wandern regelmäßig von der Straße zum Rückspiegel. Allmählich lässt meine Anspannung nach. Ich erkenne keinerlei Gefahr. Wir nehmen die Autobahn nach Lugano. Der Anblick des Sees verstärkt meine innere Ruhe. Ich stelle keine Fragen.

Eine merkwürdige Situation ist es aber schon. Ich rekapituliere im Geist die berühmtesten Szenen der James-Bond-Filme, in denen der Spion immer eine schöne, verführerische Frau an seiner Seite hat. Ich werfe einen Blick auf meine unbekannte Begleiterin und denke: Womöglich trägt sie ein Gebiss. Ich muss mich beherrschen, um nicht laut loszulachen. Sie wendet sich mir zu und ertappt mich in diesem peinlichen Moment. Sie ist im Begriff, mich etwas zu fragen. Vielleicht will sie wissen, warum ich so vor mich hin grinse. Aber der Schutzpatron der Spione kommt mir zu Hilfe. Das Auto vor uns bremst plötzlich scharf ab, um nicht in ein Hindernis hineinzufahren. Die alte Dame am Steuer tritt mit bewundernswerter Geistesgegenwart auf die Bremse, reißt das Steuer nach links und vermeidet so einen Zusammenstoß.

»Gut, sehr gut«, lobe ich sie auf Deutsch und meine es ehrlich.

Ohne den Blick von der Straße zu nehmen, hebt sie resolut den Daumen der rechten Hand. Dann greift sie nach dem Schaltknüppel und schaltet vom vierten in den zweiten Gang herunter. Das Auto beschleunigt so schnell, dass ich in den Sitz gedrückt werde. Es macht ihr sichtlich Spaß. Wir kommen nach Paradiso, dem nobelsten Stadtteil von Lugano. Sie greift nach einer Fernbedienung. Nach wenigen Metern biegen wir in einen Gartenweg ein, der zu einer Garageneinfahrt führt. Langsam hebt sich das Rollgitter. Wir fahren hinein. Wir sind am Ziel.

Es ist ein Einfamilienhaus. Die Haustür befindet sich direkt neben der Garage. Das schräge Dach gibt lediglich den Blick auf ein Mansardenfenster frei. Die kanariengelbe Fassade ist neu gestrichen. Aber wir gehen nicht zum Haupteingang. Ich folge meiner Begleiterin zur Rückseite des Hauses. Dort befindet sich das Erdgeschoss, das durch den relativ steil abfallenden Garten von vorne nicht zu sehen ist. Die alte Dame klopft an eine dunkle Holztür. Die Fenster rechts und links sind einbruchsicher vergittert. Michael öffnet.

»Komm rein, Simone, komm rein. Hast du dich mit Noah bekannt gemacht?«, fragt er und schließt hinter uns die Tür. Ich wende den Blick instinktiv zur Seite, aber Noah ist schon eine kurze Holztreppe links von einem großen Kamin hochgegangen und verschwunden.

»Noah war Mitarbeiterin der Nachrichtenabteilung des Strategischen Nachrichtendienstes SND, der Nachfolgeorganisation der

UNA, der Untergruppe Nachrichtendienst und Abwehr«, erläutert Michael. Ich nicke gleichgültig, um ihm zu zeigen, dass mir diese Abkürzungen nichts sagen und dass mich das Thema auch gar nicht interessiert.

»Sie hat jahrelang für uns gearbeitet, und selbst jetzt, nachdem sie in Pension gegangen ist, ist sie uns eine große Hilfe«, fügt unser Controller hinzu. Während er redet, bewegt er sich durchs Haus. Ich folge ihm. Wir steigen die Treppe hoch, auf der Noah verschwunden ist, passieren eine mit einem Holzpaneel verkleidete, gepanzerte Tür und betreten ein etwa hundert Quadratmeter großes Zimmer. An den Wänden eine Reihe von Schreibtischen. Und auf den Schreibtischen Dutzende Aufnahmegeräte eines Modells, das ich noch nie zuvor gesehen habe, Kabelstränge und an jedem Gerät zwei große Kopfhörer.

»Von hier aus überwachen wir Telefone, Fax- und Telexgeräte und Telekommunikationsnetze in weiten Teilen Europas«, erklärt mir Michael. »Offiziell wissen die Schweizer nichts davon. Aber die Führung in Bern toleriert unsere Präsenz. Besonders nachdem sie zahlreiche Fälle von Spionage seitens der Russen aufgedeckt hat.«

Ein Mann im Trainingsanzug kommt herein und reicht Michael ein Blatt Papier. Michael liest es und nickt. Dann führt er mich in ein kleines Zimmer mit einem Bett, das mit blau-weiß gestreiftem Bettzeug bezogen ist.

»Du kannst dich duschen«, sagt Michael, während ich mich umsehe. »In zwanzig Minuten trinken wir etwas zusammen und ich erkläre dir, warum wir dich geholt haben.«

Ich schaue auf die Uhr. Es ist halb vier Uhr Nachmittag.

»Im Schrank«, fährt er fort, »findest du Kleidung zum Wechseln, unter anderem einen grauen Anzug und ein Paar Schuhe, die du morgen früh tragen wirst. Probier die Sachen gleich an, damit wir sie notfalls noch umtauschen können.«

Ich öffne den Kleiderschrank. Links hängen Uniformen der schweizerischen Polizei. In den Fächern rechts liegen zwei Hemden, ein weißes und ein hellblaues. Eine Jeans. Ein weißes Lacoste-Poloshirt, wie es auch Michael trägt. Ein grauer Anzug aus tasmanischer Merinowolle. Ein paar Schachteln mit Unterwäsche, provisorisch aufeinandergestapelt. Und ganz unten ein Paar neue Schuhe: klassische schwarze Derby der Marke Church's ohne Nähte. Ich wasche mich in aller Eile, ziehe die Jeans und das weiße Lacoste-Polohemd an und warte. Schließlich klopft es an der Tür.

Es ist Noah. »Zimone, bist du fertig?«

Ich nicke. Ihre Haltung ist so tadellos und korrekt, dass ich innerlich schmunzeln muss. Daran sind meine Assoziationen schuld. Noah wirkt wie die weibliche Version von Batmans Butler Alfred Pennyworth. Michael empfängt uns im Wohnzimmer mit dem großen Kamin.

»Morgen früh musst du eine Übergabe machen«, informiert er mich wenig später. »Du wirst dich mit einem Mann treffen. Er gibt dir ein paar CDs, und du gibst ihm dafür diesen Umschlag.« Michael reicht ihn mir. Aber ich rühre nicht einmal die Hand.

»Ist das alles?«, frage ich unvermittelt.

»Ja, das ist alles. Wir Amerikaner können nicht aus der Deckung«, antwortet er.

Ich habe ein ungutes Gefühl. Irgendetwas stört mich.

»Nein, tut mir leid. Ich kann nicht. Ich muss morgen früh zu meiner Familie zurück«, lüge ich.

Michael sieht mich immer noch an und legt den Kopf etwas schief. Er legt die rechte Hand unters Kinn, als wolle er es stützen. Und während er mich fixiert, fährt er sich mit dem Zeigefinger über die Lippen. Meine Weigerung hat ihn überrascht. Mit dieser Reaktion hat er nicht gerechnet. Er steht eine Zeit lang schweigend da, mir kommt es vor wie eine Ewigkeit. Dann gibt er sich einen Ruck. Sein Kopf ist jetzt wieder geradeaus gerichtet. Seine Augen fixieren einen unbestimmten Punkt an der Decke. Er wendet sich erneut zu mir, richtet den Zeigefinger auf mich und sagt: »Ja, ausgezeichnete Idee.« Dann geht er die Treppe hoch und verschwindet im Aufnahmeraum.

Die Tür bleibt offen. Ich höre, wie er mit jemandem telefoniert.

Auf Schwyzerdütsch. Ich verstehe fast nichts, nur irgendetwas mit See. Nach dem Ende des Gesprächs kommt er wieder zu mir herunter und ruft nach Noah. In null Komma nichts steht sie neben mir, als hätte sich ein Geist materialisiert.

»Sie wird dich zu dem Treffen begleiten«, sagt er. Und an Noah gewandt fügt er hinzu: »Lass ihn ein paar Hundert Meter vor dem Parkeingang aussteigen. Es wird schnell gehen, Simone. Du gibst ihm den Umschlag, nimmst die CDs in Empfang und kommst wieder hierher. Danach bist du frei. Noah wird dich nach Chiasso zurückfahren.«

Ich habe keine Ausreden mehr. Oder vielmehr doch.

»Aber Michael, ich kenne ihn doch gar nicht. Mit wem soll ich mich treffen? Wie erkenne ich ihn?«

»Es ist ein Bankangestellter«, erklärt er mir, »und er wartet auf dich um Punkt siebzehn Uhr dreißig unter der Wilhelm-Tell-Statue. Du wirst sie sofort sehen. Sie steht gleich am Eingang zum Park an der Seepromenade.«

Michael wirkt geradezu erleichtert. Ich nicht. Er fährt mit den technischen Anweisungen für die Operation fort. »Du musst auf Deutsch zu ihm sagen: ›Verzeihung, haben Sie einen Taschenrechner? Ich muss 12345 addieren.‹ Und er wird dir, gleichfalls auf Deutsch, antworten: ›Nur mit 54321 erhalten Sie 66666.‹ Nach dem Austausch kehrst du dorthin zurück, wo Noah dich abgesetzt hat, und wir sehen uns dann wieder hier. Und jetzt los, bis zu dem Treffen bleiben nur noch fünfunddreißig Minuten Zeit.«

Während des Telefonats mit seinem Kontakt, der Schwyzerdütsch spricht, hat Michael die Operation zeitlich vorgezogen. Mir bleibt keine Wahl. Noah setzt sich ans Steuer. Ich nehme auf dem Beifahrersitz Platz. Wir fahren die Via Riva Albertolli entlang. Um diese Zeit herrscht dichter Verkehr, und es dauert fast fünfundzwanzig Minuten, bis wir am Casino sind, wo sie mich aussteigen lässt.

Der Eingang zum Park liegt fünfzig Meter entfernt. Ich gehe hinein. Bald wird die Sonne untergehen. Den Treffpunkt habe ich schnell gefunden. Die Statue des Schweizer Nationalhelden auf einem Felsbrocken rechts von mir kehrt dem See den Rücken zu. Die gemeißelten Gewandfalten beschwören die Erinnerung an Gerald Bulls Mantel in Brüssel. Es dauert ein paar Sekunden, bis ich das Bild ausblenden kann. Entlang der Seepromenade steht eine Reihe rot gestrichener Bänke. Alle sind besetzt. Anders als sonst bleibt mein Blick diesmal nicht an den Leuten hängen. Ich studiere nicht ihre Bewegungen. Ich konzentriere mich darauf, meinen Kontakt zu erkennen, den Austausch vorzunehmen und so schnell wie möglich wieder zu verschwinden.

Vor dem Telldenkmal ist niemand. Weder davor noch dahinter. Ich schaue, wie spät es ist: 17.31 Uhr. Ich entferne mich von der Statue und steuere auf einen Kiosk am Ende des Wegs zu, zwanzig, dreißig Meter entfernt. Dann wende ich mich nach rechts, zum See. So kann ich in die Gesichter der Leute auf den Bänken blicken. Zwei Kinder spielen Fangen und kreischen laut. Meine Anspannung ist so groß, dass ich zusammenzucke. Und genau in diesem Moment sehe ich eine Frau mit einem Kinderwagen auf mich zukommen. Irgendetwas an ihr hat mein Gehirn in Alarmbereitschaft versetzt. Unsere Blicke treffen sich, und ich merke, dass sie mich fixiert.

Die ruckhafte Bewegung ihrer Augen, als sie wegschaut, weckt meine Aufmerksamkeit nur noch mehr. Jetzt bin ich es, der sie fixiert. Sie ist links von mir. Fünfzig Jahre alt, große Sonnenbrille. So groß, dass sie fast das ganze Gesicht bedeckt. Hellblaue Bluse und schwarze Hose, darüber ein beiger Mantel. Ich tue so, als würde ich stolpern. Lasse mich zur Seite fallen. Und greife, um einen Halt zu finden, mit der rechten Hand in den Kinderwagen. Meine Finger klammern sich an der Decke fest, unter der ein Säugling liegen müsste. Aber sie greifen ins Leere.

»Passen Sie doch auf«, sagt die Frau auf Deutsch.

»Entschuldigen Sie«, sage ich. Und stehe ruckartig auf.

Ich habe sie die ganze Zeit nicht aus den Augen gelassen. Als ich mit der Hand in den Kinderwagen gegriffen habe, hat sie sich nicht besorgt zu dem Baby hinuntergebeugt, das es gar nicht gibt, sondern hat nach links geschaut. In die Richtung von drei Männern, die hinter der Hecke, die sie von unserem Weg trennt, auf irgendetwas warten. Ob sie mich verfolgen? Aber nein, sie sind nicht meinetwegen hier. Unmöglich. Das Treffen wurde vor nicht einmal einer Stunde vereinbart. Ich versuche, Ruhe zu bewahren. Atme ein und pumpe die Luft tief in meine Lungen. Den Blick geradeaus gerichtet, strebe ich dem Ausgang zu.

»Haben Sie sich wehgetan?«, fragt jemand hinter mir auf Deutsch.

Ich drehe mich in die Richtung, aus der die Stimme kam. Es ist ein dicklicher Mann, eins fünfundsiebzig groß, grauer Anzug, weißes Hemd, aufgeknöpfter Kragen, hellblaue Krawatte mit dunkelblauen und weißen Querstreifen. Er trägt eine Brille mit dicken Gläsern und einem altmodischen schwarzen, rechteckigen Gestell. Seine Haare sind in der Mitte akkurat gescheitelt und teilen seinen Kopf exakt in zwei Hälften. Er schaut mich mit halb offenem Mund an. Unter dem Arm hat er eine Aktenmappe aus braunem Leder. Das kann nur er sein. Ich probiere es.

»Haben Sie einen Taschenrechner …«, sage ich, gleichfalls auf Deutsch.

»Um 54321 zu addieren und 66666 zu erhalten«, platzt er dazwischen, ohne mir Zeit zu geben, die Losung vollständig auszusprechen. Was sagt er da bloß? Und wenn ich es gar nicht wäre? Er hätte warten müssen, der Blödmann, denke ich und schaue ihn an. Meinen vorwurfsvollen Blick hat er ganz sicher verstanden. Schweißperlen treten auf seine Stirn. Er ist blass geworden. Ich reiße ihm die Aktenmappe buchstäblich unter dem Arm weg und hole aus der Innentasche meiner Jacke den Umschlag, den ich ihm übergeben muss.

Der Stamm eines der größeren Bäume des Parks schirmt unseren Austausch ab. Ich lasse den Mann stehen, mit immer noch halb offenem Mund, und wende mich zum Gehen. Plötzlich ist die Luft erfüllt von dem ohrenbetäubenden Geräusch von Schritten. Jemand rennt auf dem Kiesweg. Ich reiße den Kopf herum. Die drei Männer von vorhin sind jetzt am Ende des Wegs, vielleicht um zwischen den

Leuten unterzutauchen. Aber jetzt kommen sie auf mich zu. Die Frau hat ihren Kinderwagen im Stich gelassen und läuft hinter ihnen her, gleichfalls in meine Richtung. Auch mein Kontakt hat es bemerkt. Er ist jetzt am Ufer des Sees und wirft den Umschlag, den ich ihm gegeben habe, ins Wasser. Ich bleibe nicht länger stehen. Ich laufe so schnell, dass mir sofort Milchsäure in die Beinmuskeln schießt. Meine Waden werden steinhart. Ich habe das Gefühl, ich bin auf einem Laufband, das sich in die Gegenrichtung dreht. Mein rasender Herzschlag dröhnt mir in den Ohren. Sogar der Asphalt des Gehsteigs will meine Flucht verhindern.

Endlich taucht der grüne Golf neben mir auf. Ich weiß nicht einmal mehr, dass ich die Beifahrertür aufgerissen habe. Ich lasse mich erschöpft auf den Sitz fallen, und in diesem Augenblick erscheint mir Noah fast wie eine Schönheit. Ich werfe einen Blick in die Aktenmappe. Sie enthält nichts weiter als vier unbeschriftete CDs, jede in einer Plastikhülle.

»Es war eine Falle, Michael. Der Kontakt wurde beschattet.« Ich versuche, ganz ruhig zu bleiben und nicht die Stimme zu erheben, als ich ihm in der Villa erzähle, was soeben im Park passiert ist.

»Aber nein, unmöglich, du irrst dich«, behauptet er und setzt eine beschwichtigende Miene auf.

»Hier sind die CDs«, unterbreche ich ihn und übergebe ihm die Ledermappe. »Beim nächsten Mal instruiert ihr euren Mann besser. Er hat sogar die Losung durcheinandergebracht.«

Michael scheint mir gar nicht zuzuhören. Er ist völlig desinteressiert an dem, was ich ihm erzähle.

»Danke, Simone«, sagt er dann. »Und jetzt geh. Schöne Ferien.«

»Am 22. November desselben Jahres«, fügt Simone Pace hinzu, »einundachtzig Tage nach meiner letzten Mission in der Schweiz, ist der italienische Staatschef Silvio Berlusconi erneut in Neapel. Diesmal, um eine internationale Tagung zur organisierten Kriminalität zu eröffnen. Und dort, vor den Augen der Weltöffentlichkeit, erhält er von den Carabinieri im Auftrag der Staatsanwaltschaft Mailand per

Telefon eine gerichtliche Vorladung. Sie wollen ihn vernehmen. Ein Skandal bricht los. Bestimmt werden Sie sich daran erinnern.«

»Natürlich erinnere ich mich.«

»Nun, aber das Überraschendste, ich möchte sagen, Spektakulärste an der Geschichte, die ich erlebt habe, passiert einen Monat später: Die kleine Partei Lega entzieht der Regierung im Parlament ihre Unterstützung, und am 22. Dezember 1994 muss Berlusconi zurücktreten. Gerade einmal sieben Monate nach seinem Wahlsieg und ausgerechnet auf Betreiben der Lega. Ist das Ihrer Ansicht nach Zufall?«, fragt Simone Pace und betrachtet die mit meiner winzigen Schrift gefüllte Seite in meinem Notizheft.

»Nein«, gibt er sich selbst die Antwort, »nichts geschieht zufällig. Das Votum der Lega gegen die Regierung, der sie selbst angehört, ist die logische Folge dessen, was ich an Michael weitergegeben habe. Als ich ihm sagte, die Staatsanwaltschaft Mailand werde mit Sicherheit versuchen, Berlusconi zu schaden, habe ich auf den Putz gehauen. Ich hatte keinerlei Informationen darüber. Aber Michaels Miene wirkte besorgt. Vielleicht dachte er tatsächlich, dass sie Berlusconi verhaften würden. Er hat die Unterlagen, die er von mir erhalten hatte, das Protokoll der Vernehmung und den Tonbandmitschnitt, nach Washington geschickt und damit die gesamte Befehlskette in Alarmbereitschaft versetzt. Und um sich die Peinlichkeit eines unbequemen Verbündeten zu ersparen, hat das Weiße Haus Berlusconi geschasst. Die Lega hat dann nur noch das umgesetzt, was die Amerikaner wollten. Da passt eines zum anderen«, meint Simone Pace ohne auch nur den Hauch eines Zweifels.

Noch einmal erfüllt kindischer Stolz den narzisstischen Geheimdienstmitarbeiter, den Doppelagenten, der in die Weltgeschichte infiltriert wurde und jetzt hier neben mir auf der Kirchenbank im Hauptschiff von San Pietro in Vincoli sitzt. Wie an jenem Tag in Interlaken, als Michael ihm sagt, der Präsident der Vereinigten Staaten persönlich spreche ihm seinen Dank aus.

»Sie machen gleich zu«, sage ich und reiße ihn aus seinem Traum. »Gehen Sie zuerst hinaus.«

CRAXIS KASSEN

Am nächsten Tag verspätet sich Simone Pace. Wie immer warte ich auf der Kirchenbank im Hauptschiff auf ihn.

»Probleme?«

»Nein, entschuldigen Sie bitte. Ich bin diesmal auf Umwegen hierhergekommen«, sagt er und setzt sich. »Als ich vor einer halben Stunde hier reinwollte, standen zwei ehemalige Kollegen vor der Kirche.«

»Italiener oder Amerikaner?«

»Waschechte Italiener. Also, ich bin bereit weiterzuerzählen.«

»Wäre es nicht besser, wir gehen woandershin?«

»Nein, nein«, sagt Simone Pace leise, den Blick auf den Altar gerichtet. »Hier kenne ich inzwischen jedes sonnenbeschienene Staubkörnchen in der Luft. Wenn jemand hereinkommt, der kein Tourist und kein Priester der Basilika ist, werden wir ihn sofort erkennen. Jetzt den Ort zu wechseln wäre nicht ohne Risiko.«

»Aber vielleicht sind Sie beschattet worden.«

»Das glaube ich nicht. Die beiden sind ganz zufällig hier vorbeigekommen. Es war eher so, dass *ich* sie beschattet habe«, sagt er und wendet sich mit einem zufriedenen Lächeln mir zu.

»Dann machen wir also weiter. Was war auf den CDs, die man Ihnen in der Schweiz ausgehändigt hat?«

»Ach ja, natürlich.« Er seufzt tief auf und fährt dann fort: »Bei unseren nächsten Treffen in Italien sagt Michael zu mir, der Mann, den ich im Stadtpark von Lugano getroffen habe, der Bankangestellte, sei ein Informant der CIA. Mit Sicherheit Schweizer Staatsbürger, denke ich, denn als er die Losung genannt hat, sprach er mit unverkennbar schweizerischem Akzent. Michael sagt mir auch, dass die CDs Bankdaten eines prominenten Italieners enthielten, eines gewissen Augusta oder Agusta. Vielleicht Nummernkonten, ich weiß nicht genau. Michael erklärt mir, es gehe um jemanden, den ich einfach kennen muss. Aber ich kannte ihn nicht. Und Fragen konnte ich ja nicht stellen.«

Simone Pace schaut mich an und ich ihn, denn ich ahne, um wen es geht.

»Es ist der 2. September 1994, als man Sie in die Schweiz bestellt, richtig?«

»Ja«, bestätigt er.

»Und wie heißt die Bank, von der die CDs oder die auf den CDs gespeicherten Informationen stammen? Erinnern Sie sich an den Namen?«

Simone Pace denkt eine Weile nach. »Wo der Bankangestellte gearbeitet hat, weiß ich nicht. Aber Michael hat die Gotthard-Bank erwähnt, die nichts mit uns zu tun hatte, sondern im Gegenteil Opfer unserer Operation war. Es handelt sich also um Daten, die von der Gotthard-Bank gestohlen und dem Informanten ausgehändigt worden waren, der mir dann diese vier CDs gab.«

»Den Rest der Geschichte erzähle *ich* Ihnen«, sage ich und ernte einen überraschten Blick. »Am 2. September 1994 jährte sich der Tod des bekannten Grafen Corrado Agusta zum fünften Mal. Warum sollte sich die CIA für ihn interessieren und ausgerechnet Sie heranziehen, der Sie als Polizist in Italien arbeiten?«

Simone Pace schaut mich verständnislos an.

»Doch in jenem Jahr 1994 fahndet die Staatsanwaltschaft Mailand nach den Auslandskonten eines anderen bekannten Italieners: Bettino Craxi, Vorsitzender der Sozialistischen Partei, über den auch Ihre Controller, wie Sie mir erzählt haben, schon seit Jahren Informationen gesammelt haben. Craxi verfügt über ein geheimes Netzwerk schwarzer Kassen mit Geldern aus den hohen Schmiergeldforderungen seiner Partei bei der Vergabe von öffentlichen Aufträgen.«

Simone Pace versteht immer noch nicht, worauf ich hinauswill.

»Der Name Maurizio Raggio sagt Ihnen nichts?«, frage ich ihn.

»Ich habe ihn bestimmt in der Zeitung gelesen, aber ich weiß nicht, wer das ist«, gibt er zu.

»Ein Freund Craxis. Und Maurizio Raggio ist zu jener Zeit der Lebensgefährte von Francesca Vacca Agusta. Sie ist die Witwe des Grafen Corrado Agusta und Inhaberin von Konten auf Schweizer Banken, auf die wahrscheinlich die Gelder des Sozialistenchefs fließen.«

Simone Pace öffnet den Mund, er ist baff.

»Deshalb hat man Sie für die Übergabe der CDs geholt. Genau wie im Fall von Gerald Bull: Wäre die Operation aufgeflogen, die Amerikaner wären fein heraus gewesen. Wahre Unschuldsengel. Denn die Präsenz eines italienischen Polizisten in Lugano hätte auch als von den Mailänder Staatsanwälten eingefädelt interpretiert werden können, obwohl die Staatsanwälte nie davon erfuhren und selbstverständlich nichts mit der CIA zu tun haben.«

»Und ich wäre um ein Haar aufgeflogen«, bemerkt Simone Pace. »Aber in diesem Fall haben wir wenigstens etwas Gutes bewirkt.«

»Kommt darauf an«, widerspreche ich. »Wie dem auch sei, die Operation der CIA erfüllt vor allem einen Zweck: Craxis finanzielle Macht zu zerschlagen und sein Machtsystem in Italien zu stürzen, einem Land, das für die Kontrolle des Mittelmeers damals eine Schlüsselrolle spielt. Die Person, die im Zentrum der Operation in Lugano stand und die man Michael zufolge einfach kennen musste, ist also keineswegs Graf Corrado Agusta, sondern …«

»Bettino Craxi«, ergänzt Simone Pace leise.

»Ja. Sehen wir uns noch einmal die Chronologie der Ereignisse an«, fahre ich fort. »Am 2. September schickt die CIA Sie los, um die vier CDs mit Informationen in Empfang zu nehmen, die bis dahin durch das Schweizer Bankgeheimnis geschützt waren. Am 29. September, vier Wochen nach Ihrer Operation in Lugano, wandert ein weiterer Strohmann von Craxis schwarzen Kassen ins Gefängnis: sein ehemaliger Schulfreund Giorgio Tradati. Und Anfang Oktober beantragt die Staatsanwaltschaft Mailand die Festnahme weiterer mutmaßlicher Hüter von Craxis Kassen: Maurizio Raggio und Graf Agustas Witwe. Aber das Paar kann sich nach Monte Carlo absetzen und fliegt dann nach Mexiko. Craxi ist erledigt. Er ist fuchsteufelswild. Am 26. Oktober verbreitet die Nachrichtenagentur ANSA ein Interview, das er einer Wochenzeitschrift gegeben hat. »Francesca Agusta hat es geschafft zu überleben, und das ist großartig«, sagt Bettino Craxi auf eine Frage zur Gräfin. Die Rolle Maurizio Raggios, die heute nur noch von historischer Bedeutung ist, wird 2010 durch seine rechtskräftige Verurteilung zu drei Jahren und vier Monaten Gefängnis wegen Hehlerei und Geldwäsche bestätigt. Eine Strafe, die Craxis Freund dank eines vom Parlament gebilligten Straferlasses nie abgesessen hat.«

»Ich habe nie darüber nachgedacht, weil mir wichtige Puzzleteile der Geschichte fehlten«, gibt Simone Pace zu.

»Die italienischen Staatsanwälte wissen natürlich nichts von der CIA-Operation. Ihre Ermittlungen stützen sich auf juristische Beweise und nicht auf die Erkenntnisse eines ausländischen Geheimdienstes. Aber aus irgendeinem uns unbekannten Grund möchte Washington früher als die Staatsanwaltschaft an diese Konten herankommen. Doch im Endeffekt läuft es auf dasselbe hinaus: Der Geheimnisse seiner finanziellen Macht beraubt, ist Bettino Craxi erledigt.«

»Ich hätte Michael fragen müssen, was er mit diesen CDs gemacht hat«, sagt Simone Pace mit einem ironischen Lächeln, wohl wissend, dass er dem Chef des geheimen Netzwerks keine Fragen stellen konnte.

Erst jetzt ist mir alles klar. Endlich verstehe ich, wer dieser Mann hier neben mir wirklich ist.

»Woran denken Sie?«, fragt Simone Pace nach ein paar Momenten des Schweigens.

»Daran, dass die kompromittierendsten Informationen über zwei Epochen der Macht in Italien das Ergebnis Ihrer Operationen sind: die Schweizer Bankkonten, auf die vermutlich die Schwarzgelder von Craxis Sozialisten geflossen sind, und zuvor das Dossier über den Gründer von Berlusconis Partei. Operationen, für die Michael Ihnen sogar den persönlichen Dank Präsident Clintons übermittelt hat.«

Simone Pace bestätigt meine Worte mit einem leichten Kopfnicken.

»Eigentlich dachte ich, die Vereinigten Staaten hätten Berlusconis erste Wahl von Anfang an unterstützt.«

»Nein, zumindest nicht in diesem Zeitraum«, sagt er, »daran erinnere ich mich genau: Die Amerikaner vom Geheimdienst wollten den PSI, Craxi und alle seine potenziellen Nachfolger stürzen. Berlusconis Einstieg in die Politik hat sie überrascht. Aber ich hatte immer das Gefühl, und manchmal hat man es mir auch explizit gesagt, dass in jenen Jahren innerhalb der CIA eine erbitterte Auseinandersetzung zwischen zwei widerstreitenden Kräften stattfand. Eine der beiden Seite hoffte sogar auf einen Bürgerkrieg in Italien.«

Simone Pace kann es nicht wissen. Aber ich habe den Beweis, dass das, was er sagt, stimmt. Ende November 1993 informieren mich Beamte einer wichtigen Präfektur über eine geheime Übung, an der alle Präfekturen des Piemont, der Lombardei und des Veneto, die Staatspolizei, Flughäfen und Militärkommandos Norditaliens teilnehmen. An der Operation dürfen nur Personen mit Sicherheitsfreigabe teilnehmen, also mit Zugang zu Aktivitäten und Dokumenten, die als »streng vertraulich«, »geheim« und »streng geheim« eingestuft sind. Die Beamten, die mich kontaktieren, sind außer sich, weil die Übung einen Staatsstreich in Rom und die Bombardierung einiger Städte Süditaliens simuliert. Städte, in denen auch ihre Familien leben. Mit anderen Worten: Sie sollen den Bürgerkrieg proben.

Ich überprüfe die Information und erhalte, so schwierig es ist, eine Bestätigung. Ich kann mir sogar die detaillierten Karten für den Aufmarsch der beteiligten Militärabteilungen verschaffen. Der 4. Dezember 1993 ist ein Samstag. Mailand rüstet sich nach den Anschlägen vom Sommer für das Fest des heiligen Ambrosius. Es ist ein kalter, nebliger Tag. Und der *Corriere della Sera*, die Zeitung, für die ich damals arbeite, veröffentlicht, was ich recherchiert habe.

Überschrift und Aufmacher gehen über die ganze Seite: »Vorbereitung auf einen Staatsstreich im Norden der Republik. Italien dreigeteilt für ein geheimes Manöver zur Abwehr eines Bürgerkriegs. Die Simulation von Bombardements und Aufständen hat Präfekturen und Polizeipräsidien in der Lombardei, im Piemont und im Veneto drei Tage lang beschäftigt.« Am nächsten Tag wird eine Verlautbarung des Innenministeriums verbreitet: »Staatsstreich simuliert, alles planmäßig.« Das ist eine weitere Bestätigung. Die Staatsapparate bereiten sich auf etwas vor, von dem Victor gegenüber seinem operativen Agenten bereits zwei Jahre zuvor gesprochen hat, als er ihn über einen Fluchtweg instruiert hat, der in Innsbruck jeden ersten Sonntag im Monat für ihn offensteht. Aber diese Geschichte erzähle ich Simone Pace nicht. Ich möchte seinen Bericht nicht beeinflussen.

»Merkwürdig, dass sich nach dem Fall Craxis meine Controller eine Zeit lang nicht mit italienischen Angelegenheiten beschäftigen«, fährt er fort. »Es wäre interessant, den Spuren dieser Gräfin Agusta nachzugehen und …«

»Das ist unmöglich«, unterbreche ich ihn. »Am Abend des 8. Januar 2001 hat sich die Contessa vom Felsen der Villa Altachiara auf der Halbinsel Portofino gestürzt, wo sie wohnte. Ihre Leiche wurde Tage später in Frankreich im Meer gefunden. Ein Selbstmord. Oder vielleicht ist sie, von Alkohol und Tabletten betäubt, hinuntergestürzt: als sie, wohlgemerkt, im Morgenrock eine steile Treppe hinunterging, um am Fuß der Klippe ein Bad zu nehmen. Das haben die Ermittlungen der Staatsanwaltschaft ergeben.«

»Ich wusste nicht, dass sie tot ist«, gesteht er. »Ein Bad im Meer? Im Winter? An einem Abend im Januar?«

»Ja, im Januar«, bestätige ich. »Der offiziellen Version zufolge war es so.«

»Francesca Agusta hat es nicht geschafft zu überleben«, meint Simone Pace abschließend, »und das ist gar nicht großartig.«

19941026 00720
ZCZC0211/RMA
R POL SOA S41 QBXH
CRAXI, INTERVIEW MIT BONMOTS FÜR ALLE

(ANSA) – MAILAND, 26. OKT. – In einem Interview mit der Wochenzeitschrift Noi spricht Bettino Craxi nicht nur über die Leute, die im Zusammenhang mit seinen Gerichtsverfahren jüngst an die Öffentlichkeit getreten oder erneut ins Rampenlicht gerückt sind, sondern auch über die wichtigsten Akteure der italienischen Politik. Und laut Vorabdruck von Noi tut er das mit einigen Bonmots. Über Marina Ripa di Meana sagt der ehemalige Vorsitzende des PSI: »Wenn ich an sie denke, fallen mir die alten Griechen ein. Auf die Frage, was schnell altert, sagte Aristoteles: die Dankbarkeit«; über Ania Pieroni: »Ania? Ich antworte mit einem Satz aus der Bibel: Wer von euch ohne Sünde ist, der werfe den ersten Stein«; über Francesca Vacca Agusta: »Sie hat es geschafft zu überleben, und das ist großartig«; über Ferdinando Mach di Palmstein: »Ferdinando kam vorgestern Abend zu mir. Er ist, als Torero verkleidet, in Kap Bon* an Land gegangen und danach mit unbekanntem Ziel weitergefahren.«

Craxi äußert sich auch über Ministerpräsident Berlusconi (»Seitdem er in die Politik gegangen ist, haben sie ihn auf den Rost gelegt. Im Moment brät er, aber er ist noch nicht durch. Er muss es schaffen, die anderen auf den Rost zu legen«); über Gianfranco Fini (»ein Demokrat, der erklärt, er sei rechts in einem Land, in dem die Rechte auch in der Mitte und manchmal sogar links sein kann«); über Umberto Bossi (»Als ich ihm zum ersten Mal begegnet bin, sagte er zu mir: ›Halt durch.‹ In meinem Alter und in meiner Situation ist das gar nicht so einfach.«). (FORTSETZUNG FOLGT).

COM-TC
26. Okt. 94 14.35 Uhr NNNN

* in Tunesien, wohin Craxi sich abgesetzt hat (A.d.Ü.)

Meldung der Nachrichtenagentur ANSA vom 26. Oktober 1994 mit dem Satz des ehemaligen italienischen Ministerpräsidenten Bettino Craxi

DER SPION DER RUSSEN

Ich versorge Michael weiterhin mit Informationen, fährt Simone Pace in seinem Bericht fort. Alle werden als »geheim« oder sogar »streng geheim« eingestuft. Das angepannte politische Klima in Italien nehme ich lediglich aus kühler Distanz wahr. Die Computertechnologie macht Fortschritte. Ich beginne für alles, was mich oder *sie* interessiert, einen Scanner zu benutzen. Dann sichere ich die Dokumente auf CD, und mithilfe eines Programms der NSA verstecke ich die Dateien in den binären Codes von Musikstücken. Dort kann sie niemand aufspüren. Wenn ich daran denke, dass ich früher die Fotokopien in den Strümpfen oder unter dem Hemd verstecken musste, wird mir ganz anders.

Auch die Reisen werden jetzt angenehmer. Ich habe meinen schwarzen tragbaren Walkman von Sony mit dem neuen Antishock-System dabei. Auf einer Musik-CD kann ich Hunderte verschlüsselter Seiten unterbringen. Früher musste ich nicht nur befürchten, angehalten und kontrolliert zu werden, sondern hatte auch panische Angst vor Unwägbarkeiten. Ich hätte ohnmächtig oder bei einem Unfall verletzt werden können. Wenn man mich dann in der Notaufnahme ausgezogen hätte, wären aus meiner Unterwäsche Hunderte kompromittierender Papiere zum Vorschein gekommen. Mit dem neuen System der NSA würden sie bloß gute Musik entdecken.

Aus technischen Gründen, die ich nicht zu erklären weiß, ließen sich auf einer CD nicht mehr als acht Stücke unterbringen. Ich erinnere mich noch haargenau an die Musik, die mich bei den Operationen dieser Monate begleitet hat. *Streets of Philadelphia* von Bruce Springsteen, das wunderbare *7 Seconds* von Youssou N'Dour, *The*

Rhythm of the Night von Corona und *Sweet Dreams* von La Bouche. Das war mein Diplomatenkoffer.

Auch 1994 laden uns die Amerikaner an Weihnachten zum Essen und zum Austausch von Glückwünschen ein. Ich beschließe, nicht hinzugehen. Andrea ruft mich an, um zu fragen, ob ich für diesen Anlass mit ihm Geschenke einkaufen gehen wolle. Mir liegt die Frage auf der Zunge, in welcher Beziehung er, der seit Jahren für Privatfirmen arbeitet, zur CIA steht. Das Gleiche aber müsste ich natürlich Giacomo, Tommaso und Mattia fragen. Deshalb halte ich den Mund. Andrea speise ich mit der Entschuldigung ab, die Amerikaner hätten mich nicht eingeladen, und ich hätte ohnehin kein Interesse. Von Giovanni, Filippo und Giuda, also der ganzen Mannschaft, höre ich jedoch, dass sie damit beschäftigt sind, Geschenke auszusuchen und für die Einkäufe dienstfrei zu bekommen. Nach ihrer Aussage soll auch Pietro aus Rom zu dem Weihnachtsessen kommen. Pietro habe ich angeworben, und er hat im militärischen Geheimdienst eine steile Karriere hingelegt.

Eines Morgens will Giuda, als wir gerade allein in der Bar sind, um wie üblich Kaffee zu trinken, mit gutturalen Lauten und merkwürdigen Kopf- und Augenbewegungen aus mir herauskriegen, ob auch ich eingeladen bin. Mit einem möglichst traurigen und enttäuschten Gesichtsausdruck versuche ich ihm klarzumachen, dass man mich nicht angerufen hat. Das tut Giuda offenbar aufrichtig leid. Mit ausgebreiteten Armen erhebt er sich vom Stuhl, gibt mir einen Klaps auf die Schulter und beugt sich ganz nah an mein Ohr.

»Soll ich mit ihnen reden?«, schlägt er mir vor.

»Nein, nein, lass bleiben.«

Am Abend des 23. Dezember treffe ich Michael erneut. Innerhalb von zwanzig Minuten tauschen wir Glückwünsche aus, und er stellt mir Steve vor, einen großen hageren Mann mit Geheimratsecken. Danach lässt Michael uns allein, weil er angeblich nach Hause muss, um seine Frau zum Shopping zu begleiten. Ich weiß genau, was das zu bedeuten hat. Patrick hat mir von Anfang an diese Regel eingebläut: Nach der Übergabe darf der Controller keinerlei Beziehungen mehr zu seinen operativen Agenten unterhalten, nicht mal freundschaftliche. Steve bleibt mit mir in der kalten, menschenleeren Straße zurück, die Michael für das Treffen ausgesucht hat.

»Beim nächsten Mal könnten wir uns in Lugano treffen, wenn es dir recht ist«, schlage ich Steve vor. Damit will ich ihn lediglich provozieren, um zu sehen, wie er reagiert.

»In Lugano? In der Schweiz? Nein, nein, du solltest doch wissen, dass wir das nicht dürfen. Wir können überall operieren außer in der Schweiz«, antwortet er, überrascht darüber, dass ich das nicht weiß. Wie ein Pokerspieler verziehe ich keine Miene. Ich hätte ihm erzählen können, dass ich Michael vor einigen Monaten eben genau in Lugano getroffen habe. Aber es würde nichts nützen. Deshalb mache ich ein Gesicht wie jemand, der etwas Dummes gesagt hat und sich nun herauswinden will.

»Ich bin gerade erst nach Italien gekommen«, fährt Steve auf Englisch fort, »um mir in Mailand eine Wohnung zu suchen. Aber in wenigen Tagen werde ich in die USA zurückkehren. Ich war seit fünf Jahren nicht mehr zu Hause. Vor Italien war ich für Nicaragua zuständig. Wie du dir vorstellen kannst, habe ich wegen meiner Abwesenheit eine Menge bürokratischer Probleme zu lösen. Weißt du, ich bin ein Opfer von Ames.«

»Ames?«, frage ich.

»Ja, Aldrich Ames, der vom FBI enttarnt worden ist.«

Über diesen Fall hatte ich bereits mit Giuda gesprochen, als in der Presse darüber berichtet worden war. Ames hatte einunddreißig Jahre lang als Offizier der Gegenspionage in der CIA gearbeitet. Am 21. Februar 1994 wurde er in Alexandria auf dem Weg nach Arlington, einem exklusiven Vorort von Washington, D.C., festgenommen, wo er mit seiner Frau lebte. Von seinem Haus waren es nur zwanzig Autominuten bis zum Hauptquartier der CIA. Bei seiner Verhaftung hatte das FBI genügend Beweise für die Anklage gesammelt, dass Ames seit 1985 für die Sowjetunion und später die Russische Föderation spioniert hatte. Er war der erste in die CIA eingeschleuste Spion Moskaus weltweit. Ein harter Schlag für die

Sicherheit der USA, weshalb Ames zu einer lebenslangen Haftstrafe verurteilt wurde.

»Bisher ist noch nicht klar, welchen Schaden er tatsächlich angerichtet hat«, erklärt mir Steve, während wir ziellos weitergehen. »Wegen Ames sind einige der Unsrigen umgebracht worden. Er hat meine Tarnung in Managua auffliegen lassen, und deshalb haben sie mich an die Botschaft nach Rom versetzt. Offiziell als Vizekonsul.«

Steve bleibt stehen und blickt mich an. Im schwachen Licht der Straßenlaternen fällt mir sein intelligentes Gesicht auf. Der Kopf eines Wissenschaftlers auf dem Körper eines Athleten. »Zu deiner Sicherheit«, vertraut er mir unmittelbar danach an, »ist es besser zu warten, bis endgültig geklärt ist, welche Dokumente Ames den Russen übermittelt hat. Ich will dich nicht beunruhigen, aber auf den Listen könnte auch dein Name stehen.«

»Mein Name?«

»Ja«, erwidert Steve trocken, »Aldrich Ames war auch Stationschef in Rom. Er besaß Zugang zu allen Unterlagen über die Informanten. Nach meiner Einschätzung dauert es noch einige Monate, bis alles durchleuchtet ist. Ich habe drei Kinder, ich muss mich erst um eine Schule für sie kümmern, verstehst du?«

Ich riskiere, im Gefängnis zu landen, und er denkt an die Schule für seine Kinder.

»Ich werde mich mit dir in Verbindung setzen. In der Zwischenzeit brauchst du dir keine Sorgen zu machen. Man hat mir gesagt, dass du immer ausgezeichnete Arbeit geleistet hast. Nimm dir eine Auszeit«, beendet Steve das Thema.

»Glaubst du, dass mir etwas passieren kann?«, dringe ich in ihn und hindere ihn am Weitergehen.

»Das weiß ich nicht, Simone. Sei unbesorgt. Wir werden dich nie im Stich lassen.« Mehr als ein »Okay, dann warte ich, bis du dich meldest« bringe ich nicht heraus.

Steve verabschiedet sich mit einem festen Händedruck. Während er sich entfernt, beginne ich die Kälte zu spüren. Als ich einen Platz mit weihnachtlicher Beleuchtung erreiche, verschwimmen mir plötzlich die bunten Lichter vor den Augen. Ich weine, während in meinem Kopf Steves Satz dröhnt: »Wir werden dich nie im Stich lassen.« Nur allzu gern würde ich daran glauben, aber ich weiß, dass es nicht stimmt. Die Phantome sind Phantome, weil niemand sie sieht. Und für mich gilt genau dasselbe.

Alle scheinen sich eine Auszeit genommen zu haben. Giovanni, Filippo, ja sogar der hyperaktive und stets aufgedrehte Giuda ist in Panik. Selbst Pietro schürt meine Angst. Er ist der Einzige, der mein doppeltes Spiel erahnt, denn auf seinen Wunsch hatte ich ihn mit dem Geheimdienst in Kontakt gebracht. Und die CIA hat sich ihn nicht durch die Lappen gehen lassen. Pietros Posten im italienischen militärischen Nachrichtendienst ist im wahrsten Sinn des Wortes Gold wert. Obwohl er noch jung ist, beweist er außerordentliche Intelligenz und ist in der Lage, persönliche Beziehungen zu jedermann auf jeder Ebene zu unterhalten. Deshalb hat Pietro sehr schnell Karriere gemacht.

»Ciao Simone, wie geht's?«, fragt er gleich, als wir uns noch am Abend dieses 23. Dezember in einer Bar in der Nähe des Hauptbahnhofs treffen. »Simone, ist alles okay?«, setzt er noch einmal nach, gefolgt von einem Seufzer und einem langen Schweigen, das mir lauter in den Ohren schrillt als eine Sirene.

Ich antworte nicht, aber er fährt fort: »Unser Freund ist abgereist, und ich treffe niemanden mehr.«

Damit bestätigt er mir seine Zusammenarbeit mit der CIA. »Ja, ich weiß, dass alle im Aufbruch sind. Du wirst schon sehen, irgendjemand wird dich kontaktieren«, versuche ich ihn zu beruhigen. Etwas anderes fällt mir nicht ein.

»Ich bin extra aus Rom gekommen, um mit dir persönlich zu sprechen«, vertraut Pietro mir an.

»Bist du denn nicht wegen des Weihnachtsessens mit den Amerikanern nach Rom gekommen?«

»Nein, natürlich nicht. Das erschiene mir jetzt vollkommen unpassend«, erwidert Pietro und sucht weiter in meinen Augen oder meinen Worten nach Gewissheit. Immerhin hat er mich nicht enttäuscht. Nach dem, was Ames verraten hat, wäre es eine Dummheit, an dem Essen teilzunehmen. Deshalb entscheide ich mich, mit offenen Karten zu spielen.

»Pietro, auch mit mir haben sie den Kontakt abgebrochen. Mach dir keine Sorgen, du wirst sehen, dass sie wieder auf dich zukommen.«

»Wenn du es sagst, vertraue ich darauf«, schließt er und umarmt mich plötzlich ganz fest. Als wollte er unser Geheimnis schützen.

Die Feiertage habe ich schon immer gehasst, aber in diesem Jahr hasse ich sie noch mehr als sonst. Ich muss etwas unternehmen. Vielleicht ist Schluss mit Spion spielen. Deshalb will ich den Versuch machen, ins Außenministerium zu wechseln. Abgesehen davon, dass es mein Traumziel wäre, würde eine Stelle dort mir ein Gehalt garantieren, mit dem ich das der Amerikaner ersetzen kann.

»Guten Tag, Herr Botschafter! Ich wollte Ihnen frohe Weihnachten wünschen. Ich würde gerne mit Ihnen persönlich sprechen«, falle ich mit der Tür ins Haus.

»Okay, gleich nach Dreikönig? Ich erwarte Sie am Montag, dem 9. Januar, in Rom. Ich danke Ihnen und wünsche Ihnen ebenfalls frohe Feiertage«, antwortet der Botschafter.

Es ist erst der 24., nur ein Tag nach dem kurzen Treffen mit Steve, meinem neuen Controller, und nach dem mit Pietro. Erst Heiligabend, der 24., aber das Christkind hat mir bereits ein Geschenk gebracht, und was für eines! Der Botschafter verfügt über beste Beziehungen sowohl in der Politik als auch innerhalb der Institutionen. Ich gehe seit Langem bei ihm zu Hause ein und aus. An einem schwülen Vormittag vor dreizehn Jahren haben wir uns kennengelernt, als ich noch ein junger Polizist in Rom war.

Damals fuhr ich morgens um sechs Uhr auf der großen Straße an den Caracalla-Thermen mit einem Kollegen Streife. Als die ersten Strahlen der aufgehenden Sonne die Ruinen der Thermen in rosafarbenes Licht tauchen, halten wir an. In dem Augenblick fährt ein Mercedes SEC in leuchtend hellblauem Metallic vorbei, der natürlich unser Interesse erregt. Vor allem dann, als er am Ende der baumbestandenen langen Kurve meinen Kollegen mit der Kelle vor unserem Polizeiwagen fast überfährt. Wir lassen ihn rechts ranfahren.

Der Fahrer gehorcht widerstandslos meiner Aufforderung, die Papiere zu zeigen, und steigt ungefragt aus dem Wagen. Vielleicht weil er gemerkt hat, dass ich der Ältere bin, überreicht er mir Führerschein und Kraftfahrzeugschein mit einer halben Verbeugung. Trotz der frühen Morgenstunde ist es bereits heiß. Der Mann ist auffallend elegant gekleidet, blaue Baumwollhose, Jackett im selben Ton und weißes Hemd. Nur eine leichte Blässe verrät, dass er die Nacht vermutlich schlaflos verbracht hat. Instinktiv werfe ich einen Blick ins Wageninnere. Auf der Beifahrerseite sitzt eine junge Frau in einem weißen Kleid aus hauchdünnem elastischem Stoff. Die langen blonden Haare fallen ihr bis auf die Schultern. Sie rührt sich nicht und hält den Kopf gesenkt.

»Steigen bitte auch Sie aus und zeigen mir Ihre Papiere«, fordere ich sie auf.

Sobald sie neben dem Mercedes steht, erweist sich die junge Frau als atemberaubende Schönheit. Trotz ihrer flachen Absätze misst sie mehr als einen Meter achtzig und ist höchstens achtzehn. Bei ihrem Anblick erstarren mein Kollege und ich zu Salzsäulen.

»*Minchia che sticchiu*, was für eine geile Braut«, kommentiert mein Kollege Carmelo auf Sizilianisch und macht mit diesen wenigen Worten die ganze Seriosität zunichte, die die Situation erfordert.

»Wie bitte?«, fragt der Mann.

Ich werfe Carmelo einen vernichtenden Blick zu. »Nichts, nichts, entschuldigen Sie. Wir brauchen auch die Papiere der Dame, bitte«, mische ich mich ein. Mit einem Schlag verliert der Mann seine ganze Selbstsicherheit. Ich bemerke, dass er noch blasser wird. Zitternd greift er mit der Rechten in die Innentasche seines Jacketts.

»Ich bin Diplomat, und der Wagen gehört dem Außenministerium«, behauptet er und tritt ganz nah an mich heran, während ich seine Papiere kontrolliere. Carmelo stakst derweilen mit hinter dem Rücken verschränkten Armen im Stechschritt um den Mercedes herum, ohne die junge Frau auch nur für eine Sekunde aus den Augen zu lassen.

»Sie ist die Tochter des Konsuls«, flüstert der Mann mir zu: »Wir waren auf einer Party, und ich begleite sie nach Hause, aber wir haben uns verspätet. Ihre Eltern könnten sich Sorgen machen, und … auch meine Frau wartet auf mich. Sie hat sich nicht wohlgefühlt, deshalb ist sie nicht mitgekommen.«

Während er spricht, fixiere ich ihn. Drei sehr persönliche Informationen hat er mir bereits preisgegeben: Er bekleidet einen sensiblen Posten, ist in Begleitung einer Person ohne Papiere und außerdem verheiratet. Seine leicht vornübergebeugte Haltung, das nervöse Flattern seiner Augenlider und sein schwerer Atem scheinen zu flehen: »Lass mich gehen, tu so, als hättest du mich nie gesehen.« Diese Vermutung bestätigt sich, als er meinen linken Unterarm ergreift und fest drückt.

Manche Entscheidungen trifft man instinktiv, getrieben von längst verschütteten Empfindungen, die im Bruchteil einer Sekunde die entlegensten Winkel des Gehirns erreichen.

»Fahren Sie weiter, alles in Ordnung«, sage ich zu dem Herrn im blauen Anzug und übergebe ihm seine Papiere.

Er öffnet die Wagentür und bedankt sich überschwänglich. Auch die junge Frau steigt rasch ein und wirft mir durch die Windschutzscheibe einen dankbaren Blick zu. Bevor er wegfährt, lässt ihr eleganter Begleiter das Seitenfenster herunter und reicht mir seine Visitenkarte: »Ich erwarte Sie in meinem Büro. Rufen Sie mich an.« Ich nehme die Karte und lege die Hand zum militärischen Gruß an den Schirm meiner Dienstmütze.

Kurz darauf fahren wir eine Runde um die Thermen. Auf dem Piazzale Numa Pompilio steht die Tochter des Konsuls in all ihrer überirdischen Schönheit auf der Straße und verhandelt mit einem jungen Mann, der mit dem Roller gerade neben ihr angehalten hat, den Preis ihrer Dienstleistung. Carmelo ist zum Glück zu müde, um sie zu bemerken. Ich sage ihm nichts.

Ohne allzu viel Zeit verstreichen zu lassen, nehme ich die Einladung des Botschafters wahr und suche ihn auf. Seitdem sind wir praktisch befreundet. Ich habe seine Frau kennengelernt und wurde oft in sein Haus eingeladen. Auch wenn die Familie sich lange Zeit im Ausland aufhält, versäumen wir nie, an Fest- oder Feiertagen Glückwünsche auszutauschen. Keiner von uns beiden hat über jenen heißen Morgen in Rom je wieder ein Wort verloren.

Einmal hatte ich Michael, als er noch mein Controller war, gefragt, ob es für die Agency von Interesse sein könnte, wenn ich mich ins Außenministerium versetzen lasse. Er war begeistert von der Vorstellung, einen operativen Agenten in den Büros der Farnesina zu haben, wie das Außenministerium allgemein genannt wird. Als ich den Botschafter, wie in dem weihnachtlichen Telefonat vereinbart, am 9. Januar aufsuche, empfängt er mich in seinem eleganten Salon, hört sich meine Bitte aufmerksam an und wartet höflich, bevor er antwortet. Natürlich vertraue ich ihm nicht an, dass ich für Washington arbeite.

»Du leistest bei der Polizei hervorragende Arbeit, Simone. Auch wenn sie dich jetzt ins Sekretariat versetzt haben, bist du nach wie vor an vorderster Front und kannst wieder in den operativen Dienst versetzt werden. Im Ministerium wärst du nur enttäuscht.«

Ob der Botschafter mich bei diesem Gespräch tatsächlich entmutigen wollte oder ob es ihn zu viel gekostet hätte, mir seinerseits einen Gefallen zu tun, habe ich damals nicht verstanden. Man muss jedoch ein Gespür dafür besitzen, wann es keinen Zweck hat, zu insistieren. Und so lasse ich es dabei bewenden.

Eines Morgens ruft mich Giuda an und fragt: »Treffen wir uns auf einen Espresso in der Bar?« Wenn er sich mit dieser erstickten Stimme bei mir meldet, heißt das, dass er mir etwas Dringendes zu sagen hat, und ich mache mich sofort auf den Weg.

Er beginnt zu reden, und es sprudelt nur so aus ihm hervor, völlig wirr. »Ich weiß, dass dir das alles egal ist. Aber ich weiß nicht mehr, was ich machen soll. Ich kann mich nicht mehr konzentrieren und nicht mehr schlafen, vor lauter Angst, dass sie mich verhaften.«

»Wovon sprichst du überhaupt? Was ist denn passiert?«, frage ich ihn und klopfe ihm vor dem Fenster der Bar auf die Schulter.

»Ames! Ames in Rom, der von der CIA, der für die Russen arbeitete, hat die Namen von allen preisgegeben und verkauft«, warnt Giuda. »Sie haben mir geraten, alle Kontakte abzubrechen, bis sie sicher sind, welche Informationen er nach Moskau übermittelt hat. Er hat in Rom gearbeitet, Simone, und kannte die Namen aller Quellen. Also auch meinen.«

Giuda redet im gottergebenen Tonfall eines zum Tod Verurteilten. Ames wird auch meinen Namen genannt haben, geht es mir durch den Kopf, ohne dass ich den Gedanken ausspreche. Das beweist schon die Tatsache, dass wir alle auf Eis gelegt sind.

»Ach komm«, erwidere ich, »die Geschichte ist doch letzten Februar passiert. Jetzt haben wir Januar, und nichts ist geschehen. Mach dir keine Sorgen.« Ich blicke Giuda an, meine aber in Wirklichkeit mich selbst. Wir trinken den bittersten Espresso, an den ich mich erinnern kann, und kehren in unsere Büros zurück. Wieder einmal stehe ich am Rand des Abgrunds. Und wie jedes Mal, wenn es so weit ist, empfinde ich eine merkwürdige, unerklärliche Gelassenheit.

Giuda ist davon überzeugt, dass er unter Beobachtung steht. Um mich nicht von seiner Paranoia anstecken zu lassen, gehe ich ihm aus dem Weg. Meine zunehmende Isolation wirkt sich allmählich auch negativ auf meine Familie aus. Es ist nicht leicht, ein Geheimnis zu wahren. Meiner Meinung nach widerspricht das der menschlichen Natur. Wir wollen uns jemandem anvertrauen, uns aussprechen, um Rat fragen, Ratschläge erhalten und getröstet werden. Um diese Bedürfnisse zu befriedigen, habe ich mein eigenes System entwickelt. Ich spreche mit mir selbst, als könnte ich meine Persönlichkeit verdoppeln, und bewerte eine Situation, als könnte ich mir von außen zusehen. Ich löse jedes Problem, indem ich mir Fragen stelle und sie selbst beantworte. Letztendlich ist das sogar äußerst bequem. Mein Gesprächspartner ist immer verfügbar, kennt mich in- und auswendig und ist nicht beleidigt, wenn ich nicht mit ihm einverstanden bin.

Ein solches Verhalten ist jedoch schon schwierig genug, wenn man allein lebt. Mit einer Partnerin an der Seite wird das Schweigen zur Provokation. Jeden Abend, wenn ich nach Hause komme, nehme ich mir vor, Diana die Wahrheit zu sagen. Von meiner Frau erwarte ich keine Hilfe, auch keine Verzeihung oder Ähnliches. Ich brauche nur Verständnis, und suche an ihrer Seite die notwendige Ruhe, um die Angst auszuhalten, die mich seit Wochen quält: die Angst vor dem, was Aldrich Ames den Russen über mich verraten haben könnte. Und vor dem, was die Russen ihrerseits irgendjemandem weitergeben, was sie vielleicht sogar veröffentlichen könnten, um das gegnerische Agentennetz zu zerstören.

Obwohl ich die Schlüssel habe, läute ich abends gewöhnlich an unserer Haustür. Seit Tagen wartet Diana einige Sekunden länger als notwendig, um mir aufzumachen und mich mit den immer gleichen Worten zu begrüßen: »Ach, da bist du ja. Ich hatte noch gar nicht mit dir gerechnet.«

Jeden Abend spielt sich dann, auch wenn ich bereit und entschlossen bin auszupacken, die gleiche Szene ab. Noch bevor ich die Tür hinter mir schließen kann, hat sich Diana weggedreht, um in die Küche zu gehen oder ins Kinderzimmer, wo unsere Tochter Hausaufgaben macht. Ich könnte ihr folgen und sie bitten, mir ein paar Minuten Zeit zu widmen. Aber ihre Schultern, ihr Rücken signalisieren eine unüberbrückbare Distanz. Die Zeit der Fragen ist vorbei, sie hat eine Grundsatzentscheidung getroffen, die nun ihre Wirkung tut. Es hat keinen Zweck, nach dem Opfer oder dem Henker zu suchen. Man kann die Situation lediglich zur Kenntnis nehmen. Und so kommt der entscheidende Sonntagabend, an dem ich dann doch mein Geständnis ablege.

»Diana, ich bin Informant der CIA«, sage ich nach einer Feiertagsschicht im Dienst halblaut zu ihrem Rücken.

»Klar, und ich bin die Jungfrau Maria«, antwortet sie, ohne sich auch nur umzudrehen. Ich hatte gefürchtet, dass sie mir nicht zuhört. Aber sie hat mich sehr wohl gehört. Diesmal geht Diana in unser Schlafzimmer, zieht eine schwarze Reisetasche unter dem Bett hervor und leert meinen Teil des Schrankes hinein, Hosen, Hemden und Schuhe. Ich rühre mich nicht vom Eingang weg und sehe zu, wie sie herauskommt. Sie öffnet die Tür hinter mir und schleudert die Reisetasche auf den Treppenabsatz.

»Verschwinde von hier, verschwinde, verschwinde!«, schreit sie immer wieder nervös. »Troll dich zu deinen Huren«, wirft sie mir an den Kopf, als ich die Wohnung für immer verlasse. Aber bevor sie die Tür hinter mir schließt, überrascht sie mich noch, wie es nur ein Mensch tun kann, der immer noch liebt: »Simone, ich versteh dich«, flüstert sie mir zu und betont dabei jede einzelne Silbe.

Die Worte ergeben keinen Sinn. Vielleicht sind sie nur Ausdruck von Mitgefühl, vielleicht tue ich ihr leid. Aber für mich sind sie ein Beweis ihrer Liebe, als wollte sie die Tür zu einer gemeinsamen Zukunft einen Spaltbreit offen lassen. Deshalb überschwemmt mich unwiderstehlich eine Welle von Gefühlen. Das Blut steigt mir heiß in die Wangen, jenseits aller Kontrolle durch den Verstand. Mir stockt der Atem, und mit mühsam zurückgehaltenen Tränen starre ich sie an. In meinem Kopf laufen wie auf einem rasend abgespulten Film Bilder unseres gemeinsamen Lebens ab. Der Abend, als ich im Kreißsaal bei der Geburt unserer Tochter dabei war, ihren ersten Blick in die Welt beobachtete, ihren hauchzarten Atem. Und dann weiter zurück zu dem Tag, als ich bei einem meiner ersten Antidrogen-Einsätze Diana aus dem Gymnasium kommen sah: In der Art, wie sie sich bewegte, lag so viel selbstbewusste Weiblichkeit, dass ich mich sofort in sie verliebte. Wir schworen uns ewige Liebe und waren bereit, uns gegen alle und alles zu verteidigen. Nur nicht gegen uns selbst.

Diana schließt langsam die Tür, ich nehme die Reisetasche und hole den Aufzug. Nach einigen Tagen in einer billigen Pension finde ich problemlos ein Ein-Zimmer-Appartement in einer übel beleumdeten Vorstadt. Sie wird zu meiner neuen Operationsbasis. In diesem März 1995 berichten alle Zeitungen darüber, dass in der Europäischen Union die Schengener Abkommen in Kraft treten. Belgien, Frankreich, Deutschland, Luxemburg, die Niederlande, Spanien und Portugal schaffen die Grenzkontrollen als Erste ab und öffnen die Schlagbäume. Ich male mir aus, wie ich ab jetzt ungehindert durch Europa reisen kann, ohne eine Kontrolle zu riskieren. Das ist eine der Nachrichten, die meine Laune verbessern. Es muss ein Sonntag sein, denn ich bin nicht im Dienst.

Ich liege auf dem Bett meines winzigen Appartements und drücke gedankenlos die Taste neun der Fernbedienung. Im Fernsehen läuft das Programm des Senders MTV. In der Luft vibriert der unwiderstehliche Rhythmus von *Boombastic*. Der riesige Spiegel an der gegenüberliegenden Wand reflektiert die Bewegungen von Shaggy. Der jamaikanische Sänger mit dem weiß gestreiften langen Hemd und der dicken Goldkette, die darunter hervorlugt, wiegt sich tanzend in den Hüften.

Ich kann nicht anders, als aufzustehen und Shaggys Bewegungen nachzuahmen oder es zumindest zu versuchen, auch wenn ich mich nicht wie er an den Gesäßbacken verführerischer Frauen reiben kann. Das Fenster ist zu, die Jalousien sind heruntergelassen, weil es draußen noch kalt ist. Keiner der Nachbarn kann mich sehen. Ich tanze weiter und sehe im Spiegel einen Mann von fünfunddreißig Jahren, gut gebaut, aber schrecklich lächerlich in seinen gelben Bermudas und dem T-Shirt mit dem Gesicht von Homer Simpson als Aufdruck.

Mit ruckartigen Hüftbewegungen versuche ich dem Rhythmus und den Schritten zu folgen. Das Video endet mit dem Blick in einen schmalen Gang, in dem im Gegenlicht die Umrisse einer kurvenreichen Schönen erscheinen. In diesem Moment registriert mein Gehirn etwas Bekanntes. Eine der Widmungen, die am unteren Bildschirmrand durchlaufen, erinnert mich an unsere Nachrichten von früher: »Ciao, mein kleiner Tiger, ich erwarte dich morgen«, gefolgt vom Namen eines Mädchens. Da fällt mir ein, dass ich heute die anonymisierte Mailadresse noch nicht geöffnet habe, die mir Michael eingerichtet hatte. Sonst tue ich es täglich, in der vergeblichen Hoffnung, dass *sie* mir schreiben. Am Tisch fahre ich den Computer hoch, und es war tatsächlich eine Vorahnung. Aldrich

Ames, der ein Doppelagent war und für die Russen arbeitete, hat meinen Namen nicht genannt. Sie haben mich wieder aufgetaut.

Am folgenden Sonntag um Punkt zwölf setze ich mich, wie verlangt, auf eine Bank am Eingang der Grünanlage an der Via Palestro. Ich wähle mehr oder weniger dieselbe Stelle, an der Victor zwei Jahre zuvor mit seinen Schritten Maß nahm. Erst nach ein paar Minuten erkenne ich ihn, aber das ist normal, denn bis zu diesem Tag hatte ich ihn ja erst ein einziges Mal gesehen. Er kommt lächelnd auf mich zu, die Hände in einem leichten kamelhaarfarbenen, eleganten Mantel vergraben, der nicht recht zu den Jeans passt, deren Aufschlag über den Mokassins grauenhafte weiße Socken erkennen lässt. Typisch amerikanisch, denke ich und kann mir mit Mühe eine abschätzige Miene verkneifen. Steve bemerkt sie und blickt auf seine Füße. Um ihn aus der Verlegenheit zu befreien, stehe ich auf, gehe auf ihn zu und strecke ihm die Hand entgegen. Er umarmt mich freundschaftlich. Wenn uns jemand beobachten würde, müsste er uns für zwei alte Freunde halten.

Wir schlendern die Wege des Parks entlang, der um diese Zeit fast menschenleer ist. Die Platanen begleiten uns mit ihren ausladenden Armen bis zum Ausgang an der Porta Venezia. Um mir zu zeigen, dass er mich gut kennt, fragt Steve mich nach Diana und unserer Tochter. Ich will nicht über die letzten Ereignisse sprechen, denn die Amerikaner sind ziemlich puritanisch und das Bild einer glücklichen Familie wiegt sie in Sicherheit. Ohnehin halte ich es nicht für angebracht, ihm unsere Trennung mitzuteilen. Dafür kenne ich ihn nicht gut genug.

»Alles okay, danke«, erwidere ich.

Darauf Steve: »*Comment est le célibat?*«, wie lebt es sich allein?

Vor lauter Überraschung bemerke ich kaum, dass Steve seine Frage auf Französisch gestellt hat. Eine tolle Figur mache ich da. Steve weiß bereits alles, bemerkt aber meine Verlegenheit und wechselt, befriedigt darüber, mir wieder einmal *ihr* Können bewiesen zu haben, das Thema, erneut auf Französisch. Ich antworte ebenfalls auf Französisch, denn es ist mir nicht entgangen, dass Steve mich testen will.

»*Bien*, du hast nicht gerade einen Pariser Akzent, aber ansonsten bist du perfekt«, schließt er und schaut mich prüfend an, als wäre ich ein neues Kleidungsstück auf einer Schaufensterpuppe.

»Perfekt wofür?«

»Da du jetzt keine familiären Verpflichtungen mehr hast, wollte ich dir ein Wochenende in Paris schenken«, erwidert er lächelnd. »Hier sind die Bahntickets. Du wirst am 30. April, einem Sonntag, nachmittags den TGV nehmen. Ich werde dich am Gare de Lyon abholen. Hast du damit ein Problem?«

»Nein, keinerlei Probleme. Ich muss allerdings ein paar Tage Urlaub nehmen. Wie lange soll ich dortbleiben?«

»Das ist nicht nötig. Du wirst am Abend des 1. Mai zurückfahren, ist der nicht auch in Italien ein Feiertag? Am Dienstag gehst du ganz normal wieder zur Arbeit. *Ça va?* Ah, was ich noch vergessen habe: Du musst dir den Kopf kahl scheren lassen. Sodass du eine Glatze hast. *Alors, ça va?*«

Beim Weitergehen blickt er, groß wie er ist, auf mich herunter. Ich stolpere beinahe über eine Baumwurzel, die den Gehweg aufgebrochen hat. Mein Schweigen verunsichert ihn.

»*Oui*, Steve, *ça va*.«

»Dann führe mich zum Essen in ein gutes Restaurant. Ich habe Lust, Italienisch zu essen, und dabei erzähle ich dir, was wir tun werden.«

DER MORD IN PARIS

Ich habe nie gewagt, ihn irgendetwas zu fragen, sondern mich stets mit Steves Erklärungen zufriedengegeben. Wie in der Welt der Verbrecher darf man auch bei uns keine Fragen stellen. Zu viel Neugierde erregt Verdacht. Mir war daran gelegen, professionell zu wirken, aber ich schätzte es, dass er mir vertraute. Als wir uns trennten, war mir Steve fast sympathisch geworden.

Steve hat mir das Vorhaben in groben Zügen geschildert und mir diese *Arbeit* so leicht wie einen Spaziergang dargestellt. Das waren seine Worte. In Wirklichkeit hat er mir nichts gesagt. Die Controller erklären vorher nie etwas genauer, sondern teilen dir nur mit, dass du an einem bestimmten Tag an einem bestimmten Ort sein sollst. Das ist alles. Immerhin würde mir die Reise ein weiteres trauriges und langweiliges Wochenende zu Hause ersparen.

Der Zug ist voll. Um zu vermeiden, dass mich jemand anspricht, halte ich, seit ich sitze, die Augen halb geschlossen, lehne meinen kahl geschorenen und wie eine Billardkugel glänzenden Kopf zurück und tue so, als ob ich schliefe. Doch auch die anderen Passagiere scheinen keine große Lust zu haben, sich zu unterhalten. Ich habe einen Gangplatz, und leider gehen dauernd Leute auf dem Weg zu oder von den Toiletten vorbei. Ab und zu stehe auch ich auf. Die Landschaft fliegt an den Fenstern vorüber. Sobald wir auf der Strecke Lyon-Paris sind, beschleunigt der Zug auf dreihundert Stundenkilometer. Um die Zeit totzuschlagen, versuche ich die Schilder an der Strecke zu lesen, aber das ist bei dieser Geschwindigkeit äußerst schwierig.

»Eindrucksvoll, nicht?«

Die Frage trifft mein Gehirn wie ein Schuss, so konzentriert bin ich. Ich drehe mich um. Vor mir steht ein ungefähr sechzigjähriger Mann. Er trägt einen blauen Trainingsanzug mit weißen Seitenstreifen an Hose und Ärmeln. Seine Füße stecken im neuesten Modell von Nike Air Max, grau mit Schnürsenkeln und Firmenlogo in Gelb. Diese Sneaker habe ich mehrmals im Gang vorbeigehen sehen, als ich mit zur Seite geneigtem Kopf und halb geschlossenen Lidern auf den Boden starrte. Aber ich habe nie den Blick gehoben, um zu sehen, wer sie trug.

»Ja, wirklich sehr eindrucksvoll«, erwidere ich.

»Ich fahre diese Strecke jede Woche, und dieser Zug ist immer voll. Machen Sie Urlaub? Fährst du zum ersten Mal nach Paris?«, fragt er.

Ohne Weiteres ist er zum Du übergegangen, und da er jetzt ein bisschen mehr gesagt hat, merke ich, dass sein Französisch einen leichten arabischen Akzent hat. Bei genauerem Hinsehen scheint seine ein wenig olivfarbene Haut diese Wahrnehmung zu bestätigen. Wie gewohnt, antworte ich mit einer Lüge nach bewährtem Muster.

»Nein, ich kenne Paris und bin geschäftlich unterwegs. Ich unterrichte Informatik.«

Wenn man sagt, man sei auf Geschäftsreise, vermeidet man die typischen Gespräche mit Touristen, und von Informatik verstehen die meisten nichts. Auf diese Weise, so hoffe ich, erlahmt sein Interesse an mir. Stattdessen sehe ich, dass sich seine Augen zu schmalen Schlitzen verengen und seine Mundwinkel sich zu einem Lächeln dehnen.

»Gut, was hältst du von Ritchies Unix Betriebssystem, das AT&T und die Bell Laboratories entwickelt haben und das vom American National Standards Institute mit dem ANSI-Code ausgestattet worden ist? Ich bin Informatikingenieur und benutze dieses System. Und du?«

Wie groß die statistische Wahrscheinlichkeit ist, einen Informatiker zu treffen, weiß ich nicht. Nach einem Moment der Panik habe ich mich jedenfalls schnell wieder unter Kontrolle.

»Ja, ich auch«, antworte ich. Ohne weitere Fragen abzuwarten, drehe ich mich um und setze mich wieder auf meinen Platz. Ich schließe die Augen, als wollte ich schlafen. Aber ab und zu öffne ich sie, um sicherzugehen, dass der Mann im blauen Trainingsanzug nicht immer noch dasteht und auf mich wartet. Glücklicherweise sehe ich ihn bis zu meiner Ankunft nicht wieder.

Am Abend erreicht der Zug den Gare de Lyon. Ich bleibe sitzen, bis fast alle Passagiere ausgestiegen sind. Durchs Abteilfenster sehe ich Steve auf dem Bahnsteig auf und ab gehen. Er streckt sich zu seiner ganzen Größe, um in den Wagen hineinzuschauen, dessen Nummer er sich bestimmt notiert hat. Durch den Reflex der Lichter in den Scheiben kann er mich jedoch nicht finden. Steve taucht mehrmals am Fenster auf. Und ich rühre mich nicht. Mache mir ein Vergnügen daraus, ihn zu beobachten, bis die Reinigungskräfte mir zu verstehen geben, dass ich mich beeilen solle. Ich zögere immer noch einige Augenblicke und warte, dass Steve weitergeht, sodass ich beim Aussteigen ein paar Meter hinter ihm bin. Doch mit dem merkwürdigen Instinkt dessen, der sich beobachtet fühlt, dreht er sich um und sieht mich. Sofort entspannt sich seine Miene. Als ich bei ihm bin, legt er mir eine Hand auf die Schulter.

»War die Fahrt okay? Ich hatte schon befürchtet, du hättest es nicht geschafft.«

Seine aufrichtige Art bringt mich in Verlegenheit. Mich ihm zu entziehen und vor seinen Blicken zu verbergen hat mir das Gefühl gegeben, Herr der Lage zu sein. Nicht ein bloßer Befehlsempfänger. Ich weiß, dass es nur eine Illusion ist, aber es tut mir gut. Und das reicht.

Wir nehmen die Metro Richtung Saint-Lazare, steigen um und an der Place de Clichy aus. Steve sagt kaum etwas, aber ich registriere, dass er dauernd auf die Uhr schaut und mich jedes Mal, wenn ich ihn frage, wie weit es noch ist, nur anlächelt. Nach ungefähr zwanzig Minuten in der U-Bahn gehen wir weitere zehn Minuten zu Fuß, bevor wir entgegen der Fahrtrichtung in die Rue Houdon einbiegen.

Eine schmale Straße. Steve hebt den rechten Arm und winkt. Auf der Stelle schert ein roter Peugeot 106 aus der Reihe der parkenden Wagen aus. Er hält neben uns. Da er nur zwei Türen hat, öffnet Steve die rechte, klappt den Sitz nach vorn und lässt mich hinten einsteigen. Kaum habe ich den Kopf ins Wageninnere gesteckt, werde ich von einem Duft aus Pfirsich und Zypressenholz empfangen, den die junge Frau am Steuer verströmt. Auch Steve nimmt Platz. Sobald er die Tür zugeschlagen hat, startet sie mit leicht quietschenden Reifen.

»Simone, darf ich dir Latifa vorstellen«, sagt Steve auf Französisch.

Im Rückspiegel sehe ich, dass Latifa den Blick zu mir gehoben hat und unmerklich nickt.

»Simone spricht Französisch, also ist alles ganz einfach.«

»Angenehm, was für ein wunderbares Parfüm«, stelle ich mich vor.

Latifa dreht sich einen Augenblick um: »Gem von Van Cleef«, verrät sie stolz.

Eine halbe Stunde später hält der Peugeot vor einem Wohnblock an. Ich habe keine Ahnung, wo wir sind.

»Wir sind in Bobigny«, sagt Steve, als hätte er meine Gedanken erraten.

Vor uns erhebt sich ein riesiges heruntergekommenes Gebäude. Ich habe noch nie etwas Derartiges gesehen. Es scheint kein Ende zu nehmen. Grau, hoch, endlos lang und voller Parabolantennen. Ein gewaltiges senkrecht aufgestelltes Schachbrett aus dunklen und erleuchteten Fenstern. Wir gehen unter Arkaden entlang, in denen einige schwarze Jungs biwakieren. Sobald sie Latifa bemerken, folgen sie ihr mit wenig vertrauenerweckenden Blicken. Sie senkt ihr wunderschönes Gesicht und versteckt es unter dem schwarzen Seidentuch, das sie über ihre Haare gelegt hat.

Steve beschleunigt seinen Schritt. Wir gehen durch ein Tor und steigen im Treppenhaus bis in den ersten Stock. Auf dem Treppenabsatz stehen wir vor drei Eingängen. Die Tür zu unserer Linken ist herausgerissen, und im Inneren sieht man Matratzen auf dem Boden liegen. Im ganzen Treppenhaus riecht es stark nach Gewürzen. Steve klopft laut an die gegenüberliegende Tür. Ein stämmiger junger Mann in Unterhemd und Jeanslatzhose mit herunterhängenden Trägern öffnet. Wir gehen einen Flur entlang. Links sehe ich eine kleine Küche. Rechts einen Raum, der außer einem kleinen Tisch mit einem Stapel aufgeschlagener, dreckiger Pizzakartons, ein paar Bierflaschen und Plastikstühlen vollständig leer ist.

Wir betreten dieses Zimmer, in dem uns zwei Männer empfangen. Der erste scheint der Zwillingsbruder dessen zu sein, der uns die Tür aufgemacht hat. Der andere trägt eine dunkle Hose und einen schwarzen Rollkragenpullover aus Shetlandwolle. Steve stellt uns vor.

Der mit dem Rollkragenpullover und einem runden, sorgfältig rasierten Gesicht ist Monsieur Philippe, ein Offizier des französischen Geheimdiensts. Die anderen beiden sind Amerikaner und arbeiten als CIA-Agenten in Paris.

»Mit den französischen Kollegen arbeiten wir ausgezeichnet zusammen«, erklärt Steve. Wir schütteln uns die Hände.

»Steve hat viel von dir erzählt, willkommen in Paris«, sagt Monsieur Philippe und fordert uns alle auf, uns zu setzen.

Latifa hat sich im Hintergrund gehalten. Sie steht neben der Tür, genau mir gegenüber, und beobachtet uns. Mit der rechten Schulter lehnt sie an der Wand, die Arme verschränkt, den rechten Fuß auf den linken gesetzt. Ich kann den Blick einfach nicht von ihr abwenden. Unter dem Seidentuch spitzt eine kastanienbraune Haarlocke hervor. Sie hat lange, schmale Augenbrauen über ihren auffallend großen braunen Augen. Eine perfekt geschwungene Nase und volle Lippen. Die dunkle Seidenbluse und die Stretchhose unterstreichen ihre Weiblichkeit. Auf ihrem hochhackigen Schuh hält sie sich im Gleichgewicht. Sie ist nicht groß. Ich stelle sie mir ohne Absätze vor. Zierlich und perfekt. Ihre Größe erinnert mich an Dynamitstangen. Klein, aber explosiv.

Monsieur Philippe verlässt das Zimmer und kehrt mit einem

Rollkoffer zurück, dem er einen Diaprojektor entnimmt. Er baut ihn auf dem von Pizzakartons leer geräumten Tisch auf. Dann gibt er Latifa ein Zeichen, das Licht auszuschalten. In rascher Folge erscheinen Bilder auf der Wand.

Auf dem ersten Dia posieren vier junge Männer für den Fotografen.

»Der linke ist Ali Belkacem«, erklärt Monsieur Philippe. »Hier sind sie in einem Trainingscamp im Sudan. Belkacem ist Algerier, wir haben einen Hinweis bekommen, dass er ein militanter Aktivist und zu allem bereit ist.«

Die anderen Fotos zeigen zwei der vier jungen Männer vom ersten Bild, während sie beschattet werden: einer von ihnen ist Ali Belkacem, einmal an einem Tisch im Café und dann in den Straßen von Paris mit einem anderen Mann.

»Der Mann neben Belkacem ist Boualem Bensaïd, der im Verdacht steht, zur GIA, der Groupe Islamique Armé, zu gehören. Wir observieren die beiden. Sie führen ein ganz normales Leben. Ja, mehr als das. Hier sind sie in einem Bordell mit Prostituierten zu sehen. Wenn ihr genau hinschaut, ist der Tisch voller Flaschen. Wir haben keinerlei Beweise gegen sie. Aber unsere Quelle im Sudan ist sich sicher, dass sie nach Frankreich gekommen sind, um ein Attentat auszuführen.«

Auf der Wand erscheint jetzt ein helles weißes Rechteck. Latifa knipst das Licht wieder an.

Steve ergreift das Wort und wendet sich, immer noch auf Französisch, an mich: »Als die Kollegen in Paris uns ihre Informationen übermittelt haben, waren wir alarmiert, weil sie mit unseren Erkenntnissen übereinstimmen. Deshalb haben wir beschlossen, dass es an der Zeit ist, Belkacem anzuwerben. Seinen abgehörten Telefonaten hat Latifa entnommen, dass Belkacem morgen von Villeneuve-d'Ascq, einem kleinen, etwa zwei Stunden entfernten Ort im Norden, in Paris eintreffen wird. Wie fast jede Woche wird Belkacem Boualem Bensaïd treffen. Simone, du wirst an ihn herantreten und ihn zu überreden versuchen, mit uns zusammenzuarbeiten.

Besser gesagt, mit dem italienischen Geheimdienst. Wir sind ziemlich sicher, dass er auf keinen Fall mit uns Amerikanern oder mit den Franzosen, die er hasst, zusammenarbeiten würde. Stimmt's, Latifa?«

Ich drehe mich zu ihr, und das gibt mir Gelegenheit, sie noch einmal zu bewundern.

»Latifa ist unsere Arabisch-Übersetzerin«, sagt Monsieur Philippe. »Sie ist in Frankreich geboren, aber ihre Eltern sind Algerier. Ihr Vater ist Polizist. In Belkacems Wohnung haben wir Wanzen installiert und überwachen sein Telefon. Latifa kennt Belkacem besser als wir alle. Sie lässt sich kein einziges Gespräch entgehen. Für uns ist ihre Mitarbeit unerlässlich. Und außerdem ist sie eine wunderschöne junge Frau.«

»Wunderschön«, wiederholt einer der zwei amerikanischen Kolosse.

Dieser letzte Kommentar hat absolut nichts mit der *Arbeit* zu tun, und ich merke, dass ich eifersüchtig bin. Als Reaktion auf diese Komplimente senkt Latifa den Blick. Auf ihren Wangen erscheint sogar eine leichte Röte.

»Diese beiden sind Daniel und Adam. Sie sind ehemalige Marines und werden bei dieser Operation deine Schutzengel sein«, erklärt mir Steve.

Als gute Soldaten machen sie bei der Nennung ihrer Namen Anstalten, sich zu erheben und strammzustehen. Steve bedeutet ihnen, sitzen zu bleiben. Sie haben kahl rasierte Köpfe und sehen aus wie Bodybuilder. Ich beuge mich vor, um ihnen die Hand zu geben. Daniel zerdrückt sie mir fast und fixiert mich mit einem wahrhaft bösen Blick. Kann es sein, dass zwischen ihm und Latifa etwas ist und er mein Interesse an ihr bemerkt hat?

»Simone, du wirst ihm Geld versprechen. Viel Geld«, fügt Monsieur Philippe hinzu. »Die Algerier mögen die Italiener, und das Geld wird den Rest tun.«

Das sind die Details, die mir Steve in dem Restaurant in Mailand verschwiegen hat. Jetzt ist alles klar.

»Es ist Zeit zu gehen«, kündigt Monsieur Philippe an. Auch ich stehe auf.

»Nein, nein, Simone. Du wirst heute mit Daniel und Adam hier übernachten«, hält Steve mich zurück.

»Belkacem und Bensaïd treffen sich morgen um zehn im Café Voltaire am Quai Voltaire«, rekapituliert Monsieur Philippe.

»Hoffen wir, dass sie nicht die arabische Uhrzeit meinen«, lamentiert Adam.

Als Latifa sich mit drei Wangenküssen von mir verabschiedet, folgt Daniel ihr mit den Augen. Instinktiv suche ich den Blick des Amerikaners. Als wollte ich ihm sagen: Deine Muskeln können nichts ausrichten gegen die Ausstrahlung des Latin Lovers, kapiert? Diese telepathische Botschaft kommt klar und deutlich bei ihm an. Denn kaum dass Latifa, Steve und Monsieur Philippe gegangen sind, nähert sich Daniel mit gespannten Muskeln bis auf wenige Zentimeter meinem Gesicht. Ich bin mir sicher, dass er mir einen Faustschlag verpassen will. Adam, der die ganze Szene verfolgt hat, packt seinen Kameraden am Arm und zieht ihn von mir weg. Nach kurzem Widerstand lässt er es geschehen.

»Du Hurensohn wirst morgen Paris wieder verlassen. Aber ich bleibe hier«, beschimpft er mich mit seinem Südstaatenakzent und schnaubt wie ein Stier.

Ich atme wie ein Blasebalg. Mit halb offenem Mund und vorgerecktem Kinn sauge ich möglichst viel Luft in die Lungen. Adam klemmt den linken Arm unter Daniels linke Achsel und drückt mit der Rechten auf seinen Bauch, um ihn zurückzuhalten: »Entschuldige, entschuldige, er ist bloß ein bisschen nervös«, sagt Adam auf Französisch. Vielleicht hat er einfach zu viel Bier getrunken.

Ich schließe für einen Moment die Augen, atme die ganze Luft aus meinem Körper aus und setze mich. Derweil verschwinden die beiden in Richtung Schlafzimmer. Nach ein paar Minuten kommt Daniel zurück und bringt mir eine Luftmatratze, eine Decke und eine Plastiktüte. Darin finde ich eine Hose, ein T-Shirt und eine Lederjacke. Alles strikt schwarz.

»Das sind deine Anziehsachen für morgen«, erklärt Daniel.

Ich halte den Kopf gesenkt. Er kommt näher, geht in die Hocke und hebt meinen Kopf mit dem Handrücken, um mich zu zwingen, ihm in die Augen zu sehen.

»Es ist nichts passiert, mein Freund. Gar nichts. Steve darf nichts erfahren«, sagt Daniel mit Nachdruck, »und morgen ist alles vorbei.« Da ich absolut stumm bleibe, legt er mir die Hand auf die Schulter und drückt sie fest. Ich habe keine Lust zu antworten. Mit der Linken fasse ich seinen Unterarm, um ihn wegzuschieben, und deute mit einem Kopfnicken Einverständnis an.

Punkt neun holt Latifa uns ab. Sie trägt einen Jogginganzug und Laufschuhe. Endlich sehe ich sie ohne Absätze. Sie trägt kein Tuch mehr auf dem Kopf, sondern hat die Haare zu einem Pferdeschwanz hochgebunden, was ihr ein stolzes Aussehen verleiht. In einer Papiertüte hat sie Croissants für uns mitgebracht. Die beiden Amerikaner kommen aus ihrem Zimmer. Sie sehen wirklich aus wie Zwillinge und haben ebenfalls bereits die schwarzen Hosen mit den großen seitlichen Taschen und die Lederjacken angezogen.

»Alle in Schwarz, soll damit jemand, der euch beschattet, verwirrt werden?«, fragt Latifa, um uns auf den Arm zu nehmen.

Keiner von uns reagiert darauf.

Daniel und Adam brauchen ein paar Augenblicke, um ihr Funkgerät am Körper zu befestigen, und synchronisieren dann die Frequenz mit dem in Latifas Jogginganzug versteckten Sender.

»Kriege ich auch ein Funkgerät?«

»Nein, Simone«, erwidert Adam, »wenn Belkacem merkt, dass du in Funkkontakt stehst, könnte er nervös werden.«

Die Fahrt von Bobigny nach Paris dauert eine gute halbe Stunde. Latifa sitzt am Steuer und parkt vor dem Quai Voltaire 25, auf der Seite des Cafés mit der Hausnummer 27. Es weht ein frischer Wind, und die Sonne erfüllt die Luft mit strahlendem Licht.

»Trennen wir uns«, sagt Latifa. »Ich gehe mit Simone, wir sehen uns hier in einer Stunde, wenn die Operation vorbei ist.«

Sie hat ihre Instruktionen noch nicht einmal beendet, da hakt sie sich schon bei mir unter. Wie ein Paar überqueren wir die Straße Richtung Seine. Ein paar Sommersprossen lassen ihre weiße Haut noch intensiver strahlen. Sie ist es, die mich fest an sich schmiegt, und ich spüre immer wieder die Wärme ihres Körpers. Ich hatte fast schon vergessen, was für ein schönes Gefühl das ist. Und für einen Moment vergesse ich sogar den Grund für meinen Parisaufenthalt. Ich nehme meinen Mut zusammen und löse mich von ihr. Da sie kleiner ist als ich, lege ich ihr meinen rechten Arm um die Schulter und ziehe sie fest an mich. Latifa leistet keinerlei Widerstand, ja, sie schmiegt sich noch enger an mich und legt fast den Kopf auf meine Brust. Ich befürchte, dass sie spürt, wie wild mein Herz klopft.

»Wenn uns jemand folgt, wird er uns für zwei Verliebte halten«, sage ich zu ihr.

Als Antwort stellt sich Latifa auf die Zehenspitzen und presst ganz schnell ihre Lippen auf die meinen.

»Jetzt können sie sicher sein«, fügt sie hinzu.

Bis zehn Uhr sind es noch fünf Minuten. Wir kehren um. Spazieren weiter auf dem Bürgersteig vor der Bar hin und her. Auch deshalb, weil das Café Voltaire um die Ecke bis in die schmale Rue de Beaune reicht und wir nur so von außen beide Seiten überwachen können. Aber zwanzig Minuten später sind unsere Klienten, wie Monsieur Philippe sie nennt, immer noch nicht da. Um ehrlich zu sein, ist mir das völlig gleichgültig. Ich kann es gar nicht erwarten, mit Latifa allein zu sein. Ich möchte ihr viele Fragen stellen. Sie geht einige Schritte voraus, dreht sich um. Kommt auf mich zu und fixiert etwas in meinem Rücken.

»Hinter dir«, flüstert sie, als sie neben mir steht. Es fällt mir schwer, mich nicht umzudrehen und nachzuschauen. Stattdessen überquere ich die Straße. In aller Ruhe bleibe ich auf dem Gehsteig gegenüber dem Lokal stehen. Sofort bemerke ich Adam und Daniel an einem der kleinen Tische im Freien. Und jetzt erkenne ich auch Ali Belkacem und Boualem Bensaïd. Sie haben sich an einen Tisch in der Nähe gesetzt. Es hat etwas Surreales, dass zwei mutmaßliche Mitglieder der bewaffneten Opposition Algeriens, die in Frankreich des Terrorismus verdächtigt werden, sich ausgerechnet hier treffen: in einem Café in dem Haus, wo am 30. Mai 1778 François-Marie Arouet gestorben ist, besser bekannt als Voltaire, einer der Väter der Aufklärung, die viele Völker von der Sklaverei der Religion und des Absolutismus befreit hat. Das sage ich nicht, weil ich mich in Philosophie auskennen würde, sondern weil eine steinerne Tafel an der Fassade genau über den Köpfen von Adam, Daniel und unseren beiden Klienten mich daran erinnert.

Ihre Gesichter liegen im Schatten der großen Markise, die vor der Sonne schützt und die meisten Gäste verdeckt. Auch deshalb habe ich aus der Entfernung keine so gute Sicht wie erhofft. Ich beschließe daher, mich an den beiden Amerikanern und Latifa zu orientieren, die sich soeben zu ihnen gesetzt hat. Solange sie ruhig sitzen bleiben, heißt das, dass Belkacem und Bensaïd noch in ihrer Nähe sind.

Ich darf mich nicht zu früh blicken lassen. In den Anweisungen hieß es unmissverständlich, dass ich warten soll, bis Belkacem allein ist, bevor ich ihn anspreche. Aber nicht nur die Markise ist ein Problem. Die Lage wird dadurch verkompliziert, dass unerklärlicherweise plötzlich Hunderte Menschen die Straße bevölkern. Einige tragen Spruchbänder und französische Fahnen in der Hand. Jetzt ziehen Spruchbänder und Fahnen wie Wolken vorbei. Der Zug bewegt sich von rechts nach links den Quai Voltaire entlang auf den Pont du Carrousel zu. Jetzt wird es immer schwieriger, Daniel und Adam im Blick zu behalten, um den beiden mutmaßlichen Terroristen auf den Fersen zu bleiben. Aus einzelnen Wolken ist eine dichte Wand von Spruchbändern und Fahnen geworden. Mist, ich riskiere, sie aus den Augen zu verlieren. Alle sind Anhänger des Front National, es muss sich also um eine Demonstration des Front National handeln. Kann es sein, dass Monsieur Philippe sich darüber nicht informiert hat, als er die Operation plante?

Wenige Minuten später stehen Adam, Daniel und Latifa hastig

auf und verlassen in aller Eile das Lokal. Sie wenden sich nach rechts. Ich suche Belkacem und Bensaïd mit den Augen, kann sie aber nicht sehen. Ich gehe schneller. Hole Latifa ein, die sich ein Stück hinter den beiden Amerikanern hält. Sie steht über Funk mit ihnen in Kontakt. Adam und Daniel übermitteln ihr im Sekundentakt die Position unserer Zielperson.

»Wo sind sie?«

»Sie haben sich getrennt«, antwortet Latifa: »Er geht jetzt Richtung Pont du Carrousel. Los, lauf.«

Allerdings bewegt sich der Demonstrationszug, der ganze Demonstrationszug, in dieselbe Richtung wie Belkacem. Menschen mit Spruchbändern und Fahnen überfluten den Pont du Carrousel in seiner ganzen Breite. Sie bewegen sich auf die drei Torbögen des Louvre am anderen Seineufer zu. Diese Mistkerle vom Front National müssen ausgerechnet heute demonstrieren! Ich kann nicht losrennen. Komme nicht an den Menschen vorbei. Muss mir mühsam Platz schaffen. Etwa in der Mitte der Brücke sehe ich Adam und Daniel mit einem jungen Mann diskutieren. Sie sind auf dem breiten rechten Bürgersteig stehen geblieben, während die Demonstranten an ihnen vorbeiziehen. Die Spannung krampft mir fast den Magen zusammen. Haben sie sich erwischen lassen? Ich fühle mich schuldig, weil ich nicht rechtzeitig reagiert habe, als Belkacem die Bar verlassen hat. Dass man mir kein Funkgerät gegeben hat, war ein schwerer Fehler. Ohne Sender kriege ich nicht mit, was vor sich geht. Soll ich weitergehen oder stehen bleiben? Ich dränge mich gewaltsam durch die Menge und überhole die langsameren Demonstranten. Von Belkacem keine Spur. Jetzt bin ich noch ungefähr zwanzig Meter von den Amerikanern entfernt. Endlich bin ich bei ihnen, während Adam Daniel auf Englisch anschreit, er solle den Kerl, mit dem er zu streiten scheint, in Ruhe lassen. Jetzt bin ich dicht neben ihnen.

»Wo ist er?«

»Ich sehe ihn nicht mehr«, antwortet Adam. »Daniel hat sich mit einem angelegt, der uns nicht durchlassen wollte.«

»Komm, gehen wir«, sagt Adam jetzt zu Daniel. »Bei den vielen Leuten ist es unmöglich, ihn zu finden. *We lost him,* wir haben ihn verloren.«

Der Mann, mit dem sie gestritten hatten, nutzt den Moment, in dem Daniel sich mir zugewandt hat, und versetzt ihm von hinten einen heftigen Tritt. Daniel dreht sich um. Der Mann weicht zurück, um sich zu schützen, und schlängelt sich zwischen den Demonstranten hindurch, bis er fast das Ende der Brücke erreicht hat. Vor ihm die strenge Fassade des Louvre. Jenseits der niedrigen Ufermauer zu seiner Rechten lichterfüllte Leere. Wolken sprenkeln den Himmel bis zum Horizont. Vom Wasser weht eine kühle Brise. Mit ein paar Schritten stürzt sich Daniel auf den jungen Mann. Packt ihn mit seinen Pranken an den Hüften. Hebt ihn hoch und wirft ihn mit einer letzten, minimalen Anstrengung in die Seine. Eine Möwe gleitet langsam über unsere Köpfe hinweg. Trotz des Durcheinanders und der Slogans, die die Demonstranten skandieren, höre ich deutlich das Aufklatschen des Körpers auf dem Wasser.

Jemand hat es gesehen und schreit auf. Ich erinnere mich vor allem an den Schreckensschrei einer Frau. Viele beugen sich über die Mauer und blicken hinunter.

Daniel scheint wieder zu sich zu kommen und zu begreifen, was er getan hat. Er rennt los, gefolgt von mir und Adam. Mehrmals höre ich, wie Daniel über Funk Latifa zu erreichen versucht, die aber nicht antwortet. Wir gehen zum Auto. Latifa steht ein paar Meter entfernt. Sie sieht uns und ahnt, dass etwas schiefgelaufen ist, steigt ein und lässt sofort den Motor an. Auch wir setzen uns einer nach dem anderen in den Wagen. Um nicht aufzufallen, fährt Latifa betont langsam und mit demonstrativer Gelassenheit. Unser kleiner Peugeot taucht in den Strom der Demonstranten ein, die immer noch in die Gegenrichtung marschieren. Noch einmal kommen wir an den voll besetzten Tischen des Café Voltaire vorbei. Spruchbänder und französische Fahnen streifen die Fenster unseres Wagens. Wir bahnen uns im Slalom unseren Weg durch die Menge und lassen schließlich auch die letzten verstreuten Teilnehmer der Kundgebung hinter uns. In meinen Ohren ist nur das angstvolle Klopfen meines Herzens.

Simone Pace dreht sich nach links und merkt, dass ich im Begriff bin zu gehen. Er steht auf und folgt mir zum Ausgang der Basilika. Am Fuß der Treppe vor dem Portikus stütze ich mich, gekrümmt wie ein Betrunkener, an einen Laternenpfahl. Ich atme tief ein und kann so meinen Brechreiz unterdrücken.

»Ist Ihnen übel?«, fragt er.

»Nein, schon vorbei«, erwidere ich und blicke ihn ein paar Sekunden schweigend an. »Ich hatte das Gefühl, mein Magen explodiert.«

»Das kann ich verstehen. Man gewöhnt sich nie dran. Wenn Sie wollen, machen wir für heute Schluss.«

»Ja, hören wir auf. Gehen Sie als Erster. Wir sehen uns morgen früh.«

UNSCHULDIG VERURTEILT

Am nächsten Morgen erscheint Simone Pace pünktlich. Er wartet, bis ich mich auf dieselbe Bank wie immer gesetzt habe, und kommt dann zu mir. Ich verrate ihm nicht gleich, was ich gestern Abend entdeckt habe, sondern lasse ihn reden.

Als wir wegfahren, lässt Latifa zehn Minuten verstreichen, bis sie uns fragt, was auf dem Pont du Carrousel passiert ist, nimmt Pace die Erzählung wieder auf.

»Wir haben ihn aus den Augen verloren. Das ist alles«, sagt Daniel, »hast du nicht gesehen, was da los war?«

Wir gehen alle vier in die Wohnung in Bobigny, wo wir schon erwartet werden.

»Nun?«, fragt Monsieur Philippe.

Ich antworte. Im Grunde ist es meine Schuld. »Wir haben ihn aus den Augen verloren. Wir waren mitten in einer Demonstration des Front National, und ich konnte ihn nicht einholen.«

Als das Handy des französischen Geheimdienstoffiziers klingelt, entfernt er sich ein paar Schritte. Am Ende des Gesprächs hat sich seine Miene verfinstert.

»Die Polizei ist auf dem Pont du Carrousel«, sagt Monsieur Philippe zu uns. »Anscheinend ist jemand in die Seine geworfen worden. Erste Zeugen sprechen von drei schwarz gekleideten, kahl geschorenen Männern als Täter.«

Daniel kann nicht an sich halten: »Dieses Schwein von einem Araber. Seinetwegen ist uns Belkacem entwischt.«

»Wart ihr es?«, fragen Steve und Monsieur Philippe wie aus einem Munde.

»Er hat mir einen Tritt versetzt. Das habt ihr doch auch gesehen«, antwortet Daniel und schaut mich und Adam an.

Latifa hält sich die Hand vor den Mund, um einen Schrei zu unterdrücken. Aus ihrer Position hatte sie Daniels Streit mit dem jungen Mann nicht bemerkt.

Bis heute könnte ich nicht sagen, ob Steve oder Monsieur Philippe in diesem Moment der Wütendere war.

»Die Operation ist abgesagt«, erklärt der französische Geheimdienstoffizier, »und du, Latifa, begleitest Simone zum Bahnhof. Ihr beiden macht euch bereit, noch heute in die USA zurückzukehren. Gebe Gott, dass niemand euch ins Gesicht sehen konnte und in der Lage wäre, euch wiederzuerkennen. Es gab bestimmt auch Überwachungskameras.«

Daniel versucht sich zu rechtfertigen, doch er wird von Steve zum Schweigen gebracht. Dazu genügen ihm eine Handbewegung und ein wütender Blick seiner intelligenten Augen. Ärgerlich schnaubend wendet sich Daniel zum Fenster und stiert hinaus.

Jetzt wendet Steve sich mir zu. Doch mit mir spricht er in ruhigem Tonfall, fast bedauernd. »Komm schon, es ist nicht deine Schuld. Wir sehen uns in Rom oder Mailand.«

Latifa hat schon die Autoschlüssel in der Hand.

»*On y va?*«, fragt sie mich.

»Okay, gehen wir.«

Es ist drei Uhr nachmittags, als wir vor dem Gare de Lyon anhalten.

»Warte im Auto. Ich gehe nachschauen, wann der nächste Zug nach Italien fährt.«

Ein paar Minuten bleibe ich allein und weiß nicht, ob es nur Einbildung ist, aber ich sehe überall Polizisten. Latifa kommt schon zurück.

»Der Zug fährt in drei Stunden. Ich wohne hier in der Nähe. Es ist besser, wir gehen zu mir nach Hause. Es wäre für dich nicht klug, dich auf der Straße blicken zu lassen.«

Sie wartet nicht einmal meine Antwort ab. Lässt den Motor an und fährt los. Kaum zehn Minuten später hält sie an und sagt, wir seien angekommen. Sie hat ein hübsches Zwei-Zimmer-Appartement. Es duftet nach Rosen.

»Meine Mutter ist gestorben. Ich wohne hier mit meinem Vater«, erklärt sie.

Besorgt blicke ich mich um. »Ist dein Vater zu Hause?«

Latifa bricht in Gelächter aus, während sie ihre Schuhe auszieht.

»Ganz ruhig, er kennt dich. Jetzt ist er bei der Arbeit.« Während sie dies sagt, führt sie mich zum Fenster, aus dem man gegenüber eine große Polizeikaserne sehen kann. »Mein Vater hat sogar gesagt, dass ich dich grüßen soll.«

»Wie kann er mich denn kennen?«

Latifa nimmt mich bei der Hand und zieht mich ins Schlafzimmer. Auf einer Kommode steht das Foto eines Hochzeitspaars.

»Erinnerst du dich?«, fragt sie mich lächelnd.

Ich betrachte das Bild genau. Der Bräutigam ist um die dreißig. Aber seine Züge sind so markant, dass ich sofort überzeugt bin, ihn schon einmal gesehen zu haben. Latifa bemerkt mein Staunen. Offensichtlich will sie das Rätselraten nicht allzu sehr in die Länge ziehen.

»Im Zug, erinnerst du dich?«

»Der Informatikingenieur. Dein Vater?«

»Ja«, lächelt Latifa, »wir haben uns köstlich amüsiert gestern Abend. Mein Vater hat mir deinen Gesichtsausdruck beschrieben, als er dich in Schwierigkeiten gebracht hat. Er arbeitet als Polizist seit Jahren mit Monsieur Philippe zusammen. Sie waren zusammen in der Polizeischule, und manchmal hilft mein Vater ihm aus. Sagen wir, er war dein Leibwächter. Sie wollten, dass du sicher in Paris ankommst. Steve hätte uns sonst nie verziehen.«

Ich habe nicht die mindeste Lust, darüber zu lachen, nicht einmal zu lächeln nach all dem, was am Pont du Carrousel passiert ist. Deshalb ist mir entgangen, dass Latifa sich fast vollständig ausgezogen hat. Mit einem schnellen Griff am Arm zieht sie mich aufs Bett, und ich lasse mich wie ferngesteuert auf sie fallen.

Am Abend stelle ich im Wartesaal fest, dass Latifa gelogen hat. Ich hätte schon um 15.30 Uhr einen Zug nehmen können. Sie hat eine Ausrede erfunden, um mit mir allein zu sein. Das macht mich stolz. Die Bildschirme im Gare de Lyon zeigen ununterbrochen Bilder von der Demonstration des Front National und das Foto eines jungen Marokkaners: Brahim Bouarram, 29 Jahre, Tod durch Ertrinken, heißt es in den Übertiteln. Was, er ist tot?

Ich habe das Gefühl, dass sich von einem Moment zum anderen alle Anwesenden instinktiv zu mir herumdrehen, mit Fingern auf mich deuten und mich des Mordes anklagen. Ich gehe auf den Bahnsteig und starre mit gesenktem Kopf auf meine Schuhe. In dem Appartement in Bobigny habe ich meine eigene Kleidung wieder angezogen und die schwarzen Sachen, die wir während der Operation getragen haben, an Steve zurückgegeben.

Es gibt keinen Grund, weshalb mich irgendjemand erkennen könnte. Ich suche mir im Zug einen Platz, halte aber den Kopf weiter gesenkt. Nur um mich vor der Außenwelt zu schützen. Nicht ich bin der Mörder dieses unglückseligen jungen Mannes, sage ich mir wieder und wieder. Nicht ich war es, sondern ein dummer, frustrierter Amerikaner.

Meine Affäre mit Latifa festigt sich. Wann immer ich eine Gelegenheit finde, besuche ich sie in Paris, obwohl sie darauf drängt, mich in Italien in meinem Miniappartement zu besuchen. Ich habe mich sogar mit ihrem Vater Omar angefreundet. Wenn wir uns sehen, nutzt er jede Gelegenheit, mich auf den Arm zu nehmen. Er macht nach, wie bestürzt ich ausgesehen habe, als er mich mit der Frage nach dem Unix-System auf dem falschen Fuß erwischt hat. Latifa will mich sogar ihrer Familie in Algerien vorstellen. Schließlich lasse ich mich darauf ein. Wir organisieren eine einwöchige Reise nach Algerien. Am 29. Juli werden wir fahren.

Nach Paris komme ich viel früher. Am Sonntag zuvor. Zwei Tage später, am Dienstag, den 25., bin ich allein in Latifas Zwei-Zimmer-Appartement. Es ist sechs Uhr abends, und ich betätige mich als Hobbykoch für das gemeinsame Abendessen. Omar stürmt in die

Wohnung. Er wirft einen raschen Blick in die beiden Zimmer. Er ist in Uniform.

»Wo ist Latifa?«

»Keine Ahnung«, erwidere ich.

Latifa sagt mir nie, welche Aufgabe ihr zugeteilt wurde. Und ich frage nicht nach, um sie nicht in Schwierigkeiten zu bringen.

»Was ist passiert, Omar?« Seine Angst hat mich angesteckt.

»Es gab eine Explosion in der Metro-Station Saint-Michel. Im Radio habe ich gehört, dass es vier Tote und Dutzende von Verletzten gab. Allah, ich flehe dich an, mach, dass Latifa nichts geschehen ist.«

In diesem Augenblick betritt Latifa völlig außer Atem die Wohnung.

»Habt ihr gehört, was in der Metro passiert ist?«

Ihr Vater stürzt auf sie zu, um sie zu umarmen. »Allah sei Dank. Ich muss wieder zum Dienst, ihr verlasst nicht das Haus«, befiehlt er.

Das Attentat ist das erste einer langen Serie von Terroranschlägen in Frankreich, zu denen sich die Groupe Islamique Armé bekennt. Viel später wird die Polizei Ali Belkacem und Boualem Bensaïd verhaften. Bis heute frage ich mich, ob ich die Terroranschläge und den Tod des armen jungen Mannes auf dem Pont du Carrousel hätte verhindern können.

Nach der Hochstimmung der ersten Monate sehen wir uns seltener, wie es unvermeidlich ist, wenn man eine Fernbeziehung führt. Am Telefon ist Latifa ausweichend. Tagelang bleibt sie unerreichbar. Ich verstehe nicht, warum sich ihre Haltung mir gegenüber so verändert hat. Während einer ihrer langen Phasen der Abwesenheit verrät mir ihr Vater, dass Latifa in Afrika ist.

Auch Steve trifft sich nicht mehr so oft mit mir. Die wenigen Male, die wir uns sehen, spreche ich nicht darüber, aber ich habe immer noch Schuldgefühle wegen der gescheiterten Operation in Paris. Unbewusst versuche ich, meinen Fehler dadurch wiedergutzumachen, dass ich ihm alle nur möglichen Informationen übermittle.

Ich lasse kein Dokument aus. Ganze Nächte verbringe ich damit, sie mithilfe einer neuen Software der National Security Agency zu verschlüsseln. Doch auf das, was ich übermittle, folgt keine Reaktion. Es ist frustrierend, nicht einmal zu wissen, ob die Informationen wenigstens wertgeschätzt werden.

Mein einziges Hobby ist Laufen. In jeder freien Minute gehe ich laufen. Morgens und abends. Laufen ist zu meiner Medizin geworden. Auch wenn es warm ist, trage ich einen dicken Trainingsanzug mit Fleecejacke und Kapuze. Eine Sonnenbrille vervollständigt meine Maskerade. Die Strecke kenne ich auswendig. Eine Runde dauert fünfundvierzig Minuten und ist pure Verausgabung. Ich mag es, wenn der durchgeschwitzte Stoff an der Haut klebt. Das ausgeschüttete Dopamin verschafft mir ein Glücksgefühl.

Am 22. Oktober um acht Uhr morgens zeigt mein in den Wecker integriertes Barometer gutes Wetter und eine Außentemperatur von neun Grad an. Die Wärme unter der Bettdecke drängt mich unwiderstehlich, das tägliche Training um ein paar Stunden zu verschieben. Außerdem ist Sonntag. Ich bleibe liegen. Die Arme unter dem Kopf verschränkt. In der Hoffnung, wieder einzuschlafen, starre ich auf einen unbestimmten Punkt an der Decke. Ein leises Surren weckt mich jedoch aus dem Dösen.

Ich springe auf, um zu sehen, woher das Geräusch kommt. Ich blicke um mich wie ein Löwe, der auf Beute lauert. Schließlich bemerke ich ein pulsierendes Licht an der Tastatur des Computers. Ich trete näher, und das Geräusch wird stärker. Es ist der Ventilator zur Kühlung der Festplatte. Ich bin mir sicher, den Computer wie jeden Abend vor dem Zubettgehen ausgeschaltet zu haben. Ich bewege die Maus, und der Bildschirm leuchtet auf.

Ich weiß, dass das neue System im Notfall auch aus der Ferne eingeschaltet werden kann. Doch jedes Mal, wenn es passiert, starre ich staunend wie ein kleines Kind auf den Monitor. Nur äußerlich ist es ein Computer wie jeder andere. Ich habe ihn mir auf eigene Kosten von einem Freund kaufen lassen, der keine Ahnung hatte, damit mein Name nicht auftaucht. *Ihre* Anweisungen waren unmissverständlich: Ich sollte einen der hochwertigsten Laptops kaufen. Zwei Tage später rief ich eine kostenfreie Nummer an, die Steve mir gegeben hatte. Er sagte dabei, es sei die Nummer eines Kundendienstes in Belgien. Eine Männerstimme antwortete. Wie Steve mir aufgetragen hatte, sagte ich, ich hätte ein Problem mit dem eben erworbenen Computer. »Ja«, erwiderte der Mann, »wir wissen, dass Ihr Modell nicht richtig funktioniert. Wir werden sofort dafür sorgen, es auszutauschen. Geben Sie mir Ihre Adresse. In zwei Tagen wird einer unserer Kuriere vorbeikommen, um Ihren Computer mitzunehmen und Ihnen einen neuen auszuhändigen.«

Zwei Tage später hat mir der Hausmeister über die Gegensprechanlage mitgeteilt, dass ein Paket für mich gekommen sei. Unten stand ein etwa dreißigjähriger Mann mit einer Jacke in Neonorange. Er war mit einem weißen Lieferwagen gekommen, den ich vor dem Hauseingang stehen sah. Wir mussten kein Wort wechseln. Ich habe ihm meinen Laptop gegeben, der im Übrigen hervorragend funktionierte. Er hat mir einen Karton ohne Aufschrift überreicht. Als Quittung ließ er mich sogar etwas auf einen kleinen Zettel kritzeln.

Der Laptop, den ich erhalten hatte, war dasselbe Modell wie das von mir gekaufte. Scheinbar ohne irgendwelche Besonderheiten. Scheinbar. In Wirklichkeit war er mit neuester Technik ausgerüstet und unterstützte die neuen geheimen Kommunikationssysteme. Steve hat mir eingeschärft, ihn nie und unter keinen Umständen von anderen benutzen zu lassen. Außerdem dürfe ich ihn wirklich nie zu einem normalen Kundendienst bringen.

Seit ich Latifa kenne, habe ich mir angewöhnt, nackt zu schlafen. So bleibe ich nackt, um nur ja keine Sekunde zu verlieren, bevor ich die dringende Nachricht gelesen habe, die gerade gekommen ist. Nach der Eingabe des Passworts klicke ich mit dem Zeigefinger zweimal auf die Maus. Schon erscheint auf dem blauen Bildschirm auf Englisch folgender Text:

»Rom – Piazza Trinità dei Monti Nr. 6, 23. Oktober 1995, 11 Uhr – miete ein großes schnelles Auto.«

Ein Stück weiter unten steht als Datum der Datenübertragung:

21. Oktober, 18 Uhr. Die Nachricht aus Langley kam also gestern um Mitternacht bei mir an. Ich habe schon geschlafen und nichts gemerkt. Verdammte Zeitverschiebung. Keine Zeit zu verlieren. Ich rufe mit fingiert heiserer Stimme einen Kollegen an und sage, dass es mir sehr schlecht gehe, ich morgen nicht zum Dienst kommen könne und mindestens zwei Tage zu Hause bleiben müsse.

Die Nachricht haben sie mir auf dem einfachsten Wege übermittelt. Die NSA hat große Fortschritte gemacht. Früher mussten wir zur Verschlüsselung und Entschlüsselung von Nachrichten Floppy Disks verwenden. Dann bekamen wir CDs. Jetzt können Anweisungen wie die, die ich gerade erhalten habe, unverschlüsselt verschickt werden. Die Übermittlung ist dennoch auf der ganzen Strecke zwischen Langley und dem meiner Wohnung am nächsten gelegenen Funkmast verschlüsselt. Die Nachricht kann nicht gespeichert werden und wird endgültig gelöscht, sobald ich den Computer ausschalte. Manchmal fehlt mir dennoch der süßliche Geschmack des Spezialpapiers, wenn es sich auf der Zunge auflöste.

»Einen Augenblick«, unterbreche ich ihn.

»Bitte«, erwidert Simone Pace.

»Hat sich der Geheimdienst nie um den Tod von Brahim Bouarram gekümmert? Oder Sie persönlich …«

»Nein, in jenen Tagen habe ich nicht einmal Zeitung gelesen. Außerdem war ich ja nur Zeuge.«

»Ein Zeuge, der beschlossen hat, nichts zu bezeugen.«

Simone Pace schüttelt heftig den Kopf und wirkt zum ersten Mal wütend:

»Die Operation wurde von einem französischen Geheimdienstoffizier koordiniert. Monsieur Philippe hatte den höchsten Dienstgrad. Wir waren in Frankreich, und es war seine Aufgabe, die Justiz zu informieren.«

»Aber es wurde doch ein Unschuldiger getötet.«

»Ich kann nicht ausschließen, dass Monsieur Philippe seine Pflicht erfüllt hat.«

»Haben Sie sich wiedergesehen?«

»Nein, nie mehr.«

»Und wie hätte er seine Pflicht erfüllen sollen?«

»Ich weiß es nicht. Ich durfte keine Fragen stellen«, erwidert er.

»Etwas allerdings haben die Franzosen getan«, sage ich schroff. »Sie haben Ermittlungen durchgeführt und den Täter verurteilt. Den angeblichen Täter.«

»Daniel?«, fragt Simone Pace erstaunt und schließt kurz die Augen. Sicher hört er noch das Aufklatschen von Brahims Körper auf dem Wasser. Er öffnet die Augen wieder.

»Lesen Sie das hier«, sage ich zu ihm. »Das habe ich gestern Abend in den Archiven der französischen Zeitungen gefunden.« Und überreiche ihm drei Computerausdrucke, die ich gerade aus meiner Jackentasche gezogen habe.

»... auf dem Pont du Carrousel lösten sich drei kahl geschorene Männer aus der Menge der Demonstranten der extremen Rechten und steuerten auf die Ufermauer zu«, übersetzt er halblaut aus dem Französischen. »Aber das waren wir«, ruft er und schaut mich an.

»Der Artikel stammt aus der *Libération* vom 2. Mai 1995. Es ist der erste Artikel über den Mord.«

»Stimmt«, bestätigt er, nachdem er das Datum nachgeprüft hat.

»Lesen Sie den nächsten Artikel.«

Er faltet das zweite Blatt auseinander und liest den ersten Teil, den ich mit Kugelschreiber unterstrichen habe. »Nach fünfstündiger Beratung hat das Pariser Schwurgericht Mickaël Fréminet des Mordes an Brahim Bouarram für schuldig befunden und ihn zu acht Jahren Gefängnis verurteilt ... Aber wer ist dieser Mickaël Fréminet?«

»Diesen Namen habe ich erst gestern Abend entdeckt. Er gehört also nicht zu euch?«, frage ich sicherheitshalber.

»Nein, von den Franzosen waren nur Monsieur Philippe und Latifa beteiligt«, erwidert Simone Pace.

»Dann müssen Sie den dritten Artikel lesen. Er stammt aus der Zeitschrift *L'Express* vom 30. April 1998 und zeichnet ein Porträt dieses Fréminet.«

Pace nimmt das dritte Blatt. »Ein sehr einfach gestrickter junger Mann. Mit seinen neunzehn Jahren hatte er keine großen Ambitionen, wenig Geld und noch weniger Ideen.«

»Lesen Sie weiter unten.«

»Mindestens zwölftausend Menschen …«

»Nein, den nächsten Absatz.«

»Der psychiatrische Gutachter betonte, dass Fréminet sich nur schwer verständlich machen kann«, übersetzt Simone Pace.

»Genau da, lesen Sie weiter.«

»… unfähig ist, seine Handlungen zu reflektieren, und keinerlei Bildung besitzt. Er hat keine Manieren, ist ungehobelt, wortkarg, passiv und extrem schüchtern. Aus kleinen Verhältnissen stammend, unbescholten, Sohn eines Landarbeiters und einer sehr liebevollen Putzfrau, hat er dreimal die Berufsschule wiederholt und dann die theoretische Prüfung als Zimmermann nicht bestanden. Fréminet ist kein Skinhead und nicht Mitglied des Front National.«

Simone Pace hebt den Kopf, und ich sehe ihm durch die Brillengläser, die seine kleinen Pupillen nicht vergrößern, in die grünen Augen: »Sie haben einen Unschuldigen verurteilt«, sage ich.

Er nickt. »Ja, er scheint tatsächlich ein armer Kerl zu sein. Ich finde keine andere Erklärung. Doch ich fühle mich nicht berechtigt, die französische Polizei und Justiz zu kritisieren. Der Beginn von Ermittlungen ist immer besonders schwierig. Die Aussage eines Augenzeugen oder ein irreführender Polizeibericht lenken die strafrechtliche Untersuchung und den nachfolgenden Prozess in die eine oder andere Richtung. *Libération* hatte die richtige Information: drei Männer mit kahl geschorenen Köpfen.«

»Tja, dann aber ist die wahrheitsgemäße Aussage verschwunden.«

Wir verharren lange in Schweigen und betrachten nachdenklich die Lichtreflexe auf dem Marmor von Michelangelos Moses.

»Haben Sie Daniel und Adam je wiedergesehen?«, frage ich schließlich.

»Nie.«

»Und glauben Sie, dass Belkacem Ihr Angebot angenommen hätte?«

»Ich glaube schon«, sagt Simone Pace, den Blick weiter auf die Statue gerichtet.

»Und was wäre geschehen, wenn es den Geheimdiensten gelungen wäre, Belkacem anzuwerben und die Terroristen zu infiltrieren?«

Er dreht sich zu mir, um mir wieder ins Gesicht zu blicken: »Die Geschichte wäre anders verlaufen«, sagt er mit Nachdruck. »Dann gäbe es vielleicht heute nicht diese neue Generation von Anhängern des Terrors: IS, Boko Haram und all diese Heerscharen von Fanatikern, die von den damaligen Mördern indoktriniert und ausgesandt worden sind, um uns überall in Europa und der Welt zu bekriegen.«

DAS GELD DES PAPSTES

Am 23. Oktober bin ich wieder in Rom und suche eine Adresse auf, die mir durch eine unerwartete Nachricht auf meinem Computer übermittelt wurde, fährt Simone Pace fort. Piazza Trinità dei Monti 6. Es handelt sich um ein Hotel: das Hassler Villa Medici mit seinen goldenen Lettern auf der Marmorfassade über den gläsernen Eingangstüren.

Ich habe fast die Treppe erreicht, die zur Piazza di Spagna hinunterführt. Es ist halb elf. Wie immer bin ich zu früh da. Ich habe noch eine halbe Stunde Zeit. Um den Hoteleingang nicht zu blockieren, parke ich rückwärts fast auf dem Zebrastreifen. An diesem wunderbaren Ort würde ich gern ein paar Schritte tun. Aber aus Angst, den Termin zu verpassen, zwinge ich mich, im Wagen zu bleiben. Ich beobachte den Taxistand und das gemächliche morgendliche Kommen und Gehen. Unter den Passanten suche ich nach Steves Gesicht. Vermutlich wird er es sein, der kommt. Noch weiß ich nichts über die bevorstehende Operation und was man von mir verlangt.

Nach zwanzig Minuten des Wartens hält vor dem Hoteleingang aus Marmor und Glas ein blauer Mercedes mit abgedunkelten Scheiben. Ein ausländisches Kennzeichen: SCV und fünf Ziffern. Auf jeden Fall ein Nationalitätenkennzeichen, aber im Moment fällt mir nicht ein, für welches Land. Der Fahrer bleibt hinter dem Steuer sitzen. Auf der Beifahrerseite steigt ein Mann in grauem Anzug und weißem Hemd aus. Mit elegantem Schwung öffnet er diensteifrig die hintere Tür, aus der der Passagier auftaucht: schlohweiße Haare und agiler Körper, zumindest nach der Schnelligkeit zu schließen, mit der er im Hassler Villa Medici verschwindet.

Zehn Minuten nach elf steige auch ich aus meinem Auto aus. Es gehört nicht mir, ich habe es, wie verlangt, gemietet. Ich gehe auf das Hotel zu. Hinter der Glastür bemerke ich eine Frau, die mir nur allzu bekannt vorkommt. Latifa?

Unsere Blicke begegnen sich. Ein leichtes Zittern erfasst meine Beine. Aber mir bleibt keine Zeit zu reagieren. Hinter ihrem Rücken sehe ich Steve. Er begleitet den kurz zuvor angekommenen Herrn mit den schlohweißen Haaren zu dem blauen Mercedes, der immer noch vor dem Hotel wartet. So schnell, wie er ausgestiegen ist, steigt der Unbekannte wieder ein. Da ich nicht weiß, was ich tun soll, gehe auch ich zum Auto zurück. Einige Sekunden später kommen Steve und Latifa. Steve setzt sich neben mich, Latifa auf den Rücksitz.

»Folge bitte dem Mercedes«, sagt Steve.

»Guten Morgen, alle beide«, antworte ich und betone jedes Wort, um meine Verwunderung zum Ausdruck zu bringen.

Latifa beugt sich zwischen den Vordersitzen nach vorne, fasst meinen Kopf mit ihrer schlanken Hand und drückt mir einen Kuss auf die Wange. Steve ist damit beschäftigt, sich in einem Heft Stichpunkte zu notieren.

»Ich hoffe, du bist katholisch genug«, ruft er aus, ohne mich auch nur anzusehen.

Ich antworte nicht. Konzentriere mich darauf, dem Mercedes zu folgen, der wie wahnsinnig durch den römischen Verkehr rast. Im Rückspiegel sehe ich, dass Latifa ihre Bluse ausgezogen hat und irgendetwas im Büstenhalter zu verstecken sucht. Vielleicht ein Miniaufnahmegerät.

»Um Himmels willen, pass auf, Simone!«, schreit Steve.

Beinahe wäre ich auf den Mercedes aufgefahren.

»Wer ist denn dieser Verrückte vor uns?«

»Wer? Don Donato«, gibt Steve lächelnd zurück. »Sei vorsichtig, wie du redest, und bete für ihn.« Dann bricht er in ein herzhaftes Lachen aus.

Nach einem zwanzigminütigen Hindernisrennen durch Einbahnstraßen entgegen der Fahrtrichtung und vorbei an Autoschlangen fährt der Mercedes am Ende des Borgo Pio nicht nach links oder rechts Richtung Petersplatz, sondern durch das große Tor, das in die Vatikanstadt führt. Wie dumm von mir. Das Autokennzeichen SCV bedeutet Stato della Città del Vaticano, Staat der Vatikanstadt. Don Donatos Chauffeur verlangsamt. Er lässt das Seitenfenster herunter und sagt etwas zu einem der Schweizer Wachen, die an der Schranke Dienst tun. Der Gardist tritt einen Schritt zurück, schaut mich an und bedeutet mir hineinzufahren. Nach ein paar Metern lässt Steve mich vor einem riesigen Palazzo anhalten.

Der Mercedes fährt jedoch weiter, und ich ahne, dass Steve nicht zum ersten Mal im Vatikan ist.

»Warte hier«, sagt Steve, während Latifa bereits die hintere Tür geöffnet hat, um auszusteigen.

Gemeinsam überqueren sie die Straße und gehen durch das Tor eines Bauwerks, das wie ein Turm aussieht. Ich würde ihn sofort wiedererkennen, denn er liegt gleich hinter dem großen Apostolischen Palast, wo damals Johannes Paul II. residiert. Der Turm ist rund und beherbergt das Istituto per le Opere di Religione IOR: Steve und Latifa werden in der Bank des Papstes empfangen. Nach geraumer Zeit tauchen sie wieder auf. Die Uhr auf dem Armaturenbrett zeigt fast eins, heute muss ich mich in Geduld üben. Die beiden kommen in Begleitung eines etwa dreißigjährigen Mannes heraus. Er ist eins neunzig groß und hält in seiner Rechten eine große dunkle Ledertasche fest umklammert.

Ich steige aus. Wortlos gibt Steve mir ein Zeichen, den Kofferraum zu öffnen. Latifa geht an mir vorbei. Sie berührt meinen Arm mit ihrem Körper und zwinkert mir zu. Der Eins-neunzig-Mann hat ein Gesicht wie von rascher Hand modelliert. Helle Haut, hohe Brauen, ganz kurze schwarze Haare, die so an der Stirn kleben, dass sie mich an die Maske der populären Comicfigur Diabolik erinnern, und so dicht, als wären sie gemalt. Graue Hose aus federleichter tasmanischer Wolle, Wildlederstiefeletten, schwarze Wolljacke mit Reißverschluss und sehr schöne Lederjacke, ebenfalls schwarz, mit Rautenmuster und breitem Kragen. Er sieht aus wie ein Fotomodell.

Ich grüße ihn, aber er antwortet nicht. Hebt die Tasche hoch und legt sie in den Kofferraum. Dann dreht er sich um und geht weg. Ich folge ihm mit den Augen, bis er im Eingang des Turmes hinter einer Schranke in der päpstlichen Bank verschwindet. Der Klang der Hupe schreckt mich auf.

»Beeil dich«, sagt Steve, »wir müssen deinen Wagen zurückgeben.« Er hat bereits auf dem Beifahrersitz Platz genommen, Latifa hinten, wie zuvor.

Ich setze mich wieder ans Steuer. Die Hertz-Autovermietung ist in der Via Giolitti nahe der Stazione Termini. Erst beim Aussteigen bemerke ich, dass der blaue Mercedes mit dem Vatikan-Kennzeichen uns gefolgt ist und direkt hinter uns parkt. Durch die abgedunkelten Scheiben kann man nicht ins Wageninnere sehen. Aber das ist gar nicht nötig. Der Fahrer steigt aus und wartet auf uns. Wieder das eins neunzig große Fotomodell.

Während ich im Büro die Formalitäten für die Autorückgabe erledige, sehe ich durch die große Fensterscheibe, wie Steve die dicke Ledertasche im Kofferraum des Mercedes verstaut.

»Simone, weil es schon so spät ist, könnt ihr ruhig auf der Autobahn haltmachen, um etwas zu essen«, sagt Steve, als ich herauskomme. »Aber ich würde dir raten, so früh wie möglich in Mailand zu sein. Er wird euer Chauffeur sein.« Mit diesen Worten deutet er auf das Fotomodell mit dem Diabolik-Gesicht.

»*Unser* Chauffeur?«, frage ich erstaunt.

»Hast du vielleicht etwas dagegen, wenn ich euch begleite?«, flüstert Latifa mir von hinten zu, nur ein paar Zentimeter von meinem Ohr entfernt.

»Danke«, sage ich zu Steve und reiche ihm zum Abschied die Hand. Mit einem festen Druck zieht er sie zu sich heran, umarmt mich herzlich und sagt mehrmals: »*Keep care*, pass auf dich auf.«

Und zu Latifa gewandt: »Wir sehen uns in einer Woche.« Dann geht er auf den Taxistand zu.

Unser Chauffeur sitzt schon am Steuer. Mit Latifa mache ich es mir auf dem Rücksitz des Mercedes bequem. Sie streift sofort ihre

Schuhe ab, um sich auszustrecken und ihren Kopf auf meine Beine zu legen. Wir machen unterwegs zweimal halt. Das erste Mal bei Florenz, weil Latifa auf die Toilette muss. Das zweite Mal in Modena, um zu tanken. Diesmal geht der Fahrer zur Toilette. Latifa schläft. Ich fasse Mut. Steige aus. Öffne den Kofferraum und werfe einen kurzen Blick in die Tasche. Ehrlich gesagt, habe ich noch nie so viel Geld gesehen. Alles in Fünfzigtausend-Lire-Bündeln.

»Es ist eine halbe Milliarde«, sagt eine wie aus dem Nichts aufgetauchte Stimme hinter mir, »ich habe es selbst gezählt.«

Ich will nicht dastehen wie jemand, der keine Ahnung hat und spioniert.

»Ich weiß«, antworte ich und blicke dem Fahrer direkt in die Augen, unfähig, irgendeine Rechtfertigung zu finden. Meine Selbstsicherheit bringt ihn aus dem Tritt. Wie zur Entschuldigung senkt er den Blick. Auf mich macht er den Eindruck, als sei er es gewohnt zu gehorchen, denn er schlägt instinktiv die Hacken zusammen und legt die Hände an die Hosennaht.

»Natürlich, entschuldigen Sie«, sagt er schließlich.

Das Geräusch der Autotür lenkt unsere Aufmerksamkeit ab. Latifa steigt mit den Schuhen in der Hand aus. Um sie anzuziehen, bückt sie sich, sodass ihre Leggings herunterrutschen und ihre Pobacken und ihren leuchtend blauen Slip herausspitzen lassen. Bei diesem Anblick verliert der Fahrer seine starre Habtachthaltung. Er reißt die Augen auf und wird sogar rot. Ich stelle mich zwischen ihn und Latifa, um ihn daran zu hindern, genauer hinzusehen. Damit bringe ich ihn so in Verlegenheit, dass seine Wangen noch röter werden, während er die Tür aufmacht und sich ans Steuer setzt.

»Kommst du mit, einen Kaffee trinken?«, fragt Latifa und geht auf das Autobahnrestaurant zu, ohne eine Antwort abzuwarten.

»Entschuldige, dass ich mich so lange nicht gemeldet habe«, sagt sie, als wir am Tresen stehen. »Ich hatte viel zu tun, und du weißt ja auch, dass unsere Beziehung auf Dauer keine Chance hat.«

Um sicher zu sein, dass uns niemand nachspioniert, drehe ich mich um.

»Keine Sorge, der Fahrer ist ungefährlich«, versichert sie, »er gehört zur Schweizergarde.«

»Mir kommt er aber gar nicht vor wie ein Schweizer.«

»Offiziell ist er es«, sagt Latifa lächelnd. »Er ist ein halber Priester. Er hat im Seminar studiert und gehört zu Don Donatos Vertrauensleuten. Du kennst doch die Bank des Papstes?«

»Natürlich, die Vatikanbank. Und welche Rolle spielt Don Donato?«

»Er ist Priester. Du hast ihn heute das Hotel betreten und verlassen sehen. Er ist ein Freund von Steve. Don Donato ist eigentlich Bischof, ein wichtiger Mann mit wichtigen Freunden. Als Französin habe ich die Geschichte nicht gekannt, aber weil ich mit *ihnen* zusammenarbeiten musste, habe ich mich informiert. Du dürftest darüber Bescheid wissen.«

»Über das IOR, seinen Präsidenten Paul Marcinkus und dessen geheimes Finanznetzwerk. Natürlich kenne ich diese Geschichte. In Italien gab es keinen Skandal, in dem nicht dieser Name fiel. Korrupte katholische Politiker und Bankiers im Verdacht, mit der Mafia in Verbindung zu stehen.«

»Marcinkus ist Amerikaner. Amerikaner wie unsere Arbeitgeber.«

Ich unterdrücke ein Lachen, während ich rasch einen Espresso trinke.

»Don Donato hat offiziell keine Funktion mehr in der Bank«, fügt Latifa hinzu, »aber er ist ein Bischof mit besten Verbindungen und kümmert sich weiter um allerlei Angelegenheiten. Deshalb haben die Amerikaner ihn für sich gewonnen.«

»Ich verstehe«, sage ich. Wir bleiben noch eine Weile stehen und verschlingen uns mit den Augen wie ein Liebespaar. Latifa lächelt und beißt sich auf die Unterlippe.

»Die Bereiche trennen«, ruft sie dann aus. »Die Trennung der Bereiche ist wichtig: Haben die Amerikaner dir das nicht beigebracht? Ich mag dich, und du magst mich. Aber *sie* dürfen es nicht wissen.«

»Hör zu, Latifa, verrätst du mir, wohin wir fahren? Was wir in Mailand mit dem ganzen Geld machen sollen?«

»Du willst mich wohl auf den Arm nehmen?«, fragt sie stirnrunzelnd und mustert mich, um sich darüber klar zu werden, ob ich wirklich nichts von der Operation weiß. Dann, als wollte sie mir bestätigen, dass sie keine Geheimnisse vor mir hat, sagt sie: »Ich glaube dir.« Sie fängt an zu lachen, hakt sich bei mir unter und führt mich zum Ausgang. »Was für ein Gesicht du eben gemacht hast. Ich bringe dich gern in Verlegenheit. Natürlich weiß ich, dass du keine Ahnung hast. Ich bin es, die dich instruieren muss, ist doch klar.«

Latifa spricht immer noch Französisch, dazwischen aber streut sie ein arabisches *Yallah* ein, so viel wie: »Los, gehen wir.«

Es ist Abend, als wir auf dem breiten Bürgersteig des Corso di Porta Vittoria an der Ecke Via Manara halten. Mitten in Mailand. Beim Öffnen der Autotüren empfängt uns der Verkehrslärm, das Kreischen der Trambahnen auf den Schienen und ein kühler Wind. Zu unserer Rechten die imposante Fassade des Justizpalastes aus der Zeit des Faschismus. Ein riesiger Klotz von ein paar Hundert Metern Länge, streng gegliedert mit hohen Fenstern über mehrere Stockwerke, der weiße Marmor vom Smog verdüstert. Ich fühle mich zu Hause, muss allerdings hoffen, keinem Kollegen über den Weg zu laufen. Offiziell bin ich krankgeschrieben.

Der Chauffeur, der die ganze Strecke selbst fahren wollte, verbeugt sich leicht und sagt, seine Aufgabe sei hiermit erfüllt. Ich sehe ihm nach, wie er Richtung Largo Augusto verschwindet. Eine schlanke Gestalt, rascher Schritt. Ich bleibe wartend neben dem Wagen stehen.

»Los, steig wieder ein. Wenn sie dich sehen, lässt sich niemand blicken. Ich kann nicht mehr, ich bin müde«, jammert Latifa durch das heruntergelassene Fenster. Um sie zufriedenzustellen, setze ich mich zu ihr auf den Rücksitz.

»Willst du mir jetzt endlich den Namen der Person sagen, die das ganze Geld holt?«

»Ach, den wirst du gleich sehen«, schnaubt Latifa. »Sie haben mir den Namen gesagt, aber ich schwöre dir, dass ich mich nicht mehr erinnere. Er wird kommen, um die Tasche zu holen.«

Ein Polizeiauto mit zwei Carabinieri fährt mehrmals im Schritttempo an uns vorbei. Es ist die Streife im Umkreis des Justizpalastes, und mindestens einmal, als sie neben uns waren, habe ich gesehen, dass sie dabei waren, auszusteigen und hereinzuschauen. Latifa bemerkt es ebenfalls und wirft mir einen fragenden Blick zu.

»Keine Sorge. Wir sitzen beide hinten. Sie werden denken, dass wir auf unseren Fahrer warten. Und du darfst nicht vergessen, dass wir das Kennzeichen des Papstes haben. Das hat in Italien Gewicht.«

Latifa fängt an zu lachen. Plötzlich beugt sie sich zu den Schaltern am Armaturenbrett vor und entblößt dabei ihre eleganten Pobacken wenige Zentimeter neben meinem Kopf. Das Einschnappen aller Schlösser zeigt an, dass sie endlich den richtigen Knopf gefunden hat.

»Es sind noch zwanzig Minuten bis zu unserer Verabredung«, verkündet Latifa, als sie sich wieder setzt. »Und ich habe noch nie einen Mann im Auto des Papstes geküsst.«

Sie fasst meinen Kopf mit ihren schlanken Händen. Blickt mich an und drückt ihre köstlichen Lippen auf die meinen. Nach fünf Minuten sind die Fenster beschlagen. Wir sollten uns besser zurückhalten, sonst bringen wir die Operation noch zum Platzen. Vorsichtig halte ich sie mit dem Druck meiner Finger auf ihren Mund etwas von mir weg. Ich mache die Tür wieder auf und steige aus. Latifa folgt mir. Sie macht die Autotür zu und es ist, als verschlösse sie unser Begehren hinter den von unserem Atem beschlagenen Scheiben.

Ich reagiere nicht schnell genug. Latifa bemerkt meinen erschrockenen Gesichtsausdruck. »Was ist?«, fragt sie.

Ich versuche zuerst die Fahrertür zu öffnen. Dann die auf der Beifahrerseite. Und auch die dahinter. Zu, alle zu.

»Um Himmels willen, der Schlüssel steckt, und wir haben die

Türschlösser blockiert«, bringe ich fast stöhnend heraus. Die Bernsteinfarbe von Latifas schönem Gesicht verwandelt sich in nordische Blässe.

Die Panik macht mich fast blind. Durch das geschlossene Fenster starre ich auf den Schlüsselanhänger im Zündschloss und den Schlüsselbund, der unter dem Steuerrad hängt: ein schweres Stück Metall in Pyramidenform sieht mich aus der Stille des leeren Wagens spöttisch an.

Man wird uns anhalten. Man wird uns kontrollieren. Uns und das Auto. Sie werden das Geld finden. Ich suche nach einer Entschuldigung, die ich vorbringen könnte. Aber es gibt keine.

»Geh du weg, ich bleibe hier. Irgendetwas wird mir schon einfallen«, versuche ich Latifa zu beruhigen. Ich umrunde mehrmals den Wagen, der wie ein Schrein verschlossen ist, und verfluche meine Dummheit. Wie immer, wenn ich eine Lösung finden muss, denke ich an etwas anderes. Ich gehe auf Distanz. Lasse die letzte halbe Stunde Revue passieren. Wie ich ins Auto steige und mich neben Latifa setze. Wie sie alle Türen blockiert. Wie wir aussteigen, ohne die Türblockade auszuschalten. Wie in Zeitlupe gehe ich zur hinteren Tür, aus der wir ausgestiegen sind. Zur linken, hinter dem Fahrersitz. Ich nehme den Griff in die Hand und ziehe fest. Sie geht auf. Die einzige ohne Verriegelung: Beim Aussteigen haben wir sie natürlich entriegelt. Es hat genügt, genau nachzudenken. Ich beuge mich zum Armaturenbrett hinunter. Hebe die Verriegelung für alle Türen auf und krieche strahlend wie ein Kind wieder heraus. Latifa steht ein paar Schritte von dem blauen Mercedes entfernt, ihre Augen sind anscheinend von panischem Schrecken erfasst. Sie versucht, mich auf etwas aufmerksam zu machen.

Der Streifenwagen kommt zurück, diesmal mit Blaulicht.

»Los, nichts wie weg.«

Latifa tut so, als schlendere sie ruhig vor sich hin. Ich folge ihr und halte mich einige Schritte hinter ihr. Wir gehen auf die Carabinieri zu. Man darf ihnen nie den Rücken zuwenden, als wolle man weglaufen. Sie fahren ganz langsam neben uns her, dann aber weiter.

Vielleicht haben sie uns nicht bemerkt. Vielleicht haben sie etwas anderes im Auge. Gerade als wir die Freitreppe des Justizpalastes erreichen, trifft uns wie ein Keulenschlag das angestrengte Geräusch des Motors im Rückwärtsgang. Sie halten an, ich höre die Türen aufgehen. Ich höre sie, aber ich habe nicht den Mut, mich umzudrehen.

»He, ihr zwei da, einen Augenblick«, ruft eine Stimme.

Wir könnten anfangen zu rennen, aber wir kämen nicht weit. Wir könnten sie angreifen, aber das wäre sinnlos. Bevor ich mich umdrehe, fasse ich Latifa an der Hand, um sie zu beruhigen. Ihre Handfläche ist schweißnass. Ich drücke sie fest, um sie zu zwingen, stehen zu bleiben.

Ich drehe mich um und begegne dem Blick eines der beiden Carabinieri. »Meinen Sie uns?«

Sie kommen schnell auf uns zu und geraten, vielleicht auch, weil sie für ihre engen Uniformen ziemlich übergewichtig sind, völlig außer Atem. Statt mir zu antworten, hebt der Jüngere der beiden die flache rechte Hand zum Zeichen, dass wir bleiben sollen, wo wir sind.

»Ist das Ihr Wagen?«, fragt er, ohne auch nur darauf zu deuten.

Sie haben gesehen, dass wir dringesessen sind. Sie haben uns aussteigen stehen. Was kann ich antworten?

Im selben Moment sehe ich im Rücken der zwei Carabinieri einen Mann im grünen Lodenmantel. Vorsichtig nähert er sich dem Wagen des Vatikans. Er öffnet den Kofferraum. Nimmt die Ledertasche mit dem Geld heraus. Macht wieder zu. Und verschwindet durch die nur wenige Schritte entfernte Einfahrt in den Justizpalast.

Auch Latifa sieht ihn und fängt an, die Carabinieri auf Französisch zu beschimpfen. Sie verstehe nicht, warum wir angehalten würden, protestiert sie und ruft mehrmals: »Ich bin französische Staatsbürgerin.« Dadurch zieht sie die ganze Aufmerksamkeit der Polizisten auf sich und verhindert, dass die beiden sich umdrehen und unseren mysteriösen Klienten wahrnehmen.

Den Blicken der Carabinieri ist zu entnehmen, dass sie kein Wort verstanden haben. Vielmehr scheinen sie von Latifas Reaktion überrascht. Der Ältere wendet sich zu seinem Kollegen und hält ihn mit einer Handbewegung zurück. Dann dreht er sich zu mir um. Dabei deutet er auf das auf dem Bürgersteig geparkte Auto und fragt: »Entschuldigen Sie, was ist das für ein Kennzeichen?«

Ich atme tief ein und sage dann betont ruhig und mit der Unschuldsmiene eines Priesters: »Das des Vatikans.«

»Da siehst du's. Von wegen französisches Kennzeichen. Du hast einfach keine Ahnung. Und jetzt zahlst du mir einen Espresso«, sagt der ältere Carabiniere mit ausgeprägt neapolitanischem Akzent zufrieden zu seinem Fahrer. Dann blickt er wieder zu uns: »Verzeihung, aber Sie können das Auto dort nicht stehen lassen. Sie müssen wegfahren. Sie erwarten doch nicht den Papst?« Die beiden Polizisten fangen zu lachen an und verabschieden sich mit militärischem Gruß, indem sie unbeholfen die rechte Hand an den Schirm ihrer Dienstmütze legen. Sie steigen wieder in ihren Wagen, dessen Blaulicht immer noch eingeschaltet ist, und drehen weiter ihre Runde.

Latifa blickt mich schweigend an. Sie hat offenkundig den Wortwechsel zwischen den beiden nicht verstanden.

»Alles okay, es ist nichts passiert. Gehen wir«, sage ich auf Französisch zu ihr.

»Wohin?«, fragt Latifa.

»Zu mir.«

Sie lehnt sich mit ihrem kräftigen Rücken ans Auto und zieht mich zu sich heran, sodass sich ihr Körper eng an meinen schmiegt.

»Simone, man erwartet mich im Konsulat.« Aus ihrer Jackentasche zieht sie eine kleine Speicherkarte, um sicher zu sein, dass sie sie nicht verloren hat. »Die muss ich heute noch abgeben. Wenn du willst, nehme ich dich ein Stück mit.«

Den ganzen Tag habe ich mir den Moment ausgemalt, in dem wir in meiner Wohnung ankommen. Meine Enttäuschung ist so groß, dass ich kein Wort herausbringe. Ich löse mich von ihr und suche nach den passenden Worten, um ihr klarzumachen, wie gekränkt ich bin. Ich komme mir verhöhnt vor. Manipuliert. Ausgenutzt.

Die passenden Worte zu suchen ist das eine, sie auszusprechen das andere. Tatsächlich sage ich nichts. Ich sehe Latifa nur an und küsse sie lange, um diesen Moment für immer in mein Gedächtnis einzubrennen. Sie lässt es geschehen, aber es fühlt sich an, als würde ich eine Puppe küssen.

»Ciao«, sage ich. Nur dies eine Wort. Ganz leise, als ich mich schon umgedreht habe und sicher sein kann, dass sie mich nicht hört.

Ich dagegen höre, wie Latifa die Tür des Papst-Autos schließt und sich mit quietschenden Reifen in den Verkehr einordnet. Wahrscheinlich ist das ihre Art einer Antwort. Wir sind beide Opfer unserer selbst.

Die ganze Nacht liege ich in meinem Zimmer wach und starre trotz der totalen Dunkelheit mit offenen Augen an die Decke. Nach stundenlangem Grübeln komme ich zu dem Schluss, dass man Menschen nicht verstehen kann. Man kann sie nur interpretieren. Die Gelassenheit, die mich bei diesem Gedanken erfüllt, wirkt wie Medizin. Kein Alkohol. Kein zwanghaftes Trommelfeuer am Schießstand. Keine wilden Nächte mit ein paar Nutten, wie Andrea, Mattia und die anderen es machen würden. Ich bin anders. Meine Eigenliebe ist einfach zu groß. Und diese angenehme Selbstzufriedenheit wiegt mich in den Schlaf, bis das Licht durch die Spalten der Jalousien dringt, die ich nie ganz herunterlasse.

»Ich weiß, was Sie fragen wollen«, fügt Simone Pace hinzu und mustert mein Lächeln. »Tatsächlich kenne ich den Namen des Mannes nicht, der das Geld aus dem Wagen des Vatikans nahm. Latifa hatte ihn vergessen. Es kann aber keine bekannte Persönlichkeit gewesen sein, sonst hätte ich sie erkannt. Er war auch zu weit von uns entfernt, als dass ich mir sein Gesicht hätte einprägen können. Ich erinnere mich lediglich an den Lodenmantel. Die Einfahrt, durch die er in den Justizpalast zurückgekehrt ist, dürfen ausschließlich Dienstwagen passieren. Aber auch ich bin unzählige Male zu Fuß durchgegangen. Damals musste man lediglich einen Dienst- oder Personalausweis vorzeigen. Der Mann hätte irgendein Justizangestellter sein können, ein Rechtsanwalt, ein Informant oder sogar ein operativer Agent wie ich. Im Mailänder Justizpalast gehen täglich Tausende Menschen ein und aus. Auch an jenem Tag hätte man ohne Weiteres hinein- und wieder hinausgehen können.«

»Haben Sie je herausgefunden, wer dieser Don Donato war? Es könnte sich um Donato De Bonis handeln, den Bischof, der jahrelang an der Seite von Marcinkus die Vatikanbank leitete.«

»Ich weiß es nicht, es könnte auch ein Namensvetter sein. Ich habe ihn nie wiedergesehen, und natürlich habe ich auch Steve nicht nach ihm gefragt.«

»Ihre Darstellung überzeugt mich dennoch nicht. Warum sollte ein Angestellter des Justizministeriums oder sonst irgendjemand, um eine Tasche voller Geld entgegenzunehmen, ausgerechnet den Justizpalast wählen, wo die Staatsanwälte arbeiten, die ihn hochnehmen könnten?«, frage ich und lege für einen Augenblick das Notizheft auf die Bank.

»Weil es der sicherste Ort ist«, antwortet Simone Pace ruhig. »Dass sie den Justizpalast für die Übergabe gewählt haben, überrascht mich überhaupt nicht: Es ist der sicherste Ort in der Stadt, um eine halbe Milliarde Lire, heute wären es umgerechnet 258.000 Euro oder 300.000 Dollar, zu verstecken. Alles in bar. Fragen Sie mich aber jetzt nicht, für wen sie bestimmt waren. Das habe ich nie erfahren«, sagt Pace zum Abschluss. Er blickt wieder vor sich hin. Ohne ein schadenfrohes Grinsen ganz unterdrücken zu können. Dann erzählt er weiter.

EINE FALLE IN TEL AVIV

Der Anruf erreicht mich direkt auf meiner Durchwahlnummer.

»Mister *Pëis*?«

»*Yes, speaking.*«

Ja, ich bin dieser Mister *Pëis.* Das »Pace«, auf diese unverwechselbare Art von einer Frauenstimme ausgesprochen, kann nur einen Ursprung haben: Amerika. Ein Anruf aus New York. Die Stimme sagt, ich solle, falls ich das Angebot annehme, möglichst schnell eine Fotokopie meines Passes durchfaxen. Eine private Agentur, die Ausrüstung, Logistik und Dienstleistungen für die Teams der UN-Inspektoren auf der ganzen Welt bereitstellt, will mich einstellen. Man hat mich für eine Mission der Vereinten Nationen ausgewählt. Sechs Monate in Israel. Mein Curriculum und vor allem meine Arabischkenntnisse sind mir dabei zugutegekommen. Ich soll meinen Dienst kündigen. Meine bisherige Tätigkeit für immer hinter mir lassen. Und in wenigen Tagen aufbrechen. Sechs Monate in Israel, dann wird man weitersehen. Die einzige Bedingung ist, dass ich meinen Wohnsitz nach Rom verlegen muss. Ich werde von dort aus reisen. Der Botschafter, jener elegante Herr, den ich einst an den Caracalla-Thermen angehalten hatte, hat sich revanchiert.

»Wenn Sie es sich erst noch überlegen wollen, rufe ich morgen noch einmal an.«

»Nein danke, ich brauche es mir nicht zu überlegen.«

»Meinen Sie damit, dass Sie ablehnen?«

»Ich nehme an, und zwar sofort.«

Eine solche Gelegenheit bietet sich kein zweites Mal. Die Langeweile meines Büros hinter mir lassen. Das tagtägliche Risiko aufzufliegen. Vor allem aber hätte ich die Gelegenheit, meinem eigentlichen Arbeitgeber, der CIA, mehr bieten zu können. Schon allein der Gedanke, Spion im Land der Spione zu werden, durchflutet meinen Körper derart mit Adrenalin, dass ich mich nicht einmal frage, ob man sich einen Scherz mit mir erlaubt hat. Hat man nicht. Und nein, ich fühle mich nicht als Rabenvater. Die Zeit, in der ich weit entfernt von meiner Tochter lebe, wird schnell verfliegen. Mein Gehalt wird ein Übriges tun. Mehrere Tausend Dollar monatlich. Die Lebenshaltungskosten eines Vaters, der in Trennung lebt, verdoppeln sich.

Meine Kollegen im Büro nehmen die Nachricht nicht gut auf und warnen mich davor, einen sicheren Posten für einen Sprung ins kalte Wasser aufzugeben. Schließlich aber gesteht dann doch einer, auch gern etwas anderes machen zu wollen. Und will den Namen und die Telefonnummer der Anruferin erfahren, die mich kontaktiert hat. Darauf gehe ich natürlich nicht ein. Ein anderer greift zum Hörer und ruft im Innenministerium an. Dort wird er mit der Personalabteilung verbunden, erreicht aber niemanden, der ihm eine Sondermission vermitteln könnte. Lauter Angeber. Launisch wie Kinder. Gefährlich. Ich lege meine Pistole Kaliber neun in den kleinen Safe, in dem ich ihn während der Auslandsreisen meines Doppellebens immer deponiert habe, und gehe zum Rapport zu meinem Vorgesetzten. Mir wird gar nicht so richtig klar, dass ich gerade kündige.

Im Februar lande ich auf dem Flughafen Ben Gurion in Tel Aviv. Die Luft ist lau. Der Himmel so blau wie das Meer. Die Palmen grün. Besser kann man nicht willkommen geheißen werden. Ich steige aus dem Flugzeug und fühle mich wie neugeboren. Vor meiner Abreise habe ich mich von Steve verabschiedet. Wir wussten beide, dass wir uns wahrscheinlich nie mehr wiedersehen würden. Auf der einen Seite freute er sich über mein neues Abenteuer. Auf der anderen Seite machte er sich Sorgen um mich. Er stellte mir die Gefahren vor Augen, denen ich in einem Land begegnen würde, das ich überhaupt nicht kenne. Auch die Gefahr, in Tel Aviv vom israelischen Geheimdienst Mossad angeworben oder aus dem Weg geräumt zu werden. Allerdings konnte er nicht genau sagen, welche Informationen ich suchen und weitergeben sollte. Er warnte mich lediglich davor, für die Nachrichtenübermittlung jemals das Internet zu benutzen. Nach seinen Worten sind alle Netze »vollständig von den Israelis kontrolliert«.

Meine offizielle Tätigkeit steht in Verbindung mit dem Osloer Abkommen von 1993. Ich soll die internationalen Beobachter unterstützen, die in den von Israel besetzten palästinensischen Gebieten den Frieden garantieren sollen. Nach Hebron wurden ungefähr dreißig Beobachter aus sechs Staaten entsandt: Norwegen, Schweden, Dänemark, Türkei, Schweiz und Italien. Darüber hinaus sind da noch wir von den privaten Agenturen. Ehrlich gesagt, habe ich bisher nicht verstanden, worin meine Aufgabe besteht.

Man hat mir ein Zimmer im Hotel Carlton an der Uferpromenade von Tel Aviv reserviert. Die Wahl ist alles andere als zufällig: Das Hotel hat mit den Regierungen eine Vereinbarung getroffen, dass alle ausländischen Beobachter hier ihre freie Zeit verbringen dürfen. Ein paar Stunden Entspannung am Abend, wenn die wunderbaren Strände im Licht der Straßenlaternen liegen, das unmittelbar jenseits der Wasserlinie von der Dunkelheit des Mittelmeers verschluckt wird. Der unangenehme Zigarettengeruch des Teppichbodens in meinem Hotelzimmer wird durch den großartigen Ausblick vom Balkon wettgemacht. Ein leichtes Abendessen. Ein wenig frische Luft schnappen am Rand des riesigen Pools. Dann sofort ins Bett, nicht zuletzt, um drei aufdringliche italienische Militärs abzuschütteln.

Morgens fangen wir sehr früh an. Das erste Treffen beginnt um sieben. Wir finden uns im Untergeschoss des Hotels ein. Ein ovaler, spiegelblanker Tisch mit zwanzig Stühlen, alle besetzt. Der Missionschef ist ein Schweizer, der mir mit seinem Dünkel schon jetzt auf die Nerven geht. Dass er aus Genf kommt, entnehme ich seinem französischen Akzent. Unsere offizielle Sprache ist Englisch. Der

Missionschef erklärt, zu unseren Aufgaben gehöre es auch, die ausländischen Beobachter zu überwachen, damit sie sich nicht unter dem Deckmantel der UNO in Israel als Spione betätigen. Das bringt mich fast zum Lachen. Wir müssen dafür sorgen, dass sich die Beobachter nicht in Schwierigkeiten bringen oder in die Fänge des Mossad geraten. Nicht nur sie. Auch wir müssen aufpassen, dass wir nicht vom Mossad hereingelegt werden. Wir dürfen uns dessen Mitarbeiter nicht vorstellen wie im Film, erklärt uns der Missionschef. Sie laufen nicht mit Sonnenbrille und Trenchcoat herum. Schon deshalb nicht, weil es hier praktisch nie regnet. Lachen bei den blonden Skandinaviern. Der klassische Spion hier sei eine Nutte, behauptet der Missionschef. Vielleicht eine russische oder moldawische Prostituierte, die sich eine jüdische Großmutter zusammenfantasiert hat, um einen israelischen Pass zu bekommen.

»Ihr geht mit ihr ins Bett und holt euch den Tripper«, sagt er in strengem Ton und verfällt dabei etwas zu sehr in sein frankophones »R«. Vielleicht ist er auch nicht aus Genf, sondern aus Lausanne. »Dann sucht ihr einen Arzt auf«, fährt er in seiner Gardinenpredigt fort, »und schon fangen sie an, euch zu erpressen. Vielleicht haben sie euch fotografiert oder sogar gefilmt, wie euer verlängerter Rücken zwischen zwei atemberaubenden Beinen versinkt. Diese Aufnahmen wollen sie an eure Ehefrauen schicken. Ihr kommt alle aus Spezialabteilungen eurer Länder, ihr habt Erfahrung und seid gut ausgebildet. Unsere Aufgabe hier besteht darin, das Image der Vereinten Nationen zu schützen und beschämende Skandale zu vermeiden, wie sie die UNO in Somalia beschmutzt haben. Wir werden an den gemischten Patrouillen aus Militär und Zivilisten teilnehmen. Ihr seid die zivilen Beobachter und unbewaffnet. Waffen gibt es hier schon zur Genüge. Prävention ist die beste Verteidigung. Ihr beobachtet, und am Ende der Woche schreibt ihr eure Berichte, die ihr mir übergebt. Wenn ihr von Außenstehenden bedroht werdet, macht ihr bei eurem Mannschaftsführer Meldung. Wenn eure Beobachtungen dagegen das Verhalten des Militärs betreffen, findet ihr in den Blättern, die ich ausgebe, eine Notfallnummer, unter der ihr mich erreichen könnt. In diesem Fall wendet ihr euch an mich. Ausschließlich an mich. Noch Fragen? Keine? Viel Vergnügen bei der Arbeit und viel Glück.«

Es ist interessanter, als ich dachte. Ich gehöre zu einer Gruppe von dreizehn Personen. Vier Norweger: zwei Frauen und zwei Männer, einer davon mit palästinensischen Wurzeln, die anderen drei sind Polizisten aus Oslo. Zwei Dänen, ebenfalls Polizisten. Zwei Schweden des schwedischen Nachrichtendiensts SÄPO. Zwei Türken aus der Sualtı Savunma, einer Spezialeinheit der türkischen Marine. Ein Schweizer, Angehöriger des Innenministeriums und Freund des Missionschefs, der uns im Hotel seine Gardinenpredigt gehalten hat. Und die zwei, die die Agentur aus New York geschickt hat, um die anderen elf zu kontrollieren. Einer ist der polyglotte Inhaber von drei oder vier Pässen, darunter einem der UNO. Er hat an allen Friedensmissionen in der Welt von Südafrika über den Sinai bis Osttimor teilgenommen. Der andere bin ich. Wir bekommen drei Autos gestellt, alle mit eigenen Kennzeichen, und dürfen auf dem Hof des Carlton parken.

Bei meinem ersten Besuch in Hebron kann auch ich mich dem Reiz der ambivalenten Atmosphäre nicht entziehen. Hebron zeigt wie Jerusalem, in welchem Maß Religionen die Menschen entzweien und Hass säen können. Es ist die Stadt der Höhle der Patriarchen mit den Gräbern der Erzväter Abraham, Isaak und Jakob. Der heilige Ort ist zweigeteilt. In der Abraham-Moschee beten die Muslime. Bewaffnete israelische Einheiten wiederum bewachen die Me'arat HaMachpela, den jüdischen Teil.

Auf unserer Karte heißt Hebron nicht Hebron, sondern H1 und H2. Der eine Teil steht unter palästinensischer Kontrolle, der andere unter israelischer. Inmitten von zweihunderttausend Arabern leben sechshundert jüdische Siedler, um, wie sie behaupten, die Grabstätten der Erzväter zu verteidigen. An jeder Ecke sind israelische Soldaten postiert. Auf Schritt und Tritt hat man einen Hinterhalt oder eine Schießerei zu gewärtigen. Auch die Soldaten haben Angst. Man sieht es ihnen an. Man hört es an ihren lauthals herausgeschrienen

Befehlen, wenn sie jemanden auffordern, stehen zu bleiben. Die schusssicheren Westen, der Helm und ihr Auftreten als harte Kerle können nicht verbergen, dass sie Angst haben wie wir alle. Aus Angst sind sie nervös und bereit, bei der kleinsten Unsicherheit sofort zu schießen.

Bis auf die Hauptrouten tragen die Straßen in Hebron keine Namen. Die Bewohner bezeichnen die Orte anhand der Checkpoints: in der Nähe von Checkpoint 55, hinter dem Checkpoint 56 usw. Ich lerne schnell, wie das funktioniert. Es genügen ein paar Tage, um sich anzupassen. Wenn Schüsse zu hören sind und ein Toter am Boden liegt, fragt niemand nach seinem Namen. Die Frage, die wir uns stellen, lautet, welche Reaktion erfolgen wird. Und wo es den nächsten Toten geben wird.

Während der Streife sehen wir immer wieder zerlumpte Jugendliche herumstehen. Sie rühren sich nicht von der Stelle, ihre Hosenbeine sind an den Knöcheln zusammengeschnürt, die Hände in den Taschen vergraben. Scharen von Jugendlichen, reglos wie Säulen. Alle schauen in dieselbe Richtung. Nicht aber, weil etwas passiert ist. Nichts ist vorgefallen. Sie schauen einfach ins Nichts. Ziellos, hoffnungslos.

Auseinandersetzungen entstehen immer aus nichtigem Anlass. Vielleicht rennen Kinder urplötzlich, ohne dass wir den Grund verstehen, auf einen Checkpoint zu, um die israelischen Soldaten mit Steinen zu bewerfen. Ihnen folgen andere, größere. So geht es stunden-, ja tagelang. Tränengas, Steinwürfe, Gummigeschosse ohne Ende. Manchmal zischen echte Projektile durch die Luft. Dann antworten die Palästinenser mit Molotowcocktails: Wenn die Brandflaschen zerbersten, werden unsere Gesichter kurz von einem Hitzeschwall erfasst. Einige Minuten später zerstreut die israelische Seite die Gegner mit dem Knall ihrer Blendgranaten. Wenn eine Konfrontation vorbei ist, beginnt die nächste. Steine, Tränengas, Molotows, während das Leben um uns herum weiter seinen Gang geht.

All das mag uns außergewöhnlich und gewalttätig erscheinen: Für die Menschen in Hebron ist es Alltag. Ein Mann frittiert ungerührt seine Falafel während der Feindseligkeiten. Ja sogar mittendrin. Wenn sich das Tränengas mit dem Rauch des siedenden Öls vermischt und ihn einhüllt, tritt er einen Moment zur Seite, um zu husten. Dann frittiert er weiter. Ein anderer überquert die Straße mit zwei Stühlen auf dem Rücken. Einer schiebt einen Karren mit einem gebrauchten Kühlschrank vor sich her. Und in der Schusslinie der hin- und herfliegenden Molotowcocktails und Tränengasgranaten spielen zwei alte Männer an einem wackeligen Tischchen seelenruhig Domino.

»Die Auseinandersetzungen sind nie zu Ende. Sie werden nur unterbrochen. Sie verlagern sich. Eine Straße oder einen Block weiter, zwei oder drei Stunden Pause. Dann geht es wieder los. Kinder werfen eine Brandflasche und bekommen ein Gummigeschoss ab. Es ist völlig sinnlos«, sagt Simone Pace kopfschüttelnd und wendet sich mir zu, um mir in die Augen zu sehen.

»Nein, es hat keinen Sinn«, erwidere ich. »Krieg ist eine ansteckende Geisteskrankheit. Sie verhindert, dass Konflikte durch Worte gelöst werden. Sie befällt die Regierenden und ihre Anhänger in der Bevölkerung oder die Führer ideologischer oder religiöser Gruppen. Wenn ein Krieg ausbricht, erkennt man die Regierenden und die Führer sofort: Obwohl sie ihn angezettelt haben, halten sie sich von den Kämpfen fern, leben geschützt in ihren Residenzen und lassen es sich an nichts fehlen. Die Folgen haben gesunde Menschen zu tragen, tödliche Folgen. Krieg wird von keinem staatlichen Gesundheitswesen als Krankheit anerkannt. Die Regierenden, die davon befallen sind, werden somit nicht in Quarantäne genommen. Stattdessen werden sie auf höchster Ebene empfangen, wo sie die Ansteckung weitertragen. Wenn der Krieg eine gesunde Bevölkerung befällt, nennt man deren Reaktion Verteidigung. Manchmal ist Verteidigung auch die hauptsächliche Rechtfertigung zur Verbreitung von neuen Kriegen. Dann beginnt alles von Neuem.«

»Krieg wird von keinem staatlichen Gesundheitssystem als

Krankheit anerkannt: sehr treffend, diese pathologische Sichtweise. Von wem stammt sie?«, fragt Simone Pace.

»Von niemandem. Es ist meine persönliche Definition von Krieg.«

»Vollkommen inakzeptabel ist der Einsatz von Kindern durch die Palästinenser«, fährt er nach kurzem Schweigen fort. »Väter und größere Brüder schicken ihre Kinder und kleinen Brüder an die vorderste Front. Die größeren verstecken sich hinter ihnen. Und während der Schießereien bringt niemand, wirklich niemand sie in Sicherheit. Das habe ich mit eigenen Augen gesehen. Nur Feiglinge missbrauchen Kinder als Schutzschilde.«

»Auch ich habe es mit eigenen Augen gesehen«, sage ich zu ihm. »Auf der Gegenseite schickt Israel zur gleichen Zeit kaum erwachsene junge Leute an die Front. Zwanzigjährige, erfüllt von Furcht und Schrecken. Vor Jahren lief ich selbst Gefahr, am Checkpoint Erez erschossen zu werden, als ich den Gazastreifen verlassen wollte. Ich fuhr einen Leihwagen mit dem Autokennzeichen von Tel Aviv. Damals war der Übergang noch anders geregelt als heute. Versteckt hinter einem großen Block aus Stahlbeton, gab mir ein israelischer Soldat mit der Hand ein Zeichen, das ich als Aufforderung zum Weiterfahren verstanden habe. Ich habe beschleunigt. Er schrie *lo, lo, lo*, was auf Hebräisch nein, nein, nein heißt. Nur dass die Stimme durch das alte Megafon so verzerrt war, dass ich das englische *go, go, go* verstanden habe: Fahr, fahr, fahr. Deshalb habe ich erst recht beschleunigt und hätte fast die Straßensperre durchbrochen.«

»Und, haben sie geschossen?«

»Zum Glück nicht. Aber vor mir tauchte ein gepanzertes Fahrzeug auf, die zwei Mündungen seines aufmontierten Maschinengewehrs auf meine Windschutzscheibe gerichtet. Ich hob die Arme, und es ging noch mal gut. Wenn ich daran denke, höre ich immer noch den Schrei des Soldaten, der sicher seinen Militärdienst ableistete: In seiner Stimme lag die Todesangst seiner Altersgenossen, die von Terroristen am Steuer eines Autos wie dem meinen zerfetzt worden waren, und der Horror der jahrelangen Massaker, durch die die religiöse Mehrheit der Palästinenser den Friedensprozess zum Scheitern gebracht hat. Angst führt unausweichlich zu gewalttätigen Reaktionen. Ja, Angst: Sie ist das erste Symptom der ansteckenden Krankheit, die der Krieg ist. Ich wäre gern ausgestiegen, hätte den Soldaten gern umarmt und ihn beruhigt. Aber unsere Angst voreinander hat uns daran gehindert. Ich bewundere diejenigen Israelis und Palästinenser, die sich trotz alledem nicht von der Krankheit anstecken lassen: Sie sind die einzige Hoffnung, sie sind die Friedenshelden, die ihre Menschlichkeit nicht verlieren, die sich den religiösen Extremismen entziehen und ihre Kinder nicht an die vorderste Front schicken. Sie sind das Volk, das die Osloer Verträge unterstützt hat. Sie sind der friedliebende Teil der Menschheit, den die ständigen Angriffe der Palästinenser und die bewaffnete Reaktion der Israelis zum Schweigen gebracht haben. Da müsste man ansetzen. Aber entschuldigen Sie, wenn ich Sie unterbrochen habe.«

Simone Pace nickt und greift leise den Faden seiner Erzählung wieder auf.

Zur damaligen Zeit ist Hebron von achtzehn Checkpoints geteilt. Die Palästinenser werden also andauernd angehalten und durchsucht. Bis zur Zermürbung stehen sie in Warteschlangen und werden abgetastet. Und da achtzig Prozent der Palästinenser unter der Armutsschwelle leben, machen die beim Anstehen und bei einer Durchsuchung verlorenen Stunden am Ende des Tages den Unterschied zwischen einem leeren und einem kärglich gefüllten Teller. Die Bewohner des besetzten Westjordanlandes brauchen für alles Genehmigungen. Für die Eröffnung eines Geschäfts genauso wie für einen einfachen Umzug. Ohne israelische Erlaubnis können sie praktisch nicht leben. Arbeit zu finden ist unmöglich. Einen Job findet man höchstens im öffentlichen Dienst. Oder in Israel. Und in beiden Fällen braucht man eine magnetische Ausweiskarte, die allein der Geheimdienst ausstellt, um die Ungefährlichkeit des Besitzers zu zertifizieren.

Der Aufgabenbereich unserer Gruppe umfasst das ganze Westjordanland. Wenn möglich lasse ich mich jedoch für Hebron einteilen. Am liebsten besuche ich den Markt mitten in der Stadt. Seine chaotische Vitalität fasziniert mich, auch wenn das Obst und die hoch aufgetürmten Bananenbüschel auf den Karren von Fliegen übersät sind. Der Gestank der auf der Straße geschlachteten Tiere, deren Blut in Bächen durch die Gassen rinnt, ist so stark, dass ich den Brechreiz kaum unterdrücken kann. Der Staub ist so fein, dass er bei jedem Atemzug die Zunge verklebt. Und doch erkenne ich in all dem Schönheit. Es erscheint mir als höchster Ausdruck der Eleganz, der Ästhetik, des elementaren menschlichen Lebenswillens. Selbst die in den Metzgereien ausgestellten Ziegenköpfe, ihre von der Angst vor dem Henkersbeil geweiteten Augen, die heraushängende Zunge: Ja, sogar das ist schön.

Mit Vergnügen beobachte ich die Menschentrauben um die Karren der Bäcker. Bevor sie etwas kaufen, befühlen die Leute die runden Brote. Sie tasten ein Dutzend Laibe ab, bevor sie den bevorzugten kaufen. Ich beobachte die Menge an den blauen Plastiktonnen mit Joghurt. Lächle, wenn ich sehe, wie unzählige Finger hineintauchen, um zu probieren. Dann denke ich an all die Impfungen, die ich vor meiner Abreise aus New York über mich ergehen lassen musste, und hoffe auf ihre Wirksamkeit.

Wir patrouillieren zu Fuß immer zu zweit, aber die Zusammenstellung wird ständig geändert, um das Vertrauen und den Zusammenhalt in der Gruppe zu stärken. Der Freitag, Tag des Gebets für die Muslime und Vorabend des Sabbats für die Juden, gibt immer Anlass zu Konflikten. Die Imame stacheln zum Kampf auf. Als würde jemand im Hintergrund Regie führen: Nach dem Freitagsgebet rennen Gruppen von Jugendlichen los und werfen Steine auf die israelischen Soldaten. Jugendliche und Kinder. Steine gegen Geschosse. Nach Aussage der Armee handelt es sich um *rubber bullets,* Gummigeschosse. Aus Gummi ist jedoch nur die Ummantelung, darunter ist ein Stahlkern versteckt. Ich sehe Heckenschützen, die gezielt auf Demonstranten schießen, um sie zurückzudrängen.

Manchmal schlagen die doppellagigen Geschosse vor der gegnerischen Front auf und prallen in einem Staubwirbel zurück. Ein anderes Mal verletzen sie die Jungen in der vordersten Reihe, denen das Leben bereits ihre Kindheit geraubt hat.

Ich entdecke, dass einige israelische Soldaten es sich zum Hobby machen, die Zisternen auf den Dächern der Palästinenser zu beschießen. Ein, zwei, drei Löcher in den großen, mit Wasser gefüllten Metallbehältern. Oft aber durchschlagen die Projektile nicht nur das erste Blech, vielmehr entstehen zwei, vier oder sechs Löcher. Eintritt und Austritt. Die ausströmenden Wasserstrahlen glitzern im Licht der tief stehenden Wintersonne. Bis sie einer nach dem anderen versiegen, und in der Zisterne nur noch Luft bleibt. Die Wasserbehälter sind lebenswichtig. Die Israelis kontrollieren die Hauptwasserleitung und öffnen sie nur einmal in der Woche. Oder nur wenige Stunden alle vierzehn Tage. Vielleicht glauben sie, auf diese Weise die Bevölkerung dazu zu bringen, die Extremisten zu isolieren. Sie erreichen damit aber das genaue Gegenteil.

Während eines außergewöhnlich heftigen Gefechts beschließen wir eines Nachmittags, das einzige Krankenhaus oben auf dem Hügel aufzusuchen. Wir wollen sehen, wie es den dort behandelten Jugendlichen geht und welche Verwundungen sie davongetragen haben. Schon am Eingang werden wir von herzzerreißenden Schreien empfangen. Im Operationsaal sind die Narkosemittel ausgegangen. Aber auch die Verwandten schreien auf der Suche nach ihren Kleinen. Ich stehe vor einem völlig überfüllten Krankenzimmer und bemerke mitten im Gewimmel einen etwa fünfzigjährigen Mann. Schwarzer Schnurrbart, ein von Falten zerfurchtes Gesicht. Er blickt starr in meine Richtung, nimmt mich aber vielleicht gar nicht wahr. Sein Gesicht ist zur Grimasse verzerrt. Der norwegische Polizist mit palästinensischen Wurzeln in meiner Begleitung wechselt ein paar Worte mit ihm. Ich kann ihren Dialekt kaum verstehen. Nur das Wort *ibnii*, mein Sohn, höre ich heraus.

Der Junge liegt in dem Bett, an dem sein Vater steht. Er schaut uns an. Durchdringend mustern uns seine großen Kinderaugen.

Seine schmalen Lippen lächeln uns an. Von seiner Stirn rinnt Blut, das eine Frau eilends mit einem Stofffetzen von der zarten Haut abtupft. Er trägt noch seine Schuhe. Die Sohle ist an den Seiten aufgerissen, wie es passiert, wenn die Schuhe über Jahre getragen und von den älteren Geschwistern an die jüngeren weitergegeben werden. Seine dunkle Hose ist bis über die Knie mit Staub bedeckt. Nach wie vor mustert uns der Junge lächelnd. Seine reglose Gelassenheit wirkt befremdlich. Mit dieser Wunde auf der Stirn müsste er weinen und sich winden. Ein in die Menge abgefeuertes und abgeprralltes Gummigeschoss hat ihn direkt über dem Auge getroffen. Das Blut rinnt und rinnt. Und die Frau müht sich weiter, seine zarte Haut zu säubern.

Ich gehe auf den Mann zu und umarme ihn spontan. Er erwidert die Umarmung und wiederholt wie einen Singsang: »*Barak Allahu fika, barak Allahu fika*, Gott möge dich beschützen.«

Beim Verlassen des Krankenhauses erzählt mir mein norwegischer Kollege Omar, dass der Mann ein palästinensischer Polizist sei. Am Abend im Hotel betrachte ich mich im Spiegel und breche in Tränen aus.

»Ich habe geweint«, gibt Simone Pace zu und starrt in das strahlende Licht, das durch die großen Fenster von San Pietro in Vincoli hereinfällt. Mit einem Finger trocknet er sich die Lider unter den Brillengläsern. Jetzt betrachtet er schweigend Moses' regloses Gesicht. Als er weitersprechen will, versagt ihm fast die Stimme: »Der Mensch«, flüstert er, »gewöhnt sich an alles. Auch an brutalste Gewalt.«

Nach ein paar Wochen sind die Zusammenstöße zwischen Israelis und Palästinensern auch für mich zur Routine geworden. Vielleicht um mein inneres Gleichgewicht nicht zu verlieren, konzentriere ich mich ganz auf meine Freizeit. Ich verbringe sie faulenzend auf der Hotelterrasse, bewundere die großartigen Sonnenuntergänge und trinke ein eiskaltes Maccabee nach dem anderen, das israelische Bier.

Aus einer Luxusherberge wird das Hotel immer mehr zur Kaserne: Alle Militärs und Polizisten der internationalen Mission sind hier untergebracht.

»Mister Simone«, ruft eines Abends der Hotelportier Ychai nach mir. Er steuert auf mich zu, wie immer im tadellosen dunkelblauen Jackett mit goldenen Tressen an Kragen und Manschetten und im weißen Hemd mit auffällig schwarz gepunkteter, gelber Krawatte. Er schenkt mir sein Lächeln eines jungenhaften Dreißigjährigen. Im Dienst lächelt er ununterbrochen. Sein Strahlen kontrastiert heftig mit den dunklen Augenringen, wie sie viele Männer des Nahen Ostens haben. Ich verstehe nicht, was er von mir will. Es muss dringend sein, da er mich auf der Terrasse sucht.

»Mister Simone, wie geht es Ihnen?«, fragt Ychai und überreicht mir einen Umschlag, auf dem mit der Hand mein Name in Großbuchstaben geschrieben steht. Darin finde ich eine Einladung für den folgenden Samstag. Zu einem Empfang in der italienischen Botschaft anlässlich des Osterfestes.

Mit dem Taxi komme ich pünktlich gegen sechs Uhr abends an. Ich erinnere mich, dass es um diese Zeit schon dunkel ist. Die Butler führen mich in einen wunderschönen Garten, der von niedrig hängenden Lampions und unzähligen auf dem Rasen verteilten riesigen Kerzen erleuchtet ist.

Die Kellner in weißer Livree bewegen sich gemessen zwischen den Gästen hin und her, um Tabletts voller italienischer Köstlichkeiten anzubieten. Das übrige Abendessen ist in der Mitte des Gartens auf makellos weiß gedeckten Tischen aufgebaut. Ganze Schinkenkeulen. Parmesanlaibe, verschiedenste Weine, alles made in Italy. Die Gäste in der Schlange, überaus elegante, braun gebrannte Damen und Herren, scheinen das Buffet zu goutieren.

Es ist angenehm, nach so vielen Arbeitswochen wieder einmal Italienisch sprechen zu hören, vertraute Gerüche zu riechen und Aromen zu schmecken. Auch wenn ich mich etwas unwohl fühle. Ich kenne niemanden, und niemand scheint mich wahrzunehmen.

»Auf Italien!« Unmittelbar neben mir hat ein kleiner Mann mit

Brille und dichtem, nach hinten gekämmtem Haar sein Glas erhoben, um mit mir anzustoßen.

»Auf Italien!«, antworte ich.

Ich blicke ihm direkt in die Pupillen, wie ich es immer tue, wenn ich jemanden in Verlegenheit bringen oder einfach nur prüfen will, wie lange er es aushält. Tatsächlich senkt der Mann den Blick und entzieht sich dem Zugriff. Er gefällt mir nicht.

Er dagegen nimmt sein Glas in die linke Hand und streckt mir die Rechte hin. »Gestatten, Marco, ich bin Journalist.«

»Angenehm«, erwidere ich und blicke ihm weiter in die Pupillen, gebe ihm aber nicht die Hand. In der Rechten habe ich ein Glas Prosecco. In der Linken ein Brötchen. Auf der Suche nach einer Abstellmöglichkeit für mein Glas blicke ich mich um. Glücklicherweise kommt ein Kellner mit einem Tablett vorbei, sodass ich mein Glas loswerde.

»Simone, kennst du hier jemanden?«

Simone? Ich habe ihm meinen Namen nicht genannt. Ich drehe mich nicht um. Mit dem Rücken zu ihm gewandt, bleibe ich ein paar Sekunden vor dem Kellner mit dem Tablett stehen. Im Geist zähle ich bis fünf, um ihn das Gewicht des Augenblicks spüren zu lassen. Ich drehe mich um und schaue ihm wieder in die Pupillen: »Nein, ich kenne niemanden. Sind Sie schon lange in Israel?«

An seine Antwort erinnere ich mich nicht. Doch ich bemerke, dass er fast alle Gäste zu kennen scheint. Es gibt niemanden, der nicht stehen bleibt, um sich ihm zu empfehlen, oder dem er nicht zu einem kurzen Gruß die Hand drückt. Hauptsächlich Männer. Auch die eine oder andere Frau.

Nein, er gefällt mir nicht. Ich halte mich bedeckt, bereit, jeder Frage auszuweichen. Und ich beobachte ihn. Marco redet ununterbrochen weiter, praktisch allein. Von einer politischen Analyse der Komplexität der Palästinafrage geht er über zur Beschreibung der Schönheit dieser Weltgegend. Letztlich sagt er nichts.

Endlich bittet der Botschafter die Gäste um ihre Aufmerksamkeit, dankt für unser Kommen und fordert alle auf, das Glas »auf den Frieden!« zu erheben.

»Danke für die Gesellschaft, Marco. Ich gehe«, sage ich danach.

»Ich kann dich zum Carlton mitnehmen, wenn du willst. Dann musst du kein Taxi rufen.«

Erneut ein Volltreffer. Die Botschaft ist eindeutig: Ich weiß alles über dich, hast du endlich kapiert, mit wem du es zu tun hast?

An diesem Punkt ist Mitspielen die beste Verteidigung. »Gern, das ist sehr freundlich von dir.«

Als wir mit dem Auto die Uferpromenade erreicht haben, sagt Marco, der Abend sei so schön, dass er nicht einfach so enden dürfe, und er kenne ein interessantes Lokal. Um seinen Vorschlag zu unterstreichen, berührt er mein linkes Bein und zwinkert mir zu.

Wie ein Schauspieler fange ich an zu lachen. »Warum nicht? Nichts wie hin«, sage ich und knuffe ihn mit der Faust leicht auf die rechte Schulter.

Ein perfektes Bild. Wir sehen aus wie zwei alte Freunde, die einen draufmachen wollen. In der Ben Yehuda Street biegen wir nach links ab und parken den Wagen.

Marco steigt gut gelaunt aus. Wir kommen an eine große Haustür, an der er den Klingelknopf drückt. Ohne dass sich jemand bemerkbar macht, schnappt das Schloss auf, sodass wir eintreten können. Ich folge ihm. Jedes Mal, wenn er sich nach mir umdreht, lächle ich ihn an. Im ersten Stock steuert Marco auf die rechte Tür zu. Sie ist nur angelehnt.

Wir betreten einen Raum mit einem kleinen Schreibtisch, hinter dem eine auffallende Frau sitzt. Als sie Marco sieht, steht sie auf und umarmt ihn. Meine Nase leidet unter dem Geruch abgestandener Luft und unsichtbarer Wolken süßlichen Parfüms.

»Darf ich dir Simone vorstellen«, sagt Marco, und die Frau greift mir, statt mich zu begrüßen, zwischen die Beine und drückt meine Testikel.

Ich entwinde mich ihr. Sie bricht in Gelächter aus. »Italiener, viel Ficki, Ficki. Ja, Italiener viel Ficki, Ficki«, wiederholt sie, öffnet eine Tür und verschwindet.

Auch ich lache, aber nur, weil mir nichts Besseres einfällt.

Das Licht im Raum ist so schwach, dass wir kaum unsere Gesichter erkennen. Die Wände sind orangerot gestrichen. Das übrige Mobiliar besteht aus zwei weißen, zweisitzigen Sofas, geschmückt mit Flecken, die man besser nicht genauer untersucht, und zwei schwarzen, modernen Ledersesseln, auf die wir uns setzen.

Die Frau erscheint wieder, gefolgt von vier Mädchen, eine dunkelhaarig, drei blond. Sie tragen nur ihren Slip.

Mit einem schwachköpfigen Lächeln wendet sich Marco mir zu. »Triff du zuerst deine Wahl. Wenn ich dir raten darf, nimm Yasmina.« Die Dunkelhaarige tritt vor, sodass ich ihre Scham vor dem Gesicht habe.

Eine der Blondinen hat sich auf das Sofa gesetzt, den Blick weiter zu Boden gesenkt. Mit übergeschlagenen Beinen beugt sie sich so weit nach vorn, dass sie mit dem Kinn fast ihre Knie berührt. Vielleicht will sie ihren Körper vor unseren Blicken schützen. Wortlos stehe ich auf, gehe zu ihr und biete ihr meinen Arm.

Ich drehe mich um und sehe, dass Marco Yasmina auf seine Schenkel gezogen hat. »Simone, die hat doch gar keinen Busen«, lacht er und zeigt auf die großen Titten der Dunkelhaarigen auf seinem Schoß, die ihm mit der einen Hand den Nacken massiert und mit der anderen spielerisch durchs Haar wuschelt.

Endlich erhebt sich meine Blondine. Ich folge ihr in einen Flur mit zwei Türen. Eine rechts, eine links. Sie öffnet die linke. Wir stehen in einem Zimmer mit einem Bett an der Wand, einem großen Spiegel gegenüber und einem bunten Plastikvorhang in der rechten Ecke, hinter dem sich die Dusche verbirgt.

»Wie heißt du?«, frage ich auf Englisch, während sie ihren Slip abstreift.

»Sarah, ich spreche Englisch, aber ich bin Russin.«

»Okay, Russin. Und wie alt bist du, Sarah?«

»Neunzehn«, antwortet sie mit einem mechanischen Lächeln und verschwindet in der Dusche, zu der sie den Vorhang offen lässt.

Das Schauspiel ist sehr erfreulich. Es dauert fünf Minuten. Dann stellt Sarah das Wasser ab. Sie trocknet sich mit einem kleinen

Handtuch ab, vor allem in den intimen Bereichen mit betont langsamen Bewegungen. Ich bleibe stehen und beobachte sie wie ein Idiot. Sie ist mager, hat aber ein sehr hübsches, ebenmäßiges Gesicht, blaue Augen, lange, blonde Haare und verströmt einen Duft von Mandelblüten.

Sarah schaut mich an und verwechselt mein Zögern mit Verlegenheit. Sie setzt sich vor mir auf die Bettkante. Ich bleibe stehen. Sie knöpft meine Hose auf, die raschelnd zu Boden sinkt und mich halb entblößt. Im Spiegel ist ihr wohlgeformter Rücken zu sehen und die langsame Bewegung ihrer Küsse. Ich sehe ihr zu. Ich kann mich nicht von ihrem Anblick lösen und streichle ihre Haare. Sie hört auf und schaut zu mir hoch. Ihre blauen Augen sind tränenfeucht.

Das schrille Läuten einer Glocke schreckt mich auf.

»Was ist das?«

»Jetzt sind zwanzig Minuten um«, erklärt Sarah, »Wenn du weitermachen willst, musst du noch einmal achtzig Schekel zahlen.« Da ich nicht antworte, zieht sie sich fast verängstigt den Slip an und verlässt das Zimmer.

Die Tür fällt wieder ins Schloss. Mich überschwemmt eine Woge von Hass. Zuerst denke ich, dass es wegen der Glocke ist. Dann aber wird mir klar, dass ich Marco hasse, der mich hierhergeschleppt hat. Und schließlich hasse ich mich selbst. Alles kommt mir plötzlich schäbig vor. Sogar die Erinnerung an Sarahs Bild im Spiegel verliert jeden sinnlichen Reiz, denn sie bringt nur die Eiseskälte meiner Einsamkeit zum Vorschein.

Ich hoffe nur, dass niemand kommt, um mich hinauszuschmeißen. Ich ziehe mich aus und nehme die schnellste Dusche meines Lebens. Ich stehe schon mit den Haaren unter dem Wasserstrahl, da fällt mir ein, dass es nur das winzige Handtuch gibt, mit dem sich schon Sarah abgetrocknet hat. Ein kleiner, bereits durchnässter Stofffetzen. Ich steige aus der Dusche und finde auf einem Regalbrett ein paar saubere Laken, von denen ich eines nehme und mich darin einhülle.

Marco erwartet mich in dem kleinen Empfangsraum. Mit leiser Stimme diskutiert er mit der Frau hinter dem Schreibtisch.

»Schon fertig?«, wundert er sich, als er mich kommen sieht. »Du kannst gern noch bleiben.«

Die Frau geht an mir vorbei und verschwindet in dem engen Gang. Dort höre ich sie laut Hebräisch sprechen. Ich beobachte, wie sie wieder zurückkommt. Sie geht an mir vorbei und blickt mich wütend an. Ich verstehe nichts und drehe mich zu Marco um. Im Augenwinkel aber erkenne ich, dass die Frau verneinend den Kopf schüttelt.

Ich sehe Marco puterrot werden. Er wird jedoch nicht wütend. Mit seltsam ruhiger Stimme fragt er: »Aber … aber du hast ja gar nichts gemacht?«

Steves Worte und die unseres Schweizer Missionschefs kommen mir in den Sinn. Marco hat versucht, mich reinzulegen. Vielleicht ist er über meine Familienangelegenheiten nicht auf dem Laufenden und weiß nicht, dass Diana mich hinausgeworfen hat. Mein Auftritt wird allmählich surreal. Marcos Taktieren, seine diskrete Frage und die Anwesenheit der Frau machen mich so nervös, dass ich wie gelähmt bin und kein Wort herausbringe.

Marco bemerkt es und versucht, die Lage wieder in den Griff zu bekommen, indem er grundlos zu lachen anfängt. So tun, als sei einem zum Lachen, ist der klassische Kunstgriff eines Spions, um Zeit zu gewinnen und zu überlegen, was man sagen oder tun kann. Wer weiß, was sie inszeniert, welche Falle sie mir gestellt haben. Vielleicht haben sie mich sogar gefilmt. Und ich habe sie reingelegt.

Auch die Puffmutter entspannt sich und setzt sich wieder an ihren kleinen Schreibtisch. Marco zieht aus seiner Hosentasche ein Bündel Banknoten und lässt sie, während er sich von ihr verabschiedet, heimlich in die Rechte der Frau gleiten. Glauben die wirklich, es mit einem Idioten zu tun zu haben?

Im Auto sagt keiner von uns ein Wort. Marco parkt vor dem Hotel. »Wollen wir uns noch ein bisschen die Beine vertreten?«, schlägt er vor.

Der Tonfall klingt nicht nach einer Frage. Und ich widersetze mich nicht. Ich bin zu neugierig darauf, was er von mir will. Ich spiele weiter den Unbedarften. Man muss sich bedeckt halten, immer. Um ihm den Eindruck zu vermitteln, ich sei genau derjenige, den er sucht. Meine Neugierde wird noch ein paar Minuten auf die Folter gespannt. Nur noch ein paar Schritte an der Strandpromenade, die um diese Zeit menschenleer ist. Plötzlich bleibt Marco stehen. Mit dem Rücken zur Straße blickt er mir direkt in die Pupillen. Und dann sagt er, was er von mir will.

DER GELOBTE KRIEG

Ich fahre mit einem für diese Gelegenheit gemieteten weißen Opel Corsa nach Jerusalem, nimmt Simone Pace nach einigen Augenblicken des Schweigens seine Erzählung wieder auf. An diesem Sonntag Ende Juni habe ich keinen Dienst. Es ist ein sonniger Morgen. Aber in der Stadt der drei großen Weltreligionen ist es nicht so heiß wie in Tel Aviv. Den Wagen lasse ich am Busbahnhof am Damaskustor. Ich gehe die Treppe hinunter. Bewundere die von Sultan Suleiman dem Prächtigen errichtete Stadtmauer und den Torbogen, durch den Tag für Tag der Atem dieser jahrtausendealten Stadt weht. Jerusalem atmet in jedem Augenblick Bewohner, Händler, Gläubige und Touristen ein und aus. Ich beobachte das Kommen und Gehen. Auf dem Bürgersteig stehen dicht nebeneinander Verkaufsstände, die von Gewürzen, Obst und Gemüse überquellen. Eine Mauer von Neugierigen und Kunden verdeckt das Schauspiel. Der Wind verbreitet den Duft der zu gewagter Höhe aufgetürmten Pyramiden bunter Gewürze in Tonschalen: Kurkuma, Kreuzkümmel, Curry, Zimt. Und die leuchtend grünen Sträuße frischer Minze.

Ich drücke die Umhängetasche mit dem Fotoapparat an mich und stürze mich ins Gewühl. Es geht nur langsam vorwärts, weil vor uns einige Bäckerjungen ihre Karren schieben. Der Duft von warmem Brot überlagert den Duft der Gewürze.

Wie ein echter Tourist ziehe ich meine Canon heraus und wage mich in die Gassen der Altstadt, achte aber darauf, nicht die Orientierung zu verlieren. Nach etwa zwanzig Minuten bleibe ich stehen. Das muss genügen, um eventuelle Verfolger abzuschütteln. Ich gehe wieder zurück. Hinter einer Ecke kommt mir eine kleine Abteilung israelischer Soldaten entgegen. Ich lasse sie besser vorbei, trete zur Seite und fotografiere einen Turm am Ende der Gasse, der auf einem steinernen, exakt halbkreisförmigen Bogen ruht. So verlasse ich die Altstadt durch das Damaskustor, sicher, nicht beschattet zu werden.

Ich blicke nach rechts oben zu einem großen, jahrhundertealten Olivenbaum. Marco sitzt nach wie vor darunter, auf der vorletzten Stufe der großen Freitreppe. Ich hatte ihn schon bei meiner Ankunft bemerkt, konnte aber nicht gleich auf ihn zugehen. Er ist kaum zu übersehen. Über seinen Jeans trägt er ein Polohemd in geradezu blendend grellem Kanariengelb.

Ich setze mich auf eine Stufe über ihm, so habe ich von hinten die Kontrolle. Marco rührt sich nicht. Es ist unsere dritte Übergabe seit dem ersten Treffen auf dem Botschaftsfest. Ich öffne meine Tasche, hole den Fotoapparat heraus, montiere das Teleobjektiv und fotografiere alle Menschen um uns herum. Die ausgedruckten Fotos werde ich mir in Ruhe ansehen. Ich werde sie mit denen der letzten Treffen vergleichen. Nur um zu prüfen, ob etwa dieselben Personen mehrfach auftauchen. Sicherzustellen, dass man nicht beschattet wird, und sich unauffällig, unverdächtig und normal zu verhalten ist nicht einfach. Nach einem letzten Foto hole ich die kleine gelbe Schachtel von Kodak mit der neuen Filmrolle heraus, die ich anstelle der alten einlege. Dann schraube ich das Teleobjektiv ab, ersetze es durch ein Fünfzig-Millimeter-Objektiv und verstaue alles wieder in der Tasche. Und fast ohne hinzusehen, hole ich die schwarze Filmdose heraus, die ich sorgfältig in einer Seitentasche versteckt hatte.

Ich stehe auf und lege mir die Umhängetasche über die rechte Schulter. Dabei lasse ich die Filmdose in meine rechte Hosentasche gleiten. Ich trete so nahe an Marco heran, dass ich mit dem Bein seinen Rücken berühre. Ich öffne die Hand. Wie eine Flipperkugel fällt die Dose hinunter. Sie rutscht glatt durch das Loch, das ich in die Naht meiner Hosentasche gemacht habe. Ich fühle sie mein Bein entlanggleiten. Nur kurz bleibt sie auf dem Schuhrücken hängen, verlässt dann mit einer knappen, unmerklichen Fußbewegung das Hosenbein und bleibt am Rand der Stufe liegen. Genau neben Marco.

Die Übergabe zu beschreiben dauert länger, als sie zu tätigen: Sie vollzieht sich jedes Mal in wenigen Sekunden. Ich gehe weg und drehe mich erst auf der anderen Seite des Platzes um. Marco ist schon verschwunden.

Ich weiß nicht, warum ich seinen Vorschlag angenommen habe. Nachdem ich ihm zugesagt hatte, sind wir zum Auto zurückgegangen, und er hat mir ein GPS übergeben. Mit diesem Gerät lassen sich via Satellit die Längen- und Breitenkoordinaten eines geografischen Punktes feststellen. Meine Aufgabe ist ganz einfach: Jedes Mal, wenn ich eine israelische Straßensperre oder eine Militärpatrouille sehe oder an einer Kaserne vorbeikomme, muss ich auf den Knopf drücken, der die Koordinaten festhält, und möglichst ein paar Fotos schießen.

Heute würde ein Smartphone genügen. In jenen Jahren ist das GPS in einer kleinen grauen, wenige Zentimeter großen Schachtel versteckt. Ein Schalter für Ein und Aus. Mit der wichtigsten Taste wird die Position gespeichert. An der Seite drei weitere: eine mit einem Antennen-, eine mit einem Funk- und eine dritte mit einem Satellitensymbol. Diese letztere muss ich jeden Abend bedienen, immer nach 22 Uhr. Um diese Zeit befindet sich der richtige Satellit genau in der Position, um die Daten wer weiß wohin zu übertragen.

Die letzte Taste ist auf der Oberseite des Geräts. Ein schwarzer Knopf. Er sieht wie ein einfaches Reset aus. Aber er kann viel mehr. Durch Druck auf diesen Knopf würde ein Kurzschluss ausgelöst, der alle inneren Kontakte zerstört und die gespeicherten Daten unlesbar macht. Der klassische Selbstzerstörungsmechanismus. So jedenfalls hat es mir Marco erklärt. Was er mir dagegen nicht erklärt hat, ist, für wen er arbeitet. Offensichtlich ist er nicht nur Journalist. Das ist, wenn überhaupt, nur eine Tarnung.

Als ich versuchte, ihn danach zu fragen, wirkte er wie gelähmt. Mit vagem Gesichtsausdruck und nach einer gut einstudierten Pause sagte er schließlich: »Ich arbeite für den Frieden.«

Tue ich gut daran, ihm Informationen zu liefern? Arbeitet auch er für die CIA? Oder schlimmer noch: für den Mossad? Vielleicht ist es aber auch nur ein Test, um meine Vertrauenswürdigkeit zu prüfen.

Obwohl ich mir bewusst bin, dass er mir niemals die Wahrheit sagen würde, ergreife ich eines Tages die Initiative. Ich habe kein Gerät, um den Amerikanern chiffrierte Nachrichten zukommen zu lassen, und mir wurde in Israel kein Kontakt vermittelt. Ich habe jedoch eine deutsche Faxnummer, die ich für die Wiederherstellung des Kontakts oder für einen Notfall anwählen kann.

Man hat bewusst eine deutsche Nummer gewählt. Einige meiner vor Jahrzehnten nach Deutschland ausgewanderten Verwandten mütterlicherseits leben dort. Das ist eine gute Tarnung für Notfälle. Und so schicke ich meiner Tante auf Deutsch einen Brief an diese Faxnummer:

»Liebe Tante, ich weiß, dass ich kein guter Neffe bin und mich nur selten melde. Ich hatte Euch erzählt, dass ich beruflich nach Israel muss, und hier ist Telefonieren nicht so einfach. Wie geht es Euch? Hier ist alles ruhig. Ich arbeite mit anderen Ausländern zusammen. Aber glücklicherweise habe ich mich mit einem italienischen Journalisten namens Marco angefreundet. Er hat auch in Deutschland gearbeitet, vielleicht habt Ihr von ihm gehört. In ungefähr einem Monat werde ich nach Europa zurückkehren. Ich verspreche, dass ich Euch dann besuchen werde. Grüße an alle. Wenn Ihr mir schreiben wollt: Hier ist die Adresse meines Hotels …« Unnötig zu sagen, dass ich keine Antwort erhalte. Aber das ist positiv. Das Schweigen bedeutet, dass auch *sie* Marco kennen. Mehr noch: Marco arbeitet für die Amerikaner.

Die Lage dagegen ist alles andere als ruhig. Wieder legt sich ein Tag voller Schweiß, Staub und Gestank von Tränengas und Molotowcocktails auf meine Haut. Es ist der tragische Freitagnachmittag des 4. Juli 1997. Man teilt uns mit, dass ein Demonstrationszug durch die Straßen von Hebron geplant ist. Die Israelis haben ihre

Kontrollen verstärkt und sogar eine Abteilung Fallschirmjäger geschickt. Wir werden beauftragt, eventuelle Auseinandersetzungen zu dokumentieren und die Spannungen in der Stadt zu überwachen. Bei der UNO will man im Voraus wissen, welche Risiken das internationale Kontingent eingeht, um mit Hubschraubern eine schnelle Evakuierung zu ermöglichen, wenn die Lage außer Kontrolle gerät.

An diesem 4. Juli beginnt nach dem Freitagsgebet wie üblich eine Demonstration durch die Hauptstraße, die Shuhada Street. Es sind nur ein paar Hundert Menschen. Plötzlich wollen israelische Einheiten den arabischen Markt räumen und verhaften jeden, der auch nur dagegen protestiert. Als Erste nehmen sie einige Händler fest, die nicht schon wieder einen Arbeitstag verlieren wollen. Sie wehren sich nur mit Worten. Die Soldaten bringen sie mit wenigen Griffen zum Schweigen. Auf den Bauch legen, Hände auf den Rücken, das Gesicht in den Schmutz und Staub des Platzes gedrückt. So machen sie es mit allen. Dann laden sie die Männer schnell und gewaltsam in ihre Mannschaftswagen.

Die Nervosität in dieser irrealen Szenerie steigt von Minute zu Minute. Kinder fahren mit dem Fahrrad seelenruhig an den aufmarschierten Soldaten vorbei. Jüdische Siedler gehen mit ihren wie Umhängetaschen geschulterten Uzi-Maschinenpistolen spazieren, als ob nichts wäre. Paare aschkenasischer orthodoxer Chassidim gehen achtlos ihres Weges. Die Männer sind an ihrem schwarzen Anzug, weißen Hemd und schwarzen Hut, dem langen Bart, rasierten Nacken und den langen Schläfenlocken zu erkennen. Die Frauen kleiden sich unauffällig, Arme, Beine und auch das Haar streng verhüllt. Sogar die alten Palästinenser ziehen mit ihren Eseln schweigend zwischen Soldaten und Panzern hin und her, als ob sie sie gar nicht sehen würden. Während uns mitten auf dem Markt, an der höchsten Fassade, ein Schriftzug ins Auge sticht, den wir alle lesen können. Die vierzehn Wörter regnen auf die Bewohner von Hebron herab wie Funken auf ein Meer aus Benzin:

THIS MARKET WAS BUILT
ON JEWISH PROPERTY, STOLEN
BY ARABS, AFTER THE 1929 MASSACRE

Dieser Markt wurde auf jüdischem Eigentum errichtet,
gestohlen von den Arabern nach dem Massaker von 1929.

An jenem blutigen 23. August 1929, einem Freitagnachmittag, griffen die Araber völlig grundlos die jüdischen Bewohner Hebrons an. Die Angst großer Teile der lokalen Bevölkerung speiste sich aus Gerüchten, nach denen die Juden die Ausrottung der palästinensischen Bevölkerung planten. Wie heute war auch damals schon Tage zuvor während der Gottesdienste in den Moscheen die Stimmung angeheizt worden: Es begann mit den Predigten Hadsch Amin al-Husseinis, des Großmufti von Jerusalem. Er war es, der später das nationalsozialistische Deutschland unterstützte, sich mit Hitler persönlich traf und auch dem Reichsführer SS Heinrich Himmler, einem der Hauptverantwortlichen des Holocaust, mit einem breiten Lächeln die Hand drückte. Arabische Familien boten Hunderten Juden Zuflucht, konnten jedoch das Blutbad nicht verhindern: Zwölf sephardische und fünfundfünfzig aschkenasische Juden, siebenundsechzig Menschen, wurden getötet, die gesamte jüdische Gemeinde zur Flucht gezwungen, ihr Eigentum geplündert und in Besitz genommen.

Die Geschichte Hebrons ist über diesen Tag nicht hinweggekommen. Angst gegen Angst. Journalisten aus aller Welt sind angereist und mischen sich unter uns in der Erwartung, irgendetwas Interessantes erzählen zu können. Unterdessen sehe ich, dass die israelischen Soldaten zwei höchstens achtjährige Kinder festgenommen haben. Ich frage mich, warum sie die Kinder mit Waffen bedrohen, als seien es Terroristen. Die Jungen blicken sich um und lächeln. Vielleicht glauben sie, es sei nur ein Spiel, und ich hoffe es auch. Ich merke, dass ich sie beschützen will. Meinerseits denke ich … Schüsse unterbrechen meinen Gedankenfluss und das gespannte Warten. Ich höre ihren fernen Nachhall auf der Seite der Palästinenser. Sofort löse ich meinen blauen Helm von der Umhängetasche, setze ihn auf und zurre ihn unter dem Kinn fest. Die Soldaten beginnen die Straße mit Stacheldrahtrollen abzusperren. Eliteschützen postieren sich auf Dächern oder werfen sich hinter Häuserecken auf den Boden. Man erwartet einen Angriff. Ich schieße derweilen unentwegt Fotos mit dem Teleobjektiv. Ich fotografiere sowohl die Szenerie als auch die Gesichter.

Wie auf ein verabredetes Zeichen setzt sich ein junger Mann, Haare und Gesicht unter der Kufiya versteckt und eine große israelische Fahne in der Hand, an die Spitze des Demonstrationszugs, der inzwischen vor einem niedrigen Gebäude mit grünen Türen haltgemacht hat. Die Türen aller Geschäfte sind grün. Für uns ist es die Farbe der Hoffnung, in Hebron das Symbol der Hamas: Der Name ist eine Abkürzung und bedeutet Islamische Widerstandsbewegung. Diese paramilitärische, religiöse und politische Organisation ist für zahlreiche Massaker und Attentate verantwortlich, die das palästinensische Volk in die totale Konfrontation mit Israel führen wird. Die Hamas verdrängt bereits in jenen Monaten Jassir Arafat, den Führer der Organisation für die Befreiung Palästinas, und bringt damit die Osloer Friedensabkommen zum Scheitern.

Der Junge mit der Kufiya ist nun direkt vor den israelischen Soldaten angekommen. Er schwenkt ihre Flagge. Blitzschnell steckt er sie dann mit einem Feuerzeug in Brand. Das Blau und Weiß des Tuches mit dem großen Davidstern in der Mitte schrumpft zusammen und verschwindet. Die Flammen lassen eine Handvoll Asche in die Luft steigen, die schnell vom leichten Wind des frühen Nachmittags fortgetragen wird. Mir wird klar, dass eine Eskalation droht. Ich löse mich von der optischen Illusion des Teleobjektivs und kontrolliere mit einem Blick, ob zwischen mir und der ersten Reihe ein ausreichender Sicherheitsabstand vorhanden ist. Ein hartes, unverwechselbares Stakkato fordert jetzt meine Aufmerksamkeit. Ich hebe erneut die Kamera vor die Augen und stürze mich ins Geschehen.

Auf den Steinhagel der Palästinenser antworten prompt die Gewehrsalven der Israelis. Die von den Gummigeschossen aufgewirbelten Staubwolken sollen eine unüberwindliche Grenze auf dem Terrain markieren. Ich befinde mich in einer Gruppe von einem Dutzend Kindern zwischen fünf und elf Jahren. Die älteren drücken einem der jüngeren einen Molotowcocktail in die Hand, brennen die Zündschnur an und fordern ihn auf, die Flasche möglichst weit zu schleudern. Noch einen Molotowcocktail und noch einen. Einer Welt, in der weder Wein noch Bier getrunken wird, gehen jedoch schnell die Flaschen aus. Jetzt sehe ich, wie sie ihre Brandsätze aus leeren Marmeladengläsern herstellen.

Der Kleinste, der die Flasche geworfen hat, trägt einen Pagenschnitt. Seine viel zu lange dunkelbraune Hose ist am Gesäß voller Staub, hochgekrempelt und an den Knöcheln mit einem Gummi zugebunden. Sein kurzärmeliges T-Shirt mit hellblauem Kragen ist grau und weiß gemustert. Die offenen roten Schnürsenkel seiner Turnschuhe schleifen bei jedem Schritt hinter ihm her. Ein weiteres Mal hebt er den Arm über den Kopf, während die Älteren die Lunte anzünden. Er ist voll konzentriert, wie berauscht von der Gefährlichkeit seines Tuns und vom Aufflammen der Zündschnur. Die anderen Kinder um ihn herum schauen ihm bewundernd zu. Ein Junge beobachtet ihn mit in die Seiten gestemmten Armen, um die Technik zu lernen. Beim nächsten Mal kann er an der Reihe sein.

Aus den Marmeladengläsern, die die Jungen sich zureichen, erhebt sich beißender Benzingeruch. Ich entferne mich ein paar Dutzend Meter, um mich hinter den israelischen Soldaten in Sicherheit zu bringen. Vor uns schlagen die Molotowcocktails mit heftigen Stichflammen auf dem Boden auf. Breite Streifen von verbranntem Staub färben die Straße schwarz, auf die Steine jeder Größe niedergehen. Die Brandflaschen sind jedoch alles andere als ungefährlich. Ein Soldat ist in einer schwarzen Wolke verschwunden und versucht nun die an seinen Kampfstiefeln hochschlagenden Flammenzungen auszutreten. Der Protest hat inzwischen das tolerierte Maß überschritten. Zwei blutjunge Soldaten in hautengen Hosen und grünem kurzärmeligen Hemd ducken sich hinter eine niedrige Mauer. Sie öffnen das Visier ihres Helmes und geben zwei Schüsse in die Menge ab. Jeder einen. Ich höre nur zwei Schüsse.

Von meiner Position aus kann ich die gegenüberliegende Seite nicht mehr sehen. Der Reporter eines palästinensischen Fernsehsenders rennt mitten auf die Straße. Jeans, ein weißes T-Shirt und Ledersandalen. Als einzigen Schutz trägt er einen dunkelblauen Helm. Mit der großen Filmkamera auf den Schultern fängt er die Bilder für die abendlichen Fernsehnachrichten ein. Der Demonstrationszug vor ihm gerät in Aufruhr. Kleine Gruppen durchqueren ihn rennend. Sie schreien. Ich steige auf ein Dach, um eine bessere Sicht zu haben. Mit der linken Hand umfasse ich das Teleobjektiv, mit der rechten halte ich die Kamera fest. Die ganze Szene vollzieht sich durch die Linse vergrößert. Mitten in der Menge etwa zwanzig junge Männer. Sie rennen wie verrückt. Zwei tragen in ihren Armen den Kleinen, der kurz zuvor die benzingefüllten Marmeladengläser geschleudert und damit einen israelischen Soldaten beinahe lebendig verbrannt hätte. Sein Kopf ist zur Seite geneigt. Der rechte Arm und die Beine hängen herunter. An einem Fuß fehlt der Schuh. Am anderen fällt mir wieder der rote Schnürsenkel auf. Seine kleine linke Hand liegt auf der Brust: Ein dunkler Fleck mitten auf dem schmalen Brustkorb lässt erahnen, wo ihn die beiden Gummigeschosse getroffen haben. Vielleicht atmet er noch, vielleicht schon nicht mehr. Von hier aus kann ich es nicht erkennen.

Ich gehe auf die von den Palästinensern kontrollierte Seite zurück. Ein Kordon schwarz gekleideter Aktivisten versucht die Auseinandersetzungen zu beenden. Zwei Mercedeswagen tauchen auf. Dem einen entsteigt ein großer, stämmiger Mann. Schwarzer Schnurrbart, fast kahlköpfig. Er trägt einen schwarzen Anzug über einem weißen Hemd. Sofort umgeben ihn Männer, die offenbar seine Eskorte bilden. Einer der Leibwächter kommt mir bekannt vor. Unsere Blicke begegnen sich, während ich weiter Fotos schieße. Der Mann ist der Polizist aus dem Krankenhaus. Der Vater des getöteten Jungen. Während der Eskortierte auf die Schwarzgekleideten zugeht, die sich für seinen Empfang aufgereiht haben, entfernt sich der Polizist und kommt auf mich zu. Zur Begrüßung legt er die rechte Hand aufs Herz, wie es bei den Arabern üblich ist. Ich erwidere den Gruß auf dieselbe Weise. Der Polizist und Vater bemerkt sofort meinen neugierigen Blick. Er erklärt mir, der Eskortierte sei Dschibril ar-Radschub, der Chef der palästinensischen Sicherheitskräfte und ein enger Vertrauter Jassir Arafats.

Radschub ruft seinen Männern etwas zu, was ich nicht verstehe. Daraufhin aber zerstreut sich die Menge, und die Lage beruhigt sich allmählich

»Wie heißt du?«, frage ich den Polizisten auf Arabisch.

»Mohamed Abu al-Kassem«, antwortet er. Abu al-Kassem bedeutet Vater von Kassem. Beim Namen seines Sohnes hat er die Augen zum Himmel erhoben.

»Wie geht es Ihnen?«, frage ich vorsichtig.

»Sobald er erfahren hat, was mir zugestoßen ist, hat er mich in den Kreis seiner Leibwächter aufgenommen«, erklärt Mohamed und blickt auf Dschibril Radschub, der ein Dutzend Schritte von uns entfernt ist. »Ich wollte mich rächen. Aber er hat zu mir gesagt, ich könne nützlicher sein, wenn ich am Leben bleibe. Rache geschehe nach Allahs Willen.«

Für eine Antwort bleibt keine Zeit. Radschub geht zum Auto zurück, gefolgt von seiner Eskorte.

»Besuch mich doch am Abend in dem Teeladen am Eingang zum Markt«, kann der Polizist noch sagen, dann geht er schnell hinter seinen Kollegen her.

Ende Juli sehe ich Marco, den Journalisten, der kein Journalist ist, zum letzten Mal. Wir treffen uns in Tel Aviv in der Kaufmann Street. Die Luft ist drückend und schwül. Sogar die Palmen an der Uferpromenade scheinen unter der Hitze zu leiden. Wir besuchen eine Bar unter einer Art Bogengang. Die hebräische Schrift auf dem roten Schild kann ich nicht entziffern. Aber die Abbildung zweier Coca-Cola-Flasche an den Seiten beweist, dass es um das berühmte, allgegenwärtige amerikanische Getränk geht. Seit unserer ersten Begegnung haben wir jeden freundschaftlichen Verkehr und die dazugehörigen Gepflogenheiten vermieden. Diesmal aber will Marco mich unbedingt sehen. Und ich habe darin nichts Merkwürdiges oder besonders Gefährliches gesehen. Meine Mission in Israel nähert sich ihrem Ende. Ich werde bald nach Italien zurückkehren, und vielleicht verhalte ich mich deshalb weniger defensiv.

»Ich lade dich zu einem Drink bei mir zu Hause ein. Ich wohne gleich um die Ecke«, schlägt er mir überraschend vor.

»Okay«, erwidere ich, als sei es ganz normal und kein bisschen riskant.

Absichtlich achte ich nicht auf den Weg, denn es wird kein zweites Mal geben. Ich folge ihm einfach. Nach wenigen Minuten gehen wir durch eine große Haustür. Es ist ein sehr elegantes Gebäude. Wir müssen nicht den Aufzug nehmen, denn sein Appartement liegt im ersten Stock. Der Eingang führt direkt in eine Küche, die mit Geräten aus Edelstahl und einem zentralen Tresen mit drei Hockern ausgestattet ist. An der rechten Wand eine grau bezogene Couch mit bordeauxroten Kissen. Auf dem fahrbaren weißen Couchtisch steht ein Computer.

»Willst du dich frisch machen?«, fragt Marco.

»Nein, danke.«

»Hast du das GPS dabei?«

»Ja, natürlich.«

»Fotos?«

»Ja, ich habe drei volle Filme dabei.«

Während Marco mit mir redet, geht er in der Wohnung herum und zwingt mich, ihm zu folgen, um zu verstehen, was er sagt. So landen wir schließlich im Schlafzimmer. An der einen Wand ein großer viertüriger Schrank aus Nussbaum. Rechts davon ein Doppelbett, das Kopfteil mit bordeauxrotem Leder bezogen. In der Mitte über dem Bett die Schwarz-Weiß-Aufnahme eines Tänzers. Sein Rücken ist nach hinten gebeugt, ein Bein angewinkelt.

Ich drehe mich zu Marco um, und er steht vollkommen nackt vor mir. Auf dem Bett liegt sein weißer Frotteemantel. Er aber zögert, ihn zu nehmen. Ja, er kommt mir so nahe, dass ich die von seiner Haut aufsteigende Körperwärme spüre.

»Wir könnten zusammen duschen, wenn du magst«, sagt er mit vor Erregung erstickter Stimme. Sogar seine Augen glänzen feucht.

Ich starre ihn erschrocken an und kann nur mit Mühe zurückweichen, weil das Doppelbett fast das gesamte Zimmer einnimmt. Zu meinem Glück scheint er nicht weiter zu insistieren. Marco dreht sich auf einem Fuß um, ergreift einen Zipfel des Bademantels und zieht ihn hinter sich her ins Bad.

Ich mache mir Vorwürfe, dass ich mich habe überrumpeln lassen. Wie aber hätte ich ahnen können, was er vorhat? Ich kehre ins Wohnzimmer zurück, lasse mich auf die Couch fallen und beruhige mich damit, dass er nur einen Scherz machen wollte. In den weichen Kissen versunken, bemerke ich im ersten Augenblick nicht, dass ich mich fast auf die Maus gesetzt hätte, die dort herumliegt. Die bloße Berührung aktiviert den Computer. Der Bildschirm leuchtet auf, und es erscheint das Bild eines jungen Mannes in Militärhose und Kampfstiefeln. Sein Oberkörper ist nackt, und er hält wie Rambo ein Maschinengewehr vor der Brust. Der Mund aber ist halb geöffnet, und die Zunge berührt die Lippen.

Alle Dateien und Icons tragen hebräische Namen. In der Mitte des Bildschirms ist neben dem Bauchnabel des jungen Mannes mit dem Maschinengewehr ein blauer Davidstern zu erkennen, mit dem einzigen Wort in hebräischen Buchstaben, das ich gelernt habe: von rechts nach links gelesen steht dort *Schalom*, Frieden. Ich mache einen Doppelklick mit der Maus, aber nichts geschieht.

Aus dem Bad am Ende des Flurs kommen Schwaden eines Shampoos mit Rosenduft und Wolken von Wasserdampf. Ich meine, Schritte zu hören. Lehne mich auf der Couch zurück und lasse die Hände auf den Oberschenkeln ruhen, unsicher, welche Haltung ich einnehmen soll. Der Instinkt ist jedoch stärker als die Vernunft. Bekanntermaßen setzt das Gehirn in Stresssituationen bei Gefahr eine vegetative Reaktion in Gang, die von der mandelförmigen Amygdala ausgeht und nur schwer zu kontrollieren ist. Oder vielleicht habe ich eine besonders entwickelte Amygdala. Ich schließe die Augen, atme tief ein und dehne den Brustkorb, um möglichst viel Luft einzusaugen. Ich versuche, mich zu entspannen, öffne die Augen und sehe, wie sich auf dem Bildschirm Dokumente in hebräischer Schrift und Satellitenfotos abwechseln, auf denen eingekreiste Zonen mit roten Pfeilen hervorgehoben sind.

Nach meinem zufälligen Mausklick hat der Computer offensichtlich eine Weile gebraucht, um hochzufahren, und zeigt jetzt den Inhalt einer Datei. Es ist eine PowerPoint-Präsentation. Ich will sie von Anfang an sehen, verstehe aber die hebräische Schrift des Menübands nicht. Doch in Sekundenschnelle ruft mir mein fotografisches Gedächtnis die Befehle in Italienisch auf: Start, Einfügen, Entwurf, Animationen, Bildschirmpräsentation. Ich klicke auf das fünfte Wort. In der linken oberen Ecke erscheint das Icon mit dem Bildschirm und einem kleinen Pfeil. Ich nehme die Kamera aus der Tasche, die ich auf den Tisch gelegt hatte. Kontrolliere, ob der Film gespannt ist, und klicke auf das Icon. Die Folien der PowerPoint-Präsentation werden noch einmal von Anfang an wiedergegeben. Ich fotografiere, ohne richtig wahrzunehmen, was ich da eigentlich aufnehme. Das Auf und Zu des Kameraverschlusses und das Geräusch des Filmtransports hallen wie Schüsse in der Stille des Zimmers wider.

Das Gesicht an die Canon und das rechte Auge an den Sucher gepresst, spüre ich plötzlich einen kalten Luftzug im Nacken. Dieser Windhauch hat die gleiche Wirkung wie in meiner Kindheit, wenn ich, fasziniert von der Leere unter mir, von einer eineinhalb Meter hohen Mauer sprang. Erst als ich schon in der Luft war, kam mir der Gedanke, wie sehr ich mir beim Aufprall auf den Boden wehtun könnte. Ich weiß, dass ich meine Haut riskiere. Trotzdem kann ich nicht widerstehen.

Die Angst überwindend, lege ich, statt meine Bewegungen zu beschleunigen, die Kamera betont langsam beiseite. Ich verstaue sie wieder in der Tasche. Dann verfolge ich mit den Augen das Kabel des Computers. Es führt zu einem Stecker direkt neben der Couch.

Ich strecke den Arm aus und ziehe es mit einem kräftigen Ruck heraus. Aus dem Computer ertönt das typische Fiepsen des Ausschaltens. Gerade noch rechtzeitig. Marco taucht mit offenem Bademantel vor mir auf.

»Spürst du es?«, fragt er.

»Was?«, frage ich mit klopfendem Herzen zurück.

»Die Klimaanlage«, sagt Marco.

In der einen Hand hält er eine Flasche Weißwein, in der anderen zwei Weinkelche. Er stellt sie auf den Couchtisch neben den Computer.

»Schenk du ein, ich gehe mich anziehen«, fügt er hinzu und blickt auf den schwarzen Bildschirm.

Um ihm keine Gelegenheit zu geben, doch noch etwas zu argwöhnen, springe ich auf und sage schnell: »Bevor ich es vergesse, gebe ich dir das GPS und die letzten Filme.«

»Warum hast du es denn so eilig?«, höre ich ihn murmeln, während er ins Schlafzimmer verschwindet.

Ohne den Flur aus den Augen zu lassen, bücke ich mich und schließe den Computer wieder an. Dann mache ich es mir wieder auf der Couch bequem und gieße Wein in die beiden Gläser. Ich kann es gar nicht erwarten, hier wegzukommen. Marco aber lässt mich erst gehen, nachdem wir ein zweites Glas getrunken haben. Dann begleitet er mich zur Tür.

»Ich danke dir im Namen … meines Büros«, sagt er und unterstreicht mit einer kleinen Pause das Geheimnis um seine Organisation. Aus der Jackentasche zieht er einen gelben Umschlag. Ich zögere, ihn anzunehmen, Marco ergreift meine linke Hand und legt ihn hinein. »Das hast du dir verdient.«

Zum Dank und zum Abschied gebe ich ihm einen Klaps auf die Schulter.

»Wir sollten das Haus besser nicht zusammen verlassen. Hier wimmelt es nur so von Spionen«, sagt er und zwinkert mir zu.

Draußen auf der Straße fühlt sich der Wechsel von der Klimaanlage in Marcos Wohnung zum brennend heißen israelischen Sommer wie ein Fausthieb in die Magengrube an. Der Krampf unter dem Brustkorb nimmt mir fast den Atem. Ich bleibe einige Augenblicke stehen, um meine Lungen wieder an den heißen Wind zu gewöhnen, der über der Stadt weht.

Am nächsten Abend kehre ich nach dem *salat al-ischa*, dem fünften und letzten Gebet des Tages, nach Hebron zurück. Ich parke den Wagen am Eingang des jüdischen Friedhofs gegenüber dem Markt. Um mich herum das übliche Kommen und Gehen von Menschen, schwer beladenen Eseln und Soldaten. Es ist mein letzter Abend in Israel. Ich werde nicht mehr von diesen Gerüchen umgeben sein. Am Tag wird mich nicht mehr das vielfarbige Licht blenden, in der Nacht nicht mehr das undurchdringliche Dunkel mancher Gassen umfangen. Um all das nicht zu vergessen, fange ich an zu fotografieren und tief einzuatmen. Es gibt Gerüche, die die Bilder unseres Lebens begleiten. Der Geruchssinn ist einer der wichtigsten Verbündeten der Erinnerung. Deshalb versuche ich mit jedem geschossenen Foto einen präzisen Duft zu assoziieren. Dann kann ich, wenn ich die Bilder wieder hervorhole, auch den Geruch wachrufen.

An der Grenze zwischen den Zonen H1 und H2 unter dem Schild mit den Abkürzungen auf Hebräisch und Englisch stoße ich auf eine winzige Bude. Zwei große Wassertanks thronen auf dem Eternitdach, das sechs Steine daran hindern sollen wegzufliegen. Ein alter Mann serviert seinen Kunden Minztee. Bevor er den Tee eingießt, wäscht er die Gläser in einer Tonne mit Wasser, das einmal sauber gewesen sein muss. Mohamed Abu al-Kassem, der Vater und Polizist, ist einige Schritte von der Bude entfernt. Er sitzt auf einem kleinen Holzstuhl mit Strohgeflecht und betrachtet den Abend. Als er mich erkennt, erhebt er sich und eilt zu dem alten Mann. Er lässt sich ein Glas Tee mit viel Zucker und einem Sträußchen Minze geben. Dann kommt er auf mich zu und bietet mir den Tee an. Ich versuche, mir eine Ausrede auszudenken, um den Tee nicht zu trinken. Aber die Großzügigkeit seiner Geste macht es mir unmöglich abzulehnen.

Ich spreche ihn auf Arabisch an: »Mohamed, morgen kehre ich nach Italien zurück. Ich wollte mich von dir verabschieden und dir danken.«

Weil er größer als ich ist, blickt er ein bisschen von oben auf mich herab. Auf seinem von tiefen Falten zerfurchten Gesicht hat er sich einen dichten weißen Bart wachsen lassen. Mit halb geschlossenen Augen schaut er mich an. Seine Lippen sind nach unten gezogen, sein Mund unter der leicht nach links gebogenen Nase hat nicht mehr die Kraft zu lächeln. Er trägt eine Wollmütze mit dem Schwarz-Weiß-Muster einer Kufiya. Unter der grauen Jacke mit kleinem Fischgrätmuster lugen ein brauner Pullover und ein zugeknöpftes Militärhemd heraus. Ich frage mich, wie er das bei der Hitze aushält.

Sein Schweigen lässt mich vermuten, dass er meine arabische Aussprache nicht verstanden hat. Ich wiederhole den Satz und mime mit der Hand ein startendes Flugzeug. Er hat sehr wohl verstanden. Seine nervös flackernden Augen richten sich auf etwas in meinem Rücken und verraten eine innere Rührung. Seine Lippen wispern ein paar für mich unverständliche Worte. Dann umarmt er mich plötzlich und klopft mir mit der Hand kräftig auf den Rücken. Ich erwidere die Umarmung so fest wie möglich. Ich erkenne in ihm meinen Vater. Und auch ich bin Vater.

»Mohamed, das hier ist für dich«, sage ich zu ihm und gebe ihm den gelben Umschlag, den ich von Marco bekommen habe. Der Vater des kleinen Kassem nimmt ihn und will ihn öffnen. »Nein, nicht hier«, halte ich ihn zurück und mache ihn auf die Menschen vor der Teestube aufmerksam. Sie beobachten uns.

Im Auto habe ich die Banknoten gezählt. Der gelbe Umschlag enthält 10.000 Dollar. Das ist keine Entschädigung für einen Vater, der seinen Sohn verloren hat. Aber vielleicht kommt er ein bisschen zur Ruhe bei dem Gedanken, dass nicht alle Menschen gleich sind. Mohamed al-Kassem fasst meine Rechte mit beiden Händen. Seine Handflächen sind eiskalt. »*Schukran, schukran*, danke, danke«, flüstert er mir zu.

»Mohamed«, sage ich noch hastig, »bitte übergib diesen Film Dschibril Radschub und sag ihm, es sei das Geschenk eines Freundes. Er wird dir dankbar sein.«

Auf dem Film sind die Fotos, die ich von Marcos Computer gemacht habe. Wenn er sie entwickeln lässt, wird Radschub sehen, ob er sie brauchen kann. Mohamed nimmt den Film. Aber ich mag keine Abschiede und auch keine Dankesbezeugungen. Lächelnd trete ich ein paar Schritte zurück, drehe mich um und gehe.

»Haben Sie Ihre Koffer selbst gepackt? Hat Ihnen jemand ein Paket mitgegeben? Verstecken Sie Sprengstoff? Sind Sie ein Terrorist? Haben Sie Ihr Gepäck einmal unbeaufsichtigt stehen lassen?«

Die Sicherheitsvorkehrungen am Check-in vor dem Abflug sehen eine standardisierte Befragung vor. Ein erster Angestellter in Zivil. Dann ein weiterer. Immer dieselben Fragen: um Abweichungen in den Antworten oder im Gesichtsausdruck festzustellen, die den Befragten irgendwie verdächtig erscheinen lassen könnten. Es ist Abend. Das Flugzeug nach Rom rollt zur Startbahn. Am Bullauge zieht der Flughafen Ben Gurion vorbei, das Häusermeer von Tel Aviv, die Lichter des Verkehrs, die Strandpromenade und die Hotelterrassen mit den beleuchteten Swimmingpools. Alles wirkt absolut perfekt, geordnet und symmetrisch. In dem Moment kommt mir der Gedanke, dass es wirklich so ist: Im Leben kommt es nur auf die Perspektive an.

Ich lehne mich zurück, schließe die Augen und lasse Gesichter, Landschaften und Gerüche Revue passieren. Ja, Gerüche kann man sehen. Ich vergegenwärtige mir die Geräusche der Orte, an denen ich sechs Monate meines Lebens verbracht habe. Wird es eines Tages Frieden in diesem Land geben? Wer ist im Recht? Wer ist Opfer, wer Schlächter? Während das Flugzeug bereits an Höhe gewonnen hat, finde ich mich damit ab, mir keine Antworten geben zu können. Dass ich unparteiisch bin, habe ich bewiesen, indem ich auf meine Weise beiden Seiten geholfen habe. Überzeugt, dass nicht wir Menschen in der Lage sein werden, den Konflikt zu lösen, versinke ich in Schlaf. Man braucht es gar nicht zu versuchen. Nur die Zeit ist dazu in der Lage.

In Rom erwartet mich das Leben. Mein neues Leben. Diesmal aber fällt es mir schwer, mich wieder einzufinden. Ich weiß nicht warum, aber tagelang habe ich Angst davor, im chaotischen römischen Verkehr Auto zu fahren. Seit meiner Rückkehr ist alles so anders, so unbedeutend. Mein einziges Glück ist es, meine Tochter wiederzusehen, ihren Duft einzuatmen und sie ganz fest zu umarmen.

Um meine Sachen zu holen, die ich bei Giuda im Keller gelassen habe, fahre ich nach Mailand. Nur er bereitet mir einen so warmherzigen Empfang, wie man das von einem Freund erwarten kann. Meine ehemaligen Kollegen meide ich lieber. Filippo ist mir gegenüber sogar misstrauisch geworden, seit ich mich von Diana getrennt habe. Für einen Süditaliener wie ihn ist der Bruch mit der Familie etwas Undenkbares, vor allem dann, wenn ein Kind da ist.

In Mailand versuche ich von einer Telefonzelle aus, meinen letzten Controller anzurufen. Steves Handynummer aber funktioniert nicht mehr, seit ich aus Israel zurück bin. Seit über einem Jahr habe ich keinen Kontakt mehr zu *ihnen* gehabt. Ich versuche es immer wieder, aber Steve bleibt unerreichbar. Die anonymisierten Postadressen, die wir benutzt haben, sind gelöscht. Und sogar die verschlüsselte Verbindung und der Fremdzugriff auf meinen Computer erweisen sich als abgeschaltet. Man hat mich eingefroren.

Zurück in Rom, entschließe ich mich nach tagelangem Grübeln endlich dazu, eine alte Internetadresse aufzurufen, die wir früher einmal für den Notfall bekommen haben. Aber wirklich nur für den Fall, dass alle Stricke reißen. Ich weiß nicht einmal, ob sie überhaupt noch existiert. Der Agent der National Security Agency, der mir die Instruktionen gegeben hatte, nannte sie auf Italienisch »Eine Nachricht für dich«. Eigentlich wende ich mich ungern an eine nicht-institutionelle Adresse, ohne zu wissen, wer dahintersteckt, aber es bleibt mir keine andere Wahl. Ich verkrieche mich in mein Loch im obersten Stock, das ich in der Nähe von Santa Maria Maggiore gemietet habe. Damit niemand in die Dachfenster Einblick hat, schließe ich die Läden. Im Halbdunkel meiner Wohnküche mit Schlafzimmer setze ich mich an den Tisch. Ich schalte den Computer ein, gehe ins Internet und gebe die Adresse ein. Es erscheint eine Seite mit wenigen Informationen. Sie funktioniert noch. Mitten auf dem Bildschirm ist ein Formular auszufüllen:

Questions, comments, or concerns? We're here for you.
Fill out the short form below and we'll get in touch.
Name
Email
Phone
Message

Fragen, Kommentare oder Anliegen? Wir sind für dich da. Fülle das kurze Formular unten aus, und wir werden Kontakt mit dir aufnehmen. Name, E-Mail, Telefon, Nachricht.

Außer der Internetadresse habe ich keine Hinweise erhalten, wie ich vorgehen muss. Anscheinend soll ich außer den Personendaten noch eine Nachricht schreiben. Klar. Aber was? Hilfe? SOS? Ich sitze in der Scheiße? Schließlich entscheide ich mich für ein neutrales: »Wie geht's?«

Ich habe nicht die geringste Ahnung, wie vertrauenswürdig die Befehlskette ist, die sich dieses öffentlich zugänglichen Nachrichtenportals bedient. Und wenn ich mich in der Adresse geirrt habe?

Als ich die Seite schließen will, erscheint mitten auf dem Bildschirm eine Micky Maus, die sich mit einem Pinsel in der Hand selbst zeichnet. Während sie überlegt, wie sie weitermachen soll, kratzt sie sich mit dem Finger am Kopf, und ein Schriftzug empfiehlt, die Figur im JPEG-Format zu speichern. Ich folge der Anleitung, und nach wenigen Sekunden taucht auf der Zeichnung eine Antwort in Englisch auf:

»WILLKOMMEN ZURÜCK – 13. September 1998, Piazza Sant'Ignazio, Rom – Messe um 11.15 Uhr.«

Ich kann kaum glauben, in Echtzeit eine Antwort erhalten zu haben. Vielleicht ist es aber auch einfach bloß ein Antwortautomat. Bis zu dem Termin sind es noch vier Tage.

Am 13. September wache ich gut gelaunt auf. Feuchtwarmer Wind und Wolken kündigen an diesem Sonntag das Ende des Sommers an. Mit dem Bus erreiche ich gegen 10.45 Uhr die Piazza Venezia. Chinesische Touristen fotografieren sich gegenseitig vor dem Altar des Vaterlands. Ich gehe zu ihnen hinüber und mische mich mit Trippelschritten unter die Reisegruppe. Ungefähr fünf Minuten lang höre ich mir das Gezwitscher der Bewunderung für das Nationaldenkmal und des Staunens über mich an und gehe dann weiter in Richtung Corso. Nach weniger als einem Kilometer biege ich unvermittelt nach links in die Via del Caravita ein, eine kleine, für den Verkehr gesperrte Sackgasse, von der aus man bereits die majestätische Kirche Sant'Ignazio di Loyola sieht.

Auf dem Weg zum Pantheon bin ich hier schon oft vorbeigekommen, habe aber nie mehr als die Fassade dieses barocken Meisterwerks aus dem 17. Jahrhundert gesehen. Ich gehe die wenigen Stufen hinauf, und um sicherzugehen, dass mir niemand folgt, drehe ich mich um. Dann trete ich ein.

Das Halbdunkel des Langhauses wird durch die lebhaften Farben der Fresken erhellt. Ich schließe mich einer Touristengruppe an, die sich am Eingang fromm bekreuzigt. Obwohl ich Atheist bin, tue ich es ihnen nach. Da ich noch zehn Minuten Zeit habe, nehme ich die Gelegenheit wahr, den Erklärungen eines Reiseführers zu lauschen, und stelle mich wie eine Säule mitten unter der Vierung auf, um die Scheinkuppel von Andrea del Pozzo zu bewundern. So weit zurückgebeugt, dass ich beinahe das Gleichgewicht verliere, studiere ich die Maltechnik, die der zweidimensionalen Fläche die Illusion der Dreidimensionalität verleiht. Da packt mich eine Hand am Arm und dreht mich um mehr als hundertachtzig Grad in Richtung Ausgang. Ganz gefangen von der optischen Illusion habe ich mich überraschen lassen. Bevor wir den Ausgang erreichen, beschleunigt Steve den Schritt und geht einige Meter vor mir her. Er wirkt nervös, hält den Blick gesenkt, schaut aber ununterbrochen nach links und rechts. Wir nehmen die Via del Seminario entgegen der vorgeschriebenen Fahrtrichtung, die übliche Technik, um festzustellen, ob man beschattet wird. Es ist warm und durch die Feuchtigkeit drückend.

Schließlich erreichen wir die großartige Piazza della Rotonda und umrunden den Brunnen, bis Steve einen freien Platz auf den Stufen findet. Er setzt sich und lädt mich mit einer kaum merklichen Handbewegung ebenfalls zum Sitzen ein.

»Wie geht es dir? Wir haben uns lange nicht mehr gesehen«, sagt er mit ironischem Unterton. Er blickt mir in die Augen, legt seine rechte Hand auf mein linkes Knie und bewegt sie kräftig hin und her.

»Alles gut, danke.« Dann frage ich ihn: »Du hast doch sicher mein Fax bekommen, oder?«

Als hätte ich kein Wort gesagt, lächelt mich Steve bloß schweigend an. Vielleicht weiß er einfach nicht, was er antworten soll.

»Simone, ich muss gehen«, verkündet er plötzlich halblaut. »Ich möchte dir Daniel vorstellen. Er erwartet uns auf der Piazza Navona.«

Er mag uns erwarten, aber Steve steht nicht auf. Die nächsten fünfzehn Minuten bleiben wir sitzen und beobachten schweigend die Touristen. Steve lehnt sich sogar mit zurückgebeugtem Kopf und geschlossenen Augen an die Stufen. Ich stütze die Ellbogen auf die Knie, lege das Gesicht in beide Hände und lese gedankenverloren wieder und wieder die Abkürzung auf dem Giebel des Pantheon: »M AGRIPPA L F COS TERTIUM FECIT«, von Marcus Agrippa, Sohn des Lucius, dreimal Konsul, erbaut. Imposant wie vor zweitausend Jahren erträgt der Bau geduldig das unaufhörliche Kommen und Gehen der Besucher.

Ab und zu werfe ich einen Blick auf Steve. Wer weiß, ob Kunst und Geschichte Roms bei ihm ähnliche Gefühle hervorrufen. Gegen Mittag sehe ich ihn auf die Uhr schauen.

»*Get up, it's time to go*, steh auf, es ist Zeit zu gehen«, sagt er.

Wir bahnen uns den Weg durch die Trauben erhitzter Touristen, wenden uns nach rechts, dann gleich wieder nach links in die Via Giustiniani, gehen an den mächtigen Gitterfenstern des Palazzo Madama vorbei und biegen auf der anderen Straßenseite in eine Gasse ein, die plötzlich in das gleißende Licht der Piazza Navona mündet. Dort lassen wir eine Reihe japanischer Damen mit ihren Schirmchen vorbeiziehen.

»Willst du etwas trinken, Simone, hast du Durst?«, fragt Steve, der unter der Hitze ächzt. Die grelle Sonne, die ab und zu die niedrige Wolkendecke durchbricht, hat seine Wangen gerötet und lässt Schweißtropfen auf seiner Stirn aufblitzen. Weil ich keine Zeit verschwenden will, lehne ich sein Angebot dankend ab. Er blickt mich unschlüssig an, und einen Augenblick lang habe ich den Eindruck, dass er ohnmächtig wird, obwohl September nicht der heißeste Monat in Rom ist.

»Ok«, antwortet er schnaufend. Er geht weiter, immer ein paar Schritte vor mir. Ich betrachte den seltsamen Schnitt seiner Jeans, die nicht bis zu den Knöcheln reichen, und die braunen Mokassins, aus denen unfassbare weiße Frotteesocken herausschauen. Auf dem Rücken dringt der Schweiß durch sein hellblaues, bis über die Ellbogen hochgekrempeltes Hemd. Bei jedem Schritt klebt sich der Stoff an seine Haut. Nun wendet er sich nach rechts zu einer Gruppe von Karikaturisten mit ihren auf wackeligen Staffeleien ausgestellten Porträts.

Ein Stück weiter in Richtung der gegenüberliegenden Seite des Platzes sieht man von einem Mann nur zwei riesige Schultern. Nach vorn gebeugt sitzt er auf einem Hocker und zeichnet die Kirche Sant'Agnese vor der Fontana dei Quattro Fiumi. Wir bleiben vor ihm stehen, aber er lässt sich nicht aus der Ruhe bringen. Der Hocker wirkt winzig unter seinem Gewicht. Ich werfe einen Blick auf die Zeichnung in seinen Händen, auf der er erst die Umrisse der Kirche skizziert hat.

Langsam hebt der Zeichner den Blick zu uns. In seinem Mundwinkel klebt ein erloschener Zigarettenstummel.

»Daniel, darf ich dir Simone vorstellen?«, fragt Steve.

Daniel erhebt sich schwerfällig wie ein vertrockneter Baumstamm. Man meint das Knarzen seiner Muskeln zu hören, und er sieht unbeholfen aus in seinen grünen, viel zu weiten Militärbermudas mit aufgenähten Seitentaschen. Er ist über fünfzig. Übergewichtig. Ein Meter fünfundsiebzig. Geheimratsecken. Struppiger Bart. Eine ziemlich ungepflegte Erscheinung.

Ich erwarte, dass er mir die Hand geben will, stattdessen tritt er ein paar Schritte zurück und zieht unter seinen Sachen am Boden einen Klappstuhl heraus. Den geöffneten Stuhl gibt er mir mit einer flüchtigen Aufforderung, vor ihm Platz zu nehmen. Bevor ich mich setzen kann, verlässt uns Steve.

»Ciao Simone, es war mir ein Vergnügen, dich kennengelernt zu haben«, sagt er und bewegt sich rückwärts, um mich weiter anzusehen. Mit schweißüberströmtem Gesicht hebt er als Zeichen seiner Sympathie den rechten Daumen. Dann dreht er sich um. Ich setze mich hin und sehe, dass er die erste Bar an der Ecke betritt, um seinen Durst zu stillen.

»Simone, Simone, Simone«, wiederholt Daniel ruhig. »Wir werden Freundschaft schließen, wenigstens eine Zeit lang.«

Sein gutes Italienisch changiert zwischen amerikanischem Akzent und einigen Silben im römischen Dialekt. Er verstaut die Skizze der Kirche Sant'Agnese in einer großen Mappe, zieht ein weißes Blatt heraus und hebt den Kopf. Schaut mich an, streckt den rechten Arm aus und hält den Bleistift zwischen Zeigefinger und Daumen, um Maß zu nehmen.

Daniel zeichnet mich mit raschen Strichen, als hätte er einen Pinsel in der Hand. Ich hätte mir nicht träumen lassen, je den Befehlen eines Straßenmalers zu folgen. Einige Neugierige nähern sich, um ihm über die Schulter zu blicken. Auch eine junge Frau bleibt stehen. Ungefähr zwanzig, blonde lange Haare mit Mittelscheitel, einen Meter siebzig groß und blauäugig. Sie stellt sich direkt hinter Daniel. Sie ist sehr mager. Sie trägt ausgebleichte, eng anliegende Jeans, darüber ein T-Shirt, das so weiß ist wie ihre Haut und die feinen Umrisse ihres kleinen Busens erkennen lässt. Sogar die winzigen Schweißtropfen auf ihren Wangen glänzen wie Perlen. Ich merke, dass es schon halb zwei ist. Und dass ich seit vielleicht allzu langer Zeit nicht mehr mit einer Frau zusammen war. Das Pflaster ist inzwischen unerträglich heiß, und die Piazza Navona hat sich geleert. Nur die junge Frau harrt aus, bis die Zeichnung fertig ist. Jetzt hat sie sich mit gekreuzten Beinen auf den Boden gesetzt.

Daniel murmelt etwas Unverständliches, dann signiert er das Bild mit einer weiteren ausladenden Handbewegung, rollt es zusammen und hält es mir hin. Währenddessen erhebe ich mich von dem Klappstuhl, froh, dass diese Tortur vorbei ist. Auch er steht auf, hält aber das gerollte Blatt weiter fest und zeigt auf die Preisangabe auf einem Karton vor uns.

»Ich arbeite nicht umsonst«, sagt Daniel.

Ich zahle, und er flüstert mir als eine Art Rechtfertigung zu: »Es muss alles normal aussehen, wer weiß, wer uns beobachtet.« Instinktiv blicke ich nach rechts und links, als ob ich eine plötzliche Bedrohung abwenden könnte.

»Hunger?«, fragt Daniel. Ohne die Antwort abzuwarten, fordert er mich auf, ihm zu folgen. Auch die junge Frau erhebt sich und schließt sich uns an.

»Simone, darf ich dir Natalia vorstellen?«, sagt Daniel, ohne stehen zu bleiben. Natalia ist ein paar Schritte links hinter mir. Ich drehe mich um, und unsere Blicke begegnen sich. Ich lächle ihr zu. Sie erwidert mein Lächeln. Nach wenigen Schritten betreten wir unter Daniels Führung das Restaurant *Tre scalini*. Der am nächsten stehende Kellner springt blitzschnell auf uns zu und führt uns zu einem freien Tisch unter den Sonnenschirmen draußen.

Daniel sagt halblaut, dass Natalia Russin ist. Wer weiß, wie sie mit der CIA in Kontakt gekommen ist. Sie ist die Tochter eines hohen Beamten des russischen Inlandgeheimdienstes FSB, der Nachfolgeorganisation des KGB. Er hat seit ein paar Wochen einen neuen Leiter, der nach den Informationen, die man in Langley über ihn zusammengetragen hat, in der Russischen Föderation Karriere machen wird.

»Er heißt Wladimir Putin«, erklärt mir Daniel.

Daniel und seine Vorgesetzten haben entschieden, dass ich für Natalia zuständig sein soll, deren Enthüllungen erst noch geprüft werden müssen. Praktisch werde ich die Rolle des Briefkastens zwischen ihr und der CIA spielen.

Daniel gibt mir genaueste Anweisungen. Außer auf der Piazza Navona darf ich ihn nicht kontaktieren. Und dort kann ich ihn am Dienstagvormittag, Samstagabend und Sonntag den ganzen Tag finden. Daniel wird immer auf seinem Hocker sitzen und zeichnen. Ich werde warten, bis ich an der Reihe bin, und mich dann vor ihn hinsetzen. Am Ende muss ich für das Porträt auch bezahlen. »Weil alles ganz normal aussehen soll«, betont er noch einmal.

Natalia spricht ein wenig Englisch und Italienisch. Nur ganz wenig. Sich mit ihr zu verständigen wird ziemlich schwierig werden. Daniel erzählt mir, dass sie mit einem Italiener aus dem Veneto verheiratet ist und in Rom lebt. Ihr Mann ist der typische reiche Mittfünfziger, der eine blutjunge Frau heiratet. Aus übertriebener Eifersucht lässt er ihr keinerlei Freiheit, außer der, als Betreuerin einer an Alzheimer erkrankten Rentnerin zu arbeiten. Sie hatte diese Arbeit bereits, als sie sich kennenlernten. Ihr Ehemann Andrea ist Unternehmer in der Lederindustrie. Schuhe, Stiefel und ähnliche Dinge. Andrea begleitet Natalia jeden Morgen vor sieben zu der alten Frau und holt sie am Abend um sechs Uhr wieder ab. Daniel sagt es auf Italienisch, Natalia schaut uns an und nickt.

Den Betreuer der Betreuerin zu spielen ist jedoch leichter als gedacht. Natalia ist sehr aufgeweckt und diszipliniert. Wir sehen uns einmal in der Woche bei der »Tante«, denn wir haben die Alzheimerkranke in den Rang unserer Tante erhoben. Natalia beruhigt mich mit dem bisschen Englisch, das sie kann, und behauptet, es bestehe keine Gefahr aufzufliegen. Die Alte erinnert sich praktisch an nichts, was um sie herum vorgeht oder was sie im Laufe des Tages tut.

Ich war noch nie im Stadtteil Centocelle, wo die alte Frau wohnt. Auf dem Weg zu ihr, den ich immer zu Fuß zurücklege und dabei mein Umfeld genau kontrolliere, vertreibe ich mir die Zeit damit, die Straßennamen zu lesen: Via degli Olivi, Via delle Acacie, Via delle Orchidee, Piazza delle Iris. Ein Garten, aber nur dem Namen nach, denn das Viertel ist völlig heruntergekommen.

Beim ersten Besuch halte ich mich nur wenige Minuten auf. Die Wohnung liegt im ersten Stock eines Mietshauses. Ich will mich nur nach dem Gesundheitszustand der Tante erkundigen. Klein und gebrechlich und mit einem leichten Buckel sitzt sie auf einem abgewetzten Sofa, das durch den braun glänzenden Bezugsstoff mit Blumenmuster noch hässlicher wirkt. Die Tante verbringt ihre Tage in einer Ecke am Wohnzimmerfenster. Bei meinem ersten Besuch bleibe ich an der Tür stehen. Ich beobachte sie und bemerke sofort etwas Merkwürdiges an dieser Szenerie. Die Tante sitzt auf ihrem Sofa, aber die Fensterbank ist mindestens zwanzig Zentimeter über ihrem Kopf. Sie schaut ununterbrochen nach oben zum Licht, grummelt vor sich hin und tut so, als sähe sie tatsächlich etwas. Aber von dort aus kann sie nichts sehen.

Bei meinem zweiten Besuch nimmt sie mich wahr und lächelt. Sie mustert mich mit ihren wässrigen Augen und versucht angestrengt, sich zu erinnern, wer ich bin. So macht sie es bei all meinen Besuchen in den folgenden Wochen. Eines Morgens winkt sie mich gleich nach meinem Eintreten zu sich heran.

»Gerade ist Königin Elizabeth hier vorbeigefahren«, verrät sie mir. »Wie schön sie war in ihrer Kutsche. Hast du sie gesehen?«

»Wirklich? Nein, ich habe sie nicht gesehen. Ich bin gerade erst gekommen«, erwidere ich.

Mit dem raschen Blick eines Menschen, der schaut, aber nicht nachdenkt, wechselt sie unvermittelt das Thema: »Wer bist du?« Ich verlasse das Zimmer, ohne zu antworten. Aber bevor ich in der Küche bin, wo Natalia das Mittagessen zubereitet, bleibe ich stehen, um ihr irgendetwas Belangloses zu sagen. Die alte Frau aber hat sich schon wieder zum Fenster umgedreht, sitzt in dieser unnatürlichen Haltung mit leicht nach hinten gebeugtem Kopf da und blickt konzentriert hinauf ins Licht.

»Bleibst du zum Essen?«, fragt mich Natalia.

Es riecht nach den im Topf angedünsteten Zwiebeln, das armselige Mobiliar stammt aus den Siebzigerjahren. In den Ecken zeigen sich an der Decke schwarze Schimmelflecken. Alles drängt mich, die Einladung abzulehnen. Aber ich habe eine Aufgabe zu erfüllen.

»Und wenn jemand kommt?«

Natalia hebt die Augen zu einem merkwürdigen Gegenstand auf einem Regalbrett. Es handelt sich um ein Europhon mit drei vergilbten weißen Knöpfen, auf dem oben eine große Uhr thront.

»Wenn Andrea kommt, wirst du …«, antwortet sie und macht mit dem Daumen eine Bewegung, als würde jemand die Kehle durchgeschnitten.

Ich stehe blitzschnell auf, aber sie bricht in Gelächter aus: »Ganz ruhig, es wird niemand kommen«, versichert sie.

Vermutlich haben sich meine Wangen mit einer leichten Röte überzogen. Ich stehe nicht gerade als furchtloser Spion da. Mit einer Grimasse, die als Lächeln durchgehen kann, setze ich mich wieder hin.

»Wollen wir nicht lieber zu dem kleinen Supermarkt hundert Meter von hier gehen und uns zwei Pizzastücke kaufen, hast du Lust?«, schlage ich ihr vor.

Jetzt wird Natalia rot. »Ausgehen?«, fragt sie und reißt die Augen auf. Zufrieden, sie in Verlegenheit gebracht zu haben, setze ich noch eins drauf: »Wenn du Angst hast, dann lass es.« Ins Schwarze getroffen. Natalia hakt sich bei mir unter, löscht das Gas und flüstert: »*Let's go.*« Auf dem Treppenabsatz murmelt sie etwas auf Russisch.

»Was hast du gesagt?«

»Wer sich zum Schaf macht, den frisst der Wolf. Und ich will nicht mehr das Schaf sein«, sagt sie und baut sich mit leicht gespreizten Beinen vor der Treppe auf wie ein römischer Soldat vor der Schlacht. Dann lacht sie und eilt vergnügt die Stufen hinunter.

Im Supermarkt kaufen wir zur Pizza eine Eineinhalb-Liter-Flasche Cola und suchen uns auf der Piazza dei Gerani eine Bank. Natalia hält die Flasche zwischen den Beinen und nimmt, wenn sie trinken will, riesige Schlucke.

»Wenn sich in Russland ein junger Mann bei der Familie seiner Freundin vorstellt, bringt er, um einen guten Eindruck zu machen, so eine mit«, erklärt sie mir und deutet auf die Cola. »Aber eine Zwei-Liter-Flasche!«, fügt sie lachend hinzu.

Ein Blick auf die Uhr sagt mir, dass wir seit mehr als einer halben Stunde draußen sind.

»Gehen wir, Natalia. Man weiß nie.«

Wir kehren in die Wohnung der Tante zurück, und als ich im Begriff bin, mich zu verabschieden, sagt Natalia: »Warte, Simone, ich habe Post bekommen.«

Sie zeigt mir einen mit vielen Briefmarken beklebten Umschlag aus Recyclingpapier, der an einer Seite geöffnet wurde, offenbar mit einem Messer.

»Daniel hat mich gebeten, ihm etwas über meinen Vater zu erzählen, hier.« Aus ihrer Tasche zieht sie einen auf Englisch bis in alle Ecken vollgeschriebenen Notizzettel und vier Fotos ihres Vaters und drückt mir alles in die Hand: den Briefumschlag mit den vielen Briefmarken, den Zettel und die Fotos.

»Ich habe nur diese Fotos von meinem Vater. Bitte bring sie mir, wenn möglich, wieder zurück. Auf dem Papier steht alles Wichtige. Ich weiß, dass ihr mir nicht traut. Aber das, was ihr von mir bekommen könnt, ist sehr wichtig.«

Zu Hause studiere ich den Zettel und die Übersetzung des Briefes. Kurz bleibe ich am Fenster stehen und blicke über die Dächer Roms. Dann verfasse ich meinen handschriftlichen Bericht für Daniel. Die Quelle erklärt, dass ihr Vater Mitglied des »Koordinationsrats für die Gewährleistung und Sicherheit der Instrumente zur Codierung und ihrer Verwendung in geheimen Regierungs- und Ministerialeinrichtungen« ist, so der Wortlaut. Natalia hat mir vier Fotos gegeben, die ihren Vater zusammen mit Wladimir Putin zeigen, anscheinend in einer Militärbasis. Sie hat mir auch einen Umschlag mit einem in kyrillischen Buchstaben geschriebenen Brief ausgehändigt, in dem die Quelle mit der Hand einen Teil markiert hat, der offenbar am interessantesten ist und den sie so ins Italienische übersetzt hat:

»Ich habe die Gedichte von Efim Schifrin gefunden, um die Du mich gebeten hast, sie werden Dir sicher gefallen. Das Buch ist sehr wertvoll und praktisch unauffindbar, aber es ist schwierig zu schicken. Bücher müssen getrennt versandt werden, wie Du weißt. Besser wartest Du, bis ich es Dir persönlich bringen kann, vielleicht im Frühwinter. Danach vereinbaren wir, wie wir die Übermittlung bequemer und sicherer machen können. Du weißt ja, wie es mit der Post ist. Wenn Du mich anrufen willst, schreib mir zuerst, was Du mir zu sagen hast, damit wir so sprechen können, als wären wir uns ganz nah. Wer uns zuhört, wird sich sehr wundern.«

Im Oktober ist es friedlich in Rom. In dem Sinn, dass sich die Welt mit der Ewigen Stadt wieder versöhnt. Während das übrige Europa von Herbststürmen und Schlechtwetter heimgesucht wird, ist es in Rom nicht mehr heiß, aber auch noch nicht kalt. Es ist wunderbar, im Morgengrauen aufzuwachen, und nachts kann man lange aufbleiben. Der 11. Oktober 1998 ist ein Sonntag. Kurz vor elf bin ich auf der Piazza Navona. Trauben von Touristen umringen die Maler. Ein Straßensänger schmettert gegen Geld neapolitanische Lieder. Ein Dreißigjähriger singt mit deutschem Akzent zur Akustikgitarre Songs von Pink Floyd, Police und den Dire Straits. Vor der Kirche Sant'Agnese suche ich Daniel an seinem gewohnten Platz. Ich gehe an einer Gruppe von jungen Leuten vorbei, die trinken und eine Flasche Rotwein von Hand zu

Hand reichen. Unter ihnen bemerke ich einen, der sich über ein Mädchen beugt und ihm helfen will, weil es anscheinend ohnmächtig geworden ist.

Ich drehe eine Runde um die Fontana dei Quattro Fiumi und suche jeden Winkel des in der Sonne liegenden Platzes ab. Dann verlangsame ich meinen Schritt, damit er mich leichter sieht, falls er sich woanders hingesetzt hat, und außerdem, um alles besser beobachten zu können. Nach etwa zwanzig Minuten bin ich mir sicher, dass er nicht gekommen ist. Meinen Bericht und die Fotos von Natalias Vater mit Putin habe ich in einer Papprolle versteckt, wie sie Zeichner benutzen. Es ist gar nicht gesund, wenn sie in meinen Händen bleibt, gefährlich für die Operation und auch für mich. Daniel hat jedoch keine Vereinbarung für den Fall getroffen, dass wir uns verpassen. Das wollte er nicht. Dienstagvormittag, Samstagabend und Sonntag den ganzen Tag über sind seine festen Termine auf der Piazza Navona. Aber heute ist er nicht da.

Während ich noch überlege, was zu tun ist, sehe ich ihn an mir vorbeigehen. Er ist in Eile und hat wie üblich seinen Hocker unter dem linken Arm, eine dicke Mappe mit Zeichenblättern in der rechten Hand und seine Umhängetasche über der Schulter. Daniel verlangsamt den Schritt, senkt den Kopf und dreht sich leicht nach links hinten, um festzustellen, ob ich ihn gesehen habe. Unsere Blicke begegnen sich, dann geht er schneller weiter. An der Ecke Via della Posta Vecchia und Via dei Canestrari biegt er nach links und bleibt dann sofort stehen. Ich gehe zu ihm. Es dauert eine Weile, bis er wieder zu Atem kommt. Er scheint seine ganze Selbstsicherheit verloren zu haben.

»Simone, ich glaube, ich werde verfolgt«, bringt Daniel mit seinem amerikanischen Akzent keuchend hervor. »Für die nächsten Treffen müssen wir einen anderen Ort vereinbaren. Ab jetzt treffen wir uns jeden Sonntagvormittag am Lungotevere in Sassia an der Bushaltestelle vor dem Krankenhaus Santo Spirito: mit dem Blick zum Krankenhaus gleich rechts, unweit der Piazza San Pietro und dem Vatikan. Hast du verstanden, wo das ist?«

Endlich bemerkt er die Papprolle in meinen Händen: »Gibt es Neuigkeiten?«

»Ja, und ich glaube, sie sind wichtig«, erwidere ich und übergebe ihm die Rolle. Er nimmt einen Briefumschlag aus seiner Umhängetasche und reicht ihn mir.

»Gib ihr dieses Geld«, sagt Daniel. »Es ist nicht viel. Und sag ihr, falls sie uns die Wahrheit gesagt hat, werden wir dafür sorgen, dass sie mit einer neuen Identität in Italien bleiben kann, wie sie es von uns verlangt hat.«

»Kannst du mir jetzt schon sagen, was ich später zu tun habe? Was wollen wir von ihr?«

»Sie soll uns den Entschlüsselungscode der russischen Nachrichtenübermittlung geben«, antwortet er ganz leise. Ich muss so nahe an ihn herantreten, dass ich seinen Atem spüre.

Ich habe keine Ahnung, wovon er spricht, aber ein bisschen mehr hat er mir zumindest verraten.

»Simone, du solltest dich auch in Acht nehmen. Ich gehe jetzt, aber bleib du noch ein paar Minuten hier. Versuche herauszufinden, ob mir jemand folgt. Wenn dir etwas zustößt, werde ich es erfahren, wenn du nicht zu unserem nächsten Treffen erscheinst«, sagt er mit einem schiefen Grinsen. Dann geht er weiter die Via dei Canestrari entlang.

Ich finde, dass Daniel ein bisschen zu paranoid ist. Seinetwegen stehe ich hier ein paar Schritte von der Piazza Navona entfernt, und mir wird ganz schlecht wegen seiner Warnung: Ich soll mich in Acht nehmen? Vor wem, vor was? Vor Natalia?

Als Daniel etwa fünfzehn Meter entfernt ist, gehe ich ebenfalls in seine Richtung. Am Ende der Via dei Canestrari sehe ich ihn links in den Corso del Rinascimento einbiegen. Wenige Sekunden später höre ich hinter mir das Geräusch eines Mopeds. Ich drehe mich um und entdecke es sofort, weil es die Einbahnstraße entgegen der Fahrtrichtung entlangfährt. Ich drücke mich zur Seite, um einen Müllwagen vorbeizulassen, der so groß ist, dass er auch die beiden auf dem Moped zu bremsen gezwungen hat. Einen Mann und eine

Frau. Im Schutz des Mülllasters gehe ich langsam auf sie zu. Jetzt sind sie direkt vor mir. Ich sehe, wie die Frau absteigt und der Mann den Lenker herumreißt, um in die Richtung davonzubrausen, aus der er gekommen ist.

Die Frau trägt ein blaues Halstuch, von dem sie einen Zipfel ergreift und über ihre glatten, blonden Haare zieht, vielleicht um sie zu verbergen. Sie ist mager und hellhäutig. Sie trägt einen militärgrünen bestickten Kasack, dessen Muster an die Hemdblusen arabischer Frauen erinnern. In ihrer grauen, weiten, weichen Hose geht sie schnellen Schrittes vorwärts. Sie blickt geradeaus, über die Köpfe der Passanten vor sich hinweg. Deshalb hat sie mich bestimmt nicht bemerkt. Auch sie biegt in den Corso del Rinascimento ein. Ich will ihre Aufmerksamkeit nicht auf mich lenken und drehe mich nicht um, ob Daniel aus dieser Entfernung noch zu sehen ist. Wer sind sie? Beschatten sie ihn?

IM LEICHENREGISTER

Von Natalia erhalte ich immer mehr Informationen über ihren Vater und über Russland. Jeden Sonntag bringe ich Daniel meinen wöchentlichen Bericht zur Bushaltestelle, die gleich rechter Hand vom Eingang des Santo-Spirito-Krankenhauses am Tiberufer liegt. Noch nie habe ich einen derart begeisterten Controller erlebt. Er ist hochzufrieden mit dem, was Natalia uns verrät. Er wirkt jetzt sehr viel ruhiger. Seine Paranoia ist verschwunden. Deshalb erzähle ich ihm auch nichts von dem Paar auf dem Moped.

Jeweils zu Wochenbeginn besuche ich die Tante in Centocelle, um Natalia die Einkaufsliste mit den Fragen der Analysten zu übergeben, die in einem abhörsicheren Raum im Generalquartier von Langley sitzen. Innerhalb von drei, vier Tagen übermittelt Natalia mir ihre Antworten. Daniel ist endlich nicht mehr so zugeknöpft. Er hat mir das Ziel unserer Operation verraten. »Sie endet, wenn Natalias Mutter nach Italien kommt«, sagt er eines Sonntags zu mir, noch euphorischer als sonst, »und sie wird uns persönlich den Code der Russen aushändigen.«

Mit Natalias Hilfe und der Tarnung durch die Tante, die nach wie vor von nichts eine Ahnung hat, funktioniert alles bestens. Und sogar schneller als geplant.

»Meine Mutter kommt am 31. Dezember«, teilt sie mir eines Tages mit und umarmt mich. »Siehst du, wie tüchtig ich bin? Dass meine Mutter mich an Silvester besucht, war mein Vorschlag.«

Zu kommen, wenn Weihnachten vorbei ist, ist eine gute Idee. Auf den Straßen sind weniger Polizisten und Carabinieri unterwegs, denn auch sie nehmen zwischen den Jahren Urlaub. So besteht weniger Gefahr, kontrolliert und in der Datenbank des Innenministeriums registriert zu werden. Ich merke, dass ich Natalia lieb gewonnen habe. Sie ist in einem Dorf am Amur in der Nähe von Blagoweschtschensk geboren: im Fernen Osten Russlands an der Grenze zu China, fast achttausend Kilometer von Moskau entfernt. Die Durchschnittstemperatur liegt dort im Januar bei dreiundzwanzig Grad unter null. Ja, die Durchschnittstemperatur. Natalia erklärt mir, dass sie in den Schulferien bei der Kartoffelernte helfen musste, in Sommercamps, die von der Regierung zur Stärkung des Gemeinschaftsgeistes organisiert wurden. Sogar im Spätwinter musste sie auf dem Feld arbeiten. In diesen Monaten war der Boden so gefroren, dass die Mädchen nur mit Mühe die Erdschollen aufbrechen konnten, stattdessen riss die Kälte ihre Hände auf.

»Wir mussten in riesigen Schlafsälen übernachten«, erzählt Natalia weiter, »und nachts haben sie uns große Blecheimer hingestellt, damit wir nicht zur Toilette ins Freie mussten. Keine wollte den Eimer als Erste benutzen: solange sie leer waren, weckte das Geräusch alle anderen auf, und man wurde noch tagelang gehänselt.« Beim Gedanken an diese Szene lacht Natalia laut auf.

Sie gesteht mir, dass sie nicht mehr nach Russland zurückkehren will, sondern davon träumt, ihre Eltern nach Italien zu holen. Bis dahin wird sie das Geld, das ihr die CIA zukommen lässt, verwenden, um von ihrem Mann wegzukommen, ein neues Leben zu beginnen und ihren Angehörigen zur Flucht zu verhelfen.

So oft ich kann, hole ich Natalia aus ihrem Gefängnis bei der Tante heraus. Normalerweise gehen wir in einer nahe gelegenen Bar etwas trinken. Wenn wir uns hinsetzen und ich sie frage, was sie bestellen will, lautet die Antwort jedes Mal: »Cappuccino, Coca-Cola und ein Glas Weißwein.« Beim ersten Mal habe ich sie gefragt: »Alles gleichzeitig?« »Ja, alles gleichzeitig«, hat sie erwidert und nacheinander den Cappuccino, die Cola und den Weißwein in sich hineingeschüttet. Vielleicht ist das die Folge jahrelanger Entbehrungen.

Ich teile Daniel den Ankunftstag der Mutter mit. Natalia sagt, sie werde ihre Mutter bei sich zu Hause beherbergen, wo sie mit ihrem Mann wohnt. Die Adresse dieser Wohnung hat man mir nicht gegeben. Eines Vormittags planen wir die Übergabe des Codes. Tatsächlich handelt es sich um viel mehr, nämlich um die Quellcodes, aus denen in bestimmten Abständen die Chiffren generiert werden, um die geheime Kommunikation zwischen Russland und den Ländern der Gemeinschaft Unabhängiger Staaten GUS und deren Ministerien zu ver- und entschlüsseln. Dank unserer Operation wird die CIA also künftig das Weiße Haus über alles informieren können, was die Regierungen der Staaten der ehemaligen Sowjetunion vorhaben. Wir vereinbaren, dass Natalia, ihr Mann und ihre Mutter am Sonntag, dem 3. Januar, abends zum Essen ausgehen, und zwar in die *Cantina di Dante* in Centocelle, eine typische Trattoria. Die Übergabe wird in der Toilette stattfinden. Der Wirt und die Kellner, die natürlich nicht eingeweiht sind, werden nichts mitbekommen.

»Simone, lass mich nur machen. Du brauchst nur den Eingang zu überwachen«, entscheidet Natalia. Ich akzeptiere die Rolle des Schmierenstehers und widerspreche ihr nicht. Letztlich ist es ihre Geheimoperation.

Am Sonntagabend betritt Daniel schon vor der verabredeten Zeit um halb acht die Trattoria. Vor dem Eingang ist eine Veranda, auf der im Sommer wahrscheinlich Tische für die Gäste stehen. Das Lokal liegt in einer Einbahnstraße, und ich parke etwa zwanzig Meter hinter dem Restaurant. Bei höchstens fünf Grad weht eine leichte Tramontana, der Nordwind, der den Winter in Rom so unvergesslich macht. Ich bleibe mit laufendem Motor im Auto sitzen und drehe die Heizung ganz auf.

Um Viertel nach acht Uhr sehe ich Natalia auf der anderen Straßenseite kommen. Ich mache den Motor aus, steige aus und gehe ihr ein Stück entgegen, damit sie mich bemerkt. Auch wenn sie so tun muss, als würde sie mich nicht kennen, will ich ihr ein Gefühl der Sicherheit vermitteln. Ihr zu verstehen geben, dass alles gut gehen wird und ich da bin, um sie zu beschützen.

Natalia wird von einem ungefähr dreißigjährigen Mann und einer Frau um die fünfzig begleitet, die genauso groß ist wie sie, aber kräftiger. Helle Augen und auf dem Kopf ein auffallend rotes Tuch, aus dem ein blonder Pony hervorschaut. Sie ist sicher die Mutter. Sie hat bestimmt einen Pagenschnitt. Ich nähere mich ihnen bis auf wenige Meter. Natalia blickt mich einen Moment an und senkt dann den Blick. Der Mann hat sich bei ihr untergehakt. Er geht mit weit nach vorn gerichtetem Blick und bemerkt mich nicht einmal. So also sieht Natalias Mann Andrea aus, ihr Kerkermeister.

Kaum sind sie hinter mir, höre ich den Mann etwas fragen, was klingt wie: »*Mopriliahelé?*« Dieses Wort benutzt Natalia immer, wenn wir ausgehen. Heißt es: Sind wir angekommen?

Natürlich, Andrea spricht ein bisschen Russisch. Er ist ja mit Natalia verheiratet. Er hat sie in Russland kennengelernt und lebt mit ihr zusammen. Da ist es nicht merkwürdig, dass er ihre Sprache gelernt hat. Ja, oder vielmehr nein. Halt: Sollte ihr Mann nicht dreißig Jahre älter sein als Natalia? Oder erinnere ich mich nicht richtig? Mein Gehirn beginnt Alarm zu schlagen.

Nach ihnen betritt eine Gruppe von sechs jungen Frauen und Männern das Lokal. Dann eine Frau allein. Die Gesichter hinter den beschlagenen Fensterscheiben kann ich längst nicht mehr unterscheiden, auch den Tisch, der mich interessiert, sehe ich nur verschwommen. Ich setze mich wieder ins Auto.

Zwanzig Minuten später kommt Daniel heraus. Ich sehe ihn vor mir am Straßenrand. Er blickt nach rechts und links. Er sieht mich nicht und weiß offensichtlich auch nicht, wo ich sein könnte. Ich hupe zweimal kurz. Mache die Scheinwerfer an und blende dreimal auf. Zum ersten Mal ist Daniel weniger nachlässig gekleidet als sonst. Er hat einen unmöglichen Geschmack. Dunkle Hose. Ein entsetzlich violett gestreiftes Hemd. Darüber eine Wolljacke in derselben grauenhaften Farbe.

»Niemand trägt Lila, Daniel. Willst du wirklich alle darauf aufmerksam machen, dass du Amerikaner bist? Violett bringt Unglück«, necke ich ihn durchs offene Seitenfenster.

Er geht um das Auto herum, öffnet die Beifahrertür, dehnt den

Brustkorb, blickt von oben auf sich herunter und zieht den Bauch ein. »Ich bin hochelegant, du verstehst nichts von Mode«, ruft er aus und lässt sich schnaufend auf den Beifahrersitz fallen. Das schwache Licht der Straßenlaternen reicht aus, um zu sehen, wie blass er im Gesicht ist. Er scheint außer Atem zu sein.

»Simone, irgendwas stimmt nicht, glaub mir«, sagt er, während er die Tür schließt.

»Aber sie hat dir doch den Code gegeben?«

»Ja, hier ist er«, antwortet Daniel und zieht unter seiner Wolljacke ein in Packpapier gewickeltes, rechteckiges Konvolut heraus.

Jetzt fühle ich mich sicherer. Alles ist gut gegangen. Wenn man wie Daniel jahrelang diese Arbeit macht, muss man ja paranoid werden.

»Los, bring mich zur Bushaltestelle«, sagt er.

Die Haltestelle ist unser üblicher Treffpunkt neben dem Krankenhaus Santo Spirito am Tiberufer in Sassia, praktisch am anderen Ende von Rom. Wir müssen durch die ganze Stadt fahren, ungefähr fünfzehn Kilometer.

Während der Fahrt kontrolliert Daniel ununterbrochen im Rückspiegel die Straße und hat sogar die Sonnenblende heruntergeklappt. Seine angstvolle Nervosität überträgt sich auf mich. Auch ich habe den Eindruck, dass wir verfolgt werden. Ich fasse einen schwarzen VW Golf ins Auge. Wenn ich verlangsame, verlangsamt er auch, statt mich zu überholen. Ich komme fast zum Stehen und er bleibt hinter mir. Daniel hat ihn gleichfalls bemerkt. Aber ich sage nichts, um ihm nicht noch mehr Stress zu machen.

Vor einer Ampel müssen wir bremsen, und endlich ist der Golf neben uns. Am Steuer sehe ich einen sehr jungen Mann, an dessen rechte Schulter ein Mädchen seine Wange schmiegt. Sie haben die Stereoanlage voll aufgedreht, sodass der hämmernde Discobeat auch durch unsere Fenster zu hören ist. Es gelingt mir nicht, den Titel der ohrenbetäubenden Musik zu erraten, bevor wir bei Grün wieder starten. Ich lasse sie vor uns losfahren und wende mich zu Daniel. Er lächelt mir zu. Bestimmt haben wir denselben Gedanken: Wenn man jemanden beschatten will, dreht man nicht das Radio auf. Der Golf entfernt sich. Sie hatten es nicht auf uns abgesehen. Ich starte in aller Ruhe und lasse mich von den wenigen Autos, die hinter uns sind, überholen.

Eine halbe Stunde später überqueren wir den Tiber auf dem Ponte Regina Margherita. Dann Lungotevere Prati, Piazza dei Tribunali, vorbei an dem hässlichen Bau des Kassationsgerichts. An der Piazza Adriana fahren wir um die Engelsburg herum und lassen sie an der Kreuzung mit der Via della Conciliazione links liegen. Rechts erhaschen wir durch das Seitenfenster einen Blick auf die erleuchtete Kuppel der Peterskirche. Die Ampel schaltet auf Grün, wir fahren weiter. Jetzt liegt der Tiber vor uns. Wir biegen nach rechts auf den Lungotevere Vaticano ein. Dann weiter geradeaus bis zur Via San Pio X und dem Ponte Vittorio Emanuele II. An der roten Ampel bleiben wir stehen, aber nur ein paar Sekunden. Ein Blick in den Rückspiegel. Unmittelbar hinter der Brücke biegen wir auf den Lungotevere in Sassia ab. Etwa hundert Meter weiter liegt die Bushaltestelle, direkt am Krankenhaus Santo Spirito, kurz vor dem Haupteingang. Hinter mir ist ein Auto, deshalb kann ich nicht gleich rechts ranfahren. Ich fahre noch ein Stück weiter.

»Simone, halt an, halt an«, sagt Daniel. »Ich steige aus. Du wartest noch kurz und beobachtest mich aus der Ferne. Kontrolliere, dass ich nicht beschattet werde. Bevor ich nach Hause gehe, muss ich sicher sein, dass mir niemand folgt. Das hier behältst vorerst du.« Mit diesen Worten überreicht er mir das rechteckige Päckchen mit dem Code.

Seine Anspannung und diese ganze Geschichte gehen mir allmählich auf die Nerven. Ich bin müde. Ich habe nichts zu Abend gegessen und bin hungrig. Es ist kalt. Rom schläft noch seinen Rausch vom Silvesterabend aus. Bis auf einige wenige Autos ist niemand unterwegs. Die Bürgersteige sind menschenleer. Und dank Daniels Paranoia will der Abend einfach nicht enden. Er spürt meine Verärgerung und murmelt beim Aussteigen: »Simone, bitte.«

Daniel überquert die Straße. Er erreicht die Mauer oberhalb des

Flusses. Wie wir es gelernt haben, geht er entgegen der Fahrtrichtung auf den Ponte Vittorio Emanuele zu. Vermutlich will er zur Engelsburg zurück, denke ich. Vielleicht wohnt er in der Gegend. Im Auto kann ich ihm nicht folgen, weil ich nicht gegen die Richtung der Einbahnstraße fahren kann. Deshalb warte ich wunschgemäß einige Augenblicke, bevor ich aussteige, um zu beobachten, wie er auf der anderen Straßenseite weitergeht. Gewohnheitsmäßig schaue ich vor dem Aussteigen in den Seitenspiegel und sehe ihn früher als erwartet. Daniel kommt mit schnellen Schritten zurück, gefolgt von einer Frau und einem Mann. Ich sehe gerade noch, wie er auf der Treppe verschwindet, die zum Tiberufer hinunterführt. Ich starte den Motor und fahre los. Keine hundert Meter weiter biege ich auf dem Ponte Principe Amedeo links ab. Dann links auf den Lungotevere dei Fiorentini. Noch einmal links auf den Ponte Vittorio Emanuele. Ein weiteres Mal links bis zur Bushaltestelle. Es sind noch keine fünf Minuten vergangen, und ich bin wieder am selben Punkt wie vorher. Aber Daniel ist nicht da. Er könnte den Fluss entlanggelaufen und an der ersten Treppe nach der Brücke wieder heraufgekommen sein. Oder an der nächsten vor der Engelsburg. Er kennt sich in Rom aus.

Ich parke am Bürgersteig rückwärts ein, verstecke das Päckchen mit dem Code unter dem Sitz und steige aus. Niemand ist zu sehen. Ich überquere die Straße und laufe zu der Treppe, wo Daniel im Dunkel verschwunden ist. Die Tramontana und die kalte, vom Tiber aufsteigende Feuchtigkeit dringen in die Lungen. Ich gehe auf Zehenspitzen die Stufen hinunter, damit mich niemand hört. Im Kopf zähle ich sie, wie ein Schütze die Schüsse zählt, die er abfeuert. Falls ich eine böse Überraschung erleben sollte, muss ich wissen, wie viele Stufen ich nehmen muss, um abzuhauen. Es sind siebenundsiebzig. Siebenundsiebzig lautlose Schritte. Unten ist niemand zu sehen.

Der Uferweg wird von dem Licht, das von der Stadt herunterreicht, nur schwach erleuchtet. Die starke Strömung verläuft von links nach rechts. Die Laternen oben auf der Straße spiegeln sich hier und da in den Wasserstrudeln. Rechts von mir ist niemand. Links von mir auch nicht. Die einzigen menschlichen Gestalten sind die Statuen auf dem Ponte Vittorio Emanuele. Aber auch sie wenden mir den Rücken zu. Diese schwarz-weiße Leere gefällt mir überhaupt nicht. Nicht einmal die Pistole habe ich dabei, sie liegt wie immer zu Hause in dem kleinen Safe. Vielleicht sollte ich ihn nicht im Schrank vor dem Fenster zum Dach lassen … Der Geist schlägt wirklich seltsame Kapriolen: Ich habe Daniel aus den Augen verloren, sehe weder den Mann noch die Frau, die hinter ihm her waren, und denke daran, wo zum Teufel ich den kleinen Stahlkasten, in dem ich meine Pistole einschließe, besser unterbringen sollte. Ich atme tief ein. Die feuchte Kälte in den Lungen holt mich in die Wirklichkeit zurück.

Ich schaue hinunter zu dem Lichtschimmer im Wasser direkt vor mir. In der Mitte des Flusses ist die Strömung stark, aber hier, ganz nah am Ufer, wird sie schwächer. An einigen Stellen nahe dem rechten Ufer, an dem ich stehe, kehrt sie sich sogar um. Statt flussabwärts flussaufwärts. Dort schwimmt irgendetwas in diese unnatürliche Richtung. In dem schwachen Licht sind die Umrisse kaum zu erkennen. Ein dunkles Bündel. Ein großes Kissen. Nein, nein, es ist ein menschlicher Körper. Ein kräftiger Mann in einer durchweichten, aufgeblähten Wolljacke. Er bleibt wenige Meter von mir entfernt hängen. Ich versuche meinen Blick scharfzustellen. In dem schmutzigen Wasser sind die Arme zu erkennen, eine riesige Hand gleich unter der Oberfläche, das abwesende Gesicht eines Toten.

Guter Gott, das ist ja Daniel.

Panik ist eine Reaktion, die das Herz fast explodieren lässt. Der Magen krampft sich wie unter einem eisigen Stilettstich zusammen. Ich kehre auf dem Absatz um, haste die siebenundsiebzig Stufen hinauf und stürze mich ins Auto, und während ich den Motor anlasse, geht mein Blick auf die Suche nach einem bekannten Gesicht. Was soll ich tun? Nur in Actionfilmen schickt dir der Regisseur jemanden zu Hilfe. Aber das hier ist kein Film. Ich fahre zwei Stunden lang herum. Innenstadt. Peripherie. Innenstadt. Langsam fahre ich durch die Straße, in der ich wohne, und kontrolliere jedes Tor, jedes geparkte Auto. Dann fahre ich wieder in die Peripherie. Erst nachdem ich weitere zwei Stunden lang überprüft habe, dass niemand mir folgt, parke ich weit entfernt, lege mit dem Päckchen unter der dicken Jacke fast einen Kilometer zurück und verbarrikadiere mich in meiner Wohnung.

Ich schließe die Tür ab, setze mich auf die Couch und löse das Papier um das Päckchen, das Daniel mir gegeben hat. Es enthält ein Buch. Hundert oder mehr Seiten in kyrillischen Buchstaben. Ein fester, dunkler Einband in der Größe eines Notizheftes. Ich verstehe kein Wort. Aber ich weiß, dass man sich damit gewissermaßen in die Innentasche von Putins Jackett einschleichen und alles mitbekommen kann, was in Moskau gesprochen wird.

In meinem Kopf hämmern Fragen, auf die ich keine Antwort weiß. Was soll ich tun? Hat Natalia uns verraten? Ist sie deren Komplizin oder haben sie sie benutzt, um an uns heranzukommen? Gott sei Dank habe ich Daniel nie angerufen. Dadurch haben unsere Kontakte keine Spuren hinterlassen. Wird er identifiziert werden?

Die folgenden Tage sind grauenhaft. Wo ich auch bin, fühle ich mich verfolgt. Und obwohl ich täglich die Zeitungen lese, finde ich keine Meldung über eine Leiche im Tiber. Als wäre nichts geschehen. Ich bin versucht, Natalia aufzusuchen, um sie zu fragen, wie die Übergabe gelaufen ist und wer der Mann war, der sie und ihre Mutter in das Lokal begleitet hat. Aber dann komme ich zu dem Schluss, dass es zu unvorsichtig wäre.

Am 7. Januar, es ist der erste Donnerstag nach Daniels Ermordung, verlasse ich wie immer um halb acht das Haus. Ich habe kein Büro mehr. Die Vereinten Nationen kontaktieren mich nur über meine Handynummer, nicht über eine Büronummer. Um bei den Nachbarn keinen Verdacht zu erregen, tue ich so, als hätte ich ein bestimmtes Ziel. Das geordnete Leben eines Angestellten: Frühmorgens nehme ich den Autobus und kehre abends vor dem Abendessen zurück. Tagsüber schlage ich viele Stunden in Bibliotheken mit der Lektüre der Tageszeitungen tot oder reihe mich in überfüllten Ambulanzen in die Schlange zu irgendwelchen ärztlichen Untersuchungen ein, die ich gar nicht brauche. So vergeht wenigstens die Zeit. Am Morgen des 7. Januar aber fällt mir auf dem Weg zu meiner angeblichen Arbeit auf meiner Straßenseite ein Mann in schwarzem Trainingsanzug auf. Er hat sich eine Kapuze über den Kopf und einen Halswärmer bis über die Nase gezogen. Augen und Hände sind die einzigen sichtbaren Körperteile. Er kommt mir entgegen, ist aber noch weit entfernt. Ich blicke in eine andere Richtung, um ihm nicht zu zeigen, dass ich ihn bemerkt habe. Als nächstmöglicher Ort, wo ich mich verstecken könnte, fällt mir nur die Basilika Santa Maria Maggiore ein, einen Häuserblock entfernt. Ich habe bereits eine ganze Reihe von gut besuchten oder bewachten öffentlichen Gebäuden in halb Rom ausgekundschaftet, wo ich mich im Notfall verbergen könnte. Auch Santa Maria Maggiore habe ich mir genau angesehen und kenne die Kirche in- und auswendig. Ich weiß, welche Beichtstühle immer leer sind. Weiß, wo die Geistlichen ihre Ersatzgewänder in der Sakristei aufbewahren. Weiß, wie ich außerhalb der Öffnungszeiten unbemerkt vom Wachpersonal in die Basilika gelangen kann. Aber der Mann im schwarzen Jogginganzug kommt mir ausgerechnet auf dem Weg zu Santa Maria Maggiore entgegen.

Er geht mit entschlossenem Schritt auf mich zu. Jetzt, wo er schon ganz nah ist, blickt er mir direkt in die Augen, als wollte er sichergehen, dass ich es bin.

»Mister Simone«, spricht er mich an, sobald er neben mir ist.

Ich drehe mich ruckartig zur Seite, bereit, auf einen Angriff zu reagieren. Er ahnt, dass ich auf das Schlimmste gefasst bin, zieht den Halswärmer herunter, zeigt mir sein Gesicht und bleibt stehen. Zum Beweis, dass er unbewaffnet ist, breitet er die Arme aus und öffnet die Hände.

»Ich bin ein Freund von Daniel, *no problem*«, erklärt er mit unverkennbar amerikanischem Akzent. »*Steve, do you know Steve?*« Kennst du Steve?

»Folge mir«, antworte ich auf Englisch.

Seine Worte genügen mir. Wenn er nicht ein Kollege von der

CIA wäre, könnte er Steve nicht kennen. Und außerdem ist sein Akzent eine Art Garantieerklärung.

»Daniel hatte etwas Wichtiges in Händen. Hast du es?«, fragt er weiter auf Englisch, während wir auf dem Weg zum Aufzug die Eingangstreppe hochgehen. Bevor ich antworte, denke ich eine Weile nach. Nicht einmal die CIA weiß also, was geschehen ist. Daniel ist gestorben, weil er den Code bekommen sollte. Nun muss ich seine Mission zu Ende bringen.

»Warte hier«, sage ich zu ihm, als wir die Wohnung betreten, und schließe hinter ihm ab.

Er bleibt stehen. Ich gehe in die Abstellkammer und hole das Buch aus dem Staubsauger. Ich habe es im Staubbeutel versteckt, eingewickelt in Alu- und Frischhaltefolie, um es nicht zu ruinieren.

Der Amerikaner im schwarzen Jogginganzug, ein groß gewachsener Kerl knapp über dreißig, nimmt den staubigen Umschlag und dreht ihn in den Händen hin und her.

»Nur das?«, fragt er.

»Ja, nur das.«

»Simone, du musst einen Bericht über alles schreiben, was diese Geschichte betrifft: mit allen Details und Informationen, die uns helfen zu verstehen, was passiert ist. Wir werden dich eine Weile einfrieren müssen. Jemand wird dich kontaktieren, wenn alles geklärt ist. *Keep care,* pass auf dich auf«, sagt er zum Abschied und drückt mir fest den Unterarm, damit er nicht meine staubige Hand berühren muss.

Ein weiteres Mal eingefroren. Von allen operativen Aufgaben freigestellt. Bis zu einem neuen Befehl. Auch ich muss verstehen, was eigentlich passiert ist. Am nächsten Morgen fasse ich einen Entschluss. Ich gehe das Risiko ein, nach Centocelle zurückzukehren. Bevor ich das Mietshaus betrete, bleibe ich einen Augenblick stehen und schaue mich um. Als ich im ersten Stock bin, sehe ich die Wohnungstür offen stehen. Eine kleine Frau mit großen Brillengläsern trägt vollgepackte Koffer heraus. Hinter ihr erscheint ein Mann.

»Guten Tag, ich suche Natalia«, sage ich.

»Natalia? Die Russin?«, fragt der Mann zurück.

»Ja, ja, die.«

»Signore, auch wir würden gerne wissen, wo Natalia ist. Sie ist vor vier Tagen einfach verschwunden und hat meine Tante hilflos sitzen gelassen. Wir mussten sie in einem Krankenhaus unterbringen. Aber wer sind Sie?«, fragt der Mann misstrauisch.

»Ich bin ein Bekannter und war mit ihr verabredet, um ihr eine Arbeit anzubieten«, erfinde ich einfach aus dem Stegreif.

Sie merken, dass ich besorgt bin, und bitten mich herein. Sie schließen die Tür und erzählen, dass sich Natalia drei Monate zuvor auf ein Angebot in dem Anzeigenblatt *Porta Portese* gemeldet hatte. Die philippinische Pflegerin musste für längere Zeit in ihre Heimat zurückkehren, und Natalia bot sich als Vertretung an.

»Wissen Sie, wo sie mit ihrem Mann wohnt?«, frage ich die beiden.

»Ihr Mann? Wo er wohnt? Sind Sie sicher, dass wir dieselbe Person meinen?«, fragt mich der Mann. »Sie hat uns nicht gesagt, dass sie verheiratet ist. Sie war mit einem jungen Mann hier, bei dem sie wohnte. Sie war erst ein paar Tage zuvor nach Rom gekommen und suchte Arbeit. Das hat sie uns jedenfalls erzählt.«

Die Frau mit der großen Brille, vielleicht die Gattin des Neffen, mischt sich ein: »Sie hat sogar ihre Kleider hiergelassen«, sagt sie. »Wir überlegen, zur Polizei zu gehen, vielleicht ist ihr ja etwas zugestoßen. Es steht ihr sogar noch das Geld für Dezember zu. Wollen Sie mit uns auf die Polizeiwache gehen?«

Es war ein Fehler, in die Wohnung zurückzukehren. Ich exponiere mich dadurch nur unnötig.

»Nein, nein«, antworte ich, »ich weiß nichts über die junge Frau und wüsste nicht, was ich der Polizei sagen soll. Ich habe sie in einer Bar kennengelernt und ihr eine Arbeit angeboten. Das ist alles.«

Ich verabschiede mich hastig, bevor sie mir weitere Fragen stellen können, und eile die Treppe hinunter. Beim Hinausgehen vergewissere ich mich, dass ich nicht beschattet werde.

Nach meinem täglichen Treffen mit Simone Pace eile ich nach Hause, um im Internet zu surfen. Eine Leiche im Tiber mitten in Rom und unweit des Vatikans kann nicht unentdeckt bleiben. Ich suche im Internetarchiv der Nachrichtenagentur ANSA unter den Tagesnachrichten im Zeitraum zwischen dem 3. Januar, an dem der russische Code ausgehändigt wurde, und dem 10. Januar 1999. Das Resultat gebe ich bei Google ein und gelange auf die Seite des Innenministeriums mit dem Titel »Commissario straordinario del Governo per le persone scomparse«, Sonderbeauftragter der Regierung für vermisste Personen. Den Papierausdruck dessen, was ich dort gefunden habe, bringe ich am nächsten Morgen zu unserem Treffen auf der letzten Bank in San Pietro in Vincoli mit.

»Sehen Sie sich das an«, sage ich zu Pace und übergebe ihm das Blatt.

»Vierter Januar neunzehnhundertneunundneunzig, 15.27 Uhr«, liest er halblaut die erste ANSA-Meldung. Seufzend sieht er mich an.

»Lesen Sie weiter«, dränge ich ihn.

»Leichenfund im Tiber«, fährt Pace fast unhörbar fort: »Rom, 4. Januar. Die Leiche eines ungefähr fünfzigjährigen Mannes ist in Höhe des Ponte Principe Amedeo im Tiber aufgetaucht.« Wieder blickt er mich an: »Daniel ist über die Treppe zwischen Ponte Vittorio Emanuele II und Ponte Principe Amedeo verschwunden. Zwischen diesen beiden Brücken habe ich seine Leiche im Wasser treiben sehen.«

»Lesen Sie zu Ende.«

»Die Polizei«, fährt er fort, »wurde gegen 12.40 Uhr von einer Verkehrsstreife benachrichtigt, die den Leichnam fast unter der Brücke bemerkt hat. Der Mann hatte keine Ausweispapiere bei sich und trug eine blaue Hose und einen blauen Pullover …«

»Vergessen Sie die Farbe der Kleidung. Uns Journalisten geben sie immer nur ungenaue Informationen. Lesen Sie hier unten. Um 22.27 Uhr veröffentlichte ANSA eine zweite Meldung.«

»Die heute Vormittag im Tiber gefundene Leiche konnte noch nicht identifiziert werden«, liest Pace halblaut weiter.

»Geben Sie mir das Blatt wieder und lesen Sie das hier«, sage ich und gebe ihm eine Tabelle, die ich im DIN-A4-Format ausgedruckt habe. Er schaut sie sich an, kann aber nichts damit anfangen.

»Es ist die Seite 22 aus dem Allgemeinen Register nichtidentifizierter Leichen vom 30. Juni 2014, wie Sie der Überschrift entnehmen können. Das Verzeichnis führt alle Leichen auf, die im Laufe der Jahre in Italien gefunden wurden und noch namenlos sind, und wird vom Sonderbeauftragten der Regierung für vermisste Personen auf der Website des Innenministeriums veröffentlicht. Sie ist für jedermann zugänglich. Lesen Sie jetzt die Stelle, die ich markiert habe.«

Pace blickt auf das Blatt.

»Dies ist die offizielle Bekanntgabe der Auffindung der Leiche«, sage ich zu ihm, »nicht die Meldungen der ANSA.«

»Latium, Rom, Lungotevere in Sassia, 4. Januar 1999«, murmelt er weiterlesend, »Geschlecht männlich, Alter 60. Ertrinken – kräftiger Körperbau, Größe 175 cm, 80 Kilo, Geheimratsecken. Bekleidet mit dunkler Hose, violett gestreiftem Baumwollhemd, grünem T-Shirt, violetter Wolljacke links geknöpft, Turnschuhe Größe 43. Das ist Daniel«, ruft Pace aus. Er liest noch einmal die Angaben zu den körperlichen Merkmalen: »Alles stimmt überein«, bestätigt er dann, »sogar das Hemd mit den grauenhaften violetten Streifen. Auch die Wolljacke in derselben schrecklichen Farbe.«

Ich gebe ihm eine weitere Tabelle. »Das ist das gleiche Verzeichnis, Stand 31. Dezember 2016. Der Leichnam ist immer noch aufgeführt. Niemand hat nach ihm gesucht«, sage ich. Er überprüft das Verzeichnis und nickt.

»Auch wenn sie schreiben, dass er sechzig war. Daniel war zwischen fünfzig und sechzig Jahre alt«, erklärt Simone Pace: »Doch das macht keinen großen Unterschied, wenn ein Körper stundenlang im fauligen Wasser des Flusses gelegen ist.«

»Hat denn niemand aus der Familie oder von der amerikanischen Botschaft nach ihm gesucht?«, frage ich.

»Offensichtlich nicht. Vielleicht hatte Daniel keine Angehörigen. Oder man hat ihn als *missing in action*, im Einsatz vermisst, deklariert. Und der Präsident der Vereinigten Staaten hat der Familie sein Beileid ausgesprochen. Das ist alles.«

»Könnten Sie nicht jetzt etwas tun?«

Simone Pace lächelt und antwortet noch leiser: »Wenn die Regierung in Washington darauf verzichtet, die Leiche eines ihrer Agenten nach Hause zu holen, soll ich sie dann zurückbringen? Erinnern Sie sich an die Spielregeln: Wir existieren gar nicht, und die Operationen sind so angelegt, dass nichts dokumentierbar ist. Unsere Geschichte ist auf Wasser geschrieben. Manchmal taucht sie aber aus dem Wasser wieder auf.« Dieses Bild unterstreicht er mit einem ironisch-zynischen Grinsen.

Schweigend sehen wir uns ein paar Sekunden an.

»Sind Sie sicher, dass es Mord war?«, sage ich dann.

»Ich gehe nicht davon aus, dass Daniel den Tiber schwimmend überqueren wollte. Entweder haben ihn die beiden hineingeworfen, oder sie haben ihm keine andere Wahl gelassen, als hineinzuspringen. Das Ergebnis ist dasselbe. Daniel ist tot.«

»Ich verstehe nicht, warum ihr die Operation nicht annulliert habt. Als Natalia und ihre Mutter mit diesem Unbekannten erschienen sind, warum habt ihr da nicht einfach alles abgebrochen?«

»Daniel war der Operationschef, und er war fest entschlossen, den Code in die Hand zu bekommen. Das ist die typische Situation, in der ein Spion die Sache durchziehen muss, um zu sehen, was geschieht. Ich war nur der Mittelsmann zwischen ihm und der Quelle. Ich kannte nicht alle Details. Und bis heute weiß ich nicht, ob der russisch sprechende Mann ein Verwandter von Natalia war, ob er mit Daniel in Kontakt stand oder ein Agent der Gegenspionage Moskaus war. Ich weiß nicht einmal, was aus Natalia geworden ist.«

»Und der Code war Ihrer Meinung nach echt?«, frage ich. »Wenn sie Daniel in eine Falle locken wollten, könnten sie ihm einen falschen übergeben haben.«

Allgemeines Register nicht identifizierter Leichen
Stand: 30. Juni 2014

Land	Provinz	Gemeinde	Ort	Geschlecht
Latium	Rom	Tolfa	Ortsteil Santa Severa	
Latium	Rom	Rom	Lungotevere in Sassia	M
Latium	Rom	Rom	Piazza Esquilino 10	M
Latium	Rom	Rom	Via del Trullo	M
Latium	Rom	Rom	Bosco Comunale Rocca di Papa	M
Latium	Rom	Rom	Bahnstrecke Rom/Cassino Km 67	M

Alter	Datum	Bemerkungen
40/50	23. 9. 1998	Tod 4 Tage vor Auffinden, unbekleidet, helle Haut, kräftiger Körperbau, Größe ca. 172 cm, gelocktes, kastanienbraunes Haar, mittellang, mit grauen Strähnen, Geheimratsecken, keine Narben oder Tattoos, ungefähre Kleidergröße Jacke: 54, Hose 52, Schuhe 42/43. In der Nähe des Leichenfundorts entdeckt: Trainingsjacke Marke Champion, Größe L, blau mit weißen Seitenstreifen, Kurzarm, geknöpft, Trainingshose, blau, Marke Brooks, Größe XL mit seitlicher Öffnung, geknöpft, mit rot-weißen Streifen und Logo; Schuhe Adidas, weiß mit schwarzen Streifen, Größe 42, Drogenkonsum.
60	4. 1. 1999	Tod durch Ertrinken, kräftiger Körperbau, Größe 175 cm, 80 kg, Geheimratsecken, bekleidet mit dunkler Hose, violett gestreiftem Baumwollhemd, grünem T-Shirt, violetter Wolljacke links geknöpft, Turnschuhe Gr. 43
	26. 1. 1999	Keine weiteren sachdienlichen Hinweise
	31. 3. 1999	Weiß, lange kastanienbraune Haare, ärztl. Untersuchung ergab aktuellen Gebrauch von Kokain und Cannabis
	20. 5 .1999	Keine weiteren sachdienlichen Hinweise
	31. 5. 1999	Keine weiteren sachdienlichen Hinweise

Seite aus dem Allgemeinen Register nicht identifizierter Leichen: hervorgehoben ist das Datum des Leichenfunds des laut Simone Pace am 3. Januar 1999 ermordeten CIA-Agenten

»Wenn er falsch gewesen wäre, wären sie nicht gekommen, um ihn Daniel wieder abzunehmen, und hätten ihn nicht umgebracht, als sie feststellten, dass er ihn gar nicht bei sich hatte«, sagt Pace ohne den Hauch eines Zweifels. »Die Falle war nicht im Restaurant, sondern vor seiner Wohnung. Leider haben sie dort auf ihn gewartet. Aber von mir wussten sie nichts. Unsere Tarnung auf der Piazza Navona hat funktioniert. Nehmen Sie das hier. Sie können es als Souvenir behalten.«

Simone Pace drückt mir ein fotokopiertes Blatt Papier in die Hand, das er aus der Innentasche seiner schwarzen Windjacke gezogen hat. In kyrillischen Buchstaben. Ich verstehe nichts.

»Das habe ich als Lesezeichen zwischen den Seiten des Codes gefunden«, erläutert er mir. »In der Mitte ist das Wappen der Gemeinschaft Unabhängiger Staaten, die aus der Sowjetunion hervorgegangen sind. Die Übersetzung steht auf der Rückseite.«

Ich drehe die Fotokopie um und lese die mit Bleistift geschriebenen Zeilen auf Italienisch: »Koordinationsrat für die Gewährleistung und Sicherheit der Instrumente zur Codierung und ihrer Verwendung in geheimen Regierungs- und Ministerialeinrichtungen der Mitgliedsländer der Gemeinschaft Unabhängiger Staaten.«

»Das ist Natalias Handschrift«, sagt er zum Schluss.

Координационный совет
по обеспечению безопасности шифровальных средств и их эксплуатации в
системах правительственной и закрытой ведомственной связи государств-
участников Содружества Независимых Государств

ABU OMAR MUSS ENTFÜHRT WERDEN

Von Daniel ist damals nicht und auch später nie mehr die Rede, greift Simone Pace die Erzählung wieder auf. So ist es nach jeder Operation: Nach dem Ende der Mission versteckt mein Gehirn die Erinnerung. Das fällt mir leicht. Es ist meine Selbstverteidigung, um nicht von Sorgen und Ängsten gequält zu werden.

Dass ich nun wieder eingefroren bin, kommt mir sogar zustatten. Kein Kontakt bedeutet kein Risiko. Einzig der Faktor Zeit beunruhigt mich: Sie haben mir nicht gesagt, wie lange es dauern wird. Wenn sie nicht mehr mit mir in Verbindung treten, muss ich daraus schließen, dass mein Doppelleben endgültig vorbei ist. Daniels Tod hat dann auch den meines Alter Ego besiegelt. In unserer Welt der Spiegelungen und Täuschungen macht dir niemand Komplimente. Niemand sagt dir, dass du einen Fehler gemacht hast. Das zu erfahren wäre für einen verdeckt arbeitenden Agenten von Vorteil. Wenn er dagegen im Ungewissen bleibt, kann er besser manipuliert werden, oder zumindest glauben *sie* das.

Ich weiß aber auch, dass sie nicht auf mich verzichten können. Der Tod meines Chefs bei dieser Operation war nicht meine Schuld. Und tatsächlich treten sie fast ein Jahr nach dem Mord wieder an mich heran.

»Sie haben mich wieder aufgetaut«, sagt Simone Pace mit einem leichten Lächeln.

Die CIA hatte seit Kurzem unser Kommunikationssystem verbessert. Ich habe nie aufgehört, meine Mails zu kontrollieren. Eines Nachmittags kommt eine Mail mit Feiertagsgrüßen. Es sind nur noch wenige Tage bis Weihnachten des Jahres 1999. Im Anhang eine Postkarte mit dem Weihnachtsmann auf einem Schlitten. Ich speichere sie auf dem Desktop und öffne sie. Die Weihnachtsgrüße enthalten in Wirklichkeit die Information für unser nächstes Treffen. Diesmal ist sie chiffriert. Ich brauche ein paar Minuten, um sie zu entschlüsseln: *»I wait for you in via Manzoni-Monte Napoleone corner at 13.30«*. Sie warten auf mich in Mailand an der Kreuzung der Via Manzoni mit der Via Monte Napoleone. Dass kein Datum angegeben ist, bedeutet, das Treffen soll am nächsten Tag um dieselbe Uhrzeit stattfinden. Glücklich wie ein Schüler am ersten Ferientag eile ich zum Bahnhof, um ein Ticket zu kaufen. Ich buche einen Liegewagenplatz im Nachtzug und komme am nächsten Morgen einige Stunden vor dem Termin an.

Es ist sehr kalt im Norden. Ich frühstücke in einer Bar in der Nähe des Hauptbahnhofs. Dann kaufe ich drei sehr gute Flaschen Wein, um sie dem zu schenken, den ich treffen werde, nur um das vorgetäuschte Wiedersehen zweier Freunde glaubhafter erscheinen zu lassen. Ein Blick auf die Uhr verrät mir, dass es schon elf ist. Dann habe ich den dummen Einfall, an der Piazza Cavour, weit von unserem Treffpunkt entfernt, aus der Tram auszusteigen. Eingemummt in meine Windjacke gehe ich zu Fuß, einen Schal um den Hals gewickelt und wie immer eine Baseballkappe auf dem Kopf. Mit dem zusätzlichen Gewicht der Flaschen fange ich an zu schwitzen. Meine Beine werden schwer. Es kann nicht die Milchsäure von der Anstrengung sein, auch wenn es klüger gewesen wäre, an einer näher gelegenen Haltestelle auszusteigen. Ich weiß nicht, wer mich erwarten wird, und so finde ich mich mit der Vorstellung ab, dass ich vor Anspannung schwitze.

Um halb zwei Uhr Nachmittag ist niemand da. Die Straße ist voller Menschen, und ich bemühe mich, jeden Passanten genau zu studieren. Ich suche nach einem besonderen Mienenspiel, nach einem Hinweis darauf, dass jemand genau mich sucht. Endlich erscheint Steve. Nach Daniels Tod haben *sie* mir wieder ihn geschickt. Er begrüßt mich mit einer festen Umarmung. Ich überreiche ihm mein Weihnachtsgeschenk, und er wirkt freudig überrascht. Einem Amerikaner macht man mit gutem Wein immer eine Freude. Er ist allerdings nicht allein.

»Simone, ich muss gehen. Darf ich dir Eduard vorstellen«, sagt er und lässt meinen neuen Controller näher treten.

Wir begrüßen uns mit einem festen Händedruck.

»Darf ich dich zu einem Kaffee einladen?«, fragt Eduard.

»Gerne«, antworte ich, während Steve, wie es das Reglement verlangt, uns allein lässt.

Eduard ist Italoamerikaner. Alles an ihm wirkt angenehm, und das macht in der Welt der Spione den Unterschied. Eduard ist ein ganz normaler Mensch. Ungefähr vierzig. Schlanker Körperbau. Elegant. Geheimratsecken. Er wünscht sich, in Italien zu leben. Ich habe ihn als das menschliche Gesicht der Agency in Erinnerung. Eduard ist Informatiker und nicht nur mein Controller, sondern auch noch für eine Reihe weiterer verdeckter Operationen zuständig. Unter anderem hat er die Aufgabe, das italienische Telekommunikationsnetz zu knacken.

Sein Ziel ist es nicht nur, den gesamten italienischen Telefon- und Internetverkehr mit dem Ausland zu kontrollieren. Das tun *sie* bereits. Auf diese Weise sammeln sie eine ungeheure Datenmenge, denn durch die italienischen Knotenpunkte fließt auch ein großer Teil der europäischen Kommunikation mit Nordafrika und dem Nahen Osten. Eduard will auch ein elektronisches Überwachungssystem entwickeln, um zu erfahren, gegen wen wichtige staatsanwaltliche Ermittlungen laufen. Dazu bräuchte man dann künftig keine Informanten mehr in den Gerichten. Längst schon laufen die heikelsten Ermittlungen über Abhörmaßnahmen. Die Amerikaner müssen sich nur die Telefonnummern und die Namen der Telefoninhaber beschaffen, und wenn etwas durchsickert, auch das Delikt, zu dem die Staatsanwaltschaft ermittelt. Nummern und Namen der Telefoninhaber werden in den geheimen Dokumenten genannt, die immer an die Telefongesellschaft gehen, um die telematische Überwachung zu aktivieren. Die CIA muss nicht mehr bis zu den Verhaftungen warten, wie es noch bei der unter dem Namen Mani pulite bekannt gewordenen Justizaktion der Fall war. Sie kann in Zukunft alles bereits im Vorfeld wissen oder zumindest in Echtzeit, wie man in solchen Fällen sagt.

Die elektronische Spionage soll in den Netzen auch ökonomische und strategische Informationen sammeln. In einem Land, in dem Mafia, Korruption und Politik oft eng verflochten sind, lassen sich dann die Entscheidungen eines Parlamentariers, wichtigen Unternehmers, Ministers oder der ganzen Regierung beeinflussen. Die zwischenstaatliche Diplomatie beruht in Wirklichkeit auf Erpressung. Die Agency hatte ein solches System in Zusammenarbeit mit England bereits in anderen Ländern aufgebaut. Im internen Sprachgebrauch nennen wir es Projekt Mandy, obwohl in Italien andere Namen benutzt werden.

Ich allerdings bleibe außen vor. Fast zwei Jahre lang erhalte ich keine besonderen Aufträge. Eduard sagt, ich müsse Geduld haben. Aber seit dem 11. September 2001 arbeiten Geheimdienste und Polizeibehörden weltweit auf Hochtouren. Nach dem Angriff auf die Twin Towers in New York und das Pentagon in Washington, das im Übrigen nur dreizehn Autominuten vom Sitz der CIA in Langley entfernt ist, lautet der Befehl, aufs Engste zusammenzuarbeiten. Die Welt befindet sich im Krieg gegen Osama bin Ladens Terroristen, und auch wir, die verdeckten Agenten, müssen auf unsere Art kämpfen.

Neun Monate nach dem Angriff auf die Vereinigten Staaten fahre ich am 15. Juni 2002 wieder einmal nach Mailand, weil mich mein Freund Giuda zu einem Essen eingeladen hat. Es ist ein Samstag und in diesem späten Frühjahr endlich ein wirklich schöner Abend. Nach einer völlig verregneten Woche nehme ich seine Einladung, eine Pizza essen zu gehen, gerne an. Wir freuen uns auf das Wiedersehen und sind deshalb beide zu früh dran.

»Möchten Sie draußen oder drinnen sitzen?«, fragt der Kellner und zeigt uns mit ausgestrecktem Arm die freien Tische.

»Draußen«, antworten wir wie aus einem Mund. Wir erwarten

einen Gast, um über vertrauliche Dinge zu sprechen, und dafür gilt die Regel, sich aus Sicherheitsgründen möglichst im Freien aufzuhalten.

Der Verkehrslärm wird uns gegen mögliche indiskrete Zuhörer abschirmen. Aus dem Radio eines wenige Meter entfernt geparkten Autos, in dem vier harmlose junge Männer sitzen, tönt in voller Lautstärke ein Hit des Vorjahres. Wir nehmen Platz, und Shakira singt weiter ihr *Whenever, wherever*. Unbewusst schlage ich mit der Gabel den Takt des Songs ans Glas. Giuda ist angespannt. Er blickt nach oben und trommelt mit den Fingern aufs Tischtuch. Ein typisches Zeichen von Nervosität, denke ich, verstehe aber nicht, warum. Der Kellner bringt uns zwei Gläser Prosecco und zur Überbrückung der Wartezeit eine warme, knusprige Focaccia. Die Tische sind von einer noch etwas schütteren Lorbeerhecke umgeben. Plötzlich erkenne ich zwischen den wenigen Zweigen und Blättern das Gesicht des »Amerikaners«, dessen Vorzüge und Schwächen mir Giuda gerade in allen Details beschrieben hat. Wir beide nennen ihn so. In Wirklichkeit hat er den Rang eines Konsuls und gehört nicht zum Agentennetzwerk. Der »Amerikaner« arbeitet für die CIA, aber auf der Befehlsebene. Er ist es, der die offiziellen Beziehungen zu den italienischen Stellen unterhält. Ich kenne ihn vom Sehen, weil er seit einigen Monaten in meiner ehemaligen Dienststelle ein und aus geht, wo er sich gerichtliche Informationen holt und manchmal mit jemandem einen Kaffee trinkt. Er ist mir aufgefallen, als ich eines Vormittags meinen ehemaligen Kollegen einen kurzen Höflichkeitsbesuch abstattete.

Giuda hatte mich gewarnt. Der Amerikaner wünsche mich in einer äußerst heiklen Angelegenheit zu sprechen. Zur Begrüßung stehen wir auf. Er weiß offensichtlich alles über mich. Vielleicht vermeidet er deshalb, mir in die Augen zu sehen. Um sich nicht zu verraten oder mich in Schwierigkeiten zu bringen. Wir bestellen drei Pizzen, zwei Bier und eine Cola für unseren Gast. Er ist es schließlich, der das Eis bricht.

»Jeff dankt Ihnen für Ihr Kommen«, sagt er auf Italienisch, als der Kellner sich wieder entfernt hat. Jeff ist in diesen Jahren der oberste Chef der CIA in Italien und leitet die Behörde von seinem Büro in der Botschaft an der Via Veneto in Rom.

Wir sprechen über die weltweite Bedrohung durch den Terrorismus. Und über die Notwendigkeit, gegen diesen Feind mit vereinten Kräften anzugehen. Der Amerikaner erklärt uns, dass die Vereinigten Staaten weiterhin eng mit ihren Verbündeten zusammenarbeiten wollen. Sie werden ihnen Übersetzer aus dem Arabischen für die Abhörmaßnahmen zur Verfügung stellen und darüber hinaus Personal für die Zusammenarbeit mit den jeweiligen Regierungen. Washington wird für alles Notwendige sorgen, auch für die Finanzmittel zum Ankauf der entsprechenden Technik. Nach diesen einleitenden Worten instruiert er uns detailliert über die wichtigsten Personen auf der Fahndungsliste und zeigt sich dabei über alle in Italien und ganz Südeuropa laufenden Ermittlungen bestens informiert. Er ist mit dem Engagement aller Beteiligten sehr zufrieden. Wir sind beim Espresso angekommen, als er aus seiner Jackentasche ein Blatt Papier herauszieht und auf dem Tisch entfaltet.

»Kennen Sie diese Personen?«, fragt er.

Auf der Liste stehen zwölf Namen. Vor- und Nachnamen, mehr nicht. Der erste ist Abu Omar, der ägyptische Imam der Moschee in der Via Quaranta in Mailand. Ich schaue mir die Liste an und reiche sie an Giuda weiter, der nicht einmal einen Blick darauf wirft. Offensichtlich weiß er bereits alles, was er wissen muss.

»Diese Namen gehören zu unserem Programm der *extraordinary rendition*, bei der die weltweit als Terroristen Verdächtigten festgenommen und in befreundete Länder überstellt werden, um sie dort zu vernehmen. Diese Liste haben wir bereits dem Leiter des italienischen Geheimdiensts vorgelegt«, verrät uns der Amerikaner im Tonfall leichten Bedauerns, das er auch sofort erklärt. »Offiziell hat man uns geantwortet, dass man uns nicht helfen und kein Personal zur Verfügung stellen kann. Die italienischen Stellen haben jedoch nichts dagegen, wenn wir selbst handeln. Wären Sie bereit mitzumachen?«

Die Frage ist an uns beide gerichtet, aber Giuda hat sich zu mir gewandt, um meine Entscheidung abzuwarten. Daraus schließe ich, dass er schon zugesagt hat.

Ich war immer der Meinung, dass man Geschichte nur im Kontext verstehen kann. Die zweitausendneunhundertsechsundneunzig Toten, einschließlich der neunzehn Terroristen, und die sechstausend Verletzten des 11. September haben zweifellos der Sicherheitsfrage weltweit neues Gewicht verliehen. Dem Netzwerk von al-Qaida und dem Terror allgemein müssen sich alle Männer und Frauen, die sich als frei bezeichnen, entgegenstellen. Die Reaktion muss jedoch kühl überlegt und angemessen sein. Insbesondere darf man nicht ziellos zuschlagen, denn das würde den Terroristen nur mehr Anhänger und Zulauf bringen.

»Eine Entführung hier in Italien? Wie können wir Ihnen dabei helfen?«, frage ich, um auf das Wesentliche zu sprechen zu kommen.

»Ich weiß es nicht«, antwortet der Amerikaner. »Ich persönlich war gegen dieses Vorhaben. Aber die Chefetage hat so entschieden. Ich werde bald in Pension gehen, und dann habe ich nichts mehr damit zu tun. Die Ziele wurden sorgfältig ausgewählt. Abu Omar steht seit Längerem unter Beobachtung durch die italienische Polizei. Wir haben einen V-Mann in seiner Moschee und sind uns sicher, dass dort jemand von einem geplanten Anschlag auf den Schulbus der amerikanischen Schule in Mailand gesprochen hat. Abu Omar wohnt in der Via Conte Verde in der Nähe des Viale Jenner, wo eine weitere berühmte Moschee ist. Wir werden mit ihm anfangen, wissen allerdings nicht, wie wir vorgehen sollen. Dazu wollen wir Ihre Meinung hören.«

Der Amerikaner spricht mit ruhiger Stimme. Ich vermisse die Emphase, wie ich sie bei der Vorbereitung anderer gefährlicher Operationen erlebt habe. Er war gezwungen, sich mit uns zu treffen. Man hat es ihm befohlen. Und er führt diesen Befehl aus. Fast habe ich den Eindruck, als wolle er uns zu verstehen geben: »Lehnt ab, es ist eine Dummheit.«

»Wenn man ihn beschattet, wie wollen Sie oder wir es dann schaffen, ihn wegzubringen?«, fragt Giuda.

»Keine Sorge«, erwidert er, »alle sind informiert: das Büro des Ministerpräsidenten und der italienische militärische Nachrichtendienst. Sie werden uns machen lassen.« In das tadellose Italienisch des Amerikaners mischen sich spanische und englische Brocken, ein klares Zeichen von Nervosität: Es ist immer schwierig, die Weitergabe vertraulicher Informationen richtig zu dosieren und die richtigen Leute dafür auszuwählen.

»Sie brauchen mir nicht sofort eine Antwort zu geben«, nimmt er den Faden wieder auf. »Denken Sie darüber nach. Wir treffen uns hier in genau einer Woche wieder, dann können Sie mir Ihre Entscheidung und Ihren Aktionsplan mitteilen.« Und an Giuda gewandt, fährt er fort: »Wir brauchen vom Innenministerium zwei Polizeikellen und Dienstmarken der Gerichtspolizei.« Giuda nickt.

Wir sitzen seit mehr als zwei Stunden am Tisch. Nachdem der Amerikaner aufgestanden ist und sich verabschiedet hat, merke ich, dass meine Rückenmuskeln völlig verkrampft sind. Trotz der mehr als zwanzig Grad an diesem 15. Juni beginne ich zu frösteln.

Giuda begleitet mich ins Hotel. Er ist begeistert. Er geht davon aus, dass auch ich zusage.

»Was ist schon dabei? Wir laden ihn ins Auto und bringen ihn dahin, wo sie wollen«, sagt er im Brustton der Überzeugung. Ich antworte lediglich mit einem leichten Nicken meines Kopfes, der sich bleischwer anfühlt. Ich umarme Giuda und verschwinde in mein Hotelzimmer.

Nach einer Woche treffen wir uns erneut mit dem Amerikaner. Ich ergreife das Wort, auch für Giuda.

»Wenn Abu Omar das Haus verlässt, um zur Moschee am Viale Jenner zum Beten zu gehen, wird Giuda aus dem Auto aussteigen, seinen Dienstausweis vorzeigen und Abu Omars Papiere verlangen. Ob er welche hat oder nicht, ist egal. Mit der Ausrede einer Überprüfung fordern wir ihn auf, ins Auto einzusteigen. Sobald er im Wagen sitzt, injizieren wir ihm ein Schlafmittel und fahren ihn zum

Hafen von Genua, wo wir ihn an Sie übergeben. Auf diese Weise können Sie ihn auf Ihrem eigenen Schiff aus Italien wegbringen. Für dieses Vorgehen gibt es ein Vorbild, eine Operation, die nach dem gleichen Muster ablief: in Kroatien am 13. September 1995. Talat Fuad Qassem war der Kopf der al-Dschamaa al-Islamiyya, der ägyptischen Terrorbewegung, die heute mit Osama bin Laden verbündet ist. Fuad Qassem hatte in Dänemark politisches Asyl erhalten, wurde aber während einer Reise nach seiner Ankunft in Zagreb festgenommen und auf ein amerikanisches Schiff verschleppt, das im Hafen von Rijeka wartete. Auf offener See wurde er dann den Ägyptern übergeben, und seitdem hat man nichts mehr von ihm gehört. Unser Plan orientiert sich an diesem erfolgreichen Test: Die Entführung in Kroatien war die erste *extraordinary rendition* überhaupt, sechs Jahre vor dem Angriff vom 11. September. Von Mailand bis zum Hafen von Genua wird unsere ganze Operation nicht einmal vier Stunden dauern.«

Das ist der Plan, den Giuda und ich ausgearbeitet haben. Einfach und effizient. Der Amerikaner lässt uns ausreden und seufzt tief.

»Gut, gut«, sagt er auf Englisch und fährt auf Italienisch fort: »Aber ich bin sicher, dass unsere Anwälte nicht damit einverstanden sein werden, Abu Omar ein Schlafmittel zu spritzen. Das ist ein Bruch der Menschenrechte. Ein Schlafmittel zu spritzen ist eine Form von Folter und widerspricht unseren Gesetzen.«

Verblüfft blicke ich den Amerikaner an. Macht er Witze? Sie planen eine Entführung. Sie beschuldigen einen Mann des Terrorismus, der nie in diesem Sinne angeklagt war oder verurteilt worden ist. Sie wollen ihn in ein fremdes Land bringen, wo er gefoltert werden wird, um aus ihm herauszupressen, was sie hören wollen. Und dann erklären sie die Injektion eines Schlafmittels für illegal? Nein, leider macht der Amerikaner keinen Witz. Meine einzige Reaktion ist ein unterdrücktes Lachen. Er nimmt es wahr und breitet die Arme aus, als wolle er sich entschuldigen.

»Okay«, sagt der Amerikaner am Ende. »Ich werde Bericht erstatten und Sie dann informieren.« Beim Aufstehen lächelt er zuerst nur höflich, dann aber richtig herzlich, als Giuda ihm eine Plastiktüte mit den zwei Polizeikellen und den fünf Dienstmarken für Polizei und Carabinieri ohne Identifikationsnummer überreicht. Billiges Zeug, das er in irgendeinem Laden für militärischen Krimskrams gekauft haben muss. Aber das weiß der Amerikaner nicht.

GEHEIMMISSION IN MARRAKESCH

Ich bleibe noch ein paar Tage in Mailand. Ich habe immer noch Freunde im Norden. Vor allem Freundinnen. Am Morgen meiner geplanten Abreise nach Rom finde ich auf dem Computer eine Nachricht zu einem dringenden Treffen. Auch sie ist chiffriert, ich muss sie erst entschlüsseln. Eduard will mich noch am selben Abend sehen. Der Treffpunkt ist um 18.30 Uhr in einem großen Einkaufszentrum an der Tangenziale Ovest, dem Autobahnring West kurz hinter Mailand. Auch *sie* wissen offenbar, wo ich bin. Deshalb muss ich meine Rückkehr nach Rom verschieben. Am Ende seiner Nachricht rät er mir: »Sei vorsichtig, konzentriere dich auf deine Aufgabe.« Worte eines besorgten Familienvaters. Wir werden uns nicht die Hand geben, sondern uns wie immer so verhalten, dass Tarnung und Geheimhaltung der ganzen Mission gewährleistet bleiben.

Ich betrete pünktlich das Einkaufszentrum Iper Fiordaliso in Rozzano. Der Übergang von der schwülen Hitze auf dem Parkplatz in die Kühle der Klimaanlage wirkt wie eine angenehme Umarmung. Wie vereinbart begebe ich mich gleich in den Zentralbereich zu der Gelateria. Eduard steht in der Nähe der Kasse. Unsere Blicke begegnen sich flüchtig. Er stellt sich in die Schlange und kauft sich eine Waffel Eis. Das Zeichen für »Die Luft ist rein, wir können weitermachen« muss ich geben, indem ich mir ebenfalls ein Eis kaufe. Ich zahle an der Kasse und stelle mich neben ihn vor den Kühltresen mit den verschiedenen Eissorten. Eduard geht weiter und schleckt sein Vanille- und Pistazieneis. Wie jeden Abend ist das Einkaufszentrum gut besucht. Jetzt, wo draußen die Sonne vom Himmel brennt, halten sich die Menschen länger als gewöhnlich im Kühlen auf. Ich habe fünfzehn Minuten, in denen ich mein Eis essen und warten muss, bis Eduard sich entfernt hat. Um mir die Zeit zu vertreiben, schaue ich mir die Auslagen in dem langen Zentralkorridor an. Ich kontrolliere die Uhr. Nach zwölf Minuten betrete ich den Supermarktbereich und gehe ganz nach hinten in die Kleiderabteilung, wo es drei Umkleidekabinen gibt. Das ist unser Treffpunkt, den Eduard vor längerer Zeit festgelegt hat, zusammen mit anderen Regularien. Beim Näherkommen sehe ich, wie er mit einer neuen Jeans in die mittlere Kabine geht. Von den Kleiderständern nehme ich wahllos ein Jackett und warte vor der Kabine. Zwei Minuten später kommt Eduard heraus, ohne mich anzublicken. Ich betrete die Kabine, wo auf dem kleinen Hocker ein brauner Umschlag liegt, den ich mir unter das T-Shirt stecke.

In aller Ruhe probiere ich in der Kabine das Jackett an. Es ist zu groß. Ich warte noch eine Minute. Seufze und verlasse dann die Kabine, um das Jackett wieder aufzuhängen.

Meine neue Identität lautet: Laurent Morel, geboren in Paris, Immobilienmakler. Jetzt kann ich nach Rom zurückkehren. Der Umschlag enthält alles: einen französischen Pass und Personalausweis, Flugtickets, eine Hotelreservierung in Marrakesch und noch einige Blätter mit Instruktionen.

Ich habe eine Woche Zeit, um Monsieur Morel zu werden. Im Internet suche ich nach unbekannten Franzosen, um mir eine Vergangenheit zu erfinden. Orte. Die Schulen meiner Kindheit. Den Job in der Immobilienagentur. Alles, was mir eventuell helfen könnte, ein paar Stunden lang eine Vernehmung durch die marokkanischen Behörden zu überstehen.

Sieben Tage nachdem ich in dem Einkaufszentrum von Eduard den Befehl erhalten habe, fliege ich von Paris nach Marrakesch. Wir landen nach Ortszeit früh am Morgen. Vor dem Verlassen des Flughafens müssen alle Passagiere ein Formular ausfüllen. Die Zettel liegen in einem Saal innerhalb des Flughafens bereit, den wir zu Fuß erreichen müssen. Mein Formular habe ich bereits ausgefüllt in dem

Umschlag gefunden, den Eduard mir in der Umkleidekabine hinterlassen hat. Ich stelle mich gleich an.

Die Schlange vor der Passkontrolle ist lang. Seit dem Angriff auf die Twin Towers ist noch nicht einmal ein Jahr vergangen, und die Gefahr neuer Anschläge ist groß. Mir fällt eine Frau mit nordafrikanischen Gesichtszügen auf, die westlich gekleidet ist, ihre Haare aber mit einem Tuch bedeckt hat. Sie versucht zwei Kinder im Zaum zu halten, die um sie herumhüpfen, während sie ein Baby im Arm hält.

»Kann ich Ihnen helfen?«, frage ich auf Französisch. Mit einem hysterischen Lächeln legt sie mir wortlos das Baby einfach in die Arme. Da sie nun endlich die Hände frei hat, packt sie ihre anderen beiden Kinder, klemmt sie zwischen ihren Beinen und dem Tresen fest und füllt die Formulare aus.

»*Schukran*«, danke, sagt sie.

»*Afwan*«, bitte, antworte ich und folge ihr, immer noch mit dem Säugling im Arm. Wie eine Familie treten wir vor den Polizeibeamten.

Sobald wir drankommen, gebe ich den Säugling der Frau wieder zurück, aber so, dass der Polizist es mitbekommt. Dann nehme ich eines der beiden anderen Kinder an die Hand. Der Beamte steht auf, um es anzuschauen, und winkt mich vor. Während ich ihm meinen Pass und das ausgefüllte Formular reiche, lasse ich die Hand des Jungen los, der sofort losrennt und durch die Sperre verschwindet. Die Mutter ruft ihn mit einem derart spitzen Schrei zurück, dass die Gespräche ringsum vor Schreck verstummen. Der Polizist entschließt sich einzugreifen. Er stempelt meinen Pass, ohne ihn zu kontrollieren, und fordert mich auf, das Kind einzufangen und zurückzubringen. Der Junge war beim Schrei seiner Mutter bereits stehen geblieben. Ich nehme ihn sanft bei der Hand und bringe ihn zu der Frau zurück, die immer noch mit ihren Papieren beschäftigt ist. Sie sagt etwas in marokkanischem Dialekt zu mir, in einem wütenden Ton und mit zornfunkelnden Augen, was ich zum Glück nicht verstehe. Ich lächle ihr zu und denke, dass Dankbarkeit nur ein kurzes Leben hat.

Vor dem Gepäckband trennen sich für mich und die junge Mutter mit ihren drei Kindern die Wege für immer. Es war ein Glück, sie getroffen zu haben. Das Durcheinander hat den Beamten abgelenkt. Den Zoll mit einem falschen Pass zu passieren birgt immer ein Risiko. Endlich taucht auf dem Transportband mein Koffer auf. Ich nehme ihn herunter und verlasse den Flughafen.

Der Übergang von der klimatisierten Halle zu den fünfunddreißig Grad draußen ruft mir sofort ins Gedächtnis, dass ich in Afrika bin. Ich nehme das nächstbeste Taxi, einen alten, braunen Fiat Uno.

»Rue Haroun Errachid, bitte«, sage ich auf Arabisch zum Taxifahrer. Bevor er den Motor anlässt, macht er mich darauf aufmerksam, dass die Fahrt 150 Dirham kostet, ungefähr 15 Euro. Er erwartet von mir ein Gegenangebot. Doch ich habe keine Lust, Zeit zu verlieren. Ich nicke bloß, was ihn etwas überrascht und vielleicht sogar beleidigt. Die Gewohnheit, um alles zu handeln, lässt keine Ausnahme zu. Nicht zu feilschen ist unhöflich. Heute aber muss man mich eben so nehmen, wie ich bin.

Das Hotel liegt nur wenige Autominuten vom Flughafen entfernt in einem eleganten Viertel am Boulevard Mohammed VI.

»Tut mir leid, Monsieur, aber es liegt keine Reservierung auf Ihren Namen vor«, sagt die junge Frau an der Rezeption. Sie ist sehr jung und schlank, und das tiefe Schwarz ihrer mandelförmigen Augen macht den Betrachter befangen.

Vor der Abreise habe ich die Instruktionen auswendig gelernt und die Papiere vernichtet. Deshalb kann ich keinen Voucher vorzeigen. Ich lese den Namen der jungen Frau auf dem Anstecker kurz oberhalb des Busens und versuche, dadurch überzeugend zu wirken.

»Amal, könnten Sie das bitte noch einmal kontrollieren?«

Sie schüttelt den Kopf, während sie die Namen der Reservierungen auf dem Bildschirm durchgeht. Dann hält sie inne und entfernt sich, um eine erfahrenere, etwa vierzigjährige Kollegin um Rat zu fragen. Breite Hüften und ein rundlicher Bauch, betont durch die eng anliegende, leuchtend blaue Uniform.

Die Kollegin kommt zu mir: »Entschuldigen Sie, könnte es sein, dass Ihre Firma das Zimmer reserviert hat?«

Aber natürlich, denke ich, sie können ja nicht meine falsche Identität benutzt haben. Ich nehme eine der drei Visitenkarten, die ich in Eduards Umschlag gefunden habe, aus der Brieftasche und reiche sie der Rezeptionistin, die sie laut vorliest und lächelt.

»International Real Estate Paris, hier ist Ihre Reservierung. Sie bleiben vier Tage? Und die Rechnung ist auch schon beglichen. Einen Ausweis bitte.« Sie schaut vom Bildschirm zu mir auf und lächelt: »Paris muss sehr schön sein. Ich habe mir immer gewünscht hinzufahren.«

»Man weiß nie«, sage ich auf Französisch und berühre ihre Finger, während ich die Visitenkarte zurücknehme. Ihre Augen beginnen zu strahlen.

»Laurent, Laurent Morel, gestatten«, und ich reiche ihr die Hand.

Sie zögert, weil sie merkt, dass sie von ihrer jüngeren Kollegin beobachtet wird. Entschuldigend hebt sie die Augenbrauen und senkt den Blick, ohne mir die Hand zu geben.

»Leider ist Ihr Zimmer noch nicht fertig«, teilt sie mir gleich darauf mit, »aber Sie können sich am Pool entspannen. Sobald Sie das Zimmer beziehen können, werden wir Sie verständigen. Das Gepäck können Sie hierlassen, wir kümmern uns darum.« Bei diesen Worten kommt sie um den Empfangstresen herum und fordert mich auf, ihr zu folgen.

»Bitte«, sagt sie und zeigt mir den Eingang zum Pool, der um diese Uhrzeit in der glühenden Hitze liegt und menschenleer ist. Die Rezeptionistin begleitet mich bis zu einem Tisch, der noch im Schatten liegt. Weit entfernt von der Kollegin fällt die Anspannung von ihr ab.

»Dschamila«, stellt sie sich vor, ein Name, der »schön« bedeutet.

»*Dschamilatun giddan*«, antworte ich und bezeichne sie damit als wunderschön. Sie errötet mit einem angedeuteten Lächeln.

»Einen Minztee?«, fragt sie schließlich und beugt sich zu mir herunter, nachdem ich mich an den Tisch gesetzt habe.

Einen gezuckerten Minztee darf man nicht ablehnen. Ich warte, bis er abgekühlt ist, und genieße dann das Aroma, das die frischen

Blätter in dem durchsichtigen Glas verbreiten. Ich bin allein. Meine Augen suchen nach Überwachungskameras, finden aber keine. Jetzt hole ich aus der Hosentasche eine Metalldose, die ich nicht abgegeben habe. Beim Öffnen überlagert der scharfe Geruch flüssigen Silikons den süßen Duft des Tees. Unter dem Tisch reibe ich meine Fingerkuppen mit der Gelatine ein, um meine Fingerabdrücke unkenntlich zu machen. Nach wenigen Minuten ist die Schicht bereits getrocknet. Ich hebe das Glas ins Gegenlicht. Bestens. Keine Spuren. Nach etwa zwanzig Minuten schütte ich den Tee hinunter und strecke mich erschöpft auf einem Liegestuhl unter einem orangen Sonnenschirm aus. Müdigkeit und Hitze lassen mich sofort in tiefe Benommenheit fallen.

Ich nehme an einer Prozession teil. Kein bekanntes Gesicht um mich herum. Wir bewegen uns langsam und geschlossen auf einen großen Hügel unmittelbar hinter einem antiken Torbogen zu. Das Licht ist gleißend und die Vegetation spärlich. Die Entfernung scheint mir riesig, doch plötzlich finde ich mich hinter dem Torbogen wieder. Sofort wird es dunkel. Undurchdringliches Dunkel. Und um mich herum berühre und erahne ich Leichen. Einige scheinen sich inmitten von kleinen, in der Luft herumschießenden Flammen zu bewegen. Ein Kind in kurzer Hose aus beigem Schottenstoff mit schwarzen und roten Karos rennt zwischen den Leichen umher. Ohne dass ich es gewahr werde, packt es mich am Bein und bringt mich zu Fall. Bevor das Kind wegrennt, dreht es sich um und zeigt mir sein Gesicht. Ich brauche ein paar Sekunden, um es zu erkennen. Das bin ich. Das Entsetzen raubt mir den Atem. Die Leere gibt mir das Gefühl zu stürzen. Ich reiße den Mund auf, um zu schreien, aber es kommt kein Laut heraus. Ich spüre, wie mich eine Hand an der Gurgel packt, und schlage zu, um mich aus dem Griff zu befreien, der mich zu ersticken droht.

»Monsieur, Monsieur, Monsieur.«

Ich öffne die Augen. Der Hotelpage steht vor mir und reibt sich die Backe, auf die ich ihm gerade einen Schlag versetzt habe.

»Ihr Zimmer ist fertig«, sagt er und verschwindet umgehend.

Ich schaue auf die Breitling, die ich mir in Rom gekauft habe. Vom stählernen Zifferblatt an meinem linken Handgelenk lese ich ab, dass ich zwei Stunden geschlafen habe. Die Sonne ist weitergewandert, sodass der Schirm mich nicht mehr schützt. Ich bin völlig verschwitzt, und vor allem brennt meine Haut. Der Pool ist von Touristen bevölkert. Einige Kinder beäugen mich misstrauisch.

Hastig stehe ich auf. Dieser Albtraum quält mich schon seit Jahren. Jedes Mal wache ich voll Angst und Beklemmung auf. Hinter der Glastür auf dem Weg zum Aufzug lässt mich die kühle Luft der Klimaanlage frösteln. Der Hotelpage wartet am Eingang der großen Lobby. Er sieht mich und lächelt mir zu. Aus dem Bündel Banknoten in meiner Tasche ziehe ich einen Zwanzig-Dirham-Schein heraus. Als Entschuldigung für meinen unbeabsichtigten Faustschlag lasse ich ihn möglichst diskret in seine rechte Hand gleiten. Im Aufzug drücke ich mit den Ellbogen auf das Stockwerk. Als die Türen zugehen, reibe ich meine Fingerkuppen erneut mit flüssigem Silikon ein und bewege die Hände in der Luft, damit sie trocknen. Ich müsste duschen, doch dazu fehlt mir die Zeit. Um Punkt zwölf Uhr muss ich auf dem Djemaa el Fna sein, dem großen Markt im Zentrum von Marrakesch.

Ich ziehe mich um. Blaue Baumwollhose, blaues Leinenhemd mit weißen Streifen und Saucony-Shadow-Blue-Laufschuhe.

Das Taxi setzt mich am Rand der Medina ab, die auch die Kasbah, den ältesten Teil der Stadt, umfasst. Auf dem Markt suche ich nach dem Verkäufer von Trockenfrüchten. Er ist leicht zu finden. Ich habe die Nummer seines Verkaufsstandes. Da ist er. Die Nummer ist mit roter Lackfarbe gut sichtbar auf einem hellen Holzbrett aufgemalt. Der Verkäufer, den ich suche, ist um die fünfzig, hat kurze Haare, einen kaum sichtbaren Schnurrbart und trug auf dem Foto, das ich in Paris vernichtet habe, ein auffälliges schwarzes Hemd mit weißen Karos. Ich erkenne ihn und warte, bis eine Gruppe von Touristen eine Tüte Mandeln gekauft hat.

»Geben Sie mir bitte Siwa-Datteln«, sage ich auf Arabisch.

Der Verkäufer schaut mich verdutzt an. Ich wiederhole meine

Bitte, um sicher zu sein, dass er mich richtig verstanden hat, aber er lächelt nur und antwortet auf Französisch: »Wir verkaufen keine ägyptischen Datteln, wir sind hier in Marokko, Monsieur.«

Dieser Wortwechsel ist das Erkennungszeichen, das in den Instruktionen festgelegt war. Danach ändert er seinen Ton und ruft einem Jungen hinter dem Verkaufsstand auf Arabisch zu: »Youssef, du bleibst hier. Ich komme gleich wieder.«

Ohne stehen zu bleiben, fordert mich der Verkäufer mit der rechten Hand auf, ihm zu folgen. Wir überqueren den Parkplatz für die Pferdefuhrwerke. An einer Laterne befreit der Händler ein altes Moped ohne Nummernschild von zwei Ketten.

»My name is Hisham, how are you?«, fragt er mit einer grauenhaften englischen Aussprache. Dann schaut er um sich, während ich ihm antworte, dass es mir gut geht, danke.

Hischam fängt an zu lachen, glücklich, dass ich ihn verstanden habe. Er fordert mich auf, mich auf den Rücksitz des Mopeds zu setzen, und wiederholt noch zweimal lachend sein *»My name is Hisham, how are you?«*. Er steigt auf und startet, ohne mir auch nur die Zeit zu geben, mich richtig im Sattel hinzusetzen. Um nicht herunterzufallen, muss ich ihn fest umarmen.

Wie ein Verrückter rast Hischam auf die Südseite des Djemaa el Fna, der um diese Uhrzeit eine von der Sonne glühend aufgeheizte Asphaltfläche ist. Im Slalom kurvt er um Passanten und Verkaufsstände herum. Nach einer zehnminütigen lebensgefährlichen Fahrt bremst er in der Medina plötzlich ab. Ich habe versucht, mir die Strecke zu merken. Wenn er mich jedoch hier sitzen ließe, könnte ich mich nur schwer orientieren. Nach dem Weg fragen will ich nicht, um nicht aufzufallen. Ich wende den Blick nach oben, während Hischam nach links in den Derb Tbib, die Tbib-Gasse, einbiegt. Wir passieren an der Ecke ein Geschäft mit einem eisernen Tor, das mit ockergelben und blauen Rauten bemalt ist. Am rechten Torflügel ist eine Keramikschale befestigt, zwei Besen und eine Schaufel hängen vom Vordach herunter, Gummischläuche und Griffe jeder Art sind auf einem Gestell aufgereiht. Wir fahren an einer schwarz verschleierten Frau vorbei. Ein größeres und ein kleines Mädchen, beide in der weißen Schulschürze und mit einer schwarzen Schultasche über der Schulter, sehen uns an. Das Moped biegt noch zwei Mal nach rechts ab und stoppt dann vor einem großen hölzernen Portal mit einer riesigen Amphore aus Terrakotta auf einem Dreifuß an der linken Seite. In der Amphore bewegt der Wind die Fächer einer jungen, kaum einen Meter hohen Palme. Die Fassade ist mit eleganten arabischen Stuckelementen und weißen Flachreliefen verziert. Die Tür ist fast quadratisch, nur die oberen Ecken sind leicht abgerundet. Die dunkle Oberfläche ist mit einer Reihe massiver handgeschmiedeter Beschläge geschmückt, die in der Mitte vier Rechtecke um einen Türklopfer aus Messing bilden. An diesem Eingang eines Hauses aus einer anderen Zeit gibt es weder Namensschild noch Klingel.

Hischam macht den Motor nicht aus. Mit einer flüchtigen Kopfbewegung gibt er mir zu verstehen, dass wir angekommen sind und ich absteigen soll. Die Gasse ist menschenleer. Mit dem Türklopfer mache ich drei leichte Schläge. In der Tür erscheint eine kleine ältere Frau. Mit gesenktem Kopf bleibt sie vor mir stehen, als wüsste sie nicht, wie sie sich verhalten soll. Mit einem raschen Blick kontrolliere ich den Raum hinter ihr. Ein großes Zimmer mit dunklen Möbeln. Viel mehr kann ich in dem Halbdunkel jedoch nicht erkennen.

»Danke, Amina, du kannst gehen. Monsieur Morel, ich heiße Sie willkommen, bitte treten Sie ein«, sagt jemand hinter der Frau auf Französisch. An der Stimme erkenne ich Eduard, der auf mich zukommt und mich umarmt. »Entschuldige«, fährt er halblaut auf Englisch fort, »aber Amina macht hier drinnen nie das Licht an. Sie ist von Geburt an blind. Auf jeden Fall können wir sicher sein, dass sie uns nie identifizieren kann.« Er lacht in sich hinein. »Wir helfen ihr«, fährt er fort. »Als Gegenleistung sind wir ihre Gäste in diesem Haus, das wir zusammen mit dem Verkaufsstand auf ihren Namen gekauft haben. Hischam ist ihr Sohn.«

»Okay«, erwidere ich und versuche den Grundriss der Wohnung

zu erfassen. Doch nachdem die Eingangstür geschlossen wurde, sind die Lichtverhältnisse so schlecht, dass ich es bleiben lasse. Eine klare Wahrnehmung ist nicht mit den Augen, sondern nur mit dem Geruchsinn möglich: der süße Duft von Rosenwasser aus einer Ampulle zur Lufterfrischung.

»Morgen früh um sieben hole ich dich im Hotel ab«, fährt Eduard auf Englisch fort, damit Amina uns nicht versteht. »Ich warte an der Garagenausfahrt auf dich, gleich links neben dem Eingang. Geh nicht an der Rezeption vorbei. Die Polizei hat ihre Leute in allen Hotels. Sie überwachen die Touristen, damit sie keine marokkanischen Prostituierten mit aufs Zimmer nehmen. Je weniger man uns bemerkt, desto besser, *you know*.«

Eduard hat die Angewohnheit, jeden Satz mit *›you know‹* zu beenden.

»Ist die Person angekommen?«, frage ich ihn.

»Sie ist seit einem Monat hier. Die Marokkaner vernehmen den Mann gerade«, antwortet Eduard, »aber er spricht über Italien, über Personen und Orte in Italien. Wir brauchen dich, um herauszufinden, ob er lügt. Wenn wir nichts gegen ihn in der Hand haben, müssen sie ihn freilassen. Und das passt niemandem in den Kram.«

Wir bleiben im Halbdunkel des Zimmers stehen. »Entschuldige, wenn ich dich nicht zum Mittagessen einlade, aber mir ist es lieber, dass wir nicht zusammen gesehen werden. Man kann nie vorsichtig genug sein«, rechtfertigt sich Eduard und nimmt aus einer Ledertasche auf dem Tisch einen Stoß marokkanischer Geldscheine. »Hier«, sagt er, »das sind 10.000 Dirham, etwas mehr als 1000 Euro. Mach dir einen schönen Abend. Ich empfehle dir das Comptoir. Es liegt ganz in der Nähe deines Hotels und hat eine internationale Klientel. Tolle Frauen.« Bei diesen Worten nimmt er mich beim Arm, legt mir das Geld in die Hand und zwinkert mir komplizenhaft zu. »Jetzt lasse ich Hischam holen, damit er dich auf den Platz zurückbringt. Es dauert ungefähr zehn Minuten.«

»Nein danke. Ich gehe lieber allein zurück.«

»Wie Sie wollen, Monsieur Morel. Ich bin sicher, dass Sie sich nicht verirren«, verabschiedet er mich auf Französisch und öffnet mir die Tür.

Draußen trifft mich das Licht der hochstehenden Sonne wie ein Faustschlag auf die Augen, und ich brauche ein paar Minuten, bevor ich wieder richtig sehen kann. Ich gehe die Gasse entlang bis zu der Straße, die wie eine Hauptverkehrsader aussieht, und biege nach links bis zur Kreuzung mit dem Derb Tbib. Von dort geht es geradeaus. Marrakesch geht unter die Haut, in die Lunge, ins Herz. An jeder Ecke bietet sich ein Bild, das man für immer im Gedächtnis bewahren möchte. Das warme Licht der Häuserwände vermittelt ein Gefühl des Friedens. Doch für diejenigen, die hier leben und arbeiten, ist die Stadt auch anstrengend. Manche Straßenabschnitte sind nicht gepflastert, und ich betrachte missvergnügt meine verstaubten Schuhe. Überall Kinder, die von der Schule nach Hause zurückkehren. Die Mädchen tragen weiße Kittelschürzen, die Jungen blaue. Alle sind gleich gekleidet.

Die Medina ist voller Leben. Dutzende kleine Geschäfte ohne Ladenschild verkaufen Keramikgeschirr, Fleisch, Obst und Gemüse. Dazwischen die Karren, die über und über mit Brot beladen sind, das jeder vor dem Kauf betastet und prüft. Ich gehe die schmale Gasse entlang, die wir entgegen der Fahrtrichtung mit dem Moped passiert haben. Die durchdringenden Töne der Punji-Flöte, die die Schlangenbeschwörer spielen, sagen mir, dass der Djemaa el Fna nur ein paar Dutzend Meter entfernt ist. Es ist zwei Uhr nachmittags. Ich überquere den Platz in der Diagonalen, und um nicht die Orientierung zu verlieren, behalte ich die Koutoubia im Auge, Marrakeschs größte Moschee. Der elegant-feierliche Bau aus dem 20. Jahrhundert erhebt sich westlich des Djemaa el Fna. Ich biege rechts in die Avenue Mohammed V und erreiche so einen Taxistand.

Dem Fahrer eines uralten Mercedes sage ich, er soll mich zum Sofitel bringen. Ich steige aus. Warte, bis das Taxi weggefahren ist. Gehe zweimal um die kreisrunde Place de l'Hivernage und dann, wie mit Eduard vereinbart, durch die Garage in mein Hotel. Ich begrüße den Aufpasser an der Schranke, den ich mir mit einem ordentlichen Trinkgeld schon zum Freund gemacht habe. Sobald er mich kommen hört, springt er auf und wirft seinen Stuhl um, auf dem er eingedöst war. Ich öffne zwei Brandschutztüren. Rufe den Aufzug. Und kann endlich die Zimmertür hinter mir zumachen.

Sofort nehme ich eine Flasche Wasser aus dem Kühlschrank und trinke sie halb leer. Dann werfe ich mich aufs Bett, eingelullt vom Surren der Klimaanlage. Irgendetwas in meiner Hosentasche stört mich. Es ist die Dose mit Silikon. Ich öffne sie und reibe mir mechanisch die Hände damit ein. Dann stehe ich wieder auf. Mit einem Zipfel des Betttuchs säubere ich die Flasche, die ich gerade in der Hand hatte, und lege mich wieder hin.

Das Geklapper von Pferdehufen auf der Straße lässt mich aus tiefem Schlaf wiederauftauchen. Ich bin steif gefroren. Ich schalte die Klimaanlage aus und lasse in der Dusche das Wasser laufen. Ich drehe den Wasserhahn auf rot. Wieder im Zimmer, öffne ich das Balkonfenster, das auf den Platz geht. Der Blick auf die Palmen, den großen kreuzförmigen Brunnen und die backsteinroten Mauern der Stadt erfüllt mich mit einem Gefühl wohliger Geborgenheit und Ruhe. Das habe ich dringend nötig. Ich stelle mich unter die Dusche. Dort bleibe ich wie betäubt, lasse mir das heiße Wasser auf den Kopf prasseln und in Kaskaden den Körper massieren. Nach dem Abtrocknen reibe ich mir, noch nackt, die Hände mit Silikon ein, bevor ich mich wieder aufs Bett werfe.

Bevor ich entscheide, wie ich den Abend verbringen will, schalte ich den Fernseher an.

Es ist das Jahr der Fußballweltmeisterschaft in Japan und Südkorea, und sie übertragen eine Wiederholung des Viertelfinales England-Brasilien. Brasilien gewinnt 2:1. Das erste Tor schießt Owen, Rivaldo erzielt den Ausgleichstreffer, das Siegtor Ronaldinho. Nach dem Ende der Partie erinnert mich mein leerer Magen daran, dass ich nicht einmal zu Mittag gegessen habe.

Meinem großen Rollkoffer entnehme ich nacheinander ein Stehkragenhemd aus Leinen, eine legere blaue, in sich gemusterte Jacke, eine Hose in derselben Farbe, Sneaker aus Kalbsleder und einen

Schal aus weißer Baumwollgaze mit blauem Muster. Ich habe stark das Gefühl, dass meine Mission in Marokko mit einem Blutbad enden wird, und will es heute Abend richtig krachen lassen.

Vor dem Aufzug entscheide ich, diesmal nicht durch die Garage zu gehen. Ich drücke Erdgeschoss, um meiner Eitelkeit mit einem Auftritt unter den Hotelgästen in der Eingangshalle freien Lauf zu lassen. Zeitverschwendung. Von den Gästen ist weit und breit niemand zu sehen, und der Mann an der Rezeption hebt nicht einmal den Kopf. Ich muss auf ihn zugehen, um ihn zu fragen, wie ich zu Fuß zum Comptoir komme. Er erklärt mir sehr höflich den Weg. Ich will mich nicht in irgendeinem staubigen Taxi schmutzig machen. Außerdem ist es noch viel zu früh, um jetzt gleich zu Abend zu essen.

Nicht einmal zweihundert Meter hinter der Place de l'Hivernage, noch weit vor dem Lokal, das mir Eduard empfohlen hat, komme ich am Café Extrablatt vorbei. Es scheint mir genau der richtige Ort zu sein, um die Zeit bis zum Abendessen zu verbringen, etwas zu trinken und nachzudenken. Ich setze mich an einen Tisch im Freien, bestelle einen Minztee und einen Kaffee, zu dem man stets ein Sidi-Ali-Mineralwasser bekommt. Ich bewundere den Sonnenuntergang. Höre dem Gezwitscher der Schwalben zu. Schnuppere den Gewürzduft in der Luft und spüre den warmen Wind, der uns auf die Nacht vorbereitet. Ich liebe Marrakesch. Den Kaffee trinke ich in einem einzigen Schluck, den süßen Tee dagegen schlürfe ich langsam. So versuche ich die Zeit bis zum Abendessen zu überbrücken, als ich bemerke, dass mich zwei junge Frauen beobachten. Sie sitzen an einem Tisch links von mir. Mit einem angedeuteten Lächeln setzen sie gekonnt den Blick zweier überraschter, scheuer Rehlein auf. Ich sehe weiter zu ihnen hinüber und grüße sie mit einem leichten Kopfnicken. Dann schaue ich in eine andere Richtung. Ich bleibe noch so lange, bis ich ein Sandwich gegessen habe, trinke ein kaltes Bier und kehre ins Hotel zurück. Ich verzichte auch auf das Comptoir, lieber nichts riskieren.

WASSERFOLTER

Eduard kommt überpünktlich, fährt Simone Pace fort. Wir halten kurz an der Oil-Libya-Tankstelle und sind um 7.20 Uhr bereits auf der Staatsstraße. Auf meine Frage, wie lange wir brauchen werden, erklärt er mir, dass es leider nur auf dem letzten Stück zwischen Settat und Casablanca eine Autobahn gibt. Unser Ziel ist Temara, etwa achtzig Kilometer hinter Casablanca, ganz nah an der Hauptstadt Rabat. Nach Eduards Angaben sind es insgesamt fast dreihundertfünfzig Kilometer, und man muss mit mindestens sechs Stunden Fahrt rechnen. Vom Armaturenbrett nimmt er einen Zettel, auf dem er sich die Strecke notiert hat, und gibt ihn mir mit den Worten: »Jetzt bist du mein Navi.« Im nächsten Moment schimpft er auf Englisch über einen allzu langsamen Traktor, der mitten auf der Straße fährt.

Auf der N9 durchqueren wir Wüstengegenden, Felder und Dörfer. Nach etwa siebzig Kilometern machen wir in Ben Guerir vor einem Gebäudekomplex halt, der aussieht wie ein Militärstützpunkt. Eduard bittet mich, im Wagen zu bleiben. Er steigt aus und trifft in etwa hundert Meter Entfernung auf einen Offizier in Uniform. Den Motor hat er angelassen, damit die Klimaanlage das Wageninnere kühl hält. Außen herum das reine Nichts. Und auch die Militärbasis scheint im Augenblick nicht genutzt zu werden. Ich bleibe sitzen und unterdrücke meine Neugier. Ich darf nichts sehen, vor allem aber will ich nicht gesehen werden. Als Eduard zum Auto zurückkommt, lächelt er und reicht mir eine eiskalte Dose Cola.

»Falls nötig, können wir von hier aus eines unserer Flugzeuge nach Aviano starten lassen, um euch nach Hause zu bringen«, kündigt er mir befriedigt an.

»Euch nach Hause zu bringen?«, frage ich erstaunt.

»Simone, o Pardon, Monsieur Morel, wir wissen noch nicht, welche Entscheidungen getroffen werden. Wir müssen auf alles vorbereitet sein«, erklärt er mir und blickt unverwandt auf die menschenleere Straße vor uns.

Bei der Abzweigung nach Casablanca sehe ich zwei Uniformierte neben ihren Motorrädern am Straßenrand stehen. Wir fahren langsam, weil wir nicht wissen, wo wir abbiegen müssen. Dummerweise schaffe ich es nicht, ihren Blicken auszuweichen. Und so geht der eine mit wenigen schnellen Schritten fast bis in die Mitte der Kurve und macht uns mit den Armen ein Zeichen, rechts ranzufahren.

»Wer ist das?«

»Ich glaube, Verkehrspolizei«, antwortet Eduard. »Ganz ruhig, das ist eine normale Kontrolle. Gib mir deinen Pass, Monsieur Morel.«

Der größere und schlankere der beiden Polizisten nähert sich dem Wagenfenster. Er trägt eine graue Hose, schwarze Stiefel, eine weiße Jacke mit einem breiten, gleichfalls weißen Ledergürtel über einem hellen Hemd mit dunkler Krawatte. Er beugt sich herunter, um einen kurzen Blick ins Wageninnere zu werfen, und wirkt beglückt, dass wir Ausländer sind.

»Ihre Papiere bitte«, sagt er auf Französisch.

Eduard nimmt den Kraftfahrzeugschein und unsere Pässe vom Armaturenbrett. Am Aussehen erkenne ich, dass auch er einen französischen hat. Ich atme tief durch, um ruhig zu bleiben. Der Polizist entfernt sich und spricht mit seinem Kollegen. Dann kommt er zurück.

»Das macht vierhundert Dirham, Sie haben die zulässige Geschwindigkeit überschritten«, informiert uns der Größere und Schlankere.

Ich kann nicht an mich halten, steige aus und erkläre ihm, dass das Unsinn ist. Ich mache ihm klar, dass wir langsam gefahren sind und er gar nicht über ein Gerät zur Geschwindigkeitsmessung verfügt.

Der Polizist blickt mich mit unerschütterlicher Ruhe an, dann zeigt er auf seinen Kollegen: »Monsieur, wissen Sie, wer dieser Mann ist? Es ist mein Vorgesetzter. Und wenn er mir sagt, dass Sie zu schnell gefahren sind, dann sind Sie zu schnell gefahren.«

Ich muss gestehen, dass er mich überrumpelt hat. Ich stehe mit offenem Mund da. Als ich erneut loslegen will, hält mich Eduard mit einem Wink zurück, zieht ein paar Banknoten aus der Tasche und gibt sie dem Polizisten. Der nimmt sie, als wäre es das Normalste von der Welt, lässt uns wieder einsteigen und fordert uns auf weiterzufahren.

»Mit zweihundert Dirham haben wir uns Scherereien erspart. Die Polizei hier bessert so ihr Gehalt auf, merk dir das. Wolltest du, dass sie uns auf die Wache mitnehmen?«, schimpft mich Eduard.

»Du hast ja recht, entschuldige«, murmele ich etwas verlegen.

Es ist kurz nach drei, als wir endlich ein kleines Dorf zwischen Temara und Rabat erreichen. Von hier aus kann man ihn nicht sehen, aber der Atlantik liegt nur wenige Hundert Meter links von uns, und sein klares Licht spiegelt sich im blauen Himmel. Die Angaben auf Eduards Zettel sind eindeutig: In Hay Riad, dem vornehmen Wohnviertel von Rabat, müssen wir nach rechts bis zu der großen Kreuzung vor dem Aswak-Assalam-Einkaufszentrum fahren, dann wieder nach rechts dreihundert Meter auf der Avenue Mehdi Ben Barka. An der zweiten Kreuzung nach links in die Avenue Ailanthus und dann weiter geradeaus. Nach einem Kilometer erreichen wir unser Ziel.

Auch dieser Komplex sieht aus wie ein Militärstützpunkt. Ein riesiges, doppelt umzäuntes Gelände mitten in dichtem Gehölz. Wir fahren ein kurzes Stück am Zaun entlang, biegen dann nach rechts und kommen zum Haupteingang, wo uns zwei Männer in Zivil anhalten.

Eduard teilt ihnen mit, dass wir erwartet werden. Dabei nennt er einen Namen, den ich nicht verstehe, der aber so bedeutend sein muss, dass die beiden vor Schreck strammstehen. Einer verschwindet in einer Art Wachhäuschen, aus dem wir ihn telefonieren hören. Wieder zurück, teilt er uns mit, dass man uns abholt.

»Das hier ist ein Stützpunkt der DST, der Direction générale de la surveillance du territoire, erklärt mir Eduard. Die Generaldirektion für die Überwachung des Territoriums ist der marokkanische Inlandsgeheimdienst. »Der Italiener, wie wir ihn nennen, wird hier festgehalten. Hier darf natürlich niemand deine wahre Identität erfahren. Nicht einmal, woher du kommst. Wir haben gesagt, dass du ein Experte für Europa bist. Du wirst an den Vernehmungen teilnehmen. Der Klient spricht Italienisch. Du kannst ihn fragen, was du für nützlich hältst. Aber Vorsicht: Die marokkanischen Kollegen zeichnen alle Gespräche auf, versuche also, dich nicht zu verraten.«

Eduard spricht leise, während wir im Auto warten, die Fenster geschlossen, die Klimaanlage voll aufgedreht. Der gewohnheitsmäßige Verdacht, überwacht und abgehört zu werden, konditioniert den Alltag jedes operativen Agenten. Schließlich erscheint neben unserem grauen Renault ein Mann in Anzug und Krawatte, deren Schnitt und Farben jeden angehenden Modeschöpfer hätten erblassen lassen. Er gibt uns ein Zeichen, dass wir kurz hinter der Schranke rechts vor einem niedrigen Gebäude parken sollen.

Wir steigen aus. Er stellt sich als Kommissar Ghazi vor. Das Wort Kommissar betont er besonders, um keinen Zweifel über seinen Dienstgrad aufkommen zu lassen. An einem weißen dreistöckigen Gebäude entlang folgen wir ihm bis in sein Büro fast in der Mitte des Komplexes. Der Geruch frischer Farbe verpestet die glühende Luft. Die glänzenden Wände verraten, dass sie erst vor Kurzem gestrichen wurden, der obere Teil weiß, die Basis sandgelb. In seinem Büro ruft Kommissar Ghazi einen Namen, und sofort erscheinen eine silberne Teekanne und einige bunte Gläser auf einem Tablett in der Hand eines seiner Untergebenen.

Wir setzen uns. Der Kommissar und Eduard sprechen Französisch miteinander. Ich habe den Eindruck, dass ich dem marokkanischen Kollegen alles andere als sympathisch bin, denn er schaut mich ab und zu missbilligend an, ohne dass ich verstehe, warum. Eine gute Viertelstunde lang unterhalten sich die beiden über das Wetter, über Urlaubsziele und darüber, dass es immer teurer wird,

Kinder großzuziehen. Als sie dann auch noch über Fußball zu diskutieren beginnen, habe ich den Eindruck, einer surrealen Komödie beizuwohnen. Eduard versucht sogar, auch mich einzubeziehen. Er sagt zu Ghazi, ich sei sehr viel gereist und verstehe viel vom Kochen. Was im Übrigen grundfalsch ist.

Ich bin hier als Agent im Sold der Vereinigten Staaten, nicht als Koch. Ich fühle mich nicht wohl in meiner Haut. Vor allem, als ich bemerke, dass hinter uns ein Mann zuhört, mindestens eins fünfundachtzig groß und hundert Kilo schwer, mit dunkler Haut und ausgesprochen bösartigem Blick.

»Darf ich Ihnen Marwane vorstellen«, sagt Kommissar Ghazi, »er wird Sie begleiten. Ich muss mich einer Delegation widmen.«

Marwane ist ein einziges Muskelpaket, auch wenn sein rundlicher Bauch nicht ganz zu seinem gestählten Körper passt. Er grüßt uns mit einer kaum wahrnehmbaren Verbeugung und legt die rechte Hand aufs Herz. Wir erwidern den Gruß mit einem Kopfnicken.

»Also besser keine Zeit verlieren. Geh mit ihm. Ich bleibe hier im Büro, wir sehen uns danach«, verabschiedet sich Eduard, immer noch auf Französisch.

»Gut, ich gehe dann«, sage ich zum Kommissar gewandt, der sich von Marwane eine Marlboro hat geben lassen. Bevor er mir antwortet, zündet er sie an. Das Gesicht über die Papiere auf seinem Schreibtisch gebeugt und in eine Rauchwolke gehüllt, gibt er mir lediglich mit der Linken ein Zeichen zu gehen. Wir verlassen das Büro. Dann das Gebäude. Betreten das daneben. In einem Raum mit vergitterten Fenstern sehe ich drei Männer und zwei Frauen. Sie unterbrechen ihr Gespräch und wenden sich zu mir, um mich anzusehen. Ich hebe die Hand zum Gruß. Sie aber erwidern ihn nicht.

Marwane nimmt einen Schlüsselbund aus seiner Schreibtischschublade und fordert mich auf, ihm zu folgen. Ich merke, dass die Anlage wirklich so groß ist, wie ich sie mir von außen vorgestellt habe. Weil es Reihen von hohen Bäumen gibt, kann ich jedoch nicht abschätzen, wo das Gelände endet. Auf den Dächern sind unzählige Satellitenantennen angebracht. Nach etwa hundert Metern erreichen wir einen Container auf einem kleinen Platz. Es ist vier Uhr Nachmittag. Vor dem eisernen Tor sind zwei Männer über einen kleinen Tisch gebeugt und spielen Backgammon. Als sie uns sehen, springen sie auf. Marwane sucht nach dem richtigen Schlüssel an seinem Schlüsselbund, klopft als Erkennungszeichen drei Mal und öffnet dann die Tür.

Von einem Schwall feuchtheißer Luft und dem Neonlicht, das von den weiß gestrichenen Metallwänden zurückgeworfen wird, werden wir im wahrsten Sinn des Wortes überwältigt. Belüftet ist das Innere nur durch ein Fensterchen dicht unter der Decke und einen alten Ventilator, der in der hintersten Ecke des kleinen Metallgehäuses am Boden steht. Das Mobiliar besteht nur aus zwei Stühlen und einem niedrigen Tisch. Direkt hinter dem Tisch sitzt ein Mann auf einem Hocker und schaut uns verängstigt an. Das ist er, der Italiener. Trotz der Backofenhitze trägt der Gefangene eine graue Fleecejacke mit Kapuze und beige Baumwollhosen mit braunen Längsstreifen. Der Bart und lange, krause Haare umrahmen ein mageres und leichenblasses Gesicht. Mich beeindrucken zwei Dinge: die Fleecejacke und die weit aufgerissenen Augen, die uns ausdruckslos anstarren. Ein hinter ihm stehender Soldat bewacht ihn, während eine Frau in grünem T-Shirt, Hose mit Camouflage-Muster und Kampfstiefeln auf einem der beiden Stühle sitzt und ihn anschreit, er solle wach bleiben. Als wir uns dem Tisch nähern, weicht der Italiener ruckartig zurück, als hätte er Angst vor einem Faustschlag.

Marwane gibt seiner Kollegin ein Zeichen, aufzustehen und mir ihren Platz zu überlassen. Ich beschließe, sowohl meine Fragen als auch seine Antworten auf einem Zettel zu notieren.

»Bestätigen Sie, dass Sie nach Afghanistan gegangen sind, um sich dem Kampf gegen die Amerikaner anzuschließen?«, frage ich ihn auf Italienisch.

»Ich will sofort mit dem italienischen Konsul sprechen, ich will sofort mit dem italienischen Konsul sprechen«, schreit er.

»Haben Sie an militärischen Ausbildungsmaßnahmen teilgenommen?«

»Ich will sofort mit dem italienischen Konsul sprechen, ich will sofort mit dem italienischen Konsul sprechen«, wiederholt der Italiener.

Marwane, der sich auf den anderen Stuhl neben mich gesetzt hat, zieht ein Päckchen Zigaretten aus der Hosentasche und lässt mit einer gezielten Drehung des Handgelenks eine Zigarette herausgleiten. Er bietet sie dem Gefangenen an. Der aber verharrt regungslos und lässt lediglich die Augen forschend zwischen uns hin- und herwandern. Zwischen mir, Marwane und der neben uns stehenden Kollegin. Ich halte Marwanes Geste für eine hervorragende Strategie, um die Gemüter zu beruhigen. So fordere ich den Gefangenen mit einem Blick auf, anzunehmen. Der Italiener scheint Vertrauen zu fassen. Er neigt sich nach vorn, um die Zigarette zu nehmen. Marwane lässt das Päckchen auf den Tisch fallen. Und mit seiner riesigen Hand packt er den Gefangenen im Nacken und knallt sein Gesicht auf die Holzfläche.

Das Geräusch ist so hart und laut, dass auch ich auffahre und mir vorstelle, wie weh es tut.

»Jetzt kannst du ihm die Frage noch einmal stellen«, sagt Marwane.

Der Italiener hat sich, als wäre er zurückgeschnellt, wieder aufgerichtet. Seine Nase ist geschwollen und blutet, auch aus dem Mund rinnt Blut. Er schreit nicht. Er weint nicht. Stattdessen beginnt er zu beten. Mit der rechten Faust klopft er sich aufs Herz und intoniert einen Singsang aus Koranversen und anderen Sätzen, die ich nicht verstehe. Spritzer von Spucke und Blut haben auf dem Blatt, auf dem ich die ersten Fragen und seine immer gleichen Antworten notiert hatte, Flecken hinterlassen. Die Frau, die uns bis dahin nur zugeschaut hat, geht mit zwei Schritten auf den Gefangenen zu. Sie hebt die Arme, um Schwung zu nehmen, macht eine Körperdrehung und tritt ihm mit ihrer Stiefelsohle ins Gesicht. Der Tritt ist so heftig, dass der Italiener vom Hocker fliegt und gegen die Wand dahinter schlägt. Er sackt auf dem Boden zusammen. Bevor ich ihn ohnmächtig werden sehe, höre ich ihn leise mehrmals auf Arabisch *'umm* murmeln, Mama. Er fleht zu seiner Mutter.

Ich weiß, ich habe absolut nichts zu seiner Verteidigung unternommen. Daran denke ich bis heute. Ich erlebe das Geschehen um mich herum ohne jede emotionale Beteiligung. Wortlos fordert Marwane mich auf zu gehen. So verlassen wir den Container, verfolgt vom Stöhnen des Gefangenen. Im Hauptgebäude warten wir einige Minuten vor dem Büro von Kommissar Ghazi. Er kommt kurz darauf mit Eduard zurück.

»Wie ist es gelaufen?«, fragt mich mein Controller auf Französisch.

Ich beschließe, auf Englisch zu antworten, damit der Kommissar und Marwane mich nicht verstehen. Ich erzähle ihm, was ich gesehen habe. Natürlich erwarte ich nicht, dass Eduard überrascht ist. Aber ebenso wenig, dass er mir befiehlt, mit dieser Folter bis zum Äußersten fortzufahren.

»Ohne irgendetwas in der Hand zu haben, können wir hier nicht wegfahren«, sagt er, »vor allem nachdem ich den Marokkanern gesagt habe, dass du auf Vernehmungen unter Folter spezialisiert bist.«

»*What?*«, frage ich ihn leise.

Eduard zieht eine Grimasse. Jetzt verstehe ich, warum der Kommissar mich bei unserem Gespräch immer so angewidert angesehen hat. Und ich verstehe auch, warum Marwane und seine Kollegin den Gefangenen geschlagen haben, ohne damit zu rechnen, dass ich gehe: Sie wollten zeigen, dass sie es mit mir aufnehmen können. Mit der Feigheit, die ich auch in dieser Situation an den Tag gelegt habe, ist schließlich der letzte Rest an Menschlichkeit verschwunden, den ich vielleicht noch besaß. Nun bin ich zum Komplizen der Folterknechte geworden. Gleichzeitig aber auch Opfer einer psychologischen Manipulation. Ich kann mich nur noch dadurch retten, dass ich meine Rolle bis zum Ende spiele.

Eduard hat mir auf der langen Autofahrt erklärt, dass der Italiener nie allein gelassen wird. Seit Tagen hindert man ihn daran zu schlafen. Die grelle Neonbeleuchtung in dem Container wird nie ausgeschaltet. Und die zehn Personen, die für ihn abgestellt sind, stellen ihm immer dieselben Fragen. Dieses bewährte Verfahren empfehlen die Instruktoren der CIA auch den Geheimdiensten ihrer Verbündeten. Aus Erfahrung weiß ich, dass Schlafmangel wirksamer ist als physische Gewalt. Und er hinterlässt keine Narben.

So sitze ich noch um vier Uhr morgens dem Gefangenen gegenüber und stelle ihm dieselben Fragen. Immer dieselben. Marwane hat sich schlafen gelegt. Er hat mich im Container mit dem Gefangenen allein gelassen und mir eingeschärft, dass ich mich im Notfall an die Wachsoldaten vor der Containertür wenden soll.

Noch einmal: »Bestätigen Sie, dass Sie nach Afghanistan gegangen sind, um sich dem Kampf gegen die Amerikaner anzuschließen?«

Ich spreche die Sätze längst mechanisch vor mich hin, ohne jede Hoffnung auf eine Antwort. Plötzlich aber bemerke ich, dass er auf meine Brusttasche starrt, aus der eine Tafel Maruja-Schokolade mit Mandeln herausschaut. Ich hatte sie im Hotel aus einem Automaten gezogen. Mit gespielter Ruhe nehme ich sie heraus und öffne sie vor seinen Augen. Sofort sehe ich, wie der Gefangene einen tiefen Atemzug tut, um seine Lungen mit dem Kakaoduft zu füllen.

»Essen Sie«, biete ich ihm auf Italienisch an und halte ihm die ganze Tafel hin.

Er betrachtet mich immer noch reglos. Doch es gelingt ihm nicht, die Bewegung seiner Lippen zu unterdrücken, die, seiner mentalen Kontrolle entzogen, den Geschmack vorwegnehmen. Endlich entschließt er sich. Er nimmt die Schokolade und schiebt die ganze Tafel in den Mund. Kauend starrt er auf die geschlossene Tür, aus Angst, dass jemand eintreten und ihn dieser winzig kleinen Freude berauben könnte. Aus Respekt senke ich den Blick auf meine Füße. Er hört auf zu kauen, und ich höre seine Stimme.

»Ich bin kein Terrorist«, antwortet der Italiener. »In Lahore bin ich während einer Taxifahrt von der Polizei kontrolliert worden, die mich festgenommen hat, als sie meinen ausländischen Pass sah.«

Ich verliere keinen Moment und stelle ihm weitere Fragen. »Können Sie mir erklären, wann und wie Ihre Reise ins pakistanische Lahore organisiert wurde?«

»Ich möchte, dass Sie sich meine Geschichte anhören«, sagt er, immer noch auf Italienisch. »Ich bin in Marokko als Zweitjüngster einer kinderreichen Familie geboren. Wegen der schlechten Wirtschaftslage musste ich die Schule abbrechen und emigrieren. 1989 bin ich nach Italien gekommen und habe dort eine vorläufige Aufenthaltsbewilligung erhalten. Dann habe ich einen festen Arbeitsplatz und eine Wohnung gefunden. Ich habe geheiratet und ein unbegrenztes Aufenthaltsrecht bekommen. Unter großen Opfern habe ich für meine Mutter in Marokko ein Haus bauen können und …«

Der Italiener seufzt. Ein trockener Husten löst den Knoten im Hals, der seine Stimme hat versiegen lassen. Ich nutze den Moment, um den Kugelschreiber sinken und die Hand ruhen zu lassen.

»Ja, für meine Mutter und meine zwei Schwestern, die ich durch meine Arbeit weiter unterstützen konnte«, fährt er fort. »Als guter Muslim habe ich die Moschee besucht, wo ich sehr respektiert war. So habe ich begonnen, Texte zu übersetzen, die es auf Italienisch nicht gab. Bücher, die für die Kenntnis und die Ausübung unserer Religion sehr nützlich sind. Deshalb wollte ich im Juni 2001, also letztes Jahr, eine Reise nach Pakistan unternehmen, um meine religiösen Studien zu vertiefen.«

Ich lasse ihn reden, ohne ihn zu unterbrechen. Es ist ein entscheidender Moment. Kaum dass er innehält, stelle ich weitere Fragen.

»Kennen Sie italienische Staatsbürger, die an dieser Initiative teilgenommen haben?«

»Nein, ich war der Einzige mit italienischem Wohnsitz. Aber ich hatte auch gar keine Zeit, jemanden kennenzulernen, denn man hat mich sofort verhaftet.«

»Was ist danach geschehen? Nach deiner Verhaftung, meine ich.«

Ich wechsle vom Sie zum Du, um das Gespräch vertraulicher zu machen.

»Von Anfang an bin ich wie ein Verbrecher behandelt worden«, erwidert der Italiener, »sie haben mir Handschellen angelegt, und das uniformierte Wachpersonal hat mich immer mit der Waffe bedroht. Ich wurde fotografiert, und in einem Büro des Inter-Services Intelligence, des pakistanischen Geheimdienstes ISI, hat man einen digitalen Fingerabdruck von mir genommen. In dem Taxi hatte ich mein Gepäck dabei. Das habe ich nie mehr zu Gesicht bekommen, wahrscheinlich haben sie es mir gestohlen. Ein Polizist hat mir die 500 Dollar weggenommen, die ich im Portemonnaie hatte. Ich habe nie neue Kleidung bekommen und durfte nie telefonieren. Meine Familie weiß seitdem nicht, wo ich bin.«

Der Italiener schluckt und erzählt weiter.

»Von dort bin ich in ein Gefängnis gebracht worden. Kaum angekommen, wurde ich erneut erkennungsdienstlich behandelt und in eine Zelle geworfen. Kurz danach haben sie mich wieder herausgeholt, um mir eine Decke und ein Kissen zu geben, und mich dann wieder eingesperrt. Am nächsten Morgen um acht Uhr wurde ich mit den anderen Gefangenen in einen Saal gebracht, wo wir ein Frühstück bekamen, das nicht für alle reichte. Sie haben uns mitgeteilt, dass wir um zwölf Uhr wieder in unsere Zellen eingeschlossen würden. Wir haben uns geweigert, diesem Befehl zu folgen, und verlangt, unsere Familien anrufen zu können. Ich habe auch verlangt, mit dem italienischen Konsul zu sprechen. Ich lebe in Italien. Aber jedes Mal, wenn ich das verlangt habe, wurde ich geschlagen. Nachdem ich den ganzen Tag geschlagen worden war, wurde ich ohnmächtig. Als ich wieder aufgewacht bin, lag ich nackt in einer Zelle, in der das Wasser zehn Zentimeter hoch stand.«

Wieder bleibt ihm die Stimme im Hals stecken. Diesmal reicht es nicht, sich ein paarmal zu räuspern, um sie wieder zu befreien. Der Gefangene beginnt zu schluchzen. Er kann die Tränen nicht mehr zurückhalten.

Ich kenne die Wasserfolter. Eine langsame und äußerst raffinierte

Form der Folter. Der Häftling wird in einen völlig leeren Raum gesperrt, in dem ein paar Zentimeter hoch kaltes Wasser steht. Schon nach fünfzehn Minuten weicht die Haut der Füße und der Körperstellen, die im Wasser sind, auf und wird runzelig. Man bekommt Schüttelfrost, wird blass, und die Lippen laufen blau an. Das Protein Keratin, das die Haut elastisch hält und die Fähigkeit besitzt, sich mit Wasser und Fett zu verbinden, nimmt die Flüssigkeit auf, und es bilden sich Schwellungen. Die Finger nehmen das typische Aussehen getrockneter Pflaumen an. Die Veränderung erfasst nur die Hautoberfläche, sodass die oberste Hornschicht der Haut sich mehr ausdehnt als das darunterliegende Gewebe. Dadurch löst sie sich vom Fleisch, und es bilden sich tiefe Risse. Die Symptome zeigen sich zuerst an Händen und Füßen, denn an diesen Stellen enthält die Haut mehr Keratin als am übrigen Körper.

Simone Pace wendet seinen Blick von Moses' strengen Falten ab und sieht mich über die Schulter hinweg an. »Schon nach wenigen Stunden im Wasser ist der Schmerz so unerträglich, dass man verrückt werden kann.« Erst als er fertig ist, bemerkt er, dass meine Augen mit Tränen gefüllt sind, bereit überzuquellen. Ein Mitgefühl, das er, Simone Pace, nicht mehr empfindet.

Ich fahre mit der Vernehmung des Gefangenen fort, sagt er schnell.

»Wurde dir irgendeine anwaltliche oder konsularische Unterstützung zugesichert?«, frage ich ihn. Das hatte ich mir aufgeschrieben. Aber die Antwort kenne ich natürlich schon.

»Ich konnte keinen Anwalt anrufen, und es wurde mir auch keiner gestellt«, bestätigt der Italiener. »Als ich im Namen Allahs um einen Anwalt bat, hat der Vernehmende eine Schublade geöffnet und gesagt: Deinen Gott stecken wir da hinein. Dann hat er eine andere geöffnet und einen Schlagstock herausgeholt, auf dem das arabische Wort *muham* stand, Anwalt. Damit haben sie mich Tag für Tag geschlagen. Jeden einzelnen Tag. Bis sie mich schließlich in ein amerikanisches Flugzeug gesetzt und hierhergebracht haben. Ich bin unschuldig. Ich will nach Hause. Helfen Sie mir. Sie sind offenbar Italiener. Sie sprechen gut Italienisch. Wie geht es meiner Frau … Sie glauben mir doch, oder?«

In dem kleinen rechteckigen Stück Himmel, das durch das Fenster unter der Decke zu sehen ist, entdecke ich die Farben der Morgenröte. Ich meine, Geräusche wilder Tiere zu hören, die dieser tragischen Nacht trotz allem eine surreale Schönheit verleihen.

Die Stimme des Gefangenen wird immer dünner. Sein Körper hat das Adrenalin beinahe aufgebraucht, das ihn auf den Anblick und Geschmack der Schokolade hat reagieren lassen. Der Schlafmangel bringt ihn um. Manchmal ist von seinen Augäpfeln nur das Weiße zu sehen. Ich erwarte, dass er von einem Augenblick zum anderen tot auf dem Tisch zusammenbricht.

»Sie glauben mir doch, oder?«, fragt er noch einmal mit erstickter Stimme.

Weil ich schweige und ihm nicht antworte, beginnt er zu schreien und sich mit den Fäusten gegen die Stirn zu schlagen. Nein, das hätte er nicht tun dürfen. Nicht die Stimme erheben. Von außen dreht eine Hand den Schlüssel um und reißt die Tür auf. Die beiden Wachleute stürzen sich sofort auf ihn. Bei jedem Schlag wird der Körper des Italieners hochgeschleudert. Er fällt nicht vom Hocker. Sein schwankender Blick bleibt auf mich gerichtet. Ich sehe, wie sich seine Lippen bewegen, aber es kommt kein Ton heraus.

»Glaubst du, dass er die Wahrheit sagt?«, fragt mich Eduard am Nachmittag, als er meine Aufzeichnungen der Vernehmung durchgeht.

Ich könnte sagen, dass ich es nicht weiß, aber das würde ihm nicht helfen. Er würde in den Händen der Marokkaner bleiben, und das wäre schlimmer für ihn. Besser, die Amerikaner halten ihn weiter für einen Terroristen und bringen ihn in ihr Gefangenenlager in Guantanamo. Paradoxerweise ist das seine Rettung. Deshalb sage ich das, was ich nicht denke.

»Nein, Eduard, der Italiener lügt.«

»Okay, dann ist unsere Arbeit hier erledigt. Verabschieden wir uns vom Kommissar.« Und wir machen uns auf den Weg zum Büro.

Ghazi sitzt an seinem Schreibtisch, über den Ohren einen alten Kopfhörer, und hört eine Aufnahme ab. Sicher ist es der Mitschnitt meiner Vernehmung. Vielleicht ist sie schon übersetzt oder der Kommissar spricht Italienisch, aber das lässt er nicht erkennen. Auch Marwane ist im Zimmer seines Chefs. Er steht am Fenster und diskutiert am Handy mit jemandem. Ein Motorola.

Als sie uns eintreten sehen, unterbrechen die beiden ihre Tätigkeit. Sie lassen uns Platz nehmen und unterhalten sich in freundschaftlichem Ton auf Arabisch miteinander. Immer wieder blickt der Kommissar zu mir herüber, lächelt höflich und nickt. Ihr Arabisch ist stark dialektgefärbt, aber ich verstehe genau, dass Ghazi Marwane befiehlt, herauszubekommen, wer ich bin.

Ich versuche, mir nichts anmerken zu lassen, und studiere das Foto des marokkanischen Königs an der Wand über dem Kommissar. Wir verabschieden uns höflich, dann begleiten sie uns zum Wagen.

»Simone, uns wurde mitgeteilt, dass unmittelbar nachdem du das Hotel verlassen hast, marokkanische Sicherheitsleute in dein Zimmer eingedrungen sind. Du hast doch hoffentlich Silikon benutzt?«, fragt Eduard, sobald wir das Gelände verlassen haben.

Ein paar Sekunden lang antworte ich nicht. Ich lasse alles, was ich seit meiner Ankunft in Marrakesch getan habe, Revue passieren.

»Ja, ja, selbstverständlich«, versichere ich ihm dann.

»Für uns steht ein Flugzeug bereit, um uns nach Europa zurückzubringen. Das ist nur eine Vorsichtsmaßnahme, mach dir keine Sorgen«, fügt Eduard hinzu, während wir uns mit unserem Renault in den Verkehr der südlichen Umgehungsstraße von Rabat einfädeln. Ich mustere ihn, um an seinem Gesichtsausdruck irgendein Zeichen von Gefahr abzulesen. Aber ich bin zu müde. Ich habe seit mehr als dreißig Stunden nicht geschlafen.

Die Palmen am Straßenrand ziehen immer schneller am Fenster vorbei. Beim Aufwachen sehe ich vor mir auf einem großen Schild die Schriftzüge: BEN GUERIR AIR BASE. Als wir gestern hier waren, ist es mir nicht aufgefallen, denn wir haben weit entfernt vom Haupteingang des Luftwaffenstützpunkts geparkt. Drinnen geht alles ganz schnell. Ein Soldat in Tarnuniform, mit raspelkurzen Haaren und einer schwarzen Ray-Ban auf der Nase, führt uns in ein Büro und lässt mich einige Zettel unterschreiben, die ich nicht einmal lese. Außerhalb der Kaserne ist der Himmel bereits dunkel. Auf dem Weg zur Rollbahn in Begleitung eines anderen Soldaten passieren wir eine riesige Boeing C-17 Globemaster III der US Air Force, die viermotorige strategische Transportmaschine der amerikanischen Luftwaffe. Das Geschwader, zu dem sie gehört, steht in großen Lettern unterhalb der Cockpitfenster: 437th AW – 315th AW. Am Ende des Treppchens ist durch die offene Kabinentür im Licht der Bordbeleuchtung der Pilot in seiner grünen Fluguniform zu sehen. An eine Trennwand gelehnt, steht er gelangweilt mit verschränkten Armen da. Unsere Ankunft unterbricht seine Wartezeit. Er tritt heraus und sieht, dass wir weitergehen. Das ist nicht das Flugzeug, das wir nehmen müssen. Auf dem etwa zwanzig Meter hohen Flugzeugheck erhellt ein schwacher Lichtschein die amerikanische Flagge und einen waagrechten, gelben Strich, auf dem CHARLESTON zu lesen ist: die Stadt in South Carolina, wo das Air Mobility Command, zu dem das Flugzeug gehört, seinen Sitz hat.

Wir gehen noch hundert Meter weiter. Und vierzig Minuten nach unserem Eintreffen auf dem Militärflughafen können Eduard und ich uns bequem auf den Ledersitzen einer Gulfstream V, eines kleinen zweistrahligen Geschäftsflugzeugs der großen, auf der ganzen Welt vertretenen CIA-Familie, ausstrecken. Wir umgehen Grenze und Zoll eines Zivilflughafens und müssen uns nicht dem Risiko aussetzen, dass die Durchsuchung meines Hotelzimmers in Marrakesch irgendjemanden veranlasst haben könnte, Monsieur Laurent Morel, den wenig glaubwürdigen Immobilienmakler aus Paris, festzunehmen.

Am nächsten Morgen landen wir auf der Militärbasis im nordpolnischen Szymany. Ein ziviles Auto holt uns am Flugzeug ab und fährt uns nach Warschau. Am Tag danach bringt uns ein Linienflug wohlbehalten nach Rom zurück.

»Für heute reicht es mit den Abscheulichkeiten«, bremse ich ihn an diesem Punkt. »Machen wir morgen früh weiter.« Damit verschwinde ich in einer Touristengruppe, während Simone Pace sitzen bleibt, um nachdenklich die Ketten des heiligen Petrus zu betrachten.

DIE REGIERUNG IST AUF UNSERER SEITE

An den Tag erinnere ich mich noch genau, greift Simone Pace am nächsten Morgen den Faden seiner Erzählung wieder auf. Am Nachmittag des 5. Februar 2003, einem Mittwoch, bin ich gegen drei Uhr auf der Treppe, die von der Piazza del Viminale zum Innenministerium hinaufführt. Ich kehre ins Büro zurück, nachdem ich allein in einer Bar zu Mittag gegessen habe. Nach dem Abschluss der Mission in Marokko hat man mir zusammen mit weiteren externen Experten eine Art Rechtsberatung angeboten, und in diesen Wochen werden wir fertig. Auf dem Gesims des Eingangsportals zu dem Palazzo aus dem frühen 20. Jahrhundert blähen sich die italienische und die europäische Flagge durch einen Windstoß majestätisch auf. Das Klingeln meines Handys lenkt mich von der Betrachtung dieses Bildes ab. Auf dem Bildschirm leuchtet das Wort »unbekannt« auf. Ich gehe die Treppe wieder hinunter und bleibe am Brunnen in der Mitte des Platzes stehen.

»Hallo.« Sofort erkenne ich Eduards Stimme und blicke um mich, um sicherzugehen, dass niemand in der Nähe ist, der mich hören könnte.

»Wie geht es dir? Treffen wir uns morgen in Mailand?«, fragt er. Ich freue mich immer, wenn *sie* mich brauchen.

»Ja, okay«, antworte ich.

»Wir treffen uns vor dem Corso Como 10, um elf … Warte«, schreit er, damit ich nicht vorzeitig auflege. »In Mailand dürfen an einem Tag nur Autos mit geraden und am anderen Tag nur mit ungeraden Nummernschildern fahren. Du musst dir einen Leihwagen nehmen, *mi raccomando*, unbedingt.« Das in perfektem Italienisch ausgesprochene *mi raccomando* soll die Wichtigkeit der Details hervorheben: Ich brauche ein Auto, es muss ein Leihwagen sein, und er muss die richtige Endnummer auf dem Nummernschild haben, entweder gerade oder ungerade, um in Mailand fahren zu dürfen.

»Okay, okay, bis morgen in Mailand«, erwidere ich. Doch bevor ich auflege, vergewissere ich mich auf meinem Samsung-Klapphandy, dass Eduard als Erster das Gespräch beendet.

Während des Telefonats war ich gedankenlos zur linken Seite des Platzes gegangen, hatte den rechten Fuß auf einen Poller gesetzt und mit dem Ellbogen auf dem Knie telefoniert. So vornübergebeugt und den Blick auf den Boden gesenkt, hatte ich den Kollegen ein paar Schritte hinter mir nicht bemerkt.

»Fährst du weg?«, fragt er, als ich fertig bin, mit der typischen Unverschämtheit eines Menschen, der sich in fremde Angelegenheiten einmischt. Ich könnte kontern und ihm sagen, das gehe ihn nichts an. Doch blitzschnell fasse ich den Entschluss, ihn einzubeziehen: Der naseweise Kollege wird mein Alibi sein. Man darf nichts tun, ohne sich vorher ein glaubhaftes Alibi zurechtgelegt zu haben: eine Grundregel für jemanden wie mich. Deshalb lächle ich ihn an, hake mich bei ihm unter und schleppe ihn vier Straßen weiter ins Caffè Washington, wo die Angestellten des Ministeriums gern ihre Pause verbringen.

»Komm, ich spendiere dir einen Kaffee«, sage ich zu ihm. Und frage ihn ohne Umschweife: »Hast du das Gespräch mitbekommen?« Seine Antwort wird mir zeigen, wie viel er tatsächlich gehört hat. Ich bleibe stehen und sehe ihm direkt in die Augen. Im Erfassen aller Signale nonverbaler Kommunikation bin ich Experte.

»Nein, ich habe nur Mailand verstanden, denn du hast dabei die Stimme erhoben«, erklärt er. Man darf im Leben wirklich keinen einzigen Moment unaufmerksam sein.

»Stimmt, ich fahre nach Mailand«, setze ich nach. »Eine Frau, die ich hier in Rom kennengelernt habe, hat mich eingeladen, das Wochenende bei ihr dort oben zu verbringen. Ich will mit ihr nach

Venedig fahren, aber ich muss mir einen Leihwagen nehmen, denn wegen der Luftverschmutzung darf man in der Stadt nur abwechselnd mit geraden und ungeraden Nummern fahren. Meinen eigenen Wagen kann ich vielleicht gar nicht benutzen.« Ich blicke ihm weiter in die Augen und setze nun alles auf eine Karte: »Los, warum kommst du nicht einfach mit? Ich frage sie, ob eine ihrer Freundinnen auch Lust hat, und wir verbringen ein Wochenende zu viert.«

Ich weiß im Voraus, dass er nicht annehmen kann. Seit Tagen jammert er im Büro darüber, dass er an diesem Samstag seine zwei kleinen Töchter übernehmen muss, und seine geschiedene Frau würde eine Programmänderung nie und nimmer akzeptieren.

»Simone, du bist wirklich nur mit deinen eigenen Angelegenheiten beschäftigt«, meint der Kollege vorwurfsvoll. »Hast du mir im Büro nicht zugehört? Dieses Miststück von meiner Ex geht am Wochenende zum Skifahren, und ich muss die Kinder nehmen. Leider kann ich nicht.«

Ich tue überrascht: »Stimmt, deine Ex ist weg. Entschuldige, daran habe ich nicht mehr gedacht. Schade.«

»Das hätte mir Spaß gemacht«, fährt er fort. »Es ist nett von dir. Mach doch etwas für ein anderes Wochenende aus, dann bin ich mit von der Partie.« Nachdem ich den Kaffee bezahlt habe, kehren wir ins Innenministerium zurück. »Sag aber den anderen im Büro nichts davon, es wird so viel getratscht«, warnt er mich. »Du organisierst etwas und sagst es mir ein bisschen vorher.«

Bevor wir die Treppe hinaufgehen, fasst er mich an beiden Schultern. Ich fürchte schon, er will mich auf den Mund küssen. Glücklicherweise zwinkert er mir nur zu: »Am Montag, wenn du wieder zurück bist, erzählst du mir, wie es gelaufen ist, okay?«

Ich antworte nicht. Mit einem Lächeln zwinkere auch ich ihm zu. Er scheint sich wirklich zu freuen. Der italienische Mann wird sich nie ändern: Mit einem Espresso und der Aussicht auf ein Liebesabenteuer kann man jeden um den Finger wickeln.

Im Büro nehme ich mir zwei Tage frei und miete noch am Abend in der Nähe meiner Wohnung einen Wagen. Man händigt mir einen grauen Golf aus, wie verlangt mit gerader Endnummer. Am nächsten Morgen bin ich gegen halb elf in Mailand und parke auf dem Corso Porta Nuova. Zu Fuß erreiche ich den Corso Como. Wie immer zu früh.

Ich erreiche die Hausnummer zehn, und der Ort kommt mir merkwürdig vor. Es scheint der Eingang zu einem alten Gebäude zu sein. Ich gehe durch das Tor und entdecke drinnen eine kleine Welt für sich. Beleuchtete Schaufenster von Geschäften und ein Restaurant, das der Besitzer gerade aufmacht. Es ist kalt. Die Atemluft kondensiert vor den Augen. Ich gehe wieder auf die Straße. Kurz darauf sehe ich Eduard auf mich zukommen.

Wir begrüßen uns wie alte Freunde, gehen in den Innenhof der Nummer zehn und setzen uns in das Lokal, das um diese Zeit noch ganz leer ist.

»Mir ist dieser Ort vorgestern wieder eingefallen. Sie haben ausgezeichnete Gerichte. Wie geht es dir?«, fragt mein Controller.

Ich lese die Speisekarte. Sie ist ausschließlich auf Englisch. Ich nehme einen Quinoa-Salat mit Avocado, Mango und Brokkoli. Eduard bestellt glutenfreie Pasta, Tagliatelle mit Zucchini.

Das Lokal ist geräumig. Wir werden innerhalb von zehn Minuten bedient und können endlich miteinander sprechen, ohne Kellner um uns zu haben. Ich bin neugierig darauf, den Grund für dieses dringende Treffen zu erfahren, zu dem Eduard mich sogar per Telefon bestellt hat.

Er beginnt über Abu Omar zu sprechen, und ich brauche eine Weile, bis ich verstehe, worum es eigentlich geht. Es sind mehr als sieben Monate vergangen, seit ich mit Giuda und dem Amerikaner darüber diskutiert habe. Längst war ich davon überzeugt, dass man in dieser Sache nichts mehr unternehmen wolle. Und wie alle Gespräche, die geheim bleiben müssen, habe ich sogar die Erinnerung daran aus meinem Kopf getilgt.

Eduard berichtet, die Operation laufe schon seit einem Monat, ohne dass es ihnen gelungen wäre, Abu Omar zu fassen. Er benutzt dafür das italienische Wort *prelevare*. Bisher seien alle Versuche gescheitert, weil sich nie eine passende Gelegenheit geboten habe, ihn zu schnappen. Entweder waren Passanten da, Autofahrer in der Nähe oder Augenzeugen.

»Wir brauchen dich, Simone. Wir brauchen jemanden, der ihn aufhält«, sagt Eduard. »Jemanden, der ihn auf die richtige Weise ansprechen kann, ohne ihn misstrauisch zu machen. Und der sich, falls etwas schiefläuft, als ehemaliger Polizist immer damit rechtfertigen kann, er habe eine verdächtige Person überprüfen wollen.«

Während mein Controller spricht, überlege ich, warum sie mich nicht schon vorher miteinbezogen haben, sondern erst jetzt unter dem Druck der Umstände. Was ist in der Zwischenzeit geschehen? Und warum haben sie sich nicht an Giuda gewandt?

»Hast du dir den Leihwagen genommen?«, will Eduard wissen.

»Ja, ich habe einen Golf.«

Er fragt nicht einmal, ob ich annehme oder nicht. Für Eduard steht meine Teilnahme an der Entführung außer Frage.

»Morgen ist Freitag, da rechnen wir damit, dass er zum Gebet in die Moschee am Viale Jenner geht.«

»Okay«, sage ich, »das Gebet ist um ein Uhr. Sicher wird er kurz vor oder nach zwölf in die Moschee gehen. Wir treffen uns morgen um elf auf der Piazza Dergano. Du findest sie auf dem Stadtplan, sie ist dort in der Nähe.«

Er zahlt für uns beide. Als wir das Lokal verlassen, merke ich, dass nur er wirklich geredet hat. Eduard und seine halblaut gesprochenen Worte. Und ich saß ihm gegenüber und habe mich weitgehend darauf beschränkt, zustimmend zu nicken oder knappe Antworten zu geben. Sie haben ihm Anweisungen erteilt. Jetzt wird er berichten, dass es keine Probleme geben wird und ich keine Einwände oder Zweifel erhoben habe. Zweifel aber habe ich mehr als genug. Es beginnt schon mit dem Wagen. Morgen werde ich eine ungerade Nummer brauchen. Ich kann mein Auto aber nicht in Mailand austauschen. Damit würde ich Spuren hinterlassen. Dieses Risiko nehme ich auf mich und sage nichts. Im schlimmsten Fall handele ich mir einen Strafzettel ein. Aber das ist es nicht, was mich stutzig macht. Doch ich wage nicht, Fragen zu stellen.

»Benutze dein Telefon nicht. Ruf mich im Notfall auf diesem hier an«, sagt er plötzlich und legt mir eines der kleinen, populären Nokia 3310 in die Hand, die sich weltweit millionenfach verkauft haben.

»Hoffentlich ist eine anonyme SIM-Karte drin.«

»Keine Sorge, es ist eine italienische SIM-Karte, aber sie ist auf keinen Namen zugelassen«, erklärt er und sagt, Freunde in einer Telefongesellschaft hätten sie ihm gegeben. Bei meinem Leihwagen angekommen, trennen wir uns. Ich schaue ihm nach, während er sich entfernt. Informatik und Telekommunikation sind Eduards Welt.

Die Moschee, die Abu Omar besucht, ist keine klassische Moschee mit Kuppel und Minarett. Dieser berühmte Gebetsort ist hinter einem kleinen Innenhof aus einer Garage entstanden. Das islamische Kulturinstitut liegt am Viale Jenner Nummer 50, einer viel befahrenen Straße zwischen Innenstadt und Peripherie. Unser Treffpunkt auf der Piazza Dergano liegt ungefähr einen Kilometer entfernt. Weniger als fünf Minuten mit dem Auto.

Ich weiß, dass die CIA bereits einen ihrer V-Männer in der Moschee hat. Der für das Gebet benutzte Koran wurde ausgetauscht und durch einen aus den USA ersetzt. Bis auf ein Detail ist er identisch mit dem alten: In den Deckel haben die Techniker der Agency ein unsichtbares Mikrofon und ein winziges Funkgerät eingebaut, das von einer dieser Batterien gespeist wird, die nie leer werden. Eines Nachts ist ein Freund wie ein Dieb in den Gebetsraum eingedrungen, hat das Heilige Buch an sich genommen und es durch die technologisch hochaufgerüstete Kopie ersetzt. Seitdem kann man im amerikanischen Konsulat oder in irgendeinem der geheimen Büros der Welt live mithören, was in der Mailänder Moschee gesprochen wird. In jenen Jahren stehen einige Besucher im Verdacht, Aktivisten von al-Qaida, von Osama bin Laden und seinem Stellvertreter Aiman az-Zawahiri zu sein. Anwar Shaaban, einer der Gründer des Zentrums am Viale Jenner, wurde am 13. Dezember 1995 in Bosnien getötet. Wie die Entführung von Talat Fuad Qassem genau drei Monate zuvor in Kroatien war auch dieser Mord eine von den Amerikanern geleitete Operation.

Auf der Piazza Dergano am nächsten Morgen erkenne ich Eduard sofort. Er steht mit dem Rücken zu mir vor einem Kiosk. Ich trete gleichzeitig auf Kupplung und Gas, damit der aufheulende Motor ihn auf mich aufmerksam macht. Hupen nein, hupen ist nicht okay. Die Hupe verrät ein Einverständnis zwischen dem Fahrer und dem Wartenden auf dem Bürgersteig. Das Dröhnen der Kolben dagegen bedeutet nichts. Er dreht sich um und gibt mir mit einer kaum wahrnehmbaren Bewegung der linken Hand zu verstehen, dass ich parken soll. Mit der rechten hält er das Handy und telefoniert. Ich parke, komme langsam auf ihn zu und warte ab, bis er das Gespräch beendet.

»Gehen wir ein paar Schritte zu Fuß«, sagt Eduard. Wir gehen die Via Ignazio Ciaia entlang und biegen dann nach links in die Via Giuseppe Guerzoni ein.

»Er geht immer diese Strecke«, verrät mir mein Controller. »Er verlässt das Haus und geht die Via Guerzoni entlang bis zur Kreuzung mit dem Viale Jenner, wo er bei Hausnummer 50 den Hof der Moschee betritt. Leider war er bisher nie allein, wenn wir ihn gesehen haben. Seine Söhne waren dabei oder Augenzeugen, sodass wir abbrechen mussten.«

Während Eduard spricht, bemerke ich einige an der Via Guerzoni geparkte Wagen. In allen sitzen eine oder zwei Personen. Außerdem steht da ein Kleinlaster mit der knalligen Aufschrift eines Autoverleihs. Er steht fast komplett auf dem Bürgersteig.

»Das ist der Transporter«, sagt Eduard halblaut mit einem angedeuteten Lächeln. »Da drin sitzen unsere Männer, bereit, ihn mitzunehmen.« Auf dem Bürgersteig haben sie zwischen der Autotür und der Mauer gerade so viel Platz gelassen, dass eine Person durchgehen kann. »Wenn das Zielobjekt hier durchkommt, klopfst du zweimal auf die Karosserie. Die Tür wird aufgehen, und dann kümmern wir uns um ihn.«

Einfach, denke ich. »Aber wer gibt uns Bescheid, wenn er sich nähert?«, frage ich ihn.

»Wir werden hier in der Nähe an der Ecke Via Cafiero warten. Ringsum sind überall unsere Leute. Vor seinem Haus hält sich ein Pärchen mit einem Hund an der Leine auf und überwacht den Hauseingang. Sie werden uns das Einsatzzeichen geben.«

Wir gehen weiter in Richtung Viale Jenner. Ich vermeide es, den entgegenkommenden Passanten und den in den parkenden Autos sitzenden Menschen ins Gesicht zu blicken. Einen habe ich bereits erkannt. Es ist einer meiner ehemaligen Kollegen bei der Polizei, dem ich ein paarmal im Polizeipräsidium begegnet bin. Auf halber Strecke liegt ein Park, Eduard geht durch das Tor und nimmt den ersten Fußweg. Ich folge ihm unter eine majestätische winterkahle Kastanie. Um diese Jahreszeit besuchen nicht viele Menschen den Park. Doch auch die wenigen Besucher könnten zu gefährlichen Zeugen werden. Ich halte den Blick weiter gesenkt.

Eduard bleibt an einem Papierkorb stehen, eingehüllt von Schwaden seines kondensierten Atems. Er wartet, bis ich bei ihm bin. »Simone«, sagt er und blickt mir dabei in die Augen, »wenn alles klappt, wird deine Rolle eines Tages von Tom Cruise gespielt werden. Aber wenn es schiefgeht, wird ein Komiker wie Jerry Lewis sie übernehmen.« Ich erwidere sein Lächeln mit einer Grimasse, dabei läuft mir ein eiskalter Schauer den Rücken hinunter. Wir holen den Wagen von der Piazza Dergano und parken in der Via Cafiero, einer Querstraße der Via Guerzoni. In Schweigen versunken, hoffen wir darauf, dass Abu Omar vorbeikommt.

Das Warten darauf, endlich in Aktion zu treten, zerrt immer an den Nerven. Die Zeit dehnt sich und scheint stehen zu bleiben. Erst nach zwölf Uhr belebt sich die Straße wieder. Das Gebet beginnt um ein Uhr, aber die ersten besonders eifrigen Gläubigen sind schon zu sehen. Gepflegte Bärte, die auf die weißen Gewänder herabfallen. Ganz in Schwarz gehüllte Frauen, die Gesichter vom Niqab verhüllt, der nur die Augen frei lässt. Ein Handy klingelt. Eduard antwortet einsilbig. Der Besucherstrom nimmt von Minute zu Minute zu. Männer und Frauen ziehen nichts ahnend an unserer Windschutzscheibe vorbei zur Moschee. Unter diesen Bedingungen wird es wahrhaft schwierig einzugreifen. Wir werden innerhalb von Sekunden entscheiden müssen, ob wir zupacken oder uns zurückziehen.

Nichts. Es ist halb zwei. Die Stunde null ist seit dreißig Minuten vorüber, und von Abu Omar keine Spur. Hat er einen anderen Weg genommen? Haben ihn unsere Posten entwischen lassen? Ist er krank? Das Einzige, was wir wissen, ist, dass er nicht durch die Via Guerzoni gekommen ist. Vorsichtshalber bleiben wir bis drei Uhr nachmittags. Aber es ist zwecklos.

Wir wiederholen die Observierung auch am Samstag und Sonntag. Der Imam, dem vorgeworfen wird, ein Prediger für al-Qaida zu sein, verlässt das Haus überhaupt nicht. Uns so lange in dem Stadtviertel aufzuhalten birgt große Risiken für alle. Eduard ruft jemanden an und gibt dann den Befehl zum Abzug. Er will die Operation aber in der nächsten Woche wiederholen. Ich sage ihm, dass ich nur Samstag und Sonntag dabei sein kann, weil ich bei meiner neuen Beratertätigkeit nicht länger freinehmen kann. Das ist nur ein Vorwand, um Zeit zu gewinnen. In Wirklichkeit hoffe ich insgeheim, dass sie Abu Omar bis Freitag entführen können. Und zwar ohne mich. Noch am Sonntagabend fahre ich heim, erleichtert, dass nichts passiert ist. Bis Rom halte ich kein einziges Mal an.

Es ist kaum zu glauben, aber der mächtigste Geheimdienst der Welt, so behaupten *sie* zumindest, ist nicht in der Lage herauszufinden, ob das Zielobjekt Mailand verlassen hat oder mit einer Grippe im Bett liegt. Am 7., 8. und 9. Februar 2003 bleibt Abu Omar unbehelligt, nicht etwa, weil er ein Genie des internationalen Terrorismus ist, sondern einfach, weil keiner der amerikanischen Planer der Operation daran gedacht hat, vorab in Erfahrung zu bringen, wo er sich aufhält. Sie sind es, die sich die Rolle von Jerry Lewis redlich verdient haben.

Am Samstag, den 15. Februar, bin ich um halb zehn wieder auf der Piazza Dergano in Mailand. Um zehn Uhr soll ich Eduard treffen. Ich will die Gegend schon im Voraus kontrollieren und vor allem wissen, wer da ist. Denn bis auf die Feuerwehr scheinen wirklich alle beteiligt: Polizei, Carabinieri und natürlich wir operativen Agenten der CIA. Ich parke den Mietwagen und betrete eine Bar unmittelbar vor den Bogengängen der Via Ciaia. Gütiger Himmel, glücklicherweise fällt mein Blick sofort auf eine mächtige Schulterpartie. Sie gehört Mattia, Andreas Freund, der in Rom Karriere gemacht hat. Ausgerechnet Mattia, der vor vielen Jahren zu uns sagte: »Um die Sicherheit Italiens müssen *wir* uns kümmern.« An jenem Donnerstag, dem 17. Januar 1985, als wir in einem eiskalten Büro in der Via Turati mit Giacomo und all den anderen unser erstes geheimes Treffen abhielten, während draußen die Stadt im Schnee versank. Noch heute habe ich seine rätselhaften Worte im Ohr und in der Nase den Gestank des Teppichbodens, der nach nassem Hund roch, den Dunst von Giacomos Zigarre und von Guerlain Vetiver, Andreas Parfüm: Sinneseindrücke, die den Beginn unseres Abenteuers begleitet haben.

Ich muss lachen. Wenn Mattia sich herbemüht hat, wird auch der militärische Nachrichtendienst beteiligt sein. Das heißt, dass die italienische Regierung über die Entführung informiert ist. Und dass sie auf unserer Seite ist. Er sieht mich nicht, weil er mir den Rücken zuwendet und sich unterhält … mit Steve. Sieh mal einer an: Auch er ist zurück, der Operationschef des Einsatzes am Pont du Carrousel, bei dem der unglückselige Brahim Bouarram getötet wurde; der Controller, der mich mit Latifa bekannt gemacht, mir Daniel vorgestellt und mich nach dessen Tod im Tiber an Eduard weitergereicht hat.

Mattia und Steve unterhalten sich mit zwei anderen Personen, deren Gesichter ich nicht sehen kann. Weitere vier oder fünf Männer sitzen an den Tischen. Keiner von ihnen hat sich umgedreht, keiner mich bemerkt. Besser so.

»*Buongiorno*«, begrüßt mich die Besitzerin an der Kasse in der linken Ecke gleich am Eingang.

»*Buongiorno*«, antworte ich leise und mit möglichst verstellter Stimme. Ich drehe mich auf dem Absatz um und sage entschuldigend, zu der Frau gewandt: »Er ist noch nicht da«, als ob ich jemanden suchen würde. Mit zwei Schritten bin ich draußen.

Auf der anderen Seite der Piazza Dergano nehme ich die Via Conte Verde. Beim Gehen halte ich den Blick auf meine Schuhspitzen gesenkt. In der Via Imbonati mache ich einen raschen Kontrollgang um das Auto herum, das ich neben einer Tankstelle geparkt habe. Mir fällt nichts Verdächtiges auf. Wir sind erst in zwanzig Minuten verabredet. Ich gehe wieder zurück, mit einem großen Umweg bis zur Via Baldinucci. Unterwegs denke ich an die Gefahr, der ich gerade entronnen bin. Wenn sie mich erkannt hätten, wäre meine Tarnung aufgeflogen. Nach dem Schrecken ist es eine wirkliche Erleichterung, Eduards ruhige Miene wiederzusehen. Wir gehen nicht zur Piazza. Vielleicht weiß auch er, wo Mattia und Steve sind. Er betritt die nächstbeste Bar. Ein paar Minuten später gehe auch ich hinein.

»Wartest du schon lange?«, frage ich ihn.

»Nein, ich bin gerade erst gekommen. Trinken wir einen Kaffee«, antwortet er und schaut über meine Schulter hinweg durch die Schaufensterscheibe. »Unsere Männer nehmen ihre Stellungen ein«, fügt er gleich darauf hinzu.

Eduard schaut mich irgendwie verlegen an. Im Glauben, er habe es eilig, schütte ich den noch heißen Espresso hinunter und verbrenne mir die Zunge.

»Simone«, sagt er, »im Auto ist jemand, den du kennst. Hoffentlich ist das kein Problem für dich.«

Er wartet nicht einmal meine Antwort ab. Er zahlt und geht. Sein Wagen steht mit zwei Rädern auf dem Bürgersteig in der Via Guerzoni. Der Beifahrersitz ist besetzt. Ich nehme auf der Rückbank

Platz. Eduard lässt den Motor an. Das Wageninnere ist erfüllt vom beißenden Gestank der während des Wartens schon gerauchten Zigaretten.

»Ciao«, begrüßt mich der Passagier, ohne sich auch nur umzudrehen.

»Ciao«, erwidere ich Giudas Gruß, ohne etwas hinzuzufügen. Nicht zuletzt deshalb, weil wir von zwei Männern abgelenkt werden. Sie kommen uns auf dem gegenüberliegenden Gehsteig entgegen.

Einer der beiden ist Giacomo mit seiner unvermeidlichen Zigarre, der andere einer meiner ehemaligen Kollegen bei der Polizei. Giuda bricht in lautes Lachen aus und kommentiert: »Jetzt sind wir ja wirklich alle versammelt.«

Auch ich fühle mich angesprochen. Doch ich halte es für zwecklos, Überraschung zu heucheln. Jemand, den ich schätze, hat einmal zu mir gesagt: »Wenn du nicht loben kannst, schweige.« Deshalb spiele ich bei dieser Farce nicht mit und schweige lieber.

Nach ein paar kurzen, auf Englisch geführten Telefonaten Eduards wird der Einsatz um fünf Uhr Nachmittag ein weiteres Mal abgebrochen. Irgendjemand hat für uns entschieden, dass wir uns am nächsten Tag, also Sonntag, dem 16. Februar, lieber ausruhen sollten. Am Montag geht es weiter. Bis dahin haben wir alle frei. Giuda teilt Eduard mit, dass er am Montag keine Zeit hat und erst am Dienstag wieder zur Verfügung stehen wird.

Ich hingegen bleibe. »Ich habe noch einen Tag freigenommen, aber das ist dann wirklich der letzte«, sage ich. »Am Dienstag fange ich wieder zu arbeiten an und kann am nächsten Wochenende nicht nach Mailand kommen.«

Das ist wie üblich bloß eine Ausrede, die ich mir ausgedacht habe. Längst bin ich der Überzeugung, dass es nur zwei Tage gibt, an denen man Abu Omar schnappen kann: am Freitag zur Gebetsstunde und am Samstag, weil dann viele Gläubige aus ganz Norditalien kommen, um sich in der Moschee zu treffen. Wenn ich mich also am Montag zur Verfügung halte, habe ich gute Chancen, nicht in die Entführung verwickelt zu werden. Ohne Eduard durch meine

Ablehnung zu verärgern. Ich will mich von dieser Operation möglichst fernhalten. Irgendwie habe ich ein ungutes Gefühl. Es gibt zu viele Unwägbarkeiten. Zu viele Leute, von denen jeder Einzelne für mich keine Hilfe, sondern lediglich ein weiteres Risiko darstellt.

Ich hatte einen Vorschlag gemacht, wie es funktionieren könnte. Ich und Giuda, sonst niemand. Aber man hat nicht auf uns gehört. Die Entführung ist wahrscheinlich von Bürokraten ohne Erfahrung geplant worden, von Direktoren, die die Situation vor Ort, die Rechtskultur und das Vorgehen der Polizei im Gastland nicht kennen. Italien ist nicht der Irak im Kriegszustand.

Den Sonntag verschlafe ich im Hotel und finde mich am Montag pünktlich auf der Piazza Dergano ein. Es ist zehn Uhr. Ich stelle den Mietwagen ab und steige bei Eduard ein.

»Bevor ich es vergesse«, sage ich zu ihm, »gebe ich dir das Handy zurück. Ich habe es nie benutzt.«

»Danke, Simone. Danke auch dafür, dass du heute hier bist. Ehrlich gesagt, ich hätte den Einsatz lieber nicht fortgeführt, aber in Rom haben sie über unsere Köpfe hinweg entschieden. Allerdings sieht es so aus, als ob die Operation, wenn diese Woche nichts passiert, ganz abgeblasen wird.«

Wir gehen wie immer in die Bar in der Via Baldinucci, um einen Espresso zu trinken.

»Wir dachten, eine Woche würde reichen«, fährt Eduard auf der kurzen Fahrt fort. »In sieben Tagen werden wir das gesamte Personal wieder nach Hause schicken müssen. Und auch die Italiener ziehen nach so vielen vergeudeten Tagen ihre Leute ab.«

Ich schaue ihn einen Moment an. Ich hätte unzählige Fragen zu stellen. Er hält Dinge für selbstverständlich, von denen ich keine Ahnung habe. Aber ich lasse ihn lieber im Glauben, ich sei bestens informiert.

Wir trinken den Kaffee am Tisch. Die Temperatur draußen übersteigt kaum sieben Grad. Seine Leute, die im ganzen Viertel verstreut in Autos sitzen, hat Eduard angewiesen, möglichst selten den Motor anzulassen, um sich zu wärmen. Ein Auto, das mit laufendem

Motor stundenlang nicht bewegt wird, erregt Aufmerksamkeit. Und zehn solcher Autos umso mehr.

»Am schlimmsten ist es für die im Transporter«, meint Eduard, »arme Jungs.«

Nachdem wir alle neuen und alten Zeitungen auf den Tischen und Ablagen gelesen und zwei weitere Espressi getrunken haben, beschließen wir, dass es Zeit ist. Wir setzen uns ins Auto und beziehen wieder unseren Posten in der Via Cafiero.

Eduard fährt an den Bürgersteig und macht den Motor aus. Dann setzt er sich auf den Rücksitz, während ich auf dem Beifahrersitz bleibe. Von außen sieht es so aus, als würden zwei Leute auf den Fahrer warten. Das ist glaubwürdiger, falls uns jemand bemerkt. Kein Bösewicht würde in einem Auto ohne Fahrer sitzen bleiben. Auf der Fahrt hat Eduard die Heizung voll aufgedreht, um uns wenigstens ein bisschen Wärme zu verschaffen. Zumindest für die nächsten zwanzig Minuten. Bei geschlossenen Fenstern verfallen wir durch die hohe Konzentration von Kohlendioxid in einen Zustand entspannter Trägheit. Ich drehe mich um und bemerke, dass Eduard den Kopf zur Seite neigt und die Lider geschlossen hat. Durch den Temperaturunterschied gegenüber der Außenluft sind die Fenster beschlagen. Ein dicker Feuchtigkeitsfilm schützt uns vor indiskreten Blicken.

In dem Moment, als ich halb benommen und gähnend auf die Uhr im Armaturenbrett schaue, bringt mich der schrille Klang des Handys in die Realität zurück. Und noch bevor Eduard rangehen kann, sehe ich ihn. Der Imam kommt auf uns zu. Hassan Mustafa Osama Nasr ist noch keine vierzig Jahre alt. In einem Monat, am 18. März, hat er Geburtstag. Abu Omar ist sein Name als Geistlicher. Er ist groß und korpulent. Ganz kurz denke ich daran, wie schwer sich die Männer im Transporter tun werden, ihn hineinzuhieven.

Sein Bart ist mehr als zehn Zentimeter lang. Der strahlend weiße Überwurf bleibt bei jedem Schritt an der weißen Hose kleben, die er darunter trägt. Die billige Windjacke lässt er trotz der Kälte offen. Die Shashiyya, die islamische Kopfbedeckung, hat er bis fast zu den

Augen in die Stirn gezogen. Er geht langsam die Via Guerzoni entlang, dicht an der Mauer. Von der Via Ciaia Richtung Viale Jenner. Alles wie vorgesehen. Ich beobachte seinen Gang, um seine Winterstiefel genau zu sehen und um abzuschätzen, ob er mit ihnen Widerstand leisten könnte. Oder abhauen. Er wirkt auf mich wie frühzeitig gealtert. Einer von der Sorte, wie es sie auch bei uns gibt, die ausschließlich über Politik, Religion oder den rechten Weg im Leben reden wollen, auch wenn du nur gefragt hast, wie es geht.

Eduard hört seinem Gesprächspartner am Telefon wortlos zu, dann steckt er das Handy in die Hosentasche. Er reißt die hintere Tür auf und setzt sich nach vorn ans Steuer. »*Great*«, ruft er aufatmend. Dann startet er den Motor.

Es ist Montag, und siehe da: Er ist gekommen. Meine Rechnung war also völlig falsch. Abu Omar ist vor uns, er überquert die Kreuzung Via Cafiero, ohne uns überhaupt wahrzunehmen. Eduard schlägt mir mit dem Handrücken aufs linke Knie. Jetzt bin ich dran. Ich warte noch einige Sekunden, atme tief durch und öffne langsam die Tür. Dann schließe ich sie lautlos. Jetzt sehe ich ihn von hinten. Abu Omar ist auf der rechten Straßenseite. Er geht so langsam, dass ich ihn einhole, ohne rennen zu müssen. Zu meiner Linken bemerke ich das Pärchen mit dem Hund an der Leine. Sie sind ihm bis hierher gefolgt. Vor dem Tor zum Park stehend, beobachten sie mich. In der Straßenmitte, genau in der Mitte, taucht ein junger Mann auf. Vom Viale Jenner geht er schnell die Via Guerzoni entlang. Er trägt arabische Gesichtszüge. Doch dann betritt er den Park und verschwindet von der Szene. Stattdessen bemerke ich weit hinter mir eine Frau in einer langen Dschallabija mit einem Kind an der Hand. Ihr unerwartetes Auftauchen erwischt mich kalt. Ich weiß nicht, was ich tun soll. Den Einsatz abbrechen oder im Beisein einer Zeugin mit Kind weitermachen?

Noch bevor ich mich nach Eduard umsehen kann, überholt mich ein Mann, eine italienische Polizeidienstmarke in der Linken. Vielleicht eine der gefälschten, die Giuda besorgt hat.

»*Excuse me, Sir*«, sagt er mit stark amerikanischem Akzent.

Abu Omar macht noch einen Schritt, bevor er stehen bleibt. Er dreht sich ohne Hast um. Sein Blick richtet sich auf die Dienstmarke. Der Amerikaner schaut mich an und fordert mich mit einem Wink auf zu intervenieren.

»Polizei, Ihre Papiere bitte«, sage ich mit fester Stimme und fordere Abu Omar mit ausgestreckter Hand auf, näher an den Transporter heranzutreten. Vielleicht ahnt er die Gefahr. Ich stehe so dicht neben ihm, dass ich seinen Atem spüre, und habe den Eindruck, er wird gleich schreien. Und niemand öffnet die Tür. Ich klopfe zweimal auf die Karosserie. Nichts passiert. Ich versuche es noch einmal mit aller Kraft. Zwei mächtige Schläge hallen in der kalten Luft wider. Endlich rollt die Tür auf. Acht Arme heben Abu Omar wie eine Feder hinein. Er sagt nichts. Der einzige Ton, den ich höre, ist das geräuschvolle Einrasten der Tür. Nicht einmal besonders schnell fährt der Kleinlaster davon. Ich mache kehrt und gehe zurück zur Via Cafiero. Die Frau mit dem Kind ist jetzt nur wenige Schritte entfernt. Sie schaut uns an, eher überrascht als verängstigt.

Der Wagen hält direkt neben mir. Eduard hat meine Tür schon von innen geöffnet. So schnell ich kann, springe ich hinein. Wir biegen nach rechts in den Viale Jenner ab. Ich betrachte die mächtigen winterlichen Äste der Platanen, die sich über uns in den grauen Himmel recken. Fünf Straßen weiter wenden wir auf dem Piazzale Nigra und fahren wieder Richtung Viale Jenner, der wie immer vom frühnachmittäglichen Verkehr verstopft ist. Auf dem Piazzale Maciachini kommen wir gerade noch bei Grün durch. Wir biegen nach links in die Via Valassina zur Schnellstraße Viale Enrico Fermi. Nach nicht einmal vier Kilometern in Höhe der Tankstelle vor der Abzweigung nach Affori begegnen wir dem Transporter mit der leuchtend bunten Aufschrift der Autovermietung. Er steht neben einem anderen Transporter. Aus unserer Entfernung kann ich lediglich erkennen, dass Personen rasch von dem einen in das andere Auto steigen.

Armer Abu Omar: Wenn er heute und morgen noch zu Hause geblieben wäre, hätte die amerikanische Botschaft das Unternehmen abgeblasen, und es hätte keine Entführung gegeben. Eduard fährt langsamer, um das Geschehen aus der Ferne zu beobachten. Als die beiden Transporter losfahren, gibt er erneut Gas, und wir kehren bei der ersten Abzweigung in die Stadt zurück. Er lächelt zufrieden, ohne etwas zu sagen. Er führt mehrere kurze Telefonate. Bis auf zwei italienische Gespräche jedes Mal auf Englisch. Mit seinem kleinen Nokia 3310 in der Rechten und der Linken fest am Steuer sagt er immer und immer wieder, dass alles geklappt hat. *Yes, everything okay.*

Am Ausgangspunkt an der Piazza Dergano trennen wir uns. Eduard fährt weg. Ich gehe zu Fuß weiter, immer noch mit gesenktem Blick, und merke, dass meine innere Anspannung nicht nachlässt. Ich habe aber nicht deshalb Angst, weil ich mich in eine Operation habe verwickeln lassen, die ich im Grunde nicht gutheiße. Nein, mit Abu Omar hat es nichts zu tun. Es ist vielmehr die Angst vor der Einsamkeit. Es hat mit Steve zu tun. Ihn vor zwei Tagen in der Bar an dieser Piazza wiederzusehen hat in mir das einzige starke Gefühl wiedererweckt, das mir mein Doppel- oder Dreifachleben geschenkt hat. Unabweisbar steigt in mir ein Gedanke auf, den ich glaubte, längst ad acta gelegt, überwunden, ausgelöscht zu haben. Doch plötzlich ist er wieder da und hat mich während der ganzen Zeit gequält, als ich wartend und wie benommen in Eduards Auto saß, das nach Zigarettenrauch und Feuchtigkeit roch. Der Gedanke an Latifa. Wo bist du? Arbeitest du immer noch für die amerikanische Regierung? Wie geht es deinem Vater? Ich weiß nichts mehr von dir. Und ich darf keine Fragen stellen. Auf dem Weg zu meinem Auto komme ich zu dem Schluss, dass ich Latifa nie mehr finden werde, wenn ich es nicht jetzt versuche.

Ich stelle fest, dass Eduard noch immer im Stau steckt. In der Hoffnung, dass er mich im Rückspiegel sieht, hebe ich den linken Arm. Sobald der Verkehr wieder fließt, entfernt auch er sich. Einen Moment bleibe ich mit halb erhobener Hand stehen. Ich lasse sie nur langsam sinken, unfähig, mich zu rühren. Ich atme, regungslos, unfähig zu entscheiden, ob es so besser war oder ob ich die einzige

Chance verpasst habe, die sich mir in dem euphorischen Moment des erfolgreichen Einsatzes geboten hat. Es ist der reine Wahnsinn. Ich sollte lieber schleunigst von hier verschwinden: Immer noch bin ich etwa auf halbem Weg zwischen dem Haus und der Moschee eines Imam, der gerade von der CIA entführt wurde. Aber wenn ich mich umschaue, scheint alles völlig normal. Nirgends eine Uniform, keine Streife, keine Kontrolle. Ein Zeichen dafür, dass die Tarnungen bis hinauf zur Spitze der Pyramide funktioniert haben.

Das Aufheulen eines Motors lässt mich hochschrecken. Eduard hat mich doch gesehen. Er ist eine Runde um den Block gefahren und hat neben mir angehalten. Als er das Fenster herunterlässt, hat er immer noch dieses zufriedene Lächeln auf den Lippen.

»Soll ich dich mitnehmen?«, fragt er zum Scherz.

Ich lege meine Hand auf seinen herausgestreckten Unterarm, als wollte ich ihn daran hindern, wieder wegzufahren, wie auch immer er reagiert. Ich beuge mich zu ihm hinunter und stelle ihm unvermittelt meine Frage:

»Eduard, kennst du Latifa?«

Ohne nachzudenken erwidert er: »Sie ist zu Hause in Algerien …« Doch dann unterbricht er sich und murmelt etwas Unverständliches, als wolle er das Gesagte zurücknehmen. Plötzlich wird er ernst und schaut mich an, und ich sehe, dass er seine Antwort bereut. Ich weiß sehr wohl, dass ein amerikanischer Staatsbürger gegen das Gesetz verstößt, wenn er Informationen über einen Geheimagenten weitergibt. Aber ich hatte keine Wahl: jetzt oder nie.

Ich verabschiede mich von Eduard mit einem zweimaligen leichten Druck auf den Unterarm und gehe weiter. Ich drehe mich nicht um. Doch ich bin mir sicher, dass er mir nachschaut, wütend auf sich selbst, weil er sich eine vertrauliche Information hat entlocken lassen. Ich steige in mein Auto und mache mich auf den Weg nach Rom. Gegen Mitternacht bin ich immer noch auf der Autobahn. So endet mein 17. Februar 2003, der Montag, an dem wir in Mailand Abu Omar entführt haben.

GEISELN IN DER SAHARA

»Wie gesagt, kaufe ich nie Zeitungen, nachdem ich an einer Operation teilgenommen habe«, fährt Simone Pace fort und mustert mich einen Moment. »Was ich im Radio mitbekomme, ist jedoch beruhigend. Niemand spricht von Abu Omar. Niemand, fast zwei Wochen lang. Dann erscheint ein Artikel im *Corriere della Sera*, den ich in der Bar, wo ich frühstücke, zufällig auf dem Tisch finde. Als ich die Überschrift lese, verschlucke ich mich am Kaffee.«

Der Artikel erscheint am 1. März. Sie schreiben, der Imam sei von amerikanischen oder vielleicht ägyptischen Geheimagenten in einem Transporter entführt worden. Mein Herz beginnt im Brustkorb zu hämmern. Meine Hände werden eiskalt. Der Artikel enthält praktisch alles: Sie haben erfahren, dass unter den Besuchern der Moschee im Viale Jenner schon Tage zuvor beunruhigende Gerüchte umgingen. Sie berichten, was die Frau mit dem Kind ausgesagt hat: dass sie die Entführer gesehen und die Entführung zur Anzeige gebracht hat und dass sie seit dieser Nacht anonyme Anrufe erhält.

Beamte des Innenministeriums dagegen verbreiten die Hypothese, Abu Omar habe sich ins Ausland abgesetzt. Sie enthüllen, dass gegen ihn ermittelt wurde und er wahrscheinlich gemerkt hatte, dass er beschattet wurde. Andere Quellen sprechen davon, dass er sich in Bosnien versteckt halte, und erinnern daran, dass dort Anwar Shaaban, der ägyptische Gründer der Mailänder Moschee, ermordet wurde. Keine offizielle Stelle scheint von einer Entführung auszugehen. Deshalb schreibt keine andere Zeitung die Wahrheit. Mir wird klar, dass alles unter Kontrolle ist.

Trotzdem packt mich immer wieder die Angst. Ich verbringe ganze Nächte schlaflos am Radio und wechsle dauernd den Sender, um Nachrichten zu hören, auch auf Arabisch, Englisch und Französisch. Heutzutage würde eine gut unterrichtete Website oder der gelikte Post eines Freundes in den sozialen Medien genügen. In jenen Jahren ist das Radio die schnellste und aktuellste Nachrichtenquelle.

In den Spitzenmeldungen geht es immer um den Irak. Am 20. März greift eine internationale Koalition unter Führung der Vereinigten Staaten den irakischen Diktator Saddam Hussein zum zweiten Mal an. Es ist das letzte Kapitel eines Krieges, den wir mit der Ermordung von Gerald Bull in Brüssel begonnen haben.

Das zweite große Thema, das zwischen dem 22. Februar und dem 23. März die Nachrichten auf Arabisch, Englisch und Französisch dominiert, ist die Entführung von zweiunddreißig europäischen Touristen aus Österreich, Deutschland, Holland, Schweden und der Schweiz in der Sahara. Im Radio heißt es, dass sich zu den Entführungen, die an verschiedenen Tagen stattfanden, Terroristen bekannt haben, die von den algerischen Vertretern Osama bin Ladens befehligt werden: von dem ehemaligen Fallschirmspringer Amari Saifi, genannt Abderazak el-Para, und dem fanatischen Ausländerhasser Mokhtar Belmokhtar.

Eines Morgens wechselt mein Laptop, den ich immer aufgeklappt auf dem Tisch stehen lasse, mit dem typischen Pfeifen der Lüftung vom Stand-by- in den Aktivmodus. Ich erinnere mich an das Datum, weil der 22. März 2003 der erste Samstag nach Frühlingsanfang war. Neugierig schaue ich vom Bett aus auf den Bildschirm. In der rechten unteren Ecke blinkt ein Icon.

Seit einiger Zeit benutzen wir für unsere Kommunikation eine hybride Verschlüsselungsmethode, die so heißt, weil sie die Vorzüge der symmetrischen mit denen der asymmetrischen Kryptografie verbindet. Ich will nicht in die Details gehen, aber um zu zeigen, dass ich nichts erfinde, möchte ich erwähnen, dass kryptografische Applikationen und Protokolle wie SSL, SSH und PGP verwendet werden. Die Experten der NSA haben mir erklärt, dass mit unseren

Schutzschilden eventuelle Angriffe auf den Code unwirksam werden.

Während ich auf die Nachricht warte, rasen zufällige Zahlen- und Buchstabenreihen über den Bildschirm. Am Ende erscheint die Nachricht wie ein Foto im JPEG-Format. Alle damals gebräuchlichen Abhörmethoden basieren auf Algorithmen, die nach Schlüsselwörtern suchen, aber noch nicht in der Lage sind, Bilder zu lesen. Nach einigen Sekunden ordnet sich das Buchstaben- und Zahlenchaos zu einem einzigen Satz:

»Italien ist eine Republik, und 1137 wurde Neapel seine Hauptstadt.«

Am nächsten Tag tue ich das, was man in der verschlüsselten Nachricht von mir verlangt: Zu Fuß gehe ich zur Piazza della *Repubblica*, natürlich in Rom, also der *Hauptstadt*. Und das Wort Italien sagt mir, dass ich die Via *Nazionale* bis zur Kreuzung mit der Via *Napoli* nehmen muss. Die Verabredung ist um *11.37* Uhr, also zwischen 11.30 und 11.40 Uhr. Dieser Code ist Eduards neueste Erfindung. Als großer Informatik- und Sprachexperte hat er unglaublichen Spaß an solchen Denksportaufgaben.

Ich gehe drei Mal die zweihundertfünfzig Meter zwischen Piazza Repubblica und Via Napoli hin und her, um sicherzugehen, dass mir niemand folgt. Vor der anglikanischen Kirche San Paolo entro le Mura angekommen, spüre ich, wie mir Schweißtropfen vom unteren Rücken zum Gesäß hinunterlaufen. Die Leuchtanzeige eines Geschäfts zeigt mehr als fünfzehn Grad. Durch das schnelle Gehen hat sich meine immer noch winterliche Kleidung in eine Sauna verwandelt. Als ich durchgeschwitzt an der Kreuzung anhalte, lässt mich ein kalter Windzug frösteln. Ich sehe kein bekanntes Gesicht.

Aus einem Taxi mit heruntergekurbelten Fenstern schallt der Sommerhit des letzten Jahres von den Schwestern Muñoz. Sobald der Verkehr wieder in Fluss kommt, entfernt sich, verlangsamt durch den Dopplereffekt, auch ihr *Aserejé*.

»Ciao, wollen wir ein bisschen spazieren gehen?«

Ich habe Eduard gar nicht kommen hören. Ohne ihn anzublicken, gehe ich in seine Richtung los. Er ist einige Schritte vor mir. Aus dem Augenwinkel beobachte ich, dass uns ein etwa fünfzigjähriger, braun gebrannter Mann mit leicht lockigen Haaren folgt.

Schon vor der nächsten Kreuzung an der Via delle Quattro Fontane bleibt Eduard unvermittelt stehen. Er schüttelt mir mit seiner Pranke die Hand, und wir umarmen uns wie gute Freunde.

»Darf ich dir Richard vorstellen?«, fragt er.

Jetzt kann ich ihn genauer betrachten und stelle fest, dass er nicht braun gebrannt, sondern dunkelhäutig ist. Auch Richard gibt mir die Hand. Er tut es übertrieben heftig. Ich drücke gleichfalls fest zu. Männer erkennen einander am Händedruck und lernen, Vertrauen zu fassen. Ich allerdings gehe in Deckung.

Richard sieht aus wie ein Athlet. Seine Muskeln treten unter dem schwarzen Baumwollshirt und der braunen, offenen Lederjacke deutlich hervor. Seine schwarze elastische Baumwollhose und die strahlend weißen Nike-Air-Max-Schuhe stechen ins Auge. Statt an einen unauffälligen Spion denkt man bei Richard an den Rausschmeißer einer Diskothek. Über der Schulter trägt er eine Bally-Ledertasche mit einem eierschalenfarbenen Streifen in der Mitte, und er verströmt den Duft des Parfums M7 von Yves Saint Laurent, das mit seltenen Harzen wie dem des Adlerholzbaums hergestellt wird. Ich kenne diesen Duft, weil er mit einem Foto beworben wird, das viel Staub aufgewirbelt hat: Der Kampfsportler Samuel de Cubber ist darauf völlig nackt zu sehen.

»Simone, es ist fast Mittag. Gehst du mit uns essen?«, fragt Eduard.

Die Einladung kann ich nicht ausschlagen, schon allein deshalb, weil ich noch nichts über meinen nächsten Auftrag weiß. Und irgendetwas wollen sie auf jeden Fall von mir.

Wir gehen zur Piazza Venezia hinunter und finden kurz vor der Via del Corso direkt vor der Carabinieri-Station eine Touristenbar mit Tischen auf dem Bürgersteig.

»Wir setzen uns nach draußen«, sagt Eduard zum Kellner, obwohl Richard und ich gar nicht damit einverstanden sind. Umgeben vom Verkehr auf dem Platz werden wir Staub essen und Auspuffgase trinken. Aber Eduard zwinkert uns zu.

»Man weiß nie«, kommentiert er lächelnd: »Bei all diesem Lärm kann uns niemand zuhören. Außerdem sind wir hier sicher.« Dabei deutet er auf den Schriftzug CARABINIERI auf der Hausfassade. Angelsächsischer Humor, denke ich. Aber er hat recht, denn der Verkehr und die Touristenscharen sind der beste Schutz gegen Lauschangriffe.

Eduard und ich setzen uns mit dem Rücken zur Wand, Richard nimmt uns gegenüber auf der anderen Seite des quadratischen Tischchens Platz. Wir bestellen drei Sandwiches, zwei Cola für die Amerikaner und ein Bier vom Fass für mich. Keiner der beiden ergreift das Wort, sie schauen herum und warten vermutlich ab, bis der Kellner außer Hörweite ist. Meine Augen folgen dem steten Fluss von Autos, Taxis, Mopeds und Bussen um die bepflanzte Verkehrsinsel in der Mitte und wandern zu dem blendend weißen Marmor der monumentalen Freitreppe am Altar des Vaterlandes, die jenseits des Platzes zum Grab des Unbekannten Soldaten hinaufführt. Schließlich bleibt mein Blick auf der rechten Seite am Balkon des Palazzo Venezia hängen: Ich versuche mir genau den Moment vorzustellen, als Benito Mussolini dort am 10. Juni 1940 heraustrat, um der Menschenmenge die Kriegserklärung an Frankreich und Großbritannien zu verkünden.

»Richard ist für unsere Operationen in Nordafrika zuständig«, sagt Eduard unvermittelt und nimmt meine Aufmerksamkeit wieder in Anspruch. »Er ist in Algerien stationiert und hat in letzter Zeit viel zu tun.«

Ich sehe ihm in die Augen, um ihn zu bitten, etwas konkreter zu werden. Ich muss auf die Toilette, will die beiden aber nicht allein lassen. Der Kellner bringt uns bereits die Getränke. Doch das kalte Bier vor mir ist alles andere als hilfreich für jemanden, der in diesem Moment alle Wörter zu vergessen sucht, die mit einem »D« wie

Durst beginnen. Ich bräuchte mich nur zu entschuldigen und aufzustehen. Aber vor den beiden kommt mir das wie ein Zeichen von Schwäche vor, und so halte ich durch.

Richard trinkt einen Schluck Cola und stellt sich vor. Er ist ein ehemaliger Polizist aus New York. Seine Mutter ist Algerierin, sein Vater Amerikaner. Er erzählt, dass er ein begeisterter Kampfsportler ist. Die Wahl des Parfums ist also kein Zufall, denke ich voller Bewunderung für die Kreativität der Werbefachleute, denen es gelingt, ganz gezielt bestimmte Kundenkreise anzusprechen.

Als die Sandwiches kommen, bestellt sich Eduard auch noch einen Cappuccino und stürzt ihn in einem Schluck hinunter. Richard erklärt mir unterdessen halblaut, dass eine Operation im Gange ist, um die in der Sahara entführten europäischen Geiseln aufzuspüren und zu befreien. Er wartet, bis zwei ältere Touristinnen hinter ihm sich weit genug entfernt haben. Dann sagt er mir, dass ein Agent verschwunden sei, der versucht habe, sich in die Terrororganisation einzuschleusen und an Informationen heranzukommen. Ich folge seinen Ausführungen gespannt, weil ich immer noch nicht verstehe, warum sie mich gerufen haben. Hin und wieder beobachte ich auch Eduard und bemerke, dass er bleich wie der Vollmond geworden ist. Schweißperlen bedecken seine Stirn. Mit aufgerissenen Augen starrt er uns an, als sei er der Wolf aus *Rotkäppchen*. Bis er schließlich aufspringt und losrennt, um in dem Lokal die Toilette zu finden. Nur mit Mühe kann ich das Lachen unterdrücken. Ich stelle mir vor, welche Wirkung die Mischung aus dem heißen Cappuccino und dem Sandwich mit Räucherlachs, Salatblättern und Mayonnaise in seinem Magen angerichtet hat.

Richard ist so auf seinen Bericht konzentriert, dass er gar nicht darauf achtet. Er spricht halblaut auf Englisch weiter. Doch weil ich mich durch mein eigenes Bedürfnis, auf die Toilette zu gehen, und sein Genuschel ablenken lasse, höre ich nicht mehr zu. Jetzt nimmt er aus seiner Umhängetasche ein kleines, beige eingebundenes Heft, reicht es mir und nennt einen Namen, der mir zunächst entgeht.

»Entschuldige, kannst du den Namen wiederholen«, bitte ich ihn, weil ich glaube, nicht richtig gehört zu haben.

»Latifa. Sie ist unsere verschwundene Agentin. Seit Tagen haben wir nichts mehr von ihr gehört. Man hat mir gesagt, dass du sie gut kennst, und wir wollten dich fragen, ob du uns helfen kannst.«

»Natürlich«, antworte ich, ohne nachzudenken, »wo soll ich hin?«

»Nein, nein, du sollst nirgendwohin«, bremst Richard mich aus. »Wir wollen nur alles wissen, was du über sie weißt.« Dabei kramt er in seiner Tasche, zieht einen Ring heraus und legt ihn auf den Tisch.

»Das ist ihr Ring«, erklärt Richard, »wir haben ihn in ihrem Wagen gefunden, den sie in der Nähe ihrer Wohnung in Algier abgestellt hatte.«

Ich nehme ihn. Es ist ein völlig wertloser Ring aus Edelstahl, den ich mir über den kleinen Finger der linken Hand streife, in der Hoffnung, dass er ihn nicht zurückverlangt. Ich will ihn behalten, um ihn Latifa zu übergeben, sobald ich sie wiedersehe.

Endlich kommt Eduard von der Toilette zurück. Er setzt sich wieder und schließt aus dem Ring an meinem kleinen Finger, dass ich über alles informiert bin. »Wir wissen über deine Beziehung zu Latifa Bescheid«, schaltet Eduard sich ein, »und mir kam es merkwürdig vor, dass du mich einmal in Mailand nach ihr gefragt hast. Erinnerst du dich?«

Ich schaue ihn wortlos an. Natürlich erinnere ich mich.

»Hast du inzwischen mit ihr gesprochen? Habt ihr euch in letzter Zeit gesehen?«, fragt er in einem Tonfall, als hielte er mich für den Komplizen einer undurchsichtigen Geschichte.

»Nein, ich habe sie seit Jahren nicht mehr gesehen«, antworte ich wahrheitsgemäß. »Du warst es, der mir gesagt hat, dass sie in Algerien ist«, füge ich mit erhobener Stimme hinzu. Richard soll es mitkriegen, und tatsächlich wirft er seinem Kollegen wegen des schweren Regelverstoßes einen verwunderten Blick zu. Ich weiß nicht, was die Agency über mich denkt und auf was sie hinauswill. Aber Eduards Tonfall hat mir ganz und gar nicht gefallen.

Einige Sekunden sagt keiner ein Wort. Ich sehe, wie Richard mit dem Bein das meines Controllers berührt, als wollte er ihm vermitteln, dass er das schon regeln werde. Das Tischtuch ist zu kurz, um die Geste zu verstecken.

»Entschuldige, Simone«, fährt Richard fort, »aber wir müssen alle Details kennen. Wenn sie gefangen genommen wurde und man herauskriegt, für wen sie arbeitet, wird das ziemlich hart für sie.«

Ich gerate in Panik. »Aber ihr«, setze ich nach, »ihr sucht sie doch? Ihr werdet alles tun, um sie zu finden? Sie arbeitet für euch und ist sehr tüchtig. Ihr lasst doch niemanden im Stich. Amerika lässt niemanden im Stich. So ist es doch?«

Sie sagen nicht das, was ich hören will. Sie antworten einfach nicht. Eduard senkt den Blick auf sein noch immer volles Glas Cola. Richard zieht ein kleines Notizheft aus seiner Jackentasche und beginnt zu schreiben oder tut zumindest so. Daraufhin nehme ich das Dossier auf dem Tisch und beginne darin zu blättern.

Die erste Seite enthält eine Collage von Fotos, die durch Linien und Pfeile miteinander verbunden sind und eine Art Diagramm bilden. Noch bevor ich genauer hinschauen kann, legt Richard seine Hand darauf und zwingt mich, es wieder zu schließen. Mit den Augen macht er mich darauf aufmerksam, dass ein Kellner von hinten an ihn herangetreten ist.

Ich schaue die beiden erwartungsvoll an.

Endlich legt Richard das Notizheft beiseite. »Ruf diese Nummer an, wenn dir etwas einfällt.« Er gibt mir einen Zettel mit einer handgeschriebenen Nummer. »Es wird dir niemand antworten«, fährt er fort, »aber genau eine Stunde später werde ich dich kontaktieren. Simone, wir glauben, dass sich die Geiseln in Mali in der Hand einer Verbrecherbande befinden, deren algerischer Anführer Mister Marlboro genannt wird, weil er früher Zigaretten geschmuggelt hat. Sie entführen Europäer, um sie an die Terroristen von al-Qaida zu verkaufen. Diese Gebiete sind vollständig unter ihrer Kontrolle, und es ist praktisch unmöglich, V-Leute einzuschleusen. Es tut uns sehr leid wegen Latifa. Sie hat auf eigene Faust gehandelt. Aber, aber … wir werden alles versuchen.«

Was für eine unsägliche Heuchelei! Latifa hat nicht auf eigene Faust gehandelt. So etwas hätte sie nie getan. Sie ist weder verrückt noch dumm. *Sie* haben sie in die Sahara geschickt. Und für *sie* ist sie jetzt lediglich ein Kollateralschaden.

Ich würde am liebsten den Tisch umschmeißen. Ich würde am liebsten meinen Controller und seinen parfümierten Rausschmeißer verprügeln. Ich würde sie am liebsten zwingen, mit der Wahrheit herauszurücken und zu versprechen, dass sie Latifa nach Hause holen. Aber ich bringe nichts anderes heraus als: »Ich habe verstanden, entschuldigt, ich muss auf die Toilette.« Ich stehe auf und fühle mich wie ein Stück Scheiße.

Doch bevor ich an den Tisch zurückkehre, beobachte ich die beiden durch die Fensterscheibe. Richard hat das Dossier in der Hand und zeigt Eduard etwas. Von meinem Standort aus kann ich allerdings nicht erkennen, worum es sich handelt. Als sie mich kommen sehen, erheben sich beide.

»Wir haben schon gezahlt. War mir ein Vergnügen, dich kennenzulernen. Jetzt hast du meine Nummer«, sagt Richard. Eduard nickt zu jedem Wort. Dann gehen beide dahin, woher wir gekommen sind.

Das Dossier ist auf dem Tisch liegen geblieben. Ich stecke es in meine Winterjacke und gehe in die entgegengesetzte Richtung zur Via del Corso. Ich möchte bis zur Piazza del Popolo zu Fuß gehen. Ich muss durchatmen und drehe unterwegs immer wieder an dem Ring. Durch die Berührung meiner Finger mit dem kalten Stück Metall will ich meine besondere Beziehung zu Latifa wiederherstellen.

»Sie hat mich verändert«, sagt Simone Pace wie zu sich selbst und wird von einem Blitzlicht unterbrochen.

Dutzende Menschen mit den Gesichtern aller Kontinente bewegen sich um uns herum, ohne auf uns zu achten. Die nachmittäglichen Touristen sind die schlimmsten. Im Schlepptau ihrer Fremdenführer fotografieren sie unterschiedslos einfach alles, egal, ob sie sich in Disneyland, Las Vegas oder Rom befinden. Sie werden die Reise zu Hause auf dem Computer anschauen, falls sie überhaupt Zeit finden, die Bilder von den Handys auf den Computer zu ziehen. Oder das Handy geht eines Tages kaputt, und mit ihm ihr ganzes Leben.

Die paar Minuten Chaos genügen, um das Gleichgewicht zwischen den drei Bezugspunkten zu stören, von denen unsere Begegnungen seit Wochen zehren. Die letzte Bank, auf der wir wie üblich sitzen. Die Ketten des heiligen Petrus. Und Moses' Augen, die uns zwischen der neunten und zehnten Säule unverwandt anzuflehen scheinen.

»Es ist zu voll«, sagt Simone Pace, »machen wir morgen weiter.«

LATIFAS FOTO

Die Nacht verbringe ich damit, das Dossier zu studieren, erzählt Simone Pace am nächsten Tag. Das größte Foto zeigt Mokhtar Belmokhtar. Schwarzer Turban. Unglücklicher Blick. Schnauzer, langer Bart. Grüne Feldjacke und eine Kalaschnikow in der linken Hand. Ein ganzes Kapitel ist ihm gewidmet, dem neuen Emir der Sahara. Sie haben versucht, ihn umzubringen, aber stets erfolglos. Mehrmals galt er als tot, tauchte aber immer wieder auf: der Einäugige, wie sein Kampfname wegen einer Verletzung aus dem Afghanistankrieg lautet, die ihn das linke Auge gekostet hat. 1972 im algerischen Ghardaia geboren, war er Mudschaheddin, wurde Terrorist, Waffenhändler und Gründer der nordafrikanischen Zelle von al-Qaida. Seine Kampfausbildung erhielt er in einem Lager im afghanischen Dschalalabad an der pakistanischen Grenze. Wieder in Algerien, finanzierte er sich durch Zigarettenschmuggel, der ihm den Spitznamen Mister Marlboro eintrug. Er verließ die Groupe Islamique Armé, um im muslimischen Maghreb ein eigenes Terrornetz von al-Qaida zu gründen. Seit 2002 hat er sich auf die Entführung von Ausländern spezialisiert. Das sind die Verbrechen, die ihm in dem Dossier angelastet werden. Mokhtar Belmokhtar hält die Geiseln im Azawad, dem nach Unabhängigkeit strebenden Norden Malis, gefangen. Mister Marlboro lebt dort und hat vier Töchter wichtiger Anführer der Tuareg geheiratet.

Ich lasse mir Zeit. Dem Inhaltsverzeichnis entnehme ich, dass die folgende Seite Latifa gewidmet ist. Ich schlage sie nicht sofort auf. Ein stechender Schmerz fährt mir in die Augen. Ich stütze die Ellbogen auf den Tisch. Mit den Daumen massiere ich die geschlossenen Lider. Ich blättere um. Ich schaue hin.

Nur ein einziges Bild, sonst nichts. Sie haben es aus dem schwarzweißen Fotogramm einer Überwachungskamera gewonnen. Latifas schönes Gesicht ist von einem dunklen Tschador eingehüllt. In der Lobby eines Hotels sitzend, blickt sie nach oben und wirkt erschrocken. Zwei Männer stehen hinter ihr und überwachen sie. Ihre Profile sind unter den Schilden ihrer Baseballkappen nicht zu sehen. Ihr gegenüber sitzt ein dritter Mann. Auch sein Gesicht ist nicht zu erkennen, und seine breite Schulterpartie ist weitgehend von der Sessellehne verdeckt.

Alle anderen Fotos, die durch Linien und Pfeile zu einem Diagramm verbunden sind, sagen mir nichts. Ich versuche, mir diese unbekannten Gesichter zu merken, indem ich die Seiten auf- und zuschlage. Aber ich lasse es gleich wieder sein.

Am nächsten Morgen beantrage ich ein Visum für Algerien. Man braucht allerdings ein Einladungsschreiben. Per E-Mail bekomme ich es innerhalb weniger Stunden. Darin steht: »Sehr geehrter Herr, als Teilnehmer unseres nächsten Gesprächs über eine mögliche Kooperation bestätigen wir Ihnen den Termin am 23. April 2003 in unseren Geschäftsräumen der Marketingabteilung. Darüber hinaus wären wir Ihnen dankbar, wenn Sie die notwendigen Bestimmungen für die Ausstellung eines Visums befolgen würden. Wir verbleiben mit den besten Grüßen.«

Das ist meine Tarnung. Dafür habe ich Raschid, einen Oberst im algerischen Geheimdienst, um Hilfe gebeten. Ich habe ihn vor einigen Jahren in Frankreich beim Informationsaustausch über die Terroristen der Groupe Islamique Armé kennengelernt. Raschid hat mir keine Fragen gestellt, sondern mir das Einladungsschreiben geschickt und sich sogar erboten, mich am Flughafen abzuholen. Bis das Visum ausgestellt ist, vergehen einige Tage, in denen ich seltsamerweise nichts mehr von Eduard höre. Vielleicht ist er über Ostern in die Vereinigten Staaten zurückgekehrt. Vielleicht. Ich buche meine Flüge und ein Hotel und reise ab.

Bevor ich den Zug zum Flughafen Fiumicino nehme, mache ich im Supermarkt meines Viertels noch ein paar Einkäufe. Raschid hat zwei kleine Kinder. Für sie kaufe ich massenweise Bonbons und drei Stofftiere: Simba, Nala und Timon aus dem *König der Löwen*. Ich bezahle. Beim Durchqueren der Warensicherungsschleuse geht plötzlich das Alarmsignal los. Alle drehen sich nach mir um. Ich bleibe stehen und hebe instinktiv die Hände. Der Wachmann kennt mich vom Sehen und fängt an zu lachen. Von seiner Position aus wirft er einen Blick auf meinen Rollkoffer und die Plastiktüte mit den gerade bezahlten Einkäufen. Er winkt mich durch.

Der Flughafen von Algier hat damals noch nicht die Größe eines wichtigen internationalen Flughafens. So fällt es mir nicht schwer, Raschid zu finden. Er wartet hinter einem der Glashäuschen der Passkontrolle auf mich. Seit unserer letzten Begegnung sind ein paar Jahre vergangen. Seine Stirn ist höher geworden. Jeans, eine schwarze Lederjacke und die unvermeidliche dunkle Sonnenbrille. Mit seiner Hilfe beschleunigt sich auch die Kontrolle meines Visums. Aber erst im Auto, außerhalb des Flughafens, spricht er mit mir wie mit einem Freund.

»Entschuldige, aber hier erregt jemand in meiner Stellung Verdacht, wenn er einen Ausländer trifft.«

»Mach dir keine Sorgen, Raschid, ich verstehe dich. Du musst dich nicht um mich kümmern. Ich bleibe nur ein paar Tage und komme allein zurecht.«

Ich weiß nicht, ob ich ihm den Grund meines Besuchs offenbaren soll. Ich will ihn nicht in diese Geschichte verwickeln. Außerdem bin ich ohne offiziellen Auftrag hier. Wenn er wüsste, dass ich nach Algerien gekommen bin, um Latifas Verschwinden aufzuklären, würde er mich für verrückt halten. Und über die CIA kann ich schon gar nicht mit ihm reden. Deshalb verharren wir während der vierzig Minuten, die die Fahrt vom Flughafen bis zu meinem Hotel dauert, in irrealem Schweigen.

Raschid verabschiedet sich an der Rezeption von mir. Ich checke ein und komme mir plötzlich vor wie ein Idiot: Was bilde ich mir ein, allein erreichen zu können? Im Hotelzimmer habe ich nur noch den Wunsch, unter der Dusche zu verschwinden. Der Raum erhält sein Licht von einer großen Fensterfront, die von Vorhängen mit braunem Blumenmuster umrahmt ist. Das Hotel liegt auf einer Anhöhe über dem Hafen. Vom Pool im Garten steigen Kinderschreie und ein intensiver Chlorgeruch auf. Ich schließe das Fenster und lasse das Wasser in der Dusche laufen, damit es richtig heiß wird.

Das Telefon klingelt, aber ich achte nicht darauf. Niemand weiß, dass ich hier bin. Ich genieße das heiße Wasser, aber das Telefon auf dem Nachttischchen hört nicht auf zu klingeln.

»Hallo«, melde ich mich in den zwischen Ohr und Schulter geklemmten Hörer, während meine Hände damit beschäftigt sind, mich abzutrocknen.

»Mein Freund, darf ich dich auf einen Kaffee einladen?«, fragt auf Arabisch eine Stimme, die ich sofort als Richards Stimme erkenne. Woher weiß er, dass ich hier bin?

»Ich ziehe mich schnell an und komme«, antworte ich, ohne mir die Überraschung anmerken zu lassen.

Schon vom Aufzug aus sehe ich ihn im Salon der Lobby sitzen. Er spricht mit einer Person an seiner Seite. Heute trägt er ein himmelblaues Hemd, das etwas straff über seinen durchtrainierten Muskeln sitzt, kein Jackett, aber eine nachtblaue Seidenkrawatte. Er duftet nicht weithin wie in Rom. Der Mann neben ihm, mit dem Rücken zu mir, trägt ein durchscheinendes Leinenhemd. Eine dritte Person sitzt ebenfalls dabei. Lange Haare, gepflegter Bart, braun gebranntes Gesicht. Auf dem dunkelgrünen Tuch des Tischchens ganz nah am Fenster bemerke ich einige Papiere, drei Flaschen Heineken-Bier, eine Plastikflasche Mineralwasser und eine kleine Glasvase mit einer weißen und einer roten Rose.

Sobald er mich sieht, zeigt Richard auf den einzigen noch freien Stuhl, diskutiert aber in einem mir unverständlichen Dialekt weiter. Die anderen beiden nehmen mich überhaupt nicht zur Kenntnis. Erst nach einigen Minuten würdigt mich der Verantwortliche für die Operationen in Nordafrika einiger Worte auf Französisch.

»Ich hoffe, du hattest eine gute Reise. Darf ich dir Karim und Baschir vorstellen?«

Die beiden begrüßen mich lediglich mit einer Handbewegung.

»Möchtest du etwas trinken?«, fragt Richard, als sich ein Kellner nähert.

»Ja, danke, einen Kaffee«, erwidere ich und sehe ihm weiter fest in die Augen. Ich weiß nicht, wer die anderen zwei sind, und ich weiß nicht, ob ich reden darf. Richard kapiert auf Anhieb. Er besitzt ein ungewöhnliches Gespür und bewahrt stets den Überblick.

»Keine Sorge«, sagt er mit einem entspannten Lächeln, »die beiden arbeiten für mich. Wir oder vielmehr Eduard war sicher, dass du die Initiative ergreifen und auf eigene Faust handeln würdest.«

»Dann arbeitet Raschid auch für euch?«, frage ich ohne Rücksicht auf meinen Freund, den Oberst.

»Nein, Raschid ist ein ausgezeichneter Offizier, aber absolut unkorrumpierbar. Solange er im Dienst sein wird, wissen wir, dass wir denselben Krieg gegen den Terrorismus führen. Aber jeder für sein eigenes Land. Vielleicht werden wir ihm später, wenn er ausgeschieden ist, ein Angebot machen, das er nicht ablehnen kann.« Bei diesen Worten deutet Richard wiederum ein Lächeln an, das mir diesmal aber diabolisch erscheint.

»Woher wusstet ihr dann …«, Richard lässt mich nicht ausreden, sondern legt die Fingerspitzen zusammen wie ein Arzt, der mit gesenkter Stimme eine schlechte Nachricht zu verkünden hat.

»Du hast den Ring genommen, nicht wir haben ihn dir gegeben. Und da er mit einem leistungsstarken GPS versehen ist, war es uns ein Leichtes, dich aufzuspüren.«

Ich ziehe den Ring langsam ab, während Karim und Baschir ein Lachen unterdrücken. Statt darüber irritiert zu sein, dass man mich auf den Arm genommen hat, lösen Richards Worte bei mir Schuldgefühle aus. Wie konnte ich glauben, dass es sich tatsächlich um Latifas Ring handelte? Er hält mir seine rechte Hand hin, und ich lege den Ring hinein. Der Ring war es also, der im Supermarkt Alarm ausgelöst hat.

Man hat mich manipuliert. Oder vielmehr, ich habe mich manipulieren lassen. Jetzt hat sich die Lage zu *ihren* Gunsten verändert.

Sie sind gekommen, um mir beizustehen und mich an die Hand zu nehmen. Sie haben geahnt, wie ich reagieren würde. Und ich bin wie ein Grünschnabel darauf reingefallen. Die Scham treibt mir das Blut in Hals und Wangen. Mein Gesicht färbt sich dunkelrot. Ich trinke den Kaffee ohne Zucker, obwohl er längst kalt ist. Der bittere Geschmack reißt mich aus meiner Verwirrung. Vor allem aber aus meiner Verlegenheit.

»Jedenfalls danke, dass du gekommen bist«, fährt Richard fort. »Wir haben in Mali einen Informanten, der uns etwas über Latifa sagen könnte. Du aber kannst noch viel mehr tun: Du kennst sie gut, und nur du kannst den Wahrheitsgehalt der Informationen abschätzen, die wir bekommen. Die französischen Kollegen haben Latifa auffliegen lassen. Sie haben eine Quelle in der Sahara, mit der sie in Kontakt getreten ist, und haben sie verraten. Seitdem ist sie verschwunden. Offensichtlich haben es die Franzosen nicht gern, wenn wir in der Sahara unsere Nase in ihre Angelegenheiten stecken.«

Alles ist viel schlimmer, als ich es mir vorgestellt habe.

»Morgen früh wird Baschir dich abholen und zum Flughafen bringen«, fügt Richard hinzu. »Du wirst nach Mali fliegen. In Bamako wirst du Karim treffen. Er wartet im Hotel Radisson Blu auf dich. Du kannst es nicht verfehlen, denn es ist das einzige internationale Hotel in der Stadt. Karim fliegt heute Abend. Es ist besser, wenn ihr getrennt reist.«

Baschir und Karim nicken, während der Operationschef uns die letzten Instruktionen erteilt und sich dann erhebt. Bevor er jedoch geht, kommt er auf mich zu und umarmt mich. Er küsst mich dreimal auf die Wange und klopft mir gleichzeitig mit der Hand auf die Schulter. »*Schukran, schukran*«, danke, sagt er leise.

Er meint es anscheinend ernst, und ich erwidere seine Geste, indem ich mit beiden Händen seinen mächtigen linken Unterarm drücke.

Im Hotelzimmer schalte ich den Fernseher auf einen Sender mit arabischer Musik und versinke in dem bequemen Doppelbett in tiefen Schlaf.

Der Ruf des Muezzins, der zum *salat al-maghrib*, dem vierten Tagesgebet ruft, weckt mich. Es ist kurz nach sechs Uhr nachmittags. Ich stehe auf und trete an das große Fenster, um den Blick auf den beleuchteten Hafen von Algier zu genießen. Im Straßennetz kann ich die Moschee ausmachen. Sie ist ein niedriges, rechteckiges Gebäude mit einer kleinen Kuppel und zwei ganz weißen Minaretten an den Seiten. Sie geht fast zwischen den Wohnblocks unter.

Mir bleibt noch eine Stunde Zeit, um mich auf das Abendessen mit Raschid vorzubereiten. Mit meiner Tüte voller Bonbons und den Stofftieren gehe ich in die Lobby hinunter. Als er kommt, gibt er mir von draußen zu verstehen, dass er sich nicht an der Rezeption sehen lassen will. Ich gehe zu ihm, um ihn an die Bar des Pools einzuladen.

»Gehen wir durch den Garten. Wir könnten einen Aperitif trinken«, schlage ich ihm vor.

»Nein, lieber nicht«, erwidert Raschid flüsternd, »sieh dort den Mann neben der Topfpflanze am Eingang. Dreh dich unauffällig um. Er ist einer der Unsrigen. Diese Hotels werden überwacht, um die Ausländer zu kontrollieren. Gehen wir lieber woandershin.«

Ich folge ihm zu seinem Auto. Tatsächlich sehe ich in der Hotellobby einen Mann im beigen Anzug. Die Hosenbeine sind zwanzig Zentimeter länger als seine Beine und lassen ihn kleiner erscheinen, als er ist. Auf dem Hemd prangt eine schwarze Krawatte, die lächerlich kurz und schlecht gebunden ist.

Mit Raschid essen zu gehen ist immer ein Vergnügen. Wir suchen uns ein Restaurant am Hafen und setzen uns an einen Tisch etwas abseits, um uns ungestört unterhalten zu können. Raschid erzählt, dass bereits im Februar dieses Jahres, also 2003, eine CIA-Delegation nach Algier gekommen ist, um sich insgeheim mit Kollegen des algerischen Geheimdienstes DRS zu treffen.

»Es geht nicht nur um den gemeinsamen Kampf gegen den Terrorismus«, erklärt mir Simone Pace an dieser Stelle. »Die Vereinigten Staaten interessieren sich auch für die Erdölvorkommen an der

Grenze zu Mali und darüber hinaus für die Überwachung des westlichen Mittelmeers vor der algerischen Küste. Die amerikanische National Security Agency ist heute in der Region sehr präsent. Schon seit Langem operiert sie in Südalgerien, um die Reichweite ihrer Abhöranlagen in Marokko zu vergrößern. Als Gegenleistung beliefert die NSA Algerien mit Satellitenaufnahmen der Bewegungen der Terroristen Mokhtar Belmokhtars. Außerdem bieten sie der Luftwaffe technologische Unterstützung.«

Raschid berichtet mir tatsächlich von der Jagd nach den Terroristen, fährt Simone Pace fort, und als er den Namen Mister Marlboro erwähnt, würde ich ihm gern die Wahrheit über mich und Latifa erzählen. Doch der gesunde Menschenverstand rät mir, lieber zu schweigen. Und zum soundsovielten Mal frage ich mich, was am Leben eines Spions eigentlich schön sein soll. Ständig werden Emotionen, Gefühle und Freundschaften unterdrückt oder zunichtegemacht. Auch meine Freundschaft zu Raschid.

»Simone, morgen fahre ich in die Wüste«, lässt er mich unmittelbar danach wissen. »Wir haben einen Einsatz dort. Es tut mir leid, dass ich keine Zeit mehr für dich habe. Wann fliegst du?«

Wie merkwürdig. Ausgerechnet Raschid erspart mir eine Peinlichkeit. Ich war schon drauf und dran, ihm die Lüge aufzutischen, ich würde am nächsten Tag wieder nach Italien zurückkehren. Er wäre sicher misstrauisch geworden, aber etwas Besseres ist mir nicht eingefallen. Ich kann ihm wohl kaum antworten: Lieber Freund, auch ich fliege morgen, ich gehe nach Mali, um an einer Geheimoperation der Amerikaner teilzunehmen. Auf seine Frage aber muss ich nichts Erfundenes antworten. Und so sage ich einfach gar nichts. Raschid sieht mir in die Augen und fragt in seinem tadellosen Französisch ein weiteres Mal: »Und du, wann fliegst du?«

Weiß er bereits alles? Im Übrigen ist es ja sein Beruf, informiert zu sein. Ich wechsle das Thema und bin mir sicher, tief in unseren Herzen die wunderbare Freundschaft zwischen uns, vor allem aber den gegenseitigen Respekt zu beschädigen.

Wir verlassen das Lokal, um einen Spaziergang am Hafenkai zu machen, und der Temperaturunterschied lässt mich bedauern, mich nicht wärmer angezogen zu haben. Raschid verlangsamt seinen Schritt, als wollte er mir etwas sagen. Er entschuldigt sich, dass er mich nicht zu sich nach Hause eingeladen hat. Anscheinend will er noch etwas anfügen. Vielleicht will er mir den Rat geben, den Einsatz in Bamako sein zu lassen. Das ist mein Gedanke, mit dem schlechten Gewissen dessen, der einen Freund verrät. Aber er sagt nichts weiter, bemerkt jedoch, dass ich vor Kälte zittere, und bringt mich ins Hotel zurück.

Vor dem Eingang macht er den Motor aus, steigt nach mir aus und drückt mit beiden Händen meine Rechte.

»Hoffentlich sehen wir uns bald wieder«, sagt er leise.

»Danke, das hoffe ich auch. Du weißt, dass du in Italien einen Freund hast.«

Ich schaue ihm zu, wie er um das Auto herumgeht, um sich ans Steuer zu setzen. Aber er steigt nicht ein, dreht sich halb um sich selbst und blickt mir direkt ins Gesicht. Wir stehen beide im Lichtschein der Hotelbeleuchtung.

»Simone!«, ruft er.

Ich bin mir ganz sicher, dass er sich auf die Lippen beißt, um die Worte, die ihm auf der Zunge liegen, nicht auszusprechen.

»Was ist?«

Er lächelt verlegen. »Danke für die Süßigkeiten und die Stofftiere«, wechselt er das Thema, setzt sich ans Steuer, schließt die Wagentür, lässt den Motor an und fährt los. Bis zur Kurve, von der die Straße zum Hafen hinunterführt, sehe ich ihn ohne Licht fahren.

Noch bevor er mich am nächsten Morgen begrüßt, übergibt mir Baschir die Hin- und Rückflugtickets für Bamako. Ich habe eine schlaflose Nacht hinter mir. Der quälende Gedanke an die vielen Fehler, die ich begangen habe, hat mich nicht zur Ruhe kommen lassen. Gerade habe ich einen echten Freund wie Raschid verraten, weil ich mich wie eine Marionette von meinen Controllern dirigieren lasse.

Dann aber löscht der Gedanke an Latifa alles andere aus. Oder vielmehr: rückt alles in die richtige, verlogene Perspektive. Ich sage mir, dass ich für meine leidenschaftliche Liebe zu Latifa nicht nach Vernunftgründen suchen muss. Dass es im Leben eines Mannes normal ist, Dummheiten zu begehen, wenn er liebt. Und so gebe ich mich ein weiteres Mal mit bequemen Rechtfertigungen zufrieden und wende mich den Anforderungen des Tages zu.

Das Boarding beginnt erst in einer Stunde, und die Wartezeit wird quälend lang werden. Bleiern hängt die von scharfem Schweißgeruch geschwängerte Luft in der Wartehalle. Massen von schwitzenden Passagieren erwarten den Aufruf. Die Klimaanlage funktioniert nicht. Für die Flüge ins Herz Afrikas ist keine Bequemlichkeit vorgesehen. Um mir die Zeit zu vertreiben, gehe ich auf die Toilette, aber ich komme nur bis zur Tür. Ein starker Ammoniakgeruch greift meine Nase an und lässt mich umkehren. Die Ticketkontrolle hat bereits begonnen. Als der Steward meines sieht, sagt er, ich könne in den Wartesaal der ersten Klasse im oberen Stock gehen. Ich lasse mich nicht lange bitten. Klimaanlage, ein kleines Buffet, saubere Toiletten. Ich lächle wie ein Schwachsinniger vor mich hin und schicke Richard im Stillen meinen Dank.

Nach einem viereinhalbstündigen Flug über die Sahara und die Trockensavanne der Sahelzone landen wir in der Hauptstadt von Mali. In Bamako wird man schon auf der Gangway von glühend heißer Luft und dem Holzkohlenduft umarmt, der von Tausenden primitiven Herdstellen aufsteigt. Ich habe nur Handgepäck und komme als einer der Ersten durch den Zoll. Eine Reihe von gelben Taxis wartet am Ausgang. Ich steige in einen alten Peugeot.

»Hotel Radisson Blu bitte«, sage ich auf Französisch.

Wir passieren den militärischen Kontrollposten am Ende des Parkplatzes und fahren auf eine breite Straße, die quer durch eine Ebene aus lebhaft rotem Sand führt. Je mehr wir uns der Stadt nähern, desto zahlreicher werden die improvisierten Stände aus Pappkartons und Brettern, die alles Mögliche anbieten: gebrauchte Kleider und Schuhe, knallbunte Plastikeimer, Gemüse aller Art und

Körbe voller sonnengelber Mangos. Hupend scheucht der Fahrer eine Horde Jugendlicher auf dem Fahrrad zur Seite. Frauen verschwinden mit ihren auf den Rücken gebundenen Kleinkindern in den Straßen, die sich in dicht bevölkerte Dörfer verzweigen. Das Taxi verlangsamt, und ich sehe Frauen, die sich über Waschtröge beugen. Reihen halb nackter Kinder, jedes mit einem Wasserkanister auf dem Kopf. Kräftige junge Männer spalten Holz mit der Axt. Jugendliche fahren mit klapprigen Fahrrädern auf den nackten Felgen herum und geraten ins Trudeln. Eine Fatima-Hand baumelt am Rückspiegel des Taxis und soll dem Fahrer helfen, sich durch das Gewühl verschwitzten Lebens einen Weg zu bahnen. Augenblicklich muss ich an Latifa denken. Wie soll ich sie in diesem höllischen Durcheinander finden?

Die große amerikanische Flagge hängt schlaff vom höchsten Mast in dem Blumenbeet vor dem Haupteingang herunter. Hier ist das Gras endlich richtig grün. Der Niger fließt ein paar Häuserblocks weiter vorbei, und es gibt genug Wasser. Noch ein paar Hundert Meter. Der alte gelbe Peugeot fährt durch das offene Tor am Wachposten vorbei über eine kleine Auffahrt bis vor das Hotel. Baschir hat mir am Flughafen von Algier einen Packen einheimischer Banknoten gegeben, die ich im doppelten Boden meines Rollkoffers verstauen musste: 2000-Franc-Scheine mit dem Aufdruck der Zentralbank der westafrikanischen Staaten. Zwei Bündel hatte ich mir in die Tasche gesteckt. Ohne die geringste Ahnung ihres Wertes ziehe ich einige Scheine heraus und reiche sie dem Taxifahrer. Sein Blick sagt mir, dass ich mehr als nötig bezahlt habe. Er bedankt sich und drängt mir seine Visitenkarte auf.

»Rufen Sie mich an, wann immer Sie wollen, Monsieur«, sagt er, während er den Kofferraum öffnet, um meinen Trolley herauszunehmen.

Ich betrachte meinen Rechenfehler und seine Dankbarkeit als gutes Omen. Wenn einer wie ich zum Fatalisten wird, ist das kein gutes Zeichen. Auf dem Parkplatz bemerke ich einen dunkelblauen Kleinlaster mit der Aufschrift SONDEREINSATZKOMMANDO über den Wagentüren. Die Polizisten tragen Kampfausrüstung. Sie sitzen plaudernd unter einem riesigen Mangobaum auf dem Boden. An der Rezeption bekomme ich in wenigen Minuten meinen Zimmerschlüssel. Ich weiß weder, wann ich Karim treffen werde, noch was er von mir will. Deshalb beschließe ich, zur Entspannung eine Dusche zu nehmen, mich umzuziehen und dann in die Lobby hinunterzugehen, um auf ihn zu warten.

Die Eingangshalle ist voller Soldaten. Ein Mann auf einer der braunen Ledercouchen beobachtet mich unentwegt. Schließlich nimmt er die Sonnenbrille ab und hebt die Hand zum Gruß. Es ist Karim. Kommen die Afrikaner denn nicht immer zu spät? Ich hatte mir eine halbe Stunde Entspannung erhofft, aber nun gehe ich zu ihm hinüber, und er macht eine einladende Geste, mich neben ihn zu setzen.

»Willkommen, Simone. Alles in Ordnung?«

»Alles in Ordnung.«

»Wir essen woanders zu Mittag. Um 13.30 Uhr treffen wir unseren Kontakt.«

»Okay, ich gehe hoch und bringe mein Gepäck in mein Zimmer, dann können wir gehen.«

Es ist schon eins, und wir haben tatsächlich keine Zeit mehr zu verlieren. Adieu Dusche. Wir treffen pünktlich im Restaurant San Toro ein, einem sehr eleganten Lokal in afrikanischer Bauweise mit strohgedecktem Dach. Behagliche Inneneinrichtung. Karim blickt sich um und wirkt enttäuscht. Unser Informant ist nicht erschienen. Wir beginnen zu essen. Die Speisekarte bietet ausgezeichnete einheimische Gerichte: gegrilltes Fleisch, Reis, Süßkartoffeln, Gurken-Tomaten-Salat. Karim erzählt von sich. Er ist verheiratet. Seine drei Kinder und seine Frau leben in Bejaia, der größten Stadt der Kabylei, der Region der algerischen Berber. Er rühmt den Vorteil, am Meer zu leben, und zeigt mir ein Foto des Hauses, das er gebaut hat und in dem auch seine Eltern leben.

Ich mache ihm Komplimente, aber er ist verstimmt, als er merkt, dass ich nichts Persönliches von mir preisgebe. Nicht, weil ich reserviert bleiben will. Nein, einfach nur deshalb, weil ich keine schöne Familiengeschichte zu erzählen habe. Zu meinem Glück tritt ein Mann mit tiefschwarzer Haut in Anzug und Krawatte an unseren Tisch. Karim springt auf.

»Da ist er«, sagt er befriedigt.

»Gestatten, Aliou«, stellt sich der Mann auf Französisch vor und sieht mir in die Augen.

Ich drücke ihm wortlos die Hand. Karim bittet um Verzeihung, weil wir schon angefangen haben zu essen.

»Es ist meine Schuld, ich habe mich verspätet«, erwidert Aliou und geht zum Buffet, um sich zu bedienen.

»Er ist ein sehr wichtiger Polizeibeamter aus dem Azawad, dem großen Tuareg-Gebiet um Timbuktu und Gao«, erklärt mir Karim. »Bisher waren alle Informationen, die wir von ihm erhalten haben, richtig.« Als Aliou wieder am Tisch ist, wechseln wir das Thema.

Der sehr wichtige Polizeibeamte isst mit unüberhörbarem Schmatzen. Mehrmals unterbricht er das Kauen, um uns darzulegen, wie schwierig es sei, an Informationen zu kommen, doch er sei der Beste in diesen Dingen, man müsse nur Geduld haben. Daraus schließe ich, dass er über Latifa nichts zu berichten hat. Er hat seinen Teller mit Fleisch und Reis fast leer geputzt, als in seiner Jackeninnentasche das Handy klingelt. Er geht ran und spricht. Dann verabschiedet er sich.

»Ich muss gehen, es ist dringend«, sagt er, nur zu Karim gewandt, »aber ich hoffe, bald Nachrichten zu haben, die dir gefallen werden, so Gott will.«

»Will er uns auf den Arm nehmen? Was heißt ›bald‹?«, frage ich Karim, sobald wir allein sind.

»Wir müssen uns in Geduld üben«, antwortet er, »hier ist es nicht einmal für jemanden in seiner Position leicht. Er muss vorsichtig agieren, und die Informationen, die wir von ihm wollen, stehen ja nicht in der Zeitung.«

Ich kehre zurück und verbringe zwei Tage im Hotel. So wird es Freitag. Meine Woche in Mali ist praktisch zu Ende. Ich kontrolliere noch einmal das Rückflugticket. Von Bamako nach Algier. Der Flug ist schon morgen, ohne dass ich irgendetwas über Latifa erfahren habe. Inzwischen ist auch Karim verschwunden. Im Hotel lässt er sich nicht blicken, und an der Rezeption kann ich schlecht nach ihm fragen. Gelangweilt verbringe ich den Tag mit Warten und gehe nicht einmal zum Pool hinunter. Je weniger ich mich zeige, desto besser. Um sieben Uhr abends beschließe ich, dass es Zeit ist, meinen Koffer zu packen. Mission gescheitert. Ich bin fast fertig, als es an der Tür klopft. Ich öffne nicht sofort, man weiß nie. Da weiter geklopft wird, gehe ich zur Tür und frage leise auf Französisch: »Ja, bitte?«

»Mach auf, ich bin's, Karim«, ruft die Stimme von außen.

Ich halte mich im Zimmer nackt auf, um nicht die Klimaanlage anschalten zu müssen. Deshalb nehme ich aus dem Bad ein Handtuch, schlinge es mir um die Hüfte und lasse Karim herein.

»Wie geht es dir?«, fragt er und starrt mich unverwandt an.

Ich werfe einen Blick in den Wandspiegel zu meiner Rechten. Seit meiner Ankunft in Mali habe ich mich nicht rasiert, mein Gesicht ist blass, und der Schlafmangel komplettiert mein ungepflegtes Aussehen.

»Gut, danke«, erwidere ich und schließe die Tür.

Karim stellt seinen Rucksack auf den Boden neben den Sessel und macht es sich bequem.

»Ich habe gute Nachrichten. Sie befindet sich in einem Gefängnis der Region Gao. Sie wurde verhaftet, weil sie versucht hat, mit der Bande von Mokhtar Belmokhtar Kontakt aufzunehmen. Sie glauben, dass Latifa eine Terroristin ist.«

Enttäuscht unterbreche ich ihn: »Und das sollen gute Nachrichten sein?«

»Simone, sie haben nichts gegen Latifa in der Hand«, antwortet Karim, »und unser Informant, den du kennengelernt hast, wird dafür sorgen, dass man sie freilässt. Sie hat nicht ausgepackt, sondern beharrt darauf, dass es sich um einen Irrtum handelt, um eine Personenverwechslung. So jedenfalls hat Aliou es mir berichtet.«

»Hat er dir einen Beweis dafür geliefert, dass sie noch lebt?«

»Ich habe die Fotos von ihrer Verhaftung gesehen«, sagt Karim mit leiser Stimme.

»Zeig sie mir.«

»Er hat sie mir nur gezeigt, ich habe sie nicht.«

Ich schaue ihn an. Spüre, wie mir das Blut in den Ohren pulsiert. Er lügt, dessen bin ich sicher. Das Herz schlägt mir bis zum Hals. Die CIA würde für derartige Informationen niemals Geld ausgeben, ohne zuvor stichhaltige Beweise zu bekommen. Ich springe so schnell von der Bettkante auf, dass sich das Handtuch löst und zu Boden fällt. Ich packe Karim am Kragen und drücke ihn gegen die Wand.

»Hat man sie geschlagen?«, frage ich ihn und lasse ihn dann zu Boden sinken. Er reagiert nicht. Ich hebe seinen Rucksack vom Boden auf. Leere ihn auf der Bettdecke aus. Karim beobachtet mich reglos.

Aus dem Rucksack ist ein grauer DIN-A4-Umschlag herausgefallen. Ich nehme ihn. Mit Daumen und Zeigefinger ziehe ich Fotos heraus. Mir zittern die Hände. Dennoch behalte ich Karim im Auge, damit er mich nicht von hinten angreift. Doch ich stelle fest, dass er den Blick gesenkt hält.

Sie ist kaum zu erkennen. Latifa sitzt auf einem Stuhl, die Hände hinter der Lehne gefesselt. Ihre Augen sind mit einer schwarzen Binde verbunden. Der Stuhl steht mitten in einem leeren, hell erleuchteten Raum. Die anderen Fotos sind Nahaufnahmen. Ihr schönes Gesicht ist von Schwellungen entstellt. Die Unterlippe haben sie ihr in der Mitte gespalten. Der Umriss ihres Kopfes unter den dreckigen, verschwitzten Haaren ist verformt. Die Stirn mit blauen Flecken von Stock- und Knüppelschlägen übersät. Latifa trägt eine grüne Militärhose. Zwischen den Beinen ist sie nass, und unter dem Stuhl hat sich eine Pfütze gebildet. Wer weiß, wie lange sie schon in dieser Stellung festgehalten worden ist. Mit verbundenen Augen und gefesselt.

Karim nimmt meine Fragen vorweg. »Mach dir keine Sorgen«,

sagt er rücksichtsvoll. »Man hat uns versichert, dass es ihr gut geht, oder dass es ihr zumindest jetzt besser geht. Wir können nichts tun, außer abzuwarten.«

Ich bedanke mich bei Karim. Ich verstehe, warum er mir die Fotos nicht zeigen wollte. Auch er weiß, dass Latifa für mich mehr ist als nur eine Kollegin. Am nächsten Tag kehre ich nach Algier und dann nach Italien zurück.

Am 14. Mai entnehme ich den Zeitungen, dass in Algerien die ersten siebzehn der insgesamt zweiunddreißig entführten Touristen befreit worden sind. Die Geiseln und die Entführer sollen von den Streitkräften in der Wüste bei Tamlirt aufgegriffen worden sein. Bei der Operation wurden neun Terroristen getötet, alle Angehörige der Groupe Salafiste pour la Prédication et le Combat (GSPC), der Salafistengruppe für Predigt und Kampf, die unter Mokhtar Belmokhtar als Ableger von al-Qaida im muslimischen Maghreb agiert. Im Internet suche ich nach den Namen der befreiten Touristen. Vielleicht ist auch von Latifa und ihrer Befreiung die Rede. Doch ich finde nichts, was auf ihren Verbleib hindeutet. In der Nacht schrecke ich aus dem Schlaf hoch. In meinen Albträumen habe ich sie mutterseelenallein in einem Raum gesehen, von der Folter entstellt und schutzlos wie ein Kind. Und ich bin draußen, in der Wüste, unfähig, mir einen Zugang zu verschaffen, und kratze mit bloßen Händen an den Mauern ihres Gefängnisses.

DIE ROSE VON RIALP

Wie ich schon zu Beginn meiner Erzählung sagen wollte, öffnet sich die Aufzugstür bei meinem Besuch in Langley auf einen ziemlich kleinen Raum. Louise steigt als Erste aus, dann ich, dann Patrick. Wir stehen vor einem rechteckigen Tisch mit weißem Leinentischtuch, der für das Mittagessen gedeckt ist. Zwei Kellner sind noch mit dem Besteck beschäftigt, als mehrere Personen zu uns stoßen. Als Letzter ein Mann um die sechzig: rundes Gesicht, die weißen Haare von einem scharfen linken Scheitel streng nach rechts gekämmt, hohe Stirn und rosige Wangen. Aus der Art, wie die anderen sich um ihn gruppieren, schließe ich, dass er den höchsten Dienstgrad besitzt. Patrick führt mich mit kurzen Worten ein. Der Mann gibt mir die Hand und stellt sich so schnell vor, dass ich nur den Vornamen Robert, nicht aber den Nachnamen verstehe.

Robert beglückwünscht mich. Er nennt mich einen ausgezeichneten Mitarbeiter, der immer zutreffende und äußerst wichtige Informationen geliefert hat. Er sagt, er habe die meisten meiner Einsätze geleitet und mich im Namen des Direktors persönlich kennenlernen wollen. Anscheinend kennt er meinen Lebenslauf bis in alle Einzelheiten, so nachdrücklich und sicher klingt seine Stimme. Während er spricht, steckt er eine Hand in die rechte Tasche seiner Jacke, die so grau ist wie seine Hose. Ich betrachte sein blütenweißes Hemd und seine himmelblaue Krawatte. Jetzt zieht er eine Schachtel heraus, öffnet sie und überreicht sie mir. Sie enthält eine Uhr.

Alle Umstehenden schauen uns schweigend zu. Ich sage lediglich, dass ich mich geehrt fühle. Mir fällt nichts anderes ein, und ich weiß auch nicht, ob eigene Überlegungen zulässig sind. Robert drückt mir noch einmal die Hand und verlässt dann den Raum.

Wir setzen uns an den Tisch, und die Kellner servieren uns das Mittagessen. Patrick fragt, wie es mir, Diana und unserer Tochter geht. Ich erzähle ihm, dass wir uns getrennt haben und dass ich ein miserabler Vater bin. Dabei habe ich den Eindruck, dass ich ihm nichts Neues berichte. Auch wenn er jetzt zum Verantwortlichen der CIA für den Nahen Osten ernannt worden ist, hat er sich ohne Zweifel vor unserem Treffen meine Personalakte angesehen. Dennoch ist es schön, sich nach so vielen Jahren wiederzusehen, und mit ihm fühle ich mich wohl. Ich weiß, dass er alles über mich weiß, und es ist, als würde ich mit mir selbst sprechen. Nach einem dreistündigen Besuch begleiten sie mich zum Ausgang. Wie Eduard es von mir verlangt hat, lasse ich den schwarzen SUV auf dem Hotelparkplatz stehen.

Erst als ich wieder allein in meinem Hotelzimmer bin, wird mir klar, was ich gerade erlebt habe. Im Hauptquartier von Langley empfangen zu werden ist die höchste Auszeichnung für ein Phantom, einen Undercover-Agenten, der im Fall seines Todes von allem und allen getilgt werden muss. Wie es Daniel ergangen ist. Mir kommt seine Leiche im Tiber in den Sinn, während ich die Uhr aus der Schachtel nehme. Ich versuche irgendwo einen Markennamen zu finden, um ihren Wert einzuschätzen, finde aber nichts: Die Unterseite ist ganz weiß, das schwarze Lederarmband trägt kein Logo, sogar die Verpackung gibt keinen Hinweis. Die Vorstellung, dass auch die Geschenke der CIA klandestin sind, bringt mich zum Lachen. Klandestin wie mein Leben.

Nach dem Besuch in Langley kehre ich mit neuen Papieren, einem amerikanischen Pass und einer neuen Identität nach Italien zurück: Die Agency hat mir nicht nur eine Uhr geschenkt. Ein Jahr später, Anfang 2004, verrät mir Eduard, dass Latifa frei ist. Die Polizei von Gao hat sie nach neunmonatiger Haft freigelassen. Ich erfahre, dass sie vom französischen Geheimdienst in Nouakchott in Mauretanien verhaftet worden war. Ein Informant hatte sie verraten.

Die Amerikaner hatten sie bereits vorher zu einem Einsatz nach Afrika geschickt, und ihr war es gelungen, Kontakt zu einer Terrorzelle aufzunehmen, die in Mauretanien, Mali und Kanada aktiv war. Dank Latifa konnten die Terroristen verhaftet werden. Bei ihrem zweiten Einsatz ist jedoch etwas schiefgelaufen. Ihr Kontakt hat sie an die Franzosen verkauft und behauptet, sie sorge für die Einschleusung islamistischer Kämpfer aus Mali nach Frankreich. Das war eine Lüge. Da sie jedoch die Einzelheiten ihrer Mission nicht preisgeben konnte, war sie nicht in der Lage, ihren Aufenthalt in der Sahara zu begründen. Deshalb hat der französische Geheimdienst sie seinen Kollegen in Mali übergeben, wo Vernehmungen bekanntlich unter Folter stattfinden. In Paris hat man neun Monate gebraucht, um sich davon zu überzeugen, dass Latifa keine Terroristin, sondern eine Agentin der CIA ist. Oder vielleicht hat man sie gerade deshalb noch eine Weile im Gefängnis gelassen. Am Ende haben die Franzosen sie dann wieder übernommen und nach Algerien ausgeliefert. Die Algerier haben sie dann freigelassen.

»Latifa ist jetzt ein großes Problem für uns«, sagt Eduard eines Morgens, als wir in Trainingsanzug und Laufschuhen in der Villa Borghese in Rom so tun, als würden wir joggen. »Die Franzosen haben sie enttarnt. Sogar in Algerien und Mali weiß man jetzt, dass sie für uns arbeitet. Wir können sie auch nicht nach Frankreich zurückschicken, obwohl sie dort zu Hause ist. Entlassen können wir sie ebenfalls nicht, denn dann besteht die Gefahr, dass sie ihr Wissen über die Agency an andere verkauft.«

Wir setzen uns auf eine abgelegene Bank, frühmorgens ist der Park menschenleer.

»Was dann?«, frage ich.

»Sie muss entweder durch irgendeinen Unfall beseitigt werden, oder du findest eine akzeptable Lösung. So oder so liegt die Verantwortung für dieses Problem bei dir.«

Die Vorstellung, Latifa töten zu müssen, raubt mir den Atem. Doch ich schaffe es, mir den Schreck nicht anmerken zu lassen. Ich tue so, als hätte ich die schlechtere Lösung gar nicht gehört.

»Bestimmt kann Latifa noch sehr nützlich sein«, sage ich nachdrücklich.

»Simone, das Wichtigste ist, dass sie keine operativen Aufträge mehr bekommt. Die politischen und diplomatischen Beziehungen zu Frankreich sind derzeit auf einem Tiefpunkt. Sie haben uns im Irakkrieg nicht unterstützt. Der französische Geheimdienst ist im Augenblick unser Hauptgegner in Afrika, mehr noch als China. Ein einmal verbrannter Agent bleibt für immer verbrannt. Finde einen Ausweg. Die CIA ist bereit, dafür Geld zur Verfügung zu stellen. Aber ab jetzt bist du Latifas Controller.«

Ich hatte vorhergesehen, dass Latifas Leben nach ihrer Befreiung nicht mehr dasselbe sein würde wie zuvor. Darauf hatte ich mich vorbereitet. Ich erkläre Eduard mein Projekt.

»Warst du einmal im Flughafen von Dubai im Wartebereich der ersten Klasse?«

Eduard nickt.

»Wir müssen etwas Ähnliches auch in Rom einrichten«, fahre ich fort. »Ein für Geschäftsleute, Wirtschaftsbosse und Politiker reservierter Begegnungsort, wo sie glauben, ganz ohne Risiko sprechen zu können. Unsere Zielgruppe müssen Menschen aus dem Nahen Osten und der arabischen Welt sein. Wenn Araber nach Europa kommen, haben sie keine Scheu, ihre Regierungen zu kritisieren, Sünden jeder Art zu begehen und vor allem, ihr Geld auszugeben. Ich lege dieses Projekt in Latifas Hände. Ihr gebt das Geld dazu, und die NSA liefert die nötige Technologie. Ich habe mir schon einen Namen dafür ausgedacht: Bait as-Salaam, Haus des Friedens.«

So dient das Bait as-Salaam, unter den Augen der goldenen Erlöserstatue ein paar Straßen von der Stazione Termini entfernt, jahrelang Geschäftsleuten, Wirtschaftsbossen und Politikern für vertrauliche Treffen. Araber sprechen mit Arabern. Araber mit Europäern. Araber mit Afrikanern. Sie hegen keinerlei Verdacht. Jede Ecke, jeder Salon, jeder Tisch wird von unsichtbaren Kameras und versteckten Mikrofonen überwacht. Das für alle Besucher freie WLAN wird von einem ausgefeilten Programm angezapft, das alle

Namen, Identifikationscodes, Passwörter, besuchte Websites und E-Mails abgreift. Die Magier der NSA nennen diese Programme *sniffer*, weil sie überall schnüffeln und alles aufsaugen. Es genügt, einen Laptop anzuschließen. Und wenn es sich lohnt, werden sogar die Hard Disks kopiert. Man kann sich die Datenmenge kaum vorstellen, die die Vereinigten Staaten mit diesen Mitteln auf der ganzen Welt sammeln.

Die Entscheidungen eines Vorstandsvorsitzenden, eines Waffenhändlers oder eines Staatsmanns, seine Kontakte und seine Schwächen im Voraus zu kennen, kann helfen, seinen nächsten Schritten zuvorzukommen. Oder ihn zu erpressen und zu zwingen, für die Sache zu arbeiten: die Sache, die natürlich stets mit den Interessen Washingtons identisch ist.

Jahrelang vermeide ich jedoch jeden Kontakt zu Latifa. Ich habe Angst, dass durch sie auch meine Tarnung auffliegt. Von einem gegnerischen oder feindlichen Geheimdienst enttarnt zu werden ist wie eine ansteckende Krankheit. Latifa macht ihren neuen Job allerdings ausgezeichnet. Die CIA schickt ihr auf ich weiß nicht welchem Weg Tausende Euro für die Miete, die Renovierung der Räume und die Führung des Unternehmens. Ich halte mich da raus. Meine Tätigkeit als Controller bleibt im Hintergrund. Die CIA sorgt dafür, ihre Anweisungen und meine Vorschläge an sie zu übermitteln. Sie weiß nicht einmal, dass sie mir ihre Rettung verdankt.

In regelmäßigen Abständen speichert Latifa die von den Servern im Haus des Friedens gesammelten Daten auf einem USB-Stick mit hoher Speicherkapazität und übergibt ihn einem von Eduards Mitarbeitern. Meines Wissens erteilen sie ihr keine weiteren Aufträge. Sie trauen ihr nicht mehr. Die Franzosen haben alles von ihr: ihre digitalisierten Fingerabdrücke und Fotos von ihrem Gesicht. Der Geheimdienst von Mali könnte die Bilder sogar an die Chinesen oder an Terrororganisationen verkauft haben. Auch die CIA-Mitarbeiter in Afrika waren oft gleichzeitig Extremisten von al-Qaida. Vor wenigen Monaten wurde der sehr wichtige Polizeibeamte, den wir in Bamako kennengelernt haben, verdächtigt, für die Religionspolizei des Azawad gearbeitet zu haben: Sie hatte nach Gaddafis Sturz in Libyen und im Gefolge der bewaffneten Destabilisierung der Sahara ganz Mali mit Terror überzogen, von Gao bis Timbuktu. Sie haben kleinen Dieben die Hände abgehackt und unverschleierte Frauen zu Tode gesteinigt. Mörder, alles andere als Informanten.

Die politische Entwicklung seit 2005 zwingt die CIA, ihr Netzwerk in Europa weitgehend abzubauen. Ich meine die Ermittlungen Italiens zur Entführung von Abu Omar und die Untersuchungen des europäischen Parlaments zur Entführung arabischer Staatsbürger, die des Terrorismus verdächtigt wurden. Ich breche alle meine Kontakte zu ehemaligen europäischen und amerikanischen Kollegen ab und muss auch auf die Freundschaft mit Giuda und allen anderen verzichten.

Die nationalen Regierungen stehen uns jedoch bei. In Italien beispielsweise behindert die Regierung die Ermittlungen der Staatsanwaltschaft dadurch, dass sie Dokumente als vertraulich einstuft und ihre Herausgabe verweigert. Oder sie sorgt dafür, dass Ermittlungen gar nicht erst aufgenommen werden. Die Regierungen stehen auf unserer Seite: Wir sind die kriminelle Hand des Gesetzes, das schlechte Gewissen der Politik, die unerlässlichen Ermöglicher der Geschichte, der wahren Geschichte, die von den Nachrichtensendungen nicht erzählt wird und auch nie Eingang in die Schulbücher finden wird.

Immerhin glaube ich, Mut bewiesen zu haben. Auch in den schlimmsten Momenten bin ich nie nach Innsbruck gefahren, zu dem vereinbarten Ort, von wo aus *sie* mich aus Europa weggebracht und mir eine neue Identität verschafft hätten. Ja, ich kann von mir behaupten, nie davongelaufen zu sein. Ich habe mich lediglich ein paar Kilometer entfernt und bin von Rom nach Florenz gezogen, um mich dort ein paar Jahre zu verstecken.

»Eine minimale Sicherheitsvorkehrung war allerdings notwendig. Nach Rom bin ich zum ersten Mal an dem Vormittag zurückgekommen, an dem ich mich hier in dieser Kirche mit Ihnen getroffen habe. Wie oft haben wir auf dieser Bank Platz genommen? Ich habe nicht mehr mitgezählt«, gestehe ich. Und ich bin ehrlich.

Moses durchdringt mit seinem Blick die Stille, die jetzt das elegante Spiel von Licht und Schatten umgibt. Mein Beichtvater antwortet nicht. Aber ich stelle ihm die Frage kein zweites Mal. Wie immer hat er sich links von mir auf die Bank gesetzt. Ich drehe mich um und bemerke zum ersten Mal die Düsternis des Kirchenschiffs hinter ihm. Der Schleier einer Schutzmantelmadonna auf dem Schädel eines Todesengels lässt die knöchernen Glieder unbedeckt. Im Rücken breiten sich mächtige Schwanenflügel aus. Den linken Arm aber hat der Engel hochgereckt, um den Griff einer Sense zu schwingen. Die Sichel ist halbmondförmig geschliffen. Die Knochen mit der obsessiven Präzision eines Serienkillers aus dem Marmor herausgearbeitet. Leere Augenhöhlen. Hervortretende Wangenknochen. Abgerundeter Unterkiefer. Wirbel und deutlich sichtbare Querfortsätze unterhalb des Brustkorbs. Weit nach vorne gewölbte, am Brustbein zusammenlaufende Rippen. Schlüsselbeine, Oberarmknochen, Elle und Speiche. Ganz unten, am äußersten Ende des Tuchs sieht man die nackten Unterschenkelknochen.

Das Grabmal des Kardinals Cinzio Aldobrandini bringt mich ans Ende und an den Anfang meiner vielen Leben. Der Todesengel, den die Juden Azrael und die Muslime Malak al-Mawt nennen würden, hält seine Waffe in der linken Hand: wie Mokhtar Belmokhtar seine Kalaschnikow auf dem Fahndungsfoto, das dem Bericht über Latifas Verschwinden beigefügt war. Und sogar die Falten im Schleier der Skulptur sind identisch mit den Falten des Mantels, den Gerald Bull vor langer Zeit an seinem letzten Lebenstag in Brüssel trug.

Im Halbdunkel des Kirchenschiffs sucht man vergebens Trost. Unweigerlich fällt der Blick auf den vierten Altar, auf dem zwei weitere, symmetrisch angeordnete Gerippe die Halbbüste des Kardinals Mariano Pietro Vecchiarelli stützen und in dieser Pose die Tür zu den finstersten Albträumen zu öffnen scheinen. Ich schüttle kurz den Kopf, um mich vom Abgrund zurückzuholen. Und ich bemerke, dass mein Beichtvater Latifas Namen ausgesprochen hat.

»… haben Sie sich jemals wiedergesehen?«

»Nein«, antworte ich, »nie mehr. Bei meiner Rückkehr nach Rom wollte ich sie im Haus des Friedens aufsuchen, um sie ein letztes Mal zu sehen. Aber das Haus des Friedens ist geschlossen und schon lange verlassen. Sie ist verschwunden.«

Einen Augenblick verharren wir in Schweigen.

»Auf jeden Fall hat Latifa es geschafft zu überleben, und das ist großartig«, flüstere ich plötzlich, obwohl ich weiß, dass es nicht meine eigenen Worte sind. Ich verrate ihm nicht, dass ich einige Tage zuvor auf einer arabischen Website die Werbung für ein anderes Bait as-Salaam in Italien gefunden habe. Und an diese Adresse habe ich, ohne Nennung des Absenders, ein Etuikleid von Armani aus Wollstretch schicken lassen. In die Stofffalten habe ich lediglich eine Karte gesteckt. Wer das Paket öffnet, wird nur Namen und Vornamen eines Mannes lesen.

»Und jetzt?«, fragt mich mein Beichtvater.

Ich hebe den Blick, um ihm in die Augen zu schauen. »Jetzt habe ich Ihnen nichts mehr zu sagen. Die Geschichte meiner Welt endet hier.«

»Wann reisen Sie ab?«

»Morgen früh geht mein Flug nach Atlanta. Wahrscheinlich wollen Sie mich zum Flughafen begleiten.«

»Wenn ich kann, sehr gern.«

»Sie würden es auf jeden Fall tun«, komme ich ihm lächelnd zuvor. »Die ganze Zeit habe ich an unseren Abschied gedacht. Ich würde Sie gern umarmen, wie man einen Freund umarmt, mit dem man ein Geheimnis teilt. Aber ich bin es gewohnt, mich selbst von außen zu betrachten, und habe es nicht mehr nötig, meine Gefühle unter Kontrolle zu halten, weil ich keine Gefühle mehr habe. In Wahrheit jedoch sind wir selbst die Gefühle, die wir vermitteln. Wir werden uns nur an die Menschen erinnern, die mit uns in Beziehung getreten sind. Alles Übrige verwandelt sich mit der Zeit in verblasste Bilder nichtssagender Gesichter. Das haben sicher auch Sie verstanden.«

Er antwortet nicht. Nickt nicht. Widerspricht nicht. Er zeigt keine Regung.

»Mein Flug geht morgen früh um 11.25 Uhr«, erkläre ich ihm. »Wir können uns um halb zehn am Check-in-Schalter von Delta Air in Fiumicino treffen. Bleiben Sie, so lange sie wollen, um sicherzugehen, dass ich wirklich abfliege. Aber ich bitte Sie um einen Gefallen: Gehen Sie nicht auf mich zu, sprechen Sie mich nicht an, geben Sie mir nicht die Hand und umarmen Sie mich nicht. Ich habe Sie nicht getroffen, um mit Ihnen Freundschaft zu schließen. Wir kennen uns nicht. Ich sage Ihnen dies, um Sie zu schützen. Vergessen Sie nie: Ich verschwinde, Sie bleiben da. Machen Sie sinnvoll Gebrauch von all dem, was ich Ihnen erzählt habe. Falls Sie sich jedoch entschließen sollten, nichts zu machen, dann vernichten Sie auch Ihre Notizen. Ich kann verstehen, wenn Sie Angst haben. Verlassen Sie jetzt als Erster die Kirche.«

Mein Beichtvater verstaut Kugelschreiber und Notizheft in der rechten Jackentasche und verabschiedet sich ein letztes Mal damit, dass er rasch und fast unmerklich den Mund verzieht. Ich verfolge aus dem Augenwinkel, wie er durch das Hauptportal verschwindet. Mit Regenschirmen bewaffnete Touristen treten ein, andere sind wie Ostereier in bunte Regenmäntel aus Zellophan gehüllt. Draußen hat es angefangen zu regnen.

Der durch einen Geldautomaten eingeschaltete Scheinwerfer taucht die von Michelangelo Buonarroti gemeißelten Falten erneut in weißes Licht. Wieder Falten. Inzwischen sehe ich nur noch die Falten. Ich verlasse die Bank, ohne das Bedürfnis zu verspüren, den Blick zu heben. Mit gesenktem Kopf verlasse ich die Kirche, während Moses mich weiter beobachtet. Ich gehe die dreizehn Stufen vor der Kirche hinunter. Überquere den Platz. Über die nächste Treppe mit ihren sechsundsiebzig Stufen tauche ich in den Verkehr der Via Cavour ein. Diesmal setze ich mir nicht einmal wie sonst eine Baseballmütze auf. Der kalte Januarregen durchnässt meine Haare. Tropfen bilden ein Muster auf dem Fensterglas meiner Brille. Das Wasser rinnt mir heimtückisch in den Kragen. Sich vom Himmel waschen zu lassen ist nur ein zufälliges Ritual. Ich messe ihm keinerlei Bedeutung bei.

Am nächsten Morgen stehe ich am Terminal T3 des Flughafens Fiumicino in der Schlange. Mein Gepäck besteht nur aus einem schwarzen, über die Schulter geworfenen Rucksack und einem kleinen Rollkoffer. Ich nehme die Bordkarte und gehe weiter, ohne mich umzudrehen. Mein Beichtvater steht am Check-in und schaut mir nach. Problemlos passiere ich den Metalldetektor und die Sicherheitskontrolle. Am Gate nach Atlanta warten die anderen Passagiere sitzend auf das Boarding. Ich gehe direkt zum Schalter.

»*Buon giorno*, aufgrund dringender Angelegenheiten kann ich meinen Flug nicht antreten«, sage ich zu der Angestellten der Fluggesellschaft auf Italienisch. Aus meiner rechten Jackentasche nehme ich den roten Pass und gebe ihn ihr.

»Leider bekommen Sie bei Stornierung den Ticketpreis nicht zurück, Signor Pace«, erklärt die junge Frau in ihrer blauen Uniform, nachdem sie die Passagierliste durchgegangen ist. »Ihr Ticket ist nicht erstattungsfähig.«

»Das weiß ich leider, aber es macht nichts.«

»Sie haben kein Gepäck aufgegeben, oder?«

»Nein, ich habe nur Handgepäck.«

Die Hostess tippt Nummern und Codes in ihre Tastatur und gibt mir den Pass zurück.

»Ihre Bordkarte ist annulliert. Jetzt müssen Sie zur Ankunft hinuntergehen, die Zollformalitäten wiederholen und sich dann zum Ausgang begeben. Wenn Sie wollen, hole ich eine Kollegin, die Sie begleitet.«

Ich setze einen möglichst gequälten Gesichtsausdruck auf und erwidere: »Danke, Signorina, ich finde selbst den Weg.«

Nach der Zollkontrolle gehe ich nicht hinaus. Der weite Weg zu den Transitflügen erlaubt es mir, den Terminal für die Inlandsflüge zu erreichen. Ich nehme die gefakte Brille ab, stecke sie in eine mitgebrachte Papiertüte und werfe sie in den nächstbesten Abfalleimer. Dann gehe ich zum Check-in-Schalter. Aus der linken Jackentasche ziehe ich den blauen Pass heraus und zeige ihn zusammen mit dem Ticket vor.

»*Welcome to Italy, Mister Werner, your connecting flight is ready for boarding now*«, sagt die Hostess und gibt mir die neue Bordkarte. Der Trick funktioniert: Sie ist davon überzeugt, dass ich gerade aus den USA angekommen bin.

Eine Stunde später lande ich auf dem Mailänder Flughafen Linate unter einem Himmel so blau wie in der Karibik. Die Alpenkette hat die Farbe von rostigem Eisen. In einer solchen Januarwoche hat Giacomo uns als zukünftige Spione in der im Schnee versinkenden Stadt zusammengerufen. Heute aber zeigt das Thermometer sechzehn Grad, und Mailand erlebt seinen dritten Winter ohne Winter.

Mein Ziel zu erreichen erfordert wie immer einige Vorsichtsmaßnahmen: bis zum Dom mit dem Bus, mit der U-Bahn bis zum Hauptbahnhof, dann zu Fuß zur Piazza Repubblica. Von da aus sind es nur noch fünfhundert Meter.

Vor der verspiegelten Glastür ziehe ich besser den Schirm meiner Kappe tief ins Gesicht. Von außen wirkt das Haus des Friedens wie ein elegantes Bed & Breakfast. Auf dem Klingelschild aus Messing funkelt die gravierte Schrift in arabischen und lateinischen Buchstaben. Man muss den Kopf gesenkt halten, denn der Fingerdruck auf den Klingelknopf aktiviert bestimmt eine Kamera, die auf die Gesichter der Besucher gerichtet ist.

Die Rezeption umhüllt die Besucher mit einem starken Teearoma. Das Projekt wurde genauso konzipiert wie das in Rom. Der Schrank hinter dem Rezeptionstresen enthielt Dutzende Schachteln mit Raumdüften. Die junge Frau in schwarzer Uniform, mit dunkler Haut und streng wie eine Stewardess hochgesteckten Haaren, fragt, wen sie melden darf.

»Ich möchte meinen Namen noch nicht nennen, bitte, es soll eine Überraschung sein«, antworte ich ihr. »Sagen Sie ihr nur, dass ich wegen des Armani-Kleides hier bin.«

Die Rezeptionistin wirkt nicht sehr überzeugt, greift aber dennoch zum Hörer und wählt eine interne Nummer. »Die Tür am

Ende des Korridors«, sagt sie dann. »Treten Sie ruhig ein. Die Direktorin erwartet sie.«

Latifa wendet mir den Rücken zu. Sie hat heute Geburtstag. Der schwarze Stoff und der schlichte Schnitt des Etuikleides machen ihre Schönheit noch unwiderstehlicher. Als sie sich umdreht, verleihen die Narben ihrem Gesicht das aggressive Aussehen einer verwundeten Löwin. Die Unterlippe hat einen Einschnitt wie ein Herz. Die Wunden der Stockschläge haben auf ihrer Stirn unauslöschliche Striemen hinterlassen. Und trotzdem sieht sie hinreißend aus.

Wir schauen uns eine Ewigkeit lang schweigend an.

»Mario Werner«, sagt sie. Dann setzt sie sich an ihren Glasschreibtisch. »Mach die Tür zu und setz dich.«

»Das Copyright ist nicht von mir. Für diesen Namen haben *sie* sich 2003 entschieden, als sie mir einen amerikanischen Pass gegeben haben. Seitdem bekomme ich, wenn der Pass abläuft, neue Papiere mit der Post. Das ist alles.«

»Doktor Werner, Professor Werner, Colonel Werner oder etwas anderes?«

»Wenn du magst, kannst du mich Doktor Werner nennen.«

»Und was ist aus Simone Pace geworden?«

»Den habe ich getötet«, erwidere ich leise.

»Er wird wiederauftauchen«, hält sie dagegen.

»Nein, das ist unmöglich. Ich habe ihn misshandelt, zerstückelt und dem Unterland der Ahnungslosen zum Fraß vorgeworfen. Diesen Ausdruck hast du in Paris verwendet, erinnerst du dich? Aber bist du immer noch…?«

»Latifa. Für dich werde ich immer Latifa sein, und du wirst keine andere Latifa haben neben mir.« Sie bemerkt, dass ich durch die gläserne Schreibtischplatte auf ihre Beine blicke, die das Etuikleid entblößt hat. Sie steht auf, hantiert mit einer weißen Fernbedienung und legt sie dann wieder an ihren Platz auf einer wunderschönen, handbemalten Kommode mit bunten Einlegearbeiten, zwei Massivholztüren und einer Schublade mit grün und gelb gemustertem Maschrabiyya-Holzgitter. Aus den wertvollen Hölzern der Einrichtung erklingt arabische Musik. Die hypnotisierenden Klänge, die Hanine El Alam ihrer Geige entlockt, und das Schlagwerk der Begleitung scheinen aus Latifas Körper zu kommen. Sie schließt die Tür mit dem Schlüssel ab, geht um den Schreibtisch herum und setzt sich neben mich. Jetzt erst mustert sie mich aus der Nähe. Mit dem rechten Zeigefinger berührt sie ihre Unterlippe, dann die Striemen auf ihrer Stirn.

»Hast du das gesehen?«, fragt sie mich.

Ich antworte nicht.

»Sie sehen schlimm aus, nicht? Ich war mir sicher, du würdest kommen, um mich zu retten.«

»Das habe ich getan.«

»Du Lügner, ich habe nichts von dir gesehen. Dabei haben sie mich in Mali neun Monate lang in einer dreckigen Zelle eingesperrt.«

Ich sage nichts weiter, denn ich verspüre nicht das Bedürfnis, mich zu rechtfertigen. Das Thema geht mich nichts an. Das muss sie mit Simone Pace ausmachen.

Latifa rückt weg und setzt sich dann rittlings auf meine Beine. Mit den Lippen berührt sie meine Wange. Schmiegt ihren ganzen Körper an mich, genau wie einst in Paris.

»Warum bist du gekommen?«, flüstert sie mir ins Ohr. Ihr Herz klopft heftig.

»Um zu sehen, wie dir das Kleid steht.«

»Du bist verrückt. Jahrelang hast du nichts von dir hören lassen. Dann lässt du mir ein Kleid schicken und legst eine weiße Karte mit der Unterschrift Mario Werner bei. Gestern habe ich es bekommen. Weil ich gleich an eine verschlüsselte Nachricht dachte, habe ich es heute, an meinem Geburtstag, angezogen. Die Frage war nur, ob du selbst kommst oder mir diesen Werner schickst.«

»Jetzt weißt du, dass ich Doktor Werner bin. Ich hatte schon nach dir gesucht. Warum bist du aus Rom weggegangen?«

Latifa gibt mir eine heftige Ohrfeige, der ich nicht schnell genug ausweichen kann. Das nutzt sie aus und umfasst mit ihren Händen mein Gesicht. Ich spüre, wie sich ihre rot lackierten Fingernägel in meine Wangen bohren. Sie könnte mir das Fleisch vom Knochen reißen und mein Gesicht in einen Totenschädel verwandeln. Sie weiß, dass sie dazu in der Lage wäre, so rasend ist die Wut, die sie in sich trägt. Aber sie stößt nur ein unterdrücktes Knurren aus. Sie erhebt sich und schafft sich mit einer Suada von arabischen Beschimpfungen Luft, die keine Übersetzung benötigen. Auf dem Weg zum Schreibtisch stehen ihr Tränen in den Augen, in ihren Halsadern staut sich das Blut, und sie atmet schwer. Ohne ihr Kleid zu richten, lässt sie sich auf den Stuhl fallen.

»Du tauchst nach Jahren der Abwesenheit wieder auf und erwartest immer noch, mich herumkommandieren zu können und … halt den Mund«, schreit Latifa und verhindert so, dass ich ihr meine Version der Tatsachen schildere.

Reglos blicke ich sie an. Ich erinnere mich ganz genau an den süßen Geschmack ihrer Lippen. In der Luft rieche ich den fruchtigen Duft ihrer Haut. Doch mir fallen wieder die Worte meines Freundes Raschid bei jenem Abendessen in Algier ein: »Die Beziehung zwischen einem Geheimagenten und seinem Controller ist wie die zwischen einer Glühbirne und dem Lichtschalter: Wenn eines von beiden kaputt ist, verliert das andere seinen Nutzen.«

»Ich bin aus Rom weggegangen, weil die Geschäfte in Mailand gemacht werden«, ergreift sie wieder das Wort, ohne mich auch nur anzuschauen.

»Hörst du noch etwas von *ihnen*?«, frage ich, während ich mir die schmerzenden Wangen massiere.

»Sie halten mich hier fest und lassen mich nicht mehr an operativen Aktionen teilnehmen. Ich soll Geduld haben. Und du, gehörst du noch zu uns?«

Ich antworte nicht. Ich weiß nicht, was ich sagen soll. Nach außen hin gehöre ich schon seit Jahren nicht mehr dazu. Durch kleine, private Aufträge bleibe ich in Übung. Das aber darf niemand wissen.

»Also, gehörst du noch zu uns?«

»Die Bereiche immer schön trennen, Latifa«, halte ich ihr entgegen, »frag mich nichts, was du selbst nie offenbaren würdest. Ich muss mich jetzt entschuldigen, denn ich habe in Kürze einen Termin. Dürfte ich dein Bad benutzen, um mich frisch zu machen und das Hemd zu wechseln?«

»Nur zu«, sagt sie und setzt sich wieder an den Computer, »ich spioniere dir nicht nach.« Sie blickt mich an und bricht plötzlich in Lachen aus.

Kurz darauf komme ich mit demselben Jackett wie zuvor, aber mit einer neuen blauen, perfekt gebundenen Krawatte aus dem Bad. Ich lege meine goldenen Manschettenknöpfe an und bewundere mich in dem brünierten Spiegel, der eine ganze Wand des Büros einnimmt.

Latifa steht auf und überrascht mich von hinten, während ich von meinem Spiegelbild abgelenkt bin. Unnötig langsam lässt sie einen USB-Stick in meine vordere linke Hosentasche gleiten. Sie lacht zufrieden, als sie ihre zarten Finger bewegt und mich erröten sieht wie einen Schuljungen.

»Du schuldest mir noch ein gemeinsames Luxuswochenende. Du hast mir gefehlt«, gesteht sie leise. »Ich habe dir alle interessanten Dateien des letzten Jahres auf den Stick gespeichert. Vielleicht sagst du mir, was du davon hältst. *Sie* sagen mir nie, ob meine Arbeit nützlich war.«

Jetzt bringt sie ihre Lippen an die meinen und fesselt mich mit einem unausweichlichen Kuss. Ich lasse mich mitreißen. Umarme sie mit aller Kraft. Genieße ihren heißen Atem. Atme aus nächster Nähe den Duft ihres Parfums. Fasse mit beiden Händen ihre Haut und schließe die Augen. Als ich sie wieder öffne, tanzt Latifa mit geschmeidigen Bewegungen mitten im Zimmer. In Paris war sie noch ein Mädchen. Während ich ihr jetzt in dieser luxuriösen Umgebung zusehe, kommt mir der ernüchternde Gedanke, dass ich nur durch diese ganze Inszenierung habe vermeiden können, sie töten zu müssen. Leider hat sie das nie verstanden. Auch Latifa lebt im Unterland der Ahnungslosen.

»Doktor Werner, du küsst wie Simone«, sagt sie provozierend,

nachdem sie mit der Fernbedienung die Musik ausgemacht hat. »Jetzt geh, aber verschwinde nicht: Wir haben ein Wochenende zu zweit gewonnen.«

»Erwähne diesen Namen nicht mehr. Er ist gestorben«, sage ich vorwurfsvoll, nehme meinen Rucksack samt Rollkoffer und gehe.

Der schöne, sonnige Nachmittag lädt zu einem Spaziergang ein. Hinter der nächsten Ecke zertrete ich den USB-Stick. Die Bereiche zu trennen bedeutet auch, alles zu vernichten, was eine verbrannte Agentin wie Latifa berührt und damit unbrauchbar gemacht hat. Ich hebe die Splitter auf, werfe sie in einen Mülleimer und gehe dann mit einem Gefühl der Erleichterung weiter. Auch Latifa hat mich Doktor Werner genannt: Simone Pace ist also endgültig begraben, und ohne ihn gibt es keinen Grund, sich wiederzusehen. Wir werden kein Wochenende zusammen verbringen. Die Gefangenschaft hat sie psychisch labil gemacht. Ihr Wutanfall und dass sie mich gekratzt und geohrfeigt hat, sind der Beweis dafür. Ich kontrolliere im Spiegel der Schaufenster an der Straße, ob ich beschattet werde, und fasse definitiv den Entschluss, Latifa nur wiederzusehen, wenn es unbedingt notwendig ist.

Mein Gepäck stelle ich schnell in einem hübschen Bed & Breakfast ab, das ich vorher gebucht habe. Dann kehre ich in die Innenstadt zurück, wie gewohnt mit einem sinnlosen Wechsel von Metro, Autobus und Fußwegen. Ich komme viel zu früh. Wie immer. Die Haustür steht offen, ich nehme den Aufzug in den ersten Stock. Drücke den Klingelknopf. Die schwere Eichentür springt automatisch auf. Am Ende des kurzen Korridors mische ich mich unter die murmelnden Stimmen, die das Halbdunkel des Raums erfüllen. Einige der Anwesenden gehen betend umher und kneten sich manisch die Hände. Ich schlängle mich unauffällig durch und knie in einer kleinen Kapelle nieder, bevor die anderen kommen. So verharre ich eine gute halbe Stunde. Von verschiedenen Haltungen versuche ich sogar die unbequemste einzunehmen, damit auch ich, wie man es mir in Rom beigebracht hat, das Leiden des Fleisches und den Schmerz der Knochen verspüre. Heute Abend jedoch stehe ich als

Erster wieder auf. Ich kann nicht bis zum Schluss bleiben. In der Nähe des Ausgangs berühre ich mit der Hand die in die Mauer eingelassene Rose von Rialp und lasse die Fingerkuppen einen Augenblick auf den sieben Blütenblättern ruhen. Der Geist konzentriert sich auf ihre Reinheit. Wie alle Rituale ist diese Geste völlig sinnlos. Doch ich weiß, dass ich sie von jetzt an vollziehen muss.

DANK

Liana Levi, Claire Sabatié-Garat, Elisabetta Sgarbi und Marco Vigevani danke ich herzlich für die Geduld, mit der sie mir zugehört, und für die wertvollen Ratschläge, die sie mir gegeben haben. Von Herzen danke ich auch Beatrice Beraldo, Federica Matteoli und Oliviero Toscani.

Mein Dank gilt außerdem den vielen ErmittlerInnen und AnwältInnen, mit denen ich in diesen Jahren gesprochen habe, um Beweise, Bestätigungen und Hintergrundinformationen zu sammeln, oder Einzelheiten zu den Ermittlungen und operativen Einsätzen der Antimafia- und Antiterror-Abteilungen in Italien und Europa herauszufinden. Durch sie wurde das, was ansonsten ein dürres Gerüst geblieben wäre, zu einer detailreichen Geschichte.

Nicht danken kann ich dagegen dem Zeugen, der sich Simone Pace genannt hat. Nachdem er seine verschiedenen temporären Adressen auf Telegram gelöscht hat, ist er spurlos verschwunden. Ich habe mich viele Male gefragt, warum er sein Leben erzählen wollte. Unabhängig von seiner Antwort bin ich davon überzeugt, dass er, wie viele seiner Kollegen, nach seiner Tätigkeit in einer klandestinen Einheit der CIA in Europa mit seinen ehemaligen Arbeitgebern im Konflikt liegt.

Ich widme diesen Roman allen Opfern staatlicher Gewalt.

INHALT

Titel der Originalausgabe: *Educazione americana*
Umschlaggestaltung: Heidi Sorg und Christof Leistl
Typografie und Satz: frese-werkstatt, München
Druck und Bindung: Pustet, Regensburg
ISBN 978-3-95614-354-0